忘れられた詩人の伝記

父・大木惇夫の軌跡

宮田毬栄

中央公論新社

忘れられた詩人の伝記　目次

忘れられた詩人の伝記

――父・大木惇夫の軌跡

まえがき

父は細いきれいな指をしていた。幼い日、私は父の長い指が万年筆を握り原稿用紙の上をスルスル滑って行くのを見るのが楽しかった。白く光る華奢なその指は、たえず万年筆を握っているか、煙草をはさんでいた。詩人の父はおそらく一生の間、万年筆か煙草か盃（さかずき）より重たいものを持ちたくはなかったのではないだろうか。晩年になっても、長い指の手だけは別の生きもののように老いなかった。

遊びに飽きると、私はよく二階にある父の書斎に入って行った。重厚な本棚にかこまれた部屋の真ん中に仕事机があった。辞書、ペン皿、インク壺、吸取紙、文鎮、原稿用紙が置かれた机に父は肘をついて座っていた。膝の上にそっと忍びこむか、向かい側に座るかして、私は父の動作をぼんやり眺めるのである。

静かすぎる空気が部屋をみたしていた。私に気づいても、父は微笑むだけで声をかけはしなかった。「お仕事の邪魔になるから、お父様のお部屋に行ってはいけません」と、兄妹は母に厳禁されていたが、禁じられれば禁じられるほど、父の部屋は魅力的に思えて、私は母に気づかれぬようそっと二階に上がっていた。仕事に集中している父は、私が部屋を出て行くまで自由にさせていた。万年筆が止まると、父は左手の指先に耳の後ろの髪の毛をくるくる巻きつけては、物想いに耽けるのである。私が部屋にいるのさえ忘れているふうであった。それでも時には、机の端に紙をひろげて絵を描いている私に視線をむけ、余白にさらっと動物や花の絵を描いてくれることがあった。犬や狐や象、花は朝顔や藤だったと思う。父は絵が得意で、しなやかな線がまたたく間に形をつくっていった。文字を書く時と同じように、細い長い父の指が私の目の前を流れた。父の着物の袖口から、煙草の匂いとはちがう、すこし甘さのあるかすかな匂いが私の鼻にとどいた。

父についての最初の記憶はその匂いである。三、四歳の私を抱いた父は、夏の夕刻、入院していた姉を見舞いに病院を訪れた。車にも乗らずにゆっくり歩いたから、それはそう遠くない町内の病院だったのだろう。父は白っぽい、ちょっと硬い感触の和服を着ていた。父が私を抱いている腕を代えるたびに、ほのかに甘い汗の匂いがしたのを憶えている。父が時々話しかけてくれた言葉は残っていないのに、父の汗がまざった甘い皮膚の匂いだけを生々しく記憶している。

木々が鬱蒼と茂る病院の広い敷地、玄関の扉に嵌めこまれた曇り硝子や薄水色の木枠などをふと思い出すことがある。病院のベッドには二歳年上の姉が横たわり、母が付き添っていた。幼児をつれて行けたのだから、姉はもう恢復期にあったのだろう。母が手をのばして私を抱こうとしても、私は父の腕にしがみついて、じっと母を見つめていたという。看病のために久しく家を留守にしていた母を、姉に独占されたという気持で私は見ていたのかもしれない。

病弱だった姉はたびたび入院することがあった。それに、姉のすぐ上の兄光彦（みつひこ）を一歳半ばで失っている父母は、腺病質の姉には神経を尖らせていたきらいがある。いちばん上の兄や私よりも姉は過保護に扱われていたという。私が父に懐（なつ）いていたのは、家庭のそんな事情によるものであったらしい。

姉は蒼白い顔をしてベッドにいた。発熱して姉が病院に運ばれる時、姉を抱いて車に乗り込んだ母を祖母が追いかけ、「こん子の履き物を持たなきゃ、帰って来られなくなる」と叫び、黒の革靴を渡したのを、私は怖ろしいものに感じとっていた。

姉は私に力なく笑いかけ、エプロンをつけたキューピーを差し出した。キューピーを握った姉の手がパジャマの袖口からのびると、肘のあたりに巻かれた太い包帯が露出した。それを見て私は急に泣き出し、父は私を抱いて病院を後にした。

姉の肘の内側には今でも目につく傷痕がある。疫痢で入院した時のもので、子どもの静脈は細いから、皮膚を切開しての処置がとられたということだった。あの時も注射をしたところに包帯が巻かれたのだろう。

帰り道、泣きやまない私を父は目白駅前の交番裏につながる木の柵にのせ、私を背後から抱えながら、眼下に敷設された線路に沿って電車が走るのを見せた。散歩の途中、父はいつもそこで省線（国電）の電車が行き交う光景を見せてくれるのだった。

「まーりちゃん、あの電車はね、ぐるぐる、ぐるぐる東京を回っているのだよ」。父はまーりちゃんとまにアクセントをつけていうくせがあった。「大きくなったら、いろんな電車に乗って遠くに行きましょうね」。私の耳もとでやさしく父が言った。電車に乗れば遠いところに行けるのだといつか私は思うようになっていった。知らない土地へ、あの電車は私をつれて行ってくれるのだろう。

病院から帰った父は、女中にはまかせずに私の手を洗い、そのうえ、消毒用のアルコールに浸した脱脂綿でゴシゴシ拭くのである。父は神経質に消毒する人だった。きれい好きで、匂いには異様に敏感であった。外出時にも銀色の消毒器を携帯したという。ことにお金に触れた後は執拗に指を拭うのだ。父のあの潔癖症、過敏症はどこから来たものだったろうか。

匂いについて思い出すのは、「赤ん坊の乳くさい匂いが好きだ」と、父がつねづね言っていたことだ。匂いは父の感覚をとりわけ強く刺激するものであった。

父の第一詩集『風・光・木の葉』には、すでに匂いのフェティシズムが耀く詩がいくつも見られる。

　野茨（のばら）の花もよかった、
　その蜜を吸ふ蜂もよかった、
けい子よ、この茨蜜（ばらみつ）を嗅ぐと

どうやら風祭（かざまつり）の匂ひがするではないか、
あの白い路ばたで言葉を交はした
見知らぬ若者の匂ひがするではないか、
健康と純朴の匂ひ、
あの時の草いきれの匂ひ、汗の匂ひ、
ほんたうに光と熱の醱酵した
五月の匂ひがするではないか、
どうだ、けい子、
あの野茨と蜜蜂の中へ帰って行かうか。
おまへの健康を、
潑溂とした「昔」をとりかへすために。——
　註「風祭」は小田原在の地名。
（「野茨と蜜蜂の中へ」）

けさの雪は、
処女の素足に
うっすら染みた蓬（よもぎ）の匂ひがする。
けさの雪は、
ゴム靴で踏みしめると
女の唇（くち）で鳴る海酸漿（うみほほづき）の音もする。
（「早春」）

髪を吹け、髪を吹け、
微風（そよかぜ）よ、
夜夜（よるよる）の霧の流れに
果てもなく漂はせてくれ、
遠い恋人の髪を、その匂ひを。
追はるる者の如く日を怖（おそ）れ
さすらひ疲れた魂は、
いつの日か、夜の霧の隠れ家をおとづれよう、
そこに漂ふ緑の髪に捲かれるために、
孤独な肉体に青い紗の帳（とばり）をひいて
いつまでも匂ひよき夢と埋（うも）れるために……。
（「隠れ家」）

せんだんの林にひそめば
せんだんの薫り衣（ころも）を染めぬ、
こころを染めぬ、
かの人をつれて来まほし、
せんだんの林の奥に。
（「断章」一）

せめて、蓬（よもぎ）のにほひよ、
野の雨に
わかるる。
（「断章」九）

杉の実の緑、

緑、緑、
緑をつぶす爽やかさ、
しんしんと山奥の匂ひを放つ。
（「断章」十二）

かりそめに、
路のほとりに
むかしの人とゆきあへば、
いと淡く、肉桂の香ぞほめく、
また、ふるさとの海苔の香も、
ただそれほどの女なり。
（「断章」十六）

はるかなる思ひ出は
縋るすべなし。
せめて嗅がなむ、
青葉わか葉の陽のにほひ。
（「思ひ出」）

花の匂い、果実の匂い、木々の匂い、日が当たる庭の土の匂い、家族の匂い、父の匂い、消毒液の匂い、幸福の匂い……。幼児期を過ごした目白の家は、私にとってのさまざまな好ましい匂い、幸せの匂いにみちていた。それらがある時期を境に失われてしまったから、目白の家の記憶が蜜の色をした幸福な時間に思えるのだろうか。

幸福な時間の消失が、時とともに父と母、父と子どもたちとの距離を作り出していった。濃密な幸福の記憶がいっそう捩れた距離だけを生み出していったのである。

長い年月の迷いや逡巡のあげく、今、私は父である詩人大木惇夫の像を見つけようとしている。長い時間がようやく父と向きあう行為を可能にしたのだろうと思う。

そうしなければ、詩の稟質に恵まれ、詩作にのみ没頭する一生を送りながら、不遇のうちに死ななければならなかった詩人の作品はますます忘れられ、ほとんど知られていない詩人の生涯は曖昧な輪郭を残したままで終わってしまうだろうから。

謎深い父は、幼い日のようにやさしく私を抱きかかえて、遠くへ導いてくれるだろうか。いや、これからは私が父の欠片を集め、腕のなかで大きくなっていくその重みを抱えて、歩まなければならないのだ。おぼろな像を追ってどこに行きつけるのかは分からないが、父の言葉、父の作品のなかを渉猟するしかないのである。

父の詳しい年譜がないのに気づいたのはいつだったろうか。父を疎ましいと思う気持がどこかにあって、父を避けたい、父の作品に触れたくないという気分が長い間私を支配していたせいか、父について真剣に考えることを怠ってきたのだった。昭和四十四年に編まれた「大木惇夫詩全集」（全三巻、金園社）に付されているのは、わずか五頁の略歴である。そして、それが父の最も詳しい経歴となっている。そこには、私たち子どもの生年も名前も記されていない。短い略歴でしか生涯の記録を残さなかった父の意思が私には強く感じられる。それほどまでに徹底して現実を暈(ぼか)さなければならなかった父の心境が苦しく思われる。

父は自分の生そのものをフィクションであると思いたかったのだろうか。しかし、そのフィクションから私たちは生まれ、現実を生きている。父が暈したまま死んでいった年譜の欠落を少しずつ埋める作業が私に課せられている。

略歴のなかで明らかにされるのは、初恋の人、川島慶子の存在であり、彼女との恋が詩人の生涯を左右したのは事実のようだ。慶子との愛の歴史は自伝的小説『緑地ありや』（昭和三十二年、講談社）に描かれている。小説の形式をかりてはいるが、「生(なま)のままで自分の体験をぶつけたもの、歪曲することができない自分の歴史」とも書いているのだから、信頼するにたるその部分の記録と考えてよいと思う。

あるいは、厭世的になっていた戦後の父が、酒に酔いしれては私たちに話して聞かせた数々のストーリー、作品から収集する事実、それに母や三人の叔父をはじめとする親族の話、私自身の記憶を繋ぎあわせ、父の軌跡を追うしか方法は見出せないようである。

（詩の表記は「大木惇夫詩全集」による。）

1　幼少年期

私が生まれた時、父はすでに四十一歳になっていた。四番目の子どもの父親としても、当時は決して若いとはいえなかったろう。それは、父にとってちょうど人生の半分にさしかかる時期であった。父の生涯においてはめずらしく安定した家庭生活が数年つづくことになる。詩人の仕事も充実していた。父の記憶のなかでも、この時期は心の平穏を保ち得た懐かしい日々にあたるのではなかったろうか。

父はどのような道筋を通って四十一歳になったのだろう、というところから始めなければ、父の像は浮かんでこない。

ゆすらの木にも花咲いて
あすはたのしい誕生日、
あす着る晴衣けふ着けて
山椒の若芽つみにゆく、
あすは四月の十八日。

（「前の日」『秋に見る夢』）

こんな詩が残されているように、大木惇夫は明治二十八（一八九五）年四月十八日、父徳八、母千代（戸籍名チカ）の長男として、広島市天満町に生まれる。本名は軍一。日清戦争勝利の祝賀気分に国中が沸きかえるなかで命名されたのだろうが、この名前ほど繊弱な父に似つかわしくないものはなかったろう。富国強兵の時代を象徴している軍一という名前を、父は嫌悪しきっていた。私が気づいた時には、公的な書類や保護者欄にいたるまで、すべて惇夫で通していた。私は結婚する際に父の故郷の役場から取り寄せた戸籍謄本によって、初めて父の本名を確認したくらいである。

しかし、嫌いつつも、大木篤夫、大木惇夫にたどり着くまでの年月を、父は大木軍一の名前で生きなければならなかった。

手広く呉服商を営む父の生家は裕福であったが、戦勝後の好景気に煽られ、曾祖父と祖父が相場に手を出して失敗し、全財産を失うばかりか借金をつくり、父がもの心つく頃にはすっかり没落していた。三歳の時には、天満川を挟んだ東側の小網町に天満町から移り住んだ。小網町土手通り。広島市の西方、現在の中区にある小網町は、三角州をなして流れる五つの川のひとつ、天満川のほとりにあった。近くに西遊廓があり、西地方の芸者屋が軒をつらねていた。嬌声や忍び笑いが夜どおし絶えず、夜が明けると、朝帰りの客が窶れた蒼白い顔をして通り過ぎて行った。夜の賑いとはうらはらに、日中の廓の荒んだ寂しさが目についた。頽廃気分がよどむその界隈を父はこう書いている。

「淫蕩と艶冶と野卑の雰囲気がまじりあつて泥沼のやうに饐え濁つてゐた。かうした町に育つやうになつてから、小さい私たちは、嫌らしいものや嫌らしいことを見たり聞いたりせずにはゐられなかつた。だから、いやでも早熟にならずにはゐられなかつたのだ。私はかうした自分の町を憎んだ。そこいらぢゆうが、人間の一ばん浅間しい汚い掃溜のやうな気がした。黴菌の巣のやうな気がした。こんなところから早くぬけ出したいと、子供ごころに願つてゐたのだ。」(『緑地ありや』)

しかし、嫌悪の気持に悩まされていたとしても、子どもはけろりとして、また子どもの世界に戻ってもいけるのだった。空が青みをます宵になると、点燈夫が軒から軒へ、次つぎにガス燈をともして行く。点燈夫が大好きな軍一少年は、夕暮を心待ちにしていた。ぼうっと霞む夕空に蝙蝠が奇っ怪なかっこうで、ちゅうちゅう鳴いて飛び交った。テントウ虫が群れをなして舞い上がる。子どもたちはそれを追いかけて遊んだ。およそ百年前の幻想的な風景である。

それにもまして、家の前を流れる天満川は幼い心の慰めであったし、尽きない楽しみであった。江波の海岸から上げ潮が満ちよせると、びっしり海苔のついた棒切れや篊の入った竹片が潮にのって流れてくる。それを拾い、生海苔をとって汁の実にするのを子らは知っていた。青い藻の陰には、黒い斑点が透けて見える蝦が勢いよく撥ねていた。潮が引いたあとの川床を掘れば、蛤や蜆も採れる。貧しくても、川岸の家々の食卓は海の幸でうるおい、存外ゆたかであった。

雁木のところでは、母親が川水で一樽分の広島菜を洗った。近くに材木屋があったから、材木船がよく往復していた。それに、能美島から天満橋北側の青物市場へサツマ芋を積んでくる船や萩から夏蜜柑を積んでくる船も着いた。時には傷んだ夏蜜柑がプカプカと流れ、むせかえる甘い匂いを発していた。家の傍の材木小屋にもぐりこんで、子どもたちは拾った夏蜜柑にかじりついた。

泳ぎたくなったら家で着物を脱いだまま駆け出し、すぐ前の岸から川に飛びこめばよかった。抜き手をきって泳ぐ身体の下をそっと触れるようにボラが滑っていった。その魚をつかまえようと追いすがる瞬間の胸の高鳴りを忘れないと父は言っていた。

天満川は薄暗い幼少年期に光を射す、追慕の、あるいは甘美な記憶の母胎となっていった。たえず流れるもの、流転するものへの感覚を無意識に育てつつあったといえるかもしれない。幼児期から魚と遊び、魚と泳ぐのが日課であった川辺の家の子は、自然と泳ぎに長じていくのである。

後年、文学者への徴用により父は召集をうける。戦場のジャワ島バンタム湾で乗っていた輸送船が連合軍の魚雷と砲撃に遭い沈没した時、重油が浮かぶ海に飛びこみ、数時間の泳ぎに耐えられたのも、幼い日の川泳ぎを身体が憶えていたからではなかったろうか。

腐臭のする猥雑な界隈への憎悪と川や自然につながる情景

への郷愁は、アンビバレントなものとして父の内面に生きていた。嫌悪しつつも、郷里を想う日、父はこう詩にうたわずにはいられない。

朝かぜに
こほろぎ鳴けば、

ふるさとの
水晶山も
むらさきに冴えたらむ、

紫蘇(しそ)むしる
母の手も
朝かぜに白からむ。

（「ふるさと」『風・光・木の葉』）

明治三十四（一九〇一）年三月、軍一は早上り(はやあが)で広島市立天満尋常小学校に入学し、級長となる。

広島湾に近い家からは西方に緑の茶臼山が、北の方には尖った峰の青白い水晶山（火山(ひやま)）が見え、南には秀麗な宮島が望めた。少年の日、胸に焼きついたもうひとつの情景は、生活に疲れ果てた母親が一日中、立ち働く姿だった。言葉少ない母は、息子の目には、家中の苦労を背負って耐え忍んでいる人に見えた。家の裏の菜園でそだてた野菜をちぎる母が、紫蘇の葉をむしる朝もあったろう。母の手は荒れていたが、お嬢さん育ちの白い優しさを残していた。

狭霧(さぎり)に映るわが影法師を
月の夜に見て魂消(たまげ)しは
五つの秋のころなりしか、
その日より　かにかくわれに影あり
わが生に影あり。

（「影法師」『秋に見る夢』）

昔は羽振りのよい呉服屋の若旦那だった父親は、見る影もなく落ちぶれ、小網町川岸の家に小さな庇(ひさし)を出し、細々と古着の絹物を商っていた。両親と軍一と二人の妹、三歳の艶(つや)、赤ん坊の園(その)が手狭な家で肩を寄せ合って暮らした。後に三人の弟強二(きょうじ)、隆三(りゅうぞう)、佳雄(よしお)が生まれている。店といっても、棟割長屋の形の一階が店舗にあてられ、階段を降りた地下室に畳を敷いた部屋が二つ、それに板の間の台所がついていた。川縁の石崖が壁の隙間からのぞいており、湿気のせいかトカゲやなめくじが時々這ったりもした。家中がいつもじめじめして黴臭(かび)く、とても人間の住む場所とは思えない地下室に、家族はひしめきあって暮らすしかなかった。

小さな妹たちが騒ぎまわるなか、軍一は昼間も陽の射さない暗い地下室に石油ランプをともし、古机で勉強した。後に強度の近眼になったのはそれが原因らしい。子ども心に「どうして、こんなに貧しい、みじめな生活なんだろう」と思ったという。空想癖のある少年は、「ぼくはきっといい家の子なのに、拾われてここにいるのじゃないだろうか」と考えるようになり、母親に確かめたことさえあった。「あんたは家の大事な長男なのに……言うに事欠いて」と母は呆れて、泣いた。

それでも、少年は、貧乏な生活に押し潰されそうな境遇にあっても、なお美しく気品ある母を慕う気持が強かった。母親をうたった詩にそれは匂い立つ。

すずしや母のこころ、
青瓜の
露けきころを捥（も）ぎたまふ。
（「青瓜」『秋に見る夢』）

野卑で淫靡の風が吹く周囲が嫌でたまらなかったし、同じ環境で育った友だちといえば、芸者屋の子とか博奕（ばくち）打ちの子とか材木屋の子が多かったので、軍一は自然にひとり物語の世界で遊ぶようになっていった。だが、本は高価でとても買ってもらえなかった。それで、小学校の回覧本を片端から読むことにした。巌谷小波の『日本お伽噺』『世界お伽噺』には空想を刺激され、夢中になった。

明治三十六（一九〇三）年、八歳の頃、遠足で宮島に行き、その印象を文語体七五調三十行の抒情詩にしたのが、韻文を書いた初めであった。教師からは賞讃の言葉が与えられた。これはかなりの間篋底にしまいこんでいたが、いつしか失われてしまった。またある時、材木屋の息子が貸してくれた文語体の抄訳『アラビアン・ナイト』を貪り読み、いっそう文学好きな夢の多い子になっていった。

明治三十八（一九〇五）年三月、軍一は天満川西側の広島市立第三高等小学校に入学する。第一次桂内閣が終わりとなる年で、日露戦争は日本の勝利となった。夏には、宇品港に凱旋する軍の将兵を歓迎するべく、全校の生徒が教師に引率されて行った。宇品町の街道では、全広島の学校生徒が延々と整列し、日の丸の旗を振り、万歳を唱えた。痩身に汚れた軍服を着て白髯をなびかせた馬上の乃木将軍の姿を彼は見たという。

しかし、十歳を越しても依然として家計は苦しく、本は少年にとって手の届かないものだった。どうしても読みたい本があると、箪笥の抽出しから小銭を失敬して、貸本屋から借りてくるのが精いっぱいだった。貧しい軍一に同情して、同級生の芸者屋の息子佐々木新が二十銭銀貨をそっと手渡してくれた。優しく気立てのよい彼は非常な文学好きの子でもあり、これまでにも、小川未明の『緑髪』や徳冨蘆花の『自然と人生』などの新刊本を貸してくれたことがあった。当時の二十銭は大金であった。胸ときめかせて、『花紅葉』という美文集を買った。近代日本の新しい詩を読んだことのない地方の幼稚な少年には、塩江雨江、武島羽衣、大町桂月などの美文は強い刺激であった。文学の本をもっと買いたくて、軍一は新聞の号外売りまでしたことがあった。貧乏の悲しみが身に沁みていた。その日々の悲しみの傷は、時を経ても彼から去らなかった。

ちちのみの父
ははそはの母、饑(う)ゑに泣くとも
いかがせん、われも貧しく。

われらはらから
声をかぎりに泣きいざつとも
地のうへにみな死するとも
こともなし、大空は
かばかり青くはれわたるのみ。

泣くなかれ、
あはれ、はらから、
この朝のすがしきに
貧しき兄が朝餉の卓にすはらずや、
美しき葡萄の房に見入らずや。

これはこれ、
この秋に兄が得し収獲(とりいれ)にして、
つぶら実のひとつびとつに
わが秋の歌をこめ、
わが虔(つつま)しき悲願を封じたり。
（「貧者の葡萄」1〜4聯『風・光・木の葉』）

ところで、尋常小学校入学当初から高等小学校の八年間、軍一はずっと全甲で通し、級長を続けてきたので、教師たちからは特別に可愛いがられた。なかでも、綴り方、図画、読み方、書き方の才能を認められていた。子ども心に自分は中学校へ入り、先は大学の文科へ行きたいという宿望があったのだ。しかし、高等小学校を卒業する頃になると、文学好きの息子を憂えて、父親は彼に引導をわたす。

「うちが困っとるけん、あんたを上の学校にやることあ出来んが、商業学校なら入れてやろう。あそこならば、すぐに就職できるでのう。総領のあんたにゃあ、早う家計を助けてもらわんにゃあならんのじゃけん。文学、文学いうても、文学じゃあとても食えんよ」

反発する気持がふきあげてきたが、どうにもならない現実があった。明治四十一（一九〇八）年三月、軍一はいやいや広島県立広島商業学校に入学する。広島県内で最も英語に力を入れている学校と聞いていたから、英語を身につけるにはいいかもしれない。そう自分をなだめて、白けた気分で通学していた。だが、根の優しい少年は、一年間でも親の負担を軽くしようと予科二年に編入試験を受け、第一位で合格してしまう。驚き、悪い気分はしなかったが、学業に励もうとは思わなかった。相変わらず文学に漬っていて、勉強の方は疎かにしていたから、成績は次第にさがっていった。どうやら本科二年にはなれたものの、学校は彼になんの喜びも与えない。商業学校だから、経済とか商法とか簿記とか珠算とかの科目がぎっしり詰まっている。どれをとっても、まったく興味をそそられなかった。それらの授業中には、机の下にモーパッサンの短篇集などを隠して、こっそり読んだりした。それも生意気にガーネットの英訳本で辞書を引きながらの読書であった。外国の言葉を日本語に翻訳する知的な行為に少年は魅せられていたのだろう。外国語はみじめに閉ざされている自分を、遠い世界にみちびく魔法のようでもあった。

昼休み以降はよく学校を脱け出した。ほど近い距離にある高等師範学校の図書館に入りこみ、『高山樗牛全集』などを読み耽った。外国文学では、ロシア文学の翻訳が盛んになっていて、トルストイ、ドストエフスキー、ツルゲーネフ、チエーホフと、手当り次第に読み漁った。

その一方で、与謝野晶子の『乱れ髪』、吉井勇の『酒ほがひ』、若山牧水の『別離』といった歌集に感銘をうけ、短歌を作るようになった。ところが、その後、三木露風の詩集『廃園』を読む機会を得て、その詩に浸りきっていた。さらに、半年ほど前、北原白秋の『思ひ出』を知るや、華麗多彩な詩の世界に眩惑され、ほとんど虜になってしまった。あまりの衝撃により、しばらくは夢遊病にかかったように放心していた。軍一が島崎藤村、蒲原有明、薄田泣菫などを読むのは、ずっと後のことであった。

学校では思わぬ出来事があった。ある日、急な呼び出しをうけ、こちこちに固くなって校長室に入っていくと、竹谷校長が切り出したのは、毎年、卒業生に奨学金を提供してくれる県の資産家がいるのだが、今回は自分を上の学校に行かせたいと思う、という話だった。

三年の間文学に溺れて学業を怠けてきたのにと思い、自責の念にうなだれていると、温和な表情を見せて校長は言った。

「君の家の事情は分かっている。それで、進路だが、東京の高商にするかね？　それとも神戸の高商の方がいいのかね？」

「ぼくは、はあ、商業の専門では、どちらにも行きたくありません。上の学校には行きたいですが……」

「ならば、君は、どこの大学に入りたいというのかね？」

「ぼくは……早稲田の文科に行きたいのです。文学で身を立てたいのです」

校長の厚意を軍一はこの一言で無にしてしまった。瞬間的に彼の口から堅い決意がこぼれ出たのだ。無意識であった願望は、この一瞬に確かな意思となって噴出したのである。

それより一年前の十五歳の時、軍一はすでに小説を書いていた。『藻（も）』というタイトルの百枚ほどの作を「愁ひの人」という匿名で芸備日日新聞の主筆前田三遊宛に送ると、思いがけず採用され、「十五歳の天才児早熟の異色作」といった

15歳の頃、広島商業学校時代。
左端が大木軍一。

大げさな予告のあと、小説が連載され始めた。小説とは名ばかりの稚い拙い作品であったが、自作が初めて活字になり、新聞連載になったのだから、喜びは大きかった。わくわくして毎朝、新聞の配達を待たずにはいられなかった。そんな日が一か月あまり続いたのであった。

去年のあの時期を思い出しては、発奮せねばと思った。自分が原稿用紙の上に創り出した作品が活字になる感覚がどんなものであるかを、少年はもう知っていた。自分のすすむ道はそこにしかなかった。学校から帰ると、嫌いな店番もいとわず、ケッカイのなかに入りこみ、原稿用紙に向きあう日が続いていた。文学漬けで成績も落ちた自分を、国語・漢文の羽場栄太郎先生は慈悲にみちた目でいつも見守ってくれる。先生は自分の素質を知っているのだ、と彼は強く感じた。

まづしくて、まづしくて
谿間(たにま)の雪を食べた唇(くち)から
春、しろい木春菊(もくしゅんぎく)の花がさいたさうな、
それが南の、南の国の
白鳥の夢だったさうなよ。

（「木春菊」『秋に見る夢』）

店には京都から流れてくる絹物がさがっていた。派手な色彩の緋縮緬の長襦袢とか、繻珍(しゅちん)、金襴緞子(きんらんどんす)の帯とか、裾模様の紋付とか、高貴織、御召、小紋の着物だとか羽織だとか、なまめかしい女物が、店いっぱいに垂れさがっていた。その下をくぐる時、頬や手にからむ絹物の感触が妙にくすぐったかった。衣類の残り香が鼻孔を刺激した。うんざりさせられながらも、艶っぽい匂いが思春期の少年を強く惹きつけもした。

そういう環境のなか、片隅の薄暗い帳場で軍一は筆を執るのである。長びく不景気のあおりで、客足が遠のいている店先は、文学好きな友人たちの格好の溜り場になっていた。細田民樹や小野浩もやって来た。細田は県立広島中学校の五年生、小野は三年生だったが、三人で「ヴィ」という回覧雑誌を出していた。後から岡田重一郎と瀬川畔花(はんか)とが加わった。同人はみんな年上で力量のある若者ばかりであった。前途へ

の少しの手がかりもなく、不安だけが共通のものとしてあったろうが、だれのなかにも、何かを創ろうとする意欲は満ちみちていた。それに、何ものも引きとめることのできない若さのエネルギーが、少年たちを荒野に追い立てていた。文学をするなら東京に行かなければならないだろう、一様にそう考えながら、首都への憧れをふくらませていた。

2　父の初恋

明治があと一年足らずで大正に変わろうとする一九一一年の冬、気弱で陰鬱な父軍一は数か月で十七歳になろうとしていた。小説や詩歌を読み漁り、思いつくままに原稿用紙を埋めながら、文学の世界で生きるのを夢見ていた。しかし、自分をとりまく環境を考えると、どうする術(すべ)もない鬱屈に沈みがちであった。

そんな真冬の霙(みぞれ)が降る日、父は初恋の人、川島慶子（戸籍名ケイ）に出会うのである。その日の情景は父の深部に鋭く刻まれ、生涯消えないでいた。もしも慶子との初恋が、たいていの人間が一度は通過するような淡い憧れで終わったならば、父の生涯はまったく別のものになっていただろう。ところが、父の初恋は少年を翻弄しつくす烈しさで彼に襲いかかる。父に運命を感じさせた慶子は、父より二歳年上であった。

一年前、大阪商船学校に入学して以来消息の跡絶えていた旧友小川忠一が、ひょっこり軍一を訪ねてきた。冬の休暇で久々に帰郷したのだそうだ。憂鬱な気分をもてあましていた軍一は、持ち前の明るさでたわいないお喋りをする小川の屈託のなさを羨しく思った。つられて、何気ない会話を交わすうち、小川が揶揄するようにこう言った。

「そうそう、軍さん、あんたあ、最近じゃが、貸本を読みんさったろう？　漱石を読みんさったろう？」

「なに、『虞美人草』のことかい？」

「それよ。あんたあ、その貸本に批評めいた文章を書きんさったろう？　ちがうか？」

小川の意外な言葉に軍一は顔を赤らめた。いくら小説や詩歌に熱中しているからとはいえ、貸本屋で借りた『虞美人草』の欄外に、白愁という名を使って、つい鉛筆で読後感を書き入れてしまったのを思い出したのだ。文面が頭に浮かんだ。いけないことをしてしまった。だが、なぜ小川がそれを知っているのだろう？　白愁は北原白秋の詩集『思ひ出』にとり憑かれた軍一が、崇拝するあまり秋に心をつけて使っていた雅号である。

「広島いうても狭いもんさなあ。下流川辺り（しもながれがわ）に住んでおるのに、この近所の貸本屋からその本を借りて読んだ人があるんじゃ。その人があんたの漱石評にえらく共鳴して、大阪から帰りしなに挨拶かたがた寄ったわしに、白愁という人を知らんかってしきりに訊くんじゃ。つい、それはわしの友人じゃ言うたら、ぜひ会ってみたいと言うてきかんのじゃ。軍さん、なあ、頼むから一緒に行ってくれえよ」

小川の情報通のところは前とちっとも変わっていない。小川によれば、熱烈な共鳴者は彼の幼なじみで、文学好きな、情熱的ですごくきれいな十八歳の女性だという。聡明さが際立つ才色兼備の女性らしい。

驚きと恥しさで動悸がしてきたが、自分に共鳴してくれるという未知の女性の存在は、ひどく軍一を動かしもした。うわべは無関心を装おって、しぶしぶ同行することにした。久留米絣の揃いに小倉織りの袴をはいた。その上に、厚手の外套、朱色の裏地がついた黒いマントをひっかけた。これは父親が軍一のために無理をして手に入れたもので、古着ではあったが、かなり上等なマントだった。最後に、軍一は三木露風の詩集『廃園』を風呂敷に包み持った。

私は父から幾度となく初恋の話を聞かされていたけれど、少女時代には自分のことに関心がありすぎて、父の恋物語を熱心に聞いていた訳ではなかった。父が抱えて行ったのが『廃園』であって、なぜ白秋の『思ひ出』ではなかったのかも訊ねなかった。今では、とても残念な気がする。どちらも父を夢中にさせた詩集であったのに、父は『廃園』を手にしたのである。あるいは、『思ひ出』はとくべつの本、愛する以上に、父にとって神聖な本であったのかもしれない。おろそかに他人には渡したくない種類の本だったのかもしれない。

外は青く暮れつつあり、霙が川を刺すように勢いよく落ちているのが見えた。全身を霙に打たれて二人は灯が点きはじめた堺町を通り、本川筋を過ぎ、元安橋を渡ってひたすら下流川町へ歩いて行った。小川は共鳴者について熱をこめて話してくれた。今年の春、松江の県立女学校を卒業したこと、現在は母の実家で生活していることなどである。

いつか霙まじりの雪になっていた。冷気のために傘をもつ手が痺れ、顔が痛いほどであったが、ある予感に軍一は胸が震えるのを感じた。

やがて、下流川町でもひときわ閑静な一角の、柳並木がつづく掘割を前にした家に着いた。すぐ近くの浄林寺の壁にうっすらと雪が積っていた。その家の窓からはほのかな灯りがもれてくる。

戸口で傘や外套（マント）の雪を払い、小川のあとについて軍一が玄関に入って行くと、「さあさあ、どうぞお上がりになって」という気持のよいアルトの声が聞こえた。次の瞬間、軍一の視界に花のような女性が飛び込んできた。視線が合ったとたんに、息がつまりそうになった。小川がお慶さんと親しく呼ぶ川島慶子がそこにいた。初めて見る慶子は想像をこえる美しさだった。これまでに見たこともない、広島あたりではとても見られそうにない型（タイプ）の人で、新鮮で清潔な感じがした。束髪に月見草色の幅広リボンを飾り、黄八丈の着物、濃紫（こむらさき）地に白い矢羽根模様の羽織がよく似合っている。華麗でいて、品のよさが匂うようだった。漆黒の髪は艶々となまめかしい。とりわけ特徴的なのは、長い睫毛にふちどられた大きな目であった。

父はこうして慶子と出会うのである。

「私にとつて、この訪問の日こそ、最も幸福にみちたそして最も苦難にみちた後の二十年を劃するものであつたからには、かりにも忘れることのできぬ『宿命の日』と言はなければならない。」（『緑地ありや』）

初対面の三時間はあっけなく過ぎた。軍一は気もそぞろで、話の内容をほとんど記憶していなかった。慶子の度を越した讃辞やいくらか脱線気味の文学論に戸惑ったりしつつも、軍一はたえず無口でいた。慶子の母や二人の妹、祖母まで交えての座談だったし、川島家の人びとと小川の懇意な間柄にとても割り込んでは行けないと感じていたからだ。そうかといって、この訪問に失望したかといえば、それは正反対である。慶子についての感覚的な記憶だけは生々しいものがあった。三時間のすべての時、軍一は慶子の一挙一動に全神経を傾けていたのだった。

川島家を辞する間際、軍一がぎこちなく三木露風の詩について訊ねると、慶子はまだ露風を読んでいないという。それで、もしかしたらと思いついて風呂敷に包んできた『廃園』を慶子に貸すことができた。心のなかで強く再会を願って。

外は強風が雪を吹きつけていた。歩くうち、軍一と小川は雪のかたまりみたいになっていた。足駄（あしだ）の歯にたまる雪のせいで何度も転びそうになったが、軍一は少しも寒さを感じなかった。熱いものが身内に沸き返ってくるようだった。かつて経験したことのない歓びが生まれつつあった。

沈黙したままの軍一に反して、小川は饒舌であった。川島家についてあれこれと説明してくれた。小川の父は船乗りで留守がちであったが、母は西地方町の芸者衆相手に踊りの師匠をしていて、西新町に住んでいる。慶子の母の実家が西新町にあった時分から近所付き合いをしている間柄なのだという。

松江の旧家の出であった慶子の父は、鉄鋼会社を経営し、また県会議員になって活躍しているが、西新町で「川甚」という大きな料亭を開いていた母の実家は、とうの昔に没落しているそうだ。慶子の母は病身なので、寒さの厳しい山陰を避け、瀬戸内海沿いのこの町で養生するべく実家に帰っているという。たまに父親が松江から会いに来るらしい。もともとは、商用で広島に来ている慶子の父が料亭の看板娘を見初めて嫁にしたのだが、気の毒に病弱な娘だったたってわけだ、と小川は川島家との昵懇さを得意げに披露してみせた。その上、小川は川島家の女たちをこう評した。

「川島の家は美人系でなあ、おふくろさんもお慶さんも、二人の妹もみんなきれいじゃあ。だがな、あそこの家にゃあ、どうも淫蕩の血が流れとるのとちがうか。それになあ、きっと、肺病筋かも知れんよ」

不快な思いがした。慶子への思いで気持が昂っている今、そんな話は聞きたくなかった。

「なあ、軍さん、黙ってばかりいて、あやしいぞ。お慶さんについての感想はどうなんじゃあ？」

「きれいな人だねえ。大変な情熱家でもあるようだね。でも、文学的教養の程度は知れたもんじゃあないか」

虚勢を張って軍一は答えた。だが内心は熱に浮かされて、ただ一つの言葉を思い返していた。帰り際に慶子が自分の耳許に囁いた、「きっと、またいらしてくださいましね」の響きだった。慶子が自分だけにそう言った時の妖しい目の輝きを思いつづけていた。まつわりつくような声、強い語気、目の力に慶子の意思がこめられていたではないか。

風呂敷を座敷に忘れたのに気づいたけれど、再び訪問するための口実にしようと置いてきた自分の気持を、慶子は知っていながら知らない振りをしたのではなかったろうか。あの人もそれを望んでいるのだ。

雪の夜の寒気が火照った身体と心に快かった。もう引き返すのは不可能だろう。少年は恋のなかに落ちていった。それは譬えるものもない大きな希望であった。

雪の深きをよろこぶは児等
恋の深きをねがふは誰ぞや、
雪の深きをよろこぶこころ
いつまでも、いつまでも失せであれ。
雪の深きをよろこぶこころ
げに神ぞ地の子等にめぐみたまふ、
罪の深きを泣くは誰ぞや

げに神は雪を心にも降らせたまふ。

（「雪の歌」『秋に見る夢』）

　その夜は興奮と戦きに平静を失っていた。突如、見出した虹色の彩光をそのまま大切に保っていたい。家族の誰とも口をきかずに、軍一は薄い蒲団にすべりこんだ。慶子がいるだけで生まれたこの上なくたおやかな雰囲気。未知の世界を期待させる力。気持を騒がせる何か。自分の心を揺さぶるあの幻の精をひとり占めにしたいと目を閉じてみたが、興奮のあまり眠れなかった。理性的になるんだ、と自分を制したが、無駄であった。胸のなかが希望で満たされたかと思うと、すぐに現実に引き戻された。素敵な共鳴者を得ただけで満足すべきなのだ。それに、自分みたいな没落した貧しい家の子を誰が愛するだろうか。慶子はきれいすぎるし、手の届かない女性なのだ。それどころか、自分は恋するには稚い、まだ十六歳の少年ではないか。

　幸福と傷みの間で寝返りばかり打った。ようやく眠りについたのは、明け方であった。

憧れのこころ
みたす術なし、
いたづらに枇杷の花咲き、
みぞれ降り。

（「断章」二『風・光・木の葉』）

　父の記憶のなかで、運命の日はいつも枇杷の花の陰影と共に思い出される。枇杷の花と父の暗い生涯は慶子という女性によって結びついている。慶子に出逢わなかったならば、父は不幸な人生から逭れられただろうか。しかし、ミューズに出逢わなかった父の生涯は、空疎な色褪せたものであったかもしれない。

　ペンを執りあげても、関心のすべてが慶子に逸れて行って、何も書けないでいた。昨夜以来、軍一にとって世界が変質してしまったように思えた。登校しても、周囲に薄い幕が張りめぐらされている気がするのだった。講義が耳に入るはずもなく、慶子の幻影だけが遠くから軍一に微笑みかけるのである。

　外が急に明るくなった。点燈夫が軒々のガス燈を灯して行った。ガラス戸越しにその灯りを見ると、軍一はもう自分を抑えられなくなった。原稿用紙を片付け、手早く外出の仕度をした。怪訝そうな母の目を後に、軍一は家を飛び出していた。昨夜忘れてきた風呂敷を取りに行くだけなのだから、と自分に言い訳しながら下流川町に吸い寄せられて行くのだった。二度目の訪問が運命を決定づけるとも知らずにいた。ガス燈のオレンジ色の灯が彼の不安な心を柔らかく包んだ。

　一途な勇気が軍一に思わぬ行動を取らせる時があった。弱気な自分を信じられないくらいの大胆な情熱が軍一を動かすのである。十代の初め頃から軍一はそれを自覚していた。度たび、思い切った行為が軍一を前進させることがあった。この時も、川島家の人びとのあたたかい歓待にあい、軍一は前進してしまうのである。打ち解けた語り合いについつい時を忘れた。

　夜遅く帰宅すると、慶子に手紙を書かずにはいられなかった。翌朝、それを投函すると、次の日の夕刻、慶子の返事が届いた。きれいな和紙に認められたもので、驚くほど熱情的な文章であった。軍一の告白に対して、「夢ならいつまでも醒めないでほしい」とか、「お手紙を抱きしめて寝る」とかいう、陳腐な浮わついた言葉が連なっていた。その月並みな誇張が恋する者にはいっそう嬉しく思えた。軍一の手紙の内容も友情の域を越えたものであったが、慶子の返事はそれを上廻る熱烈さがあり、十二分に官能をくすぐる刺激的な手紙であった。恋文そのものである。気弱な少年はこんなふうに恋の手応えを得たのだった。むしろ、予期せぬ反応に茫然とさせられた。軍一は家を飛び出し、廓裏を川岸にそって江波(えば)の浜辺まで歩いて行った。歓びに胸が震えて、どこまでも歩かずにはいられなかったのである。

　うらうらと李(すもも)の花の咲くごとく
　満ち潮のさざなみ岸に寄るごとく
ときめき沈みはた翔(か)ける　心の様のふしぎさよ、
　一つの星を獲(え)むために
　うらうらと李(すもも)の花の咲くごとく
　満ち潮のさざなみ岸に寄るごとく。
（「惝憬」『冬刻詩集』）

訪問を重ねるうちに、慶子の家庭の事情も把握できた。奥の部屋には死期の近い祖父が寝たきりになっており、手伝いの人と慶子が看病に当たっていた。恋文も病人の枕もとで、手伝いの人に気兼ねしいしい書いたと言った。慶子の性格の大胆不敵さが見えてくる。

　ある夜訪ねると、隣りの部屋で赤ん坊の泣き声がした。不審な表情をする軍一に、慶子は自分の妹だと説明した。病みがちな母の乳が出ないので、親戚に預けてあったのが、昨夜、戻って来たという。ずい分と年の離れた妹なのだ。つまり、娘四人に松江で父親と暮らす弟をいれての五人兄弟になるらしい。変則的な家族みたいだ。軍一はそう信じて過ごしたのだが、この赤ん坊の存在は疑問のまま私のなかに残っている。もしかしたら、慶子が生んだ子ではなかったろうか。

　慶子は二人だけでしみじみ話がしたい、と言うようになった。こんなふうでは落ち着いて話もできはしない。重大なことをお話ししたい、とも言った。軍一は積極的な慶子に慣れ、恋人気分に浸っていたが、「重大なこと」が気になって、不安にとらわれもした。そのためにも、慶子と二人きりになりたい。外で会う機会を持ちたいと熱望していた。

三、四日会わないでいると、慶子から手紙が届いた。分厚い恋文（ラヴレター）である。軍一を夢中にさせた慶子の熱っぽいラヴレターに娘の私は困惑するしかない。少年の初恋を可愛いと思わなければ、とても読んではいられないのである。

「どうしたら逢へるでせうか、と、ただそれのみ思ひつめながら、昨日も今日も過ごしました。もう、かうしてじつとしてゐるのがじれつたくて、じれつたくてなりませんの。一分でも早く、一秒でも早く、あのおやさしい胸にすがらなければ、（中略）看護といふ日課にとらへられてゐる身の悲しさ。幸福の瞬間に死を思ふといふあなた、そのお言葉に酔はされるのです。ああ、うれしい。おぢいさまの痩（や）せこけた背なかをさすりながらも、私は絶えずそのことばかりを思つて昨日も今日も過ごして来ました。ところが、急に今いいことを思ひつきました。あのね、たいへん都合のいいことが。（中略）薬をとりに行くことを口実にして、赤ん坊さへおんぶしたら、うちでもきつと外出させてくれさうです。だから、明晩土曜日の夜を約しませう。夜七時すぎに、私薬取りに事よせ、なんとかして、どうでもかうでも家を出ます。遠いのに、気の毒ですけど、うちの近所の浄林寺といふお寺、あの辺をぶらついていて頂戴。（中略）看護だのお守りだのして、毎日を暗い冷たい家にとらはれてゐる今の私には、ただ、あなたのみが無二の慰（なぐさ）めでございますものを。（中略）ああ、お逢ひしたいのが八分（ぶ）、興ざめな姿でお気の毒（？）なのが二分。でも、でも、もし逢つてくださるなら、私は必ず待つてゐますからね。　慶子」

濃厚で大仰だけれど、この程度の恋文にどうして父は魅せられたのだろう。娘はそう感じるけれど、恋の矢に射られてしまった十六歳の父にとっては、恋する異性の世慣れた甘ったるい言葉は絶対のものであったろう。慶子に送った父の手紙は残されていないが、転居の多かった長い生涯をとおして、父は慶子に関するものはみな持ち歩いていた形跡がある。父の没後に大田区にある住居の整理に行った私と姉は、二階の押入れに古ぼけた茶箱を発見した。そこには、レースのハンカチーフや絹の巾着、半襟、手袋、革のバニティバッグ、手紙、手帳など、慶子のものと思（おぼ）しい物が、雑然とではあるが、ぎっしり詰っていた。慶子のものは何ひとつ失うまいとする父のすさまじい執念を見る思いであった。

慶子の手紙は「死ぬまで永久に姉弟のやうでゐませうね」とも書きながら、明らかに女性的に少年の感情を煽っていた。煽動していた。スレているというよりは、生来のコケットリーを持っているのだろう。恋を主導しているのは、完全に慶子の側である。

約束の日、赤ん坊をおぶった慶子が現われた。子守りの姿であっても、慶子はほっそりと魅力的であった。二人は人影を避け、黙々と歩き、比治山（ひじやま）の麓まで来て寄り添った。軍一は気になっていた慶子の「重大なこと」について聞き出したかったのに、言いかけた時、烈しい風が砂埃を吹き上げた。

赤ん坊が急に泣き出し、いくらあやしても泣きやまなかった。空は黒く翳って、嵐のくる気配がした。赤ん坊は泣きつのり、あわてた慶子は烈風に追われるように駆け出した。仕方なく二人は小児科医院の前で別れたが、慶子は次に会う日時と場所を伝えるのを忘れなかった。

雨の夜、大手町筋の酒問屋の前で、青い蛇の目傘をさした慶子が軍一を待っていた。慶子は自分の傘を彼にさしかけ、肩寄せ合って歩き出した。相合傘のなかで見る夜の街は格別に美しかった。西練兵場を通り、大本営跡の石垣を伝って歩いた。慶子の歩調は軽快でいて意志的だった。目的地に向かって行く歩みである。兵営の近くに来た頃には、雨はあがり、深い霧の彼方に広島城の天守閣が浮き出ていた。冷たい夜気に慶子のジャスミンの香りが広がった。

素馨（ジャスミン）のうつり香の
指さきにほめくも、あはれ
君とわかれて、
この月の夜は
おもひも青く燻（く）ゆる。
（「断章」六『風・光・木の葉』）

天鵞絨（びろうど）のやはらかき足
夜（よ）となれば胸を過ぎゆく。
素馨（ジャスミン）の匂ふそよ風
夜となれば耳にささやく。
（「素馨」『冬刻詩集』）

人を待つ夜（よ）のひとときは
風のそよぎか、ためいきか、
花ある椽（とち）の葉がくれに
月明りこそ忍びたれ。
（「花ある椽」『冬刻詩集』）

野を吹く風はひそやかに
熱き穂麦のいきざしか、
よりそふ人は匂はしく
この手に捲きぬ、黒髪を。
（「穂麦」『冬刻詩集』）

うらみわび逢はずとせしを
逢へばただうれしきのみぞ、
春日さす君が吐息に
わが胸の氷柱（つらら）とけたり。
（「逢へば、ただ」『冬刻詩集』）

母親やまだ幼い妹までもが仕立物の賃仕事をして家計を助けているというのに、長男の自分が恋愛にうつつをぬかしている。こんなことが許されるのだろうか。自責の念と霧の夜の出来事が羞しくもあって、軍一はしばらくの間、慶子に近寄らなかった。それだけに思いがつのって、せっせと慶子に手紙を書いた。しかし、慶子からはふっつり手紙がとぎれていた。病気なのだろうか。ひょっとして、頻繁すぎる自分の手紙が怪しまれ、家族に見張られているのだろうか。心配で生きた心地がしなかった。慶子の家を訪ねてみようかとも思ったが、もう会わせてもらえない気がした。焦燥するうちに二月が終わり、三月も過ぎようとしていた。慶子が去って行く悪夢に怯えた夜もあった。

　慶子からようやく便りが届いたのは、四月の終わりであった。軍一は十七歳になっていた。手紙は二月の日付のもの、三月のもの、昨日のものが同封されていた。慶子はなぜ今日まで投函せずにいたのだろう。

「その後、いかがあそばして？　恙なく御通学？　ほんとに御無沙汰してすみません。」で始まる手紙には「離れてゐても心は常に一つ」であるとか、「愛は何物にも替へがたい至上のもの」であるとかを綴り、家事雑用に追われているし、周囲の事情でしげしげ会うのは無理だから、「せめて私はかうしてじつとあなたの手紙を抱きながら、独りを慰めています」とあった。次の手紙には、相変わらず家事多端であり、また事情があって会いにくいこと、それに春の試験で忙しい軍一の邪魔にならぬように、しばらく会うのを控えたいという意味のことが冷静に書かれてあった。

　ところが、三通目は慶子らしい熱っぽい激しい内容であった。

「朝早くお手紙が届きました。胸躍らせて封を切りましたけれど、ああ、どうしよう、どうしよう。知らなかつた、そんなにまで悩んでいらつしやるのを。私がお便りしなかつたのを、そんなにまで苦しんでらつしやるとは。ゆるしてくださいね。でも、失望したの、悲しいのと言つて、あんなに悩んでくださると、私はほんとにたまらなくなる。後生だから、そんな心配はしないでください。生命までもと誓ひ合つてゐる二人ではありませんか。でないと、私は反つて恨みに思ふ。それに、あなたは神経質であり過ぎます。（中略）私はそんなに冷たい女でせうか。私はそんなに薄情な女でせうか。家のためだつて、親のためだつて、どんな大きなもののためだつて、あなたには代へられない私です。（中略）こんどはお医者が変わりました。魚屋町に天野といふのがあるでせう。ここ当分おんばがゐないので、私がお薬を取りに行く役目、また先夜のやうに逢へさうな気がします。逢つてくださるでせうか。明後日は日曜ね。私、昼の一時ごろお薬取りに行きます。必ず待つてゐます。（中略）あなたはわざといらつしやらないにきまつてゐる。でも、逢つてくださるなら、どんなにうれしいでせう。　慶子」

　五月になっていた。明るい午後、水晶の出る山（火山(ひやま)）に二人は登って、頂上に腰をおろした。慶子は薄紫の御召の袷を着て、クリーム色のパラソルをさしていた。久し振りで見る慶子は影もない明るい表情をしている。脚下はるかに海が青くひらけている。海を眺めているうちに、つい青いアドリア海を連想して、軍一はダヌンチオの『死の勝利』を話題にした。最近読んで惹かれた小説だった。「あの小説は終局がすばらしい悲劇だけど」と彼が言うと、「あなたの恋愛観はダヌンチオの影響を受けているのね。それは人間のことって、最後は悲劇よ。でも、私たちは幸福感で償えるわ」と、慶子は妖しい笑いをうかべ、唇を求めてきた。

後年、父の本棚に並ぶこの小説の背文字を見た少女時代の私は、ダヌンチオの名と奇妙なタイトルを憶えてしまった。初恋の思い出がつまった父にとって懐かしい作品のひとつだったに違いない。

五月の陽光のもと、二人は強く抱き合った。軍一の不安や鬱憤は慶子の年上の女らしいさりげない振舞いの前に霧散していった。慶子は恋する者の知恵で思いついたという妙案を話した。「もう人に隠れて会わないでもいいわ。うちであなたに英語を教えていただくことにしたの。別室で二人っきりになれるのよ。母も祖母もお許しになったのよ」

次の日から英語のレッスンが始まった。慶子の家の玄関脇にある三畳が教室である。豆ランプの薄い灯が幸せに輝いた。襖を閉めると、慶子はいきなりすり寄ってきた。英語のリーダーは机の上に開かれたままになっている。襖の向こう側を気にして、時々軍一は声高くリーダーを読んだ。それを慶子が復唱するのがおかしかった。だが、すぐに慶子はリーダーをひったくり、軍一に凭れかかってきた。

その夜から、軍一は夕食を済ますと、そそくさとレッスンのため慶子の家に向かった。一日のあらゆる歓びはレッスンの時間に凝縮された。

そんなある日、軍一は座敷に通され、松江から来た慶子の父親に引き合わされた。金縁眼鏡をかけた恰幅のよい紳士だった。慶子の父親が何のために来ているのか、むろん軍一が知るはずもなかった。座敷には新調の華麗な衣裳が飾られていた。その華やぎのなか、彼はただ初めての恋に酔っていた。

あすの日も晴るるきざしか、
われらが恋もうらやすきか、
安芸の小富士の峰の秀(ほ)に
ゆふやけ雲のあかれるは。

註　「安芸の小富士」は似之島の俗称、瀬戸内海にあり、形富士に似る。

（「あすの日も」『風・光・木の葉』）

3　恋の終わりの時

「ぜひお話ししなければならぬ事が出来ました。悲しい事情をきいていただきたく、今宵、逢つて下さい。八時ごろに、例のところで待つてゐますから、まちがひなくいらしつて下さいまし。」

慶子の走り書きと思われる短い文面の手紙が届いたのは、慶子が英語のレッスン時に最も積極的な素振りを見せて軍一を驚かせ、また少年の自分に潜んでいる男性を目覚めさせた時からそう日は経っていなかった。親戚の老人の来訪で未遂に終わったものの、肉体の触感、体温は生々しく残っていた。安堵感と満たされぬ気持がよけいに慶子を求めさせた。不吉な予感で手紙を持つ手が小刻みに震えた。

元安川（もとやすがわ）沿いの櫓下（やぐらした）が、二人の逢びきの場所であった。川水は冷たく青白く光っていた。時々影のように視界に入ってくる舟の艫の音が、悲しく胸にひびいた。白い苜蓿（うまごやし）の花が土手に点々と咲いていた。楠の木蔭に慶子は待っていた。

軍一を見ると、慶子は急に抱きついてしくしく泣いた。泣きながら、とぎれとぎれに「大木さん、あたし結婚することになりました」と言った。信じられずに呆然とする軍一に、前々から結婚の話はあったのだけれど、先日親戚の老人が親密にしている二人のことを告げ口し、あわてた両親が慶子の意志を無視して強引に話を決めてしまったのだという。

何を考える余裕もなく立ちつくす軍一に慶子は言葉をついだ。行くのは嫌だと言って毎日泣いていたこと。でも、年下の軍一では親たちを説得すら出来なかったこと。それで、結局は結婚してアメリカへ行くことを承知させられてしまったのだという。相手はアメリカの日本人社会で仕事をする弁護士なのだそうだ。

悲しみよりも激情に駆られて軍一は叫んだ。

「あなたは、家を捨て親を捨ててもと僕に誓ったじゃないか。あなたの言ったことはみんな嘘だったんだ。僕を愛してなんかいなかったんだ」

言い終わると力が抜けて、崩れるように草の上に座ってしまった。抑えても抑えても涙がぽろぽろこぼれ落ちた。

慶子は屈みこみ、軍一の肩を抱いて泣いた。熱い涙が軍一の頰に落ちてきて、二人の涙がまざりあった。

慶子は説き伏せるように言った。

「父が頑固で、絶対に娘の言うことなど聞かないのよ。でも、あたし、きっと帰って来ますわ。あなたのところへ！　信じて欲しいの」

支離滅裂のことをいう慶子の言葉にも、月明りの下で軍一を見つめる目にも、疑いようのない真実があった。恋する少年の哀れな願望であったかもしれない。慶子がまた咽び泣いた。軍一も泣いた。

最後の別れを告げ、とぼとぼ帰って行く慶子の後ろ姿が消えるまで見送ってから、軍一は嗚咽をかみしめ、のら犬のように広島じゅうの街という街をうろついた。家に帰り着いた時には、すでに空が白み始めていた。彼は自分が悲しみに狂ってしまうのではないかと怖ろしかった。

こうして、少年の恋は半年ではかなく消えたのである。霙の十二月に始まった眩い幻影は五月に滅びたのである。

軍一は泣いて慶子の幻にすがっていたが、やがて自分への哀憐は慶子を憎み、慶子の言葉を憎み、愚かな自分の心を嘲る気持に傾いていった。

どんなに甘ったるい言葉を囁き、やさしい微笑で、目の輝きで、しなやかな肢体で、女らしい仕草で魅惑したとしても、要するに慶子は年下の自分の心を弄んだのではないか。初めて会った頃から、重大なことを聞いて欲しいと言っていたが、いくら聞かせてもらいたいと頼んでも、とうとう言わずじまいになった。縁談だったのだから、言えるはずがなかったのだ。英語のレッスンにしても、アメリカ行きの下準備だったのだろう。プレゼントされた写真掛けの刺繍、あのフォーゲット・ミー・ナット。あれも餞別の意をこめた寸志くらいのものだろう。それとも、帰って来るまで、忘れないで待てという謎かけだったのだろうか。「きっと帰って来ます」という最後のせりふも調子がよすぎる。親戚の老人が覗き見た日のことにしても、慶子の思い切った行為を愛の情熱と錯覚して有頂天になった自分だったが、それだって、結婚前の慶子が恋愛の刺激を年下の自分に求めたに過ぎなかったのだろう。どれもが予定通りの行動で、婚礼の準備は着々とすすめられていたのだ。恋の幻に酔った愚かな自分が夢を見ている間に。

それなのに、軍一の怒りは数日も続かなかった。ふらふらと慶子の家に向かっていた。応対に出た慶子の祖母が「あんたにゃあ、ようしてもらいましたがの、お慶もとうとう嫁に行きましてのう」と告げ、アメリカに行く汽船を待って、水主町(かこまち)の住吉神社近くにある相手の家に滞在しているのを洩らした。

酷(むご)い事実が積み上げられていく。軍一はもう部外者でしかなかった。自分に慶子を引き留めるどんな力があったろう。日暮の道をとぼとぼ水主町の方に歩いた。

慶子の婚家は大きな二階家で、通りに面している。あの家に慶子はいると思うと、ひと目でも慶子を見たいと思った。住吉神社の境内には梅雨時の湿気のせいか夕靄が立ちこめていた。軍一は松の木の蔭にたたずみ、真向いの二階に目を凝らしていた。すると、障子にちらっと影が動いた。彼の目には慶子の立ち姿に見えた。その影は一瞬にして遠去かり、二度と見えなかった。

気がつくと、軍一は江波(えば)の入江の岩蔭にいた。嬉しい日にも孤独な日にも、彼は江波の浜辺に行った。潮の香に身をゆだね、泣き崩れた。岩肌にへばりついている白い牡蠣殻の寂しい姿が孤独な少年の心にしみ入った。

江波（えば）のはまべの岩かげに
ひそみて独（ひと）り牡蠣（かき）うてば、
潮の香（か）ふかきが泣かれけり、
けふもあはれず来（こ）しゆゑに。

註　「江波」は郷国安芸にあり、瀬戸内海にのぞめる一漁村。

（「江波の浜辺の」『風・光・木の葉』）

ひとり来て、
砂に涙のしむ音を
浜ひるがほにも聴かれけり。

（「浜ひるがほ」『風・光・木の葉』）

現在の江波に行ってみたが、むろん百年に近い往時の浜辺をのぞむことは出来なかった。河口あたりは埋め立てられ、整備され、いくつかの企業の工場によって水際は占有されている。広島湾に突き出た形の三菱重工業広島製作所のコンビナートの威容が目につく。気象館がある小高い江波山公園から江波の海と潮風を感じるしかないのである。少年の涙を受けとめた砂浜もなかった。

慶子はアメリカに行ってしまった。遠い人になってしまった。それが現実であっても、どうして初めての、全身が疼くような切ない恋の終焉を受けいれることができたろう。虚ろな心は軍一をますます独りに、孤独の淵に追い込んでいた。救いはどこにもなかった。失恋の傷みは苦しみの海に少年を沈めていた。浮上できる兆しは見つからない。慶子が与えた痛手の跡を見つめ、自虐的にその傷を拡大してゆくのが日課ともなっていった。十七歳になったばかりの少年にとって、純愛の破局がもたらした傷口は異様に巨大なものであった。それでも、悲しみのうちに夏休みがやって来た。

季節の感覚を失って蒼白い顔をした軍一は、一日中、店の片隅にあるケッカイのなかでぼんやりしていた。本を読んでも、ペンを執っても集中できないでいた。文学仲間の小野浩は軍一の様子を不審に思って、夏休みの計画をいろいろ語って聞かせた。小野は下関に行くのだという。広島警察署長だった小野の父親が転任して下関の警察署長になっていたからだ。下関を拠点に、萩や津和野も歩くのだと楽しそうに話す小野につられて、失恋の重症患者であった軍一も、旅に出ようという気持になっていった。母親の妹が山口県下松（くだまつ）の寺、妙法院に片付いていて、以前からぜひ遊びに来るようにと軍一を誘ってくれていたのである。

両親に頼みこんで、下松に行かせてもらうことにした。親たちもふさぎの虫になってぴたりと外出しなくなった息子の異変に気づいていたのかもしれない。小野といっしょに汽車で出発した軍一は、ずたずたに破れた心を抱いて、妙法院に身を寄せる。この時のことは『緑地ありや』のほかに、生活文化誌「月明」（昭和四十二年四月号）の「麦」という随筆でも書いている。

　瀬戸内海に面した下松は田園の広がる一年を通じて温暖な地として知られている。妙法院は清々しい静寂につつまれた、草深い真言宗の寺である。叔母は慈しみ深い笑顔で甥の軍一を迎えてくれた。彼が勉強部屋にあてがわれたのは青田明りのさし入る庫裡（くり）だった。そこでまず、経書などを読まされた。ふだんの喧騒と猥雑な環境が嘘みたいな清浄な場所で時を過ごすうちに、ささくれた軍一の気持も次第に治まってくるように思われた。手入れの行きとどいた庭を眺めていると、苦しみがわずかずつ遠のいて行く気さえした。縁先に机を持ち出し、経書に倦きると、国木田独歩やツルゲーネフを読んだりした。独歩は『武蔵野』、ツルゲーネフは『初恋』を持って来ていた。共に読了した本であるが、ここで読み返す時、あらためて見えてくる世界があるようだった。恋する者の絶望の感覚を知ってしまった十七歳の軍一にとって、『初恋』は共感の苦い歓びすら感じさせる怖るべき本に思えた。

　ひそかに恋する女性、年上の令嬢ジナイーダへの思慕が、十六歳の少年ウラジーミルに暗い情念の世界を教える。初めての恋に落ちた少年に天使の貌をした少女が見せる悲しい成熟の一面。少年の父がさらけだす男の傲慢な本性。崇拝する女性が目の前で最上の高みから堕ちてゆく残酷さに少年は打ちのめされる。人間というものの不可解さ底深さに少年はただ立ちつくすしかない。

　抒情的でポエティックな小説だと思っていた『初恋』が、これほど陰翳をふくんだ美しくシニカルな作品であったことに軍一は驚愕する。『猟人日記』を、『ルージン』を読んでみたいという新しい意欲が軍一の気持を引き立てるのだった。

　穏やかな昼下り、寺の近くにそよいでいる稲田が反射して、部屋を淡い緑色に染めていた。深く呼吸してみる。身体じゅうが澄んだ空気で洗われる気がした。この寂しさが今の自分には必要で、また自分にいちばん似合っているのではないか、と軍一は苦笑する。寺をとりまく自然の親しさにふと涙ぐむ自分がいた。

草寺に侘びて住まへば
苔の花かげり咲きけり、
明け暮れにあはれと見つつ
わがこひとともに秘めけり。

（「草寺に」『風・光・木の葉』）

　叔母は三味線や唄の師匠も出来る人だったから、寺でも庫裡で時折、近所の娘たちに三味線の手ほどきをしていた。のどかな暮らしがそこにはあった。叔母を見ていると、生気をなくして働く母親の姿が目に浮かんだ。対照的な姉妹の生活だった。自分の母親は家業を没落させ、家族を貧困生活に突き落とした父親に、嫌でも服従して暮らすしかなかった。次々に子どもを産み育て、貧乏にうち拉がれている。父親は今なおぼんぼん育ちの遊び人の性根を引き摺っているというのに。母親のことを考えると、いつも辛くならずにはいられなかった。長男の彼は兄弟のなかで最も母親に近い存在であった。後年、故郷を想う時、しばしば母親がうたわれたが、若き日の母親を慕うこんな詩もある。

紅(べに)つけて、母は待たしき、
日の暮れは何かいそいそ
柳(やなぎ)ちる河岸(かし)に立たしき、
吾(あ)を抱きて、こころも空に
のたまひき、「見よや、いとし子
はや一つ星は生(あ)れたり
また一つ、二つ、三つよ、
あはれ、子よ歌ひて待たん、
汝(な)が年と母の年ほど
星の数(かず)ふえもまさらば
父うへは帰りきまさん」
あくがれて、かくは待たしき、
紅(べに)つけてお白粉(しろい)つけて
うら若く母はおはしき。

(「若き母の俤」『秋に見る夢』)

この「若き母の俤」は、なぜか私には祖母よりは学生時代の教科書で読んだフランソワ・モーリヤックの短篇「若き母」を思い出させる。幼な子を抱いて胡桃の木の下に立つ若き母の物憂げな姿である。私たちが同居したことがあるのは母方の祖母だったので、父の母にはいくらか距離を感じるせいだろう。気づいた時には祖母はもう高齢になっていたから、詩のなかに若い艶めいた祖母を想像し、ひどく心を動かされる。この祖母は私たち兄妹、つまり孫たちからは「広島のおばあちゃん」と呼ばれていた。端正な細面の人で、どことなく冷たさを感じさせた。私たち兄妹は最後までこの祖母に甘えきれずにいたと思う。もしかしたら、父も母親を詩のなかのように慕い、愛しながらも、心底甘えたことはなかったのではないか。それだけに、詩には母への愛慕が噴出するのではないだろうか。そんな祖母にも「紅つけてお白粉つけて」夫を待つ遠い日があったのを思うと、若妻の初々しい姿がいとおしく感じられる。祖父が昭和十一年に東京の蒲田で亡くなった後、祖母は父の希望で末の弟佳雄と暮らすことになるが、父は最後まで祖母を敬慕し、面倒をみていた。

住職の法院は大らかな好人物だった。ビリケン風の顔で、始終ニコニコしていた。叔母は本堂の片隅に蚊帳をつり、寝床を二つのべて、となりに軍一を寝かせた。明るい気性の叔母は彼を自分の息子みたいに可愛がってくれた。

ある夜、聞き馴れない唄声が流れてきた。「きみょう……ちょうらい……へんじょそん……んん……」。軍一が本堂の片隅に行ってみると、叔母が作男や女中を相手に哀調ただよう御詠歌をうたい、石臼を挽いていた。白い粉がうっすらたまっていた。叔母は軍一の顔を見るなり御詠歌をやめて、言った。

「あんたあ、本もええが、少しはここへ来て臼でも挽きんさい。座ってばかりじゃ身体によくないわなあ。御詠歌も教えたるよ。ああ、そいから、あとで、この麦粉を練って食べさせるけんの。そりゃあうまいでえ」

本堂の奥から鉦(かね)の音が聞こえてきた。重々しい読経の声が流れ出した。ぽくぽくと木魚も鳴っている。叔母は甥の顔を覗きこむようにして、しみじみと言った。

「ようく聞けえよ。軍一や、男はくよくよせんもんじゃ。どんなに苦しいことがあってものう。法院さんも軍一が心配じゃと言いんさった」

下松に来てからの軍一の様子を眺めて、二人はこの甥が何かに悩んでいるのを読み取ったのだろう。叔母はさらに続けた。

「法院さんは、軍一はええ子じゃが、柔弱なのがいけん、わしがあの軟弱を叩き直してやると言いんさった。明日の朝は早起きしての、裸になって冷たい井戸水を頭からかぶりんさいよ」

翌朝、言われたとおり、軍一は釣瓶井戸の冷水を汲みあげては、何十杯も頭からかぶった。くり返すうちに、頭の芯が覚醒してきた。爽やかな朝を感じ、気分がよかった。

素足を朝露に濡らしながら茄子の花や胡麻の花咲く畠を通り、軍一は寺を出て海岸の土手を歩いて行った。内海の穏やかな波の音が耳に心に気持よい。背筋をのばし胸いっぱい新鮮な空気を吸いこんだ。潮風をうけ、蘆が青々と繁っていた。赤い鋏の小さな蟹がぞろぞろと這いまわっている。蟹は軍一の足もとに寄って来て、また彼から逃げて行った。

若き日の国木田独歩もこの辺りを逍遥したらしい。『独歩吟』で詩人として出発し、後に自然主義文学の先駆者といわれた独歩は、潮風をまといつつどんな思いに耽ったのだろうか。軍一は独歩の跡どころを偲んでそぞろ歩いた。こぼれ落ちた松葉や雲丹殻、形のよい小石を拾った。独歩への近しい気持が深まるのを感じた。心身ともに逞しくなりたいと、軍一は願った。

浴衣を脱ぎすて、軍一は朝の海に飛びこんだ。すべての鬱屈をこの海にふるい落とすように、夢中で泳いだ。どのくらい泳いだろう。ただひとり水と戯れている自分が誇らしく思えた。ふうっと力を抜いて浮いてみた。水を背に手足をのばしてプカプカ浮いた。朝日にあたためられた波の抱擁が心地よい。

ところが、軍一を解放するはずの海が、またしても少年を唆かす。海は太平洋に続いている。アメリカにも続いている。

周防灘の向こう、海の果ての遠い国に慶子がいるのだ。忘れ得ぬその人が恋しくて、軍一は海中に涙をこぼした。どう抗おうと、初恋を葬るのは不可能に思えた。

　人もゆき
　五月もゆきぬ。

わがこころなぐさめかねつ
朝涼の蘆辺をゆけば
赤き手の蟹は群れたり、
うちまじり愛(いと)しと見れば
逃げゆきぬ、われを厭ひて、
あはれまた蟹は蟹かと
人は人われはわれかと
磯づたひ、ひとりあゆみぬ、

　人もゆき
　五月もゆきぬ。

（「赤き手の蟹」『秋に見る夢』）

4　銀行員に

恋を失った少年は寄る辺ない心を抱えて生きるしかなかった。明治天皇の崩御がその年、明治四十五（一九一二）年七月三十日で、世は大正時代に変わったが、彼は無感動に時の流れを見つめるしかなかった。

　月あをむ
　蘆はらに来て
　聴き入るは、
海の遠音(とをね)に
絶えつづく
こほろぎのこゑ。

こひ人よ、
おんみは遠く、
わが心、秋風のなかに棲む。

（「傷心」『風・光・木の葉』）

空しい日々を過ごし、鬱々と生きる軍一にさらに辛い現実が待っていた。翌年の三月になり、広島商業を卒業するとすぐ、否応なく三十四銀行広島支店に就職させられたのである。銀行には真鍮の金網があり、年中ジャラジャラいう銀貨の音があった。木綿縞の角袖を着て角帯を締め、恋も希望も失ってうなだれている十八歳がいた。その時、心に刻みつけられた慟哭が終生の「悲しみの根」となったのである。生まれ月の四月、誕生日を前にして、軍一は望みもしない銀行勤めを始めていた。

明治天皇崩御の諒闇（りょうあん）が明けかけ、軍一が商業高校を出る頃になると、友人たちはどこどこの大学にすすむという話で持ちきりだった。文学サークルでは、細田民樹も、小野浩も、大野木繁太郎も、文壇の主流的勢力を占める早稲田大学に入学が決っていた。細田はすでに処女作の短篇小説「泥焔（でいえん）」を「早稲田文学」に発表し、好評を得ていた。中学時代から、細田と共に博文館の投書雑誌「文章世界」の投書欄で認められていた小野浩も、いずれは細田についでひとかどの作家になるはずだ。それを思えば、どうして銀行などに勤めていられるだろう。軍一も上京して早稲田に入りたいと希望していたのだった。

小学校時代からの友人、大野木は広瀬町で製綿工場をしている家の息子だったが、人情家の彼は軍一の境遇に同情し、自分が東京で生活しはじめた時には、親が反対しても上京して来るように、家出して来れば、生活のことは引き受けるとまで言ってくれた。学費は翻訳物の下訳をすればいいからと、親切に進学をすすめてくれた。だが、母親に打ち明けると、生まれて間もない末の弟をおぶった母は息子に取りすがって言った。

「あんたに出て行かれちゃあ困ります。お父つぁんがああいうふうじゃけん、あんたに銀行へ勤めてもろうて、暮らしの助けにせにゃあならんけんの」

軍一が抵抗して黙り込むと、母は泣き出してしまった。

女親の涙に逆らえる息子はそう多くはいない。まして、軍一は母親を敬慕する息子だった。諦めの心で算盤をはじく仕事に就こうと決意した彼は、三十四銀行の行員になったのである。

銀行は中島本町の目抜きの場所、慶子の家に行くのに通った元安橋のたもとに位置した。被爆の中心地となった当時の商品陳列場の建物にもほど近い距離にあった。橋の向かいにある「三田源」という大きな呉服屋が繁昌していた。料亭が川に沿って軒を連ねていた。

大阪に本店をもつ銀行は、古風で手堅い気風を特徴としていたから、三か月の見習期間には手代まがいの和服を着用、という内規があった。角袖に黒足袋をはき、雪駄をつっかけ、鳥打帽をかぶっての手代然とした通勤は、どれほど屈辱的なものだっただろう。軍一は友達に出遭わないように俯き、足早やに歩いた。

事務にも慣れてきた頃、軍一は正規の行員となった。母と

大正2年、18歳で三十四銀行広島支店に就職。
銀行員時代の大木。

妹が大急ぎで縫いあげた着物を脱ぎすて、初めての背広を身につけた。銀行の仕事は単調きわまりなく、五時に退けるのがただただ待ち遠しい。金網越しに窓口に立ち、ひたすら銀貨を数える。紙幣の枚数を数える。紙幣をパチパチはねて数える技術も身につけた。百枚の束を何十もつくる。単調なくり返しに発狂しそうになることもあった。

唯一の救いは、銀行の宿直制度である。宿直は軍一が銀行に在職した三年間の最大の楽しみであった。完全にひとりになり、自由な時間が使えるのだった。非常用の金庫の鍵束を預かるだけでよかった。その他はみな小使が世話してくれた。

六畳の宿直部屋が軍一の別天地だった。その部屋で、田山花袋の『田舎教師』、厨川白村の『文学十講』、徳冨蘆花の『順礼紀行』、メエテルリンクの『貧者の宝』『ペレアスとメリザンド』『侵入者』、タゴールの『ギタンジャリ』『新月』『園丁』などを読み漁った。

そこには、胸を病んで美術学校を休み、帰郷している若山為三が時々やってきて、東京の話を聞かせてくれた。文学、美術の話がほとんどだった。軍一がつい慶子に失恋したことを打ち明けると、若山はひどく同情して慰め、文学で立つよう励ましてくれた。ある時、彼が「きみはミュッセみたいだよ」と言ったのを軍一は後のちまで憶えていた。

宿直が待たれてならなかった。先輩の妻帯者たちは宿直を嫌い、代替を頼んできた。軍一はすぐに引き受けたから、自分のレギュラーな順番を合わせると、毎月、十五回も宿直できた。宿直料として五十銭の手当が出るので、月七、八円の別収入が得られる。月給の十円を残らず母親に渡していたのだが、それでも月給に近い収入が軍一のふところに入った。書物をふんだんに買える喜びは、宿直の恩恵を二倍にした。このささやかな慰めがなかったら、銀行の三年間を軍一は堪えられなかっただろう。

銀行勤めに慣れるにつれて、銀行が催す宴会にも出席し、茶屋酒も知った。むしろ病みつきになったといえそうだ。慶子への不信の念が軍一を酒に溺れさせた。夫と暮らしていて、「あなたに帰ってくる」だなんて、だれが信じるだろうか。「俺だって、自由に生きる」軍一は酔いのなかでそう自分に言い聞かせた。
ある夜、酔いどれた彼は蛮勇を揮って妓楼に登った。自分を嘲けるための行動だったろうか。純愛を破った者への復讐だったろうか。あっけなく愛と関わりのない性の体験をもった。汚れきってみたいとさえ感じていた。
それ以来、次第に自分が荒廃してゆくのが快感にも思えた。酒色に耽る日々を重ね、さすがに自己嫌悪に陥る瞬間もあったが、軍一はもっと自分を快楽の泥沼に溺れさせたいとも思うのだった。

わが清教徒の日に
こひし処女(をとめ)、
金柑の林にわかれを歎き、
未来をちかひ、
銀(しろがね)の十字架と白き薔薇
形見(かたみ)に、去りぬ。

ちかひの言葉
秋の日の香爐のごとく
すがしくも浄(きよ)ければ、
そのかをりうつろはぬ間(ま)に
そを銀(しろがね)の十字架に添へ、
金柑の林に埋めぬ。

かくて、一日(ひとひ)、憂鬱の牢獄(ひとや)を出でて
不浄の身を雪にそそぎつ
わが清教徒の日をおもひぬ。
祈りの涙、繁ければ
かの白薔薇の処女(をとめ)をもとめて
金柑の林にゆきぬ。

……枯れ果てし林の奥(おくが)、
雪を掘り、朽葉をわけて
われは見出でぬ、かの日の処女(をとめ)を。
歎きのなかに、われは見出でぬ、
――その銀(しろがね)の十字架は錆び、
今はただ一本(ひともと)の朽ちたる釘のごときを。
（「失恋秘草――或る物語の序詩。」1・2・6・7聯『風・光・木の葉』）

このまま一介の銀行員で一生を終えるのだろうか。いくら酒色に溺れても、いささか時が過ぎれば、苦々しい感情と共に現実に戻る。覚醒した時の空しさが、また酒を求めさせる。こうした悪循環から、軍一は自暴自棄になっていった。昼の実直な銀行業務と夜の遊蕩生活。純愛を捨て去った慶子への復讐は、過去を捨てきれない弱い自分自身への復讐でもあった。
自身の醜い行動が、逃避の感覚から生まれているのをおそ

らく軍一は知っていた。その感覚を嫌悪しつつも、逃避の衝動が自分の性格に強く根ざしているのを、彼は自覚し始めていただろう。

そんな軍一のもとに、ある日、一通の手紙が舞い込んだ。忘れもしない慶子の手紙である。日本を去ってから一年半あまりの月日が経っていた。消印はアメリカのサクラメントであった。

「（前略）私がどんなに君を恋うてどんなに悲しい思ひをしてゐるか、今さら申し上げたつて、それがどうなるものではないけれど……先夜、三晩もかかつて長い長い手紙をあなたに書きました。でも、すぐ灰にしてしまひました。いいえ、幾度、灰にしたか知れません。（中略）せつかく書いた手紙をこつそりストーヴに燃してしまひますのよ。あなた、あなた、忘れては嫌、あの夜のことを、むかしの夢を。夢は短かつたけれど、はかない逢ふ瀬ではあつたけれど、私の一生のうち最もうれしい記憶ですもの。殺してあげたいほど愛する人ですもの、（中略）ほんたうに昔の私に返つたやうです。今日は思ひきつて、この手紙を差出します。家庭つて平凡なもの、無趣味なもの。つまらない、つまらない。いくらストーヴに燃しても、あなたに手紙を書いてゐる時だけ、私は若い、華やかな自由な身になつて、思ふさま胸の内を書きまくる楽しさを味つてゐます。この前のなど、自分ながら呆れるほど大胆なことをね。あなた、あなた、愛は生きてゐる！　私の躰があなたと離れてゐるだけ、ね、さうでせう？

なに、構ふものですが。当分のうち、姉と妹になるの。私、妹が恋しいつて書きますわ。あなたは、夫が見てもあやしまないくらゐのところで、マイ・シスターになりすましてね、御近況お漏らし遊ばせよ。学校もとつくに御卒業ね、上京のことどう遊ばして？　三四年の後には私きつと日本へ帰ります。そしたら、また昔の夢をね。その時が待ち遠しい！

慶子」

大正３年頃、カリフォルニア・サクラメントから送られてきた初恋の人、慶子（21歳）の写真。

熱気にあふれた慶子の手紙は、慶子から受けた残酷な傷手を癒そうともがきつづけていた軍一を混乱させた。時が一切を忘れさせてくれるだろうという漠とした希みにすがっていた彼は、遠国から届いた手紙を前に驚倒する。慶子の亡霊が追いかけてくる！　慶子特有の感情をそのまま表わした艶麗な手紙。しかも、具体的に軍一との交流を再開させようとする企みを示唆する手紙である。

しかし、いくら愛している、信じろと書いても、もう元の慶子ではなく、元の自分ではない。いまさら、何を始めようというのだろう。これ以上僕を悩ませないでくれ。僕の心を乱すな。荒れた気持で軍一は新しい苦しみをもたらす手紙を見つめていた。

すると、翌日には慶子からの小包が着いた。包装をほどく軍一の鼻に肉桂（にっけい）のような異国のかおりがとどいた。白なめし皮の小箱に入ったネクタイピンと慶子の写真が収められている。金台にベビーパールでかたどった三日月が、オパールの星を抱いているタイピンには、「思ひをこめて」とかいた慶子のカードが添えられていた。写真の慶子は白いサテンの服を着て、首にはパールのネックレスをつけている。痩せて頬がこけ、目ばかりが大きく見えた。

伏せてもすぐに慶子の写真を見ずにはいられなかった。写真を見つめる軍一は、わけのないうしろめたさを感じずにはいられなかった。写真はあまりにもリアルに慶子そのものを語っていた。しみじみ懐かしい面影であった。

毎日毎日慶子の写真を眺めた。憎しみも傷みも彼女を愛したゆえのものだった。僕は変わってしまった。もう慶子が知っている純真な少年なんかではない。上京だって？　とんでもない。ただ義務で働き、上京の野心なんて忘れてしまった。そんな遠方から、なぜ手紙や写真を送ってくるのだ。まだ僕を惑わそうとするのか？　写真の慶子を罵っていても、恋しい慶子の便りにぐんぐん引きつけられていく自分がいた。慶子の手紙や慶子の存在を無視しようと試みても無駄だった。かなり遅くなってからではあったが、結局、軍一は慶子の思惑どおりに、女の名前で、怨みと絶望にさいなまれている心境を書き送った。

ある朝、給仕から叩き上げた大阪出身の支店長が顔を真赤にして、軍一を怒鳴りつけた。為替手形（かわせてがた）の取り立てがなってないというのだ。付箋（ふせん）が貼られた為替手形の束が突きつけられた。

「あんたはんは宿直の晩に哲学の本読むのやめて、銀行業務の勉強してもらはんと困りまっせ。一枚の手形に五枚も六枚も付箋を貼ることおまっかいな」

軍一は手形取立係になっていた。毎日、期日の来た手形代金を取り立てに廻るのである。大所の支払いはきちんと済んでも、小商人（こあきんど）は左前の店が多く、延期、延期、延期がくり返され、その都度、為替手形に延期の付箋を貼って返されるのだ。いくら通っても、金の取れぬ手形が溜っていった。支店長が怒るのも無理はない。しかし、困っている者から延期を懇望されると、軍一は気の毒で強引に催促することも出来ず、相手の言うままに見逃していた。取立係としては、まったくの無能であった。

銀行の仕事がおもしろくない分、軍一は悪友たちとつれ立って茶屋遊びに鬱憤を晴らしていた。
　現金出納係を振り出しに、手形取立係、手形交換係、計算係となり、年も二十歳になる頃には、軍一はいっぱしの遊蕩児と他人からも見られるようになっていた。

　広島にも電燈がつく時代が来た。一瞬のうちに目が醒めるほどの明るさが広がる電燈が便利がられ、軍一が愛したガス燈の幻めいた仄明かりは、めっきり減っていった。天満川にも鉄橋が架かり、市中を電車が走るようになった。この時代の変化の激しさといったらなかった。広島商業を出てから二、三年の軍一の変化も激しいものであったが。堕落しきっている自分への不満、希望からすっかり逸れてしまった自分への不満。薄黒い暴風が軍一の内部に吹き荒れていた。近眼だったために、丙種不合格ではねられはしたが、徴兵検査も済み、大人と見做された。心の安定を欠いた、自信をもてない自分にいらつく青年がいた。清らかなものへの希求と際限のない自嘲にずたずたに切り裂かれていた。

わが涙
いたづらに風に吹かせて、
ああ、れうらんたる
さくらあかりよ。
（「桜あかり」『風・光・木の葉』）

かなしや
足のさき　茜（あかね）の空を指（さ）したり、
ひとりあそびの
逆（さか）だちに。

こゝは枯野、たゞ入日　たゞ風
さかさに歩む影もあやふし　たゞ一つ、
啼けよ　百舌（もず）、
足のさき　いつまで空を指（さ）すものぞ。
（「さかだち」『秋に見る夢』）

しんに言ふべきことあらば
しんに黙すぞまさりたる、
赤き夕日にむせびつつ、
山にむかひて山を見る。
（「山」『大木篤夫抒情詩集』）

おろかさや、砂の塔築（つ）きあげて
さて落ちぬ、恋ゆゑに、われはかの蟻地獄、
日もすがら登るとし落ちむとし、絶え入りて
ほとほとに歎きするなり。
（「蟻地獄」『冬刻詩集』）

あれから一年以上経ったろうか。慶子から二度目の手紙が

来た。慶子からの最初の手紙と贈り物が軍一を惑わせ、とりわけ恋人の写真が彼に初恋に酔った六か月の時間を思い出させはしたものの、慶子は自分の手の届かない異国にいるのである。夫ある身なのだと自分に言い聞かせるしかなかった。慶子の唆すままに絶望的な心境を書いた女名前の手紙を送りはしたが、慶子と別れた後の堕落した生活を変えようとはしなかった。慶子に対するある種のうしろめたさはあっても、純情を踏みにじられた自分に、可能性のない恋を守って清く正しく生きろというのか、という反発心のほうがむくむくと沸きあがるのだ。自己嫌悪をもてあましつつ、変わりばえのしない生活を送っていたのだった。

二度目の手紙も圧倒的な情熱でつらぬかれたもので、軍一を困惑させた。彼の手紙は呪詛と罵倒のありったけを書きつけて、慶子を傷つけようとする内容であった。それにもかかわらず、慶子は「よくお便りくださいました。もう泣かない、悲しまない、悶えない。だつて安心しましたもの」と書く。まったく何という女だろう、と軍一は呆れ返る。

「(前略)恨(うら)みはわたしの方にもたくさんあつてよ。御返事をどんなに待ちこがれたか。(中略)我儘なわたし、放縦なわたしに、どうして人並みの妻らしいかしづきが出来ませう。恋しい人には捨てられ、愛も慰めも感じられない男と一つ家に起き伏して、それを私がどうして不満に思はないでゐられませう。私だつて悲しい悲しい思ひをしてゐるのです。むろん、あなたが私を恨んでらつしやるのも無理はありません。(中略)やつと届いたお手紙に、あなたが、やれ悲しんでゐる、悶えてゐる、私を冷笑してゐるとおつしやつても、私ちつとも同感してあげないことよ。すこしぐらゐ私のために煩悶してくださつてもいいわよ。もうもう私、絶望して、気狂ひみたいになつてゐたんですもの。(中略)私の恋人はあなただけ。一生あなたと離れない。(中略)私の心を信じてください。安心して、もうすこし時期の来るまで、辛抱して待つてゐてください。きつときつと、あなたに帰る私なのです。　慶子」

あまりにもいい気な、自分勝手な慶子の言葉に軍一はまたまた打撃をうける。この何ものにも動じない思い込みをどう考えたらよいのだろう。時や空間をも越えた慶子の愛情は、別れた後の軍一の苦悶など念頭にない様子で、一方的に伝えられるのだ。彼女にとって別離は問題ではなく、出会った時の初々しい感情のみを軍一にぶつけて来る。三年に近い時間、遠い距離をもとび越え、彼女は軍一の心に迫って来る。

尋常ではない慶子の愛の心理は、心の問題ばかりを追求し、お互いの不在を負の条件とはせず、広島の片隅で生まれた幼い恋をひとりで培養させているとも受けとれるのだった。これはある意味で、自分より慶子のほうが純粋なのではないだろうか。甘い言葉に酔い痴れているような慶子の手紙には、辟易させられはするが、首尾一貫しているところがあった。軍一との将来を誓う、自信にみちたあの一語である。「きつとあなたに帰ります」

その時、不意に軍一は雷に打たれたような衝撃を感じた。慶子を信じよう。不信感から自暴自棄、無気力に陥った自分を悔いる気持が彼を苛んだ。遠い海の彼方から一途に熱愛を伝えてくる慶子は、かけがえのない恋人なのであった。悔いの涙があふれた。慶子はきっと帰って来るだろう。自分は身を引きしめて、待たなければならない。軍一ははっきりと覚醒する自分を発見した。

それからは努めて遊びを控える生活をした。連れだって茶屋遊びに励んだ、商業銀行に勤める親友が十六歳の芸妓と江波（えば）で心中したのはその頃だった。若い二人が情死を決行した場所は、江波のげんげ田だった。れんげ草の原っぱは、江波山へかけて広がっている。生き残った瀕死の友は軍一に五色のアイスクリームが食べたいと甘えた。氷屋にとびこんだ軍一は、手に入らないアイスクリームの代わりに、苺水、レモン水、抹茶、蜂蜜、ミルクをカキ氷に浸ませ、五色アイスクリームまがいのものを作ってもらった。親友は満足そうに一つ一つを嘗（な）め、喜んだが、翌日、ひっそり死んだ。

江波心中は新聞にも大々的に報道された。記事の中に遺書が載り、軍一が死因を知っているとあったために、会う人ごとに質問され、白眼視された。それればかりか、遊興の際に作った借金は、みな親友との連帯責任になっていたので、残りは全部軍一の負担になった。借金の返済に追われる彼に手を差しのべてくれたのは、学校の先輩で箪笥業を営む佐伯易次郎と鉄鋼所を営んでいる亀尾恒太郎だった。二人の厚意で金策にあえぐ急場を切りぬけ、賞与を合わせて借金を返すことが出来たのである。心中の原因は定かではなかったが、胸を病む少女に親友が同情したのだとも噂された。

幾つになっても、広島についてふと思う時、傷みやすい心でこの世との別れを決行した親友の面影がちらつくと父は言ったことがある。

山々の連なりたれば
悲しみは極まりもなし、
かがよひのみちみつ空を
ひたむきに翔（か）けらむとして
かの鳥は、はたと落ちたり。

若くして傷める鳥は
夏草をわくるよしなく、
悲しみぞ極まりたれば
いよいよに山のかなたへ
死してなほ飛ばむと思ふ。

（「黙示」『冬刻詩集』）

5　東京へ

失恋の三年後、軍一は二十歳の青年として、人生の断崖に立っていた。

因習的な周囲に反抗を試みはしたが、空しく敗れたと思っていた。どうにもならぬ恋愛に傷つき、文学への夢を封鎖され、慶子を忘れるために遊蕩に逃れて、債鬼に追われる恥多い身であった。堕ちられるだけのところに堕ちてしまった。そして、奈落の底で摑んだ確信は、自分をとらえている最も大きなものが、慶子に他ならないという事実であった。しかし、「きっと、あなたに帰ります」と言い放つ慶子は、人妻で外国に棲む女なのだ。軍一を高揚させる慶子の存在は、次の瞬間には彼を苦悩の泥沼に突き落とさずにはおかない。

親友の江波心中事件は、苦しみを抱える軍一に追い打ちをかける出来事だった。だが、人生の断崖にあるということは、往々にして新たな転機をもたらすものでもあった。江波の心中騒ぎが軍一の上京の遠因になったともいえるのである。

古着の小商いに窮した父親は、店を妻に任せ、その頃、大手町にある不動貯金銀行広島支店に勤めていたのだが、支店長が軍一の書いたものを新聞で読んで興味を持ち、一度息子に会ってみたいと、父親に声をかけてきたのだった。

支店長伊藤幾平は、哲学・文学に造詣が深い経済界の変わり種で、広島では有名な人物だった。

軍一がある夜、不動貯金銀行の建物の奥にある支店長宅を訪ねると、さっそく、元安川を臨む風情ある料亭の二階座敷に案内された。軍一が固くなっていると、いきなり酒が出された。着流し姿の伊藤は白皙の美男子で、しかも豪快であった。

「例の江波の心中じゃあ、君もよほど迷惑しとるじゃろう。もし君が広島に居にくいようなら、僕がなんとかしたいと思ってね。さあ、手酌でやってくれたまえ。僕はあまりいけない口でね。どうか遠慮なく」

それから、せっかちらしく、伊藤はきびきびした口調で話した。まるで青年みたいな若々しさで、文学、恋愛、または人生の浮き沈みについてまでを話題にした。初対面と思えないくらい互いに打ち解けて話し合った。

夜更けに軍一は帰宅したが、翌日、父親は銀行から帰ると、さっそく軍一を呼んで言った。

「あんたあ東京へ行かんか」

「何を言いますか。あれほど上京に反対したくせに」

少し酒のまわった父親は相好をくずして言葉をつづけた。

「実はのう、ゆうべは宿直だったんじゃがのう、あんたが帰ってから、わしゃあ支店長に呼びつけられたんじゃ。鳶が鷹を生むというのは、君のことだ、言われてのう。支店長があんたを東京へ出してやれ。本気に文学をやらせろ。あれならきっとやる。僕が保証する。大学に行くなら、僕が学資は出してやるが、大学へ行かんでも、ひとり口が食えて、家への仕送りも出来るように、東京でちゃんと職につけてやるから、とまで親切に言うてくださるんじゃ」

母親も口を添えた。

「それゃあの、あんたが東京へ行く言うのを、わしらああれほど止めはしたが、こうようなええことなら、話は別じゃけんの。支店長ほどの人が保証してつかあさることなら、わしらも安心してあんたを出せるんよ」

親たちの現金な反応、ありきたりの打算が嫌だった。嬉しさを押し殺し、軍一は何も言わずにうなだれて二階に上がって行った。

東京に行ける。ほんとうに東京に行けたら、きっと文学で身を立てよう。諦めていた夢が近づいている。抑えていた喜びが急にあふれて来て、涙がぽろぽろこぼれた。伊藤幾平への感謝と東京へ出たいという熱望を手紙に綴った。伊藤からは素早い返事が届いた。万事まかせてほしい。希望は必ず遂げさせよう、という頼もしい言葉が書きつらねてあった。

秋が深まりつつある日、軍一は伊藤幾平から電話で呼びつけられた。不動貯金銀行に駆けつけると、支店長は相変わらずせっかちな調子でまくしたてた。

「君は幸運だぞ。ちょうど、東京本店から重役が検査に来られた。梅小路子爵だよ。随行は牧野元次郎頭取の秘書馬場達郎という男だが、彼は不動の機関雑誌『ニコニコ』の社長松木敏太郎の義弟なんだ。この二人に君のことを話したら、『ニコニコ』の編輯部に君を使わせようと言ってくれた。どうだ、電光石火だろう？」

伊藤は大急ぎで軍一を梅小路子爵と頭取秘書に引き合わせた。面接は簡単に終わった。好印象をもたれた自信があった。果たして、帰京した馬場から、論文と写真一葉を至急送るようにという連絡をうけた。

四、五日すると、馬場から電報が来た。

「ゲツキユウ二五エンニテサイヨウス、スグジヨウキヨウセヨ」

家じゅうが大騒ぎだった。軍一は天にも昇る気持で伊藤支店長に報告に行った。伊藤はわが子のことのように喜んで、牧野頭取や雑誌「ニコニコ」の社長に紹介状を書いてくれた。熱意のこもった紹介状であった。

早速、軍一は三十四銀行に辞職を願い出た。銀行での先輩、同僚たちが軍一の上京を祝福してくれた。どう考えても不肖の徒であったのに、支店長を筆頭に全員が宮島の「岩惣」で盛大な送別会を開いてくれた。紅葉の名残りが目にしみ入った。

大正四（一九一五）年末、出発は粉雪がちらつく夜だった。東練兵場近くの広島停車場から九時発の夜汽車での東京行きであった。みすぼらしい冬服の軍一だったが、意気は盛んで、不安よりも未来への希望につつまれていた。

　借金で追われていた時、軍一を助けてくれた佐伯易次郎と亀尾恒太郎も軍一を送り出した。佐伯は目を真赤にして「軍さん、しっかりやってくれえよ。あんたあ文学じゃけんのう、そのほうで物になれよ」と言い、金メッキの腕時計をはずし、軍一の手に巻いてくれたうえ、餞別の袋をポケットに捻じ込んだ。亀尾も餞別袋を差し出した。故郷との別れがきた。

「しっかりやってつかあさいよ。祈っとるけんのう。わしらのことを忘れんさんなよう」

　汽車に揺られても、この母親の声が耳について、眠れそうもなかった。自分が東京へ向かっていることが、夢としか思えなかった。

「海田市！　海田市！」と叫ぶ駅員の声を聞いて初めて、軍一は東京への旅を実感できた。汽車は各駅に停って、ほぼ二十四時間かかるという。だが、軍一はそれを少しも長いと感じなかった。

言はむ術もあらじ、ただに泪おちぬ、
青き空を指して
　道を尽くしたれば。
雪と岩と茨、傷み歎き越えて
到りがたき極み、
山よ、山よ、山よ。

（「断道」『冬刻詩集』）

大正五（一九一六）年当時、有楽町に通称ヤマカン横町というのがあって、赤煉瓦造りの薄汚れたビルが建ち並んでいた。その横町に近く、掘割の流れを前に、細長い三階の建物があった。そこが、東京に出たての父、大木軍一の勤め先だった。ニコニコ倶楽部という。雑誌社には違いないが、いわば不動貯金銀行の機関雑誌「ニコニコ」の発行所である。この雑誌も大部分は宣伝用に全国貯金者に寄贈するものだった。

　一階が営業部の事務室、二階が編集室と写真室、三階が社長室と応接室になっていた。編集室の上席には、アメリカ帰りの渡辺編集長、桑門編集次長などの幹部が居並び、父は末席に机をもらった。

　東京生活が始まった。新刊書を読んで新刊紹介欄の記事を書いたり、埋草の雑文を書いたり、投書を整理したりした。直接文学に結びつきはしなかったが、父にとっては銀行で金勘定をするよりましといえた。正則英語学校夜学部高等科に入学もし、退社後は神田までお濠端をてくてく歩いて通った。

「大木君、これから総理大臣大隈重信を訪問する。僕について来たまえ」

　桑門編集次長がその朝はモーニングを着て、父に命じた。二挺の人力車が社の前に待機していた。就職して早々に名士訪問の企画で、父は編集次長の訪問取材を見習うことになった。人力車で有楽町から早稲田までの道のりは長かった。

　早稲田の大隈邸には新聞記者たちが屯（たむろ）していて、順番に奥に入って行った。編集次長が名刺を通したが、制限があるらしく、その日は面会謝絶とされた。

「はるばる来ても、これだからなあ。だが、こんなことでへこたれちゃあいかんよ。訪問取材となれば毎度のことだ。ようし、これから坪内博士のところへ廻ろう」

　博士は気持よく面会してくれた。編集次長の慇懃（いんぎん）な挨拶の仕方には驚いた。名士訪問にはこのような態度が必要なのだろう。

　話題は坪内博士の推薦により「中央公論」に「陽（ひ）はかがやけり」「貧しき人々の群」を発表した十八歳の中条（のちの宮本）百合子のことに専ら集中した。この二作で一躍文壇に名を馳せた少女作家への羨望で父は胸が熱くなった。自身を鞭打つ意欲が生まれてくるのを覚えた。坪内博士の片言隻句をも聞きのがさず、記憶しようと思った。『小説神髄』『当世書生気質（かたぎ）』やシェークスピアの翻訳で著名な老博士・坪内逍遥の温容、気品のある話しぶりには、東京へ出て初めて非常に感銘を受けた。

　次の日、編集次長から命ぜられたのは、内閣書記官長林田亀太郎の訪問記事だった。政界についての放談を取れという。住所は紳士録で調べることを教えられた。

　氷雨のなか、人力車で出発した。品川までやっと着いたが、森ヶ崎はさらに一時間を要すると車夫が言った。これなら院線電車（国電）で来ればよかったのだ。田舎から出て来た父には、東京の地理がさっぱり分からず、距離感を持てなかったのである。

　寒風に海風がまざって、雨を吹きつけた。がたがた震えつづけ、ようやく広大な邸宅に行き着いたが、めざす主は不在だった。有楽町の本社に戻ったのは夜で、小使の他にはだれもいなかった。父の名士訪問は失敗に終わった。

　それから、素人書画展覧会が企画され、編集員は忙しく動きまわった。文人や名士のところへ、手分けして揮毫を依頼に行くのである。父が受持ったのは、馬場孤蝶、原阿佐緒、今井（山田）邦子、根津嘉一郎などであった。父は人力車を乗りまわして出かけていた。

　上野精養軒を借りきっての展覧会は盛大なものであった。父が命ぜられて書いた展覧会印象記は編集次長に褒められ、ある洋画家が出品したアヴァンギャルド風の絵『赤色の感興』についての批評は社長の目にも留まった。

　しかし、月末になると、父の社内での評判は芳しくなく、意外に風当たりの強いのを知らされた。

　父を呼びつけた営業部の会計主任からは、社内で人力車の俥代が一番かさんでいるのだといわれる。そういえば、父は編集次長の名士訪問を見習って以来、何処に行くにも人力車を使っていた。

「院線も市電もあることだからねえ、君」

　と、主任は露骨に叱責の言葉を浴びせた。東京の事情が飲み込めていない父の明らかな失敗だった。気落ちしている父は、つづけて松永社長にも呼ばれた。

「馬場とも約束して君の月給を二十五円と決めたが、当分、十五円にしてもらいたい。長いことではない。いずれ、約束どおりにする。だが、十五円では足りんだろうから、俺の家に来なさい。そうすれば、部屋代、食費はかからんからね。実は、広島から送られて来た君の文章はしっかりしていたし、写真も大人びていたが、やって来た君があんまり若いのでね。二十五円はうちの社ではかなり古顔の月給なもんだから、釣り合いがつかんのだ。いや、君の実力は俺が認めている。決して悪いようにはせんが、ひとまず、そういうことにしておいてくれないか」

反論も出来ないでいる父に社長はなおも意外な言葉をつけ加えた。今日から受付に座って、東京の事情に慣れるように実際的な仕事を知る必要がある。編集の仕事はそれとして、受付の仕事まで覚えるのが君のためだ。

会計主任の言葉を思い合わせると、自分のことが社内で問題になっているのが父にも推測できた。貧乏はしたが、まるっきり世間知らずの自分の行動が、我慢ならない尊大な態度に見えたのだろうか。自分の至らなさが悔やまれた。涙をこらえて、父は背広の上からカーキ色の上っぱりを着け、受付に座った。そして、その夜から、赤坂日吉町にある社長の邸宅で寝起きする身になった。

編集者であり受付係である父は、受付台で雑誌の帯封に宛名書きをしたり、新刊書の紹介記事を書いたり、他の原稿を書いたりした。訪問客があれば、取次ぎに行き、来客をまた二階や三階に案内する。小使の忙しい時は、代りにお茶を持って行った。ある時は、編集部の雑用で外出しなければならなかったし、名士訪問にも行かされた。つまり、都合のよい何でも屋になったのだった。

松永家では、父の他にも若い社員が二、三人同宿していて、みんな書生扱いされていた。それに、社長の言と異なって、社長夫人には月々食費分の十円を要求された。八方塞りの状態で、父の不満は日毎に膨らんでいった。入社してかれこれ五か月になろうとしている。二十二歳の誕生日も過ぎた。憧れの東京に出ては来たのだが、爽やかな五月にいるのに、東京の風は父には冷たすぎるように感じられた。

朝となく夜となく、わたしはねむってゐるのです
秋の日の新鮮な夢をみつづけてゐるのです
なにかしら高い香気にむせんでゐるのです
父上よ、母上よ、それゆゑの不肖の子なのです
この子は青蜜柑のやうに孤独なのです。

（「孤独」『秋に見る夢』）

どうすればよいのだろう。社内での孤立は頼る者もいない父には厳しいものに思えた。欠点だらけの自分をいくら反省してみても、人から反感をもたれる理由は突き止められない。

重い気持をかかえ、その日も訪問記事を書く仕事で外出した父は、小石川指ヶ谷町の街路をとぼとぼ歩いていた。野上彌生子女史宅の訪問は不首尾に終わった。それもあっさり門前払いといったものだった。応対に出た人に名刺を渡すと、野上女史が玄関に現われた。来意を告げるや、女史は固い表情で、それは出来ない、と断った。断られるのは仕方ないとしても、断り方が父を傷つけた。丁重に願ったつもりだったが、女史はまるで物売りか物乞いに対するように、侮蔑の視線を父に投げかけ、さっさと奥に引っ込んでしまった。晩年になっても、父は軽蔑をことさらに示したこの時の女史の小さな後ろ姿が忘れられないでいたらしい。

　純文学に生きる誇り高い女史が、一銀行の機関雑誌ごときを相手にする訳がないのはよく分かる。だが、漱石門下の才媛で社会正義の意識にもすぐれた知的な作家と考えて来た野上女史であっただけに、失望も深かった。だいたい訪問記事など不器用な自分には向いていないのだ。仕事の辛さ、生きることの厳しさがひしひしと身に迫った。憂鬱な毎日が過ぎてゆく。「こんな毎日でよいのだろうか」そう自分に問いながら、「これでは終われないんだ」と強く答えてみる。そのくり返しを重ねて行くうち、どこかに出口がありそうな気もしてくる。文学をするために東京へ出て来たんだ、それだけは忘れないでおこうと思った。

　　暮れがたの
　　あをざめた雪のやうな
　　このおとろへた肉体のねむりから
　　すい、すいと
　　さみどりの草がのびる、
　　光り、光り伸びる、
　　薄闇の虚ろのなかに
　　ながい、ながい影をひいて
　　ああ、噴水のやうにのびる、
　　暗い空のかなたに
　　明日が胚む
　　薔薇いろの光につらなるために、
　　肉体の翳りから、ふしぎにも
　　はつはつと生えて出る
　　この涼しい霊性の芽は。――
　　　　（「霊性の芽」『風・光・木の葉』）

黙々と仕事をこなす毎日がつづいた。秋が近づいていた。久々に編集室で埋草記事を書いていると、松永社長から呼ばれた。三階に上がって行った父に、社長はいきなり言った。

「君は金が欲しいか、文学をやりとげたいか、どっちだね？金の方がいいなら、君を不動貯金銀行で働かせてみたいと思うんだが」

「文学をやりたいのです。私はそのために東京へ出たかったのです」

「そうだろう？　それなら、君は博文館に行け」

　絶句する父に社長はつづけた。

「君のためを思ってだ。文学で立つには、うちでは駄目だ。博文館なら檜舞台だから、俺はこの際どうしても君を博文館にやりたいのだ。さっき、俺の友だちの浅田江村から電話があった。博文館の『太陽』主筆の浅田だよ。今度、博文館では、巌谷小波、田山花袋、石橋思案、押川春浪などという大物に退陣していただき、新進気鋭の連中を入社させる方針をとったそうだ。誰か若いのでいい奴はいないかと言ってきた。俺は君を推薦したいと思う。博文館なら君を生かしてやれる。どうだ、いい話じゃないか。よければ、すぐ、ここで履歴書を書くんだな」

　信じられない話が父に舞い込んだのだった。思わぬ事態に歓びに震えながら、父は小筆をとって半紙に履歴書を書いた。

　社長は履歴書にさっと目を通すと、急き立てて言った。

「これでいい。さあ、これを持って博文館に行きなさい。浅田江村を訪ねればよい」

6　博文館記者に

　博文館の応接間に通された父は、権威ある総合雑誌「太陽」の主筆、浅田江村と編集局長の長谷川誠也（天渓）の前で畏まっていた。柔和な風貌の江村にも、磊落そうな赤ら顔の天渓にも、直に親しみを感じた。何よりも文学青年の父にとっては、博文館の編集局長というより、自然主義運動の驍将天渓の間近にいること自体が、心躍ることであった。

　面接は簡単に済んだ。江村が天渓に耳打ちし、天渓が「では、追って沙汰をします」と言った時、すかさず父は答えていた。

「それでは困ります。ここで決めていただかなくては。宙ぶらりんの気持で待つのはたまりません」

　博文館に入社したい気持がそう言わせたのだったが、江村と天渓は声をたてて笑った。

「よろしい。それなら、今日からだ」

　江村が微笑んで、そうはっきり言った。

　それからすぐに、父は編集室につれて行かれ、十幾つある雑誌の編集主任に紹介された。結局、父は雑誌「生活」編集主任浜田徳太郎の助手をすることが決まった。父はこうして、ニコニコ倶楽部を出て一時間後には、博文館の記者に採用され、デスクに就くことになったのである。

博文館は明治二十（一八八七）年、大橋佐平によって設立され、長く雑誌界に君臨する出版社で、文筆関係者で博文館の息のかからぬ者はないといわれるほどの権威を誇っていた。「生活」は総合雑誌と娯楽雑誌の中間を行くもので、主となるのは生活文化である。原稿依頼で外出するほかの時間は、海外の雑誌「ナインティーン・センチュリー」他の雑誌などから、探偵小説や掌篇小説を翻訳あるいは翻案して記事にする。一方では、「ポピュラー・メカニクス」などの科学雑誌から材料を得て、写真入りの新発明品紹介記事を作った。

入社間もなく、主任の浜田から、明後日までに仕上げろと言って命じられたのは、メチニコフ博士の「不老長寿論」だった。父は辞書と首っぴきで、二晩徹夜をつづけ、三十枚の原稿にした。数日後に手渡された父の原稿は全文真赤になっていた。主任が手を入れた原稿は、見事な日本文になりきっている。自分の訳文が生硬で誤訳だらけなのに父は恥入った。主任の無言の教示には発奮させられた。また、難解な個所を編集局長天渓に訊くと、「辞書、辞書、辞書を引くんだ」と、この著名な英文学者は頭から取り合わなかった。父はまず辞書を引くというこの教えを終生自分のものにしたのだった。

博文館の在籍約四年間は、英語の辞書を手離せない毎日だった。勤めることが学ぶことであった。まさしく翻訳の実務学校である。同時に博文館は父にとっての楽園でもあった。

当時、博文館は日本橋本町の目抜通りにあり、それは老舗らしい古めかしい建物であった。実に鷹揚な社風が見られた。出社の時間も自由で、朝早く出て来る者はいなかったが、急な仕事があれば別である。各自の責任において仕事をまっとう出来ればそれでいいとされた。社内食堂の昼食も社の負担で自由に食べられた。旬のものを用いた料理は行き届いていた。貧しい暮らしをして来た父は、毎日の献立が楽しみでならなかった。さらに、三時になると、給仕がおやつを配ってくれる。それも風月堂あたりの上等な菓子だった。父の月給は最初から二十五円、ボーナスは半期に給料の二か月分。その上、社内の各雑誌から原稿の依頼をうけるので、稿料だけでも相当な額になった。

先輩たちは「昔の博文館は酒豪ぞろいでねえ、大町桂月、押川春浪、阿武天風といった連中がね、昼間から机の上に一升徳利を置いて飲みながら談論風発したもんだ」と、かつての社内風景を話してくれた。そして、尾崎紅葉、巌谷小波、徳田秋声、田山花袋などがいた頃の博文館特有の気風についても語ってくれた。

父と前後して入社した同僚たち、長谷川浩三、相原藤也、岡田三郎、保高徳蔵、西川勉、石黒露雄、首藤政雄なども、すぐに親しくなったし、先輩のなかでも「新青年」の森下雨村、「女学世界」の岡村千秋は、新人たちに加わってよく酒を飲んだ。前の勤務先で浮いていた父には、有難い職場であった。そこは文学的な教養的な場所であった。

仕事中に軽快な金属性の音が聞こえてくると、現役を退いて顧問になっている巖谷小波山人だと知れた。背広のチョッキにかけた金鎖が鳴るのである。小波こそは、『日本お伽噺』や『世界お伽噺』によって、父の少年時代の夢を、空想を、掻き立ててくれた人物なのであった。少しの反発も巖谷小波に感じないのが、小波ぎらいの中野重治とは異なる父の特質でもある。

牛込肴町（さかなまち）にある都館に下宿して通勤していた父は、故郷の広島商業で一年下だった友人にすすめられ、神田錦町の安い素人下宿に移り住んだ。たしかに質実な生活をするべきだった。だが、冷えこむ冬の曇天のもと、素人下宿の共同生活を始めて一週間もしないうちに、父は流行性感冒（インフルエンザ）にかかり、博文館を五日も休んだ。それでも治りきらず、微熱がつづいた。町医者に肺尖をいためているから空気のよい所に移る必要があるといわれた父は、前の勤め先の仕事で知り合った歌人、今井邦子を思い出し、彼女に事情を話し、助力を願ってみた。

今井邦子夫人に見つけてもらったのは、閑静な市外代々木山谷にある、六畳、四畳半、三畳に台所のついた小さな一軒家だった。

邦子夫人によれば、その家には最近長篇小説『暗礁』で有名になっている江馬修が住んでいたそうなのだ。聡明で理知的な邦子夫人を信頼し、父は慶子との恋愛や精神的な苦痛まで話すようになっていった。夫人はいつも父を励ましてくれる誠実な年上の友人であった。父をキリスト教に導いたのも邦子夫人である。富士見町教会に通うようになり、ついには、国木田独歩に洗礼を施したといわれる植村正久牧師によって、父は洗礼を受けるのである。

清教徒的な日がつづいた。汚濁にみちた広島時代とは異なる日常生活において、新約聖書は身辺に欠かせない書となった。もう一つ、父に影響を与えたのは、ユマニテの英雄を論ずるロマン・ロランの「新英雄主義」という小冊子だった。どっぷり懐疑主義に漬かっていた父にとっては、蘇生への希望を示すものでもあった。

わずかだが植込みもある、ひっそりした家に引越し、父は心身の健康を取り戻した。少し前に二十三歳になった父は、東京生活にも慣れ、前にもまして、仕事にも弾みがついていた。そんなある夜、帰宅すると、玄関の南京錠がはずされ、半ば戸が開いていた。毎日留守にする家と狙いをつけ、冬物を全部、蒲団まで盗んで行ったのだ。蚊帳と慶子の手紙の束のみが残してあるのには、苦笑させられた。

梅雨も明け、夏が来ていた。蚊帳に手をかけず、一番大切な手紙を残していった泥棒に父は感謝したくなった。何だか愉快になり、一升瓶を引き寄せては、ぐいぐい飲んだ。酔いがまわると、蚊帳をつり、手紙の束を抱きしめて眠った。その頃になると、聖書を読んでは海の彼方の慶子を想っても、彼女の存在はどこか形のないものに変質していた。二人に横たわる距離が、日ごとに慶子を遠い存在にしていたのだろう。

博文館での勤務は順調につづいた。少しずつ自信も生まれていた。秋が近づいていた。東京に出て二年になろうとしている。父は相変らず正則英語学校の夜学に通っていた。ある日、講師が、校長の斎藤秀三郎が招待してくれるのだといって、父を料亭につれ出した。校長がなぜか父に目をかけているという。座敷に芸者を三人、振り袖の半玉四人を侍らせ、脇息にもたれた斎藤秀三郎は盃を重ね、上機嫌だった。父に
「君、支那へ行かんか。大志を立てて。これからは支那の研究が大事だ。金はいくらでも俺が出してやるぞ」と、大声でわめいた。度胆を抜かれた父は、興味のないことなので返事が出来なかった。宴が酣（たけなわ）になり、斎藤先生はますます御機嫌で、芸者たちを漁師に見立て、大漁ごっこだと叫んで、鷲づかみにした五円紙幣を座敷じゅうにばら撒いた。豪快な芸者遊びに父は場ちがいな自分を感じたが、斎藤秀三郎が言った次の言葉だけは忘れられなかった。

「君は詩を書くそうじゃないか。それならば、イギリスの詩人テニスンを読め。じつにいい詩人だぞ……」

日本における英語教育の先駆者である斎藤秀三郎の支離滅裂な姿を見せられた夜だった。

ようやく家に帰り着いた父は、玄関の三和土の上に白いものが落ちているのに気づいた。上質の封筒だった。差出人の名前を見て、一ぺんに酔いが醒めた。慶子の手紙である。しかも、手紙は広島から出されていた。

慶子が日本に帰って来たのだ。

「帰つて来ました。あなたのおゆるしを受けるために――あなたに一切の愛を捧げるために。満五年ぶりで、なつかしい母国へ帰つて来ました。私は渡米後ずつと病身でした。二年目にすでに血を吐いてゐたのです。こんどは一、二年間の静養を口実にして、むりに帰つて来たのです。

私はあなたを忘れるためにこそ、この五年間を悶えつづけたのです。おわかり下さいますか。今は思ひきつて、あなたのために帰つて来ました。帰つては来ましたけれど、今さら、あなたに何を求めることができませう、肺結核で喀血し、今も療養してゐるこの私が……あなたと別れて、五年間もあなたを苦しめた罪深い私が……でも、お会ひしたくてなりません。あなたが上京していらつしやることは、かねて妹から通知がありましたので、東京でお目にかかりたいと思ひましたけれど、父が横浜まで出迎へてくれましたので、寄ることもならず広島へ直行しました。せめて一筆でもおたよりがいただけたらと、それのみが待たれてなりません。こんどこそ、あなたとの未来の設計を夢みてはいけないのでせうか。　慶子」

娘の私には、この手紙に隠された慶子の可愛い欺瞞や狡猾や矛盾がよく分かる。それに、詫びる言葉の裏にある父に対する絶対的な自信が読みとれる。「あなたを忘れるためにこそ、この五年間を悶えつづけたのです」と書く慶子は、渡米

後一年の頃から、父に熱い愛の言葉を送り、「きつときつと、あなたに帰るわたしなのです」を呪文のように書きつけていたのだ。「今さら、あなたに何も求めることができませう、肺結核で喀血し、今も療養してゐるこの私が」と記しつつ、「今は思ひきつて、あなたのために帰つて来」た自分を、父が感涙して抱きとめるのを確信しているのである。父の愛を、父の甘さを、父の弱さを熟知している。

父は時が経つにつれ、慶子との恋愛を半ば諦めかけていた。何を言って来ても、慶子は人妻であり、アメリカで夫との家庭生活を送っている人だった。東京での編集者生活に馴れ、語学の勉強に励み、文学修業に傾いている父にとって、慶子は清らかな初恋の思い出になりつつあった。

しかし、手紙を前にした父は、激しく動揺した。思いつめた慶子のこの願いを無視できるだろうか。当惑を感じはしたが、心が震えるのを父は抑えられなかった。夢が現実になろうとしている。プラトニックであった恋が現実的なものに変わろうとしているのだ。拒絶と歓びの感情に興奮状態が長くつづいた。そして、結局は慶子を受け容れるしかない自分を認めるばかりなのだった。それでも、父はすぐには返事を書かず、慎重を期した。慶子が日本にいるという安心、慶子が自分だけを頼っているという安堵感からでもあったろう。

博文館の仕事が退けた後、正則英語学校以外に、父は同僚の西川勉といっしょに神田のアテネ・フランセ初等科に通うようになっていた。英訳で読んでいたフランス詩を原語で読みたくなったからだ。主任教授は丸山順太郎、同級には東京高商の学生で詩を書いている北村初雄や武林夢想庵の妹もいた。父と西川勉は博文館の帰りをアテネ・フランセに通うばかりか、フランス語を勉強した帰り、神田の安カフェで談論するのが楽しみだった。慶子が日本に帰った事実が父を明るくし、文学への意欲も盛んになった。

慶子からは、その後も頻繁に手紙が来ていた。最近のは、病院からのものだった。返事を書かない父へ、病院のベッドから呪いめいた言葉を投げつけて来た。燃える言葉に父は呪縛されそうな気がした。慶子の手紙が十通にもなった時、ようやく父は返事を書く気になった。

手紙を受け取って、帰国したことを知り、変わらぬ愛を感じ、死んでもいいとさえ思った。それと同時に、もうあなたとは一生涯会わないほうがいいと考えた。愛の言葉が反故にならないうちに死んだほうがいいとも思う。あなたによって傷められた心は、その愛が裏切られた時の打撃を知ってしまった。幸福は目の前にちらついた後、砂を蹴って逃げ去った。どうしても懐疑に陥らざるを得ない。これはあなたが、いや、愛の悩みが僕に教えたものだ。つねにあなたの言いなりになっていた僕の内面には、血の涙がこの五年間溜まりにたまっている。恋する身の弱さから、不幸のどん底へ突き落とす運命を呪っても、あなたを憎むことは出来なかった。僕はこの五年間、あなたによって知った愛のために苦悩し、その不思議を探求するのに、ほとんど精根を費してしまった。恨むのも呪うのも、喜ぶことも嘆くことも、愛にあっては一つのものだった。生きようと思うことも、死のうと思うことも、愛においては同じものだった。忘れないと誓うのも、忘れたいと祈るのも、同じ愛の心理から発動するのだった。そうかといって、僕はあなたを愛するしかない。愛するが故に湧き起こる悲しみは、あなたに会いたくないということなのだ。僕の愛には変わりがないだけに、あなたと会わないことは悲しいに違いない。けれども、次に来る絶望よりはまだしもなのだ。

慶子への手紙に父は右のような内容、これまで積もりにつもった不信感、不満足感、それにもまして、ふたたび絶望を味わうことの怖れを書き記した。父にしてはかなり辛辣な内容であったが、最後にはやさしく、圧し殺していた本心、会わずにはいられない気持を伝えている。

父のこうした甘さ、弱さは生来のもので、それは父の生涯につきまとう性質であった。慶子は父の心の動きをすべて読み通していた。

慶子からはすぐさま返事が来た。手紙では埒が明かないので、どうあっても上京し、父の胸の晴れるようにする。かならず行く。いずれにしても、電報するとあった。

二、三日後に電報が届いた。「アス〇ジ〇フンシナガワツク」。これは新しい人生の前触れに違いなかった。父は震える心で電文を見つめた。歓びが父をつつみ、また怖ろしさが胸をかすめた。慶子は今なお人妻である。二人の恋愛は、五年間プラトニックにつづいたが、今度会ったら、そうはならないだろう。愛する者たちはもはや少年少女ではなかった。不倫への怖れ、嫌悪感が父を責めるのである。敬愛してやまない詩人北原白秋の身に起きた、明治四十五年七月の人妻俊子との姦通事件が頭にちらつきもした。

だが、迷いに迷って、父はこう考えることにした。二人の恋愛は慶子の結婚に先行していたのだった。世の掟などどうでもいい。ぼくたちはやっと、再会するのだ。愛し合って来た者たちが行きつくところまで行ったからといって、何の罪になるだろうか。愛のためなら、姦通罪を怖れるのは不純だ。

秋も深まったその日の夜、博文館の帰りに、父は品川駅に駆けつけた。待ちうける汽車は定刻きっかり、ホームに滑り込んだ。夢にまで見たその人は父の前で微笑んでいた。地味なコートを着て、風呂敷包みを抱えた慶子は、肩さきが尖り、痩せた顔は蒼ざめて痛々しかった。肺結核を病んでいる慶子は長旅で疲れているのだろう。窶れた慶子に六年前の佳麗な面影はなかった。だが、これが慶子なのだ。五年の歳月をかけて僕のもとに辿り着いた病み衰えた慶子こそ、貧しい僕にふさわしい恋人なのだ。父は慶子を抱きしめた。涙がとまらなかった。

疲れている慶子をとりあえず近くの旅館につれて行き、休ませることにした。慶子は山口高等女学校で教鞭をとる友達に会う口実で家を出て来たという。

「あなたのお手紙には泣きましたわ。ひどいことばかりおっしゃって。でも、私さえ今の境遇から抜け出せばいいの。時期の問題ですわ」
　慶子は涙ぐんで言った。
　父も泣いていた。慶子は誓いどおり父のもとに帰ってきた。純粋に初恋を成就しようと、帰って来たのだ。苦悶してひたすら待ちつづけた自分と違い、ともかく、慶子は行動したのである。慶子の意志の強さ、他を顧みない無鉄砲さに父は圧倒された。
　人の目を気にしないで、二人っきりになれたのは、相知って五年あまり、初めてのことであった。話し合って夜を明かした。もう二人を隔てる何ものも存在しなかった。

7　花嫁

——わかれゆきしこひ人いくとせののち遠き海のかなたよりまたわがふところに帰りきたる、その時の歌。

きみは海よりかへり来ぬ、
藻(も)の香(か)も高く
髪ぬれて
五月の風にかがよひつ。

きみを抱(いだ)けば
麗らかに
涙ながれぬ、裸身(はだかみ)に。

いまぞ知る
ああ、空の青、
向日葵(ひまはり)の花、鳥の歌。

うれひははやも日に溶(と)けて
麗らかなれや
この涙、

陽の大神を拝みぬ。
（「白金流涕」『秋に見る夢』）

代々木山谷百十一番地の父の家で一眠りし、化粧を済ますと、旅の疲れは影をひそめ、慶子は生彩を取り戻した。大きな目はかつての輝きを見せた。

慶子の土産は、慶子と初めて会った夜、父が貸した三木露風の詩集『廃園』であった。詩集は太平洋を往復し、五年目に慶子と共に父のもとに帰って来たのだった。挟んであった幅広の薔薇色をしたリボンもそのままになっていた。慶子の初恋に寄せる誠意が父にはたまらなく嬉しく思えた。なるべくしてなった、恋の果ての日に、恍惚とする夢の時間が過ぎていった。

一週間が経った夜、慶子は愛に充たされた者の明るい表情で言った。「安心なさって。今度はきれいに整理して、本式にここに来ますわ」。人妻の慶子が自由の身になれるのは、いつだろうか。時期を待たず、慶子はとつぜん上京し、父の現実のなかに自分の存在を刻んで、名残り惜しそうに東京駅を発って行った。これからいっそうの困難な日々が始まるだろうという予感が、父に真剣に仕事をして生きる勇気を与えもした。

勤務先の博文館では、加納作次郎、森下雨村、岡村千秋、生田蝶介、森暁紅、川路柳虹などの先輩から、劇壇、詩壇、歌壇をふくめた文壇の情勢を教えられることが多かった。同僚たちも文壇情報を伝えてくれたし、酒の座で彼らと文学について意見をたたかわせる毎日だった。少年時代から詩を書き出している父に、「恋愛は結構さ、君の詩の肥しになる。だが、いつまでウェルテルの真似をしてるんだ。センチメンタルなんだよ」と言ったのは西川勉だった。「いいんだ、いいんだ、センチメンタルが君の身上さ」首藤政雄がそう言ってくれた。長谷川浩三が「まったく、こいつの感激癖には困ったもんさ、もう大人なんだぞ」と、からかうと、「子どもだっていいさ。ボードレールは天才とは偉大なる幼児なり、と言ってるからな」と、相原藤也が酔顔で父に抱きついた。「あったりめえさ、こいつが世間で損をするから、俺は言ってるんだ。ああ、わかるだろう、文学作品の価値だって、そりゃあ、抒情詩にある。だが、あくまでリアルでなくちゃあならないんだ」長谷川が真剣な目で言った。

久保田万太郎、広津和郎、内田百閒など幾多の文人を輩出した全国的な投書雑誌「文章世界」は、後に第一次世界大戦後の不況の影響もあり、また時代とともに衰微して行き、ついに大正九（一九二〇）年、廃刊になる。その際に、編集を担当していた加納作次郎と岡田三郎が博文館を辞めていくのだが、岡田は何かにつけ、父に対して、懇切に自分の編集体験を教えるのを忘れなかった。

「文壇てところは、難しくて、原稿依頼にも、いろいろコツがあるんだ。手紙一本で書いてくれる人と、足を運ばねば絶対に原稿を書いてくれない人とある。僕の経験でいえば、吉田絃二郎、正宗白鳥なんて人は、手紙でいい。礼儀正しく書けば、正宗さんほどの人でも、期日に間に合わせてくれる。そこへいくと、菊池寛は訪問しないと、絶対にだめだ」

　大学で体系的な教育をうけることの出来なかった父は、教養を身につけるのにも行き当たりばったりの方法で、書物を気の向くままに乱読し耽読するほかなかった。偏った知識に自信喪失する日もあった父は、自分に関心をもって知識を授けてくれる人の言葉の一切を吸収しようとした。彼らはみな父にとっての大学教授だったのである。しかも、その頃の第一の師は、座右を離さぬ聖書であった。

　その一方で、広島に帰って行った慶子を待ち焦れる日々にあった。五年間待ちつづけ、なお待たなければならないのだった。それほど待っているのに、あるいは待ち過ぎたためなのか、時折、父のなかのもう一人の父がこう囁きかける。「慶子は喀血をくり返してる身だ。肺結核の毀れかけたガラス罐を後生大事にして、お前は何て愚かなのだ。いまに酷い目に遭うぞ」。ようやく手にした愛だったのに、父の心に生まれる白けた幻滅感、罅の入った古いガラス罐に触れるような、危うい、暗い思いも拭いきれないでいた。だが、慶子のほうは、東京で会って以来、さらに情熱的になっていた。

　慶子が広島に帰ったのは十月末であったが、川島の家では慶子の東京行きも、父との密会も露顕して、深刻な状態になっていたという。否定したが、自分を見る周囲の目に堪えられず、慶子は向宇品（むこううじな）の親戚に身を寄せ、二人の関係の証拠になる父の手紙や書き物の類を焼き棄てねばならなかった。惜しまれて、最後まで残した父の詩稿も細かくちぎって、海に葬った。それらは雪のように小波の上に散って行ったそうだ。慶子は逐一を手紙で知らせてきた。若い父の詩稿までも海に棄て去り、手紙を焼き棄てるのだったら、なぜまとめてすべてを東京の父に郵送する知恵が働かなかったのだろうと私は残念に思う。慶子は始終、父に手紙を送っていたのだから。

　心労が祟って、その直後また慶子は喀血をし、四か月も入院生活をつづけた。心配した彼女の父親が商用かたがた広島に立ち寄ったというが、離婚問題には耳を貸さず、松江に帰って行った。慶子からは、万難を排して離婚する意志を伝えてきていた。父としては慶子の身体が気がかりだったが、病人は三日を置かず手紙で離婚への熱意を語ってくる。病気は行きつ戻りつで、慶子は入退院をくり返していた。

　そうこうするうち、もう初夏になっていた。離婚の二字は慶子のなかだけで大きく膨らみ、周囲では揉み消されそうになっていた。苦しんだ慶子は、アメリカの夫へ病気を理由に離婚を願い、最後の決意を父親に訴えようと、病軀をおして松江を訪れたが、そこで離婚の件は恋愛問題にからんで暗礁に乗り上げた。

「（前略）父との話し合ひはだめでした。一切を打ち明けても、何の甲斐もありませんでした。（中略）結婚前にあなたと想ひ合つてゐて、結婚後も夫とは一つになることが出来なくて、苦しみ、悩み、悲しみ通して来たと言ひましたら、父は一も二もなく、（中略）『おまへは馬鹿者だ、精神的の大罪人だ』と言ふのです。（中略）でも、とにかく、離婚のことは決まりました。躰がわるくて、結婚に堪へられないからといふ理由で。しかし、あなたとのことは絶対に許さないといふのです。（中略）いづれにしても、あくまで離婚は通しますから、また父もそれは許すといふのですから、気長く待ちませう。あたしさへ自由な身になればいいのです。そしたら、きつと逃げてでも行きます。きつと行きます。ただ、あたし、もうお金に不自由してゐます。これほど父の説に反対する以上、今後一文たりとも父から補助を受けたくありません。わかつて下さるでせうね。責任を持つて下さるでせうね。（中略）お金さへあげれば、祖母は喜んで、よくしてくれます。東京は物価も高いのですし、あなただつてそんなに有りあまるわけではないでせうから、まことにお気の毒ではありますが、事情が事情ゆえ、お金を送つて下さいますやうに、お願ひいたします。」

　こういう手紙を読むと、私は若い父に同情的にならざるをえない。博文館の編集者になっていたとはいえ、父は二十四歳になったばかりの青年なのだ。広島の実家にも仕送りしなければならない身だった。「あなただつてそんなに有りあまるわけでもないでせうから」といった感覚に、父は苦笑したのではなかったろうか。「責任を持つて下さるでせうね」。愛に憑かれた言葉を書きつらねながら、時々、この人は思いがけず現実的な生活的な面を露骨にする。愛という名のもとに父が呪縛された長い重荷の日々を思うと、娘は複雑な気持で父の心を思いやるしかないのである。

　その一か月ほど後、慶子に衝撃的な事件が降りかかる。大阪方面で商用を済ませた慶子の父親は、娘の離婚問題を解決するために広島へまわり、祖母や親戚の人びとと相談した後、普段とは異なり、三次(みよし)経由の横断路を取って、江川沿いに松江へ戻って行ったという。ところが、それから消息が途絶え、江川沿岸の川平村辺で水死体となって発見された。他殺か自殺か、あるいは過失死か、と取り沙汰されたが、不明のままで終わった。

　父親の変死は慶子を苦しめたが、厳格な家長の死が慶子を自由にしたことも確かだった。葬式を済ませ、四十九日が明けると、早速、慶子は上京してきた。

　放心した表情を歪めて、慶子は泣き崩れ、低い声で言った。

「来ましたわ。ほんとうに来ましたのよ。今度こそは何もかも捨てて、あなたと二人きりになるために。父は死にました。あたしのことが因(もと)で父は自殺したんです。あたしが自分の思いを押し切ったばかりに。これからは、あなたひとりが頼りです」

「いまに酷い目に遭うぞ」。時折、父の心に兆す不吉な予感、白けた幻滅感は、次々に起きる慶子の側の予測できない事態を前に、完全に粉砕されてしまう。二人の運命は決したのである。

再会を約して慶子が東京を発って行ってから一年が経っていた。二人のまわりには、秋の深い霧がしのび寄っていた。


慶子は日毎に活気づいていった。父にはこうやさしく囁いた。「あたし生まれ変わりますわ。これから一生涯あなたと二人っきりで暮らせるんですもの」

慶子は深窓の育ちに見えないほど、てきぱきと立ち働いた。健康に障りはしないかと父は気が気ではなかったが、新生活は慶子を生き生きさせていた。愛し合う男と女とが二人きりで暮らす新鮮な喜びを、父は事ごとに味わい知った。家に帰れば、何もかもが楽しいことずくめだった。

しかし、その間隙をぬって罪の意識が二人を脅すのである。どのように理由づけても、人妻との同棲生活が許されるはずはなかった。二人の恋愛に猛烈な反対をした慶子の父の不慮の死によって結ばれている事実さえもが、不吉な前兆めいて感じられた。

父は辞表を懐に、「太陽」主筆、浅田江村に辞職を願い出た。「どういうことだい？」江村が訊ねた。父は慶子との経緯を詳しく話したあとで言った。

「そういう事情で、いつ告訴されるかもしれないのです。私たちは法に従いますが、勤め先に迷惑はかけられませんので……」

浅田江村は微笑を浮かべて言った。

「わかった。しかし、それにも及ばないよ。大いにやりたまえ。ただ、なるべく早く合法的にするんだ。それには君の両親を突ついて、穏便に離婚の解決をしてもらうのがよかろうね」

そう言って、辞表は受け取らなかった。

父は両親に、慶子は広島の祖母に、長文の手紙を書き、監獄行きを覚悟して同棲していると訴えた。両方の老人の返事が同封されて届いた。その驚きようには心が痛んだが、老人たちも決意を見せていた。離婚のことは無事にすすめているから安心せよと記してあった。

両家の計らいで、アメリカから離婚届が送られて来、慶子はようやく自由の身となった。二人が事実上の新婚生活を始めるのは、翌大正八（一九一九）年の春であった。慶子は紆余曲折の後に父の妻となったのである（戸籍上の届出は大正十年十二月十九日になっている）。

アメリカにいる慶子の夫は、慶子が一、二年の療養を口実に日本に帰った時、すでに離縁を考えていたのかもしれない。渡米して一年にして喀血し、その後も一進一退をくり返す妻の肺結核を、当時は死病と捉えていただろう。アメリカの日本人社会で弁護士（叔母の一人は歯科医と記憶している）の仕事をする彼にとっては、健康なパートナーなしに海外で成功するのは至難のことだったろう。離婚の話が切り出されると、案ずるよりもスラスラことが運んだのは、慶子の夫側にも離婚の気持があったからではなかったろうか。慶子が帰国したのは、うっすらと夫の心理を読みとり、病身を託すのは父しかないと直感していたふしもある。私がそう書くのは、父固有の優しさ、甘さをここでもまた、つくづく感じるからである。

ようやく夏になろうとするある夕方、玄関に立ったのは、父を東京に送り出した不動貯金銀行広島支店長の伊藤幾平だった。

「二人のことは君の親爺さんから聞いたよ。御苦労なことさ、今時。しかし、この花嫁さんを見れば無理もないな。ところで、今度の上京を機会に、俺が月下氷人になって、君たちに結婚式を挙げさせたいと思ってね、それで来たんだ」

大正8年秋、故郷広島で結婚式を挙げる大木（24歳）と慶子（26歳）。

相変わらずせっかちな彼に父は呆れた。

「酒はいらん、水でいい。式服もいらん、そのままでいいんだ」

父は浴衣（ゆかた）のまま、慶子は浴衣の上に縫紋のあるお召を羽織り、二人は襟を正して座った。食卓には水を入れた徳利と三つの盃が並んでいた。

「君たちは新生活に入る。人生は死に向かって前進するのだ。結婚式には水盃を酌み交わすのが、一ばんふさわしいじゃあないか」

厳粛な顔をして、伊藤幾平はこう言うと、徳利を手に取って花婿花嫁に水盃をさせ、自分も飲んだ。

「これで結婚式は滞りなく済んだ。君、明日、博文館へ行ったら、結婚式は内輪で済ませたと報告したまえ。それで万事よろしい。では、俺は失敬する」

伊藤幾平は風のごとく現われ、風のごとく去って行った。

晴朗な気分が二人をつつんでいた。もう怖れもなく生きてゆける。愛する者が傍らにいる。涙と共にあった青春だったが、たくさんの涙が今の清新な気分につながっている。

大正八年、季節が秋に入る頃、結婚披露のために帰って来るようにと、郷里からしきりに言って来るのだった。水盃の結婚式は済んでいたのだが、正式の夫婦にするべく奔走してくれた両親や慶子の祖母の心情を思い、父は老人たちの願いを素直に受け入れる気持になった。博文館でもらったお祝いの金一封を旅費にあて、二人は広島に帰った。
　狭い小網町の家では、襖障子を取り外した和室二部屋に親戚の者たちや友人たち、父の両親や弟妹がぎっしり詰っていた。慶子は花嫁としてみんなにあたたかく迎えられた。みすぼらしい家のなかで、慶子はあでやかに微笑んでいた。披露宴といっても、料亭で開く余裕はなかったのだろう。母親の手料理を中心に、親類の女たちが台所を手伝ってくれていた。酒盛りがはじまり、みなが笑い興じている光景が、父には信じられない夢の中の一場面のように思えた。この家で花嫁となった慶子を眺める日があろうとは……。快い酔いがまわってゆくなか、父は故郷広島で始まった十六歳の恋がここに辿り着く自身の長い物語を、ゆっくり思いめぐらすのだった。

8　新生活

いい夢を見残して、
すがすがしいこの寝醒めに
草のにほひを吹き入れる風、
蚊帳（かや）を透かせば
さみどりに、空も揺れてゐる。
ああ、幽かに
朝のピアノが鳴ってゐる。
幸な、幸な漣（さざなみ）が
わたしの胸をゆすってゐる。
（「目醒め」『風・光・木の葉』）

　博文館記者の仕事のほかに、会社の諸雑誌から頼まれるままに、父は軽い小説を書いたり、探偵小説や科学小説の翻訳を引き受けたりで、毎日追われていた。愛妻を得たという責任感から、とにかく働いて生活を安定させなければならないと思い込んでいた。愛に充足した新しい生活の歓びは実感できたが、他方では、谷崎潤一郎の彗星のごとき華々しい出現を見て感嘆したし、確乎たる存在を示す芥川龍之介にも心から羨望を感じていた。時事新報記者から一躍文壇の寵児になった菊池寛の活躍も目ざましかった。

さらには華々しい詩の状況を見て、父は心穏やかには過ごせなかった。大正六（一九一七）年二月に発表された萩原朔太郎の第一詩集『月に吠える』。その新しい象徴性、不安や孤独に取りまかれた心象風景をうたう表現力は、父に冷水を浴びせずにはおかなかった。同じ年の十二月には日夏耿之介の知的な詩的言語を創造する第一詩集『転身の頌』も発表されている。大正七年一月と九月には、室生犀星の第一詩集『愛の詩集』、第二詩集『抒情小曲集』がそれぞれ出版された。信実の魂がゆらめく抒情詩に父は魅了されずにはいられなかった。また、大正八年六月には、西條八十の第一詩集『砂金』が評判を呼んでいた。豊かな幻想性、象徴性を秘めた都会的な洗練の美をまえに、父は驚愕を抑え得なかった。新詩人たちの晴れやかな誕生であった。

それに引き換え、匿名小説や翻訳に追われるわが身が恥しくもあった。文学で身を立てるために、広島から上京した自分が、何一つなしとげていないのである。時代の流れもあり、少年期にまずロシア文学から入り、小説まがいのものを書こうとしていた父は、博文館記者になってからフランス文学に近づくようになっていた。とりわけヴェルレーヌの詩に惹かれた父は、時々、自分でも象徴詩風の詩を書いていた。だが、小説を書くのか詩で行くのか、それさえも選択できずにいた。非力のまま、何か純粋な文学作品を書かなければならない、という焦燥だけがあった。

そんなある日、岡田三郎にすすめられて読んだ新刊の翻訳本が、ロシアの新しい小説ロープシンの『蒼ざめたる馬』であった。夕食後から読みだした父は、とうとう夜を徹して朝まで読みつづけた。革命を企図するテロリストの虚無的ともいえる衝撃的な行動を日記形式で描いたもので、文体の新鮮さに圧倒された。面白いばかりか、テロリストの心理や行為の緊迫感がぞくぞくするほど伝わってくる。訳者は青野季吉である。父は見知らぬ訳者にひそかな敬意を抱いた。英訳から重訳したものではないかと思った。

ロープシン、つまり、ロシア革命の黎明期にテロル活動を行なったエス・エル戦闘団の革命家ボリス・サヴィンコフによる『蒼ざめた馬』（工藤正広訳）を、私も六〇年代の終わりに夢中で読んだ覚えがある。親子二代にわたって愛読したことになるが、父のような政治的でない人間にも火を灯す革命的ロマンティシズムの気運が当時あったのだろう。

刺激的なこの本に創作意欲を掻き立てられた父は、自らが心底思うこと、体験したことを、書きつけていった。断片的なものを吐き出していく行為に過ぎなかったが、無名作家が辿るべき一過程ではあった。これが、ある作品となって評価を受けるのだから、人生は予測不可能だ。

慶子は幸いにも、病床につくほどのことはなく、父を安堵させた。創作に意欲的な父を見て、慶子は心から喜んだ。二人の新生活は平穏に過ぎて、大正九年の夏を迎えた。

平穏な幸せの時間は二人の生活を素早く通過する。秋が終わり、冬になっていた。

雪が降りしきる夜だった。同僚の長谷川浩三、岡田三郎、相原藤也が、不意に父の家にやって来た。酒気を帯び、みな殺気立っていた。大正七年十一月に終結した第一次世界大戦。それにつづく不況の波に揺られ、方々でストライキが始まっていた。博文館でも給料値上げのストライキを起こそうという話だった。父の名も連判状に加えたと彼らは言った。呆気に取られながらも、積もった雪を蹴散らしながら、彼らと一緒に父も同僚を訪ね歩いた。次の日もストライキの相談で、社員は仕事どころではなかった。

それから数日後の朝であった。父が勤めに出ようと服を着替えていると、「郵便！」につづいて、「大木方になってますが、内海龍太郎さんはこちらですか？」と、郵便配達夫が言った。「はい、そうだが」と答える父に、「書留です」と、封書を手渡した。受け取った書留の封を開けると、次のように印刷されてあり、郵便為替が同封してあった。

「貴作『弱者』は芸術小説部門に於て入選致し候に付、募集規定に依り金弐百円也贈呈仕り候。

大阪朝日新聞社」

内海龍太郎殿

父が応募していた小説『弱者』は稚拙ではあったろうが、自分では労作のつもりだった。その努力が報われたのである。大阪朝日新聞が、従来の挿画入り長篇小説のほかに、三十日間の連載にふさわしい芸術小説を初めて懸賞募集する企画を発表した時、慶子のすすめもあり、応募したものであった。実力を試すのに絶好の機会と思われた。

『弱者』の大半は、ロープシン『蒼ざめたる馬』にあおられ、代々木駅から万世橋駅までの院線電車（国電）のなかで書いた。通勤の往復時間、大学ノートに鉛筆で走り書きしたのを、原稿用紙に浄書し、期日ぎりぎりに脱稿したのだった。

ところで、審査の公平を期すために、原稿には仮の名前を書き、別紙に作者の本名を記しておくのが応募の規定であった。だが、父にとっては、実力を試すのが応募の目的であったし、当時の文壇の風潮では懸賞作家を嫌う傾向があったので、作者名を火野灼、さらに本名までを内海龍太郎と仮名を記していた。こんな手のこんだ用意をしたために、父はこの当選を周囲の人たち以外には知られずに済んだ。

東京朝日新聞にも大きく当選発表の記事が出ていた。長篇小説の部門では、『地の果てまで』の作で吉屋信子が当選し、芸術小説の部門では、入選十人のなかに大橋房子（後の佐佐木ふさ）の名もあった。題名は『一房の葡萄』である。

芸術小説の方の選者は正宗白鳥、有島武郎、厨川白村の三氏で、父の『弱者』は白鳥の評点で甲の部五人のなかに入り、白村博士の選に入っていた。

選評において、厨川白村は『弱者』を、真摯で受けを狙う気持がなく、貧と文士生活の内幕を描破した点は、英国のジョージ・ギッシングと趣きを同じくするものがある。しかし、一気に読むべき性質のものであり、新聞連載にはふさわしくない、という意味のことを述べていた。そのためか、賞金は受けたが、作品はついに発表には到らなかった。

その当時の父は、ジョージ・ギッシングの名を知らず、とりあえず『ヘンリイ・ライクロフトの手記』を読んだくらいである。『弱者』は、自然発生的なプロレタリア小説の一種とでもいえるだろうか。ロープシンの『蒼ざめたる馬』に触発されて一気に創作した『弱者』には、父自身の体験が書かれている。不動貯金銀行の機関雑誌「ニコニコ」の編集者だった頃に体験した苦い思いがリアルに再現されている。故郷で失恋し、自暴自棄になった青年がようやく東京に出る。雑誌の仕事にありついて、薄給に甘んずるが、社内でも浮いた存在になっている。結婚して外国に住む女、自分を棄てていった女への愛だけを育てている男が、ある日、名士訪問に出かける。だが、有名な女流作家に玄関払いをされ、金がないので電車にも乗れず、長い道を歩いて次の訪問に向かう。飢えとたたかい、絶望を抱えた青年が、遠い恋人への憎悪と慕情に苛まれつつ都会を彷徨する、という内容である。

ところが、である。『弱者』が入選して約二年後、ノーベル文学賞を受賞したノルウェーの作家クヌート・ハムスンの小説『飢ゑ』が宮原晃一郎の訳で新潮社から出版されるのだが、たまたま読んだ父は驚愕する。『飢ゑ』のなかに『弱者』で父が書いた体験とほとんど同じ内容が三点も書かれていたからだ。父の主人公はカフス・ボタンの一朱銀をはずして質に入れ、パンを買おうとする。ハムスンにも、主人公が飢えに苦しみ、食べ物を買うために、質屋へ行って、カフス・ボタンをはずそうとする場面がある。父の主人公は、質屋を探そうと焦るあまりに、染物屋の紺の暖簾を質屋と見間違える幻覚におそわれる。ハムスンも飢えのために起こる幻覚を書いている。その上、父の主人公は、飢えている犬に食わせるのだと嘘をつき、五厘銅貨で芋を買うのだが、腐った芋にむしゃぶりついて食べ、嘔吐してしまう。ハムスンの主人公もやっとありついた金で肉屋にぶら下がっている牛の骨を、犬にやるのだからと言って買い、骨にくっついた肉片を貪るように食べ、やはり嘔吐している。

ハムスンの『飢ゑ』は一九二〇年の作であり、大正九（一九二〇）年に書かれた父の作品と同時期であったわけだが、父の『弱者』が仮に発表されたとして、事情を知らない者は、父がハムスンの小説を盗作したか、模倣したと思っただろう。

しかし、父は『弱者』に自分の体験をそのままに書いている。自伝的といえる小説であった。貧と飢えの真実である。ハムスンも苦難時代の体験を書いたといわれる。これも貧と飢えの真実なのだろう。信じられない暗合に父は落胆したのだが、よくよく考えてみれば、北欧文学の中心的作家と同じ体験を持ち、その体験を同じく題材にしたのだった。落胆は次第に大きな喜び、若い自負に変わっていった。

賞金二百円は博文館の同僚たちがストのための会合をする

費用におおかたは消えてしまった。「今晩の掛りはみんな、おまえが立て替えろ」といわれれば、「いいですよ」と答えるのが父の性質であった。

ストライキは七分がた成功した。ストライキがあって間もなく、前にも触れたように、文壇的に大きな役割を果たしてきた「文章世界」は大正九年十二月に廃刊となる。明治三十九（一九〇六）年三月の創刊から、およそ十四年九か月つづいた花形雑誌だった。退社した加能作次郎は中堅作家として創作一本の生活に入り、岡田三郎はフランスに発って行った。そして、父は「文章世界」の後身「新文学」の編集に携わったが、それも数号で「新趣味」という怪奇探偵雑誌に変わり、だんだん編集の仕事に熱意を持てなくなっていた。

それに、『弱者』の入選以来、父はひそかに自信を得ていたのだ。精進次第では、独り立ちできる作家になれるかもしれない。そうなりたいという熱望が父を突き動かすのだ。

長年、自分の内部に巣くうデカダンスから抜けられずに思い悩み、また、さまざまの懐疑に圧し潰されそうになり、アルコールのなかに逃避した父は、放埒を悔いて天上に祈りもした。しかし、プロテスタントの教会主義への違和感は、戒律について行けない自分を恥じ、結局は教会を去っているのである。偽善より偽悪を選ぶという若い驕りがあった。それでいて、心のうちでは、なお創造の神を信じ、祈りはいっそう激しくなっていた。

父は『弱者』に多少ともこれらの要素を書きはしたが、内面生活をより深く掘りさげ、宗教的苦悶を中心とする精神史をヒューマン・ドキュメンタリーとして書きたいという意欲を抱いていた。芸術的告白こそが父の唯一の救いのように思われた。

だが、ほとんど書き溜めないうちに父は早くも疲労していた。一定の勤務を持った上での余暇の創作は、生来の虚弱体質の父には無理なのだった。それ以上に慶子の病気が気がかりであった。新生活から一年経つ頃から、慶子は臥りがちになり、肺結核は悪化の兆しを見せ始めていた。父の憂鬱は絶えなかった。結婚してまだ日も浅いのに、二人の幸福な生活の隙間を狙う死の影は消しがたいものであった。不安と絶望感は、慶子が明るく振舞う時も、父を脅かした。慶子がアメリカでの生活に終止符を打って、父のもとに帰ってから、父は生き甲斐を感じる人間に生まれ変わったのだけれど、いずれは慶子を失うしかないのだろう。この喪失の予感が、ともすれば若い父を無気力にした。重ねて、書きたいものが書けない、という鬱積が父の健康さえ蝕んでいるようであった。

そんな辛い時期にふらっと訪ねて来て、小田原への転地をすすめてくれる友人がいた。広島で銀行員をしていた時、胸を病んで東京の美術学校を休んでいた彼は、父を訪ねては、文学、美術の話、東京の話をしてくれたものだ。彼、若山為三は同郷の竹馬の友で、同じ天満町の筋向いの家に生まれあわせた。乳の足りない赤ん坊の若山に、父の母親が父に飲ませた後の余り乳を与えたという因縁があった。若山の家は煙草製造業、父の家は呉服商で、どちらも手広く仕事をやっていた。後年、春陽会に属し、画壇に重きをなす画家となった若山も、その頃はまだフランスに留学する一、二年前で、小田原に住み、絵の勉強に励んでいた。

　若山の話では、彼の友人で牧雅雄という美術院の彫刻家が、今度、自分の邸宅に地つづきのこぢんまりした貸家を新築したので、移って来る気があるならば、借りられるようにしてやる、というのだった。父たち夫婦の健康のためにも、文学で立つためにも、勤めを辞め、思い切って小田原に籠れ、いたずらに若い日々と才能をすり減らすのは惜しい、今が決心する時ではないか。若山は熱心に父を口説いた。

　彼の説得に父の心は動いたが、博文館を辞め、定収入を失う不安に揺れていた。父の不安を察して、若山はこう言った。「軍さん、食っていくことくらいどうにでもなるさ。冒険はやってみなければね」。親の遺産で生計を立て、画業に専念できる若山だから言えることではあったが、冒険は自分にも必要なのだと父は感じた。行き詰まった現状を打破しなければならないのだ。そこにこそ、ロマンティックな精神は生きるのかもしれない。

　冒険を不安がると思った慶子は、あっさり小田原行きに賛成してくれた。父の文学的精進のために将来を賭けてみる、と慶子は父を勇気づけた。空気のきれいな小田原への転地が肺結核によいという思いもあったかもしれない。一切の不安を乗り越えて、自分の道を決める時であった。強い気持で、しかも平静に、一夜のうちに父は小田原に移る決意を固めた。

　翌朝、出社し、健康の不調を理由に辞職を願い出た。結果は案外すんなりと受け入れられた。大橋進一社長は、怠け者の一記者でしかなかった父を、優秀な社員であったかのように惜しまれ、先に行って復職の希望があれば、空席がなくても引き受けるから、安心して保養し勉強するようにと言われた。四年あまり、末輩であった父は社長に近づいたこともなかっただけに、退社間際に示された厚意が思いがけなかった。

　編集局長、長谷川天渓の計らいで、「新青年」の森下雨村は、同誌に一年間連載する探偵小説の翻訳を依頼してくれたし、また、「家庭雑誌」の中山太郎は、同誌に上司小剣（かみつかさしょうけん）、三上（みかみ）於菟吉（おときち）と父の三本立てで、これも一年間連載の翻案小説を依頼してくれた。すべてが先き行きの心もとない無名作家への実にあたたかい餞（はなむけ）であった。

　賞与の残金と過分な退職手当とその月の給料と博文館の諸雑誌から受けた原稿料を合計すると、小田原で優に一年余の生活は賄えるだけの金額であった。その上、一年間は二本の連載物を持つという心強さだった。本腰を据えて執筆する条件は整った。この機を決して逸してはならない。一年の間に、心血を注いで作品を完成させよう。

　大正十（一九二一）年、二十六歳の夏であった。父はこのようにして、小田原へ籠るのである。

大正11年に知遇をうけて以来、北原白秋と行動を共にする機会は多かった。大木惇夫（左）と白秋。（昭和10年代）

9　小田原——白秋との出会い

想ひ
かすかに
とらへしは、

風に
流るる
蜻蛉（あきつ）なり、

霧に
ただよふ
落葉なり、

影と
けはひを
われ歌ふ。

（「小曲」『風・光・木の葉』）

大正十年の夏に移り住んだ小田原は、父の人生にとって最も重要な土地となる。だが、父はまだその幸運を予感してもいなかった。ただ、明日も明後日も、これからのあらゆる日々が自分自身のものだという歓びに浸っていた。銀行員、雑誌記者と続く足かけ九年間の勤めから解放されたのである。もはや父を圧迫するものは何ひとつなかった。

小田原の入谷津(いりやつ)への移転は、慶子の病気にも適していたらしい。慶子は目立って元気そうになっていった。都会で暮らした二人には澄んだ空気が美味しく感じられた。頭上には青空がどこまでも広がっている。静穏な自然が父たちを柔らかく包み込んだ。

山と海と丘と野、それは父が長らく求めていたものであった。自然への郷愁を、思慕を、憧憬を、父は久しく抑えて来たのだった。野茨(のばら)の芳香、野鳩のくぐもった鳴き声、蜜蜂の歌……この地の風物は父の創作にとっての無限の宝庫に思われた。ここでこそ、冥想し、創作するのだ。

梅の古木に囲まれた新居は丘の裾に建ち、幾種類もの果樹が繁る外園をめぐらしていた。木の香も新しく、襖も畳も新しいものずくめですっきりする。

カンナや向日葵の花が咲き乱れる庭つづきに家主の彫刻家、牧雅雄のアトリエがあって、そこに若山為三は毎日通って来ては、いっしょに仕事をするのである。二キロ近く離れた海辺の家から若山は歩いて来る。罵り合ったり、黙りこくったりしながら、牧は秋の院展に出品する彫像を制作し、若山はキャンバスに向き合って油絵の大作に取り組んでいる。彼らの野性的でのびやかな制作ぶりが父には新鮮に映った。牧、若山の小田原在住の友人たち、詩人の福田正夫や井上康文、川崎長太郎（後の私小説作家）とも知り合いになった。牧がまた、福田正夫の義弟にあたるのも知るのだった。若山は毎日のように新顔をつれて来るので、夫婦だけの父の新居は、みるみるうちにボヘミアンの巣になっていた。

同年六月には日夏耿之介の第二詩集『黒衣聖母』、七月には、小説『田園の憂鬱』によって広く世に知られた佐藤春夫の第一詩集『殉情詩集』が出版された。だが、その時期は詩壇では民衆派（民衆詩派とも呼ばれる）が主流になりつつあった。当然、福田や井上たちが幅をきかせ、四、五人もの仲間を伴って押しかけて来る。父は民衆派の詩に違和感を抱いていたが、彼らの野性味、豪快さにつられて、父の弱々しい神経も鍛錬されるように思えた。

それでも、静寂を求めて来た小田原で孤独になるのは案外難しかった。他愛ない楽しい仲間たちとの交流が父の心を寛がせてはいるけれど、創作はなかなか捗らないでいた。毎日が何ということなく過ぎてゆく。耳に慣れた相模灘の波音を聞き、恵まれた自然の胎内にいる安心感に囲まれてさえ、憂鬱が父に忍び寄るのであった。

そんなある日、博文館で同僚だった「中学世界」編集部の羽生操(はぶみさお)が東京からやって来た。北原白秋に詩を依頼しに来たのだという。君のところに一泊させてほしいが、北原先生をまずお訪ねしてみるつもりだと言いつつ、ふと、父にも一緒に行かないかと、誘ってくれた。

あまりにも不意だったので、父はほとんど思考不能に陥った。動悸を抑えるのがやっとだった。少年時代から憧れの対象であった白秋がここ数年、小田原の地に住んでいるのは知っていた。憧れるあまり、十代には白愁という雅号を使っていた父である。それだけに、白秋は峻嶮な峰に聳える存在なのだ。

というより、実は、知っているどころか、ひそかに、父は幾度か白秋の赤い屋根の家を求めては近より、訪う勇気を持てずにすごすごと戻って来ていた。

どうして、何者でもない自分が、心のうちに師と仰ぐ『思ひ出』の詩人を訪いえようか。帰り道に寂しい気持で眺めた著莪の花について、少女時代、私は父に「これがしゃがという花だよ」と教えられた記憶がある。あやめ科の小ぶりな蘭に似た形の花、白地に薄紫色の陰翳をつくる花である。

散策するつもりが、ついつい白秋の家に引かれて行ってしまう父は、その人に親炙する日が来るとは露ほども思わなかった。

野茨の道をすぎゆけば
師の家ありとわれ思ふ。
野茨の道をすぎゆきて
裏山づたひ、藪ぬけて
けやき林のかなたなる
赤き甍の見ゆる辺に
われや幾たび忍びけむ、
訪はで幾たび帰りけむ、
いつも日ぐれの帰路に
著莪は寂しき花なりき。

野茨の道をすぎゆけば
師の家ありとわれ思ふ。
（「赤き屋根――小田原谷津にて。」『風・光・木の葉』）

臆して行けなかった白秋のところだったが、社用で訪問する羽生の後について漫然と行くのなら、願ってもない機会であるかもしれなかった。父は思いきって、同行することにした。

急な坂道を通って天神山にのぼり、伝肇寺の山門をくぐって石畳をたどると、奥に有名な「木菟の家」がある。大正七年三月、白秋が小田原に居住したのは、病弱な二番目の妻章子の転地療養のためであった。翌年、貧乏生活をつづける白秋を助けようと、鈴木三重吉ら友人が発起人となって、山荘を建てる資金を募った。友人知人の協力で出来上がったのが「木菟の家」である。茅葺きの「木菟の家」の内部は、父の訪れた時、すでに土間になっており、玄関に使用されるだけで、白秋の住まいは隣りの赤い屋根の二階建てになっていた。まわりには枝ぶりのよい老松や梅の古木、竹林を配し、眼前に穏やかな海をのぞむ簡素な洋館であった。

　二階の書斎に通された父たちの目に、竹林越しにひらける海が見渡された。白秋の姿がドアの向こう側から現われるまでの異常な緊張は、後年になっても身体のどこかで記憶されていると父は言った。白秋の風貌については、新聞、雑誌で知っていたし、神田の今川小路で、小豆色のトルコ帽をかぶり、鶯色のマントを翻した姿を目撃した日もあったが、書斎に現われた白秋は、渋い納戸色の着流しで、何かしら物憂い、疲れた様子に見えた。

　言葉もとぎれがちになり、手持ち無沙汰を煙草でまぎらわせるふうだった。通り一遍の、作家と訪問記者との会見では、話の弾む訳もなかった。白秋は気のない調子で、羽生の依頼を引き受けた。二人の会話中、父は終始沈黙したまま、私淑する人の表情や動作のいちいちを見守り、言葉のすべてを聞き洩らすまいとしていた。

　白秋が急に父を振り返って聞いた。

「君はなにをやっている方ですか」

　その声に父はすっかりあがってしまい、次のように答えるのがせいぜいだった。

「はあ、小説を書こうと思っています」

　白秋の目に失望の色が浮かぶのに父は気づいた。白秋は父から目を逸らし、そして、わずかな関心を逸らした。会見は一時間たらずで終わった。伝肇寺の山門を抜け、天神山をくだりながら、羽生は非難するように言った。

「せっかく白秋先生に会えたんだ。どうして、詩を書いているって言わなかったんだ。わざわざ君をつれて行った甲斐がないじゃあないか」

「君には感謝しているさ。だが、言えないさ。畏れ多くてね」

　崇敬している白秋に近づきになれたかもしれない好機なのは分かっていた。だが、近寄れなかった。父は自分の心に語りかけていた。駄目だ。まだまだなのだ。身のほどを知れ。仰ぎ見る詩人への畏れは、それほどに深いのだった。「小説を書こうと思っています」とはどうにか言えても、「詩を書いています」とは、仮にも言えなかった。偉大な詩人の前で、どうして自分の詩に触れられよう。父にも十代から書き溜めた詩の草稿が一冊分くらいはあった。第一詩集を『大気の鳥』のタイトルで出版しようとすすめてくれる出版社もあった。しかし、白秋に対しては身が竦む。

　不消化のまま大詩人に会ったことが、却ってその後の父を憂鬱に、無気力にしていた。すぐ傍で白秋の声を聞き、物憂い表情を知り、続けざまに吸う煙草の煙を吸いこんだ嬉しさとは別に、自分の自信のなさ、過度の羞恥心にはうんざりもするのである。空虚感だけが父のなかに留まった。

　小田原に来れば悠々と創作に没頭できるだろうという期待は、裏切られていった。気抜けした自分自身が裏切っていたのだ。創作のペンは一向にすすまず、博文館へ連載物の原稿を送るのが関の山であった。

　父はつとめてフランス近代詩を読み、さらにその翻訳を試みては日を送った。

　そんなふうに鬱然と暮らすうちに、秋は過ぎて行き、年も暮れた。東京・金星堂の主人から、詩集『大気の鳥』を早く出版しよう、という温かい催促の手紙が舞い込んだ。いよいよ詩集が出せる、と思うと、急に自信が失くなって、父は決心できかねていた。心配した若山為三は、「軍さん、第一詩集は大事だよ。北原先生に見てもらえよ」と、強くすすめた。若山は広島時代から変わらぬ父の詩の愛好者であった。

　それからもずっと、若山は父に白秋山房の門を敲(たた)けと言いつづけた。小田原に来てからそろそろ十か月になろうとしている。大正十一（一九二二）年の春。潮風と緑にめぐまれた小田原の四月である。このままではどうにもならない。決意しなければいけないと思う。最も愛する季節にこんな沈鬱な気分では情けないのだ。

　ある日の午後、怯む心を撥ねつけ、雨のなかを父は白秋山房に向かった。雨滴が傘を滑り落ち、身体を濡らした。詩稿を濡らさぬようふところに入れ、あとは濡れるにまかせた。嫌いではない雨が、この日は行く手を阻む暗い敵意にも思えて、しぶきを蹴とばす感じで歩きに歩いた。立ち止まろうとする気持に逆らうことで、怖ろしい目的をいくらかでも紛らしたいのだ。天神山の傾斜がいつになく険しく感じられた。大雨が山道を掘り返し、泥水が地面を膨張させていた。何度も泥のかたまりに下駄を滑らせながら、意地になって坂道を登って行った。

　ようやく白秋山房の玄関にたどり着いたが、深閑とした建物が冷たく父を拒むようであった。雨音だけが無情に絶え間なく聞こえた。春なのに背中が冷え冷えした。

　しかも、よくよく見ると、「創作中、面会謝絶」の貼り紙があった。はっとして、父は後ずさりした。創作者の心理を思えば、面会謝絶の意志を尊重すべきなのだ。物書きの卵であった父には、それを侵してはならないことくらい直ちに納得された。今日は無理だと自分に言い訳する気持も生まれて来た。招かれてもいない人を訪ねる不安な侘しい思いは、記者生活の四年間でさんざん味わいつくしていた。弱気が頭をもたげた。悪い所に来合わせてしまった。出直すしかないだろう。いつもの父なら、むしろそのように、ほっとして引き返していただろう。だが、自分でも信じられない素早さで父はベルを押していた。押したあとで我に返り、跳び上がる心持だった。

　自分のいきなりの行為を後悔したが遅かった。扉が開き、婆やさんが出て来て、こう告げた。

「お仕事中ですので、先生はどなた様にもお目にかかれません」

　そこを何とかして欲しいという父の懇願にも耳を貸そうとはせず、同じ言葉をくり返す婆やさんに退き下がるべきだと得心しながらも、父は白秋先生ならきっと会ってくださるだろうと、なぜか思った。理由はまったくないのだが、その時、確信に近いものが父を動かした。

「分かりました。では、五分間だけお目にかからせていただきたい、とお伝えくださいませんか」

父としては異様な粘りでこう言ったものの、身体中から力が抜けていく気がした。しかし、結果を見れば、これは運命的な言葉でもあった。

「左様ですか。では、ともかく、先生に伺ってまいりましょう」

婆やさんはいくらか優しくそう言って、奥に入って行った。父は自分の強引さに動揺もしていた。気分を悪くされた先生から、絶対に会わないと宣言されたらどうなるだろう。もう、生涯、先生の門を敲くことは出来ないだろう。がっくり肩を落とした父の前に、すり足で現われた婆やさんはにこやかな様子をしている。

「どうぞお上がりください。そう言うのならば、五分間だけ会おうとおっしゃっていますから」

その婆やが柳川時代からの北原家のばあや三田ひろであると、父は後になって知った。

階下の応接間に通された。自分で願った結果なのに気後れしてしょんぼり椅子に掛ける父の前に、軽快な様子で白秋先生が入って来られた。あわてて起立した父の顔を睫毛の濃い目でまじまじと見つめ、白秋が訊いた。


「君は、前、たしか、羽生君と見えたことがありましたね？」

「はい、伺いました。しかし、今日は自分のために、詩稿を読んでいただきたく、参ったのです。見ていただけるでしょうか」

白秋はもう一度父をじっと眺めて言った。

「ああ、見ましょう」

そう言ったきり、白秋は沈黙した。椅子に深く腰かけたまま、目を宙に遊ばせていた。大儀そうに見えた。父は詩の草稿をテーブルに載せ、丁寧に会釈をして退こうとした。

「いや、まあ、掛けたまえ」

「お約束の五分間が過ぎますから」

「いいじゃないか。少し待ちたまえ」

白秋は微笑むと、慣れた手つきでテーブル上の「敷島」に火をつけ、ゆっくりとふかした。

「読まない先から失望することが多くてね。頼まれて人の作品を見るのは苦痛なんだ。これ、というものには滅多に出会わないのでね」

物憂そうに白秋はそう言いながら父の詩稿をめくっていった。緊張のあまり息苦しさを覚えたが、堪えなければならないだろう。そっと先生の手を眺めるのが精いっぱいであった。その手が時々止まり、また先を急ぐようであった。六、七篇も読みすすんだろうか。白秋が大きな声でこう言ったのだ。

「いいねえ、君、素晴らしくいい」

背中を電流が走る思いだった。父を見つめる白秋の目が輝いていた。

「君は相当に書いているね。これは、玄人（くろうと）の手筋じゃあないか」

「いいえ、十代から書いていただけで、文芸雑誌などに発表したことはありません」

「そうなの。それは今時奇特なことだ」

そして、名声を求めるばかりで、創作にはまるきり精進しない若い人たちが目につく現状を嘆き、さらに、昨今の詩壇の傾向を慨嘆した。

白秋の嘆きに勢いを得た父が、少年時代から独りでただコツコツ創作してきた不安な道のりを説明すると、

「それでいい。結局のところ、創作はそうでなければならないのですよ。よかったね。それは立派な態度です」

白秋は上気した顔でそう言い、詩を読みついでいった。「いいぞ」とか「うんうん」とか、差し挟む声にも弾みがついている。詩稿の半ばくらいまできただろうか。テーブルを突然叩いた白秋が低い声で叫んだ。

「これだ！」

白秋の目には涙さえ光っているように見えた。興奮を覚える父に白秋はゆっくり言った。

「この詩だ、こうなくてはならん。君、この詩は実相観入に徹しているね。しかも、象徴の域にとどいている。虚実一如といえる。表現技法も申し分ないし、これこそ完璧な詩といえるものだ」

それはこの章の冒頭においた詩「小曲」についてである。父がアメリカから帰国した慶子の愛を受け入れ、再会の歓喜のなかで書き上げた二十数篇の詩のなかでも、渺たる短詩であって、虚心に出来た作であった。自信があるはずもなかったが、大詩人の高い評価を得て、胸が震えた。極言すれば、「小曲」一篇によって、父は白秋に認められたのである。

白秋は陶然としている父に言った。

「二十三歳の若さで君はよくやった。この詩はむろんだが、今まで読んできた作品だけで判断しても、君は十分に詩壇の水準を越えている。それを自覚したまえ」

白秋は父をこう激賞したが、父の詩境に見え隠れする浮華と思える個所を手厳しく採点するのを忘れなかった。批判は痛く応えたものの、却ってその厳しい苦言が激賞の真実味をも父に感じさせた。自分の詩にややもすると現われる欠点を父はその夜よくよく自覚させられた。うわべに流れるきれいな浮薄なもの。なだらかに滑りすぎるもの。自分には才気に思えたそれらは大詩人の詩眼をくらませるものではなかった。

白秋は熱を湛えた目を光らせて言った。

「今の文壇だが、小説界は多士済々というのに、詩壇には詩人らしきものは暁の星のごとく寥々たるあり様だ。僕は、どうしても、君ほどの人を同行（どうぎょう）としたい。君、そうしてくれ。この先、詩一本で行くように、小説の筆を折ってくれたまえ」

少年の日よりずっと憧れの対象であった白秋から熱心に詩人としての同行を促されているのだ。白秋のその言葉に打た

れ、父は自分の文学のコースを変えようと決めた。小説を断念し、詩をデッサンからやり直そう。震える声で、しかし固い決意で、「はい、そう致します」と、父は答えていた。白秋との対面の時間は父にとってこのような運命的な、千載一遇の邂逅となったのである。

　肺結核の妻を抱えての生活上の不安がちらっと頭を過（よぎ）りはしたけれど、すぐに霞んでいった。ほとんど未知の自分に対して示された大詩人の信頼、無謀ともいえる信実の言葉の前に、何を計ることがあったろう。父は感涙で頬を濡らしていた。父が白秋山房を辞したのは、午前三時に近かった。五分間だけという約束で実現した面会は、詩を語り、酒を汲み交わす親昵の十二時間に変わっていた。一夜明けた天神山には雨後の湿った風が吹いていた。

　この日を境に、白秋先生と父との親密な交流が生まれた。金星堂でまとめるつもりだった第一詩集『大気の鳥』について父が相談したところ、白秋先生は諭すように言った。

「君ねえ、第一集というものがいちばん肝心なのだからね。決定的な意味をもつ。スタートがよくないと、後あと損をする。少し遅れようが第一集に全力を込めるといい。出版社なら弟のアルスだってあるのだから、僕がいいというまで待ちたまえ。それから、君の処女詩集の序文はぜひ僕に書かせてもらおう」

　長い暗中模索の時代は終わったのである。散文に行き、俳句に惑い、短歌に帰りもした九年があったけれど、振り返れば純粋詩に対する父の愛着はいずれにも優るものであった。少年時代からノートに書きつけてきた詩作への渇仰は、最も本然的なものであったろう。漠として把握していなかった詩眼が開けたのも、白秋との奇跡に近い邂逅によってである。白秋の言葉を耳に残しながら、父は密かに敬慕してきた『思ひ出』の詩人を師とする幸運に酔っていた。これほどの賞讃と理解を白秋から与えられるとは。あの日以来、爽やかな酔いに身をまかせて、才能を認められた誇らしさを大声で叫び歩きたかった。

　それと同時に、これからの日々の困難をも父は感じていた。白秋が言葉の奥に示した詩道の険しさを畏れをもって想像した。師が歩む詩の道を自分の道としよう。そのためには、自分の詩の多くを棄てよう。純白の境地から始めなければいけない。詩境を高めること。それが小田原の地で大詩人から受けた恩恵に応える自分の使命ではないだろうか。

　父の毎日は寝ても覚めても詩一色に塗られた。だが気持が上昇するだけで、詩作には書いても書いても躓くのである。

「詩の本道が多少でも解って来れば来るほど難しかった。心境は開け詩境は高まっても、適切な表現は容易に之に伴はなかった。かうして苦しむこと半歳余、しかも詩らしいものは殆ど成らなかった。」（『風・光・木の葉』巻末覚書）

白秋からは時々呼び出しが掛かった。人力車の迎えを寄越して、繁華街にある料亭「都鳥」に来るように、というのである。

臥っている慶子に気兼ねしていると、慶子は父の心中を察して言うのだった。

「私のことなら構わないわ。お出でなさいよ。北原先生がお待ちかねよ」

家を出たら最後、父は白秋といっしょにいる楽しさで思いっきり野放図になった。もともとの素地もあったろう。

「都鳥」は白秋の根城みたいなもので、二人でよく喋り、よく遊んだ。白秋は夜更けに父と女将をつれ、近くの箱根にドライブし、「環翠楼」で二日間流連（いつづけ）したりもした。

ある時は、白秋が父を散歩に誘い出し、気の向くまま汽車で松田あたりに行き、旅館に一泊することもあった。海辺の「藤館」で飲んでは、駅前の「不二屋」で飲み、二人で夜を明かした。こんな悪癖に馴れ、父はひとりで外泊するようにもなっていた。締切り間際の原稿を小田原駅前のポストに投函すると言って家を出たまま、東京行きの汽車に飛び乗り、博文館へ自分で届けに行く時もあった。東京への懐かしさにたまらなくなったのだ。東京で家に電報を打ち、二、三日帰宅しなかったりした。それには家庭での積もりつつあった鬱陶しさもあったのである。

九月に入って、白秋と山田耕筰の編集による雑誌「詩と音楽」が創刊となり、白秋の推薦で父の詩「小曲」が掲載される。

それについては、次のような経緯があった。

その頃、白秋は歌集『雀の卵』をまとめ、最後の校正刷りを読んでいて、頗る機嫌がよかった。

「昨日、東京から弟の鐵雄が来てね、『詩と音楽』という雑誌を創刊することになった。僕と山田耕筰君との編輯ということで、前の『ザムボア』『アルス』のような香気の高い芸術雑誌にする。喜んでくれたまえ。いよいよ君の登場舞台が出来るんだ。君はもちろん詩集も詩集だが、まず、この雑誌で大いに活躍してもらいたい。今までのような僕中心の結社的な小規模の雑誌じゃあないのだからね。音楽の方は山田君に一切まかせるとして、詩の方では僕も大いに書くし、君がいる。それに大手拓次君の詩も手もとに大量にストックしてあるし、室生君や萩原君も書いてくれるだろう。素質のいい若い詩人の作品もかなり手もとへ来ているのがある。やろうね！」

白秋は弾んだ口調で言った後、急に顔を曇らせ、つけ加えた。

「大木君、いざとなったら、君ひとりでもいいのだよ。この雑誌をやろうと決心したのも、実は君という人を得て、僕は自信が持てたのだからね。このことは、忘れないでいて欲しい」

いずれにせよ、父の詩は白秋の力によって初めて発表されたのである。有頂天の父を見て、白秋に認められて世に出た父の幸運を、慶子も喜んでいたのだが、白秋と父との親密度が深まるにつれ、次第に滅入りがちになっていった。

慶子は無口になり、孤独に浸って、棘々しい態度を露骨にした。またまた結核の症状が出だしている。きっと病気のせいだと父は考え、慶子の気まぐれな態度を許していたのだが、隙間風が吹くのも事実だった。愛する者同士のいつの間にか生まれた気持のずれに、二人は悩まされていた。

父は満たされない気持を、刺激を、外に求めずにはいられなかった。寂しがる慶子のために女中を頼んでみても、長くは続かなかった。慶子の気儘や気難しさに、女中はなかなか居つかないのだった。肺結核の感染を怖れてのことかもしれない。女中に暇を出しては、ふさぎ込む慶子から逃れて、父は外に束の間の憩を求めた。

白秋先生と父との急に生まれた過熱な関わりは、北原家でも問題になった。「都鳥」で遊興中に菊子夫人が命じて、俥夫が先生を迎えに来たことがあった。夫人に頭の上がらない白秋は風呂場に隠れ、俥夫には父から「東京に行かれた。ここにはいらっしゃらない」と言わせ、追い返した。ところが、後に夫人の誘導尋問に引っかかり、白秋はやすやすと口を割ってしまった。

菊子夫人は白秋の三番目の妻で、第二の妻章子(あやこ)が去ってから一年足らずの大正十年四月に二人は結婚している。二度の恋愛と結婚に失敗した苦い体験が、白秋に家庭的で内面に安定感のある女性を求めさせたとしても不思議はない。知的で志操堅固の菊子夫人を得て、白秋はようやく生活に安息を見出していたのだろう。大正十一年三月には長男隆太郎を、大正十四年六月には長女篁子をもうけている。

父が白秋に認められ、知遇を受けたその頃、白秋は三十七歳にして初めて父親になった喜悦と安堵のなかにいたはずである。健全な新生活を営む安心感から、気随に外で遊び廻る日もあったのだろう。あるいは、それはこの時代の文士に共通する習性であったのだろうか。外出すればいつ帰るとも知れぬ父に焦れて、慶子はヒステリックに別居を口にした。家にいても原稿用紙に向かうだけの父ではやりきれない、というのである。

「あなたにとって白秋先生が絶対なのですから。私もひとりで暮らそうと思いますの」

微熱が下がらない病身でいったいどうするつもりなのか、と父は言いたかったが、自分の白秋先生への傾斜を拗ねている慶子が哀れにも思えてくるのだった。我儘も嫉みもみんな病気から来ているのだ。その病気は恢復の見込みがない。とすると、宿痾を背負った慶子を自分が背負うしか道はないのではないか。

慶子が嫌うなら、白秋と出会えたこの小田原の地を離れるしかないだろう。

思い出の地小田原を引き揚げて、二人が本郷根津に移ったのは、大正十一年の年の暮れであった。約一年半の小田原生活になる。
　この時以来、父の引越しにつぐ引越しという東京漂流が始まるのである。

青空にひばり鳴くとも、
妻よ、げに、この草屋根の
ぺんぺん草はあはれなり、
吹かれ吹かれてあひすがる
この二本(もと)のぺんぺん草は。
（「ぺんぺん草」『風・光・木の葉』）

10　詩人としての出発

一すじの草にも
われはすがらむ、
風のごとく。

かぼそき蜘蛛(くも)の絲にも
われはかからむ、
木の葉(こは)のごとく。

蜻蛉(あきつ)のうすき羽(はね)にも
われは透(す)き入らむ、
光のごとく。

風、光、
木の葉とならむ、
心むなしく。
（「風・光・木の葉」）

冬でも陽射しが明るかった小田原を離れ、本郷根津のアパートに仮住まいしてみると、さすがに侘しさが身に迫った。慶子は起きてはすぐに疲れ、臥りがちの日が多かった。東京に帰りたがった慶子の希望を叶えての移転であったのに、ひっそりとした根津の暮らしを慶子は寂しすぎると言った。

このまま通院や往診が続けば、小田原での生活費に用意した資金も間もなく底をつくだろう。治療費はこの先も増える一方のはずなのだった。心細さを慶子に悟られないように父は机に向かうしかなかった。

小田原の海風や樹々、蜜蜂を引き寄せる花々の芳香、果てしない空。降りそそぐ陽光。天神山。赤い屋根の家……。何よりも白秋先生との日々。根津に移ってまだ数日しか経たぬというのに、父の心を占めるのは懐かしい小田原に対する思慕であった。光溢れる小田原への思いが寂寥のなかからふつふつと沸き立ち、父は夢中で「風・光・木の葉」他三十あまりの詩を一気に書き上げるのである。小田原で半年もの間あれほど励んでも表現に到らなかった詩が、これを発端にその後九か月の間に百五十余篇ほど生まれた。

大正12年頃、北原白秋による大木の似顔絵。

雪のやうに沈黙を重ねて、
暮れがたの李（すもも）のやうに
おもひはさびれる。
――みつめる壁の冷たさ、うすあをさ。

それでも壁のかなたの
夜空には、
うつくしい星が輝き
遠い海が鳴ってゐる、昨日（きのふ）のやうに。

ああ、南方の記憶よ、
青空と光と花にいろどられた記憶よ、
せめてはあたためてくれ、
この霙（みぞれ）のやうに寒いおもひを。

（「憂鬱――本郷根津蜂窩房にて。」）

これらの詩は白秋の推挙により「詩と音楽」を中心に、「太陽」「日光」などの雑誌に掲載され、父はどうにか詩人という肩書きを得るのだが、第一詩集『風・光・木の葉』の出版までには、なお三年を待たなければならなかった。その待機の時間をひたすら詩作と翻訳に明け暮れる。

住居も転々とした。根津の生活を早々と切り上げ、東中野に転居した父は、イタリアの詩人ジョヴァンニ・パピニ原作『キリスト伝』の翻訳に没頭するのである。これは父が二十六歳の頃丸善で見つけた英訳本で、詩人の魂を注入したキリスト像の創造に夢中になってしまった。キリストの言葉の独自の解釈に溢れ、芸術的に高度な書であり、まず「この書に漲るあの田園詩的な、史詩的な、乃至は神秘劇的な色彩と雰囲気と香気」(『基督の生涯』序文)に魅了された。いつか機会が与えられれば、自分の力で翻訳したい気持を温めていたものだった。アルスの社長北原鐵雄氏にその思いを伝えると、すぐに興味を示し、翻訳に取りかかるようにと励まされ、勢い込んで訳をすすめていた。

大正十二年九月一日の関東大震災に遭遇したのも、東中野の家でパピニを翻訳している最中であった。残暑が厳しい昼時、地下より突き上げる上下の激しい震動に危険を直感した父は、ペンを置き、双肌脱ぎをしていた浴衣の袖に腕を通すや、階下の座敷に行こうと階段の手摺にしがみついたが、大揺れに揺れてなかなか思うように足が踏み出せなかった。やっと一階の廊下に出て、座敷の机の下に伏せていた慶子ともども芝生の庭に飛び降り、桜の木を摑んで地面のうねりが鎮まるのを待つしかなかった。

地震後の家中の片づけに追われ、仕事どころではない日が続いた。情報の少ないもどかしい気分のうちに毎日は過ぎた。物資は窮乏し、流言が飛び交い、長びく余震と共に不安はつのるばかりである。

相模湾に面する小田原の被害も少なくないらしかった。白秋の赤い屋根の家が半壊したのを知ったのは、半月ほども後のことであった。あたりの山は崩れ、家は倒れはしなかったものの、見る影も失くなってしまったという。だが壊れはしても、家をとりまく自然の豊かさ、とりわけ竹林を愛する北原一家は半つぶれの家に手を入れ、どうにか住まい通した。白秋が東京谷中に引き揚げるのは、大正十五年五月である。小田原には都合八年間過ごすことになる。

被災の後、物騒で暮らしにくい東京を離れ、父は慶子をつれて郷里広島に避難する。パピニ著『キリスト伝』の翻訳を急ぐためでもあった。大正八年秋に結婚式をあげてからちょうど四年目の帰郷であった。

幾年ぶりかでしみじみ見る親しい故郷の海。入海のほとりで、父は次の詩をうたっている。

浜はしづかに潮みちて
藻草も昼を薫りけり、
これかや父の、母の海、
涙ながれてとめあへず。
(「内海」)

この帰広時に、父のまわりに集った文学愛好者らと語らい、父は詩雑誌「黒猫」を刊行し、「黒猫」が広島地方の現代詩運動の創始となったといわれる。弟大木強二や従弟大木茂も加わり、大木家は文筆の家の印象を与えた。それから四十二年後の昭和四十年十一月、大木惇夫詩人賞が創られた。

十一月中旬には帰京するのだが、震災の影響で住宅は払底し、ようやく見つかったのは、中野にほど近い上落合の素人下宿だった。狭い不自由な二階住まいを余儀なくされ、父はビール箱の上で『キリスト伝』の下巻に集中する。

苦心の末に脱稿した『キリスト伝』（上・下）が、『基督の生涯』のタイトルでアルスから出版されたのは、上巻が大正十三年二月、下巻が同年十月のことであった。ペンネームは「詩と音楽」に「小曲」を発表した時以来の大木篤夫。『基督の生涯』は忽ち十版を重ねる売れ行きを示した。

震災直後、沈滞気味にあった出版界に希望の旋風を巻き起こすベストセラーになったのである。印税収入も相当な額に上るものであった。しかし、父は「若い身空で思いがけぬ大金は却って毒です。従来どおり月末に二百円ずつ届けていただければいいのです」と言って、大部分をアルス社長北原鐵雄に提供した。大震災で社屋を焼かれた後の資金繰りにあえぐ社長を見かねた父が、運転資金にと贈ったのだが、それはひとえに社長の令兄北原白秋への恩義に報いるためであった。

小田原を離れてなお恩師は慕わしく、この年の五月には、小田原時代に師のお伴をして道了山に登った旅の思い出を、詩に書いている。

師をおもへば、
わたしの記憶のたそがれに
ありありと藤の花が咲きます。

道了の山の降りは
師もお疲れだった、わたしも疲れた、
里の近くで日が暮れかけた、古ぼけた茶店が見えた、
藤棚に藤が咲いてゐた、薄ら明りに波うってゐた、
「くたびれて宿かるころや藤の花。」
見て過ぎながら師が言はれた、
「芭蕉はいいな。」と、静かに言はれた、
涙がこぼれさうだった、
「たぶん白かったろな、その藤は。」
また師が言はれた、ああ、幽かに言はれた。

まことに、まことに師をおもへば、
その日の藤が浮びます。

（「藤花追憶――中野にて。」）

『基督の生涯』の翻訳によって文壇内外に広く注目された父

は、ひと息つく思いであったが、家庭の実情はそれを許さなかった。

慶子の病気は恢復の兆しも見えず、病床にいる時間が多くなっていた。起きて茶の間の長火鉢に手をかざす時にも、血の気を失った顔は無表情で、目だけが潤んでいた。ここ数年、父は赤い色に脅かされてきた。時々、慶子が隠すようにして手にまるめているハンカチに血が滲んでいたからだ。その度に、またしても、と動揺し、暗澹とした気持に押し潰される。喀血に馴れるのはとうてい無理なのだった。

それでも、偶に病床から脱け出した慶子と街を歩くのは楽しかった。外出するたびに、いつまでいっしょに歩けるのだろうか、と怖れながら痩せて尖った妻の横顔を眺めた。

待望の第一詩集『風・光・木の葉』（アルス）が出版されたのは、翌大正十四（一九二五）年一月のことであった。

著者名は『基督の生涯』と同じ大木篤夫に定着する。本名軍一とはかけ離れた澄んだ響きを選んでいる。

詩集には百四十四篇の詩が収められているが、中心をなすのは、小田原を去ってから九か月の間に生まれた詩篇である。これに大正十一年前半期の十五、六篇、それより五、六年遡って「昔日の歌」十三篇と二、三の旧作、新しくは十二年九月以降、十三年六月までの八、九篇を加えたものである。（この章に引用した詩はすべて『風・光・木の葉』に収められている。）

父は詩集の総体の印象についてこう述べている。

「（前略）私はこの笛の歌口に、憂愁の音色をあまりに注ぎ過ぎたかとも思ふが、これとても私の幼年・少年・青年期を通じてその時その時に受けて来た悲痛事の一切が、黄昏の薄明から曙の光に泳ぎ出さうとする今の私に余りにも色濃く投げかけるところの影に他ならない。（中略）

如上の意味で、この集に収めた数々の詩は今日のこの出発をおのづから予感した私の準備である。今日を胚んでゐた昨日の心象断片の、その単なる素描と見られて聊かの異存はない。」（『風・光・木の葉』「跋・土曜日のない者の感想」より）

そして、さらに、詩集の傾向は、ロマンチシズム、シンボリズム、リアリズム、ネオ・クラシズムの波動にも似通っていないだろうか、と分析し、詩型からいって、「私が旧詩型の束縛から脱しようと踠（もが）いて自由詩型を求め、新しい方法を見出さうと努めながら、尚且つ定型詩とその古い手法にそくばくの哀惜を感じてゐる形に似通ふものではなからうか。それはともあれ、私の生活の方向は、つねに私の詩の方向となる動因である」と記している。

後書きに当たる「跋・土曜日のない者の感想」と「巻末覚書」は詳細・懇切をきわめ、初めての詩集に対する父の熱情や気負いが濃く伝わってくる。

タイトルに採られた「風・光・木の葉」は、序詩として後から書かれたものではなかったが、詩集の中心をなす本郷根津アパートでの新作群の最初の一篇であり、基調といってよい詩であった。

漠然と文学で身を立てたいと夢見た十代の少年は、およそ十四、五年の刻苦の日々を経て、切実になった夢を果たすのである。

雪解の泥になやみゐて、
ほれぼれと眺め入りけり、
路ばたの青木の木の実
つらつらと真青なる、
真赤なる。

（「青木」）

日没の雪の野路に
樹のかげと私の影が
あをあをとしみこんだ、
鳥の羽ばたき、風の音、
口笛の歌まで影となつて
あをあをとながれた、
日没の雪の野路に。

（「日没」）

あをぞらはれて
珊瑚樹の花咲きにけり、
世の隅に汝とゐて
きよくさびしき。

（「珊瑚樹」）

素直に日向を掘つてゐる、
そのうちいいこともある、
山蘭のしろい匂ひがする。

（「ひなた」）

この朝のなげかひは
いともしづかにあらしめよ、
空に鳥なき、
風は木の葉にさやぐとも、
この涙
しづかに砂に沁ましめよ。

（「この朝のなげかひは」）

秋の瞳にうつるは
透きとほる昼の月、
ああ、遠い国の岸に
芒のやうになびいてゐる
わたしの生命。

（「秋の瞳」）

時雨（しぐれ）が通った、
いつしかに月夜となった、
旅人が過ぎた、
鳥影が掠めて行った、
残された一樹は光ってゐた、
拝（をが）みたいほど光ってゐた、
武蔵境（むさしざかひ）の野道であった。

（「独樹」）

いずれの詩にも透き通る抒情がある。内面に向かう痛いほどの明察がある。風や月や樹々や花々や雨や霧や雪や霙といったさまざまな自然との融和がある。いかにもかぼそい、繊細な美しい詩情が流れている。悲しみと祈りがある。寂しいユーモアさえ見られる。それらを十分に受けとめたうえで、なお、あまりに感傷的すぎはしまいか、という気持が私のなかを掠めもするのである。

ところが、恩師北原白秋は詩集『風・光・木の葉』の序文において、大木篤夫の詩に最上級の評価を与えている。この長文の過激な序には圧倒されずにはいられない。白秋はもともと真っ直ぐな、熱度の高い感情の人なのであろうが、新進の詩人に対するこの惜しみない讃辞に驚かされずにいられるだろうか。

重要な序文の冒頭個所を引用してみよう。

「生れたものの持つ本然の気稟こそは尊ばるべきである。気稟はおのづからにして薫る。（中略）君の出世の機縁は容易に開けなかつた。が、然し、光るべき内質の美徳は畢竟するに耀発せずして止むものでない。秋は来つた。思ふに、少くとも君の刻苦と謙抑とは禍ではなかつた。知つて、而も強ひて是等を君に求めた私もまた幸に厳酷の悔から免れた。これは君の歓びである。

さうして私の歓びである。

無論、君は正しく酬ゐられるであらう。世はまた正しくこの俊秀なる新詩人大木篤夫の出現を確認し、更にその詩を推讃愛慕するに吝でないであらう。曩日は知らず、目下の君は最早や砂中の金ではない。

君は一つの詩星としての無垢の気稟を君自身の詩によつて照明した。寧ろ緑金の光を。」

圧倒的な情熱のこもる白秋の序文は信じられないくらい長大なのだが、実は大正十四年一月二十四日の詩集発行に先がけ、「東京朝日新聞」において、一月十四日から十七日までの四日間にわたり、全文を掲載しているのだった。さすが白秋の力である。一詩集の序文が四回連載で紹介されるなどという例はあるのだろうか。

さらには、『風・光・木の葉』に関わる二十一日付の白秋の手紙二通が残されている。二通が同封されていた。

「過般上京のせつは君に会へなくて残念だつた。私の直覚するところによると近々アルスに不祥事が起るやうな気がする。私は帰途何といふことなく落涙した。君もそれとなく注意しておいてくれたまへ。私は帰来鬱々としてゐる。

朝日新聞から。矩を越えては踰えてが正しい。それで牧野の持つてゐる君の清書分に訂正をして、校合のせつも直すやうに云つておいたがどうだつたらうか。

風祭はかざまつりとやはり呼んでゐる。府川の訂正したといふのは何か外の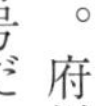といふやうな符号だつたぢやないかと思ふ。

いま、梅花の盛り。

『風・光・木の葉』の会はいつ頃にするか、「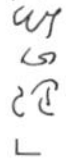」の会は来月の三日頃にならう。少し間をあけてもいいとおもふ。中旬位に。

二十一日　白秋
篤夫君」


「御手紙拝見。

「朝日」のは皆よく読んでくれたらしい。思ひがけない人から何かときかれる。あの序文が書けたのは君の詩なり態度がすぐれてゐたからなので、私もうれしく思ふ。

奥さんが御病気の由いろいろ大変だつたでせう。御察しする。あまり身体を粗末にせぬやうにしたまへ。

「抒情詩」には殆ど困つてゐる。またあの奥さんが来たので、私は「老子」を書いてやつた。君のや松沢氏のはいいのは一二月号に出したと云つて置いたが、また話があるなら、「想かすかに」でも書いてやつてくれ玉へ。

雑誌の事もいろ〳〵考へてゐるが、その為めにお互の勉強が出来ないとするといけないと思つてゐる。
二十四日に吉植君の会があるさうで、出かけやうかしらと思つてゐるが、まだはつきりしない。君の詩集の出来るのを鶴首してゐる。
二十一日夜　白秋
篤夫君」

八年前、白秋は萩原朔太郎の第一詩集『月に吠える』に、また七年前には室生犀星の第一詩集『愛の詩集』、第二詩集『抒情小曲集』にも序文を寄せている。白秋らしい熱量たっぷりの讃辞、明敏な批評は、大詩人の高雅な詩魂を湛えているが、『風・光・木の葉』に寄せる序文には、それらを上廻る真率な親和の感情が流れている。新進詩人の詩風への深切な考察は、鋭利で、のびやかで、優美である。

それと共に、大木篤夫の作品を批評するなかで、白秋が象徴詩を軽んずる大正詩壇への不満を述べ、詩の望ましい姿を語り、自身の信条及び詩論を存分に展開しているのが印象に残る。

十代から私淑してきた白秋の序文を前に、三十歳の父は感涙に咽んだのではなかったろうか。元来、涙の多い人間であったが、後年になっても、北原白秋の名前に触れる時、いつでも涙ぐむ父であった。

第一詩集が出版されると、新聞雑誌などのメディアから原稿依頼を受けるようになった。どうやら、父は詩人として認知されたのである。

忙しいままに病魔に怯える暗鬱な日々は過ぎて行った。その年の三月には、手狭な上落合から東京市外阿佐ヶ谷小山六七の借家に移っていた。住居を変えて気分を一新したかったのだ。阿佐ヶ谷の生活に馴染んできたのは、春も終わりの頃である。

ところで、慶子は前々からクリスチャンの外国人女性牧師が経営している江古田のサナトリウム、ガーデン・ホームに入りたがっていた。病状が安定すれば、自宅に戻れもする比較的自由な条件だという。父もそれを考え始めていたのだった。自宅療養では男の手にあまるものがある。年中、医者を呼び、看護婦や派出婦に頼る生活につくづく疲弊していた。ガーデン・ホームならば宗教的雰囲気が溢れる、理想的なサナトリウムといえる。問題はガーデン・ホームの高い療養費である。

しかし、父は思い切って決めることにした。慶子をガーデン・ホームに預け、詩作に専念したかったのである。何としても、恩師の称讃に応える作品を書かなければならなかった。

初めの頃は純粋詩に没入する父に同調していた慶子も、徐々に生活苦に耐えられなくなったせいか、詩を書いている父を非難するまでになっていた。

深夜、詩作に興じているところを、洗面所に立った慶子に見られたりすると、父は慌てて原稿を隠し、別の原稿を書いているふりをしなければならなかった。

前もって手続きを済ませておいたガーデン・ホームに、ある朝、父は慶子を連れて行った。林や畑に囲まれた一郭にガーデン・ホームはあり、肺結核の療養には最適の環境に見えた。慶子も一目で気に入ったらしかった。

サナトリウムから阿佐ヶ谷の自宅に戻ると、ひと休みもせず、父は都心に出て、関係のある雑誌社や出版社に金策に廻った。詩をいくつか書いても、厖大な療養費にはとても追いつかなかった。夕暮れの銀座をとぼとぼ歩いた。金策の結果は思わしくなかった。詩を書いて慶子の療養費を稼ぎ出すのは並大抵ではない。書いても書いても、どうにもならない泥沼に呑まれていく気持だった。精神的にも物質的にも、父は底なしの沼に落ちて行くように感じた。

肺結核は父から経済力も家庭の安らぎも快楽をも奪い去る。栄養、安静、転地、それにあらゆる医薬療法をもってしても、一進一退を反復する慶子の長病いは、愛する者たちの磁力と連鎖を少しずつ弱めていくのも確かであった。友人たちはみな社会的情熱をもって、勇敢に突きすすんでいる。自分だけが病妻を抱えて、ちっぽけな家庭生活の殻に取り残されている侘しさ、情けなさがひしひしと身を責めるのである。それでも、当面に差し迫っていることを棄ててはおけなかった。父は目につくものを質店に叩き込み、若干の金を作るのだった。

すべては自分が選んできた結果であった。初恋に溺れ、肺結核で喀血をくり返す恋人を妻にしたのだ。純愛を選んだ自分は、もしかしたら、初恋をつらぬくという行為に酔っていたのではなかったろうか。あの恋愛至上主義者であった白秋さえもが、二つの恋に破れたあとであるにせよ、父にこう言ったではないか。

「君は恋愛などするからだめなんだよ。女なんて恋愛するがものではないさ」(『天馬のなげき』)

暗然として、父は夜の街を歩くしかなかった。現実は現実なのだ。病妻は高級サナトリウムに臥っている。理不尽な生活と思っても、稼ぎに稼いで療養費を作らなければならなかった。父に取り付いた貧困は、どのような努力を続けても、抜け出せないものであった。

つくづく詩作に苦しみたいと思った。創作の苦しみには時にどこかで鉱脈に届いたという歓びが伴っていた。苦悩はそれが深ければ深いほど、達成感にも繫がっていた。第一詩集を発表した後の今が勝負時なのだ。素描にとどまっていた第一詩集から飛躍しなければならない焦燥に父はとらわれていた。創作にのぞむ心の平穏を求めていた。

だが、病人には影のない顔を見せなければならなかった。懐具合の乏しさも気づかせたくはない。見栄も必要とされた。三十一歳になり、もう夏を迎えていた。陽気を装いつつ、父は慶子に話しかけた。

「調子はどうかい？　夜は眠れるの？」

「ええ、よく眠れますわ。恐いくらい静かですのよ、ここは。それより、あなた、あそこを御覧になって」

慶子はサナトリウムの屋根の上に聳える小さな塔を差して言った。

「私ね、あそこの塔の部屋で一度寝てみたいの。外気療法の設備があるのですって。特別室よ。高価だそうですけど、天に近くて、大気がいっぱい吸い込めるし、星がきれいだそうよ。そうそう、星といえば、ハワイの夜の虹を思い出したわ。身体がよくなったら、二人でハワイに行きましょうよ」

父は寂しい気持でガーデン・ホームを後にした。いつも帰りは白々しい気持をもてあますのだが、この日は格別の寂しさを感じていた。盛りの一夏を謳歌する蟬の声も虚ろに聞こえた。

もう喀血が止まることはないのだった。それを忘れようと、慶子はハワイの夜の虹を想うのだろう。自分のことだけで精いっぱいの慶子は、夫の苦境を考える余裕すらないのだろう。病人の気持を哀れに思いながらも、父は悲しみに崩折れそうになった。純愛の果ての孤独をたっぷり嚙みしめたのである。

11　詩人の生活

『風・光・木の葉』は北原白秋の熱い讃辞のほかに、佐藤春夫、三木露風、木下杢太郎、高村光太郎などからの激励の手紙を受けている。それらは私の高校時代までは、荏原中延の家の座敷や居間の天袋にあった。父の茶色い革製のトランクにしまわれていたのを憶えている。その後、父の寓居に送ってからの行方は分からない。少年時代に憧れ、慶子との初恋にも関わった詩集『廃園』の詩人三木露風の手紙には、ひと際胸を震わせたと父はいう。

　第一詩集の成功をどうしても後の創作に繋げて行きたいという父の意思は、高額の療養費を稼ぎ出さなければならない暮らしに押し潰されそうになりながらも、薄れはしなかった。念願の詩人になったのだ。ペン一本で生きる誇らしさだけが辛うじて父を支えていた。

　大学を出ていない父は文壇でも助け合う友人を持たず、まったくの孤独を思う日もあったが、当時、詩壇に勢力のあった民衆（詩）派が実権をもつ詩話会からの誘いも辞退し、自ら孤立を選んでいた。どこにも属さずに恩師白秋と共に歩もうと心に決めていたのだ。

　ところが、創作の上での飛躍を意識しつつも、「末枯れた」としか感じられない現実の重みが詩に現われていた。末枯れた現実を生きるなかで見る夢だけが、父を無の方向から生に引き寄せていた。

ふかれて飛ぶは落葉か、鳥か、
月に影して　ただ青う
こよひの夢をかすめてゐる。
向うの山もはやしぐれて
蕭々の声が呼んでゐる。
ふかれて行け、
落葉よ、鳥よ、わが夢よ、
われらは時雨（しぐれ）の客である、秋の客である。
（「秋思」）

秋風にとりのこされし孤独ゆゑ
ああ、ただに夢こそわたしのなぐさめである、
それも古風な、さびしい夢
祖先からの夢。
松籟よ、波の音よ、
夢にきこえよ。

しぐれる月よ、ちぎれ雲よ、鳥影よ
夢に通へよ。
朝霧よ、穂すすきよ、
ああ、茗荷もしろう夢に咲けよ。

さびしい者のなぐさめは
さびしい風物の匂ひにある。

いつも旅人の身にそふ夢
秋の夢。

（「秋に見る夢」）

暮らしのために、療養費のために、雑文を書きなぐってはまた詩に戻る、という生活が続いていた。歎息のようなかすかな夢にすがって書いた一年半分の抒情詩の数々が残った。

右に掲げた詩篇もそのなかの作である。それらに若い日の詩帳からの六篇「秋に」「赤き手の蟹」「酒匂川」「冬日独居」「薄暮の丘にうたへる」「白金流涕」を加えてまとめられたのが、大正十五年九月にアルスから出版された第二詩集『秋に見る夢』である。父は三十一歳になっていた。この詩集は故郷に棄ててきた思いの父母に捧げられている。

無垢ではいられない生活や恋の現実を知ってからの、より深刻な寂寥感が漂い、孤独の淵をさまよう詩人の醒めた抒情が息づいている。『秋に見る夢』に私は愛着を持っている。『大木惇夫詩全集』1のこの詩集のタイトル横に、いつ書いたのか「私は好きだ」と記した見覚えのある自分の字を発見した。私のその気持は現在も変わらない。なかでも、少年の日を想う詩に最も心惹かれる。

奥深い雑木の林に
けふも来て　蛹のやうにひそんでゐる、
遠い時雨を聴いてゐる、
ときたま　こぼれる薄日ざしに
くぬぎ落葉の湿り香が
そことなく流れる。
風に鳴るは　さいかちの実、
青い毬の落栗にも
ひとりぼっちの　少年の日がよみがへる。
樹の間に光る蜘蛛の巣も
むかしから風に吹かれて　ゆすられてゐた、
枯葉の僕がかかってゐた、
ほんたうに憂鬱な子だった、僕は、
影ばかりながめて　ふるへて
あのころも身に泌たしぐれよ、
水晶山も曇ってゐた。

ああ、百舌（もず）よ、啼け、啼け、
またしても時雨（しぐれ）は梢をぬらしに来る、
遠い村から　むかしから。

（「遠い時雨」）

「わたしはかつて一枚の木の葉であった」（『秋に見る夢』「書後」）と述懐する父の心の風景と共にちくちくと胸を刺す詩なのである。

そして、詩集のなかの暗い道を通り過ぎてやがて微光を見出す終わり方が希望を与える。凍りつく涙の遠くに現実を見すえる強い意思が感じられるせいだろう。だから、郷愁も明るさをおびる。

ふるさとの雪は淡く、いつも　いつも蛾の影のやうに
磯べの波にきえてゐた、
日の暮れは焚火もわびしく
流木も牡蠣もわびしく
あこがれて、音戸（おんど）の瀬戸の遠鳴りを
都会の果てできいてゐた、
ふるさとの雪は淡く、今も心に降ってゐる。

（「郷愁」）

ふりつもる雪のなかで
わたしは鷺のやうにしろくなる、
魚のやうにぴくぴくする、けふの心臓だ。
行かう、どこまでも行かう
こころを漱（そそ）ぎに、
ああ、マントオの風が
そのまま杏（あんず）のにほひとなる。

ふりつもる雪の奥ふかさ慕はしさ、
行かう、どこまでも行かう
幾重にも層のある陰影と　そのまた奥のあかるみに
咲きけぶってゐる、幻想の華だ、
ああ、行かう、どこまでも行かう
わたしをまねいて
天と地がしづかな音楽にみちてゐる。

（「雪の郷愁」）

大正十五年秋、昭和がすぐ近くに忍び寄っていた。父は少しずつ入ることになった詩の世界の現状を内部より眺め、心に期するところがあったのだろう。第二詩集『秋に見る夢』を刊行することによって、初めて詩人としての自信を抱いたように思われる。創作の力も漲っていた。詩集の後書きに当たる「書後」にもそれは窺われる。

「わたしは夢みる。とは言へ、いたづらに現実を回避する者ではない。むしろ、現実をつきつめる時、夢は始まり、夢に徹する時、そこに現実は新しい生彩を放って蘇る。畢竟、夢

は新しい現実を創造するのだ。」

リアリズムの本道に立って、さらにリアリズムを飛躍するという『風・光・木の葉』からの方向はより明確な形をとり、その詩境に達しようとする過渡期、蠢動期にあると自らの詩を位置づけるのである。

ひとり詩作する父にも、詩人たちの出版記念会などに出席する機会は増え、詩人や作家の知り合いも出来ていった。金子光晴、西條八十、佐藤惣之助、堀口大學との親交が深まったのもその頃だった。金子光晴とは『秋に見る夢』を読売新聞の書評で取り上げてもらったのを機に親しい間柄になった。作風も生き方も異なる二人なのに、どういう具合か、長い友人関係が続いた。

慶子はガーデン・ホームの生活に慣れ、気持が楽だからなのか、恢復したわけではなかったものの、喀血もごく少量を保っていた。医者は退院ではないが数日間の帰宅を許すまでになった。阿佐ヶ谷の家には当然看護婦ともどもの帰宅となった。父の経済的負担はいっそう嵩んでいったけれど、自宅に妻がいるだけで、家は家庭らしい顔を得られるのだった。たとえ数週間の帰宅であろうとも、慶子の帰宅は心和むものであった。

しかし、安静が必要とされる帰宅でも、普段の退屈に飽き飽きしている慶子は、友人知人を迎えて賑やかにしたいらしく、直に慶子のお気に入りの青年や文学少女たちが集まってきた。

そんな日の翌日、慶子は寝床から離れられなかった。げっそりした生気のない慶子の素顔は、前日の派手に化粧をした晴れやかさとまるで違って見えた。知り初めて十五年、華やかな麗人は肺だけでなく、明らかにその美貌を損なっていた。

その後も、数か月置きに臨時の帰宅が許されていた。慶子が入院していても、帰宅していても、父の精神の疲労は変わらなかった。鬱屈すると、夜更けでも父は飲みに出かけた。生活が荒れ、心が荒れていると気づいても、アルコールで紛らすほか手立てはないのだった。

大事な時期、仕事に専念しなければならないと考える端から、夜の巷の誘惑に負けてしまった。長い期間、禁欲を負わされ、若い父の胸に厄介な情熱が燻っていた。酒と快楽をタブーとするには、父はあまりに情熱家であったのかもしれない。もともとの〈恋愛体質〉が露わになるのは免れがたかった。それでも苦しみは深いのである。泥酔したところで、酔いはかならず醒める。酔い醒めの空しい気分をくり返し味わいつつ、この状態から抜け出すすべはないのだろうか、と自問するのが習いとなった。

重苦しい家庭の問題は収拾がつかないまま、大正は終わり、昭和二年の春を迎えていた。自由を謳歌するロマンチシズムの香りを放った大正はあっけなく去り、時代の様相は画然と変化しつつあるように父には感じられた。変わらないのは、慶子の病状だった。

　自宅の慶子の部屋には消毒液の匂いが充満していた。いや、家中が病院に似た独特の匂いで満たされていたといってよいだろう。慶子の帰宅中も、ガーデン・ホームに入院中も、消毒液の匂いが父の家の匂いとなっていた。匂いというものに敏感な父は、書斎にまで侵入してくる消毒液の匂いに反応し、ナーバスになる神経をどうにか抑えて詩作をしたのだったろう。気儘な慶子に愛想をつかして、看護婦や派出婦が辞めてしまう日は、父が医師を求めて走らねばならないこともあった。かつての日のように。

妻病みて、医者をよぶとて、日の暮れの巷路ゆけば、
こがらしに吹かれてゆけば、みちばたの小暗きに、ほの
じろき水鉢に、水仙の芽のさむざむあかりぬ、わが胸も
ややにふるへぬ、ふるへつつ、見やりつつ、巷路をと
ぼとぼゆけり、こがらしに吹かれてゆけり。
（「日の暮れ」『風・光・木の葉』）

　結核患者のいる家の匂いはどこも同じだったろう。考えてみれば、上落合の家にも、東中野の家にも、本郷根津の家にも、小田原の家にさえ消毒液の匂いは漂っていたのだった。それをつくづく思い出すのは、いかにこの匂いを知ってから長い年月が経ったか、ということに他ならない。それは病気を妻とたたかう、というよりは、病人を背負ってひとり耐えしのぶ長い道のりなのであった。

薄陽にも
接骨木の枝が白う光るよ、
残りの雪もとけるよ、
ああ、明日の日の花を待たばや。
（「明日の花」）

　右の「明日の花」は大正十二年三月の作で、雑誌「詩と音楽」に掲載され、後に詩集『風・光・木の葉』に収録されている。大正十三年春、関東大震災の被害をうけ、東中野から上落合の下宿屋に仮住まいしていた父が、『基督の生涯』の下巻の翻訳に忙殺されているある日、不意の訪問客があった。ドイツから帰朝したばかりの山田耕筰であった。

「大木さん、あなたの詩を作曲したのです。『詩と音楽』に載った『明日の花』です。少し前に完成しました。これから私の家に聴きに来ていただきたいと思いまして。突然ですが、お迎えに上がりました」

　先に記したように、「詩と音楽」は北原白秋と山田耕筰の編集による芸術雑誌である。山田耕筰は白秋先生が信頼する盟友でもあった。目の前にいるその山田耕筰は世界の音楽を本場ドイツで研究してきた大家なのだ。日本の音楽界に盛名を馳せている第一人者が自分の乗る人力車のほかに父のための空車を一台用意しているのには本当に驚いてしまった。

山田耕筰は東中野の洋館に父を案内すると、すぐさまピアノに向かい、自ら弾き歌った。山田耕筰の美しい曲のなかに、父はその詩に注ぎ込んだ敬虔な祈りをしみじみと聴く思いであった。高名な音楽家の目に涙が光っているのを父は見逃さなかった。その時の清々しい感銘を父は生涯忘れないのだという。「明日の花」以来、二人の合作による歌曲の名作が数多く生まれるのである。

仕事の面では好調が続いていたといえるだろう。小田原時代に訳し始めていたフランス詩を『近代仏蘭西詩集』としてまとめるようアルスから頼まれていたし、また、中央公論社が出版するバートン版『千夜一夜（アラビアンナイト）』全十二巻のうち、詩篇の訳を依頼されていた。本業である詩については、新聞・雑誌からとぎれなく原稿依頼があった。連日、徹夜で仕事をこなさなければならない忙しさであった。

長年取り組んできたフランス詩の翻訳を近々一冊の本にしなければならなかった。生活にわずかな余裕があれば、ほとんど熱狂的に数日でも半月でも翻訳を続けるのだが、アテネフランセで学んだとはいえ、独学に変わりないフランス語の学力であったから、初めは遅々としてすすまなかった。父が親しんだフランスの詩は多くは英訳であったから、翻訳を思い立って着手したのもそれからの重訳であった。しかし、一年後に原書と訳本を詳しく対照するに及んで、詩を重訳することが無謀で間違っているのを知ったのだった。原文にはない言葉を英訳では音律や脚韻を合わせるために使ってある。その上、日本語として格調のある表現を求めては、ない詩句を二重に加える結果になりがちであった。それを知った以上、英訳から訳していた百篇の草稿を全部棄て、あらためてフランス語の原文から訳しなおして行った。好きなフランス詩を訳すために、フランス語の実践的な勉強をし始めたともいえそうだ。

他の仕事に追われると、訳詩は中止の状態になる。かなりの期間、放擲していたこともあった。そして、また時間を見つけては表現に憂き身をやつすのである。訳稿が多量に溜まっていても、気になる個所があれば、幾度となく稿を改めた。それほどの苦労も、フランス詩の一篇一篇のイマージュを感受し、表現し得たと思える時には、たちまち消えて行くのであった。

シャルル・ボオドレエル、ポオル・ヱルレエヌ（ヴェルレーヌ）、アルチュウル・ラムボオ、ステファヌ・マラルメ、ジョルヂュ・ロオデンバッハ、ジャン・モレアス、アンリ・ド・レニエ、モオリス・メエテルリンク、フランシス・ジャンム、レミ・ド・グウルモンなどの多数の詩篇のほか、シャルル・ボオドレエル、ヨリス・カアル・ユイスマンス、ステファヌ・マラルメ等の散文詩、さらに、詩人たちの「小伝」までを加える構想を立てていた。収録作品は Anthologie des Poètes Français Contemporains (Le Parnasse et les Écoles Postérieures au Parnasse. 1866–1915) 三巻、及び Poètes d'

Aujourd'hui 二巻、それに各詩人の詩集から選んだものである。

訳し始めると、その詩にのめり込み、フランス象徴詩に埋没していたいと思うくらい、自由に飛翔する言葉に魅せられ、夢中になってフランス語を追っていた。当初は英語ほどの自信はなかったフランス語だが、わずかずつ進歩して行くのが分かった。とりわけ、詩に対しては別であった。言葉が静かに語りかけ理解を促す、というよりは、言葉そのものが言葉の意味するものやイメージの奥底にみちびいてくれる感じがするのだった。日本の近代詩の母胎になった豊饒な詩の世界にひとり向きあう歓びに似た感情さえ生まれるのである。慶子がそうするように言ってくれるのだから、見舞いの回数を減らしても、翻訳を早く完成させてしまおう、勢いを得て父はそう思った。

病院を後にする際に父が決まって感じる慶子への哀れみ、慶子への怖れ、慶子への愛。それは偽りのない気持であった。それなのに心の弱い父は、慶子の不在や長びく変則的な生活を理由に、仕事に疲れては夜の街にさまよい出てしまう。泥酔しては苦い朝を迎えることになるのだ。もうこんな生活は葬り去ろう。そんなふうに固い決意で帰るのだが、通いの家政婦が家事をこなすだけの家庭の空気は何とも索漠としていた。書斎に籠りきり、力尽きるまで仕事に精を出していると、ふと、心が空っぽになり、ある渇き、ある欠乏感に父は耐えられなくなるのだった。

それは単に慶子の不在とか実状への不安から来るものではなかった。慶子とは無関係の焦燥感、欠乏感は、自分自身を壊したい、変革したいというもっと根源的な欲求であるのかもしれなかった。つきつめれば、詩作上の欲求に繫がっているともいえたろう。没入していたフランス象徴詩の影響も無視は出来ないけれど、もっと大きくは時代の変化を体感する創作者としての欲求であった。

迷いと苦しみの生活のなかで完成させた『近代仏蘭西詩集』は、昭和三年六月、アルスから刊行される。およそ七年がかりの「翻訳の学問的良心を必要とすることは無論ながら、より多く芸術的良心を尊重した」（『近代仏蘭西詩集』「書後」）苦心の翻訳作品であった。

それと前後して翻訳にかかっていた『千夜一夜』中の訳詩の仕事も、全体のすすみ具合にあわせて急がされていた。徹夜につぐ徹夜でも間に合わなかった。

その日も死んだように束の間の休息を貪っていると、玄関の戸が開き、男の声がした。家政婦も帰った秋の夕刻である。起き出して行った玄関で見たのは、幼馴染の友人小川忠一の懐かしい笑顔であった。父に慶子を引き合わせた張本人なのだ。五、六年ぶりに会う小川は、慶子の不在の理由を聞いて残念そうだった。

「そうか、お慶さんは入院しているのか。久しぶりで会えると思ったんだがね。相変わらず弱いんだなあ」

現在は欧州航路の貨物船の船長であるという小川は、すっかり船乗りらしい風貌になっていた。太陽の熱に焼かれ、潮風を浴びる年月が、小川により男臭い精悍さを与えていた。

「軍さん、あんたも男やもめをかこって、苦労するねえ。惚れて一緒になったのじゃけん、仕方がないがのう。俺も見舞いに行きたいんじゃがね、明日の午前中には船を出すんで、お慶さんには会えない。くれぐれもお大事にな」

小川の言葉は次第に癖のある広島弁と標準語がまざりあった妙な味わいになっていた。

「いや、いいんだよ。よく訪ねて来てくれたなあ。まあ、君の航海の無事を祈って一杯やろうじゃないか」

冒険物語を淀みなく話す小川は、船乗りになりたかった少年時代の夢をつらぬいて船長になった。父もどうやら志望どおり文筆で身を立てていた。短くも長くも思われる歳月であった。二人は三十代半ばに向かおうとしていた。酔うにつれ、故郷広島への思いが胸に込み上げてくる。

幼友だちと飲んでいると気が大きくなり、街の灯が恋しくなった。父は小川を誘って銀座にくり出した。何軒かのバーを飲み歩いた。

「軍さん、あんたあ、よほど遊んでるみたいじゃが、大丈夫なんじゃろうな」

不意に小川が言った。小川の勘のよさにどきりとしたが、父は曖昧に笑っていた。

「お慶さんは病身だし、あんたより年上だという引け目もあろうし、見て見ぬ振りをしてるのじゃろうが」

「分かってるさ。だがね、ぼくは慶子のために何だってしてやってる。これまでだって、出来ることだけじゃなく、出来ない無理をして来たんだよ」

「それは分かってるさ。長患いの病人を抱えての生活じゃあ、物を書く人間はどっかで発散しなきゃあたまらんじゃろ。まして、あんたみたいな感情家はな。遊びが悪いとは言わんよ。だけど、軽い火遊びぐらいにしておいてくれよ。深入りするな、ってことよ」

どうにも鬱屈から逃れたくて、火遊びに興じた時期もあった。それにも充たされるものではないのも知っている。そして、鬱々として、もはや「深入り」していたのかもしれなかった。

だが、小川に先廻りして親身に忠告されると、気持が萎えて口を閉ざすしかなかった。小川はさらに饒舌になって言った。

「実はな、俺も子どもの時からお慶さんが好きだったんじゃ。気がつかなかったかな。軍さん、俺はねえ、海豹(あざらし)の声ばかり聞いて心が凍る時でも、あんたら二人を思うて、幸福を感じていたんだぞ。どうか、お慶さんを守ってやってくれないか」

小川は自分の感情に酔うようにしんみり語った。小川の言葉は父をほろりとさせ、同時に父をつぶてのように打つのだった。

『千夜一夜』の翻訳は追い込みに入っていた。時は昭和四年を迎えている。超大作とあって、翻訳団が作られていた。父は全巻中にある二千余りの詩篇の訳を受け持っていたが、全体の打ち合わせも頻繁に行なわれた。翻訳代表者であり、団長格の大宅壮一は当時吉祥寺に住んでいた。父の忙しさに同情した大宅が、打ち合わせにも都合がよいからぜひ吉祥寺に引越してくるようにと、父のために路地裏の陽当たりのよい二階家を見つけてくれた。大宅壮一の厚意に動かされ、父はまたまた阿佐ヶ谷から吉祥寺に転居するのである。

緑深い武蔵野が広がる東京西郊の地であった。近くに自然公園といえる井の頭公園がある。仕事に疲れると、父はよく公園を散策した。鬱屈はもう父のなかに棲みついてしまった。いくら追い払っても、棲み易い場所と見えて安住しているみたいだった。先が見通せない境遇をぐるぐる回転している自分が、苦しいのを通り越して滑稽にすら思えてくるのだった。

厳寒の季節、めったに人の影もない公園のベンチに腰かけて、樹々の小枝が冷たい風に震えるのをじっと眺めていた。身体中が凍える感覚がむしろ父の気持を鎮めもする。これから先、どうすれば生きられるのだろうか。仕事と酒、その先にすでに動き出しているものを、どのように抱きとめればよいのだろうか。

雷を起し、雨を呼び、
さて黎明の嵐のやうに過ぎて行った音楽……
深夜、街角のどよめきに起った旋風の
ラウチウ、ウオツカ、ヰスキイ……色様々な罎の礫の
泥酔の　夥しい壊(つい)えの
枯れた並樹の梢頭に狂ふ紫の炎の
恐ろしい精神錯乱の
ああ、われならぬ悪夢の後に残るもの、
鬱陶しい空と悔いの心にまざまざと照り映ゆるもの、
――それは瀬戸内海の光である　雲である　貝殻である
　青葉である
四月うららかに開く白いリラの花である
母の顔である
山蟻のこぼれてゐる松の木、静かなる日の匂ひである
磯浜にさざめきよせ　さざめきかへす漣(さざなみ)の音楽である。
ああ、この一時、ほがらかにも
神は悪魔のごとくわたしの酒を愛された。
（「泥酔の翌る日に」）

怯えと悩みと悔いにまみれてはいても、何かしら、変わりつつある自分を見出しもするのだった。生まれ出る詩にもどこか古い殻を脱ぎすてようとする気配があった。父は自分の奥底で新しい息遣いが蠕動するのを感じているはずであった。

どこかで氷を割ってゐる、
その響から朝が始まる、

長靴が通る、
長靴は　ほがらかに海酸漿（うみほほづき）を鳴らしながら
点々と、雪のうへに第一の路をつける、
鶏は羽搏きながら
凱歌をあげる、
ああと言ふ、たれかが言ふ。

——棘（とげ）のある柊の葉蔭に　跼（くぐ）まってゐた者よ、
暗い幾夜、とぼしい白珠（しらたま）の米を研（と）ぎ
寒空の星を涙で磨いた者よ——
もう、北風は歎きをやめようとする、
地平は光の戦車（シャリオ）を送らうとする、黄金の日を、
蜜と乳の日、リラと薔薇の日、約束の日を！
ああと言ふ、たれかが言ふ。

——うなだれた者よ、面（おもて）をあげて歩け、——
接骨木（にはとこ）の枝は明るい、
……枝から、氷柱（つらら）の華が早春の虹を散らして解ける、
蒿雀（あをじ）が啼いて群れる、流れる、
海風がもう、ほろ温い潮の香を吹きつける。
今こそ二月、冬終る時、
心にもパンにも飢ゑたわたしの眼は
ひたすらに蒼空を視入ってゐる、
ああと言ふ、わたしが言ふ。

（「新生待望」）

後の詩集『危険信号』に収められるこれらの詩二篇が父の目覚めつつある自己革命の兆しであった。

　飛翔したかった。これまでも、危ういところをすれすれにどうにか歩いて来たのだった。物事を解決し、整合し、決着するのは苦手なのだ。あるものを切り捨てるなど、どうして出来よう。自ら求めたものはすべて自分で背負うしかなかった。新しいものは決まって希望を孕んでいた。かすかな希望を抱きしめてはいけないのだろうか。たとえ希望が絶望を呼ぶものであったとしても。過去の桎梏と共に滅びるには、自分はなお生気に満ちている。

　気弱く臆病な父が稀に見せる大胆な行動がある。破れかぶれとさえ映る大胆さがここでも思い切った飛躍を求めさせたのだろうか。慶子への献身にひたすら堪えて生きてきた父は、いくつかの恋の遊戯を経た後、新しい愛に向かっていたのである。火遊び程度ではとうてい治まらない根っからの〈恋愛体質〉の父は、もはや、抜きさしならない恋に飛び込んでいたのだった。

12『危険信号』の時期へ

昨日は雪、北風。
樹は樹に　屋根は屋根に
「冬の王」の鞭をつたへた、
ランプはランプに　通夜する者の泪を知らせた、
米迦子、おまへは暗さにふるへてゐた、
わたしは幌馬車のやうに悲しかった、
まづしく、いたく、冷えきってゐた、
なりはひよ、
銅貨よ、柊よ、ガラスの破片よ、
ただ一つ、この棘のある巣に、氷の室に
美しい熱病が燃えてゐた、
おまへの接吻がそれを感染した、
米迦子よ。

今日は緑、日の金、
枝は枝に　新らしい芳香酒を流してゐる、
路は路に　リラを、薔薇を、山査子を撒いてゐる、
時計は時計によろこびの満潮を響かせる、
米迦子、おまへのまつげは芹のやうにそよいでゐる、
わたしの口にやうやく哀歌は絶えようとする、
まづしく、いたく、悲しいままに
一すぢの道にすがらうとする、
よく生きる智慧よ、
明るい眼よ、花よ、よごれた一冊の聖書よ、
けれども　何の装飾もない巣よ、
この熱っぽい額に
いっそ昨日の雪を置いてくれ、
この枕辺には　つややかな青林檎を匂はせてくれ、
さくさくと浄白の果肉を噛まう、
そのなかに胚る褐色の種子をいとしまう、
米迦子よ。

（「棘のある巣にて」）

詩集『危険信号』に収められたこの一篇の詩を前に、私は何日も立ち止まってしまった。どうしても先にすすめないのである。苦悩や逡巡をくぐり抜けて到達した硬質ともいえる思想が表出されている。繊細な抒情にも、もはや感傷は残されていない。

父の詩の変化は父の生活の反映と受け取るよりは、父の内面の変質と見るほうがよさそうである。むろん、詩は私小説とは異なるけれど、ここで象徴的に使われる言葉のなかに、父の内面を震わせる本質的な変化を、多くの暗喩を読み解く

ことは出来ないだろうか。
米迦子。今までの愛の詩は慶子を対象にうたったものであったが、ここに米迦子をうたった詩が唐突に表われる。「棘のある巣」が描かれる。それは「何の装飾もない巣」であるらしい。「美しい熱病が燃えてゐた」その「氷の室」に米迦子がいる。父の新たな愛がうたわれているのだろう。「さくさくと浄白の果肉を嚙まう」は「つややかな青林檎」の実を「さくさく」食べるのと同時に、セクシュアルな意味をふくませているようだ。「そのなかに胚る褐色の種子をいとしまう」の一行も、林檎の果肉のなかに胚る褐色の種子は、米迦子の胎内に息づきつつある生命を意味するような気がする。「若草」（昭和四年五月号）に発表したこの詩が暗示するものは深い。しかも、公表するからには誰の目にとまってもよい、という挑戦的な気構えすら見せているのだ。それは日々成長をとげる「褐色の種子」によって覚醒した父の抑えられない衝動でもあったろうか。
『危険信号』は形式の上でも父にとっての画期的な詩集になるのだが、内容も実に危険を孕んだ作品である。

慶子への純愛一筋で生きてきた父は、昭和三年夏、米迦子という仮名でうたわれる人と出会い、怖れや罪悪感に苛まれながらも、その愛を抑制できなかった。『危険信号』の詩篇には、苦しい愛情の葛藤がしばしば見られる。

街はお祭だといふのに
音楽は尖塔の雲にまで響いてゐるのに、
米迦子はひもじい、パンがない、
この小さな硝子戸長屋に
米迦子の眼は眩しい、
過ぎてゆく棺車までが美しい、
この渇望と嗟嘆の氷河の前に！

街は生活の祭だといふのに
棺車が過ぎてゆく、棺車が
とむらひの鐘を鳴らして……
米迦子は昨日の薔薇をすてきらない、
奇蹟で銅貨を金に変へたい、
米迦子には棺車までが美しい、

けれども、米迦子、
あの彫物の金は蒼ざめてゐる
あの紋章の金は蒼ざめてゐる
あの花環の色は蒼ざめてゐる
あの喪服の、雪花石膏の首は蒼ざめてゐる！

米迦子、あれは畢竟、影なのだ、
麗らかな五月の午後を掠める影だ、
あれは滅びゆく世紀の棺車だ、
――この満潮時に、ほら、もう消えてしまった。

今は、見ろ、向うのお寺に
崩れかかった塀の蔭に
墓石のうへに
寂（じゃく）として桐の花が灯（とも）ってゐる。
（「金色の棺車によせて」）

危い方へ、煩雑な方へと歩んでしまうのが父の人生のような気がしてならない。困難な生がますます身動きの取れない切迫したものへとなるようになるように父は動いて行く。「渇望と嗟嘆の氷河の前に」「棺車までが美しい」と感じる米迦子をうたっている。その胎内にすでにひとつの生命が芽生えているらしいのに、慶子はなおもガーデン・ホームで、または吉祥寺の家で療養する身なのである。

黐（もち）の木に、青い影がそうて来た、
もう、人生が暮れかかった、

銀白の、この冬の祭日に、
それも、ひからびた機械の巣に、

何だ、まだ動いてゐるのか、おまへの歯車は、
だれの手なのか、そのゼンマイを廻したのは。

きのふ、わしがみづから毀した時計よ、
わしの年月を象（かたど）る生人形よ、

望遠鏡で、それとも顕微鏡で、
わしはその手を見つけようとおもふ、

星座のかなた、雲のかなたに、それとも地上に、
わしは見つけようとおもふ、

そのふしぎな手に返さうとおもふ、
おまへのふるぼけた心臓を、氷の息を。
（「歯車」）

時ならぬ冬の雷（らい）だ
とどろき裂ける山と山だ
嵐に呼びかはす枝と枝だ
氷雨（ひさめ）に閃めく銀の剣（けん）だ
獣（けもの）に刺されて血のうめきだ
ふっ飛ばされる鳥と雲だ
荒磯にふるへ戦（をのの）く生身（なまみ）の牡蠣だ
氷の室（むろ）に飢ゑる子等だ
ああ、神よ
あなたを忘れさせたのは一体だれだ。
（「十二月の詩」）

赤い赤い夕日に
屋根で
子供が凧をあげてゐる、
黒服の子供の半面は燃え
その手は燃え
ひょろひょろした一本の
枯木でさへも金（きん）となる、
ああ、それでも凧のうなりは悲しい、
ふっちぎれた雲のうへに
歪んだ鍵のやうな電柱のうへに
煙突のうへに。
——飛翔するものの傷（いた）さ、
街角に立って
わたしは寒い咳きをする。
（「街角にて」）

第三詩集『危険信号』には第一詩集『風・光・木の葉』、第二詩集『秋に見る夢』には見られなかった種類の錯綜、混沌がある。表現形式にも新しい試みの跡がある。父のなかでの革命、いわば過去と訣別する意思が読みとれる。

怯え懊悩したかつての愛を引きずりつつも、もう後へは戻れない新しい愛に突進してしまった。それは二つの愛に対する背反ではないのだろうか、という自問にも答えを見出せないまま、矛盾を抱えたまま、父は前に歩いて行くしかない状態に自分を追い込んでいた。状況は深刻なのに、詩には時折、抒情とともに躍動感が溢れる。

わたしは棗（なつめ）の木にのぼった
風にふかれて、
わたしは残る果（み）を捥いだ
昼のあかりに、
わたしは熟れ過ぎの果（み）を食べた
爽かな空気とともに、
わたしは種子（たね）を吐き飛ばした
青い青い空へ。
（「種子」）

米迦子、とうたったその人の存在をだれにも打ち明けられずにいた時にも、父はその人を暗示する詩を書いている。象徴詩である以上、それはフィクショナルなものであって、限定するのは厳に慎まなければならないにしても、これまでの父の愛の詩はほとんど初恋の相手、慶子をうたっている。父自身が後に詩集『殉愛』（昭和四十年、神無書房）を編み、過去に書いた慶子に関する愛の詩のおおよそを収めているのだが、そのなかの詩にさえ、その人を強く暗示するものがある。

この詩は『危険信号』の後の『大木篤夫抒情詩集』（博文館）に収められている。

冬の夜なかに
ふと醒めて
遠き夜汽車の汽笛をきけば、
なにやらん　そうぞぐこころ。

泣きぬれて　何処（いづく）にか
われを待つよき人のあるごとく
逢はんとて　われもまた
吹雪のなかを行くごとく、……

ああ、そのかみの二つなき人
すやすやと傍にねむれど、
なほもかつ人ありて　いづくにか人ありて
身もほそり待てるがごとく……。
（「冬の夜に」）

読めば読むほど謎めいて感じられる詩である。右の詩が放つ不安な願望。それは願望を越えた妙なリアリティーを突きつけてくる。

吹きっさらしの暗い武蔵野、

その青鏽（あをさ）びた裏街の
杉並みの鬱々とした道、
傷（きず）あとのやうに、溝のやうに深い轍（わだち）、
道はかなしい、昼も日蔭、
いつも、いつも、北風に磨かれる氷の棘（とげ）。
わが心にもそれに似たものがある、
わびしい人生の裏街がある、
何ものが地上にくれたのか、この寒い感傷風景、
温室の跡に散った香のない素馨、
進みすぎ、遅れすぎ、絶えず振子の狂った時計、
日暮れの悔いに、またも燻銀の翳をうつす雪、
若木のままで枯れたリラの木、
四月が花を、丘に谿間にくばる時も、
夏が火を、向日葵（ひまはり）の黄金の光を撒く時も、
ともすれば、さめざめとすすり泣く雨、
雑木の枝に飢ゑと凍えをもたらす氷雨（ひさめ）、
すべては蒼ざれ
すべては剝がれ
そのなかによく見るは壊滅の夢、
呪ひと祈りを　こもごもに挙げる悲しい目ざめ、
道はかなしい、昼も日蔭、
いつも、いつも、北風に磨かれる氷の棘（とげ）。
（「感傷風景」『危険信号』）

ようやく光を見つけたと思うと、またもや重苦しい現実に包囲されてたじろぐ。それをくり返し生きたような父の軌跡がもう見え始めるのである。揺れに揺れて、どうにか応急の手当をする。根本は何ひとつ変わらず、重荷がふくれ上がるばかりであった。

『近代仏蘭西詩集』を刊行して間もなくの昭和三年初夏のある日、ふらりと入った日本橋の「丸善」で、父はその人を見かける。文芸書の棚にじっと見入っているその人とは、新橋にあった山田耕筰事務所で二、三回顔を合わせていた。打ち合わせに行った父に、山田耕筰は「大木さん、この人はぼくの仕事を手伝ってくれている助手です。たいへん利発なお嬢さんですよ」と、紹介した。不意だったので、その人そのものに気をとられて、名前は聞き洩らしてしまった。

勝気そうな目でぴたっと相手を見つめるその人からは、弾けるような生命力がひたひたと伝わってくる気がした。その人は探していたらしい本を手にするや、手提袋から手帳をとり出し、何かを書きつけていた。そして、ふと父の視線を感じたのか、急に振り返った。間近に父が立っているのに驚いて、目を大きく見開き、あわてて会釈をした。

「本を買いに来られたのですか」と尋ねる父に、その人は顔を赤らめて言った。

「いいえ、読みたい本を見つけては、後から図書館で読みますの。欲しい本がたくさんあって、なかなか買えませんわ」

だから、本の題名をメモしていたのだろう、と父は悟った。

「ぼくも若い頃は図書館ばかり利用していましたよ。あなたは本がお好きなのですね」

「ええ、とても好きです。私、本屋さんに来るだけで幸せになります。買わなくともよいのです。でも、私、大木先生の御本は買いました。『風・光・木の葉』、大切に持っています」

澄んだ明るい声を聞いたその時、父はしみじみとした慰めを感じた。さまざまな鬱屈を忘れさせてくれる視界が一瞬ひらけたように思えた。その人ともうしばらく話をしていたいという気持が父の心を占めた。

「これから、事務所へお戻りですか」

「いいえ、今日は戻りません。早目に帰ってもよいと山田先生が言われましたので、こちらに飛んで来てしまいました」

「それじゃあ、少しだけお話する時間はありますね。まだ日暮れには時間がありますから、お茶でもと思いましたが、御迷惑でしょうね」

「ああ、いいえ、山田先生に御紹介いただいておりますから。少しでしたら、結構です。遅くなりますと、母が心配しますので」

外は陽の光が残る夕刻である。水色の上布に白い絣が抜き出た単（ひとえ）ものをきりりと着け、レモン色の帯を締めたその人は、明るい陽光のなかで清潔な若さが輝いていた。何かしら久々に浮き立つ気分を父は味わった。真っ白い日傘をさして、くるくるまわす仕草に、その人の弾んだ気分が無意識にも表われている。可愛いらしい、と父は感じた。
二、三十メートルほど銀座方面へ歩いて、二人は喫茶店に入った。父はビールを、その人はメニューをしげしげと見たうえで、バニラ・アイスクリームを注文した。
十代の頃から能動的に恋をしたことのない父は、いくつかの疑似恋愛の経験を持った三十代半ばに達しても、素人の若い女性を相手にすると、うろたえがちであった。思い切ってお茶に誘いはしたが、気後れする父に、その人は深い二重瞼(まぶた)の目をキラキラさせて言った。

「『風・光・木の葉』のなかで、私、とくにあの詩が好きですの。『あかつきの雪に／からだをあらはう、／一羽の鶴のやうに。／浄(きよ)めた胸には／雪にも消えぬ火をたかう、／赤い鳥冠(とさか)のやうな。』その詩はしんとした孤独の底に静かな情熱が燃えていて、鮮やかな色彩の対比が印象的です」

おう、と父は唸る思いであった。「ねがひ」という父自身も密かに愛着する一篇である。数々の詩が取り上げられ、批評されるなか、ひっそりと片隅にあるような詩をこの若い娘は見逃さないでいる。しかも、彼女がさらりと言ってのけた批評は的を射るものであった。すっかり気持のほどけた父は、一気にその人に惹かれていく自分自身の心を眺めていた。

「あなたは詩を読む透き徹った目をお持ちだ。ぼくは本当にうれしい」

「ぼくはうれしい」と父が言う時、それは心からうれしいのである。自分が理解されているという思いほど父を甘くくすぐるものはなかった。慶子を愛するきっかけも、究極はそのような感情ではなかったろうか。

父がうれしいと感じる言葉をその人はためらいなく無邪気に語った。父の『風・光・木の葉』を縦横に読みこなし、自分なりの解釈で生き生きと語るその人を前にして、父は蘇生する自身を発見したのだ。不治の病に横たわる妻を背負っての暗い先行きに、かすかな灯を見た気がするのだった。その灯を求めずには、自分も慶子も生きられない気持さえ生まれて来るのである。

感謝のあまり、震える手でその人の小さな手をそっと包んだ父の目は潤んでいただろう。「ぼくの詩とぼくをあなたに見つめていて欲しいのです」

父は縋る心でそう言った。

怖れて手を引き離すのでは、と思ったその人は、父の顔から目をそらさず、そっともう一方の手を父の手に重ねた。重ね合った二人の手の静脈がひとつになったように、血液の熱い流れが同一のもののように、初めて言葉を交わした日、二人は感じ取った。

またしても、父に不意打ちを喰らわせる恋が進行したのである。

新たな恋に力を得た父は、心身の充実を感じていた。詩壇の会合にもしばしば顔を出すようになっていた。

同じ年の七月、四谷「白十字」で催された金子光晴・三千代の渡欧記念、『篝火』出版記念会にも出席している。その際の珍しい写真も残された。

　ガーデン・ホームでは、慶子がますます痩せ細り、長患いの病人特有の酸っぱい匂いをさせていた。文学好きであった慶子は、「あなた、会計から催促されましたわ。早くお支払いしてくださいな」としか言わなくなっていた。うなだれて病妻の手をとる父は、慶子に対する愛しさに胸を衝かれ、しかし、「だいじょうぶさ、ぼくは流行作家並みだよ。どんな治療も受けさせてやる」と言って、慶子を笑わせてやるしかないのだった。

　苦笑しつつも慶子はちょっと拗ねて、夫の心を測るように「私、いつまで生きるのかしら」と、父を見据えた。「そう言いながら、こうしてずっと生きて来たじゃないか。そのうち新薬だって出来てくるさ」

　ガーデン・ホームで生命を削られた気分の父は、帰り道、その人に逢わずにはいられなかった。「よく生きる智慧よ」と父がうたったその人の向上心、ひたむきに生きている純粋さに惹かれてしまったからには、もうその人から離れると、気持がへなへなと凋んでしまう。善悪を問う余裕はなかった。恋が発火してしまうと、そのなかで溺れようともがくのが父であった。

　その人への愛と慶子への執着、その間で苦悶する『危険信号』の詩篇は、時代の空気を充分に吸収したポップな感覚のうえに、愛恋の苦悩を定着させた最も耀きのある作品になっている。内面の苦しみから目を逸らさずに、これ以上行き着くところはないというくらいに、自身の奥へ奥へと潜入して行ったせいだろう。

　怯え性の父が、この時期、横着とも思える覚悟を見せつつあった。ことはもはや恋愛に留る問題ではなかった。詩人としてどのように生きるかが最大の関心事であった。詩人としてよりよく生きることに父は熱中していたのである。

　山田耕筰が気づいた秋頃には、二人は深く深く愛しあう間柄になっていた。

「あの娘は頭のよい、気のいい娘だ。不仕合わせになるのは辛いなあ。まあ、よくよくのことでしょうがね」

　恋愛経験の豊富な山田耕筰は、「ねえ、大木さん、そこまで深入りしなくても」と言いはしたが、手の施しようがない二人の関係を察知したふうだった。

　その人といつでも会っていたい父は、仕事を辞めさせ、年末には東京市外荏原町下蛇窪三〇一‐二十七号の「小さな硝子戸長屋」を借り、その人を住まわせる。侘しい街の風景はモダンな『危険信号』のなかで異彩を放っている。

　昭和四年も多忙をきわめる父であった。刊行を年末に控えた中央公論社の大企画『千夜一夜（アラビアンナイト）』（全十二巻）の詩を訳すほか、翌年に刊行予定の翻訳小説を山ほど抱えていた。高額の療養費に追われているうえに、家政婦を雇っている吉祥寺の家の維持費、さらに蛇窪の家の生活費が増加していた。

しかし、異常ともいえる多忙にまみれていても、詩は次々に生まれていた。この章に置いた『危険信号』の詩はみな翻訳に喘ぐなかで作られている。新しい局面に向かっての気負いや精神の上昇が父に特異な活力を与えていた。父は数々の重荷を背負って走る雄々しさすら備えつつあったのではなかったろうか。詩を書き、翻訳に精を出し、詩壇、文壇の会合にも出席する詩人の生活をこなしていた。

例えばここで一冊の住所録を見てみよう。汚れて変色し、ぼろぼろになったその当時の住所録を父は残している。およそ八十年前の大学ノートは、そっと扱わなければ粉々になりそうな傷みかたをしているが、左から右への横書きで書かれた万年筆の文字そのものは、鮮明に読みとれる。関わりのあった出版社、新聞社の連絡先と交流をもった文学者、画家、編集者、友人、知人の名前と住所がぎっしり記録されていて、幾度眺めても想像力をかきたてられる。そのなかには、交流があったと思われる文学史上の著名な人たちもいて、興味が尽きない。父の人生に欠くことのできない友人、知人の名前にも出会って懐かしさを憶えもした。

それらの一端を記してみると——

生田春月、伊藤幾平、伊良子暉造（清白）、宇野浩二、大手拓次、岡田三郎、尾崎喜八、尾崎士郎、恩地孝四郎、加藤武雄、金子光晴、河井酔茗、川路柳虹、北川冬彦、金素雲、倉田百三、佐藤春夫、サトウハチロー、西條八十、斎藤茂吉、志賀直哉、島崎春樹（藤村）、薄田泣菫、鈴木三重吉、千家元麿、高村光太郎、土井晩翠、土岐善麿、内藤濯、中原中也、西川勉、野口雨情、野口米次郎、野溝七生子、萩原恭次郎、萩原朔太郎、長谷川浩三、長谷川誠也、服部之總、服部龍太郎、羽生操、林房雄、日夏耿之介、平田禿木、平野威馬雄、広津和郎、深尾須磨子、福士幸次郎、福田正夫、細田民樹、堀口大學、前田鉄之助、前田夕暮、牧雅雄、村松梢風、村山知義、室生犀星、百田宗治、柳澤健、山内義雄、山田耕筰、横溝正史、横光利一、與謝野寛、吉井勇、吉江喬松、與田準一、若山為三などなどである。

島崎春樹の名前には本当に驚いてしまった。そして、中原中也。その時期、中也は高井戸にいたのだ、とか、遠い昔にそれぞれの人がどこに住んでいたのかを知る手がかりが住所録にはある。父は几帳面に住所変更の際は旧住所に線を引き、新住所を書き込んでいる。原稿とは別の、生きている息遣いが感じられるノートを私はつくづく眺めた。上京してほぼ十五年、こうした人間関係を作り上げて生きてきた父の足跡があった。

私の胸に痛みが走ったのは、関連のある出版社、新聞社の住所、電話番号が並ぶノートの最終ページに、場違いな名称「柏木派出婦人会　市外淀橋町柏木４０５　電話四谷９０６」の記述を見つけた時である。ああ、ここの派出婦人会にいつもお世話になっていたのだ、と記述の現実感にたじろぐほどであった。

　慶子の身のまわりの世話や家事万端、慶子の入院中にも家事をまかせなければならなかった父の生活である。家政婦は父が生きていくための不可欠な存在だったことは、父自身の書きもののなかに見られるが、それらのどの記述よりも住所録に記された「柏木派出婦人会」の文字は、雄弁に父の生活上の苦境を教えてくれる。

　また、住所録の白紙のあるページには桜の押し花があった。八十年経ってもなおほのかな桃色を褪せさせないでいる桜である。あれほど儚く散っていく桜なのに、押し花にされたそれは、住所録にあるすべての人が死に絶えた後も、美しいさくら色を失わずにいる。夜中に押し花のページを開いていた私は、背中にすうっと冷たい空気が流れるのを感じた。


　事実、第二詩集『秋に見る夢』を発表した頃からは、新人という扱いではなくなり、若い文士と見做されるようになっていた。真に心を許しあう文学上の友はいなくても、ひとり立っているという強い矜恃に支えられていたし、新たな愛を得て、気力は漲っている。

　吉祥寺の書斎で仕事に没頭し、蛇窪の隠れ家「棘のある巣」で生命を燃やし、時々、ガーデン・ホームに見舞いに行く。内心は複雑であったが、ごく単純な形で多忙な生活はまわっていた。


　支払いに出向いたガーデン・ホームでは、入院生活に慣れきった慶子が落ち着いた様子で父に話すのである。

「あなたは外で何をなさってもいいの。愛人が出来たって私は何も言えませんわ。ただし、外でなさることは、決して私には仰らないで。本当の話はやっぱり恐しくて。私はね、あなたにちゃんと守っていただければいいの。責任を持っていただければいいのですわ」

　かつて父の愛を独占していた慶子は、長びく病いに傷めつけられ、冷静に周囲を見る現実主義者になっていた。

　もうそういう段階ではないのだよ、と父は思い、告白したいと願ったが、それに勘づいている慶子にさらりと躱され、言葉を飲み込むのだった。


　その人を知って一年目の夏がやって来た。米迦子（みかこ）は父の言葉のみを信じて飛び込んだ愛の巣において、胎内に小さな生命の芽を育みつつ、健気に生きていた。彼女もまた、呪文にかかったような展開のうちに、迷う時間もなく、父の難しい境遇に吸い寄せられてしまったのだろうか。

　米迦子という名前で父の人生に登場するその人の本名は遠山幸子（戸籍名は幸）、私の母である。父は母を愛して間もなく、彼女に自分の好みの名前梨英子（りえこ）を与えている。私は母の名前を梨英子とばかり思い込んでいた。父より十歳年下の母は、明治三十八年十一月二十三日、熊本県葦北郡（現・八代市）日奈久に生まれている。父遠山雅樂、母ツルの長女である。

私の祖父に当たる雅樂は日奈久の古寺の出で、文芸に親しむ風流人だった。母は父雅樂に溺愛された父親っ子であった。雅樂は若くして上京し、逓信省の役人となった。祖母ツルは日奈久屈指の老舗「角屋」の娘で、芸事に通じた人であった。日奈久一の料亭旅館「金波楼」で挙げた二人の豪華な結婚式は、当時、近隣の語り草になった。

達者な語り部の祖母は、同居していた子どもの頃、私たち孫にいろいろな昔話、芝居の話、古里にまつわる話を語り聞かせた。ことに、西南戦争時の田原坂の悲話が私は好きだった。祖父の母は士族の出身で、細川藩の剣の指南役をしていた家柄であったという。祖母は士族出のその姑に厳しく躾られた話もしてくれた。話し上手の祖母ツルは、父方の無口な祖母千代とは比べものにならないくらい孫たちの心を摑んでいた。裕福な商家の長女に生まれた祖母は、血の気の多い政治好きの祖父が郷里の政治結社に肩入れし、やがては逓信省を辞めて浪人の身となった不幸を芝居気たっぷりに話して聞かせた。

母の上には二人の兄、雅美と雅夫、下には弟雅文、妹照子、文子、弟鐵雄がいた。子沢山の世帯を省みず、理想家肌の祖父が政治に血道を上げて失業したものだから、一家は貧乏のどん底に陥った。

不幸はまだまだ続く。母が愛して止まなかった四歳上の兄雅美、二歳上の兄雅夫が、共に第一高等学校の学生だった大正八年と九年に相ついで死去する。世界的に猛威をふるっていたスペイン風邪のためであった。一家の期待を荷なった秀才の息子たちを失い、祖父は落胆のあまりいよいよ働く気力を喪失していった。兄二人の死後、十代半ばで一挙に総領娘になった母は、赤坂女子商業学校を卒業するや、直に父の元同僚の世話で逓信省に就職する。私が都立三田高校に通っている時分、何かの用件で学校に立ち寄った母といっしょに家へ帰ったことがある。二人で学校周辺をぶらぶら歩いていると、突然、母が懐かしそうに呟いたのだ。「そうだわ、この辺りに逓信省の分室があって、昔、お母さんはそこで働いていたのよ」。人の勧めがあって山田耕筰事務所に勤務するのは、五、六年後だった。

祖父が古里日奈久を恋しがりつつ亡くなったのは、大正十二年三月二十九日であった。四十二歳の若さだった。荏原郡大井町の質素な借家においてである。父親思いの母は、後に落魄の身のまま死んでいった祖父を偲んで短歌にうたっている。「死の日まで懐しまれし下塩屋父よ椿の花ざかりなり」。私の父は母のこの短歌をことのほか好んでいて、酔うとよく口ずさんでいた。

母親と弟妹を抱え、十八歳の母はプラトニックな初恋を諦め、一家の大黒柱、働き手となった。文学少女であった母は、貧しい暮らしのなかで、本を読む楽しみだけが生き甲斐であった。働く女性にとってはかなり肩身の狭い時代であったが、家中の目ぼしい物を売り捌き、乏しい収入で家計を支えながらも、個性的なお洒落を考案し、和服をキリッと着こなしていた。人目をひく美貌の持主であった母は、苦況にもめげず溌剌としていたらしい。父はそんな母に出逢い恋するようになった。

父の出現は母を働き手とする一家を脅かし、祖母は妻ある相手に娘は絶対にやれないと父を難詰した。だが、今度は初恋を諦めさせたようにはいかなかった。母の決意は固く、家族を棄て、大井町の家から蛇窪の「小さな硝子戸長屋」の「棘のある巣」へと移って行く。潔癖な母がなぜ不安な境遇へ自らすすんで身を投じたのかは娘の私にも分からない。おそらくは、自分を信じて待っていてくれ、とくり返す父の情熱にほだされたのだろうが、それ以上に、出口を失っている孤独な詩人を支えるという行為に酔っていたのではないだろうか。それに、南国生まれの母には生来の楽天性、向日性があった。

結果的に父の肩には母の家族の生活までもが背負わされていた。

昭和四年も残すところ僅かとなっていた。十二月、中央公論社が満を持して贈る『千夜一夜（アラビアンナイト）』の刊行が始まった。父が受け持った難解な詩篇の翻訳は高い評価を受ける。その評価を満喫する暇もなく、父は続巻の翻訳や別の物語の翻訳をつづけ、ペンを走らせる。稼ぎ続けなければ、父が背負っている多くの人間たちが生きられないのだった。これらの翻訳の収穫は翌年に集中する。昭和五年に向けての仕事量には圧倒されずにはいられないのだが、父の内部には緊張と歓喜の感情が往来していただろう。

昭和五（一九三〇）年三月一日、父と母に男児が誕生する。私の兄である長男新彦（あらひこ）が生まれたのだ。父三十五歳の早春であった。

幸せな父親にはなったものの、法律的には息子を自分の戸籍に入れることは出来ない。苦慮した父は、四月二十一日、広島の祖父徳八の籍に新彦を入れてもらう。父の長男は戸籍上、徳八の六男と記録される（徳八はすでに外にもうけた男子一人を籍に入れていた）。この時の処置は父母にとっての生涯の汚点となり、兄には癒しがたい傷を残すのである。

実生活では初めての男児が父にエネルギーを注ぎ、仕事は順調に展開した。日常で変わったのは、父が細心に手指をアルコール消毒し始めたことだった。神経質な父はアルコールを浸した脱脂綿を金属性の容器に入れ、つねに携帯するようになった。赤ん坊を結核菌から守ろうとする行為だったのだろうが、その習慣は私の幼児期にも、少女時代も、おとなになってからも見られた。父についてまず思い出すのは、指先がふやけるほどごしごしアルコールで拭く仕草である。

若い母は父を気遣い、父だけを見つめ、赤ん坊の兄とひっそり暮らしたのではなかったろうか。父は吉祥寺の家で仕事をしたが、大きなカバンに原稿用紙や辞書を詰めて来て、母のもとで仕事をする日もあった。

四月にはアルスから『西洋冒険小説集』が刊行される。内容はセルバンテス、スチーブンスン、ハガード、デフォー、コナン・ドイルなどの冒険物語の抄訳である。五月には、新しいエロチシズムの最先端を行くマルグリットの『恋愛無政府』、八月にはクラスノフの『双頭の鷲より赤旗へ』が共にアルスから刊行されている。後者は著者がロシア革命に参加した自らの体験を小説化したものである。九月には、同じくアルスより『愛の学校物語（クオレ）』が刊行される。

そして、同じ昭和五（一九三〇）年九月末にいよいよ第三詩集『危険信号』（アルス）が刊行された。大正十五年九月以降の、抒情小曲数十篇を除くすべての作品を収めた四年間の収穫である。

人の集まってゐるところへゆかう、
わがたましひよ、
さうして、わが自動人形よ、
この蒼々とした薄暮のなかで
砕けよ、これらの赤錆びた静物を、
ふみ破れよ、わがむかしの淡彩画を、
新しい拳銃で射ちぬけよ、
わが亡霊の映るあの大鏡を、
尖鋭なガラスのかけらを雪とちらせよ、
榴霰弾の爆音に
品のいい蜻蛉を、秋風を、銀の薄（すすき）をおびやかせよ。
こほろぎの唄の生きのこる路ばたに
瓦斯発動機（ガスエンジン）を響かせよ、
やぶれた芭蕉の葉のかげに
ひきなれた四絃琴をうちすてよ、
外なる仮想敵を逐ふ前に
内なる偸安の王座から
貌（かたち）ばかりのものものしい、張り子の獅子を蹴落せよ、
仮説と詞藻の煩瑣地獄に
がっしりとたてよ、鉄の扉を。

人の集まってゐるところへゆかう、
わがたましひよ、
さうして、わが自動人形よ、
花を、甕を、銅器を、銀皿を、宝石をふみ越えて、
孤高の室内を、古巣をぬけ出して、
おまへはそこで見るだらう、
心臓の血こそ美しい花となるのを、
新しい「ヨハネ」の首を載せる銀皿こそ
最も美しい金属の、光のなかの光となるのを、
傷心と、涙と、勝利の微笑のなかに
おまへは明るく、人々のなかに連るだらう、
地上の、天体の点燈装飾（イルミネーション）が孤独を慰めてくれるだらう、
そこを越えて、さらにゆかう、
約束された世紀の饗宴にまで、
第二の日と月を吊るす大枝形燭架（シャンデリア）の下にまで。

手を握って言へ、愛するものよ、
雪の下に萠えてゐる青い芽生(めばえ)をたのみにすると、
あの暗い海が胎(はら)む彼岸(ひがん)の響を聴いてゐると、
また言へ、棘に傷つくことをおそれないと、
凜(りん)として、氷をふきつける北風の中に立つと、
白梅の枝からこぼれる葩弁(はなびら)を憂へないと、
光の戦車が雲をつんざくその日まで
飢ゑて、凍えて、忍んで待つと、
ああ、その日、野の木も石も叫ぶといふ
あのおごそかな約束を
この眼、この耳、この手のやうに信じてゐると、
手を握って言へ、愛するものよ、
新しい世紀の星の花束を見んがために。
（「約束」）

葡萄畑の道は明るい、
摘みにゆく手はみな白い、
愛する者よ、渇かないか、
渇く人はみな、葡萄畑の道にむかふ。
なぐさめは、あの葉かげの
碧いあをい果(み)のうるほひにある、
谿河(たにがは)の砂金のやうに
あけぼのの星はそのうへに澄んでゐる、
愛する者よ、葡萄畑の道は明るい、
渇く人はみな、葡萄畑の道にむかふ。
（「葡萄畑への道」）

二ひきの蝶は幾山河を越えて来た、
都会を、花を、見すてて来た、
高く、高く、太陽を慕って昇って来た。
二ひきの蝶は昇って昇って凍えてゐた、
氷河のうへに死を羽搏いてゐた、
幾百世紀の寂寞に小さな影を点じてゐた。
（「蝶」）

篤夫はつひに新月を占(うらな)ふ。
悲しからずや
その額(ぬか)、
柊は青う映えたり、
身にせまる憎しみや、あざむきや、
生きづらきわれや、人や。
篤夫はいたき予感を病(わづら)ふ、
遠つ世の国のなやみは
また、ここにおこらんと、

夕空のしづかなるにも
すさまじき雷をひそめて
火の嵐、いつの日か来らんと。

篤夫はおのが白き手を嗤（わら）ふ。
をののきはあり、雲に、木の葉に、
祥（さが）あしく、地に享（う）けし酒盃（さかづき）は苦く、
隣りの人に呼びかけて
いよよさびしく、
蕭々として
すすきの風に歎きこもらふ。

（「現世抄」）

『風・光・木の葉』とも『秋に見る夢』とも明らかに異なる詩がここにある。父の稟質といえる抒情性は同じように溢れているのだが、さらに時代を突き抜けて行く疾走感がある。精神の若々しさが光る。象徴性においては、遥かに前の二詩集を凌駕していると思う。何よりも、一作ごとに試みられている実験的要素には目を瞠らされるのである。

　漢字を覚えたての少女時代、本棚に並ぶ父の詩集の背文字を声を立てて読んでみたり、指で押えてみたりすることがあった。『風・光・木の葉』はやさしく私の身体を撫でる気がした。『秋に見る夢』は詩集の頁の奥に物語が潜んでいるみたいな空想をかきたてた。いつでも、触れてはならない危険地帯にさわる感覚を与えたのが『危険信号』であった。正字の『危険信號』には強い圧迫感があり、赤信号が点滅する光景を想像させた。どれも恩地孝四郎による瀟洒な装幀なのだが、黒地に銀と赤を型押ししたクロス張りの『危険信号』は、とくべつに斬新な美を感じさせた。これは父の大事な詩集に違いないと私は直感していた。その直感は時を経て、数十回読み返した後でも変わっていない。父の詩業のなかで、最上位に置きたい気持さえ私は持っている。

　『風・光・木の葉』、『秋に見る夢』の場合のように、「危険信号」というタイトルと同じ詩があるわけではなく、詩集全体を象徴するものとして付された題名が『危険信号』であった。「自序」にあるごとく、意味的には「彼自身への同時代の没落階級への危険信号」であるという。世界の歴史的事件は、遠く東洋の島国の一詩人にも影響を及ぼさずにはおかなかったと見える。因みに、収録されている詩「ある Vision」に「塔の鐘が危険信号を鳴らしてゐた」の一行がある。

　「自序」で内心を吐露するのに、父は三人称の「彼」を用いている。「私」でなく「彼」の記述は初め含羞のためかと思われたが、そうではなかった。激越な文章に客観性を与える方法を考慮し、「彼」の表現に到ったのではなかったろうか、という気がしてくる。真摯で非常に挑戦的な告白は、詩集の序文としても異例のものなのではないだろうか。挑戦する対象は詩壇そのものであり、そこに生きる詩人たちであり、他

ならぬ自分自身であるところに、衷情からの切々とした説得性を有している。

「思へば、著者が過去十年間の苦難な作詩生活はすこぶる迂回的な、ある意味では最も謙虚なデッサンの習練時代に過ぎなかった。多くの作品は、画工の、或は彫工の『首』であり、『手』であり、『胴』であり、『足』であるに過ぎなかった。それにも拘はらず、彼が外的に得たのは、まことにありがたくない『詩人』といふ空名であった。（中略）ただ、それらの習作の訓練から獲得した若干の頼むべきものがあるとしたら、それは作詩上の『手法』であり、『語感』であり、『技術』である。これは単に古い遺産であらうか。新しい創造の基礎工事にはむしろ邪魔物であらうか。否。

彼は表現形式に於て、日本現代詩の多くに（自分をも含めて）飽き飽きしてゐる。限りない不満を感じてゐる。（中略）しかし彼は断じて現詩壇に新しい精神、新しい美、よき意欲、よき感情、新奇にして清鮮なる表現の萌芽がないとは言はない。しかも、遺憾ながら、その多くが『詩』の形に於ては表現されてゐないと思ふ。詩人が『詩』を抹殺しない限り、詩の表現形式を徹底的に追求することは当然の義務である。にも拘はらず、所謂『人生派』に属する詩人は近代の詩的精神を把握することに於て立派に卒業しながらも、多くはその表現形式に於て落第し、所謂『芸術派』の詩人の多くは、表現形式に留意し、腐心し、且つこれに成功しながらもその精神内容はあまりに古典的類型的であったり、空疎であったりする。前者には『技術』を、後者には『精神』を。そして当然に、真のよき詩人はこの両者を一人で具現しなければならぬ。著者はさう信じ、且つ自分の作も常にさうありたいと願ってゐる。」

そして、この詩集が「思想的苦悶の告白」であり、「表現的苦悶の記録」でありながら、理想とは別に、過渡期の混沌性があって、積極性のある作品と消極性のものが無差別に雑居している弱点を持っているという指摘も忘れていない。

畢竟、「彼」の意思は次の三行に収斂されると記している。

「――自分はまづ自分自身の過去に手套を投じた。
それがこの詩集である、
自分はここから『詩人』を出発すると。」

『危険信号』の「自序」に述べられている詩についての考察は、あるいは尊大であるとも、自身を過信しているともとられる怖れは充分にあった。

これまでの自分の詩を習作とさえ言い放ち、ここから詩人を出発すると宣言する「自序」は、過去の詩集『風・光・木の葉』を最大級に評価し、新詩人の出発を促した恩師北原白秋への背信とさえいわれる危険性をも伴っていた。

しかし、白秋は「進境めざましいものがある」と、大らかに『危険信号』の詩人を励まされたという。天馬のごとき大詩人自身が、つねに新しい世界を模索する冒険者でもあったのだ。昭和五年の秋、父は自分をようやく詩人と自覚するのである。

『危険信号』については、萩原朔太郎、日夏耿之介、山内義雄、尾崎喜八、大手拓次などからの共感を示す手紙があったが、それらも荏原町から父の寓居に送って以来、行方が知れない。

なお、多くの試みにみちた『危険信号』であったが、強烈な自意識と詩的情熱の跳ねようが、一部には〝危険思想〟と受けとられ、父はかなりの危機に陥ったらしい。

タイトルそのものが醸す空気もあったろう。また、いつになくラディカルな挑発があると解されたのかもしれない。例えば、先に引用している「現世抄」の「篤夫はいたき予感を病ふ、／遠つ世の国のなやみは／また、ここにおこらんと、／夕空のしづかなるにも／すさまじき雷をひそめて／火の嵐、いつの日か来らんと。」といった表現などが、詩人の内面の騒ぎを伝えた危うい燃焼と受け取られたのだったろうか。それについて、父は知人と諸々の対策を立てたりもしたようである。

13　生と死の間で

うら若き母なる君よ、
この子には歎きあらすな、
風すさび、枯葉なげきて
街衢（ちまた）には霙（みぞれ）降るとも
けふの日のパンはなくとも
黄金（こがね）なす、珠（たま）なす子には。

うら若き母なる君は
毛頸巻（ボア）も欲し、香料も欲し、
銀座よし、シネマも見たし、
さあれ、日はいよ冷めたし。
蒼ざめし棺車に乗りて
十二月はや暮れむとす。

うら若き母なる君よ、
されば、子に歎きあらすな、
燐寸（マッチ）もて眉を書くとも
その装飾（かざり）まづしかるとも、

ボンボンと、「汽車」と、ぶらんこ、
人形と、笛と、花束、
雪まがふ白き毛の服、
この子には満ち足らはしめ。

うら若き母なる君よ、
黄金(こがね)とも、珠(たま)とも守れ、
子の額(ぬか)に満月かかり
子の肌に林檎は馨(かを)り
子の笑みに天国はあり、
この子には歎きあらすな。

乏しくて、生きづらくとも
柊(ひいらぎ)の棘(とげ)いたくとも
あはれ、世はけふ凍るとも、
――明日(あす)ははや聖クリスマス、
ほがらかに鐘鳴り出でむ、
潮(しほ)のごと、花咲くがごと
新しき年は来らむ。
（「十二月の歌」）

第四詩集『大木篤夫抒情詩集』に収められたこの詩（初出は「婦人公論」昭和五年十二月号）には、実質上の妻と幼な子への愛情が悲しいまでにうたわれている。自分の長男として戸籍に入れてやれなかった悔悟に揺れつつも、息子に対する父親のありあまる愛の本質が詩に息づいている。父は詩のなかにそれを証明せずにはいられなかったのだろう。私が兄であったならば、戸籍よりもこの一篇の詩を誇りに感じると思う。

小さな「硝子戸長屋」で乳児は日々成長していた。離れていても、父親が切々たる思いで見つめていても、子どもは育っていく。当然の成り行きを父はほとんど驚きをもって、畏怖をもって、とらえていたのだと思う。子どもに対する父のそんな畏怖の感情は、生涯変わらなかったような気がする。だから父は、子どもを叱ることなど一生できなかった。

不安定な生活にあっても、息子を胸に母は父を愛し、父の詩を愛し、蛇窪のどこかに幸福な空間を生みだしていた。自分を偽善的だと苦しむ父を抱きかかえ、昂然と世の中に向かう気概さえ見せていたのではなかったろうか。とりあえず、父はこの巣で生き返っていたのである。

恍(ほ)れて見る　君の頸(うなじ)に
入墨子(いれぼくろ)、あをくかなしき、
蛍とし見ゆる夜(よ)もあり、
蒼蠅(さばえ)とし映(うつ)る日もあり、
かつ憎み、かつ愛くしむ
入墨子、げにもかなしき。

（「入墨子」）

首すじの墨子を嫌がる母に父は「この墨子が好きなのだ」と言い聞かせていた。晩年、横浜に妹夫婦と暮らした母が、「お父様が私をうたった詩なのよ」と、妹に恥しそうに話したという。母が教えなくても、この詩がうなじに墨子のある母を書いたものであると容易に推測できる。

「かつ憎み、かつ愛くしむ／入墨子、げにもかなしき。」は、入墨子のみならず、自分の心を惹きつけ、運命を変えるくらいの大転換に引き込んだ母その人を指しているだろう。若い母に向かう情熱は愛憎がからみあうものであった。入退院をくり返す慶子のいつまで保つかも分からない生命に怯え、甘い蜜の香りがする愛の避難所に逃げ込んではみたものの、それは棘がはりつめた巣、陽の射さない隠れ家であった。乳児を抱えた新しい家族は父の愛が深ければ深いほど、父にとってのまぎれもない苛酷な現実でもあったのである。

　ともあれ、乳児はすくすく成長をつづけ、生後九か月を迎えていた。

　一方で数か月前から、慶子は吉祥寺の家に帰っていた。新薬が効いたのか、めずらしく三か月も続く小康状態だった。慶子が自宅で生活していても、父は何喰わぬ顔で蛇窪へ足を向けていた。そういう行動の矛盾や狡猾さを、矛盾であるとか狡猾であるとか考えたら、父は生きて行けなかったはずである。共に自分が生み出した現実であったし、父は時に災難とも感じる重荷を背負って生きる運命に親しんでいたふしもある。

　後に『大木惇夫詩全集』３の解題において、保田與重郎は、

「二十代から三十代にかけての大木さんの心境とくらしは、私には一箇の菩薩行と思へた。さういふことを生涯いち早い時代に行つた人は、それをたゞの自然として行ひ、捨身も献身も一定のものと見てをられるやうに見える。」

　と述べているが、病妻への長い献身のみを見れば「一箇の菩薩行」であったろうが、手負いの詩人の菩薩行はもっと複雑でもっと矛盾を含んだものであった。「一定」のものにとらわれる性向は著しいけれど、むしろ、「献身」よりは「捨身」のほうが近いだろうか。父の「捨身」にはどこか純情とアナーキーな気質がまざりあうようにも思われる。

　慶子はある日、父を散歩に誘った。穂薄が繁る秋の午後だった。セルの市松模様の着物を着た慶子と父は、近くの井之頭公園を散策した。厳しい冬が近づく前の澄み渡った空気のなか、池を一周してくると、ほんのり汗ばむようであった。三脚を立てた写真屋が客待ちをしていた。慶子が父に「あなた、写真を撮りませんか？」と言った。

「私、今度寝ついたら、もう起きられないような気がしますの。二人の写真を撮っておきたいのよ」

　杉の木を背景に父が立ち、慶子はしゃがんでカメラにおさ

昭和５年秋、井の頭公園で撮った慶子最後の写真。
大木（35歳）、慶子（37歳）。

まった。慶子は何となく予感していたのかもしれない。その日の散歩が二人にとっての最後の外出となった。
四、五日後、写真が送られてきた時には、慶子は絶対安静の状態になり、看護婦と家政婦が付きっきりだった。
近所の主治医は診察を終えての帰り際、父を別室に呼び、小声で告げた。

「奥様はかなり悪化しておられますね。病勢が進行していま す。右の肺はすっかり駄目ですし、左肺もだいぶ冒されてい ます。こういう病状では、この先、小康状態が見られても、じきに悪くおなりでしょう。お気の毒ですが、今度はもう起きられないと思いますよ」


来る時がついに来たのだと、父は身を固くして聞いていた。

「時間の問題になっています。あの状態では、せいぜいあと一年。一年半は保たないでしょうね」

長い病気に父も慣らされ、案外元気そうな日もある病状に油断する気持も生まれていた。だが、慶子の肺結核はやはり終わりへの歩みを止めてはいなかった。

安静状態が一週間続くと、熱も幾分下がってきた。しきりに玩具を欲しがるようになった。動く人形や動物たちが欲しいのだと慶子はいう。父は外出するたびに、きまって玩具を買って帰った。どちらの家にも玩具を持って行かなければならない父の心は、ギザギザに破れそうな危うさであったろう。

慶子の枕許に並んだゼンマイ仕掛けの玩具たち。首振り人形、フランス人形、犬、猫、虎、羊、猿、小鳥たちを慶子は見舞い客になぞらえていたのだろう。

そうするうちにも、慶子の肺結核は急激に悪化の途を辿って行った。もう秋の暮れで、曇天がつづいていた。弱い日差しが硝子戸からためらいがちに注がれていた。

ある日、下腹部に激痛が走るという慶子のために、友人の紹介で、東洋内科病院の院長である医学博士に診断を仰いだ。その結果、下腹部の痛みは直腸癌によるものと診断された。まさに命取りの病気である。

博士は言いにくそうに父に説明した。

「直腸癌もこのような激痛を呈するようになっては、長くて一年の命と言ってよいでしょう。肺だけでもそう長くは保たないのですが、直腸癌の併発で、いっそう死期は早まると考えられます。お気の毒ですが、切開手術のほかに打つ手はありません。尤も、切開手術をしたところで、よくなる見込みはない……でしょうがね。痛みを少しでも抑えるだけのことなのですが……」

突き放すように説明する病院長の言葉を遮って、父は懇願した。

「先生、その切開手術を受けられるようにしてください。せめて、楽に死なせてやりたいのです。すぐに入院させていただけませんか」

「分かりました。それには警察病院がよいと思う。まずは、検査をしてみなくては。ただ、費用が嵩みますしね。御病人を入院させて手術をしても、癒るという見込みはないのですから」

「いや、どんなことでも致すつもりです。あんなに苦しんでいる家内を見ていられません。先生、どうか入院させてください」

病院長は承諾し、帰って行った。その夜遅く、東洋内科病院より寝台車が迎えに来た。痛い痛いと身をよじる慶子は蒲団にくるまったまま車に移された。家政婦が手荷物を五、六個、車に運び入れた。それらのなかには、玩具の荷物もあった。

父と看護婦が付き添い、寝台車は静かに家を離れた。深夜の冷え冷えした空気が父を緊張させる。

慶子は再びこの家に戻っては来られないだろう。父はわが家を振り返った。

東洋内科病院で慶子は検査をうけ、半月後、直腸癌の外科手術及び人工肛門切開手術のために警察病院に転院した。執刀は名手土井博士である。昭和五年十二月十八日のことであった。術後の経過もほぼ良好で、傷の癒着がすすむにつれ、痛みはうすらぐようになった。しかし、結果は横腹に人工肛門が作られたのだ。直腸癌を知らされていない慶子は、なぜ人工肛門なのかと不審がり、ひどく落ち込んでしまった。自分の肉体の変化をなかなか受け入れられないのだった。人工肛門が嫌で、恥しくて、鬱気分にとらわれた。確かにいくら神経質に清拭しても、ある種の異臭は消せなかった。

それからの一年にわたる父の苦しみは、不幸な生涯のなかでも最も辛い、地獄の苛みともいうべきものであった。精神の打撃にいっそうの経済的重圧が加わった。検査入院した東洋内科病院の院長が直腸癌のための入院・手術を考慮するように言っていた意味もやっとのみこめるのだった。手術費用および治療費は予想を上回る額である。借金は増す一方で、いくら払っても足りなかった。父は入院費を稼ぎ出すために安原稿を書きまくったが、とても追いつく金額ではないのだった。止むなく始めた大口の借金は雪だるま式に増え、債鬼に追われる身になった。

手術後の安定を見て、警察病院から慶子をガーデン・ホームに移したのは七か月ほど後である。昭和六年の六月になっていた。

父は慶子が二度と戻って来ないだろう吉祥寺の家を引き払おうと決意した。家具や生活用品の一切を暇を出した家政婦に与え、身ひとつで東京市内神田区連雀町（現在の須田町周辺を連雀町といった、と『昭和恋々』のなかで山本夏彦も書いている）のアパート、連雀ハウスに引越していった。

蛇窪では一歳三か月になる兄新彦が片言を喋り、父の苛立つ気持を慰めた。母は痩せ衰えた父の姿に向こうで起きている異変を察知しただろう。父は「生きたい」という慶子に「希望を持つんだ」と励まし、母と息子には「明るい未来を信じるんだよ」と言いながら、真っ黒な穴に逆さまに落ちて行く夢ばかり見る自分の所在なさ、哀れな心を嗤うしかなかった。

そんな覚束ない気持であっても、仕事は別であった。六月には翻訳本が一冊、アルスより刊行された。「中央亜細亜黎明紀行」の副題を持つアンナ・ルイズ・ストロングの『サマルカンドの赤い星』である。これは最新世界紀行叢書の一冊にあたる。

そして、九月に刊行されたのが、第四詩集『大木篤夫抒情詩集』であった。古巣博文館の発行である。これまでに発表した抒情詩を収めた詩集で、新作は全二四三篇中の四三篇にすぎない。第一詩集以来の恩地孝四郎による装幀は洗練されたもので、ポケット判の抒情詩集という新しさもあり、売れ行きは好調だった。大正期から昭和初期には抒情詩が広く愛好され、父も流行詩人のひとりであった。

わすれがたなき恋ながら
わすれはつべき掟（おきて）ゆゑ、
夢に会ふとも、かにかくに
散らふ花火と君を見む。

この胸の火をはや消さむ、
熱きほむらに得たえねば
雪を溶かして、林檎酒（サイダア）の
すずしき味を飲みほさむ、
樹蔭の椅子に凭りてゐむ。

いっそ火を火に焼くもよし、
蒼き夜ごろとなりもせば
銀座めぐらむ、酒くまむ、
火酒と嘆きを飲みほして
玻璃杯（グラス）ガヂガヂ嚙みすてむ、
街衢（ちまた）をのぼる新月に
さて言問はむ、占はむ、
わが明日（あす）の日は安きやと、
カミツレの花ひらくやと。

言ふべき口はありながら
互みに唖となりはてて
薄荷身に沁むうすなさけ、
リラの香ほめく指さきの
扇がおこす微風に
ただ息ざしの通ふのみ、——
かかる業をはや絶たむ。

胸に炎は燃えながら
つひに消すべきかなしさよ、
胸の炎を消さんため
白き銀河のひらめきを
夏降る雪とわれは見む。

（「火酒の歎き」）

桜さく駅の坂道、
うらうらと白き坂道、
埃にも、草の緑の
ぽっちりとのこる坂道、
行き帰り、のぼり降りに
黙々とかよふ坂道、
冬の日の雪消も泥も
シグナルの赤き青きも
うちわすれ過ぐる坂道、
うち興じ、わらひ、さざめき
華やかに群のゆくにも
靴重く顔はまぶしく
うれひつつわがのぼるにも
親しきは駅の坂道。

（「駅の坂道」）

抒情詩の世界を堪能するには十分な詩作品である。繊細秀麗な言葉の流れは、哀切であり、甘美であり、わずかな濁りもない。それでも、第三詩集『危険信号』を読んだ後では、あの弾けた情熱を突きつけられた後では、なにかしら肩透かしを受けた感覚も残るのである。

だが、収録されている新作抒情詩のほとんどが『危険信号』に編まれなかった作品であって、そのことからも『危険信号』が意識的に作られた詩集であるのを思い浮かべるべきだろう。ほぼ同時期の作品を一年後の詩集のために除いたとも考えられる。それゆえ、『危険信号』の「詩人」を出発するという宣言を受けるのは、次の第五詩集であると考えたほうがよさそうである。

なお、『大木篤夫抒情詩集』を刊行した後、父は山田耕筰の勧めにより篤夫を惇夫に改名しようと決めていた。実行されるのは、昭和七年になってからである。

同じ九月、春陽堂より『千夜一夜詩集』（豪華版）が刊行される。豊饒かつ艶冶な「アラビアンナイト」を格調づける詩篇は、それのみで魅惑的なリズミックな物語性を展開する。

　超速度で翻訳された全十二巻中二千余篇の詩から、本詩集は会心の出来のものを七百余選んだという。

　西方の識者の言葉「詩なき千夜一夜は、太陽なき昼の如し」を引用しつつ、父は「序言」でこの大物語に火のごとき感情の息吹きを注ぎ込む「千夜一夜」の詩篇について、こう書いている。

「われ夙に西方のすぐれたる詩の幾つかを知れり。また聖書に於いて、『詩篇』の荘重なる、『雅歌』の優麗なる、『エレミヤ哀歌』の哀切なるを知れり。されど、『千夜一夜』の詩篇にまみえし日の、かゝる驚異に遭ひしことかつてなかりき。それはたゞに絢爛といふにあらず、荘重といふにあらず、優麗といふにあらず、哀切といふにあらず、それら一切の詩的要素を包蔵して、さながら詩の宇宙たる観あり。世界の抒事詩、抒情詩、象徴詩といふも、また吟遊詩なる、諷刺的なる、民謡風なるも、小唄風なるも、その源泉、遠くこの東方の古典詩にあるなきや。もし独断をゆるさるゝならば、われらが近代詩の先人たるボオドレールも、ヹルレエヌも、ランボオも、更にまたグールモンさへも、この源泉より汲みたるなきやを思ふ。」

「千夜一夜」詩篇に溢れる情熱、官能、悲哀、詠嘆、ユーモア、英知……。二千余を翻訳する過程で、父もまた多くの養分を絢爛たる古典詩から吸入したはずである。


　仕事は確実な手応えを与えてくれるのに、実生活では崖っぷちを歩く毎日であった。

　ガーデン・ホームの慶子は直腸癌の傷痕が痛い痛いとたえず訴えた。肺も悪化し、衰弱は目に見えていた。大きな目はくぼみ、蒼白さを通り越した白蠟みたいな顔は苦痛に歪んでいた。父に気づくと、力ない笑顔を無理に作って、それでも涙を浮かべて言った。

「今月の『婦人画報』に書いていらっしゃるのね、『乗合自動車にて』という詩。看護婦さんが読ませてくれましたのよ。あなた、あんな詩は書かないでいただきたいわ。あんなに悲しい詩を読んだら、私、死にきれないじゃありませんか」

　それは第五詩集『カミツレ之花』に収録される一篇である。

入り日は赤く
風寒し、

ゆり下ろし、ゆり上げて
乗合自動車
われを泣かしむ。

病み臥して
つひに起ち得ぬもの
生きたしといふ、

——生きたからむ、
死にたしといふ、
——死にたからむ。
傷ましきものよ、
この帰（かへ）り路（ぢ）に、われは得堪へじ、
櫟（くぬぎ） 落葉（おちば）しきりに降り
すがれたる唐蜀黍（とうもろこし）は
さやさやに鳴りわたり、
見返れば
汝（な）が白き病舎は、はやも
杜（もり）かげに隠れたり。
幾年月（いくとしつき）を相愛（あひいとほ）しみ
相剋（あひたたか）ひて
われらがつひに到りし極みここなりしか。
ああ、落日は、影の地に
汝（な）が吐きし血のごとく、
一抹のちぎれ雲
きえかかる息にも通ふに、
ふと、この胸に
汝（な）が艶（えん）だちし花嫁すがたの泛（うか）ぶは何ぞ。
——笑（ゑ）まはしき日もありき。
ゆり下ろし、ゆり上げて
乗合自動車
われを泣かしむ。
——茜（あかね）の空よ、
鶫（つぐみ）のゆくへいづかたぞや。
（「乗合自動車にて」）

病院を訪うたびにこみあげてくる感情、どうにも抑えられない感情があった。死期を想う頃になると、その感情を詩に書かずにはいられなくなった。すでに慶子の目にとまる怖れを配慮する余裕さえ父には失くなっていたのだ。

またの日、重篤の身とは思えない気力を見せて、慶子は父に言った。

「あなたには隠れ家がありますのね。私、夢で見ましたのよ。あなたには可愛い人がいますのね。私、ちゃんと知ってますの。夢でなくても分かりますわ。あなた、私が退院できたとして、その時は、私たち別居しましょう。たまに、あなたが私のところに来てくだされればそれでいいの。責任をもって私を護ってくださるわね」

最後は病人をどうにか宥めて、父はガーデン・ホームを後にした。病院の前の溝にかかる橋を渡りながら、不意に涙がこぼれた。畑に残された唐もろこしの枯葉が、寒風に吹かれ、ざわざわと鳴っていた。後味の悪い帰途であった。

昭和六年も終わりに近づいていた。医師に宣告されたとおり、慶子の生命は尽きかけているのだろうか。冷静ではいられない状況にあって、父は身震いする。寒さは厳冬のせいであったろうか。それ以上に父の内部が凍りついていた。凍りつき、縛われ、毀れそうになっていたというべきだったろう。踰踉として、歩くのがやっとだった。

最悪のその時期に、次男光彦（光比古とも書いた）が生まれる。十二月二十日である。歓びの反面、罪悪感が父を苛んだ。熟慮するゆとりもなく、父は頭を抱え込んだ。死の影が取りかこむなかでの誕生であった。長男の場合とちがい、六十歳の祖父の戸籍に入れられずにいた。気力喪失のどん底にあったのである。そのうちどうにかすればよい。いつかちゃんとすればよい、といったその場しのぎの逃避のしかたであったろう。

二児の父親としての自覚よりも、誕生は決まっていた事実であるのに、子どもの出現が自分に突き刺さってくる怖ろしい現実の匕首（あいくち）のように思えたのかもしれない。黒いインバネスを羽織って踰踉とやって来る父の姿が、母には死の匂いをたたえた大烏のように不吉に感じられた。父自身が病み衰えている人に見えたのだ。

クリスマス・イヴ、父は怯む心を奮いたたせて、ガーデン・ホームを訪ねた。

アメリカ人牧師タブソン女史が経営するガーデン・ホーム（サナトリウム）は、当然、数々の面で洋風であり、例年、クリスマスの催しも盛んであった。入院患者を集めてのパーティもあり、シスターたちによるキャンドル・サービスもあった。アメリカでクリスチャンになっていた慶子は、毎年、クリスマス・イヴを心待ちにしていたのだった。それが、今はベッドに起き上がることすら不可能なのだ。

父が顔を覗き込んでいるのに気づいた慶子は、うっすら目をあけたが、笑顔はなかった。

空洞みたいな目をしていた。やりきれない気分で、父は妻を見つめた。妻の目は何もかもを見通しているふうであった。父の行為も、新しい子の誕生も、父の動揺する心も、である。

悔いが父の胸のなかを荒れまわった。慶子の反抗的な冷い反応が父を打ちのめす。最愛の者が病気とたたかっていた長い年月を、自分はどう過ごして来たのだろう。出来る限りのことはしている、との言い訳のもと、自分は夜の巷で酔いつぶれ、新たな愛を求めて生きていた。隠れ家をつくり、子どもを二人まで得て、幸福な時間さえ持っていた。そうしなければ仕事は出来ない、そうしなければ、自分も、慶子さえもが生きられないと勝手に思い込み、のうのうと生きていたのだ。瀕死の妻が喘ぐ傍らで、乳呑み子の天使のような微笑を思った日もあった。

慶子がかすれた声で言った。

「あなたに感謝していますわ。長い間よくしてくださって。私、もう遠くはないと思います。でも、悲しまないでくださいね。あなたは長患いの私のために苦労なさったわ。もう、無理なお仕事はなさらないで。少しは休養していただきたいの」

悟りきった優しい言葉が父を泣かせた。物を食べられなくなっても、細々と慶子は生きた。骨と皮ばかりになる時間が、彼女に死の覚悟を与えた。慶子は神にすがり、安らかに、和やかに生きていた。

父の母、慶子には姑にあたる祖母に最後のお別れがしたいとしきりに言うので、父は故郷広島から祖母を呼び寄せた。祖母の心のこもった看病を喜び、子どもに返って甘えた。清純な十八歳の慶子に戻ったようだった。慶子の手を取ったまま、父は二人が生きた二十年の歳月を思い返した。

それから約一か月後の昭和七年一月二十一日夜十二時、慶子は「ありがとう」「天国へ」の言葉を残して息を引きとった。

父は痛恨の思いに泣きくれたその時の悲しみを、慶子への挽歌としてこう書くのである。「婦人公論」昭和七年十二月号に発表されたこの一篇も第五詩集『カミツレ之花』に収められている。

病み臥して幾秋を
何たのしみに永らへしか、
そを思へば……

枕辺には菊、首振人形、道化者
ゼンマイ仕掛けの玩具など
あまた竝べて
見舞ひの客になぞらへて、
寂しさの、いかばかり堪へがたかりしか、
そを思へば……

悔恨は鞭(しもと)のごとく
涙は霰(あられ)のごとし。

うら寒く参宿(オリオン)見れば
玩具の客は、われを責め、
蕭々の秋風聴けば
羽根蒲団欲し
欲し、と言ひけるかの声は
わが胸を嚙む。
あはれ、亡き妻、
この秋は酒さへいとど乏しくて
くさぐさの罪の幻に
消え入るばかり、
薄(すすき)のそよぎわけ行けば、
芭蕉にあらね
夢は枯野を駈けめぐるなり。

（「玩具の客」）

通夜には、北原白秋御夫妻、小野浩、巽聖歌、與田準一、中村正爾、本吉信雄、細田民樹、長谷川浩三の諸氏、その他多くの先輩知友が代る代る訪れ、臨終から告別式の日まで五日間、燈明は絶えなかった。白秋夫人は死亡通知の宛名書きまで手伝われた。

父は茫然自失、ただ座っているだけの魂の抜け殻であった。人びとの厚情のなか、人目を憚らず涙を流していた。

ガーデン・ホームでは、二十二日の午後一時、礼拝堂において、荘厳な礼拝式告別式が執り行なわれた。所長タブソン女史、伊東牧師御夫妻、片桐看護婦長、それに恩地孝四郎氏が列席された。

落合の火葬場へは、前記の人びとの多くが同行された。

二十五日の芝公園安養院での葬儀・告別式では、白秋先生が葬儀委員長を務められた。

式の出席者を列記すると、次のようになる。

北原白秋、同夫人、北原鐵雄、同夫人、鈴木三重吉、山本鼎（かなえ）、中原中也、山田耕筰夫人、今井邦子、細田民樹、岡田三郎、淺原六朗、長谷川浩三、下村千秋、細田源吉、赤松月船、犬田卯、保高徳蔵、尾崎喜八、服部龍太郎、矢代東村、大手拓次、岩佐頼太郎、與田準一、藪田義雄、巽聖歌、谷川徹三、照井瓔三、小松平五郎、小松清、外山卯三郎、吉田一穂、加藤朝鳥、岡村千秋、中山太郎、野溝七生子、大橋進一、島中雄作、山本實彦、野間清治、木内高音、西條八十などの諸氏。

その他、文壇、雑誌・出版関係の知己などが多数参列された。

なお、式に遅れた徳田秋聲氏は、父の侘しいアパート、連雀ハウスへ告別に来られた。また、日夏耿之介、堀口大學、前田夕暮、松崎天民、小寺菊子、小川未明、宇野浩二、土井晩翠、生田蝶介の諸氏を初めとする百通にあまる弔電、弔詞があったという。

十六歳で出逢った初恋の人はついに父のもとを去って行った。重すぎると感じる日もあった十字架は失われた。しかし、父が解放されたわけではなかった。十字架は父の青春そのものであったからだ。青春をにわかに剝ぎとられた抒情詩人は、うなだれ、心もとなく蹲るしかなかったのである。

詩集『カミツレ之花』には、この時々の涙の詩が残されている。

雲はるか
海にかも似て
雲母貝（きららがひ）かがよふあたり
かの星は
ひそみたるらし、
喪服着て、またの夜（よ）までを。

（「喪服を着る星 ―挽歌―」）

14 歎きの日々と『カミツレ之花』

昭和六年十二月二十日に父大木篤夫の次男光彦が誕生し、翌七年一月二十一日、初恋の人であり、長期間、肺結核に苦しんだ愛妻慶子が死去する。

重なり合うようなこの生と死は、父の生涯において最も消しがたい記憶であるはずであった。ところが、ここで意外な問題に逢着する。

父は詩集『殉愛—慶子よ、おまえを歌った』（昭和四十年、神無書房）の「前がき」にあたる「愛する人について」のなかで、慶子の死を昭和八年一月二十一日と記述しているのだ。『大木惇夫詩全集』3（昭和四十四年、金園社）のなかでも訂正はされず、詩集『殉愛』と同じく昭和八年一月二十一日としている。これは単なる記憶ちがいなのだろうか。

手許にある父の戸籍謄本を私は何度読み返したかしれない。間違いなく父が届出をしている。慶子が死亡したのは昭和七年一月二十一日だ。大田区千鳥町の父の寓居で見つけた慶子の死亡通知も昭和七年一月二十一日となっている。寺（安養院）の過去帳の記述も同じである。その上、決定的な記録として、慶子の初七日に父が書いた「婦人公論」（昭和七年三月号）の手記、「病床十年の妻は逝く」がある。死後一週間後の手記に記された昭和七年一月二十一日は、どう考えても信憑性がある。

とすると、この丸一年の誤差はどう解釈すればよいのだろうか。

慶子が亡くなって三十三年目に出版された詩集『殉愛』に、父が昭和八年一月二十一日没、としている心理を推理しなければならない。

三十三年を経た亡き妻の死亡年を気に留める者は、父以外にもはや誰もいないのではないだろうか。私でさえ、この文章を書き始めなかったならば、決して一年の差に気づきはしなかっただろう。

愛児の誕生と愛妻の死。父にとっての最大の矛盾、説明のつかない痛恨の出来事を父が忘れるとは考えにくい。まして、父は異常といえるくらい記憶力のよい人であった。

それならば、なぜ七年を八年に改竄してしまったのだろうか。

本来なら、光彦は慶子が直腸癌の発症により余命一年と宣告された時期に胚胎した子である。その行為の結果、慶子の死の一か月前に誕生している。そうした辛い事実を父は自分自身で認められなかったのではないだろうか。憔悴し、痛哭し、自分を責め苛み、茫然自失する日々を通して、幼な児に詫び、慶子に詫びる日々を通して、二人に許しを祈りつづけたのではなかったろうか。

三十三年後に父が慶子の死を昭和八年一月二十一日と記した真意は、せめて光彦が生まれて一年以上経ってから、慶子に死が訪れた、という筋道にしたかったのではないか、と私は推測する。それは慶子の死以来、父が出来うれば事実を塗りかえたいとずっと願ってきた結果なのではなかったろうか。

兄新彦の誕生と光彦の誕生にまつわる事態が、「大木惇夫詩全集」においてさえ父が年譜を載せ得なかった理由だと私は思う。事実と時間の混乱、改竄、錯綜が、父に自らの年譜を放棄させたのである。

「大木惇夫詩全集」にあるのは、わずか六ページ足らずの略歴ともいえない粗雑な略歴のみであり、父を書く上での私の苦痛と困難もそこにあった。死後に父が残したメモ一枚をも捨てずにきたのだが、二、三年前、整理中に父による略歴めいた原稿が出てきた。僅かの手がかりを求めて飛びついてみたが、大正十四（一九二五）年の『風・光・木の葉』での文壇登場以降の記述を、「以下、年次的の記述は煩に堪えないから、これを略し、一括する」として、次の行は昭和十六（一九四一）年に飛んでいるのである。

あまりのいい加減さに私は失望し、汚れた古原稿を投げ出してしまった。「年次的の記述は煩に堪えないから」とは何という欺瞞だろう。「煩に堪えない」行為は誰のものだったろうか。このような記述は、いっそう慶子の死亡時を昭和七年ではなく昭和八年であるとした父の暗い意志を裏づけている。稀にはあるだろう人の営みの矛盾を嫌って改竄してしまったところに、父の悲しい偽善が見られる。そこに父の愚かな誤算がありはしないだろうか。恥のない人生は少ないだろうし、その恥は自分で引き受けるしかないはずなのに、父はそこからも逃亡したいのである。父の後悔は、だから生きている年月が長くなるにつけ、大きく嵩んでいくのだ。

昭和七年一月二十一日の慶子の死から父の精神の失速は始まる。

慶子の十年にわたる入退院をくり返した療養生活によって、借金は厖大な額にのぼっていた。病人を抱えての鬱陶しさは失くなったものの、悔悟につつまれた父は病める人さながらになっていた。

長男新彦は三月には二歳になり、次男光彦は無心の可愛らしさを父に向けた。だが、子どもたちへの愛しさを感じる時、おそらく、父は同時に慶子の悲しげな視線を感じてたじろぎ、死んだ慶子は悔悟に戦く父の心のうちで復活を果たすのである。

そうなると蛇窪の母子たちは、父に否応なく現実を突きつけてくる暴君とも映ったろう。詩人として生きていくために必要とした新たな愛とその結晶であったのに、慶子を失った打撃の前では、自分を苦しめ、追いつめる加害者とも思えてくる。

母は父のそんな弱さに幻滅を覚え、放心して蹲る父に詩を書かせようと躍起になった。

「あなたが本当の詩人なら、こういう時こそ新しい詩が書けるのではなくて？」

「分かってるさ。だけれど、頼むからぼくをそっとしておいてくれないか」

　慶子の初七日に「婦人公論」に書いた追悼の手記、「病床十年の妻は逝く」には、父のあからさまな心が映し出されている。

「享楽は短く、哀傷は長かつた。愛すればこそ、といふ言葉を聞くとき、私の全精神は言ひやうもなく緊張する。愛する、愛した、私はさう言ひきれる。縦し、私が、どこの、どの酒場で、酔ひどれてゐようとも、私は愛してゐた。愛すればこそ、私は乱れた。私の愛し方は、世の所謂紳士方のそれとは異つてゐた。彼女は不満だつたらう。世の婦女子にとつても、私は叱責と非難に価ひしたであらう。酒徒大木惇夫は、今でも、さうした彼女たちの擲うつ石に打たれようと思つてゐる。思ひきつて、この胸に石を投げて見ろ！

　彼女は、しかし、私を理解してゐた。許してくれてゐた。三日も四日も家を空けて、どことも知れずほつつき歩いて、のほほんとして帰る私に、玄関で、彼女の見せた朗らかな微笑と、あの明るすぎるほどの大きな眼とは、今、今となつて、私を、泣かせる。恋愛を超えた何ものかゞ、二人を領した。彼女は秋のやうに、母のやうに静かな愛と理性で私を見守り、私をいやが上にも鞭打つてくれた。にも拘はらず、私の若い情熱は、ともすればそれに抗つた。相剋の日がつゞいた。倦怠期も来た。

　しかも、いつも、終始一貫してゐたのは、彼女をよく生かさうとする私の意志だつた。彼女の肉体の、さうして精神の肺結核を征服してやるものは、博士でも、名薬でも、海岸の空気でも、サナトリユウムでもない、この私だ、この私の念願だ、と、烏滸がましくも信じてゐた。怖るべき自己盲信よ。」

　昭和七年一月に記されたこの文章において、父はすでに大木惇夫を使っている。

　母は気の強い人でもあったから、泣き濡れている父を見るのは耐え難かったろう。

「あなたは出来る限りの努力をなさったじゃありませんか。結核の身で十五年も生きられたのは、あなたがありとあらゆる新療法を受けさせたからなのでしょう？　そんなにご自分を責めるのはいけませんわ。元気を出してくださらないと。父親の涙を見たら、子どもたちも不安になりますから」

「詩人に涙を禁じるのか？　子どもはたくましいものだ。涙だろうが何だろうが見たほうがいい」

　と言いながら、父は子どもたちの頬っぺたを突ついて、よろよろと街に出て行くのだった。

「亡くなった人は強い。万事、美化されてしまうのだもの」

と、母は後のちも私たちに言っていた。亡くなっても、いや、亡くなることによって、ますます父の心を支配する慶子を、母は屈折した気持で見つめていただろう。
しかし、気持の弱い寂しがり屋の父は、神田区の連雀ハウスに戻っても、すぐに子どもたちがうるさい蛇窪に引き返してくるのだった。

この時期の父の詩はほとんどが病める慶子を悼んだものか、亡き慶子を追想した甘いセンチメンタルな抒情詩である。

　清きがゆゑに、うき世には堪へがたかりし
　君なりければ……

君はいづこへ
北国へ、
春さきがけて咲くといふ
ミス・コ・ディードの花を見に、
林檎をもぎに果樹園へ、
若菜をつみに雪の野へ、
光をとりに地の果へ、
うき世の憂さにたへかねて
憩ひをとりに
天国へ。
（「早春挽歌」）

君をおもへば、
初夏の
満月の夜も来ぬべきに、
きのふの薔薇か
山査子か、
街の嵐に曝されて
傷める胸を
いかにせむ。

傷める胸は
君にのみ、
ただ、君にのみ癒されむ、
空に、昴の
懸かる夜は
せめて夢にもあらはれよ、
その白き手に
くちつけむ。
（「昴」）

哀傷を舐めるように、どっぷり感傷に浸って父は生きていた。慶子を失った若き日さながらに、哀しみにもたれかかり、哀しみに安住することで、回復を待っている退嬰的な姿勢である。詩壇への挑戦、そこに生きる詩人たちへの挑戦、自分自身への挑戦、それを試みた第三詩集『危険信号』の飛躍する精神はどこへ行ったのだろうか。

罪あらば
われを火に、
この霜と
柊を
灼熱に
置けよ、火鬼。

罪あらば
われを火に、
この酒と
荊棘（いばら）とを
冥府（よみ）の扉（と）へ
送れ、火鬼。

またの世に
目覚めては、
虔（つつ）ましく
爐（ろ）のはたに
蟋蟀（こほろぎ）の
歌を聴き、
東（ひんがし）に
新しき
星を見む。

（「鞭」）

心の傷みにずたずたになり、嘆きのかたまりになった父を慰め、初恋の人を失った悲しみを「もっともっと書いたらいいと思うわ」と言ったのは母であった。父を理解するあまり、というよりは、悲しみの井戸が涸れるまで涙を流させたほうがいいと考えたのかもしれない。この時以来、父は母に亡き妻について何でも話すようになった。子どもが自分の大切なものを母親に明かす心理に似ているだろうか。十歳も年下の母は気持の上でたえず傷ついた父を庇護しなければならなかった。

どうにか本腰を据えて仕事にかかったのは、九月、連雀ハウスと蛇窪の家を引き払い、父が母子と共に大井町に引越してからであった。ささやかな庭のある大井町の家は、母にとって、一家で暮らす第一歩となった。始終子どもたちの顔を眺めて過ごす生活が、父にとっていくらかでも気持の弾みになればよいと母は期待するものがあったようだ。

巷（ちまた）には
篠懸（プラターン）の落葉すでに吹かれ、
わが夏の一張羅
垢じみて
はや、うそ寒きに、
何処（いづこ）ぞや、この夕べ、秋刀魚（さんま）の焼くる匂ひあり。

今、切にわれは思ふ、
生きとし生けるものの秋、
――荒磯の潮騒(しほざゐ)に
ひえびえと砂を嚙む
生身(なまみ)の牡蠣(かき)を。

華やぎし思ひ出は
また夢は
何処(いづこ)にありや?
……西空に、ただ
一抹のあかね雲ちぎれ飛ぶのみ、
鶫(つぐみ)の群の啼き過ぐるのみ。
生きとし生けるものの秋、
はた孤影、わが身の秋、
ああ、何ぞ冬遠からむ。
赤き入り日に
この父は、涙を垂れて、双手(もろて)を挙げ
子は、ひた笑ひて、双手(もろて)を挙ぐ。

（「秋風の巷にて――子と遊びつつ。」）

父が三歳近くになった兄新彦をつれて街を歩く情景が浮かんでくる。父は本当に優しい人であったから、父と二人で散歩する兄は、父の寂しい心も知らず嬉々として父の動作を真似たのだったろう。私も幼い日、父と手をつないで歩くと、安心感がいっぱいに広がって、楽しくてたまらなかったので、この日の兄の気分を想像できる。父が涙っぽい弱い人間だと知るのは、ずっと後になってからだった。

父の寂しさをつのらせる冬がやってきた。親子四人はひっそりと呼吸するように大井町で暮らした。庭の椿の花が父を慰め、母はその脆い美しさを眺めては、郷里日奈久下塩屋(ひなぐしもんしょや)の椿を思い出した。

一歳を迎えた光彦は、名前のごとく一家の光になっていた。家中に漂う乳の匂い。父はその薄甘い匂いをどんなに愛しただろう。新彦は弟を可愛いがり、母を見習って光彦の世話をしようとした。

時が父の心を和(やわ)らげるだろうと、母は日々が過ぎゆくのにすべてを委ねようとしていた。

ありふれた、だが着実な生活が始まったのである。父は書斎に入り、雑誌の依頼原稿を書いた。懸案の翻訳作業も開始した。昭和八年の正月はそのような状況で迎えたのだった。

慶子の一周忌を終える時期になると、嘆きは父の奥深くにしまわれた。時に父の微笑が見られるほどにもなっていた。月日はゆるやかに一家を安定に向かわせるかに思われた。うたわれる詩にもいくらかの抑制が見られる。

その眼のあかるきは智慧のため
その睫毛(まつげ)のそよぐは涙の星をちらすため

その眉の新月は天上の夢を守るため
その髪の黒きは愛慾の火をおほふため
その耳の貝殻は海の響を聴かんため
その頬の薔薇は言葉の棘を柔げんため
その歯の白きは薄荷の水をふくまんため
その唇の熟れし果はただの一人に吸はせんため
――君を見入れば、
わが悲しみは草のごと崩え
わが悲しみは雪のごと消ゆ。
（「讃歌」）

どうにか穏やかな生活が保たれていた一家に、またも不幸が襲いかかる。家中に光を投げかけていた次男光彦が死んだのだ。昭和八年五月二十八日であった。二、三日前から消化不良を起こして、嘔吐をくり返していたのだが、赤ん坊にはよくある症状で、じきに快方へ向かうと医師が診断したにもかかわらず、あっけなく一年半の短い生涯を終えた。

可愛い盛りの愛児を失った父と母の嘆きはあまりにも深く、二人はこの年の残る半年もの間、神経を病んだ状態のまま、立ち直れなかった。兄を挟んで座る父母の幽霊のように霞んだ表情の写真を見た憶えがある。

光彦を失った悲しみばかりではない。元気な子どもが亡くなるなどと考えもしなかった父は、祖父の戸籍に入れた新彦の場合とちがい、光彦の籍をいずれきちんと結着すればよいと放ったままにしていたのだ。もはや打つ手はなかった。光彦は戸籍を持たないまま死んでしまった。この世にあった事実を証明する方法はなかった。両親の記憶のなかにしか彼は存在しないのだった。父と母の慟哭はそこにあった。

父の神経ではとうてい堪えられない三年間であったろう。光彦が生まれ、慶子が他界し、その上、光彦が急死したのである。

父の心は破砕されたようなものであった。鬱の穴に落ち込んで、祈ることさえ出来なかった。自分の放縦な生活が光彦を死なせ、しかも、彼が生きて、死んだという痕跡すら奪ってしまったのだ。それは父親として苦しんでも苦しみきれない悔悟であったにちがいない。結果的には、この世にあったいかなる形も残してやれなかった幼い息子のために泣き、気鬱に自分を閉じ込めていた。

一方、母はどれだけ悲しみに暮れていようと、兄新彦を育てなければならなかった。半ば神経を病む父を抱え、長いこの苦況を脱出しなければならなかった。

「あなた、いつまでも涙、涙では、光彦が悲しみますわ。私だって泣いていたいけれど、両親が泣いていたら、新彦はどうなりますの？　光彦はね、もともと、難しい翳りのなかで生まれて、祝福の代りに、誕生からずうっと、あなたの涙が振りかけられていたのですわ。もう涙はたくさんって、あの子は思ってるでしょう。……新彦がね、きのう、空を見て言いました。『お母さま、ミツクンはあのお星さまになったのかなあ』って。私たちもそう思いましょうよ」

父は空ろな目で母を見返し、素直に無言でうなずいていたという。


愛児を亡くした父の後遺症はつづき、光彦の彦が縁起が悪いのだと思い込み、長男新彦の通称を堯夫(たかお)にするなど、非常に神経質になっていた。兄が軽い咳をしても、医者を呼べと大騒ぎしたらしい。「子どもに死なれて分かった。もっと子どもが欲しい」とも母に囁いたという。そのうち、光彦が死んだ家にはいられないと言い出し、住んで間もない大井町の家から、豊島区目白町二丁目一五六九番地の家に引越すのである。十一月のことであった。

陽当りのよい目白の家は、一家にとって幸先のよい場所のように母には感じられた。父は二階の書斎で次の年に出版する詩集の編集作業に専念するなか、時はゆるやかに昭和九（一九三四）年に移って行った。


三月に刊行された豪華本『カミツレ之花』（鬼工社）は、父の第五詩集にあたる。この章に置いた抒情詩などを含む六十二篇を中心に、訳詩八篇、散文七篇を収めている。『カミツレ之花』はまた、父が自費出版したゆいいつの詩集でもある。「自費で思い通りの形式による詩集を作るために、知友永久義郎の厚誼を得た」と「書後」にある。なお、単行本の著者名に初めて大木惇夫が用いられた。

「小序」には『危険信号』の戦闘的な「自序」が一瞬幻覚のように思える慎ましやかな心境が記されている。

「カミツレは菊科の花。雪白に黄を帯びし可憐の花。香りも高く咽(むせ)ぶ花。薬効のいと著(しる)き花。美しき古き歴史を誇る花。知る人ぞ知る、遠くは西の医聖ヒポクラテスの時代より、この花は煎薬となりてくさぐさの病を救ふ幾千年、茶剤となりては心を鼓舞し疲れを癒し、香油となりては髪を薫らせ感覚を爽快ならしめ、近代の合成化学をよそにして、自然のままに、生(き)のままに、今もなほ人の世に役立つことの何ぞあまねき。世の人に愛さるることの何ぞ深き。これぞげに花の華ともいひつべし。

（中略）われは抒情詩を愛し、カミツレの花を愛す。本集にこの花の名を題せしもこの故にして、ゆめ心の傲りを示すにあらず。むしろ、三年余の悩み多き生活の間にわが摘みとりし歎きに過ぎぬこれらの貧しき収穫の残り香、カミツレの花の一枝にだも及ばぬことを恥づるものなり。」


生と死、それにつぐ死。この三年間に父を襲った愛する者の死が、父の精神の跳躍にブレーキをかけている。苦しみに沈めば沈むほど、父は世界から撤退し、自らの内面に籠り、『風・光・木の葉』以来の憂愁のなかをさまようのである。この彷徨は当分つづくのだろうか。

詩集『カミツレ之花』においては、まだ次男光彦の死は形を与えられていない。悲傷と後悔が鋭い刃で父の胸を刺しつらぬく時、とても愛児の死には触れられなかったのだろう。

戸籍のない光彦は大木家の菩提寺、港区芝の安養院に葬られている。父母の記憶を除けば、一枚の写真、寺の過去帳に記された氏名、死亡年月日、及び戒名「心月慧（恵）光童子」だけが、光彦がこの世に在った痕跡なのである。

光彦（光比古）は兄妹のなかで最も美しい子、光輝くような赤ん坊だったと父は言っていた。

15　人生の冬から再生へ

ペンネームに大木惇夫が使われるのは、昭和七年以降であった。そのために、篤夫から惇夫への改名は愛妻の死と結びつけられがちなのだが、実際には昭和六年九月、第四詩集『大木篤夫抒情詩集』を刊行した後、山田耕筰のすすめで惇夫に変える決意をした旨を、父自身が書きとめている（『大木惇夫詩全集』1「附記」）。

また、父は山田さんが耕作の作に「篤夫の竹かんむりをもらっちゃう」と言ったのだと兄は記憶している。（実際に昭和五年から「作」にタケカンムリをつけている）

といっても、改名は父の内面とまったく無関係ではなかったろう。どこかで自分の新生を求め、重苦しい桎梏を捨てたい気持の表われであったはずだ。それ以後もなお続く身の不幸を、父は新しい家族と共に耐え忍ばなければならなかった。依頼に応じて、女性雑誌「婦人公論」「令女界」「新女苑」「若草」などに多くの抒情詩を書いている。

昭和九年三月に上梓した第五詩集『カミツレ之花』は、身辺への同情もあったろうが、好感をもって迎えられた。抒情詩人大木惇夫の名前は定着したかのようであった。

しかし、それで安閑としてはいられない。『危険信号』を発表した後、ここ数年の詩壇の動きは瞠目するほどのものであった。昭和五年十二月には三好達治が『測量船』を発表し、気品ある情熱的な詩風が人びとを惹きつけていた。小林秀雄の名訳によるアルチュール・ランボウの『地獄の季節』も十月に刊行され、大きな反響を惹き起こしていた。

父が愛情問題と家庭の桎梏にあえいでいる数年の間に、詩壇は急激に変化していた。昭和六年十月には、中野重治の『中野重治詩集』が製本中に発禁となる事態が起き、注目を集めていたし、七年八月には、三好達治が『南窗集』を発表、十二月にはモダニスト詩人竹中郁が『象牙海岸』を発表し、新風を運んできた。八年四月には、伊藤信吉が『故郷』を発表、九月、西脇順三郎がシュールな詩集『Ambar valia』を発表していたのだ。大正末から昭和初期に隆盛だった民衆派の詩はしだいに勢いを失い、新しい詩の表現が猛烈な力で押し寄せていた。

『カミツレ之花』が端正な傷心の抒情詩集として読者の熱い涙を誘ったにせよ、透きとおる心の戦き、悲しみの純度において、とうてい『風・光・木の葉』『秋に見る夢』には及ばないことを、父自身が感じないはずがなかったろう。創作が足踏み状態にある時、新たな詩の動向は父を苛立たせたにちがいない。それでも創作上の無意識の習性は、父をますます手慣れた定型抒情詩のなかに埋没させていくようであった。そして、心地よい、書き易い詩作を存分に続けるうち、心が飽和状態になり、やがては、そこから逃れる苦しみに遭遇する。それを繰り返し体験する日々であったと思われる。

目白での生活は父に初めて安らぐ気分を味わわせただろう。ふらふらと漂い歩く生活の空しさはすでに遠のいていた。詩のなかではまだ多く慶子を失った喪失感をうたってはいるけれど、愛の詩は少しずつ『カミツレ之花』の詩篇とは異なる象徴性を深めている。さらには、自己を奥底まで見つめなおし、自分の内的資質は、時代や社会から離れた自分の内部にこそ向かっており、畢竟、古典的な色合いを帯びた固有の抒情詩の表現に帰着するとの認識を得たと思う。次の第六詩集『冬刻詩集』はその意味である決意を表わす作品である。

海峡をわが乗りゆくは大洋に出でむとならず、
うづまける潮（うしほ）にきゆる淡雪を見むとにあらず、
ただ言はず、望みもあらず、殃（まがつび）の弔花を埋（う）めむ、
内海にたゆたふ波のうららかの光のなかに。
（「過去」）

――流離久しく、内海にのぞめる
わが故郷にかへりて歌へる。
麦の香（か）のほめきある水明り
ふるさとは憂愁を焚（た）きこめて
しのび音（ね）に、しのび音（ね）に風わたる、

父母よ、いま泣くはわれならず、
逆く子が石のごと冷やかに
しのび音に、しのび音にただ立てるなり。
（「石上に立ちて」）

詩作のほかに童話、翻訳の仕事が控えていた。昭和初期から休みなくこれらの仕事もこなしてきた。その上、山田耕筰の依頼による歌曲の作詞も増えていた。生活費のためであり、増えつづけたかつての療養費のためであった。昭和九年に入っても、慶子の入院・療養費の借金を払いつづけなければならなかったからだ。

その時期にどれくらい借金に苦しめられていたか、のある挿話を、父は後に雑誌「現代」（昭和十年七月号）の随筆特集「子供に笑はされた話泣かされた話」で書いている。タイトルは「パパの松竹、お二階」。

「（前略）債鬼は日毎に殺到した。私は二階の書斎に寝ころがつて、窓からぼんやり空を眺めてゐた。妻は私の心労を知りぬいてゐるので、なるべく債鬼に会はせまいとして、三度に一度は居留守を使つた。—殊に執拗な債鬼には、『宅はあいにく、今朝から松竹の方へまゐつてゐますので……』。こんな風に言つては追つ払つた。すると、後で五歳になる長男の言ふことが奮つてゐた。『ママ。パパの松竹、お二階にもあるのねえ？』。そのうちに、瓦斯がとまる。電燈がとまる。薪で御飯を焚き、夜は薄暗い蠟燭のあかりで書見するといふやうな古風な幾日かゞ続いた。」

時間を少し巻き戻すならば、昭和九年四月十八日、不遇な生活を送った特異な詩人大手拓次が亡くなっている。父が北原白秋の知遇を得た頃、白秋先生を通してその存在を知った才能ある憂愁の詩人である。白秋は彼の詩才と共にその変人ぶりを父に語っているが、大手拓次は白秋の雑誌「朱欒」や「詩と音楽」「日光」などに詩を発表するだけで、生涯一冊の詩集も持たなかった。

父は中野秀人と共同編集した雑誌「エクリバン」の昭和十年十一月号に、前年他界した大手拓次の「遺稿」として詩九篇を載せ、さらに萩原朔太郎による「大手拓次の詩と人物」を掲載している。

「昭和九年の春であつた。遅桜の散つた上野の停車場へ、白骨となつた一詩人を送つて行つた。その詩人の遺骨は、汽車に乗せて故郷の上州へ送られるのであつた。」

「駅にはモーニングやフロックコートを着た人びとが大勢いて、なかの一人が告別の演説をし、多年忠実に勤務した会社の模範社員の死を哀悼した。」

「一人の平凡な会社員が、かうして平凡な一生を終つたのである。彼が内証で詩を書いて居たこと、しかも秀れた詩人であつたことなど、会葬者のだれも知つては居ないのだつた。ただその群衆の中に混つて、四人の人だけが彼を知つていた。北原白秋氏と、室生犀星君と、大木惇夫君と、それから私であつた。そしてこの四人だけが、彼の生前に知つた一切の文壇的交友だつた。

『寂しいね。』

見送りをすました後で、私は室生君と顔を見合せて言つた。」

余韻が惻々と胸に迫る朔太郎の文章である。

父も大手拓次への懐かしさと畏敬の念を終生抱きつづけた。


生活の上でいくらか気持が楽になれたのは、父の次弟強二が、東京市蒲田区新宿町に小さな町工場を構え、セロハンの製造を始めていたが、この頃になってようやく事業が軌道に乗ったことだった。郷里の親たちへの仕送りも、父ひとりだけの負担がやや軽減された。

九歳年下の弟強二は、二十五歳を過ぎると父を頼って上京し、父の口利きでアルスの世話になり、出版や本の販売の見習いをしたり、父の周辺での仕事に就きたがっていた。実際、強二にも文才があったらしい。広島での詩雑誌「黒猫」にも参加したように、書き残したものもあったようだ。けれども、父の生活の苦況を見るにつけ、アルスの社長北原鐵雄が兄白秋を助けているように、兄である父を経済的に助けたいと考え直し、実業家の道をすすんだのだという。初めは父に資金の一部を頼らなければならない強二叔父だったが、セロハンに糸を縫い込み、それによってセロハンに強度を加える方法を考案し、特許を取得する。そこで俄に注目されるようになったのだった。透きとおる紙セロハンは当時、大変な人気を得ていたのだが、破れやすいという難点があった。

赤や緑のきれいな糸が縫い込まれた丈夫なセロハンは、キャンディーやビスケットの袋、クリスマスの長靴や広く包装用にと、多方面で使われ始め、叔父は工場を増築し、やがて隣りに洋風の住居を建てるほど、事業は成長を遂げる。


この年（昭和九年）の七月二十日、姉が生まれる。次男光彦を失っている父はただただ健康であって欲しいと願って、康栄（やすえ）と名づけた。名前に反して、姉は幼児期に病気ばかりしていたのだが、家族がふえ、一家は安定を取り戻していた。

一方で父は、九月、大衆歌謡（流行歌）「国境の町」の作詞をする。大衆歌謡はすでに映画の主題歌をふくめ、「夜を偲びて」「麦笛小笛」「海のセレナーデ」「あこがれ」「南国の夜」などいくつか書いていた。実は大衆歌謡を依頼された父が、初め純粋詩ではないからと気乗りしないでいたのを、母が「純粋詩のような美しい歌をお書きになればよいのでは？」と、すすめたのだという。レコード会社ポリドールの発売で、阿部武雄が作曲、東海林太郎が歌う「国境の町」は、初めての大ヒット曲になった。詩作では考えられない高額の印税が入って来た。

橇（そり）の鈴さえ　寂しく響く
雪の荒野よ　町の灯（ひ）よ

一つ山越しや　他国の星が
凍りつくよな　国境（くにざかい）

故郷はなれて　はるばる千里
なんで想いが　とどこうぞ
遠きあの空　つくづく眺め
男泣きする　宵もある

明日に望みが　ないではないが
頼み少ない　ただ一人
赤い夕日も　身につまされて
泣くが無理かよ　渡り鳥

行方知らない　さすらい暮らし
空も灰色　また吹雪
想いばかりが　ただただ燃えて
君と逢うのは　いつの日ぞ
（「国境の町」）

「国境の町」に関しては、ずっと後、編集者になっていた私に、他の編集者を通して五木寛之氏が、「一つ山越しや　他国の星が／凍りつくよな　国境」の「他国の」は、初め「ロシアの」であったのを、時局を考えてレコード会社が父に頼み、「他国の」に落着したという経緯を教えてくださった。

昭和六年九月の満洲事変、昭和七年一月の支那事変以来、刻々と事態は変わりつつあったのだ。確かに「他国の星」よりも「ロシアの星」を置いたほうが満洲の茫々たる曠野を思わせる。父の内部にも時代の空気は少しずつ忍び寄っていたのだろう。

後に第六詩集『冬刻詩集』に収められることになるこの章の詩篇は、こうした時期に、とぎれずに書きつがれていた。悲傷は深く、虚無感が漂い、しかも定型の美を守りつつ、古典的抒情を湛えた清冷な詩が多くある。

そは、すでに昨日（きのふ）なりしか、
苗売りは叫びて過ぎぬ、

二月（きさらぎ）の玻璃の面（おもて）に
はらはらと霰打ち来ぬ、

そは、暁（あけ）の夢に聞きしか、
苗売りは叫びて過ぎぬ。
（「現生」）

橇ぞ行け、星明り、
雪の野に羚羊（かもしか）の影曳くや。
ああ、弥撒（みさ）の鐘鳴るに

北国は氷柱(つらら)のみ花咲くや。
（「北方」）

自らのなかにじっと沈潜する詩人の姿がある。秋は暮れかけていた。詩壇、文壇にさらに多くの知己を得て、父は再生したように映った。時が浄化するものは明らかに存在するのだった。

父を気遣われ、北原白秋が目白の家に立ち寄られたのも、その頃だったと母は言っていた。新しい妻である母にも大詩人はたいそう優しかったと、母は懐かしんでいた。その後、再度来られた時は、ホロ酔い加減の白秋だったらしい。文壇の会の流れで、父といっしょに来られたようなのだ。酔いにまかせて、白秋は座敷床の間の掛け軸用にと詩を二篇書いてくださった。

私が幼年期にいつも床の間に眺めていたのは、白秋のその筆蹟であった。教えられて憶えている一篇は、「からまつの林の道は／われのみか、ひともかよひぬ。／ほそぼそと通ふ道なり。／さびさびといそぐ道なり。」名高い詩「落葉松」の四聯にあたるものである。あの掛け軸はどこに消えてしまったのだろう。

昭和十年に入ると、一月、『詩の作法講義』が萬昇堂より刊行される。詩が散文化する趨勢を憂えて、韻律意識をもって、何が詩であるかを実作者の立場から論じた、父の画期的な論考であった。詩のフォルムについて論じ、詩作について、詩の鑑賞について詳述している。

さらに興味深く思われるのは、『詩の作法講義』の刊行と同時期に、純粋詩への愛と自負からでもあろうが、雑誌「新青年」一月号において、父が詩人西條八十への問い「西條兄(さいでうけい)に悪意(あくい)なき意見(いけん)」を発表していることだ。

これは「新青年」が問答特集を企画し、それぞれの分野の二人に、公開状及び回答という形式の文章を求めたものである。つまり、論争を仕掛けたのだ。詩人組は父が長年の友人である西條八十に公開状を差し出し、それを西條八十が受けて立つ、という形であった。穏やかなのに時として激する父は、企画側の意図どおり挑発的に三歳年上の西條八十へ疑問や不満や願望の入り交る公開状を書いている。

父の質問や西條八十の回答のなかに、詩人それぞれの真摯な述懐はもとより、この時期における詩の難しい状況が読み取れ、その意味でも重要な記録となっている。

要約しようと思ったが、二人の表現の方法が何ともおもしろいので、部分的に引用してみたい。質問者である父のものから記すと、

「（前略）私(わたし)は兄(けい)へ対してこれんばかりの悪意ももつてゐません。それどころか、私の心の底には、常に兄(けい)へのなつかしい思ひ出と兄(けい)の豊かな天稟才能(てんぴんさいのう)に対する深い敬礼の念が潜んでゐます。もう十五六年も昔のことですね。兄(けい)が駕籠町に住んでゐた時代、死んだ西川勉君につれられて、よく訪ねまし

た。恰度兄(けい)の第一詩集『砂金(しゃきん)』が出た時代で、兄(けい)に校正刷のその詩を読んで聞かされて、日本にもこのやうな美しい詩を書く詩人がゐたのかと驚嘆し昂奮して夜晩く霧の中を帰つたことを覚えてゐます。兄(けい)は実に私にとつては、詩人として親しくした最初の人です。その頃矢張り西川勉君たちと一緒に仏蘭西語の研究会をつくつたこともありましたね。

西條兄、私はこれまでも度々兄(けい)に対しておせつかいな注文や非難の言辞を述べて来ました。けれどもそれ等の如何なる時にも、このやうななつかしい記憶を思ひ出さなかつたことはありません。（中略）

扨て西條兄、私が何よりも貴兄のほんとうの心持を聞きたく思ふのは、貴兄の詩人としての最近の心境です。

私の不注意の故もあらうかとは思ひますけれども、この頃兄(けい)にはほんとうの詩の創作が殆んどないのではないかと思はれる。あの私の曾つて敬礼した『砂金』の著者は、今何処にゐるのでせう。（中略）私は多くの人々が思つてゐるやうに、又は言つてゐるやうに、小唄や流行歌等の金になる仕事が多い為に、あの『砂金』の詩人がゐなくなつたとは思つてゐない。それよりももつと深い理由があるやうに思はれる。（中略）それはそれが金になるといふことの前に、この十年来の日本の詩壇の非韻律的な、所謂民衆詩派的な低雑な詩風への反感があつたのではないかと思はれる。（中略）

西條兄、私は聞きたい。正直な兄のほんとうの声を、日本詩壇の忌憚のない批評を、同時に又、兄の今後の態度を。

西條兄、まことに未だ微弱な光ではあるけれども、最近詩壇には新らしい光がさしかけて来てゐる。新韻律主義が台頭しかけて居り新定型主義さへ生れようとして来てゐる。詩は再び自由詩以前にかへり、その正しい歩みを歩み出さうとしてゐる。そして私自身もその運動の驥尾に附して力一ぱいの努力をしたいと考へてゐる。（中略）

私の聞きたい第二は現代流行歌のマンナリズムに就いてゞある。

西條兄。低俗極る現代流行歌を、満全なものとは流石に兄も思つてはゐられまい。尠くとも『砂金』の著者がさう思はれようとは思はぬ。

しかし事実は、私には全く奇怪な気がする。今日の流行歌をこのやうな低俗なものにした責任の一半は、間違ひもなく斯界の第一人者たる兄の上にないとは言へない。低俗なものを兄一人書いてゐられるのでは勿論ない。しかし爾余の諸君をして安んじて低俗なものを書かしめつゝあるものは、第一人者たる兄の作が低俗である為でないとは言へない。

私はこの点について腹蔵なき兄の意見が聞きたい。兄は流行歌といふものをどのやうに思つてゐられるのであらう。（中略）私は思つてゐる。詩人が流行歌や小唄をつくるのは（中略）それ等の大衆詩をとほして大衆により高き詩的教養を与へることでなければならぬと、そこにこそ詩人が流行歌や小唄をつくる意義があるのだと。

聞きたいことの第四はモダーニズムに対する兄の見解であ

る。言ふ迄もなく現代流行歌はモダーニズムの上にある、モダーニズムをはなれてわれわれの現代流行歌はない。（中略）
今日はモダーニズムは批判されつゝある。一部の人々はモダーニズムは超克さるべきものであるとさへ言つてゐる。しかもその声は年と共に大きくなりつゝある。それが反動であるか否かは知らない。けれども日と共に、月と共に、民族的気分国家主義的空気は濃厚になり、モダーニズムは一つの頽廃として見られようとして来てゐる。事実また健全なる国民主義といふやうな見地からは、それはたしかに一つの頽廃である。（中略）
モダーニズムを肯定するか否定するか、それともそれの如何なるところを肯定し、如何なるところを否定するか、流行歌作者はどのやうにこれに対すべきであらう、特にファッショ的空気の次第に濃くなりつゝある時に於て、私はこのことが聞きたい。殊に今日はモダーニズムの歌を書き、明日は国粋主義的歌を書く、そこに矛盾がないかどうか、このことも聞きたい。
第五に聞きたいことは少女フアンの問題である。
兄がこの十数年間を多くの少女フアンにとりまかれて来てゐることは誰よりも兄が一番よく知つてゐられるところであらう。
そこで私の訊きたいのは、それ等フアンの為に、兄の詩心がゆがめられるやうなことはなかつたかといふのである。（中略）
言ふ迄もなく少女等は決して必らずしも高級なる詩の理解者ではない。彼女等は幼稚なる甘さを愛する。詩人たるものはそれ等の少女のもつてゐる詩的教養をより高めることに努力すべきである。然しそれは理想論だ。特に兄のやうに多くのフアンにかこまれてゐる人の場合に於ては知らず識らずの間に少女の好みの中に自らを引張りこまれるといふやうなことは極めて有りがちのことである。（中略）
私の聞きたいことの第六は大学教授西條八十氏と「ね、ね、愛して頂戴よ」「私この頃変なのよ」との作家であることとの間に、果して何の矛盾も感じられないかどうかといふことである。（中略）
それから聞きたい今一つの問題は博士問題である。（中略）一人の文学博士ももたないわが詩壇に、西條博士の出現は勿論慶賀すべきことであり、友人の一人として期待すること言ふ迄もないが、どういふ研究に於て博士になられるのか一寸伺いたいやうな気がする。
しかしそんなことは返事も出来ない性質のことだが、それよりも是非伺いたいのは、博士になつても、なほ流行歌をつくられるかどうかである。それとも永遠に博士にはなられないつもりであるかどうか。
西條兄
日本の詩壇ははじめにも一言したやうに新らしい気運に際会してゐる。ほんとうに稟質にめぐまれた詩人が、今や痛切に要求されてゐる。兄の中のあの『砂金』の詩人は今もなほ健在であらうか。

　私は兄が再びあの『砂金』時代の真剣なる詩人に還られることをこゝろからのぞんでゐるものだが、兄にその気があるかどうか、何よりも私はそれが聞きたい。

　兄の健在を祝して昔のまゝの惇夫はこゝにペンを擱く。」

で、終わっている。です、ます調で始まった父の公開状は次第に昂りをみせ、強い語調に変わっている。


　つぎに西條八十の回答文「私の信条を」はどうかといえば、

「私への公開状を拝読しました。御鄭重なゆき届いた御文面で恐縮しました。（中略）

　さて、第一に輓近僕の所謂藝術的な詩作が少いといふ御批難に答へます。

　僕としては、『砂金』以来、同じテンポで詩作を続けてゐるつもりです。

『砂金』一巻は、あの頃の八ケ年の僕の労作を集めたものでした。その後、約十五年間に、僕は『見知らぬ愛人』『美しき喪失』の二巻の詩集をあらはし、なほ現在裕に二冊の集を編むだけの詩稿をもつてゐます。僕としてのその方面の活動能力は、まずこの位のものでせう。（中略）

　嘗て僕は或る席で、今年一年で僕に純粋な詩を頼みに来た雑誌は『改造』だけで、その稿料十五円が今年の詩作の全収入だ、と語つたことがありますが、御承知のとほり、『中央公論』『改造』のやうな一流雑誌が、詩を単なる装飾か埋草ぐらゐに扱つてゐる現在ではこれはどうにもしやうがありません。まさか白面の文学青年のやうに今更詩の持込みなんて真似は出来ませんからな。

　仰有るやうな『民衆詩派的な低雑な詩風への反感』から僕が詩を止めて流行歌へ走つたなどといふことは毛頭ありません。僕は最初から彼等を問題にせず、口喧嘩さへしたことがありません。

　幾分の引緊り、弛みはありませうが、僕は僕で一つの定つた信条の下に歩いてゆきます。その点、乍憚（はばかりながら）御安心下さい。

　第二の御質問の、流行歌に対する僕の態度ですが、これにはいろ〳〵な理窟もつきませうが、根本に於て創作家が大衆小説を書く場合と同じでせう。環境からして、何の顧慮もなく純粋な創作に没頭し得る人の幸福は云ふまでもありません。自分の芸術の完成の為には家族の全部を餓死せしめても悔いないといふ個人的量見の人は別として、それ以外の作家は大なり小なり通俗と妥協します。僕の流行歌もその妥協の一つでせう。（中略）

　実際のことを云ふと、僕は他の点ではともかく、文筆を取つては妥協したくなかつた。

　それ故に御承知のとほり『砂金』を書いた頃の僕は英書専門出版の本屋であり、その後、株屋の見習ともなり、天ぷら屋の主人ともなつた。だが、結局それ等は失敗で、現在の仕事が、より僅少な時間で、より好く生活を安定せしめるとい

ふ点でここに落ついたのです。（中略）

仰有るやうに、僕在るがために、余の詩人達が甘んじて流行歌を書くといふことが事実とすれば、それは考へやうによつて、僕の責任でもあり、恩恵でもあるでせう。何故といふのに、流行歌を書くことによつて詩魂を失ふやうな人間は、元々詩人ではないのだし、又、流行歌を書くことが貧しい詩人達の衣食を安定する一つの道を拓いたとすれば、それで好いのではないでせうか。

ただ、あなたの御意見の「大衆詩を通して大衆により高き詩的教養を与へること」が詩人の目的だといふのは、僕は夢想だと思ひます。高き詩的教養を与へるやうな唄はすでに流行歌でなく、さうした唄には大衆は永遠について来ないでせう。（中略）

なほ、流行歌の将来に対してのお尋ねですが、僕は流行歌と殉死しやうとは思つてゐませんから、流行歌が売れなくなれば多分書かないだけのことでせう。

その次のモダーニズム云々といふ御質問の意味は、やや茫漠として捉へにくい。（中略）

その次の少女フアンの問題ですが、僕のものする詩の中には本然的に若い女の胸に共鳴するものがあるやうです。これは僕ばかりでなく、ゲーテに於ても、ハイネに於てもさうでせう。さうした詩が彼等に歓迎されるのは、勿論僕としても楽しいです。また、時に、童謡の一種として甘いお菓子のやうな詩を、特に彼等の為に書きます。だが、それがために僕の本質が傷けられた記憶は嘗て一度も持ちません。一体、僕は自分から溢れ出るものはどん〳〵溢れ出させずにはゐられないたちです。

次は、大学の教師としての僕と、流行歌作者としての僕との間に矛盾を感じはしないか、といふ御質問ですが、これは何もさう狭く考へることはないでせう。僕は教室で流行歌の講義はしませんからな。僕一個としては、一面詩人であつて、一面外国詩の熱心な学究である僕の教室での仕事は甚だ愉快であり、同時に有意義であると考へてゐます。ここにこそあなたの仰有る崇き詩歌への啓蒙の途がある。この仕事にまで通俗を引き入れるなら僕の詩人生活は死に等しい。それに、あなたは現在の大学をどういふ風に解釈されてゐるか知れないが、今の文科大学はアカデミズムとジャーナリズムの併立を目睹（めざ）して進んで行くもので、さう野暮で窮屈なものではありません。

最後の博士問題ですが、今のところ僕は博士にならうなどと考へたことはありません。だが、学校でやつてゐる中世から現代にわたる仏蘭西詩の研究が、自分で満足するほど完成してそれまで寿命があつて、他の人達が博士にしてくれたら博士にでも何にでもなりませう。だが、世の中の事情が、やはり今のやうに詩人に辛かつたら、僕は博士号をふり廻して序文を書いて金を貰つたり、教科書をこしらへたり、講義の掛持に飛び廻つたりするよりは、やはり流行歌を書くでせう。小唄博士なんてちよいといいぢやないですか。

さて、書き終つたこの返事を読むと、あなたの礼を尽した御質問に対して、この文はやや謹厳さを欠いてゐるやうです。だが、古い友達甲斐に大目に見て本音だけ買つて下さい。

僕は、芸術家の一生は、短距離競走ではなくて、マラソン競走だと思つてゐます。『砂金』は丁度そのスタートをきつたところで、あの時分は服装も整然としてゐたのです。今は、コースの半ばできつと襟がはだけたり、ズボンのお尻が破けたりしてゐて、それが同じランナーのあなたの気になるのでせう。だが、僕は落伍しないで必ずゴールまで走りきります。その点、御安心下さい。」

という実に余裕たっぷりのユーモアさえまじえた反応である。

長い長い引用になってしまったが、二人の抒情詩人の性格の差、資質の差が明確に表われていて、興味が尽きなかった。父の直情はなおも稚い側面をさらけ出しているし、少し年上の詩人の華やかな仕事振りに対しての違和感、感情的な反発が生々しくぶつけられている。繊細優美な象徴性を持つ詩集『砂金』の作者を敬慕するあまり、詩人の横道にそれた仕事が容認できずにむきになって論難しようとする稚気が見える。父の真意は理解できるけれど、このような直球は躱わされ易いのだ。

ストレートな感情を吐露する父の公開状への西條八十の回答は、終始、怜悧で明徹である。理性で制御された回答の言葉は、また西條八十の創作家としての心情を語りきってもいる。均衡のとれたロマンティストの内面を描ききっている。この往復書簡は、同じくロマンティストでありながら別々の道を辿る二人の詩人の差異を炙り出しているように思われる。

都会的なエレガンシーにつつまれた西條八十の強い自己批判、奥深くにあるニヒリズムを、この短い手紙のうちに私は解するのである。同時に、二人の詩人の自負心、詩に対する愛情を感じずにはいられない。

父に相当やんちゃな難癖をつけられた西條八十であったが、父への友情はとぎれずに保たれていたことが後年判明する。

父、母、兄新彦、それに赤ん坊の姉康栄に女中さんも加わり、大木家は家庭の形を整えてきた。悲しみは父の性格の特質でもあったが、それはほとんど澄みきって鎮まり返った父の特性となりつつあった。

ところで、詩壇を眺めると、昭和九年六月には萩原朔太郎が『氷島』を、十二月には中原中也が『山羊の歌』を発表していた。十年五月には小熊秀雄が『小熊秀雄詩集』を、十二月には中野重治が発禁とされていた『中野重治詩集』をナウカより発表することになる。

時代の変化に過敏になり、父が定型純粋詩への傾倒をますます露わにしていたそんな時期、「若草」（昭和十年二月号）のコラム「私の頁」に、父は「作家の立場」というエッセイを載せている。先の『詩の作法講義』の「小序」においても、「西條兄に悪意なき意見」においても、意識的に韻律にふれているが、ここ近年の父の詩論と考えてよさそうな内容である。

昭和10年頃、詩人懇話会における記念写真。前列向かって左から北原白秋、河井酔茗、野口米次郎、佐藤春夫、前田鉄之助。後列左から福士幸次郎、大木惇夫、西條八十、春山行夫、堀口大學、佐藤惣之助。

「（前略）僕が今多くの場合、韻律的傾向を強調した詩を書き、意識的に音韻律の構成を持つた定形詩をさへ書いてゐるのも、さうした試みの小さな小さな一つに過ぎない。僕は昔から韻律を離れては一片の詩の発想さへも出来ない人間で、今までは必ずしも定形詩のみを書かなかつたが、しかし、定形的本質を尊重し、自由詩形をとつた如何なる場合でも、韻律意識を失つたことはない。詩を韻律をもつて書かうとするのは、よしんばそれが古からうとも、古いとそこいらから非難されようとも、それは僕の本能だから致し方がない。（後略）」

「詩を韻律をもつて書かうとするのは、僕の本能だから」とまで言いきるところに、父の資質が露呈している。詩について懊悩し、考え抜いている詩人としての誠実が見られる。

私生活では、この年の五月、五歳二か月の長男新彦と生後十か月になる長女康栄をつれ、父母は広島方面を旅している。その旅のめずらしい写真が残されていた。なぜ私が写真を注視したかといえば、八つ切り写真に父のサインがあり、裏面に同じく父の字で、「昭和十年五月三日　宮島にて之を撮す、向つて右より惇夫　堯夫（たかお）（新彦）　康栄　梨英子　節夫（父の甥）　その子（園子、父の下の妹）」と書かれているからだ。背景には厳島神社の鳥居が霞み、水辺に石灯籠が二つ並び、灯籠の前方に一匹の鹿の姿がある。大きな松の木の前にレインコートを着た父が、父に寄りかかるように立つ水兵服姿の兄の肩に両手をかけ、次に縦縞の着物を着た母が、ベビーケープにつつまれた姉を抱いて腰かけ、三歳くらいの節夫を前に豊麗な園子叔母が微笑んでいる。若々しい父の颯爽とした立ち姿、母の幸せそうな表情が印象的である。

この旅は父にとって、いわば新しい家族を故郷の親戚にお披露目するための、大がかりな旅だったのだろう。表に父のサイン、裏に父の但し書きのある写真は、帰京後、親類縁者に送ったものの一枚が家に残っていたのだと思われる。ひとり旅がつねの父が、乳飲み子を抱えての長旅を決行したのは、広島の親族に妻や子どもを認知させる目的があったからではないだろうか。私はこの世にまだ存在していないけれど、わが家の幸福な光景を切り取ったようなこの写真を眺めるのはいつも楽しい。父もようやくありきたりの家庭を築こうと決意していたのに相違ない。

この旅行はまた、父が親族のさまざまな将来のありかたを考えたうえでの、故里との別れの儀式であったふしもある。弟強二の事業が軌道にのり、妹たちが堅実な家庭生活を送っている今、そして、生け花の道をすすもうとしている末弟佳雄も上京を希望しているとあって、両親のみを広島に置いておくのは、長男の父には看過できない状態になっていた。強二と相談のすえ、蒲田の新築した家に両親を迎えてもよいとの承諾をうけていた父は、広島のほかに住んだことのない両親を説得する目的もあったのではないだろうか。心配をかけ通した自分もこのような家族を得て、落ち着いた家庭を築こうとしている。安心して自分たちのいる東京に来てもらえる時期になっている、と両親を言いふくめる心積りがあったのではないだろうか。

とはいえ、父の広島への愛着は強く、この地で送った青春への恋着はさらに強かったから、広島の小さな根城を失うことになる両親の転地については、深い傷みを免れられなかったろう。どう考えるにせよ、故郷に両親があるという思いは、父の心のかすかな灯には違いなかった。

父は一年後、雑誌「雄弁」（昭和十一年六月号）に広島への愛憎をこううたうのである。

この市（まち）やわれを追ひけり、
そのかみにわれを追ひけど
二つなきこれやふるさと、
かりそめに今日（けふ）帰り来て
三篠川（みささがは）ひたに下（くだ）れば、
あかあかと夕陽（ゆふひ）さすにも
わが旅の愁ひ新たに
落ち舟は留（と）むるすべなし、
水清く岸をひたして
柳絮（やなぎわた）しきりに飛ぶを、
舟子（かこ）はただ煙草ふかして
こころなく揖（かぢ）をとるのみ、

こころなく揖(かぢ)をとるのみ。

この市(まち)やわれを追ひけり、
そのかみにわれを追ひけど
父母(ちちはは)のこれやふるさと、
わが舟子(かこ)よ、流るるままに
舟をやれ、江波(えば)の入り江に、
白魚の夢はいかにや
青海苔の香(か)にも咽ぶや、
牡蠣(かき)生(あ)るる磯辺の宿に
一夜(ひとよ)泊(ね)て、灯(とも)しのかげに
なつかしき音戸(おんど)の瀬戸の
潮鳴りを飽かず聴かむと
ひたぶるに落ちてゆくぞも、
ひたぶるに落ちてゆくぞも。

註　「落ち舟」はわが郷土広島にては、川上より市街に下る軽舟を一般に呼んでかく言ふなり。

（「流離抄」）

この「流離抄」も第六詩集『冬刻詩集』に収められている。

父はまた「若草」昭和十年六月号に関西ルポルタージュ「情調の大阪を少し」を書いているから、家族旅行に先立ち、ひとり、大阪を歩いて来たのだったろう。大阪ルポは、修学旅行以来二十三年ぶりの大阪とあって、道頓堀の夜景を懐かしく眺め、心を浮き立たせている。父らしく、オスカー・ワイルドの“Where there is sorrow, there is holy ground”「悲しみのあるところ、そこにこそ聖地あり」を口ずさみながらではあるけれど。

親類縁者に家族を紹介する旅を済ませ、九月、父は母梨英子を入籍する。一年二か月前に誕生した姉康栄も籍に入れられた。同時に兄新彦との養子縁組みの手続きも終えている。「待たせすぎてしまったね。いろいろなしがらみがあるものだ」と、父はやさしく母に詫びた。

秋も深まる頃には、両親を蒲田の弟強二の家に引き取らせた。最後まで両親と生活していた末弟佳雄もそれに先立って上京し、強二の家の中二階に暮らした。手先の器用な佳雄叔父は祖父徳八の手ほどきをうけて生け花の修業をしていたのだが、新進の人形作家としても注目され始めていた。養子に出ていた三男隆三については、父が彼の消息をいつも気にかけていた形跡が手帳やメモ帳に残されている。「別府市桜町野瀬方　大木隆三」が「別府市永石通り野瀬隆三」に変わっていく事態を、辛く受けとめていたのではなかったろうか。その隆三をのぞく男兄弟がみな東京に集まったことになる。父は両親が同じ東京に暮らしていると思うと、胸につかえていた心配もひとまず解消される気がしたのではなかったろうか。

仕事漬けの年月を送り、慶子の療養費で嵩んだ借金を返済してきた父であったが、流行歌「国境の町」のヒットは幸い

であった。途切れなくレコードの印税が入り、昭和十年末にはようやく借金は完済となった。なお、父は満州にも何処にも、これまで海外に出たことはなかった。「国境の町」は地図と写真を見ながら想像力だけで作った歌である。

この辺で昭和十年の文学上の動きを見てみると、六月、北原白秋を中心とする「多磨短歌会」が結成され、九月、文藝春秋社が芥川龍之介賞と直木三十五賞を創設、第一回芥川賞を石川達三（『蒼氓』）、直木賞を川口松太郎（『鶴八鶴次郎』）が受賞している。

十一月には、日本ペンクラブが設立される。初代会長は島崎藤村であった。

また、文学雑誌も創刊のラッシュといえそうな活況である。三月、「日本浪漫派」（保田與重郎、亀井勝一郎、檀一雄ら）、五月、「歴程」（草野心平ら）、六月、「多磨」（北原白秋主宰）、十月、「木靴」（外村繁、尾崎一雄ら）。そして同じく十月に、父と中野秀人による「エクリバン」がスタートする。

翌昭和十一年の新春になると、過去の傷は大分うすめられ、目白の家には明るい陽が射していた。比喩としてだけでなく、実際に目白の家は陽当りのよい、風通しのよい、澄んだ空気を感じさせる住居であった。父と母の関係も十分に密接であり、父は新しい詩を書くたびに母に読んで聞かせ、母の反応を楽しみにしていた。

だが、家の外は平穏とはいえなかった。二月に「二・二六」事件が起き、七月にはスペイン内戦が始まり、その後、わが国では大陸・南方進出を決定する「国策の基準」が定められた。そのように世は不穏な時代に移行していた。不安な空気はまだ直接父には届いていないものの、父自身も「国境の町」での「ロシアの星」→「他国の星」への変更要請、あるいは「西條兄に悪意なき意見」のなかに見られる「けれども日と共に、月と共に、民族的気分国家主義的空気は濃厚になり、モダーニズムは一つの頽廃として見られようとして来てゐる」という指摘に漠とした父の不安感を読むことは出来るだろう。父自身はまだ身に迫る不安とは理解していない大きな流れがゆるやかに動き出していた。

父はよく執筆に疲れると、二階のベランダの椅子に腰かけ、庭で遊ぶ幼稚園児の新彦を愛しそうに眺めていたそうだ。兄は六歳になっていた。

一見なだらかに過ぎかけていた生活に思いがけない波が押し寄せてくる。上京して半年あまり、六月二十五日の祖父徳八の死である。享年六十五歳であった。息子たちのいる東京といっても、広島の地を離れ知り合いひとりいない環境での祖父母の生活は、意にみたない、心細いものであったかもしれない。季節はずれの風邪をこじらせての、あっけない最期だった。孝行をせぬままでの父親の死を、父はひどく悲しんだ。葬儀は蒲田の家で粛々と執り行なわれた。残された母親を気遣い、父は強二の家の前にたまたま空いていた借家に末弟佳雄と暮らすようにさせた。日本間が一間（ひとま）あるといっても、強二の妻春子に四分の一アメリカ人の血が混じっていることから、強二一家の生活は万事西洋風だった。広島の一郭しか知らない祖父母には何かと気づまりな空気ではあったろう。

父親を悼み、すっかり気落ちする父であった。納骨は慶子や光彦が眠る東京の安養院ではなく、広島の父祖累代の墓である。

打撃はそれにとどまらなかった。祖父の死から二日後の六月二十七日、雑誌「赤い鳥」を主宰した鈴木三重吉が他界する。北原白秋を介して親交を得ていた父は、どれだけ「赤い鳥」に童話や童謡を書く機会を与えられたかしれない。

十月、「赤い鳥」の「鈴木三重吉追悼号」に、父は心からの哀悼の詩を書いている。

赤き鳥
いづこへゆくや、
あえかなる
かげはおちたり。

ひたぶるにおもひたへしか、
時ありて、まゆねひそめて
濁世をあざみましにし
火のごときいきどほりはも。

秋づく夜、雨にしのべば
稜々（りょうりょう）の気骨は鳴りて
いまやはた、あまかけりゆく
すさまじき雷（らい）にかよはむ。

さあれ、また、なごみたまへば
ふるさとの潮さすほとり
うまざけは、墓のしたにも
うちきょうじ、笑（え）み乾（ほ）しまさむ。

おもかげよ、生けることばよ、
まみえしはけふのごときに
小鳥の巣むなしうなりて
うつつにはあふすべもなし。

いとたかきいさをよ、わざよ
くさぐさのおもひ出ありて
なつかしきちちともおもへ、
世の子らとなげきせちなり。

赤き鳥
いづこへゆくや、
あえかなる
かげはおちたり。

（「秋雨哀悼歌――雷鳴の夜、鈴木三重吉氏のみたまに捧ぐ。」）

そのような少し沈みがちのわが家に誕生したのが私である。昭和十一年十一月五日。自宅で産婆さんの手によって生まれたのは私が初めてなので、父は「この子は正真正銘うちの子だ」と、喜んだという。かつて翻訳したジョバンニ・パピニの『基督の生涯』におけるマリアを思い浮かべて、父は私に毬栄（まりえ）と命名している。

私はここで、ようやく父と出会うのである。元気のよい赤ん坊の出現により、いっぺんに家中が明るく賑やかになった。

戸籍上は十一月五日生まれだが、母は「あなたは明治節の十一月三日に生まれた」と言い張るのだ。役所で三を五と誤記されたというのだった。それで、私も生年月日を昭和十一年十一月三日、と書いてみることがあったけれど、公的書類はすべて刎ねられてしまう。戸籍が五日であるためだった。煩雑なので二十代以後は五日にしてしまっている。いや、煩雑なのは事実だけれど、本当は大好きな映画女優ヴィヴィアン・リーが十一月五日生まれであるのを、彼女の伝記によって知ったからであった。戸籍が五日と主張し、母の記憶とわずか二日の違いであるならば、私はヴィヴィアン・リーと同じ誕生日に甘んじよう！　というわけで、私は十一月五日生まれになったのである。

両親の仲が精神的に最も安定している状態で生まれた子にしては、私はかなりの問題児であったらしい。私があまりに手のかかる、強情な赤ん坊だったので、私を委された女中さんは手こずり、手をやき、腹を立て、なんと六か月にもみたない乳児にスプーン一杯の塩を嘗めさせるという事件が起きた。火のついたような泣き声を母が聞きつけ、飛んで行って塩を吐かせなかったならば、私はどうなっていたか分からない。両親はその女中に暇を出し、代りにとよさんがやって来た。とよに抱かれた私の写真が残っているが、顔中で笑っている機嫌のよさだ。私はとよに懐き、とよも私を伸びやかに愛してくれた。ころころと太ったとよは、働き者で辛抱強く、目白の家になくてはならない人になってゆく。

私の疳の虫は、姉が虚弱で年中通院や入院をしていたから、母が姉に付きっきりで看病しなければならなかったせいだろうか。母の代りにとよや時には母方の祖母が世話をしてくれたというが、姉に母を独占されている寂しさが、赤ん坊の私を荒れさせたのかもしれなかった。私は神経質でもあるし、また、手のつけられない利かない赤ちゃんだったと父が言っていた。しかし、父は困った赤ん坊の娘を可愛いがり、いつも御機嫌をとって散歩につれて行った。父のしなやかな手に抱っこされると、私はぴたっと泣きやみ、おとなしい赤ちゃんに変貌したというのだ。問題児の私がいるために、父は父親らしく家庭に目を向けてくれるので助かった、とその時は父のことがもう相当嫌いになっていた高校生の私に母が言った日もあった。

私が生まれた時の父は四十一歳。生涯のちょうど半ばに来ていたのであった。少し前に、歌謡集『国境の町』（学芸社）が出版されていた。流行歌の作詞家としても、「国境の町」のヒット以来、一般に知られるようになった。詩作はむろん盛んに続けられていた。

悲しみは去来する雲
夏山の雪に翳れど、
朴(ほほ)の葉の緑明るく
わがために酒杯(さかづき)はあり、
閑古鳥　寂(じやく)たりや。
踏み破る二千百尺、
山原の草に坐れば
湖の碧(へき)は静かに
白樺の影を蘸(ひた)せり、
世路の難(なん)いづこぞや。

眼底に涙たまりて
何の意ぞ、光を掬ひ
おろかしく指に点じつ、
悲しみは驟雨(ゆふだち)のごと
わが胸を過ぎ行けり。
（「去来」）

昭和12年春、筆者毬栄を抱く父・大木惇夫。
目白の家の前庭で。

昭和十二年はますます剣呑な年となっていた。七月、盧溝橋において日中両軍が衝突する。日中戦争の発端である。九月、中国では第二次国共合作成立。十一月、日独伊防共協定成立。十二月には、日本軍が南京を占領、大虐殺事件が起きる。

内閣情報部が「愛国行進曲」を募集するなど、文化面でも軍国色が強調された。

自分の内面に潜んで耳を閉ざしていたいような父であっても、時代は徐々に抒情詩人を巨大なうねりのなかに取り囲みつつあった。国家の危機的空気に抵抗できない弱さも父のものであった。昭和十二年秋に発行された日本放送協会の『放送軍歌』に、多くの詩人に連なり、父も「盧溝橋」を作詞している。しかし、純粋詩に戻れば、父はひたすら孤高の詩境に没入するのである。

　昭和十二年も後半になると、父は第六詩集にあたる『冬刻詩集』の作業にかかっていた。出版されるのは翌十三年一月である。すでにこの章で引用してきたいくつかの詩篇とともに、これから記す詩作品などが収録されている。贅をつくした豪華本というので、四年間の作品のなかから、選びに選んだ定型的格調のある五十五篇が採られた。いかなる場合にも、韻律によって詩を書くと告白した父の詩の形を直接目にすることになるだろう。

面伏せて米を磨ぐわが妻の
歎息をよそにして何遊ぶ、
かにかくに生くること尊きに。
面あげて街を行くひとときも
左の手、満月を点ずるに
右の耳、遠雷を起したり。
（「路上感」）

　心の安定を得てみれば、また、かすかに心が揺れ始める。揺れを待っている。危険をのがれては、どこかで危険を望んでいる。「路上感」は父のそんな厄介な気質、悩ましい気質の分裂を示して象徴的な詩である。以下の詩も生あることがすでにいたたまれないというような、繊弱さを放ちながら、読む者に錐のような鋭さで悲しみを穿つ強さを持っている。

しぐれする日にありて
しろじろと　木は光り
にびいろのそらのもと　木は光りつつ
枝の間のかたつむり
ひそやかに　触角をふりおこし
うかがふや　かの雲ゆき
さあれ　また　さかしらに何かせむ
黙々と　木は光り
木は光りつつ。
（「日常の顔」その一）

けさ　すでにうぐひすなきぬ
きさらぎの風さむくして
ひやしんすみどりに芽生え
うらやすき日の中にあり
とぼしかる庭ながらにも
よくあそぶわがをさな児よ

砂ぐるま　砂をこぼして
ほろほろと　汝も日向に

ああ　すでにうぐひすなきぬ
汝が父は待つものあらむ
雪かづく屋根のかなたに
椎の木は徒に立たずも。

（「日常の顔」その二）

悲しみはいつも父の心の奥にたゆたう。愛する者が眼前にあろうと、それは本然と湧きいでる憂愁の気分であるようだ。愛する子どもを眺めていても、私たち子どもを抱きしめ、あるいは、私を抱きしめて歩む時にも、父自身が消しがたい不幸、とらえ難い気鬱にゆるやかに被われていたのだろうか。

縋る木の
あらねば、あはれ、
地に伏して
朝貌の蔓
花をつけたり。

（「朝貌」）

鳳仙花いつしかに種子となり
秋風に弾け落ちこぼれ落ち
開かれしわが書はそのままに
うつろにて白かりき。

（「余白にしるす秋」）

『冬刻詩集』のなかで最も私を惹きつけるのは、第五詩集『カミツレ之花』においては、傷みが劇しすぎて書けずにいた、兄光彦についての詩である。父のこの二篇の詩によって、光彦は幼いまま永遠に生きつづけるのである。

棕梠は淡黄の花つけて
この児は乳の香をつけて
光の朝をたづね来ぬ、
生毛のそよぎいとほしめ、
額に露はかかりたり。

（「出生」）

子を失ひし悲傷のあまりにも深くしてつひに一篇の詩をだに成さず、わづかに手帳にしるしたりしこの数句を見出でて、今更に心月慧光童子を思ふの涙新たなり。

いとしきもののみまかりて
かの雲も
かの星も
われに親しきものとなりけり。

（「心月慧光童子」）

「冬刻む思い」という『冬刻詩集』にうたわれる恋愛詩は、これまでとは異なり、もっと優美にもっと寂しく、もっと抽象化されて表われる。韻律は詩の端正を助けている。

光まぶしく羞らへど
夜(よる)の木の果のゆるるとき、
かなしきかなや、その胎(はら)に
わが月光を孕(はら)みたり。
（「夜の木の果」）

天の河、地(つち)に降(くだ)ると
池の魚、樹にやのぼると、
なが恋の風さだまらず
薄穂(すすきほ)のしじに乱れつ。
（「風」）

青藻草、沙(すな)明らかに
貝の身は痛くやあらむ、
冬潮の寄せ来(く)るところ
さむざむとわが恋ひわたる。
（「冬潮」）

よもすがら雨を聴く、
うれはしきわが影よ、
何なりや、そも生は。
――蒼ざめしこの寝椅子。
乱れたる黒髪よ、
何なりや、そも恋は。
――凋(しぼ)みたるこの薔薇(さうび)、
よもすがら風を聴く。
（「深夜私語」）

詩集の「書後」に記されるのは、現実の詩の世界に流れる風をたっぷり浴びた後での感懐である。そこには、自身の詩の本質に対する認識が直截に表明されている。第六詩集にしてようやく辿り着いた自分の詩の道を心静かに受容している。また、書くことにおいて、あらゆる仕事に手を染めずには生きられなかった境遇に触れつつ、俗にまみれた自身にいささかも悔いを見出していない。

「（前略）本詩集の諸篇は巷塵にまみれつつ、人々に論(あげつら)はれし俗用を便じたる手、その同じ手をもって書きたるものなれば、予にしてもし世俗の悪気流に本質を毒されたらむには、これらの詩作も亦その気品を失ふところこれあらむ。而もこれを敢て世に送るは深く覚悟するところあればなり。

人生の冬にありて、氷の棘のただ中にありて不断に火を燃し続くること、永生願求の火を、真理探求の火を、悩み多く、さびしく、傷ましき生活をしも乗り越ゆる情熱の火を燃し続

くること、予にとりてこれ以上に切実なる芸術行動は亦あらじ。（中略）
遮莫、本集を編むに、処女詩集『風・光・木の葉』を出版せし時のかの新鮮なる喜びを新たにするの思ひあり。予は更に起たむとするなり。」

「書後」は昭和十二年十二月降誕祭の日に書かれ、『冬刻詩集』は翌十三年一月一日、草木屋出版部より刊行される。

冬刻む思いは父の内部にとどまらず、時代もまた、多くの人びとにとって、冬の時期に入ろうとしていた。

16　目白の家と詩人

冬日のなかにうつむく風情の詩が並ぶ第六詩集『冬刻詩集』は、父の嗜好がよく表われた、そして周到に吟味された内容である。「冬刻」の造語で表現した父の心象は、悲しみにつらぬかれ憂鬱のみが漂っているわけではない。気鬱のうちにも微光が見え、何かが動く前の静寂がある。

詩集の「書後」には、『風・光・木の葉』を出版した時以来の「新鮮な喜び」が記されている。父自身の奥に宿る精神の高まりが「予は更に起たむとするなり」との決意を表明させている。詩人としての久しい躍動感が次の第七詩集に向けられている気配が伝わってくる。昭和十三年は『冬刻詩集』とともに始動するのである。

しかし、豪華本の体裁で著す百部限定の詩集に新たな決意を宣言していることに、私はかすかな違和感を覚えたのも確かであった。むろん豪華本に未来への意思を表明して悪いはずはないのだが、何か似つかわしくない気がする。『カミツレ之花』も豪華本であったけれど、これは自費出版によるもので、いわば亡き慶子へのレクイエムの意味もあった。

詩集としての内容は父の決意を示すのにふさわしい上質の詩篇が揃っている。それでもなお、第六詩集を豪華本にした理由は何なのだろう、という疑問は消えないでいた。それに拘わり始めると、気になってなかなか先へはすすめないでいた。

ある日、ふと、父の残した原稿やノート、メモや切り抜きの厖大な山を、もう一度調べなおしてみようと思い立った。触れればはらはらと破れてしまいそうな劣化した小さな古い紙片類を、ひと通りは読んできたつもりであったが、折れ曲り埃と汚れで変色したそれらのなかに、気づかなかったもの、読み損なっているものがあるのではないか、という不安な気持が生まれたのだ。そこで再読を試み、数週間かけて読み漁り、やっぱり何も出てこない、諦めたほうが賢明じゃないかと思いかけていた時、積み上げた資料の塊からぽとりと私の膝に落ちてきた冊子風のものがあった。それは、以前にも見た憶えのある「大木惇夫詩全集」の「内容見本」だった。父の「詩全集」の「内容見本」なら読んでいるし、全集そのものを持っているのだから、と特に注意を払わずに通り過ぎた気もする。だが、あまりにも古びたそれをよくよく見れば、巧藝社とある。私が読んでいる「大木惇夫詩全集」の版元と出版社名が違っているではないか。しかも、表紙に薄れた赤インクの父の筆跡で、「(保存) 現在の詩全集に非ず、出版に至らなかったもの」という但し書きまで記されているのだ。前に目を通した際には気づかないでいたのか、あるいは、父の但し書きのない同じ「内容見本」を読んでいたのかもしれなかった。

動悸を抑えて私は変色した「内容見本」を開き、この危い邂逅を喜ばずにはいられなかった。幻となった「大木惇夫詩全集」の「内容見本」は、私が知りたかったいくつもの事実を教えてくれたのだ。縦二十二センチ横十五センチの小さめな「内容見本」は、十四頁にわたるもので、巻頭に初めての「詩全集」にあたっての父自身の言葉が、まだ若い父の写真と共にある。

「今時私の過去の何巻かの詩集が全集の形で再び日の目を仰ぐことになつたのは何と言つても嬉しい極みである。ともかく二十年の苦難を賭けてあがなひ得たものがこれなのだ。寔に詩業はかたく人生は徒に短い。しかし亦詩の一すぢに縋つてこゝまで来たことを思へばわれよく生きたりと眼頭の熱きを覚える。この道標を立てゝ自分は更に行歩をつゞける。不死鳥は灰の中から翔け上るであらう」

次に、見開きで父の天禀をたたえた熱情的な「大木惇夫詩全集」刊行趣旨が発行者によって識され、時は昭和十二年四月とある。

四頁、五頁には「詩全集」三巻の各巻解説が置かれている。ここに、私は目を吸い寄せられる思いがした。第一巻は『風・光・木の葉』『秋に見る夢』『危険信号』、と順当であるが、問題は第二巻である。

『冬刻集』（新作詩集）『昨日のパステル』（抒情詩集）『カミツレ之花』（抒情詩集）『翼ある火』（新作恋愛小曲集）『国境の町』（歌謡集）となっている。

漠然と感じていた私の謎もここで氷解してゆく思いがある。まず新作の『冬刻集』と『翼ある火』に注目しよう。翌十三年一月の豪華本『冬刻詩集』に収録されている「冬刻集」と「翼ある火」を、それぞれ独立した詩集として「詩全集」に収めようと父は考えていたのだ。これには全集の売り物となる未刊の作品を希望する出版社側の思惑も働いていたはずである。「詩全集」にまず新作『冬刻集』と『翼ある火』を入れ、その上で両方をまとめた草木屋版の豪華本『冬刻詩集』を世に出せばよい、と父は心積りしていたのではなかったろうか。

第三巻は『近代仏蘭西詩集』（訳詩集）『千夜一夜詩集』（訳詩集）『仏蘭西童謡集』（訳詩集）『訳什一束』（雑誌に発表したままのものを集め、『カミツレ之花』からの訳詩篇を加えたもの）。

最終頁にある「大木惇夫詩全集」の「会員募集の規定」によれば、豪華版と普及版とがあり、いずれも全三巻を予約会員のみに頒ち、「定価は一揃それぞれ参拾圓、七圓五十銭」とされている。予約締切は昭和十二年六月三十日。

「赫耀たる大木惇夫全集（ママ）　全三巻　この天才不朽の詩業を見よ」とうたう「詩全集」の企画が、なぜ実現しなかったのかは一切不明である。「出版に至らなかつた」形跡をひそかに赤字で記していた筆跡が、父の万感の思いを留めている。刊行されなかった「大木惇夫詩全集」については、父から聞いた憶えはまったくない。

自分の仕事に関しては、時に目くらましをするような、妙な韜しかたをする父ではあったが、ごちゃまぜにかなりの残留物を置いて行ってしまった。「内容見本」を手に私はそんな思いを味わわされている。

「大木惇夫詩全集」の企画は流れているのに、同じ年、父は巧藝社から『銃後詩謡集』を出版している。同出版社との関係を忖度するよりも、前の章で記した昭和十年一月の「西條兄に悪意なき意見」では「今日はモダーニズムの歌を書き、明日は国粋主義的歌を書く、そこに矛盾がないかどうか」と言って西條八十を難詰した父自身が、二年後にはもう『銃後詩謡集』を出版している事実に私は驚きを隠せない。そのあまりに極端な変化を、感じやすい詩人の本性の顕れといった言葉では説明できないだろう。だが、この問題はもう少し時を待って考えていきたいと思う。

さて、巧藝社版「大木惇夫詩全集」のための「内容見本」は私に多くの示唆を与えてくれたが、なかでも八頁分を割いている「大木惇夫既刊詩集に対する諸名家の批評感想一班」（その当時の新聞・雑誌・書簡より）は、私が永らく探していた行方不明の書簡や新聞・雑誌から抜粋された文章であった。これらの作品はすでに私が述べてきたものについてだけれど、今、手にした批評は文人その人その人の感受のしかたを示していて引き付けられる。そのなかの一部を記してみよう。

★『風・光・木の葉』に就て

高村光太郎（書簡）

立派な詩集をいたゞいて忝く存じます。私のやうな乱暴なものにも、読んで微妙なものの感じられるのがうれしく思はれます。私は此の詩集を珍重します。

佐藤春夫（書簡）

御作は以前より注目いたし居り候ものとて閑居のをりからわけてうれしく拝誦仕り候、幽麗素雅、詩品甚高きを覚え申し候、たゞ白秋兄の言葉にも見ゆるとほり一しほの放胆あらばと愚考いたし候が果して貴兄如何。

三木露風（書簡）

洵に詩品すぐれたるやう思ひました。光の聖処女へと題された御詩は天の尊き元后にその聖寵を求められて居る物と感じました。ダンテの詩の中にも見えます。

★『秋に見る夢』に就て

金子光晴（「読売新聞」）

最近机上にある詩集、大木篤夫君の「秋に見る夢」も、まさしくこの秋のにほひだ。それにはレニエや、モレアスより多く、ヴェルレーンがある。彼もまた、時の悲しみから出発をはじめた芸術家の一人である。

「風・光・木の葉」でみた法悦的境地、いや、寂境といつた方がいいが、その境地はここでは大部、生活的実感の方へ乗出してきたやうである。

どうだんや、木蓮の花に寂び入つてゐる彼の場合、むしろ若い気持が、ここでは吹きあるゝ風のまにまに痛んでゐる。詩人のつきつめた息は、やうやく、普通の呼吸にかへつてきてゐる。しづかで、いつはりなく澄んでゐることに於て、大木君の芸術はすでに大木君のもつ本来の流れのなかに悠容と出発してゐる。大木君全体のひろさと、こまかさがゆきわたつてゐる。さういふ点で彼ほど自分の境地に安らかな詩人は珍しい。

この秋窓に、カンタキュゼーンを憶ひ、大木君を憶ふ。一方は、火で、一方は風にわたる木の葉だ。一方は薔薇色の灰で、一方は青みがかつた白い木の花である、そして共に爽やかな秋の風物の精神である。

赤松月船（「近代風景」）

「秋に見る夢」はこの作者にとつては第二巻の詩集だ。第一巻の「風・光・木の葉」よりすれば、何といふ円熟だらうといひたい。（中略）私はこの作者の東洋的感触を朗かにすぎるとはいふまい、彼には或る種のエキゾチックなものがある。それは是等の詩作にあつては凡て陰影となつてゐるが、それ故に、何となき色どりが深い。

鈴木三重吉（書簡）

清教徒のごとくに端坐して、惜しみ惜しみ少しづつ拝誦、庭前のバセヲの一株と、漲る秋光と、この詩集一冊とあらば、生きてほかに何物も要らないやうな嬉しさです。私の欲して得られざる或物、何か知れねどその或物が粉霧となつてその秋光と共にわれを包むがごとく、静麗な感激なり。短章を拾ひ誦して興尽くることなし。（中略）精進においで君は富めり。われギッツァン生きて四十五、若いとき得意になつてかいた百篇の作も、君のすぐれたる短章一つの価なき心地す。顧みてさびしいと言はんより、かく思はれるほど貴き君の礼讃なり。

日暮れて灯をよぶもウタてし、暗がりでかきつづける。混渾として真実なり。

蒲原有明（書簡）

わたくしは御承知の如く、近来古いことばかりこつこつ詮議して、全く枯淡の生活に入り、物慾を制してをります。それゆゑにまた貴著に示されたる御詩境のみづみづしさを、一層なつかしむものであります。

萩原恭次郎（書簡）

しばらくぶりで詩らしい詩を発見したやうな気がしてゐます。まだこんな清純な自然の匂ひをかぎ出さうと苦心してゐる人がゐるのかと思つて、驚異と共に尊い気がしました。

いろいろの意味で、萩原朔太郎、室生犀星、高村光太郎、千家元麿、及び兄などは私達とは異つた芸術境の支持者でありながら、やはり私には好意のもてる人達であり、立派な詩人であることを知る。

佐藤惣之助（書簡）

いつも君の詩をかうして一度に読むと、ほんたうによい匂ひのする木の葉のやうな感じがします。言葉に下手な詩人が多いのに、君の言葉は人を清めてくれます。やつぱり性質ですね。よいものは匂ひ、響く、一種芬々の憶悱があります。

堀口大學（書簡）

三つに一つ位の割合で、私はあなたの詩集の中に私の好きな詩を発見いたします。澄みきつた日本的なさびのあるほのかな感情が、短刀のやうな息づまらしさを持つた表現で歌はれてゐるときに、殊更に、私はあなたの詩を愛するやうです。

「鼓」を愛します。「愛日」を愛します。「栗の木」を愛します。「青蜜柑」を愛します。「秋に見る夢」を愛します。「谺」を愛します。「沼」を愛します。「をさなかれとも」を愛します。「赤き手の蟹」を愛します。「冬日独居」を愛します。愛します。愛します。愛します。

★『危険信号』に就て

萩原朔太郎（書簡）

今度の詩集は、前の二詩集とは格別の大飛躍にて、思はず感嘆致しました。小生は以前の二詩集をあまり好まず、白秋氏の推薦あるも、小生としては少しく趣味に合はない処がありましたが、今度の御詩集に接して初めて共鳴、感服致しました。

日夏耿之介（書簡）

集中、特に「北風頌」は北原君の雑誌に出た当時ひそかに感服いたし候作品也。只管なる醇真の御精進見て、一山百文の現詩壇に於て特に欣快に不勝候。

山内義雄（書簡）

「危険信号」実に瞠目しました。

僕が詩集を手にしての今までの驚きを記録すれば、外国の詩人でアレクサンドル・ブローク、ジュル・ラフォルグ、日本にあつて白秋の「思ひ出」、千家元麿の「自分は見た」、そして今、久しぶりであなたの「危険信号」です。

世間では随分評判でしたが、「風・光・木の葉」や「秋に見る夢」などに見られるあなたに全幅の推讃を傾け得なかった僕が今この「危険信号」では我を忘れて、思はず声を立てたほどの驚きを経験しました。

大手拓次（書簡）

新しい出発を含むこの黄金の鐘をあけがたの青空につきならすやうな、いんいんとして魂をつきうごかし、涙をたたへた白い大きい手で人類へよびかける言葉、而もこのよびかけの言葉にして日本には斯かる香気に満ちたものはなかつた。大木さん僕はほんとにうれしい。

★『近代仏蘭西詩集』に就て

尾関岩二（大阪毎日新聞）

大木篤夫君の「近代仏蘭西詩集」、はその人を得たといはなければならぬ。大木君の飜訳は、原詩の魂を伝へるために随分努力がはらはれてゐる。

その第一の現はれは格調である。大木君は格調を乱さずして原詩を日本の詩に移さうと努力してゐる。今日まで、これほど苦心して訳されたものは上田敏博士の訳詩があるが、しかし博士の訳も、まれには原詩の意味を伝へるためのみせられたものもあつたやうである。しかし大木君のこの訳詩集は一としてなげやりにせられたものがない点では、上田博士の訳に勝るといつてもいひすぎてゐるとは思はない。

生田春月（書簡）

既に半ば通り拝読、感嘆に堪へぬところ多く、今迄好訳と信じてゐた二三の訳詩集に比して、私は遥かにすぐれた詩韻を感受いたしました。御苦心もさこそと拝察しましたが、また詩人ならではの感も深いものがあります。

★『千夜一夜詩集』に就て

北原白秋（東京朝日新聞）

この「千夜一夜」中の訳詩は近来の佳訳である。私は憚らず推薦する。かほどの細緻と自由と精錬とは凡手の能くすることではない。詩の移植は難業である。各種の飜訳書を観ても、多くは文を主に、詩は従として避け、或ひは単に散文訳の引例にとどめてゐる。勇気ありて技拙きものは徒にたゞ世の嗤ひを招いた。（略）

神秘と幻怪と機巧と坦懐と――東方の感情、風神、叡智、感覚――詩としてのもろもろの玄美と妖悠と新体と、この「千夜一夜」の訳詩の日本詩壇に寄与するところ蓋し想像以上であらう。

吉井勇（東京日日新聞）

「千夜一夜」を読んでみると、東洋的神秘の匂ひの高いことに依つて、先づ芸術的陶酔を覚える。殊に巻中に挿まれた幾多の詩は、奔放なる点に於てオマア・カイアムの「ルバイヤット」に勝り、壮麗なる点では聖書中の「詩篇」を凌ぐものがある。（略）

それにこの訳を担当した大木篤夫君は現今詩壇中、唯一の「詩人らしき詩人」であつて、同君の新鮮なる感覚に触れて、この古典文学中の幾多の詩が、新らしく燃えるやうな情熱を帯びて来たことは、私も読者の一人として、まことに歓喜に堪へない次第である。現在の詩人中、大木篤夫君以外にこの巻中に現はれたる如き、珠玉の名訳をよくするものがないといふことを、私は敢て断言する。

豊かで広やかな批評、讃辞の数々である。何よりもそれぞれの文人の個性あふれる表現に魅了される。初期の四冊の詩集へのこのような言及がすでにあったのだ。

実現せずに終わった「大木惇夫詩全集」の「内容見本」が、父の天稟の才を証明するものとして捨てずに残されていたことに、私は父の強い意思を感じずにはいられなかった。第15章まで書いて来たところで、私は見えない糸に操られるように、おそらく知らずに過ぎただろう汚れた小さな資料を見出したのだったから。

初期作品にひたすら向き合い、自分が読み得た考えを書いてしまった後で、これらの批評に出会えてむしろよかったとも思う。初めにこれらの批評に接していたとしたならば、多くの影響を受け、私は大胆な読みかたは出来ず、とうてい自由には書けなかっただろう。しかも、偉大な文人たちの評価をそれほど逸れていなかったことにひとまず心を落ち着かせたのである。

晩年、心底不遇であったと自ら信じていた父は、初期の『風・光・木の葉』『秋に見る夢』『危険信号』の時代に、私の想像を上回る評価を得ていたのだった。私生活でいかに打ちのめされていようが、詩人としては十分に幸福な体験を持っていたのだった。

『危険信号』で非常な跳躍を見せ、さらに『冬刻詩集』によって再び跳ぼうとしていた父は、何らかの理由で「大木惇夫詩全集」刊行で挫折した傷痕の疼きをバネに、いっそう飛躍しなければならないと心に決めたのだったろうか。「現在の詩全集に非ず、出版に至らなかったもの」と記した父の寂しげな筆蹟を私はしみじみと眺める。この屈折した境地から父はどこへたどり着くのだろう。

多くの場合、詩人は雑誌や新聞、または個人の雑誌（父は詩雑誌「エクリバン」を昭和十年十月に創刊、二年ほどつづいた）などに詩を発表し、それらのなかから選んだ作品をほぼ三、四年おきに詩集を編むものであるが、（父の初期詩集はそれまでに書き溜めた作品が多くあったために、短い間隔で発表されている）『冬刻詩集』のあと、跳躍を期したはずの詩集はどのような形で結実するのだろうか。

北原白秋の知遇を受けてからの父は、肩に背負った生活のためにさまざまな原稿を書いてはいても、つねに中心は詩を書くことにあった。しかし、昭和十三年前後の父の日々は書斎に長時間座っていられないほど諸々の用事で多忙を極めていた。昭和八年頃から映画の主題歌（例えば、松竹キネマの『泣き濡れた春の女よ』監督清水宏、主演大日方伝、岡田嘉子）などの作詞を手がけるようになっていたのだが、歌謡曲「国境の町」のヒットによって広範囲に名前を知られ、作詞の依頼がいっきょに増えていった。昭和十二年五月、ポリドールより発売された阿部武雄作曲の「春の悲歌（エレジー）」も好評を博した。

それと並行して、後のＮＨＫ「みんなのうた」に繋がっていく「国民歌謡――われわれのうた」が国策として企画され、著名な詩人、文化人が起用され、父もそのなかに組み入れられている。島崎藤村の「朝」「椰子の実」も「国民歌謡」で放送された。三木露風、西條八十、竹中郁、佐藤惣之助、岡本一平、高村光太郎、サトウハチロー等の名が見られる。父は昭和十一年四月、「心のふるさと」を作詞している。

その後の父を見るならば、社会性や批判精神の乏しい父は、戦争やナショナリズムに対する嫌悪の気分を抱きながらも、国家の政策にたやすく飲みこまれ、詩人の魂が燃えやすい愛国心という火種を投げられ、徐々に祖国への愛を育てていったものと考えられる。

第一線の詩人に遇され、流行児となった内心の自負を抱えつつ待望の「大木惇夫詩全集」に臨んだ父が、読者の予約を受ける段階で刊行を断念せざるを得なかった要因は、出版社側の事情などではさらさらなく、大きく旋回しようとしていた日本の現状にあったのではないかと推測される。個々の詩集についてはともかく、内面に浸りきり、心に映るものの風景を象徴的にうたう抒情詩の全集が歓迎される時代ではもはやなかったということだ。同じ巧藝社刊の『銃後詩謡集』は

「大木惇夫詩全集」を出すための父流の取り引きであったとも考えられる。妥協の策の本だけが日の目を見た可能性も捨てきれない。何につけ、信じやすい父だから、取り引きの結果は目に見えている。要するに軟弱な抒情詩の全集は好まれない時期にさしかかっていたのだろう。アジア・太平洋戦争に向かって蠕動しつつあった軍部主導の世相に相反する全集と見做されてしまったのではないだろうか。ここにも父の不運を見る思いがする。

しかし、表面上、めざましく時代が変わったわけではなかった。つまり、「国民歌謡」にしても、初めから「隣組」や「南進男児の歌」のような歌が登場したのではなかった。父の「心のふるさと」、藤村の「朝」「椰子の実」とつづいた後、一年半をおいて「海ゆかば」が来るように、じわじわとしか推移の実態はつかまえられなかったのだと思う。

前述したとおり、昭和六年九月の満洲事変、七年一月の上海事変、三月には満洲国の建国があり、昭和十二年七月、盧溝橋での日中両軍の衝突は日中戦争の発端となる。昭和十三年一月、父と面識があった女優岡田嘉子が演出家杉本良吉と樺太国境を越え、ソ連に亡命するという大事件が起き、人びとを驚愕させた。四月には「国家総動員法」が公布され、第四条には「政府ハ戦時ニ際シ国家総動員上必要ナルトキハ勅令ノ定ムル所ニ依リ帝国臣民ヲ徴用シテ総動員業務ニ従事セシムルコトヲ得但シ兵役法ノ適用ヲ妨ゲズ」があり、民間人の徴用の根拠となった。太い線での国家の計画は着々と進行していたのである。だが、動きつつある国家の命運を予感しはしても、日常的にはまだまだ身近な危機感を一般の人びとは自覚していなかったのではないだろうか。

国民の意識操作は小刻みに周到に行われていたろうし、日中戦争の現状を新聞、ラジオが報道していても、大方の人びとは外地での出来事であり切迫した非常事態とは受け取っていなかったのかもしれない。昭和十六年暮までは、人びとの生活は想像よりものどかであったようだ。父や母の記憶でも暮らしを乱される変化は目立ってはいなかったらしい。

しかし、日中戦争下、徐々にではあっても、人びとの暮らしに影響が現われないほうがおかしい。時はいくらかずれるが、父自身も雑誌「處女の友」の昭和十五年四月号において、次の記述をしている。

「私たちもこの一冬は乏しい火を嘆じて来た。燃料の不足にはかなり深刻に悩まされつゞけてゐる。しかし、氷雨の夜を過ごすには一片の炭さへない人々があるといふのに、一方売惜しみをする者、買ひ溜めをする者の少くないと聞いては憤慨せずにはゐられない。」（随想「火」）

生活面では聡い人たちとはいえない父母は、感情の領域のほかは過ぎ去れば忘れてしまう傾向があったが、そのなかで父はめずらしい生活的な一文を残している。

「大木惇夫詩全集」は実現しなかったけれど、父の毎日はかつてないほど華やかな仕事に彩られていた。寂しがり屋の父はもともと人恋しい人間であったから、レコード会社での新作の録音や映画の撮影現場に立ち会ったりという外出が嫌いではなかった。録音風景や新人女優の審査会場でのスナップ写真も残されている。仕事が済めば関係者につれられ、夜の繁華街に向かうのが慣習になっていたようだ。

母は三人の子どもの世話に追われ、留守がちな父を気を揉んで待っていた。当時は家庭の電話は普及していなかったので、不意に現われる来客の応対に神経を使っていた。いや、それ以上に創作時間の少なくなる父を心配していたのだ。父の詩を愛していた母は、初対面の日から真剣に父の詩と向き合ってきた。父の母への愛情や信頼もそこにあったのだが、母は正直な性格の人で、ご機嫌とりにただ褒め上げる真似は出来なかった。褒められるのに本心弱かった父にとっては、手強い相手であり、読み手であったろう。慶子をうたった詩であっても、その詩がよい詩であれば涙ぐんで感動する母に、父は心を動かされるのだが、時には褒めないどころか批判さえする母を重たく感じる日もあったようだ。甘やかされ、あやされ、守られるという形が大好きな父は、たえず自分のすべてを無条件に受け入れてくれる存在を求めていたのかもしれない。夫に理想的な詩人の像を求める母に抵抗し、深酒に溺れる夜が多くなっていたようなのだ。

いったん酔えば気持が豪放になる父は、まわりの誰彼をも見境なく誘い、酒場のはしごをする。時間の観念を失くした酔いどれの父が夜中に帰宅すると、家中が大騒ぎになるのが慣わしであった。一日の仕事に疲れ、子どもに添い寝している母を起こし、鮨折や菓子函を押しつけ、子どもたちを起こせと言ってきかない。母が「何時だと思っていらっしゃるの？　子どもが可哀そうです」と反対しても構わず、小学生の兄や四、五歳の姉、まだ赤ん坊の私までを起こすのだった。

私は三歳ごろからの出来事はかなり憶えている。夜中の鬼ごっこはとくべつに。酔って赤い顔をした父が寝呆けた子どもを追いまわし、子どもたちはキャーキャー叫んで押し入れに逃げ込んだりした。「タカオ（兄新彦の通称）はどこだ、ヤスエはどこだあ、マーリちゃんはどこに行った？」と、赤鬼の父はくり返した。いたずら盛りの兄は押入れに入っている枕やシーツを赤鬼に投げつけ、驚いた鬼がひるむ際に廊下へ逃げ出して行った。捕まった者は鬼にペロペロ舐められてしまう。いちばん小さかった私が最後には捕まり、顔をペロペロ舐められるのだった。酒臭い父の舌で舐められるのが怖くて私は泣き出し、母が怒って私を奪い返した。「ペロペロ」は酔った父の特技であり、外出先でもいろいろな人を舐めていたらしい。

後年、三浦哲郎さんが私に「お父さんに渋谷の『とん平』で舐められたことがありますよ。その時締めていたグリーンのネクタイをいただきました」と言っていた。

普段は携帯しているアルコール綿で指先をゴシゴシ消毒するくらい神経質な父であるのに、酔いにまかせて気に入った人を舐めるのだから始末に負えなかった。

「夜中に起こされて無理矢理お鮨を食べさせられたら、子どもたち身体をこわしてしまう。もう少し考えてくださらないと困ります」。母は親鳥がヒナをかばうみたいに父に対していたが、眠たくても私は父が楽しそうに遊んでくれる夜の鬼ごっこが好きだった。「ペロペロ」さえなかったら、赤鬼の父はおもしろかった。「曜日と関係なく夜中の鬼ごっこでしょ。翌朝眠くて辛かったなあ」兄は穏やかに当時を述懐する。

長男の兄は何といっても父との思い出を豊富に持っている。飲みに行く日がつづくと、父はいくらか母に遠慮するのか、小学生の兄をつれて出かけるのだそうだ。兄の話では、人形町に行った時、路上をのっしのっしと力士が歩いていたのを記憶しているという。人形町という地名も珍しいものに聞こえた。兄にはサイダーを頼み、父は機嫌よく飲み、話した。酔うと饒舌になる父はまた、自分が作詞した歌をよくうたった。いつの間にか眠ってしまい、目が覚めれば、兄は家の布団のなかにいたという。

子ども時代の兄について父がよく話していたのは、ある時、ふたりで銀ブラをしていると、向こうからサトウハチローが歩いてきた。父たちはやあやあと肩をたたきあい、父は「サトウハチローさんだよ。ご挨拶しなさい」と兄をうながした。兄はポケットに手をつっこんだままそり返って相手をしげしげと眺めて言ったという。「なあんだおとななのか」。「少年倶楽部」などの雑誌でいつも読んでいたサトウハチローだったけれど、片カナの名前なので子どもだと思い込んでいたようだ。「おじさんはでっかいけど、心は子どもなの」と、サトウハチローは困って答えた。兄が七、八歳の頃である。

豊島区目白町は田端や馬込村にならって「目白文化村」ともいわれていた。私の家の通りに平行している一つ裏通りに秋田雨雀や映画監督の内田吐夢が住んでいた。少し離れたところには山手樹一郎の邸宅もあったし、サンカ（山窩）研究家であり作家の三角寛の家もあったという。歌手の霧立のぼるも駅近くに住んでいた。内田吐夢一家とは特に懇意にしていたので、父は兄より少し年上の一作君や弟の優作君を兄といっしょに戸山が原につれて行き、凧あげをさせる日もあった。三人は地元の高田第五小学校に通っていたのだった。

名士と見做され多忙な毎日を送る父は、それでも精一杯父親の役割を務めていた感じがする。時代が急旋回しつつあったこの時期、市民はなお普通の生活を享受していたように見える。大木家の平穏は当分の間継続していく。

執筆に疲れた父の日課は散歩であった。夕暮れ時が多かったのだろう。父に抱かれてあたりを眺める私の耳に豆腐屋のラッパの音が聞こえていた。散歩コースは目白駅から落合の方向に坂を下るのと、鬼子母神方面へ歩くのと、学習院の校庭を歩くのがあったらしいが、三、四歳だった私にはわからない。

どのコースであっても、帰りにかならず駅前交番裏から眺めるのは、電車が行き交う眼下の線路だった。木の柵に私をのせ、片腕で私を支えた父は、着物の袖から煙草とライターを取り出し、うまそうに煙を吐き出すのだった。その煙を私が不思議そうに見つめたのを父は憶えていて話してくれた。

手を引かれて歩けるようになると、父はいろいろ私に話しかけた。私はもの悲しい豆腐屋のラッパが聞こえてきても、「おうちに帰りたい」とは言わなかった。行き交う電車を眺めて飽きなかった。「ほら、まーりちゃん、あの電車に乗ったら、強二叔父ちゃんのところにも行けるのですよ」。子どものいない強二叔父は私を可愛いがり、私もどの叔父よりも強二叔父が好きだったから、父はそう言ったのだろう。「まーりちゃんは電車に乗りたいでしょう? 大きくなったら電車に乗ってお父様と遠いところに行きましょうね」

父の汗の匂いと煙草の匂いがまざりあい、父特有のいい匂いになっていた。幼児の記憶のなかに印された説明しにくいその匂いが今も残っている気がする。そのように、私の父についての記憶はどこか抽象的なものであった。父への愛は生身の父親への愛情というよりは、私のなかで作り上げられた抽象性をおびた父への愛情であったと思う。

電車を眺めたあと、時々、父は目白市場に立ち寄り、私の好きなものを買ってくれるのだった。動物の形のガラス容器に入った金平糖、キューピー人形の洋服、紙風船、ハッカ味の砂糖が詰ったパイプ……。

駅前のその目白市場は東京ではめずらしく、二十数年前まで残っていた。形態は変わっていても、目白市場の小さな店々は私にとっての世界一の商店街である。八百屋も魚屋も肉屋もあれば、真赤な珊瑚を売る宝飾店もおもちゃ屋も花屋もあった。

遠い昔、私が四歳の時、恒例の散歩から戻った父は、私がベティさん人形を手に持っているのを発見し、あわてて代金を払いに行ったことがあった。父の気づかない角度で私はベティさんを摑んだのだろう。その日の家中のざわめきを何となく憶えている。母や姉に聞かされたせいかもしれない。

目白市場が再開発される計画を聞き、目白を訪れた私は、ゆっくり市場を歩いてみた。戦前の店々とは異なっていても、どこかしら幼い日の思い出にある市場の面影を残していた。現在は立派な建物になっているが、わが家の幸福な時代につながるものはもう何ひとつない。

ある日、父に抱かれていつもの橋（おそらく千歳橋だろう）のあたりにさしかかると、淡い紫の着物姿がきれいな女の人が父に近づいてきて、にこやかに挨拶した。その人は「これをどうぞ」と言って、私にお饅頭を一つ握らせた。「たいこ饅頭といいますのよ」と言ったアクセントが耳の底に残っている気がしている。「太鼓饅頭なのか太古饅頭なのか」などと後年私は思い返すのだが、手がかりはなかった。それは薄紫色の上品な餡を、これも薄茶色の薄皮で包んだこの上なく美味しいお饅頭であった。幼児の私が味わった異様に美味しいそのお饅頭を、いまもなお忘れ難く思っている。ずいぶん探しもしたが、あの「たいこ饅頭」には出会えないでいる。女の人は父の知人であったのか、それとも単にファンの女性であったのか、偶然遭ってしまったのか、それとも待ち合わせていたのか。それも不明のままだ。しかし、見知らぬ人が差し出したお饅頭を、神経質な父が幼い娘にその場で食べさせるだろうか。あの日の女性はその後いちども私の前に姿を現わさなかった。

家族にも「たいこ饅頭」の話をしたが、だれも興味を示してくれなかった。それが、ずっと後に岩国の錦帯橋を渡っていて、とつぜん「たいこ饅頭」が円形でも楕円形でもなく、上側がこの橋の形をしていたのを思い出した。形は確定したものの、「たいこ饅頭」は私の何かをかき立てる幻のお饅頭になってしまった。父に聞いてみなかったのはなぜだろう。父と女の人の間に醸されていた雰囲気が私にそれをさせなかったのかもしれない。

兄の話では、仕事の幅が増え、収入も増えてきた父は世間でもてはやされ、女性たちにもちやほやされた。母は苛立ち、ひとり過敏になっていたらしい。よい父親である一方で、父は夜の街にくり出し、三日くらい帰って来ないこともある放埒さであった。母と祖母の会話には、たびたび「ヘレン」という名前がひそひそと交わされていた。父に御執心だったらしいその「ヘレン」の名前を私も聞いていた。父の死後、父の家に残された大量の資料を整理している最中に、晩年の父に宛てたヘレンの手紙が出てきた。私はすぐに昔耳にしたことのあるあのヘレンだと思った。封筒裏に「ヘレン」とだけ書いてある手紙の文面は、「ただただお懐かしゅうございます。お元気を祈り上げます」といった優しい慎ましい内容であった。どこの国の人だろう、と思っていた「ヘレン」は日本人で、どこかの店で使っていた源氏名が「ヘレン」だったのではないだろうか。

父の放埒な傾向は母との間に悶着を引き起こし、長男の兄は心を痛め、心配のあまり四年生までトップであった成績が急降下してしまった。クラスメートの嵯峨君がそれを見て、作文に書いたのだという。「人にはわからないことが波のように来る。優秀な人間の成績が急に落ちることがある。」

それでも目白の家の日々はほぼ平常に過ぎていた。

そういう父とは違って、時代により敏感な詩人たちもいた。そのひとり蔵原伸二郎は昭和十四年三月、第一詩集『東洋の満月』によって登場し、東洋の詩塊、美意識をうたい、注目を浴びた。この年の四月、小野十三郎は『大阪』を、七月、三好達治は『艸千里』を、九月、萩原朔太郎は『宿命』を、十二月、村野四郎は『体操詩集』を、神保光太郎は『鳥』を、北園克衛は『火の菫』を出版している。

父自身は昭和十二年八月に刊行された金子光晴の『鮫』や十三年四月に刊行された中原中也の『在りし日の歌』に感銘をうけ、『冬刻詩集』から大きく飛躍しなければならないと自覚する日々を過ごしていた。内部に蓄積された熱い感情をどのように結晶させればよいのかを、苦悶する時期がつづいていたのである。「予は更に起たむとするなり」と記したあの思いを、どうしても結実させたいと狂おしく思っていた痕跡が古いノートに散見される。

そうした苦悶や焦燥を抱えていても、父は父なりによい父親であろうとする努力を怠っていなかった。子どもとの時間を忘れなかったし、月に一度は家族づれで（時には女中さんもいっしょに）銀座へ食事に出かけた。当時の銀座には、銀座名物の街頭写真屋がいて、道行く人の写真を撮っていた。銀ブラする家族のスナップ写真が残っている。行き先は料亭「松㐂」と決まっていた。「松㐂」の廊下の一部はガラス張りになっていて、そこから魚が泳ぐ様子が見られた。足もとを川が流れていた。子どもたちはガラスの床に顔をつけて、魚の群れを追った。うっとりする眺めであった。すき焼で有名な「松㐂」であったが、子どもたちはすき焼の味よりガラス廊下の足もとを泳ぐ魚に魅せられていたのだ。父は最初はアルス社長北原鐵雄につれられて「松㐂」に行き、それ以来、贔屓にしていた。白秋先生も当然「松㐂」に足を運ばれたろう。

たいていは夜更けに円タクに揺られての帰宅となった。私は後部座席の前、中央に取りつけられている補助席が気に入っていて、そこが定席だったけれど、家に帰りつく時分には父の膝で眠っていたという。

昭和十四年七月にはついに「国民徴用令」が公布され、九月、ドイツがポーランドに侵攻をはじめ、第二次世界大戦が勃発する事態であったのに、依然として、銀座は賑わい、目白には平素の風が吹いていた。子どものぼんやりとした記憶だからという訳ではなく、母の目にもそのように映っていたらしい。

兄は四歳年下の五歳になる妹康栄を可愛いがり、遊びにつれ歩いた。八の日は縁日なので鬼子母神社に出かけた。自分のお小遣いで欲しがるものを買ってやる妹思いの兄だった。ところが、ある時、兄が家から十五分ほどの友人宅へ行く途中、見知らぬ男が兄の手を引っぱりいきなり車に押し込もうとした。抵抗する兄の声に気づいた通行人に助けられなかったならば、兄は誘拐されていただろう。「人攫い」という言葉が現実味を持っていた時代である。父は衝撃をうけ、それ以後は家の周辺での遊びしか許さなかった。

派手な日頃の行動が目についても、父が自分の中心に据えていたのはもちろん詩作であった。家庭のよき父親であろうとしたり、そんな自分を裏切ったりする心のうちには、詩作に没頭できない焦りが沈澱していた。思うような詩が書けて、書斎から階下に降りてくる父は、憔悴しきってはいても、母の目には、はっきり見てとれる明るさをまとっていた。茶の間で寛ぐ父は、気が向けば出来たての詩を母に諳んじて聞かせた。母にとっての最高の夫はそういう父であったに違いない。

昭和十三年の『冬刻詩集』は特製大版の豪華本であり、活字も贅沢きわまりなく、つまり、畦地梅太郎氏による黄楊木口彫りの大活字で、形は明朝二号体。印刷は手刷りの本文二度刷り、というものであったから、選りに選った五十五篇の詩しか収録出来なかった。『冬刻詩集』前後の詩篇やその後に書かれた詩篇は当然一冊の詩集に編まれるはずであったが、そういう形ではまとめられていないのである。では、それらの詩はどこへ行ってしまったのだろう？　正式な年譜を持たない父の仕事の分かりづらさは、作品の細部を書いている私の障壁となって現われる。ここで躓きながら作品のまわりをぐるぐるめぐって、ようやく見えてくるものがあるのだった。作品に沿って歩き、ようやく突きとめることが出来た。

　それらは戦後の昭和二十三年に出版された普及版『冬刻詩集』（靖文社）のなかに、「冬刻集」拾遺として十七篇、「翼ある火」拾遺として二十六篇、吸収されているのである。百部限定の『冬刻詩集』を手に入れられなかった読者の要望が強く、前の本からちょうど十年後に新版『冬刻詩集』は出版されている。

「冬刻集」拾遺の詩には抒情のなかにも鎮める魂の嘆きがうたわれている。激しさは影をひそめたものの、やや枯淡な流れに見えるのは、澄んだ感傷の名残りのように受けとれる。ほとんどが昭和十二、三年に書かれたそれらの詩に戦争の気配は見当たらない。依頼されて戦争に関わる作品を書いたとしても、本来の詩作の領域では、詩人の心は自分の内側にのみ向かっている。

夏ながら雪を被きて
山脈のかがよふところ
みづうみは碧をたたへて
白樺の幹だち直に
しづかなる影を蘸せり。
見よ、牛は青草を食み
憂きわれを寂しがらせて
閑古鳥まひるを啼けり、
火のごとも燃えたる額の
しとどなる汗をぬぐはな。
（「湖畔」）

あさすずに、かなかな鳴きて
髪あらふ噴き井のほとり
木芙蓉のはなはさきたり、
こんこんと水はあふれつ。
（「髪」）

真日の盛りの陰ろひに
旅ゆく者のわびしさは
雹のつぶてに傷つきぬ、
虹よ、あえかに射せよかし、

かへりみすれば、わが越えし
幾山河(いくやまかは)は遥かなる。
（「虹」）

おもひに堪へて、見あぐれば
くるめくほどのはるけさよ、
そこひもしれぬあをぞらに
ひかりのうをはおよぎたる。
（「おもひに堪へて」）

南の窓の花こそは
わが愛の日の豪奢(おごり)なれ、
棘(とげ)ある霜の来ぬさきに
玻璃(ガラス)の温室(むろ)をしつらへむ。
（「南窓」）

わが声は風のごと
わが生は水のごと
わが散るは花のごと
わが顔は日に向ふ。
（「唄」）

抑えた感情が行き場を求めている心の様子が感じられて、かすかに息苦しさを覚える。

「翼ある火」拾遺のほうもほぼ同じ雰囲気に領される。恋愛詩抄だけに哀切感はいっそう深いものがあるようだ。

君が瞳は野葡萄か、
君が皓歯(しらは)はカミツレか、
そよぐ髪さへ水楊(かはやぎ)の
風のなよびはあるものを、
想ひを秘めて　かんばせは
ただ新月(しんげつ)の香(か)に匂ふ。
（「讃歌」）

薄荷(はつか)の花か、茴香(うゐきやう)か、
すずろに匂ふそよ風よ、
熱きおもひに得堪(えた)へねば
扇がおこすそよ風は
熱きおもひを掬(く)みとりて
君のかたへになびきゆけ。
（「扇子」）

口にはふふむ蜜ありて
裸形(らぎやう)の踊り渦を捲く、
胸にはあまる火の想ひ
刹那に雪を灼(や)きもせむ。
（「火」）

わが胸は哀傷の家、
青春は喪服をつけぬ、
君が眼を心の窓と
みつむれば何ぞわりなき、
その眸つねに明るく
その笑まひ金のごときを。
（「明眸」）

秋風は、わかれし人か、
烏瓜さびしくゆれぬ、
枯れのこる蔓は吹かれて
朱なるがさびしくゆれぬ。
（「からす瓜」）

夜すがらをなやみ明かして
わかれする霜の朝けは
声もなく、羽搏きもなく
雀さへ凍るとすらし。
（「夜すがらを」）

恋の詩はなお慶子をイメージして書かれているようだ。慶子を守りひたすら愛したと思う一方で、彼女への背信が父を傷つける。「捨身」ともいうべき愛をつらぬいた父にとっての最大の悔恨の根は、自分が手に入れた現実の家庭であり、妻子であった。のぞんで家族を得たのも父自身であったけれど、死なれてみれば、初恋の人は理想のひととなって父のうちに蘇る。それはむろん慶子が亡くなった昭和七年以来、連綿とつづく父の心の隠れ家、現実からの逃避の場所となっていた。

父は自らの雑誌「エクリバン」、昭和十年十月の創刊号に発表した恋愛詩百篇のなかの合計六十六篇を昭和十三年の『冬刻詩集』と昭和二十三年の新版『冬刻詩集』に収録している。「翼ある火」及び「翼ある火」拾遺という形で収めたのだったが、思うところがあって、残りの三十四篇を昭和二十二年に刊行される詩集『風の使者』（酣燈社）に「断章」という括りで編み込んでいる。非常にまぎらわしい収録のしかたである。それゆえに、「断章」三十四篇については、『風の使者』の部分で扱いたいと思う。

しかし、「断章」恋愛篇（その三）の一篇のみは記しておきたい。

みどり児よ、清しき眸に
ただ映せ、かの星をのみ。
さ眺めそ、汝が父の顔、
恋なしそ、汝が父のごと。

父は生涯、子どもに対して畏怖の感情を抱いていたらしい。

成長した私たちに酔いどれの父は「子どもは神聖なものだ」とよく言っていた。赤鬼の「ペロペロ」遊びを思い出すと少し変だけれど、父の私たち子どもへの畏れは伝わってくる。「神聖なもの」というよりは「圧迫する存在」「扱い兼ねるもの」「悔悟」の象徴でもあったのだろうか。その子どもへの祈りはいつでも「罪ある者」「汚れたる者」である自分を罰する悲しみに溢れていて、父のそうした詩に出会う時、私はうろたえ、父に対する不満、嫌悪の気持が揺らぐのである。子どもを決して叱らなかった父、叱れなかった父を持つ子どもの心も複雑なのだ。父の子どもへの密やかな、だが深い愛情にぶつかるたびに、父の愛情の不意打ちを受けるたびに、私は戸惑い、異常に動揺するのだった。

それでいて、父の大量の詩のなかに、私はたえず、子どもをうたった詩を探している自分を発見する。威厳のある揺るぎない父親像を求めながら、同様にたえず戦きを抱えた父の青い心を愛してもいるのである。

みどり児たちはすくすく成長していた。子どもたちへの父の畏れをよそに、目白の家に注がれる日の光につつまれ、父母に愛されての生活は平和なものだった。十歳になっていた兄だけは多忙な父が時に見せる苛立ちに気づいたというけれど、姉と私は至極心安らかに幼児期を送っていた。姉は六歳、秋に私は四歳になっていた。姉は前年、目白駅前の鉄道線路沿いにある目白幼稚園に入園したのだが、病欠が多かったり、ストーブでお弁当をあたためる時の臭いがいやだと言い張って退園してしまった。兄も目白幼稚園に一年ほど通ったが、卒園はしていない。翌十六年に入園した私だけが目白幼稚園を無事卒業することになる。

姉が引きつけを起こしたり、疫痢に罹ったりの病弱な子だったのにくらべ、私はたまに風邪を引くくらいだったが、その風邪で大騒ぎを起こした。枕元の甘い水薬を気に入った私は、だれもいない隙に一瓶を飲み干し、昏睡状態に陥った。医師の処置を受けてからも、なお二十数時間眠りつづけたのだという。

私の人生を振り返ってみても、最も幸せだったのは目白の日々であったと確信できる。家中のみんなに守られている安逸の時間は永遠につづくものと思われた。

しかし、時は刻々と変化を現わしていた。この年、昭和十五年九月には日独伊三国同盟が調印され、十月、大政翼賛会発会式が行なわれる。文化の面では、五月、文藝家協会主催の文芸銃後運動の講演会が始まっている。十一月には岸田國士が大政翼賛会文化部長に就任する。

同年二月、神保光太郎の詩集『鳥』出版記念会での記念写真に残された文人たちの表情は、何か時代の不安な影を反映しているように見える。神保光太郎を囲む人びと、萩原朔太郎、北川冬彦、丸山薫、照井瓔三、亀井勝一郎、永瀬清子、保田與重郎、浅野晃、岩佐東一郎、中谷孝雄、山岸外史、阪本越郎、木山捷平、田中克己、小高根二郎、肥下恒夫、外村繁、木村宙平といった錚々たる顔ぶれのなかに父もいる。

北村透谷賞を受賞した伊東静雄の詩集『夏花』は、同年三月に出版されている。


世の動きにくらい父であっても、もはや時代の圧迫を感じないではいられなかったろう。目白の家にはなお戦争の影は見られなかったようだけれど、父の不安、憂鬱は深まっていった。その気持の乱れから、父と母の間に微妙な感情の差異が生まれようとしていた。

17 「徴用」まで

昭和十六（一九四一）年に入ると、さすがに新聞・ラジオの報道による緊迫感を父母は自覚せずにはいられなかったろう。生活上の変化は著しくはなかったといっても、何か容易ならない空気がこの国を包み込んでいる気配を感じていたと思われる。

実際に文化の面は逼迫していた。二月、総合雑誌に執筆禁止者のリストが提出されていたし、三月には「国民学校令」が公布され、小学校はすべて国民学校に変更された。政治的な予防拘禁も始まっていた。それだけではない。四月、日ソ中立条約が調印され、六月、ドイツがソ連を攻撃、独ソ戦争が始まるのだ。こうした世界情勢に父は対処するすべもなく、現実から逃れようともがいていたのではなかったろうか。

父は子どもたちの目にも留守がちに映った。家にいる時にも始終書斎に籠っていた。「お父様がお仕事していらっしゃるから、静かにね」。母は子どもたちにそう注意するのだが、私がそっと二階に上がって行くのを黙認していたふしもある。私が書斎に滑り込むと、父は微笑んで自由に遊ばせた。たいていは机の前に坐ってペンを走らせていたが、時には北側の窓辺のソファーに腰かけて本を読んでいることもあった。ソファーの上の壁にはベートーヴェンのデスマスクが掛けてあった。「この人はだれ?」と聞いた私に、父は「ベートーヴェンっていう偉い音楽家なのだよ」と答えた。父はクラシック音楽が好きで、レコードボックスにはほとんどクラシックの曲が詰っていた。ベートーヴェンやブラームスを好んでいたようだ。「ベートーヴェンならフルトベングラーがいいね」と兄に言っていた。机の上には文字で埋った原稿用紙が積んであった。後から考えれば、四月に刊行されるジョヴァンニ・パピーニの小説『ゴグの手記』の翻訳原稿であったかもしれない。

私はソファーでピョンピョン跳ねて遊んだ。父は机の傍に置いてある火鉢の炭で煙草の火をつけた。銀色の煙草入れからしなやかに一本を取りだす父の手の白さを憶えている。赤くかがやく炭が父の手を薔薇色に染めていた。私がペンを動かす父の横に座ると、父は書きくずした原稿用紙を裏返しにし、エンピツをのせてくれた。何か書きなさい、というのである。私は父の煙草入れの絵を描いた。煙草入れの立体的な形がどうしても描けないで苦心している私に気がついた父は、すうっと手をのばし、エンピツを持った私の手ごと楽々動かして、本物の煙草入れみたいに仕上げてくれた。「よかったでしょ」。父のまるい目が無言で語っていた。「お父様、オウムのヘンリーを描いて」。調子に乗って私は言った。ヘンリーは蒲田の強二叔父の家にいるオウムで、たいへん利口なうえにおもしろく、私たち兄妹の間の人気者だった。父は新しい紙にまたたく間にヘンリーの横顔を描いた。大きなヘンリーの頭に王冠まで被せた。「ヘンリーはオウムの王様なのね」私がいうと父はヘンリーの歌い方を真似て「酒は涙か溜め息か」を歌った。強二叔父が教えた「酒は涙か溜め息か」を、ヘンリーは太い声で歌うのが得意だった。

喉が乾くと、父は灰色の地に茶色と緑色の横縞が入った陶製のビールジョッキにビールをつぎ、美味しそうに飲んでいた。時々私に舐めさせてくれた。胴が少しくびれた思い出のジョッキは、現在姉の家の食器棚に収っている。

父と母の楽しそうな会話が少なくなったのを、子どもたちは知っていた。それどころか、二人が諍いをする姿を目撃している。

「あなたは落ち着いてお仕事をなさるべきですわ。あなたは外に気をとられていらっしゃるのではなくて?」「家にいても能率が上がらないからね」「あなたのお仕事は能率が目的ではないでしょう?」「そうだけれど、階下が楽しそうだと、ついつい気が散るからね」「そんなこと、今に始まったことではありませんわ。創作が行き詰っているからって、子どもたちのせいにはなさらないでくださいね」

創作が行き詰っている、という言葉に父は顔色を変えた。物書きはたいがいそうなのだろうが、父は批判には極度に打撃をうける人だったからである。当時、妹を身籠っていた母は、父の放埒さに苛立ち、不在がちな父に戦闘的な態度を示していた。優しい性格の父ではあったが、仕事への批判には怒りを抑えられなかったと見える。普段着のままぷいと家を出て行ってしまった。「ああ、もうどこへでもいらしてくださいな」。母はヒステリックな声を玄関を出て行く父の後ろ姿に浴びせた。

前年夏、泊りに来ていた母方の祖母に女中のお牧さんが、こう報告するのを兄が聞いていた。「鍵穴からだれかが覗いていることが、二、三度ありまして、薄気味わるいんです」。「少年倶楽部」に連載される冒険小説や探偵小説を愛読していた兄は、「それはきっと泥棒の下見かスパイだろう」と推理した。

ある日の夕方、兄が玄関脇の自分の部屋で工作をしていると、門の扉が開き、敷石をそろそろ伝ってくる足音を耳にした。家族や来客もあんな歩き方はしない、変だ、と直感した兄はお牧さんの言葉を思い出し、そっと玄関に出てみた。すると、曇りガラスの戸を開ける様子もない人影が、鍵穴から内部を覗いていた。兄は犯人を驚かそうといきなり戸を開けた。「うわっ」という声をあげ、紺色の着物を着て白いバッグを抱えた女が尻餅をついたまま後ずさりし、「だれですか？」と問いかける兄に頭をさげる仕草をして立ち上がるや、門に向かって駆け出して行った。兄も「待てえ」といって追いかけたが、女は通りを駅方向に逃げて行ったという。

母に知られぬようにそっと祖母に打ち明けたお牧さんの心中を察するには、兄は子どもだった。夕御飯の時、兄は得意そうに言った。「ぼくね、さっき怪しいノゾキ女を見たんだ。だれだ！ といったら、あわてて逃げ出したよ」

母はうろたえて言った。「何なのそれは？ 気持が悪いわね。どんな人だったの？」「よくわからないけど、顔が大きくて、身体も大きい女の人だったよ」

母としては父が出かける先に何人かの女性の影を感じることはあっても、自宅にまで覗きに来る人間がいるとは思いもしなかった。ふらっと帰宅する父に平静ではいられなかった。「あなたが遊びまわるのは結構ですけれど、鍵穴から家を覗くような人が現われたんじゃたまりませんわ。どんな方なのか説明していただかなければ」「きっとぼくのファンを名乗ってる者じゃないかと思う。調べてみよう。西條（八十）のところにも、そういうファンの女が訪ねて来るらしいよ」「訪ねて来るのではありません。鍵穴からよその家を覗くなんて、恥知らずな人ですよ。きっと碌な人間ではないでしょ。堯夫（兄新彦の通称）は顔を見たそうですよ。子どもまで巻き込んでよろしいの？」。父は「だれがそんな馬鹿な真似をするんだろう」などと曖昧に呟いて逃れようとするけれど、母は追及をゆるめなかった。「ちゃんと調べてみるから、信じて欲しい」。父はひたすら詫びるしかなかった。

そんないきさつがあってから半年が経っていた。調和を保ったり、爆発したり、仲が良さそうであったり、子どもたちから見て、両親の姿は摑みづらいものであった。

母は稚さを残した感情的な人であったから、すべてを呑み込んでどっしり構えるといった態度は取れなかった。変わりつつある時代への不安や創作上の焦りを、酒や放埒で薄めていた父は、娘時代と同じ真っ直さで自分に対してくる母にたじろぐ思いがあったろう。家庭の安泰には結局のところ浸っていられないのが父であった。

「酒にも、芸術にも、また恋愛にも、溺れて溺れて溺れてこそ意味はあるのだ。溺れつくした後に来るもの、それに打ちあたる覚悟をもつて、人生を体当りで行く。酒と、芸術と、恋愛。どのみち、バッカスとミューズとエロスとは御親戚だらうから、どつちへころんでも大差はない。

神よ僕をしてみこころのまゝにならしめたまへ。」（「エクリバン」昭和十一年二月号「病床妄語」）

母との結婚後に書いているこの文章は、戯れに書いているふうでいて、案外、父の本質をさらけ出している気がする。父の恋愛体質は父の意志によってもどうにもならないものであるらしい。それは宿痾のごとく父から離れない性質のものであった。

父母の諍いは子どもたちを動揺させた。家中の会話や両親の素振りに過敏になっていた。兄は前にもまして妹たちを気遣っていた。私がいたずらばかりしたのは、父母の注意を惹きたかったからなのだった。メンソレータムの空缶に庭でたくさんのアリを詰め、フライパン代りに火鉢で炒めようとしているのを兄に見咎められ、「まりちゃん、だめだよ、そんなことしちゃ。アリは毎日よく働いているでしょ。いい昆虫なんだからいじめちゃいけないよ」と、危いところでアリ料理をやめさせられた。そういう兄も近所の子どもたちと喧嘩みたいな荒々しいメンコ遊びをしていた。

その頃兄が妹二人に教えたのは「タデ　タデ　ガキツ　イルウマ　イルウマ　イルマンマ……」というもので「デタ　デタ　ツキガ」を逆に歌う遊びだった。兄は上手にハーモニカを吹き、姉と私が元気よく「タデ　タデ……」を歌った。兄はまた私たち二人に両手で思いっきり口を横に引っぱらせ、「机の上のぶんこ」といわせるのだった。私が大きな声で「ツクエノ　ウエノ　ウンコ」というのを聞いて、兄は笑い転げた。三人で「ツクエノ　ウエノ　ウンコ」を叫び、笑い合った。穏やかでない家の空気を変えようとする兄の切ない努力があったのだ。兄は大人になってもなかなかのユーモア好きで、戦後も新聞に連載されるアメリカの漫画「ダグッド」を毎朝読んではケラケラ笑っていた。

父の外泊を憂えて母が塞いでいると、兄は「お母様、写真撮ってよ」と言って、その時代ではめずらしいカメラを母に渡し、庭に誘い出した。母が子どもたちを写したスナップが何枚も残っている。

座敷や居間の南側にひろがる庭は、陽当りのよい喜びにみちた場所であった。今でも目白の家で恋しいのは、あの冬日のなかでも明るかった庭である。椎の巨木があり、初夏にいっぱい花を咲かせる合歓の木があり、実がたわわにつくユスラウメの木があった。躑躅の木々の間をトカゲがチロチロと走るのを眺めるのは、うっとりするほどの気分だった。臆病なトカゲが妙に颯爽としているのだ。兄がユスラウメの実を口に入れてくれると、甘酸っぱい味が頭のてっぺんで感じられた。築山や池もあった。父はベランダから身を乗り出して、子どもたちの庭遊びを見ていることがあった。歓声に誘われて庭に現われることも。その時々の庭の情景が浮かんでは消えてゆく。

感情的なわだかまりを抱いていただろう母は、六月一日、妹章栄（ふみえ）を出産する。

私は数週間、蒲田（蒲田区新宿町）の強二叔父の家に預けられた。強二叔父と春子叔母は子どもに恵まれず、私を実の娘のように可愛がっていた。兄や姉、少し前に仲良くなった、私の家の前に住む大橋たい子ちゃんと離れるのは寂しかったが、それ以上に蒲田の家は私を魅了するものがあった。隣接するセロハン工場の機械音が低く聞こえるほか静寂な洋館は、お伽話の家みたいに私には映った。厚目の玄関の扉を開けると、消毒液の強い臭いが鼻を射した。全身真っ黒なスコッチテリアのロリが玄関の三和土に尿をする癖があり、女中さんが朝夕に消毒するせいである。ピカピカ光る廊下の左手に六畳、四畳半の和室があり、次に叔父たちの十二畳の寝室、その先に二十畳の応接間があった。右手には五畳の女中部屋、大きな洋式便所、階段、六畳の洋間、クローゼット、バスルームとつづき、廊下の突き当たりが広々したダイニング・キッチンになっていた。そのほか中二階に二部屋、その上に屋上があった。

白い窓枠や白い食器棚が清潔な感じのダイニングルームから、毎朝、珈琲の匂いが漂ってきた。それと、薄く切ったジャガイモをバターで炒める匂い。ベーコンを焼く匂い。テーブルのパン籠に並ぶ真っ白い食パン、チーズや苺ジャム、ブルーベリージャム。形のいいガラスのピッチャーに入れられた牛乳。私の家の朝食とは違う西洋の食卓だった。叔母春子に四分の一アメリカ人の血が流れているところから、蒲田の家の暮らしは、万事、西洋風なのである。

みんなが食卓につくころ、黒っぽいふわふわした長い服を着てナイスママが姿を現わした。アメリカ暮らしの長い春子の母（一説には年の離れた姉ともいわれる）梶波はやは、すぐに何でも“NICE!”というので「ナイスママ」と呼ばれていた。ナイスママは中風による半身不随のせいか、階段脇の六畳洋間にほとんど籠ったきりだった。ノックして遊びに行くと、「ナイス！」といって喜び、丸いテーブルに置いてある西洋風の缶から、ビスケットやキャンディを震える手で取り出し、すすめてくれた。

春子叔母は瞳が茶色の華やかな美女であった。強二叔父は何につけても「はるこ、はるこ」で、春子叔母を必要としていた。昼間工場で仕事をしていても、度たびダイニングに顔をみせた。叔父は神経質、叔母は社交的な明るい気質である。二人に連れられて外出すれば、すれちがう人はきっと振り返るくらい格好のいい叔父叔母なのだった。春子叔母が毛皮のコートを着て、フェルトの帽子を被ると、まるで外国の映画女優みたいだと母は言った。

夜はダブルベッドの真ん中に叔父と叔母に挟まれて眠った。強二叔父は身体中から酒の匂いを放っていた。春子叔母は寝る前にネグリジェの脇下にコティの香水を吹きかけ、私のパジャマにも一吹きしてくれた。

前の年、昭和十五年に強二叔父の工場で働いていた赤池久子と結婚した父の末弟佳雄は、強二邸のすぐ前に祖母と三人で住んでいたから、夕食時に夫妻でやって来ることもあった。そんな折に強二叔父がこう言った。

「まりえをうちの子にしたいと思っている。もう嫂さんの諒解は取ってあるんだ。問題は兄さんだが、女の子がもう一人増えたのだから、ぼくの希望を叶えてもらえると思うよ。君たちも兄さんに頼んでくれないか」

そう聞いて、子どもだった私もドキッとした。「蒲田の子になろうね。まりちゃんは叔父ちゃんと叔母ちゃんの子どもになるんだからね」。日頃、叔父は私にそう言い聞かせていたけれど、本当に蒲田の子にされてしまうのだ、と思うと、急に目白が恋しくなってきた。

そんなある日、「お休みなさい」の挨拶をすませ、寝室でパジャマに着替えていると、突然、父が入ってきた。「まりえ、お洋服に着替えなさい。家に帰るのだよ」。父はいつもの「まーりちゃん」ではない硬い言い方をした。そこへ強二叔父が駆けつけて、「兄さん、嫂さんはいいと言ってくれたんです。どうしても駄目なのかなあ」と、父に訴えた。すると、父は「当たり前じゃないか。まりえはぼくの子だ。だれにもやれない」と言い返した。「分かった。分かりましたよ、兄さん。でも、こんなに夜遅くではまりちゃんが可哀そう。明日、ぼくがつれて行きます」という叔父の言葉を振り切って、父は待たせていた円タクに私を乗せ、目白に向かった。普段は穏やかな父の激しい行動は強二叔父を驚かせたようだった。私を送り出す叔父叔母の悲しそうな顔が忘れられなかったけれど、父と目白の家に帰るのだと思うと、緊張がほどけ、私は父にもたれて寝入ってしまった。

目白の家には前と変わらない朝がやってきた。お牧さんが雨戸を開ける音がし、明るい夏の光が部屋中に注ぎ込まれた。以前と違っていたのは、赤ん坊の泣き声が加わっていたことだろう。妹章栄はよく泣く赤ちゃんだった。泣き止むのはお乳を飲む時くらいなのだ。母に抱かれてお乳を吸う妹の小さな指を握っていたら、父が通りかかり、「マンサクさんは元気かな?」といって、赤ん坊のほっぺたを指で突っついた。「マンサク」が父のつけた渾名だった。後になると、「あまりっ子」などとからかわれていた。赤ん坊の誕生は目白の家にある調和をもたらしていた。母もなごやかな表情であった。

ここにはお伽話の世界はないけれど、私は目白の家の、父と母のそばにいるのがいちばんいいと心から思った。

六月の独ソ戦以来、国内の緊迫も伝わってきたが、父は注文に応じて詩を書くほかには、まとまった執筆活動も出来ないまま、外出をくり返していた。家にいる日は来客がとだえなかった。

父の部屋に来客があると知ると、私は階段下で遊んだ。客が帰る時、父は駅まで送る慣わしがあって、近くで遊んでいる私を連れて行くことがしばしばあったからである。

その日も夕方帰る客を私の手を引いて送って行った。目白駅まで五、六分の間も父たちは話し込んでいた。改札でいよいよ別れる間際に、父は話し足りないといって客を引き留め、通りを渡ったところにある喫茶店「丸十」に入った。心が通いあう友人とはいつも別れがたく、父はたいてい「丸十」に誘うのである。二人は珈琲を頼み、私にはアイスクリームが運ばれた。私が階段下で遊ぶのは、「丸十」のアイスクリームがお目当てだったのだ。だが、その日のアイスクリームは味が違っている。何だがあっさりして、水っぽかった。「お父様、これ、アイスクリームじゃない」。私がいうと、父は一口食べてみて、「そういえば、変わったアイスクリームだね。でも、これも美味しいね」と答えた。父がそういうと、いつものアイスクリームより美味しく感じられるのはなぜだろう。父と客の会話は少しもとぎれず、二人は夢中になって話していた。父が時々「ヨコミツ君」というのが耳に残った。「ヨコミツ」という言葉の響きが妙に記憶に残っているので、後年母に聞くと、「そうよ、それは横光利一さんよ。何度か目白にお見えになったわ」と言っていた。

父が横光利一に敬意を抱いていたのは疑いない。新感覚派的な実験小説の試みといわれる長篇『上海』には覚醒させられる要素がいろいろあったようだ。父の第三詩集『危険信号』への影響も少なくないと私は推測している。それにしても、戦前の文士たちはよくお互いの家を訪ね合ったものだった。

父が横光利一と入った「丸十」は、現在、あとかたもなくなっている。向かい側の「田中屋」は小規模になったとはいえ、存続しているのに。あの時のシャリシャリしたアイスクリームはジャガイモが使われていたらしい。ミルク製品が制限され始めていた時期の代用品だ。変わった味のジャガイモ・アイスクリームが、今では懐かしくてならない。

この年の経過は例年とは異る速度であったのが後では分かるのだが、日々の営みのなかでは案外把握できなかったようである。しかし、モヤモヤとした不安に父は浮き足立っていた感じがある。創作の面でもこれといった収穫のないまま、秋を迎えていた。

十月、ゾルゲ事件に関連し、尾崎秀実らがスパイ容疑で検挙され、国中を震撼させた。同月、東条英機内閣が成立する。

ここに来て、一気呵成に何かが変わろうとしているのを、人びとは意識したはずである。だが、気づいた時はすでにこの国は抜きさしならないところに来ているのを、苦い思いで受けとめたのではなかったろうか。昭和十二年の日中戦争以降、わが国が戦時下にあった事実を、あらためて実感したのは父だけではなかったろう。

秋も終わりに近づく頃、一般の召集とは別に、文化人の「徴用」の話題が広がっていたらしい。それまでにも、中国戦線に文化人が従軍記者として軍隊に同道する事例はあった。吉川英治や林芙美子らが中国戦線を取材している。

しかし、もっと大規模な「徴用」が計画されているという噂が流れ出していた。さして変化のない生活を送りながらも、何かしら尋常ならざる圧迫感が父を苦しめていたのだと思う。

そして、ついに、十二月八日、対米英への宣戦布告の詔勅が発布され、大東亜戦争（アジア・太平洋戦争）が勃発する。

父が白紙の出頭命令書、「徴用令状」を受けるのは、その直後であった。宣伝班員としての「徴用」である。開戦以前に徴用された文化人もいたようだが、開戦後であっても、父は不安のうちにも、よもや自分が徴用されるとは思いもしなかった。四十六歳という知命に近づく年齢であったし、虚弱であることは自他共に認めるものだと信じていたからである。「来たよ」。母にそう告げる父は茫然自失の態であった。しかし、「なぜです？　戦いが嫌いで軍一の名を捨ててるあなたが戦場に行くなんて！　何とかなりませんの？」といって取り乱す母を前に、かえって父は冷静になっていた。

「仕方ないさ。国の命令なのだから、受けなければならないのだよ。この国の人間である以上はね」

不可解な「徴用の実態」を理解できないままに、私たち家族は「父の徴用」が父にとっての、また一家の歴史にとっての、重大な分岐点であったことを今では知っている。

「徴用」がいつどこで企画され、なぜ若くもない虚弱体質の父が選ばれたのかは、謎の謎であった。すべての文士や文化人が徴用された訳ではなかった。父自身は実のところ理由を知っていたのだけれど、無益な憎しみを生まないように、長い間、口外しなかったのだと思う。

南方作戦軍に配属された宣伝班の編成は、第二十五軍（マレー）、第十六軍（ジャワ）、第十四軍（フィリピン）、第十五軍（ビルマ）の四作戦軍に、それぞれ徴用文化人が一隊ずつ配属された。一隊の編成は二十余名であり、徴用された文化人は合計八十七人とされている（父は百余名と書いている）。そのなかの一人に父は入ってしまった。父が配属されたのは第十六軍（ジャワ）の部隊である。

父がどうして「徴用」されたかを父自身が語るのは、実に敗戦後三十年を経た昭和五十（一九七五）年になってからである。

「そういえば、文化部隊には大宅壮一君がいた。もとをただせば、大宅君が私の南方ゆきを推したのだったらしい。小用を並んで足しているとき、『大木さん、ぼくをうらまないでくれよ。軍の上層部にとりいって、大木さんの給料を破格の二百円にしてくれと頼んでおいたからね。それに海外手当も同額出してもらえるようにしておいたからね』大宅君はそう言った。」（「歴史と人物」八月号）

それを知っても、父は大宅壮一を恨むどころか、そのつづきをこう記すのである。

「虚弱な体格だった私が不憫でならなかったのかもしれない。大阪港を出るときも荷役の手伝いをさせられたが、大宅君や富沢有為男君、浅野晃君らは私に何ひとつ労役をさせず、荷の見まわり番をさせてくれたりした。いい戦友たちであった。」

父には恨むとか憎むとかの能力が欠けているのかもしれない。悲しむ能力だけは人の何倍も持ちすぎていたのだけれど。

右の父の記述を補足する本が父の遺物のなかにあった。ジャワ派遣軍宣伝報道部長である陸軍中佐（終戦時は大佐）町田敬二が昭和四十二年に著した記録『戦う文化部隊』（原書房）である。軍内部者の記録として意味を持つだろう。（なお、この本の序文を大宅壮一が書いている）

「宣伝班生みの親である参謀本部第八課は、主として蘭印方面の現地通を重点に被徴用者をマークした。陸軍省報道部は、専ら従来の経験から記者クラブや文化関係の協会などに当たって、適任者を物色していた。この人選は秘密裡に行わねばならないという制約があったが、私は日頃親しくしていた陸軍画報社社長の中山正男君にその協力を求めた。

中山君は、先ず大宅壮一君を呼びましょうと提言した。大宅君は当時新京に居たのであるが、その引っ張り出しの相手は満洲映画社の甘粕正彦氏だったので、ちょっと手を焼いた。再三再四、電報の応酬をした挙句、同君が飛行機で新京を脱出するという一ト幕もあって、先ずは目出度く宣伝班入りとなった。（中略）

大宅君の推薦した嘱託は多かったが、同君は第一次世界大戦でイタリーの詩人ダヌンチョが従軍した故智にならって、大木惇夫君をマークし、音楽家の出陣もジャワには必要だろうといって飯田信夫君に白羽の矢を立てた。」

さらに、町田敬二は開戦前の徴用準備段階での実情をこうも書いている。

「当時、九段下の参謀本部の第八課の資料室で、私は中島健蔵さんにも会った。彼は陸軍の嘱託として、心理戦を手伝っていたが、のち十二月八日（対米英開戦）になって、自身も徴用されてシンガポール方面へ出て行った。この中島さんを初め幾人かの人々が、徴用すべき人材（？）をスカウトしていたらしかった。

支那事変の初期までは、国民の戦意昂揚だけが、軍の宣伝のねらいだったが、事変が長びくに連れて民族戦争的な色彩が濃くなり、対外的にも孤立する傾向が強くなったので、宣伝の拡大解釈が行われるようになって来た。」

何事にも人為が働いているものなのだ。中島健蔵の戦後の言動を思えば胸が痛くなるような光景が、目に浮かんでくる。
徴用を免れた幸運な文化人たち。例えば、病気を理由に危うく徴用を回避した作家たちがいたらしいが、父には何の才覚もなく、それよりも、「運命なら流されてみよう」という変に捨て鉢的な思い切りのよさを見せる質(たち)でもあった。

家族との別れは唐突にやって来た。寒風吹きすさぶ十二月半ばの夕方、父は夏服の上に何枚も冬服を重ね着し、さらにベージュのレイン・コートを着ていた。父と家族全員(母、兄、姉、私、妹)は、駅前の「田中屋」で送別の食事をした。その後(あと)、私たちは目白駅の改札で入隊する父を見送った。思いつめた母の顔をじっと見て、父は朗らかに言った。「だいじょうぶさ。初めての海外を旅してくる」。母は涙をこらえるのがやっとで、一言も返せなかった。父は兄の肩をたたき、「みんなを頼むよ」と、少し頭を下げた。そして、姉と私を何度も抱きしめ、髪をやさしく撫でてくれた。最後は母に抱かれていた生後六か月の妹を高く持ち上げ、「お父様は行って来ますよう」とうたうように言った。母には「子どもたちをよろしく。心配しないで待っていて欲しい」と言い残した。
大きなカバンを両手に提げた父が人混みに消えて行った。家族五人はとぼとぼと無言で家路をたどった。母の嘆きが伝わってきて、みんな泣きそうな顔だったろうと思う。
妹をお牧さんに預けた母は、父の書斎に上がったきり、いつまでも降りて来なかった。兄が心配して見に行くと、母は机にうつ伏して泣いていた。父が遠くへ行ってしまったこと、真の和解もできないままに行ってしまったことに、耐えられなかったのではないだろうか。父が新しい恋愛を始めている、といった噂も聞こえてきていた。四人の子どもを抱え、母はひとり取り残された底のない孤独とたたかっていたのかもしれない。

父は徴用令状を受け取り、南方への出征を意識した時に、初めて熱く燃える魂を感じたのではなかったろうか。父の燃えやすい心は、国家の要請に応じて征くしかない、という気持だけでは、とても自分を持することはできないと知っていただろう。それには子らのため、祖国のため、という納得、高揚が必要であったのだ。

いざ征(ゆ)かむ、まけのまにまに、みいくさに
ゆきてみそぎの火に触(ふ)れむ、
八重の潮路を乗り越えて
みなみの果てのうなばらに
よしや藻くづとならばなれ
御民(みたみ)の栄(は)えにわれ生きむ。

いざ征(ゆ)かむ、愛(かな)しきものを振りすてて
ゆくとも何か悔いあらむ、
神、大空にましまして

この鋭心を知りませば
歎きはあらじ、わが家に
うからも子らもやすからむ。

いざ征かむ、すめらぎの国興る日に
ゆきて弾散る野に立たむ、
アジヤの民を解き放つ
さきがけの血をそそぎてぞ
常夏雲に、椰子の木に
やまとをの子が言問はむ。

（「いざ征かむ」1・2・5聯『雲と椰子』）

確かにジャワ作戦に掲げられたスローガンは、「聖戦」の名にふさわしい「民族の解放。独立の援助。大東亜共栄圏の確立」というものであった。父はその大義名分を信じずにはいられなかった。

徴用令状を受けた宣伝班の文化人たちは、まず青山の陸軍大学校に集合し、そこからトラックで麻布の東部第八部隊に運ばれ、基礎的な新兵の訓練を受けている。従来の「報道班」のように戦場の後方地区に配置されるのではなく、新しい宣伝班は第一線部隊として結成され、「諸君はまず兵士たれ」と編成された。ここでのすべてが機密とされ、日時や場所は家族への手紙にも禁止された。

ジャワ軍には父のほか、阿部知二、大宅壮一、富沢有為男、北原武夫、武田麟太郎、浅野晃、郡司次郎正、大江賢次、横山隆一、小野佐世男、松井翠声（漫談家）、清水宣雄（哲学）、南政善（画家）、佐々木英雄（画家）、城取春生（画家）、河野鷹思（美術）、大智浩（美術）、石本統吉（映画）、倉田文人（映画）、飯田信夫（音楽）などの他に、将校、下士官、兵が二百五十人いて、これらの混成部隊が町田組を形作っていた。

因みに他軍に参加した主な文化人を記すと、次のようになる。

マレー軍　中島健蔵、神保光太郎、北川冬彦、寺崎浩、海音寺潮五郎、中村地平、宮本三郎、栗原信、里村欣三など。

ビルマ軍　高見順、井伏鱒二、清水幾太郎、榊山潤、小田嶽夫、豊田三郎、山本和夫、岩崎栄、北村透馬、倉島竹二郎など。

フィリッピン軍　尾崎士郎、三木清、今日出海、石坂洋次郎、火野葦平、向井潤吉、上田広、柴田賢次郎、沢村勉など。

いざ日本を出発するという前夜、許可を得て、父は腰につるす刀剣を買いに走る。「兵士たれ」と命じられても、兵とちがって軍からは支給されない事情が一篇の詩から読み取れる。

あわただし、明日の門出に
いまだ無き剣を買はんと、

ゆるされて兵営を出で
気をいらち、か行きかく行き、
師走月、霜凍る夜の
身もすくむ寒き夜ふけに
市ケ谷のとある店より
百金にあがなひ得たる
これやこの古きよき太刀、
（後略、三十八行カット）

備考　わが郷里は広島なり。日露の役の当時、われは十歳にして、宇品の港に行き通ひ、将兵の歓送迎にいそがしかりき。戦塵にまみれたまひし乃木将軍の凱旋すがた今も瞼のひまに見ゆ。

（「剣を買ふ夜」「未刊詩集　新防人の歌、朱と金と青」）

首途の前夜、先立つ感傷に浸り、自らを昂らせようとする父の心を、私は想像することが出来る。

18 「大東亜戦争（アジア・太平洋戦争）」と詩人

言ふなかれ、君よ、わかれを、
世の常を、また生き死にを、
海ばらのはるけき果てに
今や、はた何をか言はん、
熱き血を捧ぐる者の
大いなる胸を叩けよ、
満月を盃にくだきて
暫し、ただ酔ひて勢へよ、
わが征くはバタビヤの街、
君はよくバンドンを突け、
この夕べ相離るとも
かがやかし南十字を
いつの夜か、また共に見ん、
言ふなかれ、君よ、わかれを、
見よ、空と水うつところ
黙々と雲は行き雲はゆけるを。

（「戦友別盃の歌――南支那海の船上にて。」）

昭和十七（一九四二）年一月二日、父たちジャワ（現インドネシア）行きの陸軍文化部隊宣伝班員は、軍服まがいの服に長刀を吊り、大荷物をぶらさげ、軍用列車で品川駅から大阪に向かった。この不揃いの一団はほとんどが長髪（父自身は除夜迫る頃に髪を截っている。首途前夜の思いを長詩「長髪に別るるの辞」『雲と椰子』に書いた）で、戦地に赴く出征兵士には見えなかった。声高に喋り合う賑やかな連中にまざり、父は緊張よりは妙に胆がすわっている自分を発見した。もうここまで来たのなら、ジャワの大海原にでも大戦場にでも連れて行ってくれ、という心境になっていた。

大阪港からマニラ丸に乗船し、台湾基隆港に向かう船旅は、南下三千海里の長旅の序章であった。

基隆で一旦下船し、列車によって南端の前線基地高雄へ。高雄郊外にある高雄商業学校は父たち宣伝班員が属する町田班の本拠地であり、宣伝班員たちは学校の講堂や武道場に分宿した。

南方作戦は総司令官寺内寿一大将のもと、各方面軍が諸地域に作戦したが、ボルネオ、セレベス、モルッカ諸島へは海軍が作戦した。ジャワ方面軍の軍司令官は今村均中将、参謀長は岡崎清三郎少将である。第十六軍が正規の名称であった。構成兵団の主なものは第二師団（長　丸山中将）、第四十八師団（長　土橋中将）ほか、那須兵団、坂口兵団、東海林支隊などで、宣伝班も軍直轄であり、正式には第十六軍宣伝班と呼ばれた。

高雄における駐屯は輸送船団の集結と作戦開始時期を待つためであり、また、東京での物資の準備不足を補うためのものでもあった。すべてが完了した二月初旬、父たちはいよいよ輸送船佐倉丸に乗り込み、陸兵輸送の六十余隻の船団と共に南シナ海をめざした。

父は甲板に出ては、果てしない大海原を飽きずに眺めた。来る日も来る日も、海が広がるなかを大船団が粛々と行く。長い長い航行であった。あり余る時間を父はマライ（マレー）語の会話本を読んで過ごした。言葉に関心のある父は上陸する土地では習い覚えたマライ語を使って話したいと考えていた。現地でそれはかなり有効だったという。

甲板ではジリジリと太陽に焼かれたと思うと、熱帯特有のスコールが前ぶれなく襲って来るのだった。太陽も風も雨も、すべてが故国日本のものではなかった。

マレー方面の作戦は快調に進行していたが、シンガポール攻略には陸軍南方各地域における作戦の成否がかかっていた。赤道直下の要港シンガポールを占領しないかぎり、ジャワへの船団の航行は危険であるとの判断が下され、シンガポール陥落までインドシナ半島カムラン湾での碇泊、待機が決定された。碇泊中の船上より見る海の色はあくまで青く、その青はかつて目にしたことのない濃い青さであった。暑いけれど空気は爽やかで湿り気がなかった。夜は南国の星が空を満たした。時に茫とかすむ陸地は椰子の木の影を見せていた。

シンガポール陥落は二月十五日であった。二月十八日未明、二十数隻の海軍艦艇に護られ、大輸送船団はジャワ島に向かってカムラン湾を出発する。

赤道下の強烈な太陽に射られ、逃れて暑い船室に戻った父の耳に、船内に棲む虫がかすかな声を立てているのが聞こえた。戦場となるジャワ島上陸を前にして、生死を超えた心の異様な沈静のもとに書いた詩が、この章の冒頭を飾る「戦友別盃の歌」である。現地詩集『海原にありて歌へる』のなかの絶唱と評される詩だ。

敵前上陸は二月二十六日夜半に決行と予定されていたが、連合軍艦隊が接近してきたため、数日延期となった。多島海の制海権はなお確立されていず、敵艦がどこから現われるのか予測がつかなかった。敵艦隊の前では、六十余隻の輸送船団は格好の獲物となるしかなかったのである。二十七日未明、輸送船団はもと来た方向へ待避を余儀なくされた。

ところが、実際には敵艦接近の報を得た二十六日、米蘭豪の連合軍艦隊はスラバヤ沖のバヴェンアン島付近で日本艦隊に遭遇し、スラバヤ沖海戦が始まっていた。翌二十七日には壊滅的打撃を受けた連合軍艦隊は四散し、ジャワ島北岸の制海権は日本軍の手に帰したのだった。

そのため大輸送船団は針路を戻し、ジャワ島への敵前上陸は、ジャワ島西端とスマトラ島南端との間のスンダ海峡に面したバンタム湾とメラク海岸、チレボン州のエレタン海岸、東部ジャワ・レンバン州のクラガン海岸の四か所で一斉に決行された。

軍司令部と第二師団の主力を乗せた船団は二月二十八日、午後十時ごろスンダ海峡入口に到着、予定の碇泊地に向かった。同時刻に、海軍の護送艦隊は陸地へ索敵のための艦砲射撃を行なっていた。耳をつんざく砲声が船上の者たちに緊張をもたらした。

司令部主力の船団はバンタム湾へ、第二師団はメラク海岸へ分進し、深夜十一時三十分、碇泊地へ進入した。上陸点を偵察するべく先行した七隻の大発動艇は、無事陸地に到着した旨の発火信号を打った。

上陸開始予定の三月一日午前零時半、バンタム湾の入口付近で突如、砲撃の音が聞こえた。護衛艦隊が敵の砲艦に一斉射撃を行なったものだった。だが、これに対して、バンタム湾内の小島プーロー・パンジャンの島影より砲撃が始まり、碇泊中の船団に巨弾が集中しだした。発射と炸裂の轟音が響き渡った。

スラバヤ沖海戦から遁走してきた米のヒューストン、豪のパースの二大巡洋艦、それと小砲艦が大輸送船団に出くわし、必死の勢いで襲いかかったのだった。鋼鉄製の軍艦と異なり、輸送船は軟鉄張りであるから、勝負にならなかった。軍司令官の乗船竜攘丸が大破し、今村司令官は重油の海へ飛び込む事態となった。さらに、父の乗船佐倉丸は連合軍艦隊の砲撃と魚雷をうけ、撃沈されたのである。

『海原にありて歌へる』の「後書」で父はこう記している。

「南下三千海里、文化部隊の一兵としてジャワ作戦に参加し、バンタム湾敵前上陸に際しては、壮烈無比の海戦中、敵の魚雷と砲弾をうけて沈没し行く船の舷側より海中に飛び入り、重油を浴びて漂流数時、天佑、よく死線を越えたり。」

また、「大木惇夫詩全集」（全三巻）の略歴ではこう書いている。

「バンタム湾敵前上陸に際しては、護衛のわが艦隊と敵米英蘭濠聯合艦隊との激しい海戦となり、ついに乗船佐倉丸は、敵の魚雷をうけて撃沈された。沈没の直前、彼は作家阿部知二、富沢有為男、評論家大宅壮一、浅野晃、作曲家飯田信夫、漫画家横山隆一等と共に海中に飛び入り、漂流数時、救いあげられて万死に一生を得た。彼はそうした体験を基に、炎熱身を焼く戦地で詩を書いた。」

父はまた、その時の様子を少年少女に向けた戦地での体験記『椰子・りす・ジャワの子』（南北社）において、より分かりやすく克明に記している。

「わたしはその時、船底にゐました。ハッチからはしごを三つもおりて、船のどん底の、せまい、むし暑いところにただアンペラを敷いたのが、わたしたちの高等文官室だつたのです。

わたしはそこで戦友たちと、上陸の準備を急いでゐましたが、伝令があはただしくはしごをかけおりて来て、

『海戦がはじまりました。軍装はもとより、救命具をも用意して、ここで次の命令を待つこと。用の無い者は甲板へ出てはいけません。』

いふより早く、身をひるがへしてかけ去りました。

わたしは兵服に身をかため、救命具をつけ、かるく支度をととのへ終ると、いきなり甲板へかけあがり、それから息せきつて上甲板へ、さらにブリッジにかけのぼつたのです。

なぜといふに、わたしには敵前上陸の模様を詩に書く役目があつたからです。（中略）

ブリッジには将校や新聞記者たちが七八人かたまつてゐましたが、わたしはそこに立つて沖合を眺めながら、しばらくは、ただ、うつとりと見とれてゐました。何といふ勇ましい、しかも美しい光景でせう。」

ここから、さらに、船べりから海に飛び込み、沈没してゆく船の大きな渦に巻き込まれまいと必死になって泳ぎ、漂流する姿が詳細に描かれる。スンダ海峡の急流に押し戻されぬよう泳ぎに泳ぎ、兵たちが四、五人でつかまっている材木に取りつき、大海原に浮かびながら、船首だけを水面に残した乗船佐倉丸の最期を見届けている。

撃沈された佐倉丸から海中に飛び込み、漂流した時の体験を、父は私たちに飽きるほど話し聞かせた。われ先にと舷側の梯子を伝って海中に飛び入る混乱時、父の頭を踏みつけて降りて行ったのは、「大宅君だった」と、父は苦笑していた。

「それが人間というものさ」とも言ったと思う。しかし、戦場で父の頭を踏み越えて行った逞しい大宅壮一に父は終生親しみを抱いていた。

昭和17年3月22日、バタビヤにおける従軍文化人座談会記念写真。前列左から松井翠声、大木惇夫、河野鷹思。後列左から飯田信夫、富沢有為男、浅野晃、阿部知二。

父の詩業の頂上に戦地で生まれた詩集『海原にありて歌へる』を挙げる説は多い。最も知られている父の詩集も、これに並ぶものはないといえる。

戦場で追い立てられるように急ぎ書きつけた僅か十三篇の詩からなる詩集が、昭和十七年十一月一日、ジャワのバタビヤ（現ジャカルタ）にあるアジヤ・ラヤ出版部から発行された『海原にありて歌へる』である。

ジャワ作戦に参加して遠島ジャワに敵前上陸した後に、宣伝班が創設したアジヤ・ラヤ（大いなるアジア）新聞社によって上梓された、いわゆる現地出版なのである。現地版の父の「後書」は戦場での興奮を伝えて、熱気に溢れている。

「（前略）われ、千載一遇の体験を、爾今筆に托し尽して終らんとす。茲に集めし詩篇のごときは、多くは不如意の環境にありて、或は宿営の暗き灯の下に、或は月夜船檣の下に、或は炎天、椰子の樹かげに、或は疾走中のトラックの上に坐して、ひそかにノートに走り書きせる即興の類に過ぎず。その数また挙げて言ふに足らず。これを自ら上梓する志の毫頭なかりしを、予に慫めて敢て集となせる、凡て戦友諸氏の寛大に依るものなり。」

戦争を厭いながらも「徴用」されれば、これを運命として受け入れ、海原を渡るおよそ一か月の遠征の旅をつづけ、赤道を過ぎる頃には、父の奥に眠る祖国への愛はふつふつと燃え上がってきたと思われる。

遠征の旅自体がすでに戦場にあるということで、大阪港を出発した時、もう父の内部に戦争は発火しているのだ。やがて敵前上陸の地バンタム湾に赴き、乗船していた輸送船を撃沈されるという、まさにリアルな戦争の現場に遭遇し、再び大きく詩人のうちで戦争は発火する。二度の発火であった。

そして、現実の戦闘のなかで発火する時、詩はむしろ醒めた静寂をともなって現出する。

椰子の木をのぼる月あり、
敗残の敵のひそめる
かの山は深く黙して
明るさや、これの片丘。

瞰下せば、バンタム湾は
波しづか、月かげうけて
空と水あひ搏つあたり
しろがねに仄光りつつ。

昨夜なりき、われら流れき、
すさまじき戦のさなか
飛び入りて、重油をあびて
ひた泳ぎありし、かの海。

修羅のあと、いづこにありや、
しづかなるそのたたずまひ、
思ふだに悪夢なりしか
今、生きて現身はあり。

うなじ垂れ、をろがむものの
あつき胸いかに伝へむ、
ふるさとを眉にゑがけば
あまりにも遥けしや、雲。

（「バンタム湾の翌夜——ラグサウーランの丘にて。」）

極まれば、死もまた軽し、
生くること何ぞや重き、
大いなる一つに帰る
永遠の道ただに明るし。
　わが剣は海に沈めど
　この心、天をつらぬく。
明かる妙、雲湧く下に
散り落つる花粉か、あらぬ
椰子の芽の黄なる、ほのなる
ほろほろと、しづこころなし。

（「椰子樹下に立ちて——ラグサウーランの丘にて。」）

しかし、詩作品を比べるならば、南シナ海の船上で書いたと付記している「戦友別盃の歌」、そして詩集の最初に置かれている「遠征前夜」のほうが、より象徴性を帯び、実は読む者の心を発火させるような気がする。二篇の詩は雨滴が砂地に浸み込むように悲しみが心に浸透してくる。想像力が詩にデモニックな力を与えるのだろうか。

参宿（オリオン）は肩にかかりて
香（かう）を焚く南国の夜（よる）、
茫として、こは夢ならじ
パパイヤの白き花ぶさ
はた剣（けん）のうつつの冴えや、
郷愁は烟のごとく
こほろぎに思ひを堪へて
はるかなり、わが指（さ）す空は。
（「遠征前夜――○○の宿営にて。」）

右の詩は輸送船で南シナ海を南下する前の、台湾・高雄の基地で書いた作品であると、父は家族への手紙に書き送っている。その二篇が詩集中の名詩であるという評価に私も異論がない。それどころか、詩の魂と才能が極限で結びついた稀有の作品であると思う。

現地版『海原にありて歌へる』に収められた詩篇は「遠征前夜」「戦友別盃の歌」「空と海」「赤道を越ゆるの歌」「バンタム湾の翌夜」「椰子樹下に立ちて」「死生感」「雨（ウヂャン）の歌」「バンドンへの道」「じゃがたら夜曲」「ガメラン」「日出づる国の大君」「アジヤ・ラヤ」の十三篇である。これらの詩は昭和十七年三月九日、バタビヤで「赤道報」として発刊された現地新聞（高雄に駐屯していた時期から陣中新聞「赤道報」が発行されていたが、より本格的なものになった）に順次発表され、戦場に生きる人びとの涙を誘い、また、心を震わせたと伝えられる。「赤道報」は四月には「うなばら」に改められた。

「戦友別盃の歌」については、宣伝班長の町田敬二が著書『戦う文化部隊』にこう記している。

「（駐留した）セランの小宴で、大木君は、南支那海の航行中に作った『戦友別盃の歌』を朗々と読んだ。（中略）

大木君は朗詠もうまかったが、最後のくだりに至ると、自身、涙を流していたし、当然その純情に当てられた一同は、酔眼をうるませていた。生来鈍重な私も涙が流れ出て、鈍重さのせいか手放しで泣いていた。（中略）

この涙の怪しさは、今でもハッキリ判らない。悲しいわけでは無論なかった。（中略）

それは言うまでもなくたかぶる心が、詩人の至情に触れて、そんなことになったのではあろうが、そこの説明が私には出来ない。

私は今でも『大木惇夫という詩人は泣き虫で、油断していると、こちらまで泣かされてしまう』と、人に告げている。」

戦友であった宣伝班の文人たちも『海原にありて歌へる』の「跋」にそれぞれ書き残している。

「『戦友別盃の歌』がはじめて『うなばら』（当時は赤道報といった）に出た時の感激は大きかった。将校も兵士もその感動を隠さなかった。歌のところだけが切り取られ、手帖に秘めて愛誦された。あるひは手紙の中に挿んで故国の親や妻の許へ送られた。それはこの詩の中に自分達の偽らぬ深い感懐を見出し得たからに違ひない。ある若い将校は私に語って言った。『長いこと詩を忘れてゐたのが、大木さんのあの詩で、詩の存在に気づき、詩が如何に大切なものかをはっきり知ることが出来たのを喜んでゐます。戦場と詩といふものほど離れてゐるやうで実はしっかり結びついてゐるものは恐らく無い筈ですからね』と。（後略）　浅野晃」

「詩にも、勿論鍛錬は要る。だが鍛錬だけでは、その価値の五パーセントを動かすに過ぎない。結局あとの九十五パーセントは素質によって決する。いかに詩人が天才にのみ依存する業績であるかを我々は知らなければならない。

思ふに大木氏は、青春と素質との完全な一致を、初めて、この南海の遠征によって得たのである。長い彼の覆はれた過去は、あたかも日本それ自身の受難の如く、しかく運命的である。（後略）　富沢有為男」

「戦争に於て勝敗を決するものは、兵の数でもなければ装備でもなく、人間の、民族の、精神力の凝集したものであると同様に、人間の、民族の、表現力の凝集したものは詩であることを知ったのは、僕にとっては大きな発見であり、啓蒙であった。かつて僕は『詩人認識不足論』を書いて日本の詩壇を騒がせた男であるが、その際何の反駁をもしなかった大木君に対して、今の僕はただ黙って頭を下げるほかはない。

戦争といふものは実に素晴らしい文化的啓蒙者である。大宅壮一」

乗船佐倉丸を撃沈され、海原を漂流した父たちは他の船に救助され、上陸したあと、ばらばらに数キロ離れた集結地ラグサウーランへ向かった。前出の二篇の詩を書いたラグサウーランである。海岸には無数の敵兵も引き上げられていたという。熱帯植物が繁茂し、野ザルが木から木へと飛びまわっていた。野生の牛の群れにも出会った。ラグサウーランの部落にたどり着くなり、上陸初夜をみんなはひたすら眠りに耽った。

二日後、ラグサウーランを出発し、一行は夕方にはセランの町に到着した。セランはバンタム州の首都で、バタビヤ（現在のジャカルタ）の西方に位置し、旧オランダ統治時代の西欧風の広い庭つき邸宅が多く見られた。セランで、他船、瑞穂丸、秋津丸に乗ってメラク海岸へ上陸した組と合流することになる。

セランに滞在して半月ばかり後、宣伝班はここでまた分遣されることになった。バタビヤ、ボゴール、バンドンなどへ分進する戦闘部隊の各隊に分属されて、諸方面に別れるのである。
父はバタビヤのマデオン街一番地の邸宅に、浅野晃、富沢有為男と共に合宿生活を始めるのだが、バンドンが陥れば、直ちにそこを取材しなければならなかった。行く先々で父を惹きつけたのは、何よりもまずジャワの風物であったようだ。

わが腕（うで）は赤銅（あかがね）に焼け
わが眼（まみ）はすでに爛（ただ）れぬ。
百日を過ぎがてに来て
はるかなる海を乗りきり
すさまじき戦（いくさ）のさなか
ひたざまに死の線を越え
今や行くバンドンの道、
青空に陽（ひ）は燃えさかり
雲幾重わきてかさなる
そが下につづく竝樹の
椰子の木の緑濃き影、
ひた走り軋（きし）る車に
ゆられつつ夢とも思へ、
かしこには青田のそよぎ
稲の穂のみのり豊けく
ここはまた、すすき穂に出で
光りつつ蜻蛉（あきつ）飛びかひ、
目眩（めくる）めくミモザの花の
黄金（こがね）いろかがよふところ
水牛の群れて遊べる、
酸果樹（タマリンド）しげれるところ
赤き屋根つらなり見えて
肌黒き族（うから）やからも
ひそやかに営みあへる、
戦跡（いくさあと）荒れたるところ
崩れしは崩れしままの
軒下に燕（つばめ）巣喰へる、
路ばたに童（わらべ）つどひて
あはれさや、笑みて迎へて
鬨（とき）あげて、手をうちふれる、
ものなべて安し、静けし、
見はるかす丘のかなたは
みすずかる信濃の山に
よくぞ似るそのたたずまひ、
峯の秀（ほ）の、霧に泛（うか）びて
神のごと清し、静けし、
かへりみて国を思へば
われや、げに遠く来にける
南（みんなみ）のすめらいくさの
勝ちいくさ極まるところ
バンドンは陥ちて静けし。

（「バンドンへの道――東印度風物詩　その二

バタビヤよりトラックの上にて。」)

大阪港を出発して以来、二か月あまりの日々が過ぎていた。熱帯の激しい雨に打たれるたびに、父は故国の雨を想った。季節の変化が乏しい炎熱の土地で想像するそれは、あくまで優しく懐かしく感じられる。

　雨といえば、『海原にありて歌へる』のなかで私が最も愛する詩がある。

雨(ウヂャン)、雨(ウヂャン)、雨(ウヂャン)、
氷柱(つらら)の礫(つぶて)のやうに
燃える肌(はだへ)の沐浴のやうに
椰子のみどりに光る雨(ウヂャン)、
散るよ、ミモザの花(クンバン)
ぬれるよ、猫(クチーン)
黒い処女(ペラワン)、腰布(サロン)
懶(ものう)い午後(ひるさがり)の
訴へやうもない郷愁の
渋甘い無花果(アムコ)の味覚、
さらでも切ない
やるせない
滅びゆく国の音楽。
雨(ウヂャン)、雨(ウヂャン)、雨(ウヂャン)、

ふるへ羽搏(はばた)く小鳥(ブルーン)
雲(アワン)の翳(かげ)りゆく園(ケボン)
なまじ原色の青空を見せて
はかないパステルの虹をかけて
降(ふ)るよ、降(ふ)るよ、雨(ウヂャン)、
水沫(しぶき)も鏡に曇る露台(バルコン)
重い薫りの安息香(カメニヤン)
わが喉(のど)にむせぶ煙草(ロコ)よ
思ひ出されるペペ・ルモコよ
溜息も叩きつける、踏みつける、この雨(ウヂャン)。

雨(ウヂャン)、雨(ウヂャン)、雨(ウヂャン)、
雨季(ムシム・ウヂャン)のつれなさ、
ものうさ、
明るくて、暗いこの南(スラタン)
あの小路(ロロン)、あの街路(ジャラン)
あの市場(ペカン)、あの辻(シンパン)
森(ウタン)、畑(ラダン)、原(パダン)、山(グノーン)、
そして心に降るよ、雨(ウヂャン)。
雨(ウヂャン)、雨(ウヂャン)、雨(ウヂャン)、
ああ、赤道のかなた
海のかなた
遠い、遠い、遠い恋人(チンターン)・日本(ジェプン)。

（「雨（ウヂャン）の歌」――東印度風物詩　その一　セランの宿舎にて。」）

このリズム、現地の言葉の美しい響き、音楽性。戦地で生まれた詩集『海原にありて歌へる』に「雨（ウヂャン）の歌」一篇がふくまれている不思議を私は思う。そして、さらに、これが詩人大木惇夫の特性なのだと思う。戦地にいてさえも、たえず天真に遊ぶ、空と地の間に遊ぶ詩人がそこに見られる。

耳のよい父はさまざまな国の言葉の響きを即座に理解した。エンピツでのたうつように書かれた戦場での詩のノートの端々に、薄く消えかかった現地の単語が書きつらねてあった。父は東印度、ジャワ島の風物と共に、言葉の響きに魅せられていた。

父は私たち子どもに、よく「雨（ウヂャン）の歌」を諳じてみせた。自分でも本当に好きな詩だったのだろう。「ウヂャン、ウヂャン」は、幼い日、父の膝の上で聞いていた白秋の「トンカ・ジョン」と同様に耳から入って、いまだに私の耳の奥の奥に残っている。

十年ほど前、『海原にありて歌へる』の海原を見るためにだけ、私はジャカルタを訪れた。父が見た海原を無性に見たくなったのだ。赤道間近の大海原は悠然とひろがり、私は太古の人間のようにその海に畏れを感じた。ジャワ海の茫漠たるうねりを見るうちに、「雨（ウヂャン）の歌」が思い出された。というより、「雨（ウヂャン）の歌」を諳ずる父の声が聞こえてきた。それには悲哀だけではない何かけだるい明るさ、土地の風物への哀切な感情がこめられていた。それはどこか妙にセクシュアルでさえある。故国への郷愁、消えゆく文化への郷愁、それらがまざり合い、溶けて行く。のちに戦意昂揚詩と弾劾される詩集に、こんな「雨（ウヂャン）の歌」があることを人は思い出しもしない。

私が聞いた現地の言葉（マレー語）は勢いを抑えた、少しゆるんだ感じの響きであった。いくらか脱力したようなその言葉は優しく、また、恥じらいをまとっているように感じられた。おそらく父はそんなところにも魅力を覚えたのだろうと私は納得出来た。

視察、取材、執筆……日夜、精魂をこめて仕事に励んだ結果、疲労困憊していた父は、民情視察をかねて、避暑地スラビンタナへの三週間の旅をすすめられる。父は浅野晃と二人で海抜二五〇〇フィートの山上にある山荘風のスラバウト・ホテルに滞在する。高地に住む人びととの交流、散歩、戦友浅野との尽きない歓談。温厚な浅野晃との友情はスラビンタナの日々にいっそう深まるのだった。

二人の会話はジャワにおける宣伝班の役割に及ぶ日もあった。宣伝班員たちは当初掲げられた「民族の解放、アジヤの解放」を理想としてきた。「大東亜共栄圏」建設もヨーロッパの植民地を解放し、民族自治を指導する、というふうに理解していた。ところが、三月九日、蘭印軍が降伏し、つまりジャワ全島が降伏して以来、どうやら民族解放は、日本の戦

昭和17年夏、スラビンタナのホテル庭園でのひとときｌ。ビールを注文しながら覚えたてのマレー語で現地の人たちと談笑する大木惇夫。右隣りは浅野晃。

争遂行に全面協力させる方針に転換されていったように見える。みんなその変貌に戸惑いを感じているらしい、といった会話もなされた。だが、いくら話しても解決できる事柄ではなかった。「よくは分からないね」「国運を賭した戦いだから、軍の政策に左右されるのは止むを得ないだろうがね」などと言い合うのが精いっぱいだった。

それでも久々に涼しい空気につつまれて、父は生気を取り戻していた。瀟洒なヨーロッパ風のホテルでの休暇は快適であった。山道を散策したり、存分に昼寝を楽しんだり、酒を汲み交わしたりして時を過ごした。話しの果ては、それぞれの部屋に戻ってペンを握るのである。スラビンタナの山上で構想したのが、後の「遠望祖国」（『神々のあけぼの』）の詩である。

スラビンタナの山からスカブミに下り、バタビヤに帰ったのは、六月三十日であった。涼しさに慣れた身体には炎暑のバタビヤはこたえた。そのうえ、七月一日、二日、三日と夜の宴会がつづき、父はついに胃痙攣を起こし、倒れてしまった。熱も高かった。医者が呼ばれ、注射が打たれた。どうにか起き上がれたのは三日後であった。

時間的記述は前後するが、第七詩集（戦争詩集として括るならば第一詩集）『海原にありて歌へる』に収められている詩篇は、渡洋中から三月一日の敵前上陸直後にかけての緒戦当時の感懐を書きとめたものであった。機関紙「うなばら」に次々と掲載され、絶讃を博している詩篇を、現地版詩集にするプランは五月から進行していた。

父の戦場での詩の働きは、ジャワ方面軍の首脳部が予想していたものを遥かに超えていた。宣伝班員のだれもが出来うるかぎりの仕事に励んでいたが、父の仕事はひときわ直截的な効果をもたらしたのだった。それは詩というものの力にほかならなかった。「詩人大木惇夫の任務は十二分に果たされた」との判断によって、父に帰国をうながす意向が伝えられたのは、胃痙攣の発作で寝込んでから数日後のことであった。故国への郷愁にとらわれていた父は、心を動かされる。戦場で発火した精神をかかえて帰国した後は、さらにペンを機銃としてうたい続けようという決意は揺らがなかった。

父は残りの日々を詩作に追われていた。『海原にありて歌へる』の「後書」をバタビヤの宿舎で書き上げたのは八月であった。父の帰国は家族にも明かされない内密のスケジュールで行われた。船便になるか飛行機になるかはなかなか決まらず、どちらがより危険かどうかも難しい問題であったらしい。

結局は九月下旬、現地除隊という形式で、新聞社用の特別機による極秘の帰国となった。現地版『海原にありて歌へる』は、父の帰国後の十一月、ジャワのバタビヤで出版される。戦地でのさまざまな出版の困難を克服し、宣伝班が総力をあげての制作であった。

軍司令官今村均中将が題簽を、宣伝班長町田敬二中佐が序文を、戦友大宅壮一、富沢有為男、浅野晃が跋文を、父の最初の戦争詩集に寄せられた。また、編集万般を北原武夫、装幀を河野鷹思、印刷製本を黒澤寿雄がそれぞれ担当された。

詩集は発売になると即日売切れとなり、増刷を重ねた。ところが、南方戦地では爆発的に売れている現地詩集だったが、内地では、まだ極く少数の人が所持しているに過ぎなかった。そこで、帰国直後に国内版の話が持ち上がり、北原出版株式会社創立事務所（前身はアルス）から刊行することが決められる。

帰還後の父には各方面から詩の依頼が殺到する。戦場で発火した祖国への思いは父のなかで燃えつづけた。父は「戦争の精神をあらゆる角度から文学的表現に生かす」ことを義務と考え、ひたすらペンを執る生活に入っていた。

目白の家に父が現われたのは、九月の末であった。黒革の新しいスーツケースと薄茶色の、全体にルイ・ヴィトン・エピ風の細い溝が刻まれたブリーフケースを提げ、陽焼けした笑顔を私たちに向けた。「お帰りなさい！」と父を取り囲む子どもたちを一人ずつ抱きしめ、優しく見つめた。スーツケースからは魔法みたいに珍しいお土産の品々が取り出された。花の刺繡が美しい赤いシルク地のハンドバッグには、銀色の留金とチェーンが付いていた。見たこともないお洒落なバッグである。そのバッグは私のものだった。姉のはハート型の革に細密な模様が彫られたエキゾチックなバッグ。兄には上等な革製ベルト。赤ん坊の妹には白いレースのケープ。どれも西洋の童話に出てくるような夢の品ばかりであった。いろいろな色をした可愛いソックスは三ダースもあった。どれもオランダ人が経営する商店のものだという。他にもジャワの影絵のウチワとか竹細工があった。

母には子どもの目にも豪華に映るハンドバッグが三個渡された。強二叔父の妻春子、佳雄叔父の妻久子と三人のものだという。後日、母は二人を家に呼び、どれでも先に選ぶように言った。母は万事に欲のない人だった。私は母の傍にいて、母がクロコダイルの素敵なクラッチバッグを取って欲しいと思った。

おっとりした春子叔母は母に遠慮して、黒革のクラシックなバッグを選び、次に久子叔母が嬉々としてクロコダイルを手にした。春子叔母が母に何か言いかけたが、母は「いいのよ。私はどれでも」と言って、私から見て最も劣る感じの紺色のバッグを引き寄せた。そのバッグもやがてお米に変わるのだから、結局どれが残っても同じだったのだけれど。久子叔母は十年くらい前までは、きりりと和服を着こなし、そのクロコダイルのバッグを抱えて親戚の法事に姿を見せた。その都度、私は遠い目白の家の居間の光景を思い出すのだった。

私たち子どもが変に感じたのは、せっかく戦地から帰ったのに、父が家に居着かないことである。書斎に座っても落ち着かず、原稿用紙やペンが入った薄茶のカバンを持って外出し、何日も戻らなかった。「お父様はどこにいるの?」と、母に聞いても、「お仕事なのよ。今は戦争中だから、たくさんお仕事をしなければならないの。それに、とても疲れているのよ」と、無表情に答えるだけだった。

実際にその頃の父は、バンタム湾での例の撃沈の時に受けた打撲傷が痛み出していた。二年の間に溜った疲労と打撲痛が父を苦しめていた。それでも「国家的要請」があれば、その依頼に応えなければならない状態であった。

苦況の父はもっと大きな不幸に見舞われる。十一月二日の北原白秋の死である。生涯に二人となき師、白秋の死は父を号泣させた。

三つ星(ぼし)はうれひ泣く白き秋
昨日(きそ)の花地(ち)にしきて、不壊(ふえ)の珠(たま)世に遺(お)きて、
かがやかに君逝(ゆ)きませり、
ああ、不死の鳥、
君はいま天翔(あまか)けるとも
明日(あす)の日は蘇へりませ。

(「挽歌——恩師北原白秋のみたまに捧ぐ」『豊旗雲』)

この詩は、昭和十七年十一月四日付の東京新聞に掲載され

た追悼文「白秋先生を悼む」の末尾に置かれたものである。

追悼の言葉のあらましを記してみよう。

「枕べには黄菊白菊が匂つて、み燈しが澄み揺れてゐる。紫の絹のガウンを被て、気品ゆたかに白秋先生は眠つてゐられる。（中略）今秋風落莫、先生亡くして、大空はいたづらに明るすぎる。真に大詩人の名に価する天衣無縫の創造がこゝに絶え、天才のたましひが本来の天に帰り、想像を絶する叡智を蔵してゐたあの眼が冥し、深い人間愛、自然愛を湛へてゐたあの心臓が止つて、巨星は今、隕石となつて地に落ちた。

（中略）

大詔が渙発されるや、自分は大東亜戦争に逸早く召され、宣伝部隊に加はつて出征した。出発前、お別れに御病床を訪れると、先生は、俺も病気がよくなつたら、ぜひ征くのだがと、元気一杯で残念さうに言はれた。その一言には先生の烈々の気魄がこもつてゐたが、また一方、蔭で夫人から聞かされた再起不能らしい先生の御病状には消し難い絶望感があつた。この心残りが絶えず自分を暗くして、数十ケ月の従軍中にも、不吉な予感が幾度か胸を往来した。それに自分が生きて還れないかも知れず、いづれにしても再びお目にかゝれないのではないかと。――ジャワ戦線での、あの自分の焦躁を思へば、先生の息のあられるうちに自分が帰還するを得て、幾度か先生とお会ひ出来たことが、せめてもの幸であつたと、しみじみ感ぜられる。否、今となつては、月並みに、平凡に、しかし、また不二の真実に於て、この慰めがたい心にみづから言ひきかせるのである。

古今を貫く巨匠白秋は、その一切の詩文学の光彩陸離たる業績の中に、絶えず永久に現身ながら生きてゐる。今後は、その万を算する作品を、真に世界を圧する不朽の傑作玉作の数々を、心から楽しみ味はうことによつて、近く、一そう深く、先生のたましひを、声を、動作を、眼の輝きを、呼吸を受けとり得るのであると。」


戦場につながる高揚と心身の疲弊からくるある種の放心、それに白秋を失った傷手が父を揺さぶっていた。それらの気鬱が父を追い込み、父を遁走に誘う。これまでにも見られた類型であるが、父は現実からの避難所、戦争中なので、手頃な防空壕に逃げ込もうとする。ジャワ遠征時から恋愛の噂は浮上していた。むろん、相手の執拗な接近があるのだが、行動を決めるのは父自身でしかなかった。

詩に関していえば、病的な状態にいた父の戦争詩は戦地に在った時よりもことさらに勇ましく、情懐に乏しく、単調になっていく。


年が変わり、昭和十八年に入ると、私たち子どもは父の顔を見ない日のほうが多いのに気づく。六歳になっていた私は、元気に目白幼稚園へ通っていた。四月には国民学校に入学する予定である。物資が次第に少なくなり、母は伝手を頼っていろいろな品物を買い集めていた。

母が姉と私の洋服を誂えていたのは「森洋装店」で、主人は男物の洋服も扱う腕のいい職人であった。技術も抜群であったが、デザインのセンスは比べる人がいないと母はよく話していた。母はいつも姉と私の服を同じ生地で異なったデザインにするよう注文していた。今、私の頭に浮かぶ数々の生地とデザインがある。グレーの地にえんじ色のチェックがあるウールの生地、白地に黒いスコッチ・テリアの図柄があり、犬の首のリボンに鮮やかな赤が使われていた生地。白い麻にブルーと赤の図案化した丸い花が散りばめてある生地。ピンクの荒い麻に白い花が刺繡された生地。それらの洗練された形。「森洋装店」の主人が赤紙召集されるのではとの噂を聞き、母は相当量の生地を買い込み、私たちの服を注文した。姉の黒っぽいツイードのハーフコートと私のグレーのオーバーコートだった。それらの服は疎開先で着つづけ、戦後、東京でも着つづけたが、ヒジが破れても、くるみボタンは取れない、という名人の技術であった。あの時代の町の洋装店にも、それほど優秀なデザイナー兼技術者がいた。「森洋装店」のその後を私たちは知るすべを持たなかった。母はその他に、ドラム缶にぎっしり入った蜂蜜も手に入れた。父不在の苦しみを子どもを守る生活者として耐え忍んでいたのだった。

四月十日、『海原にありて歌へる』の国内版が刊行される。「あとがき」はこう締めくくられていた。


「（前略）帰還怱々、席暖まらぬ現状ではあるが、逐次、遠征中のノートを整理し、腰をすゑて創作三昧に入り、この戦争詩集も第二輯・第三輯と出して行きたい。今、肉体は衰へて、なかなかに疲労が恢復しないが、幸いにして、精神力は旺盛であり、めづらしく創作欲に燃えてゐる。（後略）」

後に記す帰国後の詩を見るかぎり、衰えつつあるのは肉体だけではないような危惧を私は感じてしまう。

なお、国内版『海原にありて歌へる』には現地版にはなかった詩が二篇加えられている。これは「征旅」中のノートから拾いあげた詩篇で、散逸を怖れて収録した作品である。さらに、現地版と異なるのは、巻末に収録詩の詳細な解説が付されていることだ。現地版にない詩二篇を記しておこう。

常夏島のみどり野に
天つひかりのあまねしや、
ポホンの枝に巣をかけて
ポホンの若芽ついばめる
マニアン鳥はあはれなり。

人にも似たる営みの
子鳥に餌（ゑさ）をふふませて
何を思へと啼くものぞ、
戦（いくさ）のあとのしじまなす
この夕暮のひとときを。

（「マニアン鳥の巣に寄せて――東印度風物詩　その三」）

あかねの雲のたなびきて
ゆふがすみたつジャワの富士、
山のすがたを見るさへに
つくづく思ふ、わが国を。

かの山河（やまかは）のうるはしさ、
人のなさけの、なりはひの
たぐひもあらぬゆかしさぞ
今か、しみみに知られたる。

南の果ての海ばらに
離（さか）れるものの朝夕に
夢にゑがきてすべをなみ
ただ恋ひわたる、わが国を。

（「ジャワ富士に寄せて――東印度風物詩　その四」）

さらに言うならば、昭和四十四（一九六九）年十月に刊行された「大木惇夫詩全集」（全三巻）の第二巻に、初めて「海原にありて歌へる　拾遺」として、三篇の詩が付加されている。そのうちの一篇を記してみる。

――昭和十六年十二月八日、大詔渙発の直後、徴用令をうけて白紙応召、大東亜戦争ジャワ作戦軍に参加す、齢四十六、辛うじて新兵の訓練に耐ゆ。

大みこと、はや降（くだ）りたり、
召されたり、うたびとわれが。
こは、げにも夢にやあらぬ
国生みのすめみいくさに
命（いのち）知る齢（よはひ）にちかく
痩せほそる弱き身にして
召されたり、ああ、召されたり、
今ぞ知る、われはも男（を）の子、
生くるにもかひあるものぞ。

過ぎし日の幾日幾夜は
世を憂へ人をあざみて
酌（く）む酒も悲しかりしか、
いたづらに月を吹く風
いづち行くさだめなりしか、
胸ふたぐわづらひ繁み
すすき穂のおもひみだれて
虚無をのみたのみたる日に
召されたり、よくもこの身は。

たちまちに変るすがたや、
装ひの身につかずとも
な嗤ひそ、われは恥ぢぬを、
細腰に太刀は佩けども
そを使ふすべだに知らぬ
かりそめの、俄かづくりの
ふがひなきこの軍びと、
しかはあれ、逸るこころに
わがペンはまこと機銃ぞ、
百万、敵はありとも
かなしびと怒りをこめて
ひたざまに射ち射たましを。

召されたり、つひに起つもの、
天つ日は今日し照り映え
神々は今日ぞまさしく
この胸を往き来したまふ、
これやこの一兵われは
閑ならね、こころ閑かに
大君のみことのまにま
征き征きて、いのちささげて
言挙げず大君の辺に
名も無くて、ただ死なんのみ。

召されたり、うたびとわれは
おほらかに死所を得たり、
祖先らの御墓もゆるげ、
召されたり、召されたり、あな。
（「その日」）

「徴用令」を受けて茫然自失したその日を、戦場を経験した父はこううたうのである。他の二篇の詩は「基地連禱」と「敵前上陸序曲」である。

　事実上はこれらの「海原にありて歌へる」拾遺をふくめて、第一戦争詩集『海原にありて歌へる』は完結する。詩集は日本出版会推薦図書となり、文部省推薦図書ともなり、文学報国会による大東亜文学賞を受賞するのである。この経緯は、戦後の父がジャーナリズムから抹殺される一大要因ともなっていくのだから、表現される言葉はつねに危険に晒されていると言ってよい。

　国の存亡の時に遭遇し、熱く心に点火されるのも詩人であるし、石の沈黙を守るのも詩人なのだろう。厭戦詩はあり得ても、反戦詩を書く土壌は父の内部にはなかった。『海原にありて歌へる』のみに関していえば、それは、詩人が時代の傷を運命のように極限まで自分のものとして、自己同一化してうたった詩集であると言えると思う。

　戦争詩集はこの後もつづいている。未刊であったために第二戦争詩集とは呼ばれないが、実際には『海原にありて歌へる』につぐものになるはずであった詩集は、昭和十七年の「新防人の歌」と「朱と金と青」である。「大木惇夫詩全集」2において、初めて、未刊詩集「新防人の歌、朱と金と青」として発表されている。戦地で書かれたものには捨てがたい詩が何篇もふくまれている。

――バンタム湾敵前上陸の後、われらの部隊セランの
町に進撃す。

セランへとひた進む
まひる日のみちすがら、
敵をうつこの思ひ
火となりて燃ゆるかと
さかんなり火焔木、
その花はあかあかと
青空を焦がしつつ。
さらでだに、生きの身の
くるめくや、狂ふにや
いと重きこの頭、
灼きつくよ、この渇き、
草むらのほてるなか
崩え落ちし白壁に
暫しくをすがりつつ。
その壁にのこりたる
弾痕のかずかずを
かぞふるも倦くて
うるほひの椰子の水
もとめつつ、あへぎつつ、
すがりつつ、よろめきつ。
（「火焔木」）

人住まぬこの廃れ家に
むなしくも咲くやマデロン、
陽はあかる昼の日なかを
うすみどり大き葉かげに
紫の花をつるして
桐かとも貴に見ゆるを
あはれよと門をくぐりて
われ立ちぬ、息をひそめぬ。
標札とりはづされて
逃げ去りしオランダ人の
ミストルの名をだに知らね
その扉ひらきて入れば
よろひどの隙をもれくる
いくすぢの外の面あかりに
見出でてはかりそめならじ、
鉄琴のかかる壁には
チェッチャクのひそかに棲みて

生き物のかなしき性を
うらやすく営めるはや。
うす暗き階の下には
かのポオが「赤き仮面」の
そが家にありけんと思ふ
大時計ほこりをあびて
小さき針、四時を指したり。
かなたなる臥床を見れば
白滝の流るるごとも
透きとほる蚊帳の垂れゐて
襞多き石竹いろの
絹の夜着ぬぎすてられて
しどけなきそのかたへには
あえかなる孔雀の羽根の
香ぐはしき扇ぞ落ちたる。
こなたなる子供部屋には
数々の玩具ちらばひ
絵本などあまた積まれて
古めきし黒き匣あり、
こころみに捩子に触れれば
オルゴール鳴りも出でにし、
しづもれる空家の隈に
鳴りひびき、こだま返して
その歌のなんぞ愛しき、

ひとしきり唄ひてやみて
また返るしじまのなかに
眼にとめて更にあはれに
ひとしほにこころうたれし
いと小さき赤き絹靴。
草まくら、旅にしあれば
ますらをのわれといふとも
わが子らの足の細きを
しみじみと思ひ出でては
胸熱く、まなこそむけぬ。
いくさには敗けまじきもの、
いとけなき者のなげきを
つゆだにもなからしめんと
身をもちて防ぐ者われ、
げに勝たん、この大みくさ、
勝つべくは子らのためにも
すめぐにの楯とならばや、
かく思ひて、いよよつつしみ
門を出で、つくづくに見ぬ、
むらさきのマデロンの花。

註「チェッチャク」はマライ語のやもり。

（「マデロンの花咲く家——セランに進駐せし時のことども。」）

昭和17年夏、戦地ジャワの父に送った家族写真。前列左から母方の祖母、康栄（長女）、母梨英子、章栄（三女）、毬栄（次女・筆者）。後列左は従兄聰、右は新彦（長男）。

この詩にある「わが子らの足の細きを／しみじみと思ひ出でては／胸熱く、まなこそむけぬ」は、姉と私を指していると思われる。父は恋愛中といわれてもいたが、戦地からもたびたび家族へ便りを送ってきている。母も家族の写真を撮っては、手紙といっしょに送っていた。手紙は一刻も早く着くように、新聞社の「托送便」を使えと指示してきた。他にも軍専用の「好便」を指示してきている。父から届く写真もあった。私に宛てた手紙も数通残っている。

「　マリチャン
　マリエ、パパ　ガ　オクッタ　シャシン、ミンナデ　ミタカネ。パパ　ブタイチョウ　デショウ、オヒゲ　ノバシテ、テツカブト　カムッテ、ケンヲ　ツイテネ。シカシ、パパノ　ホントウ　ノ　オカホ　ハヤク　ミタイデショウ。パパハ　オクニ　ノ　タメニ　ツクシテ、ソレカラ　カヘリマス。ソノ日　ヲ　マッテ　オイデ、ゲンキニ、ミンナ　ナカヨクシテ　マッテ　オイデ。
イイ　オミヤゲ　モッテカヘルカラネ
マンサクサン（フミエ）ニ　ヨロシク
　二十六日　　　　パパ　ヨリ」

二十六日とだけあって、封筒は失われているので、何月なのか、どこから送られた手紙かは不明であるが、「オミヤゲ」とあるから、おそらくバタビヤからではなかったろうか。それに、ここではパパと書いているのが気になる。確かに私の家ではパパ、ママも使われていた。幼い時がパパ、ママで、やがてお父様、お母様にスライドしていくのではなく、ずっと併用していたように思う。どちらかといえば、お父様、お母様の頻度が多かったような気がする。家族の写真については、送った写真にもっと元気な表情のものが欲しいというクレームがつき、慌てて写真館で撮り直したことがあったと母が述懐していた。

　ジャワの風物といっても、南国の花で心惹かれる花は少なく、わずかに「桐の花に似たマデロン、リラに似たシアンタン、山梔子の花と覚しきコモゼ、相思樹のジャラ、ミモザ、合歓の一種のゴロゴロカン、ムラムラカン、いかだかつらのカムピル、向日葵のマタハリ、杜若まがふスパトウの花ぐらゐのもの」（『日本の花』）で、あとは色も形も香も毒々しく、「咲くことのみを知つて散るを知らぬがに見える貪婪の花」（同）であると父は書いている。その思いが詩集『日本の花』につながっていくのだろう。体調を崩す日はとりわけ抒情詩人に立ち戻る父がいる。

あはれ、日の、何かさは　懶(たゆ)げに暮るる、
熱病(ねつや)みて　喘(あへ)ぐこの身に
雲はるか　待ちわぶる便(おと)づれもなく
スコールも　今日(けふ)し来らず、
茴香(うゐきやう)のいろ淡き壁にとまりし
チェッチャクの影をうとみつ、
おぞましきトッケイの鳴くこゑききつ、
ほとほとに堪へがたなくて
微風(そよかぜ)のあるかなき窓辺に倚(よ)れば、
あはれ、日の　われにつれなし。
うち水の濡れ光る　敷石みちに
青落葉(あをおちば)　音(おと)なく落ちて、
ためいきの　夕闇に咲きや出でけん
ほの黄(ぎ)なるジャラックの花。

　註「スコール」は驟雨「チェッチャク」はやもり
　「トッケイ」は大とかげ「ジャラック」は相思樹――
　　ミモザの花

（「相思樹――熱病みてバタビヤの宿舎に歌へる」）

月ありき、宵のほど　しろがねにうちけぶらひき、
みはるかすキナの山脈(やまなみ)
たなびきて　いざよひて明かる横雲
椰子しげる谷隈々(くまぐま)
まぼろしの貌(すがた)うかべて
月ありき、円(まど)かなる灯(ともしび)なりき。
夜(よ)のふけは、月隠(かく)れ　しろじろとわきあがるもの
花うるむ霧のためいき、
鳥のこゑひそまりて　ひそみはてては
あひ寄りてすがるすべなく
消ゆる樹や　おぼろめく影、

山梔子(コモゼ)の香(か)さびしらに焚きくゆらしぬ。

霧咽(む)せて　花咽(む)せて　ものみなを蔽ふ時しも
萎(な)えほそるわがうつし身に
常ならぬ経帷子(きやうかたびら)のまつはりて
をちこちの谷の底より
回教(イスラム)の鼓(こ)は鳴りひびき
呼ばひつつ　こたへつつ　谺(こだま)かへしぬ。

秋めける山の上(へ)や、しづかなるスラビンタナの
旅宿(たびやど)の園の芝生に
露しとど、佇みつ　素足もぬれつ
よもすがら池をめぐりつ
ふるさとは思ふに堪へね、
しぶきつつ　噴(ふ)きあげの水は鳴りつつ。
（「山上吟——スラビンタナの旅舎にて。」）

これらの詩篇は『海原にありて歌へる』中の諸篇とほぼ同じ時期に書かれている。

「出版情勢そのほか不幸な事情のため、校了にまでなりながら、つひに未刊のままになってしまった。（中略）とにかく愛着のあるこれらを未刊詩集として詩全集に編入し得ることを幸に思ふ。」

と、父は「大木惇夫詩全集」２の「未刊詩集　新防人の歌、朱と金と青」において「附記」している。

　この未刊詩集をふくめて、父の戦争詩集は五冊にのぼる。他の戦争詩集を刊行順に並べると、『神々のあけぼの』（昭和十九年四月、時代社）、『豊旗雲』（昭和十九年五月、鮎書房）、『雲と椰子』（昭和二十年二月、北原出版創立事務所）になるのだが、作品の書かれた時期、内容からいえば、『雲と椰子』が第二戦争詩集に当たるのである（未刊詩集は除いて）。以下、『豊旗雲』、『神々のあけぼの』の順になる。

『雲と椰子』については、父が「あとがき」に記している通りなのだろう。

「（前略）特に戦争詩などといふ銘を打つ意もなく、野心もなく、ただ戦場に臨む卒伍の心を以て、また、微と雖も皇国を負ふ詩人の魂を以て、見るにつけ聞くにつけ、その折々の感ずるままを素直に歌ひあげたまで。——他にとりたてて言ふほどのこともない。」

　戦場では、さりげない風景に生と死の両極が潜んでいる。『雲と椰子』はことに長詩が多いので、短詩のみを選んでみよう。

言はざらむとす
哭(な)かざらむとす
雲を見て
水を見て

海越えむのみ
征き征かむのみ
（「黙語」）

ちり落つるときにしあらぬ
木の葉はもはらはら落つる、
うららけき真日の日なかを
青落葉はらはら落つる、
この運河、かの街路にも
この露地、かの野にも
しきりなり、はらはら落つる、
はらはらり、ああ、青落葉、
みむなみの常夏島に
日の本のたましひ留めて
若くして散らふ雄の子の
青落葉、思はざらめや。
（「青落葉」）

戦場の異体験を経てもなお、柔らかい感受性をはりめぐらした詩人が見られる。『海原にありて歌へる』の象徴性、氷柱のように尖った神経の働きには遠く及ばないにしても、共通の抒情性が健在なのを知ることが出来る。

次の『豊旗雲』はどうだろう。ジャワから帰還後、およそ一年間に新聞、雑誌に書いた多くの詩のなかから、出版社の求めに応じて、約半数を収めたものである。残りの半数は『神々のあけぼの』に収めている。「南海征賦」「産業戦士に捧ぐるの頌」「撃ちてしやまむ」「アッツの勇士」などなどのタイトルからも詩の内容は推測される。『海原にありて歌へる』によって爆発的な人気を得た詩人に、もっともっと戦争詩をうたわせたいという依頼者の心理も理解出来る。きっと具体的なテーマを持ちこまれ、報道資料をもとに書いた詩であろうと思う。これらの詩の表現は激しいが、詩そのものの強さは見られない。ステレオタイプの言葉の群れに真の悲しみを探すのは不可能だろう。ここまで戦争詩を書きなぐれば、当然、似た表現やくり返しも避けられない。文語の力を借りるならば、どのようなテーマでもうたえるスキル、鍛えあげられた技倆は十分父に備わっている。しかし、何ものかに憑依したかのような歌いぶりに、私は困惑を通り越した怖ろしさを感じる。問題だと思える詩の一例を挙げるとする。ここには繊細にして強靭な抒情詩人の片鱗も見られない。

東の日出づる国の
日の皇子の御民ぞわれら
御鉾とりすでに起ちたり、
虐げてアジヤをみだる
よこしまの夷を撃つと。

みいくさや、大義のつるぎ、
北の果、南の極に
かちどきを高くあげたり、
苦しめるアジヤの民を
さきがけて解き放たむと。

あけぼのぞ、よきおとづれぞ、
荒野なる眠れる獅子よ
目ざめよや、吼えよ、奮へよ、
いざ挙れ、アジヤは一つ
日をしるす御旗のもとに。

八紘宇と為すべき
すめ御稜威すめ御光に
わざはひの雲はらふまで
神怒るアジヤの敵を
撃ち撃ちて撃ちてしやまむ。

（「大アジヤ獅子吼の歌」1〜3・5聯）

このような詩集『豊旗雲』のなかに、北原白秋の死を悼む「挽歌」（前出）一篇が収められている異様さに、私はたじろいでしまう。

昭和十七年十一月二日の逝去に際して捧げられた痛哭の詩ではあるが、かつての『風・光・木の葉』に収められている恩師とのある日を想う詩「藤花追憶」の純粋性には及びもつかない気がする。だが、おそらくは時期的な流れで『豊旗雲』に入れられただろう「挽歌」一篇は、そこにあることを峻拒しているふうにも思われる。「大木惇夫詩全集」２に初めて収められている「豊旗雲」拾遺にも、残念だが名詩は見出せない。「をろがむ」という表現が頻出して、どこか講談調でもある。

最後の戦争詩集『神々のあけぼの』は、いっそうの困惑を私に与える。「あとがき」の終わりに父はこう書いている。「この詩集は、どういふ意味でか、自分が『神々のあけぼの』と感じ得る事柄を心から讃へる献詞のみで埋めたと思っていただければよい。」

父はもともと何ものかに感染しやすい人間であるし、戦いの現場に投げ出され、初めて「大東亜戦争（アジア・太平洋戦争）」を実感し、自分を奮い立たせたのだろうと思う。戦争の残酷、悲惨、恐怖を身体の奥深いところで摑んだ詩人ではあったが、帰還し、「国家的要請」を受けて報道されたさまざまな戦いをうたう時には、ジャワの実戦地で体験した、あの死に直面する戦争さえもを客観性をもって眺められた自分を、すでに失っていたのだと思う。そうでなければ、『海原にありて歌へる』、「未刊詩集　新防人の歌、朱と金と青」、『雲と椰子』の三作品と『豊旗雲』、『神々のあけぼの』との間に横たわる長い距離をとうてい理解することは出来ない。

例えば、同じ題材をうたっても、スラビンタナの旅舎で書いた「山上吟」（前出）と後にノートに記した構想メモをもとに書いた『神々のあけぼの』中の詩「遠望祖国」では、感受性、表現に距離がありすぎる。

世界地図ひらきて見れば
眇かなり、小さし、はるけし
日の本のあきつしまかげ、
しかもよく南に北に
大いなるいくさ拡げて
しかもなほよく勝ち連れて
つはものの、うたびとわれの
今し立つこのジャワの地に
大いなり、日のいきほひは
天降る義のみ剣の
白き熱冴えて凝りつつ
ものみなをい射しつらぬき
壮なり、日のかがやきは
すめらみいつ、草木をなびけ
いつくしく　い照り徹して
生き成れるものをうるほし
八紘　光におほふ
天業継ぎゆく力
限り知らずも。
これやこのスラビンタナの
山の上にひとり立ち立つ
わが胸の、胸の奥所に
湧きたぎちみなぎる力
量り知らずも。
古のはるけき日にも
聖なすいくさ進むと
すめ祖すめ神々の
かの雲に乗りて降りまし
かの虹の懸橋わたり
かの海の八重潮越えて
常緑常夏灼くる
この土に降りたたしけむ
むかし偲ばゆ。

（「遠望祖国――スラビンタナの山上に立ちて歌へる。」）

スラビンタナの山上で「一種の霊感をうけた」という父は、古い日本の神話を思い、「聖戦」と信じる戦いがつくり出す新しい神話を重ね合わせている。神がかった興奮にすがっていたかったのかもしれない。次の「序に代へて」にうたうしんしんとした静けさが満ちる四行詩とは別ものの詩集の印象が強い。

さかしらは言ふべきならじ
この朝の雪をかづきて
しづもれるやなぎの蔭に
白鷺のひそみ立つはや

神がかった勇しい戦争詩を数々遺した父の特異さは、戦中の同じ時期に詩集『日本の花』を上梓していることではないだろうか。

昭和十八年十一月刊行の『日本の花』（大和書店）は、恩師北原白秋のみたまに捧げられている。第一詩集『風・光・木の葉』が白秋に献じられているのと同じように。

一年近く日本を離れ、見ることが叶わなかった日本の花々は、三千海里を隔てる南の島にいる父にとって、いっそう慕わしく、懐かしく、愛惜の念がつのる対象であった。

「郷愁的に思ひ出されたのは、祖国日本の四季のことであった。四季をりをりの花のことであった。あのあはれにゆかしい、あの優しく、勁（つよ）く、すがすがしい、あのささやかにして深みと渋みと気品を持つ、多種多様、幽趣微妙な日本の花また花のことであった。」

父は懇切をきわめる「自序」において、わが国の文学、文化、とりわけ古典の詩歌のすぐれている理由も、日本の風土、この四季の変化との関わりのなかにあると言っている。日本の花の僥さ気高さ、微妙繊細な形、色、香り。その生態が日本の花独自のものであり、世界に類を見ない日本精神の表徴であるとも書いている。

帰還した父は、死線を越えてきた自分は、戦争そのものをうたうのと同様に、日本独自の花のこころを歌うべきなのだと痛感している。

そして、二夜にして新作四十一篇をなすのである。もともと花を、日本の自然をつねにうたってきた父は、自著詩集のなかから花にちなんだ旧詩七十一篇を選び出し、合わせて詩集『日本の花』としている。（旧詩のいくつかは題名を花の名前に変更している）

戦場でつくづく父の心をとらえたのは、日本人にそなわる花への特異な感性であった。その感動を「自序」にこう書いている。

「戦争のさなかにも花はあった。破壊された建物や、撃墜された飛行機の残骸の傍にも、花は無心に咲いてゐた。皇軍将兵の勇ましくも、また、その心のゆかしさ、さうした野花を摘んで花環をつくって、戦友の墓標にささげるもの、或はそれを水筒の紐にむすびつけて、トラックにゆられながら更に進軍するもの、或はまた、何一つ潤ひのない宿営の窓に、ブリキ罐を持ち出して花を挿すもの、砲煙弾雨のただなかに、絶え間なき心の緊張とあわただしい激務のひまひまに、さうした頰笑ましくもあはれに心うつ情景は到るところで見うけられた。」

父は日本の花々に日本人の精神性、もののあわれに通じる心性を再認識してうたっている。父にとって、戦争詩と同時に日本の花々をうたうのは、いささかも矛盾してはいなかった。
　南国の風土で思い返しては懐かしんだ日本の花、とりわけ質素な、寂しい、けれども独特の凛然とした美をもった花に再びまみえる喜びにつつまれて、父はひたすら花々をうたっている。

きさらぎの晨（あした）の月に
白梅は息ふきやまず、
枝々に雪を咲かせて
清（すが）し香（か）の凍りつくまで。
（「白梅」）

淡雪（あはゆき）の岸をひたして
水ゆるく流るるところ
連翹（れんげう）を今は折りたり。

あくがれは遠野のかすみ、
春日さす黄なるほのなる
その花を今は折りたり。
（「連翹」）

わが旅はいそぐにあらね
かなしみのそぞろ穂に出て
風草（かぜぐさ）や、風になびけば
秋の日のはや暮れんとす。
（「風草」）

美はしく奇（け）しき蜥蜴（とかげ）に
見惚れつつ、見つつ飽かなく
おそ春の野に立つときし、
吾（あ）をめぐる葱（ねぎ）の畑（はたけ）に
暮れまどふものの香りの
寄せ来とや、怖ろしきまで
列（つら）なせるその擬宝珠（ぎぼしゆ）よな。
（「葱の擬宝珠――をさなき日の思ひ出。」）

沈丁花（ぢんちやうげ）たもとに秘めて
逢ひに来（こ）し君とおもへば、
薄月夜、はだら雪にも
はや春の香（か）ぞこぼれたる。
（「沈丁花」）

　この愛すべき詩集『日本の花』は、北原白秋への追想の文章「花に寄せて」で終わる。恩師の思い出にはいつでも影のごとく花がゆらめいていた。
　北原白秋との邂逅は、父にとっての奇跡、運命としか言いようのないものであった。「亡き師の君北原白秋の面影を偲ぶ記」と副題した文章には、『日本の花』そのものを象徴するような、花に寄せた思慕の感情が流れている。憧れであり、敬慕の対象であった大詩人への追憶は、父を若い何ものでもなかった日々に引き戻すのである。鉢植えの藤の花を目にして思われるのは、二十年も前の旅の日、藤波の下をくぐりつつ師がいわれた「くたびれて宿かるころや、藤の花。芭蕉はいいな」の余韻であった。

「われは南の海ばらを征きて、いくさなか死の極みまでゆきゆきて、生きては還るべくもあらざりし身の、何ごとぞ生き還り来て、今日の日のうらら日に逢ひ、再びは見るべくもあらざりし日の本の春の花に会ひぬ。何ぞかなしき。

　さもあらばあれ、師の君は今、かねてより慕ひましにし、かの『幽玄』の奥がにゐまさむ。

曇り日のいぶし銀にも
白鷺の翳り遊ぶや、
群なして羽搏ちとまりて
かすかなり、さぎさうの花。

――鷺草の花

あはれ、また、師の君は今、『寂光』の中にゐまさむ。みあとにありて、われも仰ぐを。

藤なみのゆれつつぞゐし、
まひるまの夢に、さやかに。
うつつなるむらさきの雲
うつそ身を埋めつつぞゐし。
久方の寂びし光を
乞ひ禱みて泣きつつぞゐし。

――藤の花

」

詩人として昭和十六年十二月に「徴用」された父の戦争は、十七年十一月の現地版詩集『海原にありて歌へる』から、二十年二月刊行の『雲と椰子』にいたる全作品に集約される。戦争に浸りきったおよそ三年余りがあった。戦争はなお継続中であるが、父の戦争はここに終了したのである。

　激しく燃え上がり、燃えつきた詩人の戦争であった。戦争のさなかに父という詩人の絶頂が来たのだとは、私は必ずしも思わないけれども、戦後は徐々に失速して行くのであれば、世間でいわれるとおり、戦争期が父の仕事の頂点であったという説を認めざるを得ないのだろう。『海原にありて歌へる』が父の詩の最上のものであり、日本の文学史に残り得る作品であるという説にも反対は出来ない。しかし、父の詩が「戦友別盃の歌」一篇のみ、という極論はとうてい受け容れ難いのだ。

　戦争を反映した父の戦後は、父にとってと同様に、私にも重く感じられるものである。詩人の戦争期の仕事への批判はあって当然だろう。批判されるべき詩篇は多くある。父は戦争末期から敗戦直後をうたう詩集『山の消息』（昭和二十一年九月、健文社）においての解説風の文章のなかでのみ、反省、釈明、弁明を独言のように記しているが、それ以降はいっさいの沈黙のうちにそれに堪えた。後半生の不遇にも堪えた。

それにしても、同時代を生きた人間で、父を批判しうるのは、戦争を否定した真に潔白な者、反戦をつらぬいて獄中にあった者くらいなのではないだろうか。続々と転向、転身した者たちを、父は沈黙のなかでどう眺めたのだろうか。

父が戦時を燃えるように生き、書きつづけたというのも、父らしい選択であった。強いられた戦場への「徴用」であったにせよ、じっと目立たず、最低限の義務だけを果たして、時を遣り過ごす方法もあったのではないか。無能である己れを証明する生き方もあったはずである。けれども、父はそれをしなかった。詩人としての魂の発火を抑えられなかったのだ。そして、うたいつづけた。

抑えがたく言葉を生み出した詩人は、そのことに無上の喜びを感じたろう。戦意の高揚に荷担したという罪や死を礼讃したとかの罪でどれほど弾劾・指弾されようと、それとは別の次元で、詩人は自身を極みまで上昇させ、ある意味では死んでいたのだと思う。半分生を捨てた者でなければ、「戦友別盃の歌」は書けなかったのではないだろうか。むろん、戦争詩といっても、最後期の『豊旗雲』や『神々のあけぼの』ではなく、戦地で書いた詩について私は言っている。

戦争詩と共に『日本の花』を書いたのも、詩人の内奥からの欲求であった。詩集『日本の花』の巻末に白秋の死を悼む文章を載せたのも、父の生来の平衡感覚がそうさせたのではなく、父のなかの、詩人が有する自然が、そのように父を動かしたのだと思えてならないのである。

19　戦争末期から敗戦へ

父の最後の戦争詩集は昭和二十年二月に出版された『雲と椰子』（北原出版株式会社）である。刊行は最も遅くなったが、内容は『海原にありて歌へる』、未刊詩集「新防人の歌、朱と金と青」と同時期に書かれている。この詩集をもって父の戦争は終わった、と私は前章で書いた。父にとっての戦争は「徴用」されて以来の詩作品に集約されていると考えるからである。

しかし、昭和二十年二月にはなお戦争は継続中であり、それ以前からも父や私たちの戦時下の生活はつづいていた。

十七年九月下旬にジャワから帰還した後も一年半あまり、父は「国家的要請」をまともに引き受け、戦争詩を量産し、ついに緊張と堆積した疲労のために半ば病んでいる状態にあった。長い興奮を引きずって身体が悲鳴を上げていたというべきだろう。「徴用」される前から噂にのぼっていた恋愛に傾き、帰国後、母との関係は暗礁に乗りあげているように周囲は見ていたようだ。

それでも、昭和十八年一月四日、蒲田の強二叔父の家で新年を祝った折、久々に楽しい酒に酩酊した父は、母が着ていた羽織の裏地に即興の詩を書いて贈っている。

深きふち潜み起りて
かの星をつらぬき透し
日と月の栄えに連なる
吾と汝や　その栄えの座に

われ大東亜戦争に参加して一年よく勝ちて
生きて還りぬ　今昭和十八年の春一月四日、
愛弟強二の家に酒を掬み感極まりて
愛妻梨英子に授くるの即興

大木惇夫

母との絆は格別なもので、現実の隔りによって薄れるものではない、分かって欲しい、という身勝手な願望を読みとることも出来るし、母と自分のある場所を指し示す心底の思いを告げた即興詩とも受け取れる。母はその黒い羽織を大切にし、晴れの日に着ていた。

その頃になると、強二叔父のセロハン工場は平和産業であるとして、廃業寸前に追い込まれていた。軍に貢献する仕事への切り換えを迫られ、叔父は軍服の縫製を考えつつあった。

過去一年間、戦勝報道がつづいた後で、二月にはガダルカナル島撤退開始が報じられ、国民は戦争が難しい局面を迎えているのを知るのだった。スターリングラードでは、ドイツ軍の降伏が伝えられた。

三月、目白幼稚園を卒園した私は、四月、豊島区立高田第五国民学校に入学する。姉は同校の三年生になり、兄は獨協中学校に入学した。椿山荘に近い獨協に兄は自転車で通学していた。妹は一歳十か月になっていた。

六月に報じられたのは、学徒の「戦時動員体制確立要綱」が決定されたことであった。日々の暮らしに暗い翳りが射していた。

ある日、祖母がやってきて、母と紬の着物をほどき、もんぺスタイルの上下に作りかえていた。傍で見ている私に祖母は、「ほんに勿体なかと。上等な着物を切り刻んでしもうて、どないなるごつ」と、熊本弁で不満そうに言うのだった。話し上手な祖母もすっかり気落ちし、言葉少なに、それでも鍛えられた手指を器用に動かして、もんぺ服を作り上げた。三着目は今でもその柄が目に浮かぶ母の泥大島で、私は母が気の毒に思えてならなかった。その大島の着物に青色の地に白、緑、赤、黄の縞模様が織られた名古屋帯を締めると、母は本当に個性的で美しく見えた。

たまに戻ってくる父は顔色がすぐれず、痩せていた。「学校はどうかい？　楽しいの？」「うん、とっても楽しい。砂場で遊ぶのが大好きなの」「そうかい。それはいいね。元気で遊ぶのがいいんだ。まーりちゃんは誰よりも強いそうだね。お母様から聞いたよ。そんな子ならお父様は安心だ」。父はまだまだ話したいというように私を見つめた。私が強いというのは、入学早々なので心配した母がそうっと学校に行き、裏門から入って運動場を眺めると、砂場に二十人くらいの子どもたちがいて、場所取りで押しあっていたという。私は乱暴な男の子たちに挟まれ、押されて、今にもはじき出されそうだった。母が飛び出して行こうかとはらはらしていたその時、半身はじき出された私が渾身の力をこめて左右の子をはじきとばしたそうなのだ。男の子たちは諦めてすごすご砂場を離れて行った。母はほっとして家に帰ったという。

父が家にいれば、家中が活気にあふれた。母とお牧さんは乏しい材料で父の好きな料理を作った。食の細い父は飲むだけであまり食べなかったが、季節はずれの好物、衣かつぎを美味しいと喜んだ。父は皮を上手につるんと剝いて私の口に入れてくれた。「お父様はね、衣かつぎが好きでね、広島にいた子どもの頃に、おばあちゃんがよく炊いてくれたものだ」。父の好物を思い浮かべると、どれもあっさりした素材のよいものばかりであるのが分かる。焼茄子、茶豆、衣かつぎ、デビラ（ヒラメの子を干物にしたもの）……

父のいる家は中心のある、バランスのある雰囲気を醸していた。戦時下の非常時を忘れる明るさが生まれた。私は父の側にへばりついていて、父が外に出て行かなければいいのにと思った。だが、二、三日家にいると、また何処かへ行ってしまうのだった。父が無事に帰還したことを母が手離しで喜んだけれど、年中行事だといっては外出して帰らない父を、半ば呆れて見るほかはなかった。出て行く父に皮肉を言うのが精一杯であった。仕事関係の人の噂では、父は渋谷周辺に仕事部屋と称して、巣を作っているらしかった。そこで緊急の仕事を日夜つづけているのだそうだ。

実際、新聞、雑誌に父は戦争詩を書きなぐっていた。さらに『海原にありて歌へる』の国内版が四月、北原出版株式会社創立事務所より刊行され、十一月には詩集『日本の花』（大和書店）が刊行されることになる。帰還後発表している戦争詩をまとめて出版する話も決まっていた。体調不良に悩まされつつも、注文に応えなければならないという圧迫感に苛まれていた。

戦争中でも、夏には例年のように私は強二叔父の家に滞在していた。蒲田の工場は一部が稼働している状態で、二、三人の従業員が働くだけになっていた。

夕食が終われば、毎晩屋上で夕涼みをする習慣は残っていた。その日も、私とロリをつれて、叔父と叔母は屋上にのぼった。花火は禁じられていて出来なかったけれど。私はサイダーを飲み、二人はウイスキーを飲んでいた。叔父が私に訊いた。

「まりちゃんは、パパから疎開のこと聞いているの？」私が答えるより先に春子叔母が言った。「疎開なんて意味がないわ。私は行きたくありません。どこへ行ったところで同じだわ。アメリカと戦うなんて、無鉄砲よ。私はあの国を知っているからそう思うのよ。あんな大きな国にどうやって勝つっていうの。国内で時差があるのよ。物量の桁がちがうのよ。この戦争は無理だわ」。おっとりした春子叔母がこんなに感情的になっているのを、私は初めて見ると思った。

「ソカイって何なの？」私は叔父に尋ねた。「いま戦争中で、中心の東京にいると危ないから、田舎に避難するんだよ。学校にも疎開して行く子がいると思うよ」「どこに行くの？」「それはまだ決まっていない。広島に行こうと思っていたんだが、パパが広島は遠すぎるっていうんだ。今探しているところだ」

ソカイという言葉を聞いたのは初めてだった。

東京を離れた記憶は私にとって一度だけ。四歳八か月になっていた昭和十五年七月、兄と姉と私は、母につれられ母の故郷熊本の日奈久に行ったことがある。下関から門司まで船に乗って。海の町日奈久で私が虜になったのは、潮風が吹く白っぽい坂道にちっちゃな蟹がゾロゾロ這いまわっている光景であった。私たち子どもは蟹を追いかけて日奈久の休暇を過ごした。母にとっては何年ぶりの帰郷だったのだろうか。親類のみんなに歓迎され、母は輝いていた。

「ソカイ、ソカイ」が私の頭を去らなかった。目白を離れて田舎に行くのはいやだと思った。帰宅してからソカイのことを母に聞くと、母は浮かない表情で答えた。「東京にいるのは危険だからって、お父様が疎開させようとしているのよ。でも、疎開は気がすすまない。子ども四人をつれて、知らない土地で、ひとりでやって行くのは大変なのよね」。母はソカイの話を知っていて、抵抗していたのだった。国がさかんに疎開を奨励し、とくに文化人の疎開は期待されていたようなのだ。「強さん（強二叔父）とも相談しなければならないのよ」母は心細そうに言った。独り言みたいだった。

九月になってからは、疎開が現実化していった。広島行きは消え、新たに栃木県の田沼町が浮上してきた。何のゆかりもない土地であったが、強二叔父がもたらした話で、行きつけの飲み屋の女将戸室きんの紹介であるという。戸室は田沼町近在の三好村の出身なのだが、田沼なら東京から近いし、軍関連の施設もないので安全だと強調したという。強二叔父から報告をうけた父は、すぐその話に乗ったらしい。母は抵抗しつづけたけれど、「それなら、東京で子どもの安全を確保できるのか？」と迫られれば、言葉がなかった。後に母は、「それが二人のせめぎあい」であったと述懐している。

疎開の準備がすすめられた。強二叔父一家も佳雄叔父一家も後から疎開するというのが母には心強かっただろう。

十二月中旬、私たち一家は光溢れる目白の家に別れを告げ、栃木県安蘇郡田沼町に向かった。そして、再び目白の家に戻る日はなかったのである。

田沼の生活があまりにも唐突に始まったので、家族のだれもが感傷に浸っている余裕はなかった。荷物が運び込まれるまでの間、二、三日、町で唯一の旅館萬屋（よろずや）に滞在した後、私たちは中町（なかちょう）の見番（芸者屋の取締りなどを兼ねる事務所）だったというかなり大きな家に落ち着いた。広い玄関の奥に六畳間が二つ続き、奥に板の間付きの四畳半があった。台所の脇にはガラス張りの戸がある食料の貯蔵室もあり、風呂場も立派なものであった。二階には八畳の座敷が二間あり、そこに東京からトラックで運ばれた本棚が置かれ、父の黴くさい蔵書が積み上げられていた。それを見た時、目白の家の父の書斎を思い出し、私は本の古っぽい臭いを嗅いでまわった。懐かしい匂いが私の不安な気分をなだめてくれるように思えたからである。

兄は電車で通う旧制佐野中学校へ、姉と私は町立田沼国民学校に転校した。姉は三年生、私は一年生である。年季の入った木造の校舎、走ると土煙が起こる校庭の佇まいを、今も思い浮かべることが出来る。親類の家に避難する子はいたらしいが、一家揃っての疎開は町で初めてだったそうで、朝礼の時間に紹介されると、生徒たちからどよめきが起きた。

授業が終わると、他の学級の生徒までが私を見にやってきた。私はズボンにジャケット姿だったのだが、木綿の絣や銘仙のもんぺ姿の女の子が多いなかでは異質に思えたのだろう。どこからかたくさんの手が伸びて、私の服は四方にひっぱられた。担任は黒沼先生。くっきりした顔立ちのきれいな女の人で、私はひと目で黒沼先生に好意を持った。同時に、理由はないのに、黒沼先生も私を好きになってくれる、と確信したのだ。先生が好きになったら、もう学校は楽しい場所に変わる。私は日一日と、元気な田沼の子になっていた。

もともと、子どもはどんな環境にも順応していくものだ。まず、言葉である。田沼では、「わたし」「あたし」は会話では使われなかったので、すぐに私は「わち」を常用語とした。意識的に使おうというのではなく、そうなってしまうのかもしれない。関東のなかでも群馬、栃木の言葉はきつく、粗い感じといわれていた。「わち」と「だんべ」をまぜたら、何となく土地の子に近づくのだった。

父は兄が通う佐野中学で講演をしたり、田沼国民学校の校歌を依頼されたり、忙しく動いていたが、翌昭和十九年一月末には東京に戻って行った。父が帰京する前に一家の疎開が朝日新聞栃木版（一月十六日付）に報道された。「文化の疎開」が見出しで、「詩人、大木さんが魁」が小見出しになっていて、父と母、姉と私と妹が見番の玄関前で撮られた写真が掲載されている。

「詩人の大木惇夫さん（五〇）が安蘇郡田沼町の見番跡へ疎開してきた。同地方では親類などを頼り子供ばかりが疎開してきてるが一家全部が本格的に疎開してきたのは大木さんが最初（後略）」そして、父の談話を載せている。

「三好村の戸室眞さん（私はきんと憶えている）と私の弟が知り合ひだつた関係上、こちらへ来る事になりました。文化も今後は中央集中的でなく地方へ疎開しなければいかぬと思ふ、ジャワ方面の報道班員として私は第一線の経験をして帰り殊にその感を深くしてゐる、地方にこそ日本の伝統的精神とか文化とかいふものが在るのだと考へる、この地方は文化活動の盛んな所ださうだから出来得る限り協力させて貰ひたいと考へてゐる」

このように答えていても、父には東京を離れる意思はなく、家族を疎開させ、ひとまず田沼の地に場所を得たのを見届け、東京に帰って行った。遅れて見番の二階にやってきた強二叔父と春子叔母や疎開地にまでついてきてくれたお牧さんに家族を托しての帰京であった。「一家全部が本格的疎開」の新聞記事は正確ではなかったのだ。父が東京へ戻って行くと、母は子どもの目にも沈みがちに見えた。

中学生の兄にはもっとよく事情がのみ込めたらしく、母のことが心配でならなかったという。疎開に最後まで抵抗していた母は、疎開が父と自分の関係を決定的にするだろうと直感していた。父が仕事場と称して渋谷近辺に巣づくりをしているのは噂で知っていたし、それもよくある一時的な迷いだから放っておこう、と自分に言い聞かせていた母も、栃木県と東京の距離を思い、鬱々とならざるを得なかったのだ。しかも、田舎での新生活を母は子どもを守って生きていかなければならなかった。

その母に衝撃を与えたのは、父を追って相手の女性が田沼に現われたことであった。そのうえ、彼女が目白の家を数回のぞきに来た人物であると知れた。彼女は家の鍵穴をのぞくだけではなく、通りの電信柱の蔭にかくれて父を待ち伏せする姿を近所の人たちに何度か目撃されている。どうしてそこまで父に執念を燃やすのかは分からなかったが、そうしたとんでもない行為が父には捨て身の愛情と映ったのだろうか。父は母に仕事の連絡のために来たと言い訳し、すぐに帰らせたというが、母が受けた傷は深かった。

私たち一家は階下に住み、強二叔父と春子叔母は二階を使っていたが、台所で食事の仕度をする時くらいしか、叔母は一階に下りて来なかった。蒲田での快活な叔母の姿はもう見られなかった。叔父は残務整理などで東京に行っていることが多く、母は叔母を気遣って呼びに行ったが、いつもぼうっと放心しているようだという。お牧さんが食事を運んだりしていた。もんぺ姿が当たり前になっている時期に春子叔母は洋服に絹の靴下をはいていたから、田舎の人びとは奇異なものを眺める視線で彼女を鑑賞しだした。悪意をこめて「アメリカ人！」という者もいたほどである。グラマラスな肢体だった春子叔母はすっかり痩せてしまって痛ましかった。私は時々二階に上がって行ったが、ソファーの定位置に腰かけた叔母は泣き疲れたように赤い目をして私を見るのだった。

そんなある日、春子叔母が絹の布張りの小さな手帳を私に差し出し、「これ、まりちゃんにあげたいの」と、私をじっと見つめるのだ。細い横罫の入った可愛いらしい手帳である。紫のカバーの端に銀箔のスコッチテリアが捺されている。今では犬はおおかた剝げてしまったが、手帳は私の引き出しに大切に保管されている。手帳の一頁目にはエンピツで「十四歳の手帳。春子おばちゃんの思い出。この手帳には美しいことしか書きません」と記している。十四歳の中学生になって初めて手帳に書き記したのだろう。十四歳の夏休みに読んだスタンダールの『赤と黒』についての感想が綴ってある。

戦争が春子叔母の神経を傷つけていた。

三月に入り、父が田沼を訪れた。仕事を兼ねてだったが、栃本というところにある唐沢山に母と姉と私をつれて登った。国民学校の校歌のための取材だったのかもしれない。頂上に唐沢神社を祀る唐沢山は荘厳な空気につつまれている感じがした。それよりも楽しかったのは、田沼の中心にある稲荷神社の初午に父と行ったことだ。戦争中なのに、いや、戦時だからなお戦勝を祈願し、初午は賑わっていた。

父の戦争詩集『神々のあけぼの』（時代社）は四月に刊行され、五月には『豊旗雲』（鮎書房）が刊行されている。

この三月に訪れた時に、父は強二叔父のために町の有力者や軍需関連会社の関係者とも会い、被服廠下請の縫製工場を始める土台を作っていた。革長靴に軍服ふうの洋服を着た父は、見慣れない他所の人にも思えたが、そういう服装でなければ、戦時下では電車の往復も不便らしかった。軍服姿の父はなぜかきりりっと見えておもしろかった。

新学期がきて、私は二年生になった。姉は四年生。兄は佐野中学二年生である。妹はもうじき三歳になろうとしていた。私は元気に学校生活を送っていたが、やはり空腹は苦しかった。ある日の午後、帰宅すると、母がひとり居間で編物をしていた。私はそうっと食料を入れておくガラス張りの部屋に入り、鉄棒に跳びつく要領でドラム缶に跳びつき、上半身を深く缶のなかに潜り込ませた。結晶状になった蜂蜜の少し動物くさい匂いが私をつつんだ。私は缶の縁がお腹にくい込む痛みをこらえ、お腹でバランスをとりながら、下部に残っている蜂蜜を両手でこさいでは、口に入れた。何という甘さ、何という幸福感。大人数のせいか、蜂蜜はもう四分の一くらいになっていた。目白でも食べていたし、気前のよい母がいろいろな人にあげていたのだろう。片手で缶を摑んでいなければ危ないと思いつつも、私は熊の子みたいに両手を使って超スピードで蜂蜜を食べた。すでに数回蜂蜜ドロボーをしている経験が私を大胆にした。右手、左手と活発に動かし、口に入れた。だが、調子がちょっとはずれ、お腹の位置がちょっとずれた、と感じた瞬間、私は頭からドラム缶に真っ逆さまに落ちていった。

　悲鳴を聞いて、母が駆けつけてきた。母は頭から首まで蜂蜜にまみれた子熊を助け出し、笑い転げた。そして私に言った。「どうりで蜂蜜に何本も筋がついてると思ったのよ。いい？　頭から食べちゃうからね」。母は「どこから食べようかな」と言いながら、私を舐めまわした。それから残り湯を沸かし、私を洗った。どんな時にも、母は子どもを叱らなかった。父も決して叱らない人だったので、私たちは叱られる体験を持たずに成長してしまったのだ。妹をおんぶしたお牧さんが近くの農家からかぼちゃやさつま芋を買って戻ってきた。昼のお風呂に、「あら、どうなさいました？」と驚くお牧さんに、「しらみがうつらないように、髪を洗ってやったのよ。隣りの席の子がしらみの卵で髪がまっ白に見えるっていうのでね」。母はそう答えながら笑っていた。

　田沼にもそろそろ疎開者が増えつつあった。一月に「防空法による疎開命令」が発令されたせいだったろう。五月には中学生の「勤労動員大綱」が決定されるというそんな時期、私の学級にも疎開の子が数人入ってきた。

　この年（昭和十九年）は例年より寒さが厳しいようで、四月になっても春の陽射しはなかった。十五日の早朝であった。まだ寝床で眠っていた七時前、玄関の戸を激しく敲く音に目を醒ますと、男の大声が聞こえてきた。「大変だ！　すぐ来てくれ。こちらの奥さんが大変だ！」。母とお牧さんが慌しく外へ飛び出して行った。私も寝巻きの上にオーバーを着て後をつけて行った。姉も駆けてきた。家の真向かいの路地が騒がしかった。家々が立ち並ぶ路地を入ったところに板屋根のついた釣瓶井戸があり、私の家でもそこの井戸水を汲ませてもらっていた。家の台所にもポンプ式の井戸はあったが、つるべ井戸の水は美味しく、水量の豊かさが好まれていた。三人の警官が指示を与える足元に菰が何かを覆っている。おとなたちが叫んだ。「子どもはあっちへ行ってろ！」

　姉と私は手をつないで家の玄関まで逃げた。そこに、見番に泊っていた蒲田の工員、国丸君が泣きながら歩いてきた。瀬川国丸は父方の祖母千代の妹の養子で、蒲田のセロハン工場で働いていた。蒲田に残務整理をしに行っていた強二叔父の使いで田沼に来て、その朝、東京に帰る予定だった。「おばさんが、おばさんが……」そう言って国丸君は泣き崩れた。

春子叔母がつるべ井戸に落ちて亡くなったのだ。早朝に出発する国丸の食事を用意しようと水を汲みに行き、誤って捲きこまれ、墜落死したのだった。絹のストッキングに塗り下駄をはいていて、足を滑らせた、ともいわれた。だが、この一年ほど、春子叔母は神経衰弱であったと母は信じていた。あんなに華麗であった叔母が、嫌がっていた疎開の地でつるべ井戸に捲きこまれて死ぬとは、あまりにも残酷すぎはしなかったろうか。

東京で愛妻の不慮の死を知らされた強二叔父の衝撃はどれほどのものであったろう。春子叔母の周囲にあるものは、私が初めて出会う西洋そのものであった。私にとっての西洋である叔母は死んでしまった。春子叔母の死は強二叔父の心ばかりでなく、私の心も凍りつかせた。田沼の生活が暗転したかのように思え、春子叔母の生命を奪ったつるべ井戸が憎く、しかも怖ろしくて眠れなくなった。強二叔父の消耗のしかたは痛ましく、母は支えるのに必死だった。

春子叔母の死によって最も変わったのは、母であったかもしれない。父の不在を憂えてばかりいた母が、自分の意志で窮地を切り拓いて行くたくましい生活者に変わったのだ。母は直ちに不運を呼び寄せた見番を引き払う決断を下し、下町（しもちょう）に間借りの家を見つけ、早々と引越した。気分を一新して、この不幸を乗り越えようという母の意思が感じられた。さらに、強二叔父のために上町（かみちょう）の部屋を間借りし、引越させた。叔父の引越し先に、母は姉と私をつれて行き、みんなで部屋を片づけたのだが、借りた六畳二間では荷物が入りきらず、洋風の家具や春子叔母の衣類が庭にうず高く積んであった。

父からの便りは届いたが、父はなかなか田沼に来られなかった。寂しい私たちのもとへ、母方の祖母が母の妹の夫に連れられてやって来た。母はどんなにか頼もしく思ったろう。

六月の末には、父の末弟佳雄一家が疎開してきた。父方の祖母と佳雄、久子夫妻は稲荷神社に近い豆腐屋の二階に住んだ。身近な親戚は次々と集まってきたのに、父だけが不在であった。

佳雄夫妻は父の消息を詳しく知っているようで、だんだん私たちにも父とその女性の話が聞こえてくるようになった。子どもたちは「あのカギが？」と唖然とした。家では「カギ」とか「ノゾキ」という名が定着した。カギことY・Sは銀座のバーに勤めていた人だという。私と同じ年格好の男の子を田舎の実家に預けているらしい。どれも佳雄、久子夫妻の情報であった。佳雄夫妻は田沼にすでに定着しつつある私の母の味方のように装っていたが、母親の面倒をみているという名目で父から経済的援助を受ける身であった。父の間近にいる「カギ」におもねってもいただろう。強二叔父が彼ら夫婦には注意するようにと母に告げたという。要するに、立場上佳雄夫妻はこうもり的存在であった。

離れているだけではなく、父が遠い存在であると感じられたのはこの時期である。「カギ」から母へ手紙がきて、そこには「早く坊ちゃんやお嬢ちゃんたちの母親になりたい」と図々しくも書いてあった。さすがに参った母は春子叔母を失って以来、アルコールに溺れている強二叔父に相談することも出来ずに、中学生の兄や祖母に打ち明け、怒りを生きるバネにしようとしていた。祖母にそのことを聞いた私は、「カギ」よりも父を憎んだ。あんなにも愛してくれた父は私たちを捨てたのだと感じた。

六月、英米軍がノルマンディーに上陸する。七月、サイパン島で日本軍が全滅。グアム島にも米軍が上陸している。同じく七月、東条内閣総辞職、小磯内閣が成立する。学童の集団疎開が本格的に始まったのもこの頃のようである。

夏休みになっていた八月、父が田沼を訪れた。父はお土産にノートと千代紙を用意していた。私は優しくされても父に絶対笑顔を見せまいと心に誓っていた。「お父様がいなくてもちっとも寂しくない」と、父に言ってやりたかった。それなのに、顔をのぞきこんで、「まりちゃんは日に焼けて、すっかり田沼の子になったね。元気でいてくれればそれでいいのだ。お父様もお仕事をがんばるからね」といわれると、不意に父が恋しい気持が溢れそうになるのだった。父はもういかめしい軍服姿ではなく、ベージュのジャンパーの上下を着て、革の長靴を履いていた。病気がちと聞いていたが、案外元気そうに見えた。

父が現われると、田沼中の「名士」が集まってきた。なかには関口医院を開業している関口先生もいて、文学好きの関口医師と私の家族との親密な係わりが生まれた。まわりに人が絶えない間隙をぬって、父は母と姉と私をつれ、再度唐沢山に登った。唐沢神社の神主さんの接待をうけたのだが、実はその神主は下町（しもちょう）の家の家主だった。町に下りた時に泊る一部屋を除いた全部屋を私たちが借りていた。神主の部屋には座り机と座布団のほか何一つ置いてなかった。ある時、探検に入って行き、机の引き出しを開けてみたら、うどんげの花が咲いたような青カビが生えた最中が出てきて、仰天してしまった。唐沢山でのお茶のお菓子も最中だったので、笑えて仕方なかった。戦況の難しくなった時期での砂糖菓子は貴重品ではなかったろうか。唐沢山は栃木県の名山だそうだから、特別に保護されていたのだろうか。帰途、秋山川の橋上で撮った写真が残っているから、あれは何かの取材だったのだと思う。

父は五、六日滞在して東京に帰って行った。「お父様にお手紙書いてね。楽しみにしているよ」父は私に念を押すように言った。私は「いやだ」とは言えなくて、ついコックリ頷いてしまった。母と姉と私の三人が父を田沼駅に見送りに行った。「行っていらっしゃい」と、母と姉は父に言ったが、私は「さようなら」とはっきり言った。父が東京よりももっともっと遠くに去って行く感じがした。

後から母に聞いたのだが、父の田沼訪問は強二叔父を励ます目的もあったらしい。アルコール中毒寸前の叔父を見兼ねて親戚中が言い出していた再婚の話を、弟に確かめる役割であったらしいのだ。父のすぐ下の妹艶の夫である高島の従妹美代子との結婚話である。双方が再婚だというのだが、このまま強二をひとりにしておいたなら、ろくな結果は生まれないというのが親戚一同の考えだった。強二叔父は瀬川国丸に工場を預け、ほとんど田沼で半病人然と暮らしていた。私は颯爽としてた強二叔父が窶れてすっかり老けこんでしまったのが嫌でならなかった。

強二叔父は気のすすまないまま、親戚に説得され、どうぞ御勝手に、といった態度であったという。自分の意思などもう何もない、どうでもいいんだ、という心境になっていたのだろう。久子叔母の話では、うまく行かなければお互いのために別れればよい、という親族間の諒解のもと、十月に結婚したという。結婚式は大阪で簡易に挙げた。

昭和19年夏、父が田沼を訪れ、親子四人で唐沢山に登った帰り、秋山川の橋の上で。
左から康栄、梨英子、毬栄、惇夫。

大阪から東京へ美代子叔母をつれ帰った強二叔父は、ひとりで田沼に戻ってくる。周囲は心配したが、十一月末、美代子叔母の妊娠を知らされて、ようやく田沼につれてきたのだった。強二叔父は死んだ春子叔母への思いが強い田沼へは、なかなか新しい妻をつれて帰れなかったのだろう。

十月には暗い戦況がつづくなか、神風特別攻撃隊が編成されていた。フィリピン沖海戦も聞こえてきた。人びとは不安な状態に投げ入れられていた。

ますます戦況厳しくなっていた九月に父の第一詩集『風・光・木の葉』の新版が明治美術研究所より簡素な装幀で刊行されている。父の人気の高さを示すものであったろう。他の詩人たちについては、遡って三月に神保光太郎『南方詩集』、四月、草野心平『大白道』、六月、三好達治『花筐』などが刊行されている。

十一月、東京にB29による初の空襲があった。

体調のふるわぬ父には、空襲はよくよく堪え難かったらしい。田沼への便りにもそれは綴られていた。何かの会合で会った際に、井伏鱒二氏は自分の定宿にしている甲府の鉱泉温泉で静養するように勧め、紹介状まで書いてくれたのだが、結局父は知人の親類に当たる福島県双葉郡浪江町の旅館を頼って、十二月半ば、東京を離れて行った。「疎開するなら、どうしてお父様は田沼に来ないの？」と母に質問したが、母は力なく首を振るばかりであった。家族の疎開先には来ずに、福島の浪江に行った父の心を家族は理解できるはずもなかった。

今になって分かるのは、父はひっそりと逃避行をしたということである。疲れ果てた身体を引きずっての福島行きを父はこう記している。

「みちのくの冬は雪に暮れ雪に明けた。昭和十九年十二月なかば、いそぎの著作を完成させるために東京を発ったわたしは、浪江の駅にほど近い宿に旅装をといたのであるが、この町をはじめ、あたりの寒村は満目蕭条として、まったく古詠の『ひとめも草も枯れ』るおもひがさむざむと胸のなかを通り過ぎた。ことに電柱のゆがんだ、埃っぽい町並みや、駅前の通りには、ひっきりなしにトラックが工場に往き通ひ、ゲートル巻きの、おそろしいほど表情のない顔をした人々があわただしく出没して、いささかの落着きを求めようとする者にも、しづこころはなかった。それに、ここらあたりまでも朝に夕に警報は鳴りひびいたのである。（中略）

とは言っても、宿の二階の奥まった一室でひろげた原稿紙の、なんと白く眼に沁みたことよ。花も香もない、ましてこれぞといふなぐさめもない日夜を、壁に対して、わたしは沈黙の行をつづけた。」（『山の消息』「田園四季の記――あとがきとして」）

戦時中の年の暮れは除夜の鐘も鳴らぬわびしいものであった。「新年も雪また雪です」浪江の年末、新年の様子が田沼にも父から届けられた。疎開して一年、家族にとっても寂しい新年なのである。母はようやく手に入れた餅で雑煮を作った。雑煮には久々の薄切りの鳥肉が浮かんでいた。ああ美味しい、と思った瞬間、私ははっとして箸を置いた。もしや、暴れん坊の黒いチャボではないかという不安が胸を締めつけたのだ。洗面所に行くふりをして鶏小屋を見に行った。五羽いたチャボのうち、私のお気に入りだったクロがいなかった。それだけではない。小屋の傍に黒い羽根が数本とちっちゃなトサカ、肌色の足が捨ててあった。逃げたり、暴れたり、騒がしいクロをお正月祝いの生け贄にしたのだ。小屋のまわりの遺物を穴を掘って埋め、私は「だれがクロを殺したの」とわめいたが、母も祖母も黙りこくっていた。

ちっとも楽しくない昭和二十年のお正月であった。羽根つきもスゴロクもない、ひっそりした正月なのである。父は私たちの視界から久しく消え、私たちは疎開地でどうにか生きるしかなかった。父と私たちをつなぐのは、時折り送られてくる手紙のみであった。消息は手紙のなかに触れられていた。

二月に父は脳貧血で倒れる。数日重ねた徹夜が引き金になったらしい。医師には執筆を禁じられ、以後四か月も宿に籠らなければならなかった。

同じ二月に詩集『雲と椰子』（北原出版社）が刊行され、さらに父が編者となっている『ガダルカナル戦詩集――前線にて一勇士の詠へる――』（毎日新聞社）が刊行されている。同書には父が序詩および「あとがき」を寄せている。詩集は三十二頁の薄さだが、内容は激烈である。死に晒された戦場で生きる者から迸る詩の威力にただ立ち竦むしかない。

作者は吉田嘉七。「うなばら」紙上で父の詩を読んでいるという彼から戦地の父のもとに「征南詩集」と題する一束の草稿が送られてきたという。そのなかの一篇「歩兵前進」を父は昭和十七年五月二十日「うなばら」第六〇号に載せ、さらに同じ紙面に推讃の辞を書いた。『ガダルカナル戦詩集』の「あとがき」において父はその讃辞を紹介している。

「（前略）『歩兵前進』、これは近来の佳什である。この作は歩兵の前進そのものである。自由律の中に前進の衝動を端的に生かしてゐる。（中略）歩兵の労苦の実感をたたきつけ、黙々として、しかも、たゆまぬ逞しい前進を全身で叫んでゐる。前線は同感に於て言ふまでもなからうが、もし銃後でこの詩を読んで兵隊への感謝に胸うたれぬものが一人でもあるであらうか。

自由律もここまで来れば文句はない。一字一句ぬきさしならぬほどの用意が、いみじき内在律によつて、また内容の重みによつて、おのづから形式を決定してゐるのだ。」

そして、父が戦地より帰還後に送られてきた四十余篇の詩稿が『ガダルカナル戦詩集』に収められている。

「（前略）どれをとつて見ても、苦惨と激動と鉄火の中からのみ生まれたこれらの詩篇は、我々の肺腑をつくに充分なものであり、兵魂と詩心とを貫いてゐるものであり、苛烈きはまる戦場の実相を生々しく伝へるものであり、且つ戦場の殷烈な現実のたゞ中にさへ汲まれるその風懐には、なみなみならぬものあるを感ぜしめた。これが、この『ガダルカナル戦詩集』一巻である。おもふに、彼がかつての戦争体験にくらべて幾層倍も激しかったガダルカナルの悪戦苦闘は、その激しさに於て一層彼を鍛へあげ、その鎔鑛炉の聖火の中からこそ、彼の詩神はふるひ起されたのでもあらうか。」

この頃、東京のみならず日本全土が空襲に遭い、戦争は泥沼化の様相を帯びていた。というより、世界史的には第二次世界大戦の趨勢は日に日に明らかになっていた。二月の米英ソ連首脳によるヤルタ会談。米軍の硫黄島上陸。四月にはムッソリーニが銃殺され、ヒトラーはベルリンの地下壕で自殺し、五月、ドイツは連合国に無条件降伏する。

浪江に身を寄せて以来父が書いていた戦争末期からの詩篇は、戦後の昭和二十一年九月に刊行された『山の消息』（健文社）に収められているが、そのなかに父の福島県浪江での日々を読み取ることができるだろう。なお、詩集の末尾には、先にも引用した「田園四季の記――あとがきとして」が付され、その時期の消息を詳しく伝えている。

み雪降る　み雪降る
うらぐわし　日の在所(ありど)
明かりては　かげりては
柔毛(にこげ)なす　天(あめ)のもの
地に満ちて　深まりて
みちのくや　きさらぎ
　柊(ひいらぎ)も　木蓮も
眼にとめて　さだかならねど
光さす　春の日の
ほのかなる　香(か)にたちて
み雪降る　み雪降る
（「み雪降る」）

雪には光かげりあり
雪にはのこる日射しあり
雪には生ける息吹(いぶき)あり
雪には月のあかりあり
雪には香(かう)のけはひあり

雪には夜のいこひあり
雪にはふかき思ひあり
雪にはむせてなげくもの
われといはなく

（「雪貌」）

青きなり、こは月夜なり、
北国の雪の街すぢ、
まぼろしに星をちりばめ
電柱の斜めなるはや。
（「駅路」）

民のなげきをことごとに
こころにきざむわれなれば
病(いたづ)きもすれ泣きもすれ、
ここ、みちのくの雪ぞらの
花も香(か)もなきたそがれは
冬の長きに倦(う)みはてぬ。
（「春遅し」）

神鳴(かむなり)に
ぼけの花咲く日を待たむ、
雪に埋(うも)れて
病みて倦(あ)きたり。
（「神鳴山」）

疲労からくる脳貧血に倒れてからの冬の日々にうたった詩の数篇である。父は病床での鬱屈によって、これまでに経験したことのない憂鬱症に陥っていた。疎開した昭和十九年十二月以降三か月あまりを雪に埋もれて暮らした父にとっては、雪が「もっとも身近なもの」に感じられた。見知らぬ土地での春を待ちのぞむ心がうたわれている。父のひとつの特徴である古典的な、澄明な抒情が流れている。しかし、『海原にありて歌へる』で頂点に達した文語表現の強度な奔流は影をひそめ、文語の韻律が端正なだけに、うたわれる言葉は美しい言葉としてただ慎しく漂っている。詩境は受容できるのに、心を奪われるにはなお距離があるように思われる。家族を遠のけておいての、別方向への逃避の旅という状況が、娘には純粋な孤独であるとは映らないのだろうか。

田沼の私たち家族は「冬の長きに倦」む余裕もなく、生きるのに懸命だった。仕送りが途絶えてしまったので、母は左隣りの家の一部を借りて縫製工場をはじめていた強二叔父の仕事を精力的に手伝っていた。姉と私にも共同の井戸から大きなバケツで水を汲んでくる役割があったし、軍馬用の草刈りの義務もつづいていた。お牧さんは下町(しもちょう)に家族が引越すのを見届け、故郷に帰って行った。浮かない顔で家事をする祖母の機嫌を損なわぬように姉と私は極力手伝わなければならなかった。兄は学校から工場に勤労動員されて行く毎日であった。

父の浪江での孤独な便りが届いても、母はむしろ文人の贅沢な嘆きくらいにしか受け取っていなかったのではないだろうか。

阿武隈の山脈(やまなみ)を背に
高瀬川いざよふ波の
せせらぎや、わが血のたぎり、
沙の上(へ)に影をとどめて
世を歎くわれやそも誰、
天霧(あまぎ)らふ大高倉の
さみどりの山のなだりに
白雲は愁ひ翳(かげ)らひ、
ま玉なす数を累(かさ)ねて
磧石(かはらいし)しろきなぞへに
だんぶ花(ばな)くれなゐ悲し、
日は真昼、水無月(みなづき)はじめ
河鹿(かじか)鳴く声をうつつに
眼(まなこ)閉ぢ、眼(まなこ)ひらけば
川水はわれをめぐりて
さやかなり、沫(あわ)だち流る、
ここにして過ぐる幾時(いくとき)
行く雲の人や幾たり
苦患(わづらひ)のゆきのまにまに
身は投げて涙し流る。
(「高瀬川哀吟」)

軒ばの通草（あけび）あをばみて
蔓には白き花つけぬ。
きのふは雪に埋（う）もれにし
みちのく、今日（けふ）を春といふ。
（「通草」）

「高瀬川哀吟」は詩集『山の消息』の代表作といわれる。詩の姿も格調を帯び、抑えた悲しみがより深い悲しみをともなって表われている。

昭和二十（一九四五）年三月半ば、父は早蕨やボケの花に惹かれて浪江より奥に一里半の福島県双葉郡大堀村（大字大堀、小野田ちゑ方）へ移っていた。阿武隈山脈を遥かにのぞみ、すぐ近くに大高倉山を仰ぎ、丘や田畑にかこまれた山里である。高瀬川は間近を流れていた。

そこの簡素な山家で、父は新聞・ラジオから悲報つづきの戦争のなりゆきを知らされた。快方に向かう身体に反比例して、心は暗く暗く沈んでいった。

東京大空襲で下町が夥しい被害をうけた報も入ってきた。「悲運つづきの戦争への危惧」が父の胸を苦しくさせた。その胸苦しさを秘めて、詩は細々とした一筋の明るさを表現している。

なお、「高瀬川哀吟」は昭和二十五年九月、大堀村からほど近い神鳴の高瀬河畔に建てられた詩碑に刻まれている。

四月になり、私は田沼国民学校の三年生になった。姉は五年生、兄は中学三年である。妹は間もなく四歳になる。この頃には、私たちは古株の疎開っ子で、町内の西林寺に集団疎開している子どもたちの先輩であった。西林寺の息子である瀧口君は同級生だったから、お寺には何度も遊びに行った。由緒あるらしい寺の庫裡には小学生たちが群がり、ざわざわしていた。先生に引率され、親と離れて頑張っている偉い子たちだ、と母は言っていた。寺の薄暗さに馴染めなかった私を恐がらせたのは、地獄絵であった。相当なこわがりの私は、地獄絵を見た日、恐怖で身体が強ばってしまった。祖母にいうと、「あれは人間を戒めるための絵だから、行いがよければ恐がることたあなか」と答えた。祖母は何につけても一家言ある人で、いつでも話がおもしろかった。苛酷な田舎の生活ですっかり優しさを失っていたが、機嫌のよい夜はいろんな話をしてくれた。民話であったり、熊本の昔話であったりした。

祖母は感情の揺れが激しいので、気に入らない私にはおやつが少量だったりした。私は足りない分を外の友だちの家で補っていたから平気だった。

町外れの農家のタッちゃんという男の子の家には牛が三頭いた。ある時「今日、遊びにくるか？」というので、早速、放課後遊びに行った。タッちゃんが親たちの目を盗んで私を手招きするので、ついて行くと、そこは牛舎だった。「今、乳を絞ってやっから」といって、タッちゃんは真っ黒に汚れた手で牛の乳を絞った。下には薄汚れた器が置いてある。牛の乳房（？）から白い線が器に向かってちょろちょろ流れ出た。器を大事そうに抱えたタッちゃんが私の口元に近づけて言った。「ほれ、早く飲め」。恐る恐る口に入れると、ぷうんと草っぽい匂いがして、生ぬるい牛乳がノドを通った。美味しいというより気持が悪いほうが勝っていただろう。タッちゃんの好意なので我慢して啜ったら、容器に茶色い牛の毛がこびりついていた！

ところで、私は家の手伝いや草刈り、友だちと遊ぶばかりで日々を過ごしていた訳ではなかった。目白時代から私の生活の一部になっていた読書は、ここでも私の欠かせない日課であった。目白では、アルスの童話全集、アンデルセンの童話、グリムの童話、シャルル・ペローの童話に熱中した。田沼での読書はデフォーの『ロビンソン漂流記』、バーネットの『小公子』『小公女』、ストウ夫人の『アンクル・トムの小屋』、森鷗外の『山椒太夫』などなどであった。ほとんどは校長先生宅の蔵のなかで、友だちの美津子ちゃんとそれぞれ勝手に読んでいた。あの蔵の白い壁を、明り取りから流れこんでくる光の恩恵を思い出さずにはいられない。それから、蔵のなかで愛読した一冊のマンガも忘れられないでいる。タイトルは『ネコ七先生』であったか『猫七先生』であったか定かではないのだが、『ネコ七先生』の魅力は私を夢中にさせた。賢くていたずらな猫が大活躍するマンガだ。同時代の読書好きの人に『ネコ七先生』について訊いてみるのだが、『ネコ七先生』を知る人に私はまだ出会っていない。蔵のなかでは戦争さえ忘れていられた。その時代に、すでに私は読書ができれば、とりあえず幸せが確保されるのを知ったのである。

この時期の私たちの身近な事件といえば、前年十月に再婚していた強二叔父、美代子叔母の間に、七月三日、男の子が生まれたことだ。豊（のちに雄高）は上町（かみちょう）の家で誕生している。母は喜んで、浴衣をほどき、おむつを作っていた。おめでたい、とみんながいうなか、私だけは複雑な思いであった。春子叔母の不運が納得できずにいた私は、そのうえ叔父が私以外の子どもに愛情を注ぐのを許せない気持でいたのだと思う。

さみどりや、朴（ほう）わかば、
すきとほる　薄葉にて
そよぐさへ　明かるさへ
すがすがし、このあした。

時しもや、皐月（さつき）なか、
日も燻（く）ゆる　山峡（やまかひ）ゆ
紅鶸（べにひわ）は、飛びたちぬ、
あをぞらは　さゆらぎぬ。

（「朴わかば」）

病ひて、意を得ずて
山住まひ堪へつつ居れば、
うら悲し卯の花月夜
青鳩もしぬに啼くなり。
（「卯の花月夜」）

このなげき
堪へむと思へ
みそさざい
しば啼く聴けば
堪へらえなくに。
（「鷦鷯」）

同じく『山の消息』に収められた初夏から夏への詩篇である。外部からのニュースは父の心を乱したにちがいない。五月にはドイツが連合国に無条件降伏し、六月、沖縄戦が終了する。そんな状況下で山住みする父はその心境を「田園四季の記」にこう記す。

「もし人あって、それを逃避とあげつらふなら、あまりに痛く、あまりに残酷な現実のわたしの病患ではあるが、わたしはわづらひの身と心とに耐へ難くなり、一切を忘却のかなたに追ひやって、ひたすら物言はぬ自然のなかに、明るい風物のただ中に没入しようとした。」

病患ゆえの心ならずもの山住みではあったろうが、あの戦場や帰還後の熱狂のあとで、「一切を忘却のかなたに追ひや」るのをどうして自分に許せるのだろうか。それは自分の内部での熱狂であるばかりか、社会的な熱狂として刻印されている。心が高鳴るなかで物を言い、うたい切った詩人が、「物言はぬ自然のなかに、明るい風物のただ中に没入しよう」とするのは、やはり逃避といわなければならないだろう。

「悲運つづきの戦争への危惧は、次第に深くわたしの胸を嚙んだ。」

なるほど、詩には苦しみのあまり、のどかな自然に自身を沁みこませようとする詩人の願望がうかがわれる。情熱のほとばしりを忌むかのような、無心の自然詩人がいる。心を癒やすにはそれが近道なのだろうが、清々しすぎる詩には内面の葛藤の痕跡も見つからないのだ。「物言はぬ自然のただ中に没入」して得たのは、恢復のきざしにほかならなかったのだろう。その意味では、父の意外なタフネスが感じられる。

だが、自然の明るさと対照的な農村の持つ暗さへの感慨は、私にとっていくらかの救いであった。

「この骨惜しみをしない働き者を、もともと純朴で善良なこの人たちを、何が今日見るやうな利己の、欲深の、不人情の、石の心に変へてしまったか。戦争のあらけなき重圧は、この人たちの子や孫や夫や兄や弟の多くを死なせ、或はまた生別離苦のかなしみをこの人たちに強いてゐるからだ。村人の黙々とした表情は、虐げられた者の悲しみをわれと押しひしぐ石の無表情である。明るく平穏な外貌にもかかはらず、農村は総じて暗いのであった。」（「田園四季の記」）

そして、盛夏である。八月六日広島に、九日長崎に原子爆弾が投下される。

母や叔父たちが「大変なことが起こったらしい」と話し合っていた。広島は父の故郷である。私たちは最初広島に疎開する予定でいたのだ。大堀村の山家で、父は原子爆弾投下の報をどのように受けとめたのだったろうか。

次の私に宛てた父の手紙は八月十二日付であるが、広島、長崎の受難には何も触れていない。

「　毬栄ちゃん　　八月十二日　父より

またお手紙をくれたね。ありがたう。この前のお手紙もありがたう。どちらもうれしくよみました。この前のお手紙をよんで書いた返事は、お父さんがその後病気だったので、出しおくれてゐました。こゝへ一しょに入れて置きます。返事がおくれて、すみません。

毬ちゃんもげんきでいゝね。おいもを五百本も植ゑたって。そのさつまいもがいせいよくのびてゐるって。いゝことだね。おばあちゃんも帰ってきていゝね。フミエもいゝ子になったって。お父さんはおまへたちがげんきで、仲よくくらしてゐてくれるのが何よりうれしい。早くかへって、そのさつまいものおいしいのをたべたいものだね。おとうさまの病気もだいぶよくなりましたが、もうひといきだから、もっと元気になったら帰りますよ。それまで、みんな仲よくして待ってゐて下さい。ほしいものがあったら、この次の手紙に書いてよこしなさい。おみやげに持ってかへってあげるからね。この手紙がついたら、お姉ちゃんも、まりちゃんもすぐまた手紙を下さい。待ってゐます。

フミちゃんにも何がほしいかきいて書いて下さい。

空襲（くうしゅう）がはげしくても、日本の子だから、がんばるのですよ。みんなの元気な顔を見るのをたのしみにして、お父さんもがんばります。」

父を遠くに感じながら、私は父への手紙を家族のだれよりも頻繁に書いていたらしい。それへの返事がこの便りである。「おとうさまの病気もだいぶよくなりましたが、もうひといきだから、もっと元気になったら帰りますよ」の件が気になった。私たちをいわば捨てて福島に逃避した父が、「帰りますよ」と書いている。手紙のなかで最もうれしかったのは、この表現であった。母に手紙を見せ、「帰りますよ」の個所を指さしてみせたが、母はしごく冷静に「ふうーん」と応えただけであった。

八月十三日、父の詩の熱狂的なファンである若い海軍中尉が田沼に姿を見せた。父に会えるものと思い込んでやって来たのだ。中尉はすぐに帰って行ったが、母にそっと「日本は近く負けます」と耳打ちしたという。だから十五日正午の天皇による玉音放送にも母は動揺せずにいられたそうだ。聞きづらい放送を私たちは庭に面した座敷で聞いた。近所の人たちもいたと思う。私は戦争に負けたことよりも戦争が終わった事実に心が晴ればれした。「目白に帰れる！」という歓びである。

さて、父の敗戦、敗戦後はどのようなものであったろう。

飢ゆる時つひに来ぬ、
たたかひの
果てにして
あはれ、秋
落葉はちらふ。

吹き過ぎし
たたかひの
西風の
傷ましき
荒み(すさ)はや。

流されし
無辜(むこ)の血の
償(あがな)ひも
むなしくて
日は落ちぬ。

敗(やぶ)れたるたましひの
さまよひて
飢ゆる者
街にみち、
氷雨(ひさめ)する
冬は来むとす。

（「飢餓の秋」）

かっこうよ、緑の牧(まき)よ、
日はまひる、野ばら花咲き
香(か)ぐはしき風吹きたちて
そよ風の愛はかへれり。

杜(もり)かげにやすらひはあり、
水の辺(へ)になぐさめはあり、
飢ゑ渇き祈れる者に
かにかくに蒼穹(あをぞら)はあり。

かなたには耀(かがよ)へる丘、
草をはむ仔羊(こひつじ)の群、
雲の影過ぎてあとなき
麦ばたは金(きん)に熟(う)れたり。

明るさよ、生くる望みよ、

新らしき明日の日のため
よく耐へて智慧を生かさむ、
わが胸に歌はみちたり。
（「復活の日の野の歌」）

詩集『山の消息』の上だけでなく、父の戦争も確実に終わったのである。
「飢餓の秋」の「流されし／無辜の血の／償ひも／むなしくて／日は落ちぬ。」を読むと、「極まれば、死もまた軽し、／生くること何ぞや重き、／大いなる一つに帰る／永遠の道ただに明るし。／わが剣は海に沈めど／この心、天をつらぬく。」（「椰子樹下に立ちて」『海原にありて歌へる』）と戦場でうたった詩人の詩としては、「傷むことなお軽し」という印象を私はぬぐいきれない。滑りのよい、さらりとした感覚のみが残ってしまう。悲しみが定型短詩のなかに行儀よく収まり、そこから露ほども零れることがない気がするのである。

　それは「飢餓の秋」にとどまらず、「復活の日の野の歌」にもいえる。ことに「復活の日の野の歌」の「明るさよ、生くる望みよ、／新らしき明日のため／よく耐へて智慧を生かさむ、／わが胸に歌はみちたり。」を読んでも、私は戸惑いを隠せない。easyな何かがこの詩を支配しているように思えてならないのだ。

　父の「田園四季の記」を読んでみよう。

「つひに敗戦の秋であった。わたしの病気はほとんど癒へたが、世の中は一夜にして変貌してゐた。戦争中、とりわけ戦争末期に、われわれは到るところで、事ごとに、壁に突きあたる思ひであったが、またしても今度は敗戦による断崖絶壁の上に立たねばならなかった。しかし、とにかくも、頭の上はすぐ青空だといふよろこびをも否むわけにゆかなかった。沈痛のうめきの中からも、不思議と望ましい明るいものが感ぜられるのであった。重圧の窓を押しひらいて、窒息に瀕した息を大きく吐く思ひだった。」

　父の詩集には稀な詳しい解説がこの後もえんえんとつづく。これまでにも作品についての解説はあったが、作品の背景の時代を詳細に記したものはない。これはやはり戦争という時代とその終焉を、自身の変化を、書かずには過ごせなかったのだろうと推測できる。英訳本のロマン・ローラン著『ミレー』の引用にも、父の苦衷は察せられる。

「『芸術は娯楽ではない。人間を圧し潰す車輪の軋轢であり混乱である。わたしは哲学者でない。わたしは苦しみを避けようとも、また自分を強情に無頓着にさせるやうな信条を見つけ出さうとも思はない。苦しみは、おそらく、最強の表現力を作家にあたへるものであらう。』」（傍点は父のもの）

　ロマン・ローランを援用しての釈明というか説明を、どう受けとればよいのだろうか。饒舌な解説が却って詩そのものの弱さを露呈しているように私には感じられる。

　父の長々とした解説文は、要するに次の文章を導き出すためのものであった。

「今次の戦争の真相なるものが伝はって来た。その度びごとに、愚かしかった自分を思った。昏迷の中から、反省が続いた。多くの欺瞞の前に、自分は一介の幼児でしかなかったのである。（中略）戦争の狂気よ。知性を蝕（むしば）んだ熱病よ。とりわけロゴスとパトスとの問題が大きくわたしを領して来た。」

　この結語に父の戦時における創作への反省、釈明、弁明のすべてがある。

　しかし、「多くの欺瞞の前に、自分は一介の幼児でしかなかったのである」とは、明らかな欺瞞ではなかったろうか。戦地で父は、われは詩人であるという、一代の詩人の矜持をもって、高揚にまかせて戦争をうたったのだった。自分を捨て、半ば生と死を往来しつつ、澄んだ詩境にあってうたったのが『海原にありて歌へる』であった。その詩人のなかに大いなる幼児がいたのであって、無垢な一介の幼児が詩人だったのではなかった。その認識の方法が私には欺瞞に思えてならない。


　福島県浪江村そして大堀村に病身を休ませ、逼塞しながら父は戦争末期と敗戦後を生きた。戦争の傷を舐めなめ生き、後悔に苛まれ、苦しみはしたのだろうが、それは真の苦しみに届いていたのだろうか。

　父の戦争末期から敗戦後にいたる詩を収めた詩集『山の消息』を読むかぎり、正確には敗戦時の詩を読むかぎり、私には、苦しみを徹底して苦しまなかったところに、もっといえば、苦しみを自分の内部において極限まで受容できなかったところに、父の詩の停滞があるように思わずにはいられないのである。

20　祈る心と『風の使者』

敗戦後の長い時間を父は悔悟と祈りのうちに過ごすことになる。戦争終結によって東京に戻れるという私の期待は、なかなか実現しなかった。父自身がなお病身のうえ、戦後の民主主義一色に変質した新生ジャーナリズムに忌避され、福島県の山里でひっそり詩を書きつらねる日々を重ねるしかなかったからである。戦争を煽るような勇ましい詩を需めてやまなかったマス・メディアは、極端な転身を図っていた。

父は追放になったわけではなかったものの、事実上は追放とおぼしい扱われ方になっていったのではないだろうか。忍ぶことが父の日課になり、また、悔悟は無惨な状況の父にふさわしい、唯一の精神生活ではなかったろうか。そのような日常で感じ考える心の風景を詩に書いてはいたのだが、田沼の家族に父の消息はいっこうに届かなかった。

地方の小さな町、田沼の環境も敗戦以来、日を追って変わろうとしていた。しかし、当座は変わるよりも、むしろ人びとは茫然自失の態であった。九月の新学期から学校での国旗掲揚や教育勅語を読み上げる物々しい朝礼はなくなり、謹厳な校長先生の毎朝の儀礼は見られなくなった。田沼町立国民学校は田沼小学校に変更された。先生たちは何かと打ち合わせが多いらしく、生徒たちの自習時間が急に増え、宿題も減っていたので、みんな羽を伸ばしていた。私もお腹を空かせてはいたのだが、何となく戦争中の圧迫感から解放された気分になって、遊びに熱が入った。

家の裏庭には木登りに最適の大きな樹があり、私と姉はよく登った。太い枝と枝に縄を結びつけ、ハンモック風にして長い時間を過ごした。本を持って行って読む日もあった。姉は私よりもずっと木登りがうまく、猿みたいに素早く登るのが痛快だった。枝を鉄棒代りにぐるぐる回転しさえした。

私たちの家には東京へ帰る兆しは見られなかったのに、集団疎開の子どもたちが、まず田沼から親元へ帰って行った。他の疎開者たちもぼつぼつ田沼を離れるという噂を聞いた。

私の目には英子ちゃんの家がいっぺんに明るくなったように思えた。下町（しもちょう）の私の家と学校の間の小道を北西にすすみ、ちょうど上町（かみちょう）に出る路地の一角に英子ちゃんの家があった。粗削りな板で囲っただけの山小屋みたいな粗末な住まいなのに、狭い庭に鶏を三羽飼っていて、お母さんが低い塀に沿って野菜を上手に育てていた。トウガラシの真っ赤な実が可愛らしく見えた。「チョーセンのとこには行くな」と、近所のおとなたちは言った。馬鹿にしきった、偉そうな口振りでいうのが気になった。私の母は鷹揚な人であったけれど、私がそこの家に遊びに行くのを好まなかった。それでも、時々、私は英子ちゃんの家に出向いた。同学年だが他の組だった英子ちゃんは、色白の、切れ長の目をした賢い子で、たいてい五、六歳の弟の面倒をみていた。お母さんは赤ん坊をおんぶして、忙しそうに立ち働いていた。「あそこはクズ屋をしてる」という人もいた。家の前に古びたリヤカーが置いてあったから、クズを扱っていたのかもしれない。黒いもんぺと白い上衣を着たお母さんは、庭のかまどで煮炊きしていた。ある時は、黒ぐろしたお団子を竹の皮にのせて私に食べさせてくれた。キチキチした食感で、薄い甘味が美味しい。英子ちゃんは「サツマイモの粉で作ったんだよ」と私に教え、小さくちぎっては弟の口に入れた。

お母さんは英子ちゃんを「エイコ」ではなく、「ヨジャ、ヨジャ」と呼ぶのだった。やさしいやさしい呼び方だった。私の知らない言葉を喋り合ったりもした。二人の言葉は私の耳に気持よく聞こえるのだった。今考えれば、「ヨジャ」と聞こえたのは、娘をおそらく韓国語で「英子（ヨンジャ）」と呼んでいたのだろう。本来の呼び方で。痩せこけて陽に灼けたお母さんの顔は私の母より年を取っているように見えたが、赤ん坊にお乳を吸わせる胸は豊かで若々しかった。手狭な部屋には黒っぽい茶箪笥と小型のちゃぶ台しか置いてなく、貧しい暮らしの様子は子どもの私にも見てとれた。ただ、部屋にはいつも清潔感があった。

戦争が終わって間もなく、横須賀の軍需工場に勤労動員されていたお父さんが帰ってきて、英子ちゃんの顔に笑いが広がった。家中に笑い声が聞こえ、勢いが生まれていた。「お父さんがいる家はいいね」と私は英子ちゃんに言った。英子ちゃんは「うん。いいだべ。お父さんが帰るまで、わちたち頑張ってきたもんね」と、考え深そうに答えた。

十一月、私が九歳の誕生日を迎える頃、英子ちゃん一家がいなくなった。そういえば、英子ちゃんは私に「名古屋にいるおじさんがね、名古屋に来るように言っている」と打ち明けてはいたのだ。別れを告げるゆとりもない出発だったのかもしれない。気がついた時には、英子ちゃんの家は跡形もなくなり、さら地になっていた。仲良しというには淡い間柄の友だちだったけれど、私には忘れられない外国語の響きとその国へのそこはかとない愛着を残して、彼女は去って行った。

姉は土地にしっかりと定着し、じわじわ実力を見せはじめた。目立つことの嫌いな姉はとくべつ自己主張するわけではなかったが、冷静で誠実な性格が人びとの信頼を得て、めざましいリーダー・シップを発揮していた。人を動かす能力を備えてもいたのである。教師たちにも頼りにされ、愛されていた。そのうえ、家での仕事も積極的にこなした。母が苦労のすえに手に入れた米を姉は自転車に積み、後ろに私を乗せて稲垣精米所へ行ったし、時間があれば愛宕山に燃料用の松ぼっくりや薪を拾いに行った。生活費を稼ぐ母に代って祖母を助け、私と妹の世話をする頼もしい長女ぶりであった。嫌がる私を宥めて二人で水汲みもした。鶏小屋の掃除も引き受けたし、裏の畑の手入れもした。

私だって働かなかったわけではない。左隣りの家には母と仲のよい戦争未亡人の筆さんと二人の息子のほか、盲目のおばあさんがいた。亡くなった御主人の母親である。そのおばあさんが上町先の親類の家へ行く時に、手を引いて案内するのが私の仕事だった。それと右裏の家の赤ん坊のお守り。時々、病弱なお母さんに代って子守りを頼まれた。赤ちゃんは栄養不良のために泣いてばかりいるかさぶただらけの子で、おんぶ紐で背中にくくりつけるのは気分が悪かったが、半紙に少量の粉ミルクをお礼に貰えるので、時々、子守りをした。粉ミルクの濃厚な美味しさといったら！　目の前に突然、青空が開けるようだった。赤ちゃんの配給のお裾分けの粉ミルクを私は夢中で舐めた。

盲目のおばあさんは気難しい人で、ちょっとでも躓かせると、私の手を強く揺すって怒るのだ。目が見えないのは可哀相だけれど、やさしいおばあさんじゃない、と私は決めてかかった。誘導のしかたがちょっとでも悪いと、「気いつけてくれなきゃ危ないだんべ」「目が不自由なの知ってんべ」などときつく非難するのだった。その上、「気の利かない嫁じゃ」なんて筆さんの悪口までいうおばあさんが、私はだんだん憎らしくなった。筆さんを大好きだったから。

家に帰り着いたところで、おばあさんは懐からぬるくなった胴巻きを引き出し、私に五十銭取らせるのが習いだった。私は胴巻きの底に手を突っ込み、五十銭玉を探したが、その瞬間、こんな悪いおばあさん、筆さんがお金に困っているのに自分だけたっぷりお金を持っているおばあさんから、一円札を貰ってやれ、と思った。一度はお札を握った。おばあさんは目が見えないのだ。それに、我儘なおばあさんなんだ、と自分を納得させようとした。だけど次の瞬間、一円札を胴巻きに戻し、五十銭玉を受け取った。悪いことはしてはいけない。たくさん読んできた本から私はそれを学んでいた。

母は生活のためにひとり奮闘していた。父の仕送りは途絶えたままで、母の才覚で家族は生き延びるしかないわけである。強二叔父の縫製会社に母は営業担当で参加していた。叔父は、敗戦直後、軍服や軍属服の製造を男性用の簡易服に切り換えていた。それによって売れ行きを伸ばしたのだが、数か月するうち、軍払い下げの材料生地を入荷する前に軍需省の役人に横流しされ、底をついてしまった。生地が手に入らなければどうにもならなかった。母は町の青年団の若者たちに短歌を教えたり、無謀にも文学講座を設けて『源氏物語』を読んだり、思いつくすべてを試みた。むろん、身の廻りの品々はほとんどお金に換えていたのだった。

ある時、通りで友だちの母親が母のハンドバッグを提げているのを目撃した私は、父のジャワ土産の青い革のバッグをまじまじと見つめた。さらに、タラコみたいな太い指に母のサンゴの指輪をはめているのにも気がついた。私は身体が震えるくらいの怒りを覚えた。「おばさん、それ、わちのお母さんのバッグと指輪でしょ。返して」。私はおばさんに詰め寄って言った。「なに言うんか、この子は。あんたんとこのお父ちゃん、病気なんだんべ。食べる金に困って、お母ちゃんが手放したのをわちが買ってやった。人助けと思ってな。ありがたく思って欲しいわ。うちに帰って、お母ちゃんに聞いてみな。ほんと、これだから嫌んなる」。私は打ちのめされたが、しおしおとは引き下がらなかった。「ドロボー、デブ、キンバ、白ブタババア！」ありったけの悪口を浴びせて駆け出した。私といっしょにいた子どもたちも面白がって囃し立てた。「ドロボー、デブ、キンバ、白ブタババア！」。おばさんが叫んだ。「悪い子だ。お母さんに言いつけてやっから」。おばさんは普段はいい人でもあるのに、通りの真ん中で私に詰られ、反撃に出たのだろう。

夜、母にバッグと指輪のことを聞くと、母はあっさり答えた。「ああ、あれは買って貰ったのよ。売れるものはみんな売るのよ」「でも、お父様のジャワ土産のバッグでしょ」「いいじゃないの。指輪もバッグもあなたたちのお腹のなかに消えちゃったのだから」。大切なものは小さな紙切れにでも執着する父にくらべて、母は執着の足りない性質であった。相容れない性格の両親であったといえる。そんな母のお蔭で私たちは飢えずに済んだのだけれど、子ども時代の思い出の品々も捨てられてしまった。私だけが昔のものをいくつか持ち歩いてきたのだった。

昭和二十一年になった。姉と私、隣家の昭造、大助の四人は気が合って、いっしょに過ごす時間が多かった。家で風呂を沸かさない日は岩崎家のお風呂を使わせて貰った。表入口からつづく左側土間には大小のかまどがあり、流しや調理場のある台所になっていた。いちばん奥に板で仕切られた風呂場があった。衣服や下着を脱いで仕切り板にひっかけ、湯槽につかるのである。昭ちゃんか大ちゃんが水を汲んできてお湯をうめたり、庭にまわって風呂釜の火加減をしてくれた。当時の子どもは早熟ではなかったのか、裸になってもとくべつ恥しいとは思わなかった。いつも遊んでいる間柄であったし、助け合って生活している意識が強かったせいだろう。他の友だちとは親密度が違ったのだ。お風呂から上がっても、私たちは家に帰らず、居間に寝転んでお喋りをした。

学校は依然としてざわざわと落ち着かない場所になっていた。算数と理科の教科書以外はどれも一頁に数か所墨を塗らされ、汚れた妙な本に変わってしまった。先生が墨汁の容器を順番にまわし、黒板に書き抜いた文章を塗らせたが、墨汁をひっくり返す子もいて、教室中が墨の刺激的な匂いでいっぱいになった。自習時間はなおつづき、学校全体が無秩序な状態に陥っていた。先生たちは解放感にひたるよりも混乱に戸惑いを隠せないでいた。朗らかな担任の津布久先生も前の気力を欠いていた。一変した価値観のもとで、教育関係者はみな自分をコントロールしかねていた。

そんな日々のなか、母は私に日本舞踊を習わせた。近所の印刷屋の毬子ちゃん、足袋屋の町子ちゃん、下駄屋の子も習い出した。稽古事が流行っていたのだ。稲荷神社の左裏に住むお師匠さんは母親と妹の三人暮らしであった。若柳流の名取りであるお師匠さんは三十代の垢ぬけたきれいな人で、宝塚歌劇団の出身だという。お師匠さんの名前は飯田メリーだが、戦争中は外国語の名前は禁じられていたので、メリ子と変えていた。私はメリ子という名前が何だか可愛いらしくて素敵だと思った。

お師匠さんは猛烈に稽古熱心な人で、私は「梅にも春」「松の緑」からはじまって、半年後には「手習子」、「連獅子」を踊れるまでになる。宝塚出身だからダンスもお手のもので、ダンスのレッスンも受けられた。暇をもてあましていた私は結構踊りの稽古に熱中しはじめた。身体を動かして表現するのがこんなに気持よいものだとは知らなかった。母は姉にも習わせたかったらしいが、アウトドアに徹していた姉はどうしてもいやだと言い張って逃れていた。

この年の六月、父は東京に戻っている。父の福島県大堀村での侘しい生活は、敗戦の八月十五日より約十か月後までつづいたわけだ。福島県浪江に引込んでからは約一年半ぶりであった。田沼に放ったままの家族を案じていたとしても、遠くから憂いの目を向けるしかなかったのだろう。

病身を抱えた父が東京に帰ったのは、前章で触れた、戦中戦後の詩作品を収めた詩集『山の消息』（健文社）が、九月に出版されるためであった。戦時中に話がまとまっていた詩集の出版を機に東京へ戻らなければ、行動を起こすきっかけを失ってしまうという怖れもあったろう。

父の第七詩集『海原にありて歌へる』につぐ詩集を列挙してみると、第八詩集『日本の花』、第九詩集『神々のあけぼの』、第十詩集『豊旗雲』、第十一詩集『雲と椰子』、第十二詩集『山の消息』というふうになる。

心臓神経症のほかに神経衰弱の状態で痩せ細った父は、再生の光かがやく戦後のジャーナリズムとは無縁に、焼失を免れた渋谷の隠れ家にひとまず身を置いた。

田沼にも進駐軍のジープがやってきた。ジープは二、三台連なって現われ、通りに駐車し、ピンク色の顔をしたGIが、子どもを見ると「カモン！」と手招きした。群がる子どもたちにはチョコレート、チューインガム、キャンディーが渡された。視察にやってきたんだ、とおとなは言っていた。私もチョコレートやキャンディーが欲しいな、と遠巻きにしていると、年嵩の男の子が「前に出て、『ギブミー、チョコレート』って言いな、たくさんチョコレートをくれるべ」と教えた。後ろにいた毬子ちゃんとジープに近寄り、教えられたとおりに叫んだら、一人のGIが私たちに厚みのあるチョコレートを握らせた。笑顔で私たちにチョコレートをくれたGIは、兄くらいの年齢に思えた。包み紙を兄に見せると、中学で英語を習っていた兄は「ミルキー・ウエイっていうチョコレートなんだね。美味しかった？」と聞いた。「うん。チョコレートのなかにまたチョコレートが入ってたよ」答えながら私はまた舌の上にあるあの幸福な味を転がしていた。

それからも度たび私は「ギブミー、チョコレート」を叫んだ。そうするうちに、電信柱や商店のガラスに、縦長の紙に書いた「ジープを見ても　珍しがってとび出すな」という標語が貼られた。「珍」の字が本当にその意味を表わしているような漢字だと私は思った。

旧制佐野中学四年になり、十六歳になっていた兄は、私たち女の子の姉妹とは別の思春期を過ごしていた。終戦と共に勤労動員されていた軍需工場から学校に戻っていたが、戦争の痛手が大きく、平常の学校生活をはじめるのには時間がかかったという。生徒たちには悲愴感と将来に対する不安感がまとわりついていた。「日本は資源やエネルギーが乏しかったので戦争に負けた」と教師たちに聞かされていたし、これからの日本を豊かにするには「科学立国」しかないと考えるようになった。それについては父から送られてきた一冊の本の影響もあった。

疎開して間もない昭和十九年頃、ある日父から送られてきた荷物のなかに、ざら紙に印刷された本が混ざっていた。昭和十七年五月に創元社から出版された伏見康治著の『驢馬電子（原子核物理学二〇話）』であった。なぜ父が兄に物理学の本を送ったのかは不明なのだが、新しい知識に飢えていた兄にとっては、高度な専門書に接することで心が躍った。父は自分の長男が理科系向きなのをうすうす感じており、出版されて日も浅い物理学の本を兄に与えたのだったろう。いずれにせよ、工学分野であっても原子力関係の仕事に兄がすすんだのは、伏見康治先生の『驢馬電子』との出会いによるものであるらしい。

長男の兄には、父も格別の気遣いを見せた。それ以前にも、兄は父からウィリアム・ワズワースの原書詩集を送られていた。後に研究者になって英国に赴いた際、兄は湖水地帯にわざわざワズワースの墓を訪ねている。少年時代の詩集を思い浮かべ、ワズワースの墓石の前に佇んだ兄は、その時、詩人である父を想わなかったろうか。

母の仕事への情熱は驚嘆に値した。試行錯誤を重ねた末、その夏、何と「スクリーン・タイムス」という八頁ほどの映画の新聞を発行してしまうのだ。月刊新聞であった。二、三度満員電車に乗って東京に出かけてきたが、父に会って、松竹・東宝などの映画会社とのパイプを繋いで貰ったらしい。映画好きが嵩じて、などとはいえない母の暴走である。新作映画の話題、スターたちの動向を追う記事満載の紙面を作っていた。映画会社の人の協力も得ていたが、今から考えると、記事の大半は母が書いていたに相違ない。十月には足利の野球場を借りて、当時の人気スター、若原雅夫、原保美、大坂志郎をはじめとする映画スター同士の野球大会まで開催した。

母は私と姉をつれて足利の旅館に泊り込んだ。

父の隠れ家生活を許せず、その怒りを忘れるために仕事に驀進したかったのだろうと想像するのだけれど、あのエネルギーはどこから沸いてきたのだろうか。ほとんど採算のとれない仕事であったにしても。

「スクリーン・タイムス」を母はどれくらい出しつづけたのだろう。資金も組織も経験もない主婦上がりが新聞を発行していくには限界があった。どれほどの損失であったかは誰も知らなかった。家の廊下に山積みにされた「スクリーン・タイムス」の束が、長いこと埃をかぶっていた。しかし、母は落胆してはいなかった。母の気持はすでに東京に向けられていたし、東京で得た情報をもとに、次の仕事を考えているらしかった。


十二月、私たちは悲しい出来事に遭遇する。隣家の昭ちゃん、大ちゃんの母、筆さんが心臓麻痺で急死したのだ。一家四人の生活を背負い、働きずくめであった筆さんは始終、顔色の冴えない疲れた表情をしていた。無理に働きすぎて死んだのだと言って、母は悲嘆に暮れた。筆さんは母にとってかけがえのない心を許した友人なのだった。

昭ちゃんと大ちゃん、正確には昭造と大助は、盲目の祖母と三人取り残された。大ちゃんは甘えん坊でお母さんの後をついて廻る子だったから、身体をボールみたいに丸めて泣きつづけた。昭ちゃんは弟をかばい、悲しみに堪えていた。

葬式が終わった次の日、母親の実家に引き取られて行く昭ちゃんが、夕方、私の家に挨拶にきた。大ちゃんはその日の午前中、東京の親戚に引き取られて行った。大ちゃんはのんびりした明るい子なのに、萎れたまま叔父さんに手を引かれ、ランドセルを背負って行ってしまった。「大ちゃん、元気でね」と叫ぶ私に一度だけ手を振ってくれたけれど。

秀才で涼しい顔立ちの昭ちゃんは姉と気が合い、時間があれば二人で算数の問題を解いていた。無二の親友がいなくなってしまう衝撃に姉は言葉を失っていた。

「お世話になりました。ばあちゃんは自分の娘のとこ、叔母さんの家で暮らします。ぼくは明日、三好の伯父さんの家に行きますから」。昭ちゃんは私たちを真っすぐに見てそう言った。低い声だけれど、はっきりと立派に言ったのだ。

「うちがもっと楽だったら、あんたも東京に連れて行くのにね」。母が昭ちゃんを見つめて言った瞬間、みんなが入っていたコタツに顔を突っ込んだ昭ちゃんは声をあげて泣いた。母も私も泣いた。姉はいきなり部屋を出て行った。姉の後ろ姿はぶつけようのない怒りでふくらんでいただろう。こうして、たえずいっしょに行動していた四人組は、あえなく崩壊したのである。

何十年も後になって、姉が私に教えてくれた。「昭ちゃんはね、早稲田の理工科を出て、『リコー』という会社に勤めたんだそうよ。好きな道にすすめて、ほんとによかったと思う」。私と大ちゃんは他愛ない遊び友だちだったけれど、姉と昭ちゃんはもっと強いシンパシーで結ばれている友だちだった。おそらく、あれは姉の初恋ではなかったろうか。

昭和二十二（一九四七）年に年が変わっても、心が晴れる日常ではなかった。隣家には幼い子どもがいる夫婦が引越してきた。その前に、大工さんが家中の手入れをしていた。居間の掘ごたつも作りつけの棚もなくなった。その上、私たちがたびたび入った風呂場も改装され、新しい湯槽が取りつけられた。昭ちゃん大ちゃんの思い出の家が壊されていくようで傷みが走った。

田沼にきて遭遇した二つの死が、戦争が生んだ大量の死とは別に、重く私にのしかかっていた。大好きな春子叔母ちゃんの死、昭ちゃん大ちゃんのお母さんである岩崎筆さんの死。東京にいる病気の父も死んでしまうのだろうか。父が恋しいというより、不在の父がどうなっているのかが知りたかった。手紙を書いても父からの便りは絶えていた。母は「お父様」の話をしなくなっていた。

私たちを驚かせたのは、六月、父が田沼に現われたことだ。もう死んでしまうのだろうか、と私を不安がらせた父は、思ったよりは元気そうに見えた。それでも、前とは様子が違う。言葉にも笑いにも力がなかった。関口医師が家に注射を打ちにきていた。母は「お父様は疲れているのよ。たくさんお仕事をして、神経衰弱になってしまったの」と、説明した。

父は穏やかに微笑んで言った。「長い間病気で寝込んでいたけれど、もうだいぶ治っているから心配はない」。父の私たちへのお土産は丸型の缶に入った「不二家」のロシアン・チョコレートだった。色とりどりの紙に包まれたチョコレートの中身は、ナッツだったり、ストロベリークリームだったり、ミントクリームだったりした。あの進駐軍のミルキー・ウエイよりももっともっと美味しい。

妹は父の傍を離れない姉や私を遠くから見ているだけで、近づこうとはしなかった。父が「マンサクさん！」と呼びかけても、父を避けて母の後ろに隠れてしまう。妹は物心ついた時から父という存在を知らないできたのだ。

父は姉と私をつれ、田圃の畦道をぶらぶらしたり、秋山川まで足を伸ばしたりした。父は河原で遊ぶ私たちを眺めながら、何本か煙草を吸った。私は思い切って父に前から聞きたかった質問をした。「お父様、私たち、いつ東京に帰れるの？」。すぐに父は答えた。「なるべく早い時期にしようね。かならずね」

父は母といろいろ相談する用件があったらしく、夜更けまで話し込んでいた。町の文化人の接待もあり、忙しい数日を過ごして、父は東京に戻って行った。

七月、母は東京・渋谷にＢＡＲを持つことになった。「スクリーン・タイム」の仕事で出会った人びととの縁だったろうか。なぜそんな決断をしたのか子どもには理解できなかったが、父との確執が母を果敢に飛び立たせたのだったろう。渋谷駅より歩いて五、六分、現在もあるフルーツ・パーラー「西村」の裏を南西に入ったところで、さまざまな飲食店が犇めいている小路にあった。「ガス燈」という店の名はシャルル・ボワイエ、イングリッド・バーグマン主演の名画『ガス燈』に由来している。母はボワイエの大ファンであった。

母は新しい仕事に情熱をこめてすすんで行った。祖母は水商売なんてとんでもないと反対したが、母は「もうそんな時代ではないの。生きて行くためには少しも恥しい仕事じゃないのよ」と言って取り合わなかった。いつだって母は本気で走るのだ。

しかし、母が本気で渋谷に店を持つという事態は、母が不在になることなのだった。父の不在に加えての母の不在の意味は決して小さくはなかったろう。私たち子どもは両親から田沼に置き去りにされる気がした。

この三月に兄は旧制佐野中学校を卒業したのだが、進路を決められずに浪人し、関口医院の離れに籠って勉強していた。私は五年生になり、復員してきたという年配の先生に担任が変わった。この先生の授業の大半が雑談に終始するので、すっかり興をそがれてしまった。姉は田沼中学校の一年生になった。早速、科学部に入り、次いで新聞部とソフトボール部に入った。昭ちゃんが去ってからの憂鬱な日々を行動することで吹き払おうとしているふうであった。妹は六歳になっていた。

もともと理系向きの姉は科学部が気に入って、連日、実験に夢中になっていた。指導教員の久保先生にも一目置かれた姉は、物資の不足している生活に役立てようと、石鹼作りを提案し、実験に励んだ。「苛性ソーダ」とか「脂肪酸がどう」とか私にも教えてくれるのだが、私はただ聞き流していた。姉の石鹼は匂いのない長方形の、ちょっと小型の豆腐みたいなもので、洗うと汚れを立ちどころに流した。石鹼作りが上達すると、次に姉はバニシングクリームの製造に熱中した。グリセリンやワセリンを使って作るのだ。家じゅうの空容器を集めても足りず、知り合いの家にクリームの空びんを提供してもらい、バニシングクリームの容器にした。

石鹼の評判も上々で、バニシングクリームも塗り心地がよいと近所の人びとに褒められた姉は、数人で自転車隊を編成し、石鹼とバニシングクリームを積み込んで町の内外に売りに出かけた。

石鹼もクリームも完売し、姉はますます製造に力を入れていた。学校でも家でも勉強どころではなかったが、誰も咎めさえしなかった。とりあえず、みんなが食べることに必死で、まだまだ食生活の重みが大きかった。

家の玄関の三和土に姉の勉強机が置いてあり、姉は石鹼やクリームの売り上げを引き出しの貯金箱に入れるのだった。コトンコトンとコインが落ちていく音が耳に快かった。

そんなに忙しく働いていた姉なのに、夕食後の私と姉の日課は田沼駅に母を迎えに行くことであった。いつの間にかに、それは大事な慣習になっていた。初めのうち、母は東京から二、三週間に一度は帰って来るようにしていたのだが、秋に近づくにつれ、だんだん間遠になり、「かならず帰りますからね」と手紙に書いてあっても、空約束になっていった。母も気が気ではなかったろうが、子どもは母が恋しくて、約束を信じて、毎晩、母を迎えに田沼駅に行かずにはいられなかった。

駅構内の壁に沿って嵌め込まれた木製の腰かけに座っているのに飽きると、私たちは外の枕木で出来ているような色褪せた柵に止って、一時間に一本の電車が来るのを待つのだった。電車が到着するたびに、二人でホームから降りて来る人びとを凝視した。絶対に母を見逃さないように。たまに知っている顔があった。「お母さんまだなん？　寒いからもう帰りな」と、声をかけてくれる人もいた。秋も深まり、夜気が冷たかった。

毎日、毎日、田沼駅に通った。一台が通り過ぎても、また次が過ぎて行っても、私たちは諦めなかった。すぐに次の電車への期待がふくらむのだった。今度は来る、今度こそは来ると信じて待ち、最終電車が葛生方面に消えてようやく私たちは諦め、手をつないで家路を急いだ。やっぱり来なかった。悲しいのと寒いのと寂しいのとで胸が張り裂けそうになった。私たち二人の長い影が私たちを脅した。

姉がいっそう強く私の手を握ってくれた。その手の力が私の全世界に思えた。姉の手が私を外界のすべてから守ってくれている気がした。私たちは冬になろうとしている乾いた暗い道を下駄の音を立てて歩いた。

私の仲良しであった美津子ちゃんの姿が消えたのはその時期ではなかったろうか。校長先生一家は追放され、田沼を去ったような噂があったけれど、詳しい事情は知らない。国粋主義者に見えた校長先生は、戦後めっきり老け、痩せこけた姿になったと姉は記憶していた。美津子ちゃんとは戦時下でしていたように読書をしたり遊んだりしたが、もともとひっそり静かに暮らしている家庭なので、これといった変化には気づかなかった。

私が愛したあの蔵のなかの時間。美津子ちゃんと読書に耽ったその場所を、主がいなくなった後も私は外から眺めに行った。「さようなら」の挨拶をする余裕もなく去って行った人たちの気配が家全体に漂っている気がした。子どもはいつだって親の事情で別れを強いられる。まだ十一歳になったばかりの私には、彼らの住所を知る知恵さえ浮かばなかった。蔵の白壁が冬日に光って目に痛かった。

父を待つ習慣はもうなくなっていた。不在が常態になっている父であった。私たち子どもが寂しい日々を送っていた時期、父は父で戦後をどう生きるかを苦悶していたはずである。「国家的要請」をまともに受け入れ、煽られる如く戦争詩を量産した父は、戦後は放心したまま時の流れにたゆたっている、そんな状況だったのではないだろうか。病んでいたのは身体以上に心であったと言えるだろう。世の中の大転換を眺め、覚醒するものがあっても、もはや自分は無視される、無用の存在になり果てているとうなだれ、後退に後退を余儀なくされていると自省する毎日であったように思われる。

それでも、父を忘れない奇特な出版人もあって、この年、昭和二十二年十二月には酣燈社（株主　水野成夫）より詩集『風の使者』が出版される。装幀は初山滋。

戦後に書かれた詩が前半に置かれているが、そのほとんどは未発表であり、数もそう多くはなかった。詩集を編むに当たって父が考えたのは、次の年に新版（増補版）が出る予定の『冬刻詩集』に拾遺として収める、詩誌「エクリバン」創刊号に発表された「恋愛詩百篇」中の三十九篇と既刊の『冬刻詩集』（豪華本）に収めた二十七篇を除いたもの、つまり、意識的に残してあった三十四篇を新たに「断章」の形で『風の使者』に収録することであった。さらに、最後に「雅歌」として添えたのは、旧約聖書中の“Song of Songs”を韻文化、劇詩の形にしたものである。

その上、事を複雑にしているのは、前年九月に出版した詩集『山の消息』に収録した敗戦直後の数篇の詩のうち、戦後の新作をまとめるという意味で「言葉（ロゴス）」「廃墟のほとりにて」「ほだ火」「孔明寺の夜の即興」四篇を再び『風の使者』に加えているためだろう。

第十三詩集『風の使者』のなか、新作として初めに置かれた詩篇をいくつか記してみよう。詩集には次のエピグラフが付されている。「風は己が好むところに吹く、汝その声を聞けども、いづこより来り、いづこへ行くを知らず。すべて霊によりて生まるゝ者も斯くの如し。——ヨハネ伝三章八節」

——田園独吟

みぞれ、雪、枯葉、落葉や、昨日（きそ）の日の木の実落ち果て
香ぐはしき風吹きみつる緑野（みどりの）や、
梅、すもも、杏（あんず）の花の下蔭に身を倚（よ）するとも
うらがなし、ただにすべなし、去りなむを。

うらら日に秣（まぐさ）は匂ひ土は咽（む）せ、種子（たね）は芽を吹き
物皆は生きて声あげ息吹（いぶ）けるに
襞（ひだ）ふかき遠山脈（とほやまなみ）の去年（こぞ）の雪なほ消えがてに
業（カルマ）もつわがこの翳（かげ）をいかにせむ。

水の辺（へ）の懸巣（かけす）の鳥を見るだにも　せちには思へ、
人の子のわれらに棲まふ家はなし、
山鳩のほろほろ鳴くを聞くさへに　恋ほしきものの
ちりぢりに離れさすらふ身なるよと。

片丘や、まるめろの花咲く下に、さくらのかげに
やすらけく山羊（やぎ）の親子は草はめり、

遠方のめぐしき子らをわが子らを　思はざらめや、
新月の匂へる眉のをさなさを。
行く水はとどめあへねど川の瀬の　中洲に生ふる
青蘆の一すぢとしもありし身を
石をもて打つ者あらば打たしめよ、やよ磧石、
おろかにて、われ為すことを知らざりき。
（「麗日」1～5聯まで）

詩集のタイトル『風の使者』が与える冷たく澄み切った、むしろ若々しい爽気は、冒頭の詩「麗日」（詩集では「麗日抄」であるが、「大木惇夫詩全集」3において抄を取り除いている）によってその流れの方向を変える。詩人が戦後の日々、自分を責め、悲しみを淀んだ池のように自身のなかに溜めて、出口を見出せないでいる苦悩は理解できる。しかし、底なしの沼に似た苦しみを抱えたなかで詩人は新しく堅固な詩の鉱脈を探せなかったのだろうか。悔悟と悲嘆と懊悩と憤怒の果てに、慎ましく厳しく凜然とした詩作品を生み出せなかったのだろうか。

古典的であっても宗教的であっても一向に構わないけれど、肥大化したセンチメンタルな自己憐憫の表出は疎ましく感じられる。ここには暗い悔悟が教える詩の信実が見当たらないのである。戦争という避けがたい運命を情動抑えがたく生きた者の苦い円熟がどうして見られないのだろうか。

「遠方のめぐしき子らをわが子らを　思はざらめや、／新月の匂へる眉のをさなさを。」の一節に娘の心は揺れはするが、それだけに「行く水はとどめあへねど川の瀬の　中洲に生ふる／青蘆の一すぢとしもありし身を／石をもて打つ者あらば打たしめよ、やよ磧石、／おろかにて、われ為すことを知らざりき。」という滑りのよい自己弁護、定型詩に托す感傷的な言葉の表白が、熟成とは異なる精神の老化を露出しているようで寂しい。

紅鶸よ、みどりの牧よ、
日も燻ゆる水無月はじめ
すがすがし野ばら花咲き、
香ぐはしき息吹きあげて
そよ風の愛はかへりぬ、
杜かげにやすらひはあり、
水の辺になぐさめはあり。

ふたたびは会ひがたかりし
いとし児の寄りそへるあり、
禿髪、ゐまひかがよふ
さいはひのこのひとときぞ
ただに憂きわれを酔はしむ。

焼け跡よ、廃たれし家よ、

こころ打つ都の鐘を
まぼろしに聴けば、さらにも
生きむかな、よく生きむかな、
新らしき明日（あす）の日のため。

枝と枝あひよるごとく
闇の夜のあらしに耐へむ、
ユマニテの真（まこと）を慕（と）ひ
とこしへの光を求めて
飢ゑ渇き祈れる者に
かにかくに蒼空はあり、
蒼空のこたへざらめや。

（「子らと野に立つ」）

　前述したように父が不意に田沼を訪れた時の詩である。私と姉は父と田圃の畦道を歩き、秋山川で遊んだ。私は大小の石をどけて、自分の小さな川を作るのに夢中になった。日常の遊び場になっている秋山川であっても、父の存在を身近に感じ、それだけで十分に満たされるものがあった。父に忘れられてしまったのではないか、父に去られてしまったのではないか、という怖れがたちまち解消され、言いようのない安堵感につつまれ、幸せを感じた。「さいはひのこのひとときぞ／ただに憂きわれを酔はしむ。」は父だけの感懐ではなかった。私も姉もそれぞれの「憂きわれ」の気分をすでに背負っていたのだから。あの一日を私は忘れないでいる。父に言えなかったのは、「とくべつの一日がなくてもいい、私が欲しいのは、毎日くり返されるふつうの日々なのだ」という意味の言葉である。父も時代の推移に翻弄され、孤独に戦いていたのだ。戦きつつ詩のなかで祈りを求めてしまう。
　文語的文体は格調を持つが、その形式が内面との微細な距離を生み出すことがあるのも確かなようだ。父はまだ五十二歳であった。

稲の穂の垂り穂はゆれて香（か）もすがし、
美しき十月よ、いま言問はむ、
新月を幾年（いくとせ）われの忘れしや、
ああ、霧よ、わが眼をとざすことなかれ。

ゆうべ、われ、この仮りの家（や）に夢見しか、
身につきし最後（いやはて）の物すて去るに
時ならぬ素馨（ジャスミン）の花ひらきしを、
黄金（わうごん）の燭のかかりて明かりしを。

こよひ、われ、めぐりの崩（く）えし廃墟（あれあと）に
赤錆びし釘をさがして佇むに、
たましひはよろぼひゆきて食（じき）を絶ち
ヨルダンの流れの岸をさまよへり。

ああ、神よ、幼児（をさなご）われのおろかさを
石獣に、物言ふ蘆に語らしめ。
（「物言ふ蘆」）

地の上のなやみを断つと、
いにしへゆ聖者（ひじり）は在（ま）すに
地の上の歎きは消えず、
あひせめぎ、あへぎは果てず。

ああ、神よ、みこころに倚（よ）る
価ひなき、おろかしき身の
祈りをもうけ入れたまへ、
かごとをもきき入れたまへ。

寝もやらず、夜（よる）の深夜（ふかよ）に
涙垂れ、わがなげくこと
朝まだき、わが祈ること
なんじはもみな知りませり。
（「地上」１・４・５聯）

――痴愚にして罪ふかきわれをいたくも識れる人に
敢へて答へず、ひそかに自らを慰めて歌へる。

神います　しるしなり
蒼空の　かのますみ
雲の薔薇
しろがねの　日のしづく。

わが守る　悲しみや
沈黙（しじま）こそ　黄金（こがね）なれ、
いやはての
審（さば）きの日　ゆるされむ。

涸（か）れし水、時みちて
うるほひて　せせらがば
一すぢの
蘆だにも　物言はむ。
（「蒼空」）

詩集『風の使者』に流れる基調は「祈る心」であると父は書いている。

「（前略）かつても歎くこと、祈ることしか知らないやうな愚かな自分ではあったが、今はいよいよに自分の愚かなこと、力のないことを知るのである。さうして愚かな私には、今は祈る力しか残されてゐないのを知るのである。」

もともと祈りの多い父ではあったが、詩のなかに祈りがこめられているのはともかく、祈りの言葉が詩を形作っているというのはどうだろうか。祈りは自分との果てしない問答を介しての言葉であって、詩として安直にうたいあげるもので

はないと私は思う。

例えば、「子らと野に立つ」にある「飢ゑ渇き祈れる者に／かにかくに蒼空はあり、／蒼空のこたへざらめや。」くらいが限界に思われる。過剰な祈りの言葉、神への願いの直截さは、なぜか美しくは響かない。「おろかしき身」（「地上」）「痴愚にして罪ふかきわれ」（「蒼空」）と書く時、かえってそこに、自分を罰し捨て去ってはいない者の甘え、うっすらとした自己愛の変形を見る気がして悲しい。

『風・光・木の葉』『秋に見る夢』『危険信号』『冬刻詩集』『海原にありて歌へる』の誇り高い詩人はどこへ行ったのだろうか。五十二歳にして、父は暗い停滞のなかに、長い精神の老いのさなかに、埋没しようとしているのだろうか。

廃墟（あれあと）のそれさへあるに、あらけく
冬ざれは霙（みぞれ）を持ちて襲ひ来ぬ。
山茶花（さざんくわ）の散りて果てにし崩（く）え壁に
からす瓜風に吹かれて揺るるのみ。

火種さへ糧（かて）さへいとど乏しくて
なりはひのしじに荒（すさ）めるなかにしも
ともしびの暗き夜ごろはひとしほに
水仙の白きすがしき香（か）は沁むを。

火を焚（た）かむ、隣りの人に呼びかけて
つつましく　せめて心の火を焚（た）かむ。
かくばかり炊（かし）ぎいたづき濯（すす）ぎして
はやすでに耐ふる力もほとほとに
継（つ）ぎあてまとふ襤褸（つづれ）も何せむに
いやさらも耐へ忍べよと誰か言ふ。

雪をして雪を降らしめ、日（ひ）を一日（ひとひ）、
風をして風を吹かしめ、夜（よ）を一夜（ひとよ）、
いたづらに春待つならじ、ただせめて
光さす緑の芽をし願ふなり。

冬刻む思ひの果てのためいきに
天よりのよき音づれを、よき糧を。

（「火」）

私の凋む心に一条の光を投げるのは、右の詩「火」である。「祈る心」が基底になってはいても、この詩には父本来の抒情、悲嘆や孤独に沈潜する人の濁りのない目が感じられる。「冬刻む思ひ」は父がいかなる時にも持ちつづける資質、いわば父の感情の総体ではなかったろうか。

詩人は悔悟と立ち向かい、祈りを心の深部に秘めて、時代の風雪をひたすらその身に受けて欲しかった。「冬刻む思ひ」が深ければ深いほど、「光さす緑の芽」のそよぎは、澄んだ

目にとどきやすいのではないだろうか。
敗戦後の荒んだ世の中にいて、春の訪れが遅いのは、ひとり父だけではなかったはずである。

21 『物言ふ蘆』の行方

『風の使者』と同じ時期に編集された新版『冬刻詩集』は、昭和二十三年三月に靖文社より刊行される。ちょうど十年前に出版された『冬刻詩集』（豪華本、草木屋出版部）が限定百部であったために、戦前から普及版の刊行を求める読者の声が高かった詩集だ。この普及版は、定型的格調のある五十五篇のみを自選した豪華本に対して、雑誌「エクリバン」創刊号から「冬刻集」に拾遺の形で十七篇を加え、「翼ある火」には拾遺として同様に二十六篇を加えた増補版となっている。こうした経緯と作品の内容については、すでに豪華本『冬刻詩集』に触れた第15章、第16章で詳述している。なお、昭和四十四年刊行の「大木惇夫詩全集」1においては、新版『冬刻詩集』が収められた。

旧作であっても、紙の不足しているこの時期に社会から冷遇されている自分の詩集が新装出版されるのは、父にとって望外の歓びであったに違いない。それに、『冬刻詩集』は戦中戦後の詩を収めた『山の消息』や戦後の新作詩を含む『風の使者』よりも、弱々しさのなかにも凛乎とした精神の脈動が見られる。人生の出来事に打ちのめされながらも、すっきり立っている樹木の撓うような弾力性が感じられる。冬日に堪えうる張りつめた精神の力を湛えている。詩としての仄かな輝きを発しているのである。

四月、兄は慶応義塾大学予科へ入学。兄妹のなかで逸早く上京し、父の知人宅に下宿する。姉は田沼中学校二年生、私は田沼小学校六年生になった。そして、妹が田沼小に入学する。幼い幼いと思っていた妹がもう一年生なのだ。私たちの田沼生活は足かけ五年になろうとしていた。こんなにも長期間疎開地に残されるとは思いもしなかった。

六月になり、この月の第三日曜日に踊りのおさらい会が持たれるので、子どもたちは稽古に熱が入った。だが、場所が亀鶴座と聞いて、私はげんなりしてしまった。田沼町にたった一つある劇場で、通常は旅廻りの〝やくざ芝居〟がかかっていた。青年団の歌の催しに行ったことがあるので、私はその小屋の汚さを知っていた。私は印刷屋の子で仲良しの毬子ちゃんと組んで、「梅川忠兵衛、恋の道行」を踊ることになっていた。毬子ちゃんが男役の忠兵衛で、私が芸者梅川なのだ。初心者の妹も「忍ぶ恋路」を踊ることになった。お師匠さんは宝塚出身なので、出し物の選び方が独特というか、演劇的なものを好んでいた。

おさらい会のために母が帰ってきた。前より元気そうで美しくなった母が私は自慢なのだった。それぞれの家から着物を持ち出し、それに手を施して、素敵な衣裳が仕上がっていた。娯楽のない時代、町中の人が楽しみにしているおさらい会であった。

幕が開いた。全員二十六名くらい総出の「松の緑」の後が、妹の出番だった。黒い着物に粋な豆絞りの手拭いを被った侍姿の「忍ぶ恋路」は受けに受けた。次々に進行し、私と毬子ちゃんは緊張で青ざめていた。二人は責任重大な取りを踊るのだ。出番が済み、アイスキャンデーを舐めている子たちが羨しかった。毬子ちゃんは踊りの筋がよく、忠兵衛になりきって踊った。私も負けずに梅川の気持を想像して踊った。割れるような拍手につつまれ、私たちは頰を紅潮させた。

おさらい会は大成功のうちに終わった。お師匠さんには近在からの公演依頼がつづき、しばらく後、遠くまでのドサ廻り公演が数回あった。その度に姉は荷物を背負って行くのだった。「『箱屋』みたいね」と母が笑った。幕が降りてからの記念写真が残っているが、まっ黒な顔の子が混じっていて、それが箱屋然とした姉なのだった。

蒸し暑い七月になった。母は当然、東京に戻っていた。私と妹は踊りの稽古に通った。姉は飽きずに石鹼とバニシングクリームを製造、販売していた。ただ、この季節になると、防腐剤を使用していないバニシングクリームにカビが生える、という事態が起きた。姉は使用期間を限定した説明をラベルに貼り、危機を乗り越えた。姉の貯金箱は二つに増えていた。姉は私がいうままに何でも買ってくれる人なので、ある時、ふと私は姉の貯金箱からお金をもらおうと思いついた。あまりに暑いし、踊りの稽古の行き帰りに見る「広島屋」ののれん、赤く書かれた「氷」の一文字に誘い込まれそうになる。「広島屋」はその頃、稲荷神社前に開店した店だった。店の前によしずで囲んだ空間があり、木のテーブルとベンチが並べてある。私はいつも「広島屋」を眺めて通り過ぎていた。

　ある日、ついに、私は姉の貯金箱の底を開け、堂々とコイン二枚を取り出し、妹をつれて外出した。お稽古が済んだ夕方、胸の動悸を押えて、私は「広島屋」に入った。妹には氷いちご、私は氷あずきを注文した。妹が喜んだ顔が忘れられない。悪い行為をしているとは全然思わなかった。他人のものではないし、姉に欲しいと言えば、かならず姉は私にお金をくれただろう。姉に断わるのをちょっと省略して、頂いているのだと勝手に思った。

　一度試みると、あまりに簡単なので、すっかり自信を持った私は、稽古のたびに「広島屋」に立ち寄った。ところが、その日もよしずに囲まれた木のベンチに座り、妹と氷を食べていると、自転車に乗った姉が通りがかり、私たちを発見して自転車を停め、「氷を食べてるん？　美味しそうだね」と笑いかけた。「お姉ちゃまも食べるけえ？」さすがに慌てて私がいうと、姉は「わちは今日はいいよ。まだ仕事があっから」と返事をして、すうっと行ってしまった。姉の稼ぎを私たちが使っているなんて露ほども疑っていないのだ。姉のあまりにあっさりした真っ直ぐな態度は私の心を直撃した。私は今日限り姉の貯金箱破りはやめようと固く心に誓った。

　しばらくして、姉に貯金箱破りの件を白状すると、姉は「最近、貯金箱が少し軽くなった気がした。『広島屋』で二人を見かけた時は、あの子たちどうしてお金を持っているのかなあ、と思った」というのだ。「なんだ、そうだったのかあ」。姉は少しも怒らず、笑っていた。姉のそういう寛大さは今も変わらない。

　田沼にはこれといった遊び場がなかったので、何かといえば秋山川であった。唐沢山の麓を流れる秋山川を私たちは知り尽していた。子どもだけで行く日は、途中の畑で熟したトマトをいただき、手拭いにつつんで川の流れに浸しておいた。水の中で小魚を追ったり、泳ぎの真似をして疲れたら、下着を河原の石で乾かし、寝転んで空を見上げた。遠い夏空に雲が流れた。雲の流れを追ううちに眠気が襲ってくる。長い夏の午後であった。

　秋山川にはほっとする思い出がつきまとう。貯金箱破りがあった夏、強二叔父が三歳になった長男豊や私や姉をつれて秋山川に遊びに行った。この昭和二十三年六月十日に豊の弟立二（りゅうじ）が生まれている。強二叔父はアル中気味であったから、持参のウイスキーをちびりちびり飲んでいて、豊を私たちに委せていた。豊のために川砂で丘を作ったり、石を積んでお城を作ってやっても、まだ幼いせいか直に飽きてしまう。豊は泣き虫で弱虫の子だった。手を引いて川に入っても、恐がってすぐ川岸に逃げようとする。私たちは根気よく遊ばせていたのだが、豊は川に少しも馴れてくれない。叔父はアルコールが廻っていい気分になり、河原で昼寝中であった。姉は「こんな恐がりの子見たことないね」と呆れた様子で、豊のお守りを私に押しつけた。私はひとりで豊の相手をした。

「ほら、ここは浅いよ。膝まで入ってお魚とろうね」。棒つきの網を片手に、もう片方の手で豊の手を握って勢いのある流れの方角に行こうとしたが、豊は嫌がって後ずさりする。子どもらしい大胆さのまったく欠如した豊の態度、怯えきった表情に私は腹が立ってきた。こんな子は水に馴らさなきゃと思い、いきなり豊の首根っこを摑んで川に突っ込んだ。二、三度くり返した時、それまで声も出さなかった豊が「ギャーッ」という泣き声をあげた。

姉と強二叔父が飛んできて、豊を川から引き上げた。その時の私の気持は「水なんか恐くない。しっかりするのよ」といった従姉の親愛の情だったのだが、私は叔父と姉に向かってこう言ったのだ。「豊ちゃんがあんまり臆病なので、憎らしくなって殺そうとしたの」

叔父は苦笑して私の頭をぽんぽんと軽く叩いた。その強二叔父の手の感触によって私は自分の犯罪の動機を理解した。私を自分の子にしたいとまで望んで溺愛した叔父の愛情に突如侵入してきたのが豊だった。私の深層心理のなかで、豊は許し難い愛情の掠奪者だったのである。

叔父は母にもその日のことを話さなかったらしいが、私にとって秋山川の思い出はただの郷愁には終わらない影の部分をもふくんでいた。豊もその日を忘れずにいるという。幼児の彼にとっては、人生最初の怖ろしい事件だったのではないだろうか。

この夏休みはいろいろな出来事がつづいた。

私の家には亀山先生と呼ばれる男の人が以前から出入りしていた。亀山高一先生は、頭が相当禿げていたし、若いのか年を取っているのか判断しにくかった。元々は兄の佐野中学校時代の数学教師なのであるが、この先生は共産党員（後に判明する）で、そのためＧＨＱの方針によりレッド・パージの対象にされてしまう。いざ首切りが実施されそうになった時、兄たち生徒は亀山先生を敬愛していたから、レッド・パージ反対の学内運動に発展させていった。亀山先生はそんな関係で家に出入りするようになり、私の家庭では〝親戚の小父さん〟に近い場所を得ていた。飄々として、無欲で、純粋で、穏やかな人間に思えた。丸顔に度の強い眼鏡をかけ、どんな話題にも応じられたし、私たちの勉強も見てもらえた。東京帝国大学出身の亀山先生は博学で非常に論理的な頭脳の持ち主であった。教え子の家に亀山先生が頻繁に現われたのは、偏見のない母の性格によるものであったろうが、何よりも父の不在が大きかったと思う。主のいない家だったから自由に出入りし、子どもたちを連れ出せたのだろう。亀山先生は実にいろいろな場所に私たち姉妹を連れて行ってくれた。栃木の実家は趣のある古い家だった。上品な両親に丁重な挨拶をうけた。栃木の情緒ある白と黒の家並みをもう一度見たい気がする。

足利には私ひとりを連れて映画を観に出かけた。午前中に誰か男の人と会って話をし、午後、映画を観た。映画のタイトルは『笑う姫君』。満員で座れず、先生は私を肩車をして観せてくれた。だが、字幕をしっかり読み終えないうちに消えてしまうので、さっぱり内容が理解できない。ただ、初めて観る天然色映画（だったと思う）の上、歴史物だから女性たちの豪華なコスチュームに見とれていた。外国語の会話はきつく聞こえ、美しい女たちが言い争ってばかりいるふうにも思える。筋は全然理解できないままに忘れ難いのは、『笑う姫君』が異色のタイトルであり、私が観た最初の外国映画であるからだ。後々、古い映画に詳しい人に『笑う姫君』についで聞くのだが、未だに観たという人に出会ってはいないのだ。映画少年であった久世光彦さんとは、何回か映画のタイトルを挙げ合って遊んだのだが、久世さんが知らなかった映画は、この『笑う姫君』と『シンゴアラ』の二本のみであった。

亀山先生は〝物識り博士〟で何でも知っていた。私たちをつれ遊びに行く時は、かならず何人かの人に会うのだった。おとなになってから私が悟るのは、亀山先生は下っ端の共産党員なので、あの日々の行為は私たち子どもを連れてのレポ（連絡）だったのではないだろうか、という点である。思い返すと、いつも誰かに会っていた。その人たちも不意に尋ねるみたいなのに、ごく自然に亀山先生を迎えるのである。レポならば、子ども連れの方が好都合だったろう。

東京に引き揚げてからも、亀山先生は家に顔を出した。温顔の先生は、辛抱強く私と姉にものの考え方や社会に対する考え方を説いた。エンゲルスの『空想より科学へ』（岩波文庫）をプレゼントされたのも亀山先生からであった。徳田球一が地下に潜り、中国に渡ったなどと噂される時代であった。先生は小林多喜二全集、山上伊太郎シナリオ全集などを家の本棚に並べて帰った。

この年の夏はもっと珍しい体験が待っていた。母が私を二週間ほど「ガス燈」に連れて行ったのだ。敗戦後三年目の渋谷がどんな有様であったか、六年生の私は目の奥に焼きつけた。迎えにきた母と東武線浅草駅に着き、地下鉄銀座線浅草駅まで路上を歩いた時の荒廃した情景を忘れることは出来ない。横丁の角々に白衣の傷痍軍人が立ち、アコーディオンを弾きながら頭を下げていた。アコーディオンの調べが物悲しく、手や脚を失った傷痍軍人は気の毒だけど恐い気持のほうが強かった。また、壁のあちこちにタブロイド版の「サン新聞」が貼ってあり、なぜか犯罪で殺された被害者の写真がでかでかと掲げられていた。それも、目の部分を黒い紙で隠した写真がよけいに陰惨に不気味に感じられ、母の後ろにくっつき、顔を伏せて歩くのがやっとであった。浅草というとまずあの戦後を具現したような殺伐とした光景が私の記憶のどこかに残っている。

浅草から地下鉄に乗って終点の渋谷には、同じような傷痍軍人の姿はたくさん見られたが、浅草ほどの殺伐とした怖しさはなかった。街のところどころにまだ瓦礫が残り、バラック建ての店の隣りに大きな構えの商店があったりした。

「ガス燈」が思ったより狭いのには驚きもした。お洒落な山小屋風の店にはカウンターのほかテーブル席が五つか六つあり、奥まった場所に取り外し式の梯子が立てかけてあった。二階と呼ぶより屋根裏みたいな部屋への階段になっている。私は屋根裏部屋に寝泊りすると聞いて興奮した。取り外し式の階段が面白くて、昇ったり降りたりしてみた。屋根裏部屋は小窓があるだけで、確かに天井が低い四畳半くらいの部屋だった。見憶えのある母の衣類が隅に重ねてあった。母はカウンターの内側にある流しで野菜を洗い、卵を割って手早く料理し、私に食べさせた。

夕方近くになると、母は屋根裏部屋に上がり、洋服に着換えて降りてきた。紫色のワンピースで、胸のカットワークが優雅な服である。その服は昭和二十一年夏、母が私を連れて宮城県松島で開催された巽聖歌の短歌会に参加した時に着ていた服である。急な参加だったとみえ、母は私の手を引いて小山駅から列車に乗り込み、巽先生一行と合流したのだった。短歌雑誌「新樹」を主宰する巽聖歌は北原白秋門下の歌人であり、父とも親しい間柄であったが、母は戦後すぐに「新樹」の同人になっていた。

戦後の荒廃した時期に松島の歌会に参加した母の心のうちには、父に裏切られた身をどうにか立て直そうとするあがきがあったのだろう。歌会で自分の短歌が選に取られたと言って、母は嬉しそうにしていた。松島湾のほとりで撮った記念写真があるのだが、総勢五十名ほどの参加者のなか、母は巽先生の左隣りに座っている。まだまだ美しい母がいる。私ともう一人いた男の子は最前列にしゃがんで気難しい表情だ。子どもにとって短歌会が面白いはずはなかったから。

紫のワンピースを着た母はちょっとなまめかしく、別の人に見えた。

若い女の人が駆け込んできた。明るい声で「ごめんなさい。遅くなりましたあ」と叫んだのは津田塾大学三年生の岡富久子さんである。岡さんは「ガス燈」でアルバイトをしていた。浅黒い肌に大きな目が個性的な魅力いっぱいの人だ。母が岡さんに「悪いけど、まりえを銭湯につれて行って欲しいのよ」と頼むと、「いいですよ。マダム、私がお連れします」と答えた岡さんは、洗面道具を摑んで私を宇田川町の銭湯に連れて行ってくれた。大混雑の湯気が立ちこめる洗い場で、私は岡さんの身体中に直径二センチくらいの赤紫の斑点が浮き出ているのに驚いた。「痛くないの?」と聞く私に、岡さんはユーモアたっぷりに答えた。「これ、栄養失調のしるし。私の餌は『ガス燈』で飲むお酒だけなのよ」。岡さんは病気の父親をかかえ、生きるためにひとり奮闘しているアルバイト学生なのだった。後に文藝春秋の名物女性編集者になるオカフクとの出会いである。

岡さんの他に二人の女性が働いていた。母は客に「マダム、マダム」と呼ばれ、潑剌としていた。私は母が人気者なのは嬉しいけれど、私だけの母でなくなるような気がして、あまり愉快ではなかった。客は場所柄一高生が多いらしかった。それと文学関係、映画関係の人たちで賑わっていた。たまに中村光夫氏や中村真一郎氏が見えたそうだが、島尾敏雄、吉行淳之介両氏が現われるのは、母が店を手放してからであるらしい。

兄が「ガス燈」を嫌っている、と母が岡さんに打ち明けているのを聞き、兄の気持を想像した。外から見る「ガス燈」の店は、扉の横に付けた本物のガス燈が幻想的で、他のBARとは異なる魅力を放っていた。狭い店内には笑いや嬌声がみちていた。私は屋根裏部屋に早くから横たわった。姉や妹や祖母までが恋しくなった。母はマダム業に追われ、私の相手をするゆとりさえなかった。それなら、どうして私ひとりだけを母は連れてきたのだろう、と思った。母と二人になれるのは、屋根裏の朝方と階下の午前中だけなのだが、母は疲れきっていてなかなか目覚めなかったし、昼前は電話ばかりかけていた。お腹の空いた私には菓子パンが置いてあった。

母には店をやって行く上での切迫した悩みがあったのだ。店で出すアルコール類はほとんど正規のものでなく、闇ルート品で、ウイスキー、ジン、ラム酒などは横須賀の米軍基地の兵士たちが売るものを店に入れていた。顔馴染の一高生たちが品物を隠して運んだりしていたのだけれど、MPが不意に入ってきて、ボトルのラベルをチェックし、入手経路を調べるようになったというのだ。正規の品は関税があるので高いものになる。不正が摘発されれば店を閉めなければならず、母はその件で気持が追いつめられていた。運ぶ学生も危険を犯しての行為だった。

ある宵の口、MP二人が通訳を従えて、ドヤドヤと「ガス燈」に入ってきた。客はまだ四、五人。母以下従業員が三人いた。日系二世らしい通訳が「棚のアルコールを全部カウンターに並べなさい」と命じた。母は蒼白になって、従業員に全部カウンターに出すよう指示したが、何を思ったか、隅で様子を窺っていた私に「まりちゃん、ダンスをしなさいよ」と言ったのだ。そして素早くレコードをかけた。店内にシューベルトの曲が流れた。私は仕方なく、作られた空間で「野ばら」を踊った。飯田メリ子先生仕込みの宝塚風ダンスだった。若いアメリカ兵たちは呆気にとられていたが、椅子に腰かけ、拙いダンスを見て盛大な拍手をしてくれた。和やかな空気が生まれ、取調べを止めたMPは笑顔で店を出て行った。私のちゃちなダンスで難を逃れた母は、「もう闇のものは使わない。高くても正規のを仕入れる」と宣言した。どの店も危うい橋を渡っているのだと、母は客に説明した。

その翌日の昼頃、「ガス燈」に父が現われた。母が呼び出したのかもしれなかった。そういえば、父の隠れ家は渋谷だそうだから、「ガス燈」とは遠くない距離に父はいたのだろう。父は私に手を差し出し、私は父に飛びついて行った。父が私と店を出る時、母が父にお金を手渡すのが見えた。

父と二人だけで散歩したり時を過ごすのは、幼児だった目白時代以来だった。あれから長い時間が経っていた。父はその時五十三歳になっていた。私の手を引いて父は渋谷の雑踏を歩いた。時間の空白があり、子どもの生活を知らない父は、私をどう扱ってよいか困惑したのではなかったろうか。歩いてはいたが、目的は何もなかった。人の動きに押されるままに私たちは渋谷駅の近くに来ていた。すると、ハチ公の向かい側の道に小さな屋根つきのパチンコが数台並んでいるのが目に入った。ガラガラ音を立ててパチンコをしている人もいる。野外パチンコだ。「まりえ、パチンコをしようか」父がいきなり言った。もちろん私は頷き、父と並んで遊んだ。玉を入れると、下の口から紙に包まれたアメが出てくる素朴な仕掛けだった。確か五円玉を入れると、パチンコ玉が十個出てきた。電気仕掛けの現代のパチンコとは比べようもないが、しかし、手の感覚で微妙な玉の動きを生み出せるパチンコの原点の魅力があった。

パチンコをしながら父が言った。「まりえはエノケンの映画観たくないかい？」父はもう、幼い私を呼んでいた「まーりちゃん」とは言わなかった。少し寂しかったけれど、私は六年生なのだから仕方ない。「お父様、エノケンの映画観てみたい」。父は映画が大好きだったし、エノケンが好きなことも知っていた。

道玄坂には映画館がいくつかあり、一つの館でエノケンの『らくだの馬さん』を上映しているのだと父は言う。

映画館は空いていて、真ん中のよい席に二人揃って座れた。パチンコの景品のアメを舐めながら私は夢中でエノケンを眺めた。筋はほとんど記憶していないのだが、とにかくエノケンの動作には笑わずにはいられなかった。そうとは知らずに死体を背負って歩くエノケンの姿に噴き出してしまった。だが、観客のなかでいちばん笑ったのは父ではなかったろうか？　父はエノケンの仕草に反応して身体中で笑った。兄もユーモア好きなのだが、父の笑いようはほとんど無心のものであった。

映画館を出ると、夕方といってよいのに夏の陽はなお眩しかった。人通りは増していた。パーラー「西村」の並びにある中華料理屋に入り、父は私に肉饅頭を食べさせ、自分はビールを飲んだ。「エノケンはいいね」独り言のように父は言った。「またエノケンを観ようね」そう言って父は微笑んだ。私はエノケンを観て父が笑いつづけたのが嬉しかった。

『らくだの馬さん』はシリーズ物で、『らくだの馬さん○○篇』となっているから、新作がそのうち観られる、と父は説明を加えた。

別の日も父と私は渋谷をぶらつき、パチンコをし、小さな買物をし、中華料理の店に入った。「今日はチャーハンを食べるといい。きっと美味しいと思うよ」。私に食事させながら父はビールをゆっくり飲んだ。「お父様はお腹空かないの？」何も食べない父を心配してそういうと、「だいじょうぶだよ。後で食べるからね」。やさしく父は答える。

父とは何日渋谷で過ごしただろう。よく歩いた。道玄坂を上がって中目黒方面へ行ったり、宮益坂を上がりきって青山まで行ったりした。歩いている父は私と手をつなぎ、リズミカルに腕を振るだけで無言なのだった。黙っていても呼吸が合って、少しも苦痛ではなかった。

私が悲しくなるのは、「ガス燈」に着いた後の父の姿である。「ガス燈」では母が優位性を保っていた。活気にあふれ、陽気に客の相手をする母を、隅のテーブルでウイスキーの水割りを飲みながら、父は見ているしかなかった。私の頭を撫ぜ、扉を出て行く父の後ろ姿は寂しそうだった。父を追いかけて、母のところに連れ戻したい気持が瞬時私をとらえた。

今振り返って考えても、あの時期の父は母に和解を求めていたような気がする。だが、母は「ガス燈」の世界に自分の可能性を見出して、逆境にいる父を高みから眺めている感じがあった。感情的なわだかまりが二人の距離を縮めなかった。私はアルコールによって解放され、はしゃぎ、だらしなくなるおとなを見るのが好きではなかった。母の言動も好きにはなれなかった。苦しめられた分、母は父を苦しませ、見返したい気持だったのだろうが、あの時、うなだれて帰る父を受けとめていたならば、父と母の後半生は違っていたのではないか、と思うのである。気持のわずかなずれに生涯支配される不運が、父と母にはあった。

「ガス燈」での生活も十日が過ぎると、退屈し、田沼に戻りたいと私は思った。母とちょっと言い合いをして帰って行って以来、父は姿を現わさなかった。姿を見せないことによって父は自分の意思を示しているのだろうか。「ガス燈」では客はもちろんだが、だれもがよくお酒を飲んでいた。岡さんもお酒が大好きらしくいつも酔っぱらっていた。それでいて私を見ると、「まりちゃん、夏休みの宿題はどうしたの？」なんていうのだ。店はうるさいし、屋根裏の電気は薄暗いので、持ってきた宿題には手がつけられないでいた。思いあまって、私は母に言った。「田沼に帰らなきゃ、宿題が出来ないの」「あら、あんなに東京に来たがっていたのに。でも、帰りたいなら強二叔父ちゃんが蒲田に来ているそうだから、そのうち連れて帰ってもらいましょう。それでいいのね」

結局、私は強二叔父と田沼に帰った。姉と妹には本やリボン、道玄坂の店で買った花の刺繡が入ったハンカチをお土産にした。姉に「東京はどうだった？」と聞かれたが、「お父さまとエノケンの『らくだの馬さん』を観たよ」としか言えなかった。やはり姉妹のいる場所がいちばんよかった。急いで宿題を片づけ、私は夏休みを謳歌した。

初秋、父が田沼にやってきた。祖母と子どもだけの生活を心配したのかもしれなかった。祖母は子ども三人の面倒をみるのが辛いと日々愚痴をいっているくせに、父には愛想よく、不平ひとつ洩らさないでいる。父は子どもたちと下町はずれの強二叔父の家を訪ねたり、知人に招かれたり、忙しく動いていた。祖母も張りきって野菜の煮物を炊いたり、父の好物のきんぴらごぼうを作ったりした。

父が明日東京に戻ろうという日の夕食後、姉が英語の教科書を開いているのを見た父は、「ほう、中学生だから英語の授業があるんだね」と、英語のリーダーを覗き込んだ。「やっちゃん、これをちょっと読んでごらん」。父に言われて、姉は教科書のタイトルを読んだ。〝The gate to the world〟だったのだが、私の耳にも日本語風の「ザ・ゲイト・トゥ・ザ・ワールド」と聞こえた。父は眼鏡のなかの丸い目をもっと丸くし、絶句した。姉は少しも悪びれずにもう一度片カナ英語を読んだ。

子どもたちを早く東京へ呼び寄せなければならないと思いつづけていた父に、固い決意を促したのは、姉の〝英語の発音〟であった。父は私たちに約束した。「東京でちゃんと勉強できるようにするからね」。田沼の生活はいよいよ終わり、東京に戻れるのだ。嬉しくて話が弾んだ。「お父様、目白に帰るのでしょう?」私が聞くと父は答えた。「いいや、目白には帰らない。あそこはもう家のものではないんだよ」。姉が質問した。「じゃあ、オルガンやお雛様はどうしたの?」「また、買ってあげるから、いいだろう? 新しいのをね」。父が辛そうに答えるので、それ以上目白のことは聞けなかった。

冬休みに母が戻り、今度は姉と私を東京に連れて行った。父との間で東京に引き揚げる話が進行していたのだろう。いきなりではなく、姉にも一度東京を体験させたかったようなのだ。「ガス燈」には母のほか、岡さんともう一人関西弁の女の人がいた。姉は最初から「ガス燈」の雰囲気に馴染めずにいた。二人で街中をうろついていた。渋谷駅周辺にいる傷痍軍人や浮浪児に姉はショックを受けていた。街行く人が見慣れた風景として彼らを見過ごすのにも驚いていた。誰もが生きるのに必死で、同情すらしていない感じがした。傷病兵の前に置いてあるブリキ缶にお金を投げる人もいないようだ。浮浪児が靴みがきの道具を持ってしょんぼり座っている。姉がぼそっと言った。「国が戦争を起こしたのだから、国が面倒みなきゃいけないよね」。本当にその通りだと私も思った。亀山先生の教育は私たちの内部で確実に実ろうとしていた。

「東京ではどこに住むのだろうね」姉がいう。「目白みたいな静かなところがいいね」私が答えるのに姉が重ねて言った。「戦争前と違うんだから、目白だって渋谷だって変わっちゃったでしょ」。私たちは東京では「だんべ」言葉が少しも出ないのだ。努力なしにそうなるのだから、言葉って理解を超えている。

渋谷で二、三日過ごし、私たちは田沼へ帰った。母が浅草まで送ってきて、ここからは二人で帰りなさいという。超満員の人が詰まった東武電車に立ったまま、揉みくちゃにされ、私たちはどうにか家に着いた。中学二年の姉は小学六年の私を守って、立派に責任を果たした。

母にはめいめいが荷物の準備を始めるようにいわれていた。東京に引き揚げる現実感を持てないまま、私は少しずつ荷物を作った。誰にも言ってはいないけれど、私は田沼への愛を自覚しつつあった。五年もの間、私たちは田沼の子だったのだから。姉はよりいっそう地域に根を下ろしていたから、東京へ帰るという意識よりは東京に行くという感覚に傾いていたのではなかったろうか。私は田沼への愛を意識し始めながらも、東京が自分の場所であると思いつづけていた。しかも、私にとっての東京は、「ガス燈」のある渋谷ではなく、あくまでも目白、明るい陽射しにつつまれた目白の家であるはずだった。東京のどこに戻って行くのかも不明な宙づりの気分でいた年末、母が田沼に帰ってきた。父が東京での住まいを見つけたので、東京行きが早まったのだという。急な決定は、出来れば三学期から東京の学校に通わせたい父母の思いであった。

五年もの時間を送ったわりには、あっけない田沼生活の終幕である。母は年の瀬にもかかわらず、学校関係者に連絡をとり、手続きをすすめたらしかった。年が明けても、東京に送る荷物を作るのに忙しく、友だちに挨拶さえ出来なかった。英子ちゃんや美津子ちゃんとの離別のしかたを淋しく思った私自身が、友だちにほとんど別れを告げずに田沼を離れなければならなかった。

松の内、まだ冬休みのある日、母と姉と私は田沼を後にする。戦後、東京の住宅事情は最悪であって、父がようやく探した住まいは六畳一間の間借りであったから、妹と祖母は田沼に留め置かれたのだった。私たちが家を出る時、妹は泣きはらした真っ赤な目を霜やけで崩れた手でこすりながら、祖母と並んで送ってくれた。可哀相で気の重い出発であった。

田沼駅には冬休み中なのに、十数名の同級生が見送りにきていた。「また逢いに来っから。みんなを忘れないよ」と手を振って別れた私は、その後五十数年もの間、田沼を訪れることはなかったのである。

昭和二十四（一九四九）年は別れと出発からスタートする。辛うじて三学期に間に合わせた大田区立馬込第三小学校は、間借りした私の家とは五、六分の距離にあった。筋向いの急な坂をどんどん下り、左折すれば校門が見える。三学期の百日に満たない日々の記憶はさすがに漠然としている。

父がなぜ大田区馬込に私たちの住まいを見つけたかというと、少し前に父の隠れ家が渋谷から大岡山に移っていたためである。私たちの住まいの住所は大田区馬込であっても、電車の駅は大井町線の荏原町駅であった。大岡山と近接していたろうか。

近くに住んでいても、父は姿を見せなかった。父の不在は田沼にいる時と変わらなかった。一方、母は懸命に作り上げた自分の城「ガス燈」を手放す気持に傾いていた。兄の説得を聞き入れた形である。兄にとって母親がアルコールを売る水商売に関わるのは耐えられなかったようだ。姉や私は生活のためならいいと思う、と反対したが、どうしてもやめて欲しいという兄の説得に折れる形である。手放すとしたら、買い手を探さなければならない。借金を重ねて買った店であったから、売却したお金はほとんど返済に廻さなければならなかったらしかった。数年の生活を支えたのは事実だったけれど、苦労に見合わないくらい手元に残るお金は僅かな額であるらしい。店というものは営業していてこそ意味があるのだという。行動する人ではあるのに、母は基本的に経済観念の乏しい人間でもあった。母の夢は潰えようとしていた。

「ガス燈」を手放しても、母、兄、姉、私がいっしょに住む家は確保できなかった。しかし、兄は下宿したまま、ちょくちょく馬込に顔を見せてくれたし、私たち家族がまとまる感じはいちおう出来たのだったが、そこでまた難問が浮上する。田沼に家族を置いていた時には、疎開したので家族が離ればなれになっている、といえたのだが、もうその口実は成立しなくなっていた。ここにきて、父の隠れ家生活の不明瞭さが暴かれてしまう。ひとりでは生きられない父は、自分を責めつつ隠れ家生活をつづけてきたのだろうが、家族が疎開地を引き揚げてきたとなれば、一家離散の生活の不自然さは繕えなくなる。

私の家族の特殊な不幸は、戦争によって家族の本拠地が失われてしまったところにある。多くの場合、中心になる家があって、そこから隠れ家が派生するという形式になるのだろうが、疎開によって目白の家を失ったために、母のいる仮住まいと父のいる隠れ家という変則的な並列の関係を取るに到ってしまったのだ。並列の関係は経済の基盤を持っている方が本拠地になり、それを失った者が隠れ家的生活を強いられる。「ガス燈」を手放した母は、本拠になる家を持てないどころか、公的な居場所すら奪われようとしていた。

馬込第三小学校では親しい友だちも作れないまま、三月の卒業式を迎え、四月、私は大田区立大森第五中学校に入学する（二学期になる前に校名は馬込中学校に変更される）。姉は同中学校の三年生になり、兄は慶応義塾大学の新制大学に編入される。妹からは早く東京に行きたいという手紙が舞い込んでいた。

「ガス燈」を人手に渡してからの母は沈んでいるようだった。前と違っていたのは、物思いに沈んだ様子で煙草を吸う姿である。母の手もとに思ったよりもお金が残らなかったことも母を不安にさせていた。

他方、私は馬込中学校に通い、ようやく東京の生活を実感しはじめた。学校は第二京浜国道に面した場所にあり、木造二階建ての校舎、舗装されていない土のグラウンドの新制中学である。家から徒歩二十分。かなりの距離だったが、何もない赤土の上にどんと建っている清新さがあった。それにも増して新鮮な教師陣に恵まれた。国語の授業に現われた伊部利秋先生は爽やかなファニーフェイスの若々しい人で、黒板にいきなり与謝野晶子の「君死に給うことなかれ」の詩を、テキストを見ずに書き上げて、生徒たちを惹きつけた。田沼の眠気を催す授業とはぜんぜん異なる魅力的な時間だった。

伊部先生は三高出身の文学青年で、三高時代に知り合った織田作之助が彼をモデルにした小説『それでも私は行く』を書いている。

国道の脇を走る高架線ならぬ低い鉄道線路沿いの家に伊部先生は下宿していた。先生に招かれ、生徒たちは数人で部屋に遊びに行った。狭い部屋は本だらけで、私の家と何だか同じ匂いがする。私がそういうと、伊部先生は父の話をし、「お父さんは日本を代表する詩人なんだよ」と、真剣な表情で語った。そして、この詩が好きなんだと言って、次の詩を諳じた。「この朝のなげかひは／いともしづかにあらしめよ、／空に鳥なき、／風は木の葉にさやぐとも、／この涙／しづかに砂に沁ましめよ。」第一詩集『風・光・木の葉』に収められている詩「この朝のなげかひは」である。すでに第10章で引用しているが、私も愛着を感じている詩なのだ。伊部先生の少し鼻にかかったよく透る声で諳じられると、父の詩が遠い外国の詩人の詩に聞こえた。伊部先生は三年生の時の担任になり、先生との関わりは私の人生のさまざまな起伏をこえて、つづいた。

ある午後、雨上りのどろんこの校庭で遊んでいる私たちのすぐ傍に、国道を疾走してきた銀色のキャデラックが停った。好奇心に駆られて道路に近づく生徒たちのなかに私もいた。茶色の髪をした白人の紳士が車から降りてきて、私たちに指で「おいで」のサインをした。五、六人で近寄ると、アメリカ人らしいその人は一人ひとりに名刺を差し出した。名刺には「香蘭吐夢」と漢字が印刷してある。紳士はにこやかに「私はコーラン・トムです。日本が好きなアメリカ人。だから友だちになりたい。アメリカに行きたい人はいますか？」と、独特の日本語で話した。全員がコーラン・トムさんに笑顔を向け、手をあげた時、体育の教師が駆けつけてきた。先生は厳しい表情をし、「校庭に戻りなさい」と、私たちを押しやった。すごすご校庭に向かう私たちにトムさんは大声をかけた。「電話をしてください。待っています」。先生が警戒したトムさんは怪しい人物だったのだろうか。もしかしたら、日本の少年少女をアメリカに留学させてくれる親日の篤志家だったかもしれなかった。電話をしないまま「香蘭吐夢」の名刺を私は長い間捨てきれないでいた。

その頃の私の目にアメリカは途方もない力を持つワンダー

ランドに映った。夏休みになっていた。同級ではなかったが親しくなった友だちに袴田弘子さんがいて、私は自分の狭い部屋を息苦しく感じると、バスに乗って臼田坂下の彼女の家に遊びに行った。そこもまた私にとってのワンダーランドだった。お母さんと二人暮らしの袴田さんの家は豪壮な大邸宅で、亡くなったお父さんは実業家であったという。数多くの部屋のうち奥の三部屋を袴田さん母子が使い、あとはたくさんの人に部屋貸ししていた。たいていのお屋敷が間借人を抱えている時期であった。

袴田邸で最も凝った造りといえば、庭からも出入りできる小玄関をもつ二間つづきの洋間だろう。そのアール・デコ風装飾の洋間にはオンリーの和子さんが住んでいた。私たちは昼間はひとりで退屈している和子さんの部屋に遊びに行った。和子さんは私たちを待っている様子で大歓迎なのだ。和子さんの顔は大きく、チリチリパーマの頭がよけいに顔を扁平に見せた。顔の色は黒ずみ、肌は夏みかんの皮状にでこぼこしている。むしろ醜い(アグリー)のだが、荒っぽさのなかに気さくな性質のよさが感じられた。肩をむき出しにした白いサマードレスを着た和子さんは、「サージェントが持ってきてくれんのよ」と言って、キャンディーやクッキーを食べさせてくれた。高級そうなソファーに寝転んで、クッキーを齧りながら、和子さんはその洋間に似つかわしくないケバケバしい雑誌「トルー・ストーリィ」を読むのだった。私たちにも「面白いよ。読みな」と、積み上げてある「トルー・ストーリィ」を読ませるのだが、アメリカ版実話雑誌を日本語にしたものらしく、性的な話ばかりでドギツい挿絵が溢れていた。

馬込から臼田坂、山王へかけて、つまり大森に到るまでが大田区立馬込中学校の学区域であったから、住宅街の焼け残った屋敷でオンリーに貸している家は相当あったので、子どもたちは〝オンリー〟の存在を何となく理解はしていた。

中学生の私たちは英語を習いはじめており、和子さんがたえず口にする「サージェント」を辞書で引いてみたけれど、思い描くスペルとは違っていて、なかなか見つけられなかった。“sergeant”を発見した時はかなり興奮していた。「軍曹」だった。ゲーリー・クーパーの映画「ヨーク軍曹」の時も、「あ、“Sergeant York”なのだな」と思って嬉しかった。

ある夕方、三人で怪し気な「トルー・ストーリィ」を読み耽っていたら、庭からドアが開き、本物の sergeant が現われた。「サージェント・ジェフ」は陽気なアメリカ人のおじさんだった。油を引いた茶色の紙袋から缶詰、ハム、ソーセージ、バナナ、パン、バター、ジャムなどを手品みたいに取り出し、私たちにも食べさせた。サージェントは日本人の目には「ちっともきれいじゃない」和子さんをお姫様扱いした。ベイビー、ベイビーと呼ぶのがおかしかった。「美意識がちがうね」と私は袴田さんと小声で話した。サージェントの青い目はアクアマリーンのようであったが、手や腕には茶色の毛が密集していて、ちょっと熊っぽかった。

サージェントがバーベキュー用具を持ってきて、庭でバーベキューをした日もあった。和子さんは確か私たちが高校生になる頃まで袴田さんの家にいた。袴田家の前で撮った和子さんとの写真も残っている。あの時二十代半ばだった和子さんだから、今もどこかで健在なのかもしれない。

近くにいて会えないでいた父は、八月、第十四詩集『物言ふ蘆』を立花書房より刊行する。『風の使者』以来二年足らずの出版であるが、『物言ふ蘆』にも新作はごく少ない。「あとがき」には次のように説明されている。

「この詩集『物言ふ蘆』は、処女詩集以来、今日に到るまでの私の作品中、私の今の心境に触れ得るもの且つみづから読むに堪へ得るもののみを選んだのであつて、詩業四十年をつらぬく私の精神史の意識の流れ、もしくは無意識の流れを最も直截に汲みとつていただける集であると信ずる。」

そして、さらに、戦後の出版事情による父の出版物凍結の状態が初めて記されるのである。

「戦前の、それも、はるか昔の私の詩を見たいといふ多くの人々のために、戦争直後アルスから『大木惇夫詩集』、国民図書から『愛と祈り』、巧藝社から『風・光・木の葉』、『危険信号』などが次々に刊行されることになり、いづれも疾くに原稿わたし済みで、すでに紙型となつてゐるものもあるが、その後、何かの出版情勢に阻まれて未だに日の目を見てゐない。これはまことに遺憾なことであるが、他日いづれは世に出ることと思ひ、私はそのまま気永く捨て置いてゐる。」

父と戦前から関わりの深かったアルスや「大木惇夫詩全集」を企画し、発売寸前で実現できなかったあの巧藝社などが企画にのせ、進行中であった父の詩集の出版を、何故か見合わせねばならない事情が存在したことが明かされる。

それだけに『物言ふ蘆』の出版には意義と歓びがあると書かれている。なお、「大木惇夫詩全集」3においては、「重複を避けるため、大部分の作品を取り除き、残りの新作十六篇のみとなった」と記されているのだが、よくよく読んでみると、十六篇のうち「砕氷行」は『冬刻詩集』収録の「砕氷行」を行がえし、行間一行アキを失くしている他はまったく同一の作品であると知れる。詩集に付された重要な「あとがき」は省かれ、新作十六篇のなかに旧作「砕氷行」を加えてしまった父の真意はどこにあったのだろうか。今となっては事情を質す方法もない。

ここでは新作十五篇に父の新しい詩の方向を見てみたい。なお本詩集の前に『風の使者』において新作であった詩「物言ふ蘆」が再録され、タイトルになっている。末尾の「ああ、神よ、幼児(をさなご)われのおろかさを／石獣に、物言ふ蘆に語らしめ。」の詩句が「詩業四十年をつらぬく私の精神史の意識の流れ、もしくは無意識の流れを最も直截に汲みとつていただける集」を象徴するものとして選ばれているのである。

漂泊のおもひ止むなし
風のごと留(とど)めがたなし。

行き昏(く)れし五十路(いそぢ)の旅に
あこがれは尽くることなし。

おろかなるわれと思へど
無為にしてただにすべなし。

この坂を人の降るに
この坂をわれ登るなり。

われ今日(けふ)を観ずるゆゑに
われ今日(けふ)を敢ても言はず。

樹はありてわれと語らひ
花ありてわれをうるほす。

家なくて族(うから)ちらへど
ともしびを孤(とも)に点すなり。

憂(う)からまし、さびしさなくば、
かなしみは歌ひ去るなり。

河ありて行く雲を泊(と)め
草ありて緑たらへり。

限りなきものを求めて
限りある身の行くところ。

ただ天に問はむとすなり、
行くところいづちなるやと。

（「寂身惆憬」）

「寂身惆憬」の思いは父の詩の原型をなす心象ではあるが、感情の極まりをすでに知ってしまった後の、「行き昏(く)れし五十路(いそぢ)の旅」にある身にとって「あこがれ」はある種自身への呪文でもあったろう。それなしには生きられないほど切迫した願望であったに違いないのである。「漂泊のおもひ」は若い日から父を唆し、吹く「風のごと」熄むことはない。そのなかでの「この坂を人の降るに／この坂をわれ登るなり。」という傷だらけの決意は、ぎりぎり停滞をのがれようとする『風の使者』収録の詩「火」を継承するもののように思われる。それは、悲嘆にくれ、孤絶する者の、あえかな靭さを含んではいはしないだろうか。

詩集『物言ふ蘆』は最初と最後に新作を配置する作りになっている。「詩業四十年をつらぬく」と父が記す本詩集、その冒頭の詩「寂身惆憬」は、詩集全体を、いわば自分自身を鼓舞する気配で佇んでいるようだ。

雪の日向に影しるく
麦は青めり、しんじつに。
麦は青めり、そぞろげり。

この変らざるしんじつに
とてもかくてもすがるべし。

（「早春」）

戦後四年目に編まれる詩集の新作にふさわしい短詩であろう。この五行に詩人は苦悶の日々の泥濘より浮上する精神のありかをうたっている。まやかしの「しんじつ」とは無縁の飾らない「しんじつ」に目を注ぐ、父にとっての跳躍を示す詩である。五行の詩を受け継ぐ詩篇がどのようなものであるか、緊張を促す詩でもある。

人若き時に軛を負ふはよし、エホバこれを負はせたまふなれば独り坐して黙すべし――エレミヤ哀歌第三章二七・二八

われに悲しみあるはよし、
神に近づきたればなり、
虚しき栄えを追ひし日は
神の御座には遠かりき、
いま高きもの眉にあり。

われ苦しみに遭ふはよし、
はかなき幸にまさるなり、
火に灼かれてぞ浄まれる
純金のあたひ知ればなり、
死を超えし身に死はあらじ。

われ貧しさにあるはよし、
掠めし富にまさるなり、
畏れを知りて労つきて
天つめぐみを享けむのみ、
素直に日向掘るべかり。

悩みを堪へて待つはよし、
よき音づれのあればなり、
よしや無くとも何あらむ
運命を負ひてよく忍び
地のふところに帰るのみ。

暗きにありて見るはよし、
光をいよよ思ふなり、
闇にうごめくこの今の
あはれの因りて来るところ
涙のうちに省りみむ。

涙のうちに祈(の)るはよし、
慰め胸にみつるなり、
こころ貧しく清らけく
求めて高く挙(あ)ぐる手に
救ひの天糧(マナ)の降(ふ)らでやは。
（「新生願求」）

「新生願求」は張りつめた緊張を弛緩させずにはおかない。快いリズムに乗って読みすすむうち徐々に期待ははぐらかされ、静かな諦観にとりまかれる。「新生願求」の言葉のなだらかさはすいすい私の胸を通りぬける。求めても、追いかけても、何も留まってはくれないのだ。

「素直に日向掘るべかり。」は、初期の詩、『風・光・木の葉』の短詩「ひなた」にうたわれた「素直に日向を掘ってゐる、／そのうちいいこともある、／山蘭のしろい匂ひがする。」とはその透明度において異なると思う。無心の寂然たる純粋性が光っていた「ひなた」にくらべ、「新生願求」の言葉は生命を持ち得ないくらい弱いのだ。さらさら流れ行く言葉の連なりがますます空疎を感じさせるのである。「こころ貧しく清らけく／求めて高く挙ぐる手に／救ひの天糧の降らでやは。」には期待がしぼみそうになる。

　右の詩の暗い夜の願望はそれとして理解できるとしても、これにつづく詩篇「貧しき者は愛によりて」、「愛に寄りゆく夜の歌」、「のばら連禱」にしても、詩人の内部にきざすある衰微を感じずにいられない。

　新作十五篇のなかから選びたい詩篇が見出せないのが悲しいのだが、次に詩集『物言ふ蘆』の終わりに象徴的に置かれている詩「ヒロシマの歌」について考えなければならないだろう。

そは　かの日、八月はじめ
戦ひの極まれる日に
砕かれて　籾殻(もみがら)のごと
散らされしわがふるさとよ、
みちのくの河のほとりに
流離(りゅうり)の身　病み果てし身を
すべなくも蘆間(あしま)につなぎ
われいとど憂ひ傷(いた)みぬ、
まぼろしになんぢをゑがき
広島を思ひて哭(な)きぬ。

広島よ、わがふるさとよ、
幾すぢの川の流れに
うるほへる三角洲(デルタ)の都、
海の幸(さち)ゆたかに繞(めぐ)り
山の幸(さち)さはに積まれて
商(あきな)ひの賑(にぎは)へる市(まち)、

若き日の　わが思ひ出に
果物と水薫る街、
美はしく花めく市よ、
ああ、なんぢ　荒野となりぬ。

ソドムの日　ゴモラの日かと
怒りの日　審判の日かと
ひとときに　なべては崩れ
火の旋風　冥府の境に
さまよひて　母を呼ぶ児ら
荒妙をまとへるをとめ、
青きものみな枯れはてて
焼け落ちし壁と柱の
亡骸の、地にみつるのみ、
荒れ廃れ　傷つき伏して
そのかみの栄えは失せにき。

さるに見よ、三年は過ぎて
ただならぬ苦患の後に
不死鳥か、その焼野より
今なんぢよく起ちあがり
今なんぢよく羽搏くを
うつつに見、夢にも見つつ
よろこびに涙は熱し、

乏しきをわかちあひつつ
睦めるを　遠く思ひて
ゆく心とどめがたなし。

荒野にも湧く泉あり、
渇く者　掬まであらむや、
うるほへば　など地の痩せむ、
春は来て緑つのぐみ
木の枝にまた花ひらき
夏めぐり　麦は熟れたり、
畑には　剣にあらぬ
鎌の刃の　きららに光り、
刈り入れは穀倉に満ち
市場には　人ら営む。

久しくもうなだれし者
巷にて　哭きにし者よ、
面あげて　蒼空を見よ、
かしこにぞ神はいませる、
蘇へる命のあるは
み憐れみ尽きざるに因る、
懲らしめの後の愛なり、
一粒の種子地に落ちて
死にければ、その償ひは

幾倍の果(みの)りとならむ。

いなづまのごとく閃(ひらめ)き
いかづちのごとく落ち来て
転瞬(たまゆら)に毀(こぼ)ちたるもの
洪水(でみづ)なす火に焼きしもの
みな神のみこころに因(よ)る、
けだしくや　浄(きよ)めの火にて
平和(やすらひ)の地(ぢ)ならしならし、
今にしてこれを思はむ、
証(あかし)なり、剣(けん)をうちかへ
鋤(すき)となし　鎌とはなしぬ。

悲しみの極まるところ
聖地なり、わがふるさとよ、
わが友よ、これを思はむ、
いまだ地はあけぼのなれど
この今の暗さを泣かず
うつし身の憂(うれ)ひを言はず
天上の救ひをのぞみ
運命をよく耐え待たむ、
悲しみのいと深き者
いと神に近ければなり。

あはれ、かの双葉(ふたば)の山ゆ
己斐(こひ)かけて続く三角洲(デルタ)に
とぼしくも家並(やな)み建ち連れ
水の上(へ)の夜の景色(けしき)に
ともしびは殖(ふ)えまさるなり、
日を継ぎて　よきおとづれは
楽(がく)の音(ね)と潮みちよせて
新らしき貌(かたち)のなかに
伝統はよみがへるなり、
美(うるは)しき文化の園に
智慧と義は結ばるるなり。

はらからよ、旧(ふる)き友らよ、
灰燼よ、荒野(あれの)の骨よ、
これを見てやすらへよかし。
燔祭(はんさい)に供へられたる
仔羊(こひつじ)よ、歎くをやめて
ゆくさきの光をまとへ、
禍(わざはひ)を福(さいはひ)に代へ
ためいきを楽(えら)ぎに代へて
なんぢらのその犠牲(いけにへ)は
平和(やすらひ)の礎(もとゐ)となりぬ。

広島よ、父母(ちちはは)の地よ、

蜂蜜と乳を流して
善きものの揺籃（ゆりかご）となれ、
内海（うちうみ）の波ことごとく
平安と愛を湛（たた）へて
いよいよに息ふき返せ、
世界の眼なんぢを視つめ
世界の手なんぢを迎ふ、
こころして健（すこ）やかに起（た）ち
信をもて　これに応（こた）へよ。

ああ、友よ、そのよき土に
げに汗と涙ながして
よき種子（たね）をみづから播（ま）かむ、
げに夢と希（のぞ）みのうちに
よき果（み）をばみづから刈らむ、
わづらひの険しき日日を
よく忍び　よく耐へ待たむ、
人の世の大道により
美しきみのりを享（う）けむ、
やすらひのまぼろしをして
やすらひのうつつならしめ。

ふるさとよ、わが広島よ。

（「ヒロシマの歌」）

故郷広島の歴史的な受難から四年、詩人は原爆により壊滅し尽されたヒロシマをうたったのである。

だが、ヒロシマはこの流麗な鎮魂の詩を待っていただろうか。欲しただろうか。文語詩型による格調の高さ、美しい韻律、端麗優美な言葉、それらがあたかも魂不在のまま空転していくさまは、私には息苦しく感じられてならない。饒舌な詩句が虚しく浮遊しているような錯覚さえ覚える。徒らな長さは、嘆きの根に、悲しみの芯に達し得ないゆえの迷妄から生まれていはしないだろうか。

失われたふるさとへの哀惜をうたう詩句に心打たれない訳ではないのだが、やはり問題なのは原爆に対する認識のありかたである。

例えば「ソドムの日　ゴモラの日かと／怒りの日　審判の日かと」「面あげて　蒼空を見よ、／かしこにぞ神はいませる、／蘇へる命のあるは／み憐れみ尽きざるに因る、／懲らしめの後の愛なり、／一粒の種子地に落ちて／死にければ、その償ひは／幾倍の果りとならむ。」などであるが、「ソドムの日」「ゴモラの日」「怒りの日」「審判の日」という比喩に私は首をかしげる。また、「懲らしめの後」の「懲らしめ」とは何なのだろうか。もしも、原爆の惨事を「懲らしめ」であるというならば、その認識の欠如に私の心は蒼ざめるしかないのだ。

「いなづまのごとく閃き／いかづちのごとく落ち来て／転瞬

に毀ちたるもの／洪水なす火に焼きしもの／みな神のみこころに因る、」であるが、原爆を投下させ、広島を焼失させ、人びとを死と苦しみの淵に投げ込んだのが「みな神のみこころに因る」といわれれば、神も怒らずにいられないのではないだろうか。

「はらからよ、旧き友らよ、／灰燼よ、荒野の骨よ、／これを見てやすらへよかし。」もあまりの浮薄さに驚かされる。とりわけ、「燔祭に供へられたる／仔羊よ、歎くをやめて」は、受難の故郷広島へのこの上ない冒瀆ではなかったろうか。広島と原爆について書かれたさまざまな文学作品、原民喜『夏の花』、峠三吉『原爆詩集』、米田栄作『川よ、とわに美しく』、そして、また『いしぶみ（碑）―広島二中一年生全滅の記録―』などを読んだ記憶を持つ者にとって、「燔祭に供へられたる／仔羊よ」の表現はどうしても受容できないでいる。

このような饒舌な言葉が虚しい「ヒロシマの歌」を書くのならば、詩人は暗い心を抱きつつ、沈黙のなかで堪えるべきだったろう。

歴史認識の薄さや現実をとらえる目の甘さへの自覚なしに、自分の悲しみや傷みを表現せずにいられないという思いにすがってうたったのが、「ヒロシマの歌」なのだろうか。父は故郷広島をこよなく愛していたし、原爆をあってはならない戦争による惨事と受け取っていただろう。ところが、戦中、ペンを持って戦争に深く関わっていたにもかかわらず、原爆の悲劇は恐怖の天災であるかのように書かれてしまうのである。

戦後、父が詩壇、文壇から疎外されていく要因は、戦時中の仕事による社会の批判、社会からの排除によると私は信じ込んできたのだったが、父自身の詩のなかにもその原因がありはしないだろうか、という疑念がここにきて生まれてもいる。

代表的な詩誌「荒地」「歴程」などによる戦後詩の流れは、戦時における多くの詩人たちと詩作品に対する批判から始まっている。例外を除いて、ほとんどが国家的要請にのみ込まれ戦争をうたった詩人たちへの否定より生まれなければならなかったろう。父の戦争詩への批判は徹底した無視の形で示された。

父の生活と様態がわかる距離になると、かえって私たちとの関係は疎遠になっていった。むしろ、田沼―福島、田沼―東京という一定の距離によって隠れ家生活をする父との関係が保たれていたといえる。もともと父は家族を疎開させることによって、隠れ家生活を成立させてしまったのであるが、家族の上京は父との適度の距離を縮めてしまった。子どもたちも成長してきたし、父は罪悪感からますます子どもたちに父として接する自信を喪失していく。こうした悪循環が父と私たちの不幸を増幅させていくのだった。

「ガス燈」を手放し、収入を失った母は、当然この時期、一家の生活費を父に頼るしかなかった。大学生の兄と中学生の姉と私のほか、田沼に残されている妹と祖母の暮らしがあった。父に生活費を受け取りに行くのは兄の役割であった。青春期の兄にとって気の重い役割の使者であったろう。母に同情しながらも、兄はぎくしゃくした関係を解消できないでいる両親を軽蔑してもいた。「あの女が、カギが図々しく出てくるんだよ」と、兄は憮然として姉と私に打ち明けた。長男として私たち家族に言えないことも多かったと思う。

兄の都合によっては、六年生の時から母と私の二人が大岡山の父の家に出向いた。母は近くまで私を連れて行き、物蔭に身を潜め、窓の下から私に「お父様、お父様」と呼ばせるのだ。通行人が振り返り、立ち止って注視したりするのが腹立たしかった。通行人によりも私の怒りは父に向けられた。何度も何度も呼んだあと、ようやく気づいた父が、慌てて家から出てくるのだった。蒼白い顔に困惑の表情が見てとれた。私は初めて自分が父の圧迫者として父の前に立っているのを自覚した。

そこにいるのは、私が全身を投げかけてだっこされた懐かしい父ではなかった。「ここへは来なくていいんだよ。お父さんが持っていくからね」。父はやさしくそう言ったが、父の顔からさっきの困惑が消えているのではなかった。いくらかのお金を私に渡した父は、おどおどした物腰で玄関に入って行く。同じように蒼白な顔の母が私を抱き寄せ、二人は黙って大岡山駅に引き返すのだった。

あれは、中学一年の十二月になろうとしている日であった。その時も私が父を呼び出し、お金を受け取って、母と私は駅に向かった。ひどく寒い日で母は濃紫のコートを着ていた。駅に近づいた時、私の手を握っていた母の手が急にちぎれるほどの勢いで私をぐいっと引っぱった。踏切りにさしかかっていた。遮断機が下り、電車が入ってくる警報音が聞こえた。その時、母が私に「死にましょう!」と言ったのだ。母の手の勢いにさからい、私は全力で母を引っぱり返した。「死ぬのはいやだ」と私は母に言った。それに対して母は「真実のために死ぬのよ」と言ったように思う。

だが、母の手の勢いは弱まっていた。私は夢中で母の手を引っぱったのだったが、おとなの母には私を線路に引き込む力はあったはずであった。それに、母の手を引っぱりながら、私は母が本気でないのを直感した。惨めな思いが吹き上げてきて、母は発作的に電車の警報音に反応したのだったろう。ふと、あの時の胸の鼓動を思い出すこともある。

よろよろと駅前の喫茶店に入った母は、私がストローで吸うクリーム・ソーダの緑色の液体をじっと見つめていた。大岡山は何十年経っても下車したくない駅である。

家族がそれぞれの鬱屈をかかえ、不自由な間借り生活を送っていた。母は元来明るい人でもあったから、あの日の事件にこだわってはいないように見えた。煙草の量が増えてはいたけれど。

年末の雪が降りそうな午後、母は私を連れて渋谷に出かけた。ハチ公のちょうど向かいに質屋があり、母はそこをよく利用していた。その日も着物を二枚質に入れた。私が受け取った薄い紙の感触を指先が憶えている気がする。母がそれを無雑作にバッグに放り込むので、「失くしたら、着物が出せなくなるでしょ」と注意する私に、母は投げやりに、しかし可愛いらしく答えた。「いいのよ。どうせ流しちゃうんだから」。質屋のお金を財布にしまった母は明るく言った。「さあ、お汁粉でも食べて帰りましょう」

母のそういう刹那主義のところを、私は嫌いではなかった。線路に跳び込むのは絶対に反対だけれど、私は母を愛していた。

渋谷の街は慌しく、人が川のように往来していた。父と渋谷で過ごした夏がずっと遠い日に思われた。昭和二十四年は間もなく暮れようとしていた。

第十四詩集『物言ふ蘆』から十六年間、父の詩集はふっつり途絶える。それは社会的な理由によってでもあり、また、私的な生き方によるものでもあったろう。父の長い無為な放浪生活が始まろうとしていたのである。

22 白秋伝『天馬のなげき』前後

一家が離散して暮らしている状態のうちに昭和二十五(一九五〇)年は始まる。四月に父は五十五歳になり、大岡山から大田区千鳥町に住まいを移していた。上京した若い日に遡ると、父は転居につぐ転居をくり返す半生であるのがよく分かる。兄は二十歳になっていたし、姉は都立三田高校に入学した。私は馬込中学校の二年生である。

一間の狭苦しい生活に比べれば、学校は広々した荒地に建ち、これから新しい歴史を作ろうとする粗野なエネルギーにみちて心地よかった。それぞれの学科の教師たちも教育熱心なひとかどの人物が揃っていた。戦後の明るさが子どもたちを元気にしていた。小学生時代に戦争体験を経た子どもたちは、平和の意味を身体の奥深いところで感じ取っていたのだった。

休日の午後は入学して間もなく親しくなった伊部利秋先生の下宿によく遊びに行った。私の家から大森方面へ三、四分歩き、突き当たる第二京浜国道を右に曲り、学校の方向にしばらく行くと、先生の住まいがあった。たいてい誰か他の生徒が遊びに来ていた。上級生もいたし、卒業生までが出入りしていた。伊部先生の国語の授業を受けた者は離れてもなお先生と話をする機会を求めていた。私の母も私といっしょに先生の部屋を訪れたことがあった。先生に誘われたのだったが、文学の話が出来るといって、母は楽しそうな様子をしていた。先生と母は外村繁について熱心に話をした。私は知らなかったけれど、トノムラシゲルって、すぐれた作家らしい。伊部先生は後々も私に「外村繁の『澪標（みおつくし）』を読んだ？」なんて言っていらしたから、よほどこの作家が好きだったのだろう。

　帰り道、私は母に「トノムラってどんな字なの？」と訊いた。母は私の左手に指で「外村」と書いて教えた。私は内心兄の友人の殿村さんと同じ字ではないかと予想していたのだったが、違っていた。「伊部先生のような方の授業が受けられるなんて幸せね」と、母は言った。「そう。伊部先生っていい匂いがするでしょ？」。私はちぐはぐな答えをしていた。

　六月初旬、急に話が決まり、私たちは品川区荏原町に引越しをする。狭い一部屋の暮らしはもはや限界にきていたのだ。新しい住まいは池上線荏原中延駅に近かった。父が探してきた物件である。今度も間借りではあったが、四部屋を使えるということで、母、兄、姉、私と田沼にずうっと置き去りにされていた妹が共に生活できるのである。父を除いた家族がようやく合流する生活がはじまる。

　いちばんの問題は私の学校をどうするかであった。気に入っていた馬込中学校を離れるのは絶対にいやだった私は、頑固に転校を拒んだ。何がなんでもバス通学するのだと言い張った。転校させようと手を代え品を代え説得に努めていた母もついに諦め、バスで通学させてくれた。第二京浜国道を五反田―池上間運行するバスにはまだ車掌が乗っていて、腰にガマ口型の黒いカバンを提げ、定期券以外の乗客には切符を売り、ハサミでチョキチョキとリズミカルに切符を切った。通学には家から中延のバス停まで徒歩十六、七分ほど、乗車時間もゆうに二十分はかかった。校舎に行き着くには五十分以上の時間が必要なのだった。バス通学が思ったより辛いのは数日のうちに実感したが、我を通して決めたのだったから、転校は考えられなかった。いや、それよりも馬込中学校、つまり伊部先生の授業にあった吸引力のせいである。

　引越した新しい住居には兄と妹がいっしょになって、家族らしい形が久々に得られた。六年半も田沼に置かれていた妹は九歳になり、品川区立延山小学校三年に転入した。

　私たちが間借りした家は一階に五部屋、二階に四部屋があるかなり広い家で、家主は隣りに工場を持っていた。庭を挟んで工場から聞こえてくる金属音は絶え間なく、頭に何か詰ったみたいな感覚があった。キーン、キーン、ガタン、ガタンと続く音はそうとう鬱陶しいものであった。

　玄関右手の六畳洋間を兄が使い、二階の八畳、六畳、三畳の日本間を母と姉、私、妹が使った。二階のもう一間は会社勤めの兄妹が借りていた。裏階段下に私たち用の台所があり、調理した食事を母は毎回運ぶのだから、暮らしにくかったにちがいないのだが、母は狭い一間の生活を思えば何でもないと笑っていた。

同じ六月、朝鮮戦争が起きた。馬込中学校の往き帰りに見る国道脇の線路、低地に敷設された貨物専用線路の様相が激変していた。ふだんは偶にしか走っていなかった貨車が頻繁に通過して行く。同じ組ではないが、伊部先生の下宿に遊びに行くうちに顔見知りになった男子生徒のひとりに渡部君がいた。歴史学者渡部義通の息子で義任（よしとう）という名前だった。ある日、学校の帰り道でいっしょになった時、彼が国道の左下方を走る貨物列車を見つめて私に苦々しく言った。「あれは朝鮮に送る軍需物資を運んでいるんだ。鉄道労働者はなんでサボタージュしないのだろう」。色白の義任君の顔が激高のせいか赤く染っていた。「サボタージュ！」私は胸の底を揺さぶられるような気がした。前の年に開いたことのあるエンゲルスの『空想より科学へ』を思い浮かべた。家に出入りしていた共産党員の亀山先生にもらった本である。読み出したが難しくて、「史的唯物論」「労働者階級の蜂起」「プロレタリア革命」などという言葉を記憶したくらいだったが、すっきりした明確な理想主義が示されているように感じた。私の全身を熱くさせるものがあった。『空想より科学へ』が鮮烈な観念の洗礼だとしたら、義任君の貨物列車を指さして放った「労働者はなんでサボタージュしないのか」という言葉は具体的な行動を促す、初めての生きた政治的メッセージに思えた。

義任君は中学二年ですでに高校生の雰囲気を身につけていた。絵を描けば専任の教師を唸らせる才能の持主であると伊部先生が言っていた。

群をぬいた能力に恵まれた義任君であったが、私とはどことなく気が合い、後々まで交流がつづいたのは、互いに不在の父を持つ境遇のせいだったろうか。彼の父渡部義通氏は三井財閥の流れをくむ女性と長く同居し、義任君と弟は母親と暮らしていた。父親を尊敬しつつも、屈折は少なくなかったと思う。

「きのう、オレんちの下部構造に会ってきた」と、自嘲気味にいう日もあったから、私の兄と同様に長男の彼が父親と家族をつなぐ役割を果たしていたのではなかったろうか。父を語る時、きまって彼の白い顔はピンク色になり、額にあった細い傷痕に薄赤い線が走るのだった。自意識の塊のような少年であったから、心の揺れはすぐ顔に現われた。

「朝鮮戦争は米ソの戦争であって、分断された朝鮮民族の悲劇をオレたちも共有しなければ」。ある時義任君が力説した。学校帰りの道、廃墟のごとく広がる造成中の赤土の上に私は腰かけ、彼は自転車に跨っていた。「朝鮮民族の悲劇を共有する！」これまで知らなかった世界が目の前に提示されるのを私は知った。不意に、深紅の唐辛子を茎ごと束ねて、「ほら、魔除けっていうべ。持っててくんな」と私の手に握らせた英子ちゃん、ヨンジャの切れ長の目を思い出した。

私はその日以来、新聞を開いては、「朝鮮戦争」の活字を探すのだった。クラスの他の友だちにも義任君はさかんに「朝鮮戦争」について話しかけていたのだろう。しかし、義任君はアジテーターではなく、むしろ深く内向する性格で、思索的な少年であったから、まわりに話すことで自らの行動を探していたのだと思う。「『朝鮮戦争に協力するな』っていうビラを作って線路にまいたらどう？」と私が思いつきをいうと、彼は眩しそうな目をして頷きはしたが、「直接国鉄労働者の手に渡さなければ意味ないよな」と力なく答えた。

私は信頼する伊部先生の顔を思い浮かべたが、先生が芸術至上主義の人であり、政治的なことへの関心は稀薄だとも直感していた。新聞紙の上に「朝鮮戦争」の文字を追っていた私は、「分断」とか「38度線」についての解説をくり返し読んだ。亀山先生も当時は私の家に現われなくなっていたので、政治について教えてくれそうなおとなは周辺にいなかった。十三、四歳の子どもにとっては、「朝鮮戦争」に反対しなければならないというテーマに遭遇したことが問題なので、その刺激に気持をたかぶらせはしても、何をどうしたらよいのか、の方法は見出せないのである。ただ、これが世界で起きている事件に関心を注いだ初めての体験であったのは事実なのだった。

そうするうちに夏休みがやってきた。夏休みと共に「朝鮮戦争」に向けての熱い関心は鎮火されるのである。私の周囲には友だちの姿はなく、新しい荏原町の住居にひとり取り残された気分であった。バス通学者の孤独を私は夏休みになって痛感させられた。「朝鮮戦争」を語り合う友は遠く、「朝鮮戦争」に気を取られながらも、少しずつ戦争は日々の暮らしからはみだした出来事になりつつあった。

中学生の夏休みは時が停滞しているみたいにゆるゆると過ぎるのだ。黒に所どころ白い斑点のある猫が廊下の風が通る片隅に仰向けの姿で寝ているのが見えた。飼猫のバルだ。太って巨大な牡猫がバルザックの顔に似ているといって、母がバルと名づけた。この家に来て嬉しかったのは猫と暮らせることだった。貰われてきて日が浅いのに、バルは悠々と家族の一員になりきっていた。私の日課はバルのノミを取ってやるか、三畳の勉強部屋か座敷で本を読むか、一時間ばかり歩いて大田区臼田坂の袴田弘子さんの家に遊びに行くか、のどれかしかなかった。

田沼を引き揚げる時点で、何処かに預けられていた父の蔵書の約半分が荏原町に運ばれ、兄の部屋と座敷の本棚二つに収められた。八畳の座敷には、これも目白の家からずっと私たちと旅を重ねた黒檀の大机が置かれていた。その上に本を開き、別世界を旅するのである。手当たり次第に開いた本を読みすすむうち、暑さを忘れていた。田沼で校長先生宅の蔵に入り浸り、読書に時を忘れた時間が蘇ったのである。

バルザックの『ウジェニー・グランデ』『ゴリオ爺さん』『従妹ベット』『谷間の百合』、ホーソンの『緋文字』、ハーディの『テス』などなど脈絡のない読書である。アンドレ・ジッドの『背徳者』『法王庁の抜穴』、アナトール・フランスの『赤い百合』もその時期に読んでいた。ロマンが充満し、私はそれぞれの物語の世界で生きている錯覚を持った。小説のなかの現実に全身漬っているように思えた。実際には間借りの部屋にいて、工場の機械音に連打されながら本にすがっている、十四歳にもならない幸福でも不幸でもないひとりの女の子にすぎなかったのに。いずれにしても、現実と非現実との境界を見失うほど読書の魔力にとらわれた長い長い夏であった。

九月に入り、馬込の部屋には一度も現われなかった父は、新しい住まいを時々訪れるようになった。私や姉、兄は学校から帰るのが遅いので顔を合わせるのは稀であったが、妹が帰宅する午後、父はふらりとやって来たという。座敷で仕事をして行く日もあったらしい。近くの中華料理屋から出前を取り、親子三人でチャーハンを食べたのが妹の乏しい思い出の一つであった。父としては、自分以外の家族がいっしょに暮らしはじめた家庭の空気に触れたかったのかもしれない。

母との関係は改善されはしないものの、夫婦というより近しい友人、あるいは、子どもたちの父親、母親としての親しみが二人の間にはあり続けた。父がぶらりと顔を見せる日、母は晴れやかな笑顔を見せたと妹はいう。気難しさのある上三人の子がいない午後、母や妹と食事をするのが、父も疑似家族の日常を味わう気分で案外楽しかったのではないか、とも思う。

父は原稿用紙が入った焦茶色の大きなカバンを始終持ち歩いていた。机さえあればどこでも仕事が出来たのである。十二月に出版するコロディ作『ピノチオ』（世界名作童話全集）の翻訳ゲラを読んでいたのだったろうか。それに、次の年の新年号より「婦人画報」に連載する『天馬のなげき』のために、北原白秋関係のものを読み返し、執筆の準備にかかっていたであろう時期にも重なる。

二学期の学校は平静に日程を消化していた。伊部先生はいつもと変わらず国語の時間に文学を語っていた。振り返ると、高校・大学の授業を通じて、伊部先生の時間は最も熱気にみちていた。より正確に言えば、先生の発する言葉の微熱感が生徒の心をとろかしていたのだった。

政治・哲学少年の渡部義任君は意外にも爽やかな表情をしていた。「朝鮮戦争」を憂えてはいたのだろうが、久々の帰り道にその話題は出なかった。私はよほどその後の朝鮮問題に触れてみようかと思ったが、私自身が何の努力もせずに小説の世界に浸っていたのだから、黙っているしかなかった。彼の話のテーマは、その日、難解な哲学についてであった。プラトンを読み漁った夏休みらしかった。『饗宴』は傑作だと得意そうに言った。「ソクラテスがとってもステキなのよね」と私が話を合わせると、例によって色白の顔を紅潮させ、カバンから一冊の本をとり出し、「やるよ。もう何度も読んだから」と、私に手渡した。プラトンの『ソクラテスの弁明』であった。

あまりにも早熟な才能は不幸だ。彼はだれよりも早く知の世界に近づいて行き、ひとり孤独に知の海を泳いだのだったろう。私が感じた後年の彼の沈黙や虚無や荒廃もその辺から生まれたのではなかったろうか。

私の中学時代の記憶を満たすのは、彼ともうひとり、三年生で同じクラスになる天下の秀才伊藤誠君である。私もこれまでに数多の秀才を見てきたけれど、完璧な秀才といえるのは伊藤誠君だろう。誠君の南馬込の家で義任君と三人でクラシック・レコードを聴いたのは、高校時代であり、大学時代であった。彼らは都立日比谷高校に入り、共に東京大学経済学部にすすんで行った。多摩川の花火を見に行った夜もある。甘ずっぱく少し胸疼く青春前期であった。

九月初旬の残暑が厳しい午後、私は学校からバス停に向かっていた。まだ一、二分は余裕があると思いつつも後ろを振り返ると、すぐそこにバスが見えた。私を追い越して行くバスを追いかけて走りに走った。乗り遅れれば三十分も待たなければならないのだ。幸いバス停には三、四人が並んでいたので、どうにか間に合ったのだが、乗ったとたんに男の車掌が「発車！　後車オーライ！」と合図し、バスはガタっと揺れて動き出した。足でバランスを取りながら空いている席に座ろうとした私は、バスの後部座席に座っている父としっかり目が合ったのだ。父は一瞬私を見つめ、怯み、目を伏せた。父の隣りには父よりも座高のあるあの「カギ」が構えていた。池上二人に左横顔を見せる格好で私はバスに揺られていた。池上にほど近い千鳥町に住む父は、私が通学しているバス路線とは知らず、長原あたりから乗ったのだろうか。何かの都合で電車ではなくバスで五反田にでも出ようとしているのだろうか。私はいろいろ思いめぐらし、そして内心では父がひとりで私の傍に来てくれるのではないかと待っていた。だが、「カギ」と並んだ父は微動だにしないのだ。容貌怪異系の「カギ」は身体も大きく、顔も大きい。どう見ても細いやさしい顔の父とは不揃いなカップルだ。

「やあ、まりちゃん、このバスで通っていたのだね」と言って困った顔の父が傍に来てくれたなら、私は父の瞬時の躊躇や困惑の表情を許せたろう。しかし、明らかに父は私に気づかないでいる「カギ」に気を遣い、この場を無言でやり過ごそうとしているのだった。私は硬直した横顔がどうにかなりそうな長い時間に思えた。ようやく私のバス停中延が近づいてきた。降車ボタンを押し、私はすっくと立ち上がった。そして、ゆっくりバスを降りた。父を睨むことさえしなかった。完全に無視しなければならなかった。喉がカラカラに渇き、心がキリキリ痛んだ。「まーりちゃん」と呼びかけ、私を胸に抱き上げて散歩をした父はその時私のなかで消え去った。私は心の底で父を断ったのである。

父の動揺や後悔を想像するのもやめた。バスを降りる瞬間にも私は背中に父の眼差しを感じなかった。父は目を伏せたまま、ただその辛い邂逅を無かったことにしただけである。

泣きそうな怯えた表情の父親を見る娘の惨めさは消しようがないのだった。あんな人間、詩人でもない。芸術家なんかじゃない。父親なんかじゃない。私は道端の石ころを思いきり蹴った。


バス通学はその後も続いたが、父はもう決してこのバスには乗って来ないと私は確信していた。あの日の出来事は父にとっては不運としか言えない意外な成行きであったのだろう。父はもはや私たち子どもについては、校歌を書いたにしても、学校がある場所をイメージできなかったのだろう。あの日、初めて私がバス通学しているのを知ったわけだ。

父との不自然な関係には慣れっこになっていた。慣れすぎて、不自然な関係に麻痺していたのでもあった。私はあらためて私たちとは異なる生き方をする父の姿をはっきりと認識した。父は単に不在なのではなかった。明らかに別の生きる道を選択した結果の不在であった。父が私に歩み寄らなかったのは、父のありのままの姿を映すものだったのである。言ってみれば、考えるより先に身体的に反応する私への親和性がもう父からは失われていたのだ。父親としての愛情が変形していたのだ。

その後も父は時に私たちの住まいに現われたのだろうが、私は父に対するいっさいの関心を失ったように感じていた。学校での忙しい毎日があったし、家族との生活があったので、父の拒絶を沈黙のなかに流せたのだと思う。それでも、流せるのは表層の部分で、鉛のかたまりは私の深部に重く重く根を下ろした。


父の仕事は緩慢ながら復調の兆しを見せはじめていた。依頼をうけた白秋の評伝もそうであったが、詩のほかの仕事、校歌や社歌の注文も次第に増えていた。そういえば、馬込中学校の校歌も姉が通う三田高校の校歌も父の作詞である。戦後五年を経て日本の復興もめざましかった。うわべだけの父でいいのだ、と、私は自分を納得させるようにした。

姉妹どうしで遊ぶ時間は無くなっていた。姉は高校生活にどっぷり浸っていた。当時、都立高校は学区制が厳しく、私たちの地域では男子は日比谷高校、九段高校、小山台高校……、女子は三田高校、八潮高校……などが犇めいていた。生徒の志望校は中学校によってほぼ決められた。三田高校にすすんだ姉はよく勉強する生徒だった。三畳の勉強部屋に机を並べ、私が本を読む傍らで姉はいつも数学の問題を解いていた。理数系の兄と姉にとっては、数学の問題を解くのが遊びだった。以前は高校の数学教師であった亀山先生に数学を教えてもらっていた。姉は問題が一つ解けると、「うわぁ、出来ちゃった」なんていうのだ。本のなかで夢を見ている私は現実に引き戻され、「黙ってやれば」と言いたかったが、言葉を呑んだ。姉が実に泰平な顔をしていたせいだ。

私は数学に魅せられはしなかった。田沼での空白がたたっていたのか、数学に興味を持てずにいた。成績を保っていたのは数式を丸暗記していたからで、頭で考えてはいなかった。姉が教えようとしても拒んでいた。私は人に教えられるのが嫌いな、強情な子になっていた。本を読み漁るだけの生意気な子になっていたのだ。姉は生来の性格とみえ、たくさんの本は読まなかったけれど、一冊の本をきっちりと正確に考え考え読んでいた。私に「あれも読んでないの？」なんていわれても、「読んでいない」といえるのである。姉は私みたいに悔しがり屋ではなかった。姉妹でも水と油の性質なのだ。目的なく生きている母は戦中戦後に発揮した活力を失くしていた。煙草の煙のなかで考えごとをする毎日であった。

そんな母に私はバスで父に遭った日の話をしようとは思わなかった。母の悩みをそれ以上ふやしたくはなかったのだ。姉と妹には寝床で打ち明けた。私と同じ体験をした時の心構えとして。だが、私のほかの兄妹は外で父と「カギ」に出遭う不幸を経験しなかった。

二十歳になった兄の毎日は学校生活や友人と過ごす時間で費された。一階玄関脇の兄の部屋は本格的な洋間で、右の窓際にデスクがあり、左奥にベッドが置いてあった。兄が不在の間、私はよく兄の部屋に侵入していた。どこの部屋とも異なり、そこは完全に独立した造りになっていて、分厚い木製扉に遮られ、工場の機械音も届かなかった。夏でもひんやり感じる別世界であった。

秋も深まりつつある日、私は退屈しのぎに兄の部屋に行った。少し湿った匂いのするベッドに腰かけ、高めの象牙色の天井を眺める。私たちの隙間だらけの日本間にはない静寂があった。妙に落着く兄の部屋で本棚から勝手に本を抜き、ベッドに寝転んで読んだりした。井伏鱒二の『ジョン萬次郎漂流記』もそこで読みかけ、二階に持って行ったりしていたのだ。いつものように本棚に近づいた私は、見かけない本を発見した。カヴァーのかかったその本をそっと開いたとたん、私は激しい動悸を覚えた。中学生の英語力でも判読できる洋書のタイトルは“Lady Chatterley's Lover”チャタレイ裁判の記事は新聞で読んでいたので知っていた。性描写が猥褻であるとして発禁になった『チャタレイ夫人の恋人』の原書を兄は読んでいたのだ。ところどころにエンピツで訳語を書き込んだ涙ぐましい努力の跡があった。問題の本を読もうと理系学生の兄は必死だったのだろう。私はロレンスの発禁本について固く沈黙を守った。

変則的生活ではあるが、子どもたちはそれぞれの時を生きていた。父が恋しい私の気持は凋んでしまって、私にとってはその方が生き易く思われた。

父の側にいる女、「カギ」を私は「側近」と呼ぶようになっていた。父と側近に出くわした日について、正確に記すならば、私は姉と妹のほか、私と似た境遇に生きる義任少年に話していた。私はさりげなく切り出してみた。「私さあ、この間、通学のバスで父と側近の女に遭ってしまったんだ。女は私に気づかなかったけど」。「そうなの。そういうこともあるよなあ。そんなこと、別に大したことじゃないよ。幻想だよ。架空のことだと思って、頭から追い出したほうがいいよ」。とっさの反応にしては明晰すぎて、私は呆気にとられ、その後で彼も同じ体験をしていたのではないかと想像した。ぼそぼそした言い方に、何ともいえぬ寂しさが込められていた。

私は勉強をしない中学生だったし、相変わらず本ばかり読み耽っていた。家には本だけはいくらでもあった。解っても未消化でも構わなかった。むしゃくしゃする現実が不快なので、小説のなかへ、物語のなかへ逃げ込んでいたのだ。英文学でも、フランス文学でも、ロシア文学でも、ドイツ文学でも無差別に手を出していた。日本の文学では夏目漱石、森鷗外、芥川龍之介、有島武郎、横光利一などを貪り読んだ。作品だけでなく、作家そのものにも興味が湧いてきて、ドストエフスキー、トルストイ、スタンダールなどについて書かれたものを夢中になって読んでいた。

もやもやした私の感情を置き去りにして、季節はいつか十二月に入っていた。私は父との遭遇以来、時間が素早く過ぎるのに気づいていた。ゆったり淀んで私を取り巻く時間は失われてしまったようだ。父の訳した『ピノチオ』(講談社)が出版されたが、奥付に貼る検印を私たちが押す恒例の作業も失くなっていた。それは目白時代から戦争の年月をのぞいて、『物言ふ蘆』までは細々とつづく仕事であった。「上、下を間違えないように。朱肉が全面に行き渡るように気をつけるのよ」。母に注意されながら私たちは緊張しつつも楽しく印を押していた。検印の仕事は父と私たちを結ぶ晴れやかな絆でもあったのに。

年が明け、昭和二十六(一九五一)年である。新春三日の午後、父がふらりとやってきた。母は予期していたように、座敷に御馳走を並べていた。母方の叔母がいとこたちを連れてきていたし、兄はガールフレンドを呼んでいて、わが家は華やいで賑やかであった。私は父と目を合わせないよう注意を払い、いとこたちと遊んでいた。父がいれば当然酒盛りになる。

陽が傾く時刻になると、習慣で自然に「百人一首」のかるた会に移行する。

母が独特の節をつけて最初に「瓜売りの歌」を詠む。「瓜売りが瓜売りにきて瓜売り残し瓜売り帰る瓜売りの声」。わが家のかるた会は毎年この歌で始まる。

兄妹のそれぞれが得意の一首を持っていて、その札がどうしても取りたいのだ。父はもう相当出来上がっていて、朦朧とした様子である。母は隣りにぴったり座る妹のために、妹が好きな札をそれとなく間近に置いていた。子どもの頃から兄は猿丸大夫の「おくやまにもみぢ踏み分け鳴く鹿の声聞くときぞ秋はかなしき」が好きで狙っていたし、姉は「浅茅生(あさぢふ)

の小野のしのはらしのぶれどあまりてなどか人のこひしき」を、従兄は「わが庵は都のたつみしかぞすむ世をうぢ山とひとはいふなり」を狙って戦意をむき出しにしていた。みんな子ども時代に愛した札にこだわっていたのだ。私は澄ましてまず和泉式部の「あらざらむこの世のほかの思ひ出にいまひとたびのあふこともがな」を取った。その次は「瀬を早み岩にせかるる滝川のわれても末にあはむとぞ思ふ」を。

「まりえは上手だねえ。それに歌の好みがいい」。酔っぱらった父は不自然に私を褒めるのだ。気まずい記憶をごまかそうとしている。私は冷たく父を一瞥した。父は酔いで身体を揺らし、並べられた札をちらとも見なかった。姉は「人はいさ心もしらずふるさとは花ぞむかしの香ににほひける」を取り、嬉しそうだった。紀貫之を取るのは姉らしいな、と私は思った。詠み手の母は二度詠んでまだ取られていない一首「なげきつつひとりぬる夜の明くるまはいかに久しき物とかはしる」と「有明のつれなくみえしわかれより暁ばかり憂きものはなし」をさらりと取った。私はさらに「大江山いくのの道の遠ければまだふみも見ずあまの橋立」と「むらさめの露もまだひぬ真木の葉に霧たちのぼる秋のゆふぐれ」を取った。

　みんなが虎視眈々と狙うなか、盃を左手に持ったまま、父の右手の細い指がいきなり一枚の札をはじいた。札はきれいに空中を舞った。「ひさかたのひかりのどけき春の日にしづ心なく花の散るらむ」。紀友則のこの一首を父は決して子どもにも譲らないのだった。嫌な父ではあったが、この札をはじく父の仕草はいつも優美に見えた。みんなが取りはぐれた西行の「なげけとて月やは物を思はするかこち顔なるわが涙かな」も父が高くはじいた。札を眺めてもいないのに、父はするりと次々に札をはじく。

　百人一首をしている間、家族はどこの家にも負けない家族の像を作り上げていた。父もそれを知っていて、お正月だけはとびきりの、そして恒例の疑似家族を演出しようと姿を見せるのだろう。

　この年、父は「婦人画報」新年号より八月号まで、恩師北原白秋についての評伝的作品『天馬のなげき』を連載している。単行本になるのは同じ年の十一月、婦人画報社からであった。依頼されたのは前年の春で、資料や作品をすべて渉猟する時間は持てなかった。

　連載がスタートした時、私に知らせてくれたのは伊部先生である。「お父さんの白秋伝読んでる?」「書いているのは知っていますけど、まだ読んでいません」「白秋はやっぱりお父さんにとってとくべつな存在なんだね。熱がこもっている。読んだほうがいいよ」「本になるので、それからでいいです」。そんなやりとりがあった。

　月日は順調にすすみ、新学期である。何より嬉しいのは、伊部先生が私の担任になったことだ。戦後の新制中学はなお実験の過程であり、この年に新たな試みとして特別学級が設けられ、私もそこに組み入れられた。

卒業までの一年間を三年四組で学んだ私たちは伊部先生の求心力もあって、卒業後六十年に近い現在も毎年クラス会を持っている。


三年四組には伊藤誠君も渡部義任君もいた。一、二年生のクラスでいっしょだった河田光一君、小林靖彦君、堺沢亘君、中村弘君、佐藤登美子さん、渡辺信子さんもいた。全員の名前を列挙したくなる顔触れである。

バス通学も一年になろうとしている頃、クラスの成松京さんが同じバス通学を始めていた。漆黒の髪を左右三つ編みに垂らした成松さんは穏やかで慎ましく、考え深い少女に見えた。バス通学に仲間が増え、私は心強かった。


夏が近づいていた。父は五十六歳、兄は二十一歳、姉は高校二年の十七歳、妹は小学四年の十歳になっていた。母と私は十一月にはそれぞれ四十六歳と十五歳になる。

家族は一員ふえていた。猫のジャメだ。三毛の牝猫のジャメはシャンソンから採られた名前だった。バルと同様に元は捨て猫である。鷹揚なバルに比べてジャメは神経過敏なキツイ性格をしていた。バルの餌を食べてしまっても、バルはジャメの毛を舐めてやる優しさを見せていた。

夏休みに二匹の猫にノミがついて、私はノミ取りに追われた。しかし、ノミ取りよりも時間を費していたのは、むろん読書である。依然父に反発を覚えていた私は、意識的に父と無関係のものにしか手を触れなかった。外国文学が多かったのだけれど、とりわけスタンダールに魅せられた夏であった。

当時の記録が残っている。春子叔母から贈られた小さな手帳。紫色のシルクが表紙に貼ってある手帳が、六十年以上を経た今も私の手元にある。東京に戻ってからも十二、三回引越しをくり返した漂流の人生において、手離さずにつれ歩いた分身みたいなものである。そこには幼い字で、稚い言葉で夏の終わりの読書について記している。

「昭和二十六年八月三〇日、スタンダール作『赤と黒』をよみはじめ、九月三日に終る。今迄こんなに感激したことはなかった。夜もよくねむれぬほどであった。ジュリアン・ソレルこそスタンダールの理想の青年なのだ。『パルムの僧院』をみても『赤と黒』をみても彼の作品は、どこまでも真実に、深く、どこまでも真実を追求しているのだ。これはどうしても世界一の心理小説であり、社会小説でありうるのだ。（後略）」

拙い十四歳の読書メモは次に九月十五日〜十六日にシュトルムの「みずうみ」「人形つかい」「北の海」を読んだ感想を書いている。稚さと背のびをした感覚がまざり合っていて、手帳に刻まれた私の十四歳の日々が息づいている。

この手帳には後ろから書いているページもあり、そのなかにこんな文章も残っている。

「やさしく笑いながら淋しそうに電車にお乗りになりました。私はどんどん走ってだれもいない電車道にきて立っていました。すぐあとから電車がきました。そしてその時私はゆっくりと一人で父の後姿を眺めたのです。」

これには読書メモのように日付がないので、いつ書いたのかが分からないが、父に対する屈折した気持が見えてくる。憎しみのほかに愛慕の感情が波打ちもするから父と娘の関係は厄介なものだ。

『天馬のなげき』の「あとがき」において、父は作品執筆の方法について記している。

「（前略）白秋の詩歌に関連して生涯中のポイント、ポイントを挿話的に点描的につないで行って、どうやらそのアウトラインを示すより仕方がなかった。（中略）ここでは、多彩な存在であった白秋の大成期を叙述するのではなく、大成を約束する胚種期にこそ興味を置いたのである。だからこそ、この題名が暗示するやうに、主材（テーマ）も天馬の悲歎にみちた前半生をのみクローズ・アップすることにしたのである。」

多くの芸術家のなかにあって、大詩人北原白秋の生涯はとりわけ詩作品と分かちがたく重なり合う。正伝を書くのは他の機会もあろうかと、父は白秋がどのようにして大詩人への道を歩み出したかを主に白秋の詩作品に求めて書いている。それらの詩作品は詩人としての父の源泉でもあったのだから、心が躍らないはずはなかったろう。

『天馬のなげき』――北原白秋伝を書く父のペンはのびやかで、淀みなく流れている。心地よく滑っていくと言ったらよいだろうか。この作品によって詩人白秋の波瀾の生涯を理解するのは易しい。けれども数回読み返して感じるのは、〝天馬〟のごとき詩人であった白秋像があまり強くは迫って来ないもどかしさだ。よく知られている白秋についての挿話、白秋に関する知識はまんべんなく採り入れられているのだが、父自身が「あとがき」で述べているように、「半ばドキュマン、半ばロマン」という形式で作られているせいか、婦人雑誌連載の制約はあったにせよ、不世出の天才詩人に肉迫するには父の情熱が稀薄であるように思えてならないのである。父でなければ書けなかったはずの評伝には未だに達していない気がする。末尾に付された献詩（白秋五年祭前夜の即興）も、いたずらに長く、讃美する修辞の多さ、巨大さに対して、詩の言葉が自在に跳躍していないのが物悲しい。

円光はすでにしてあり、
近代のわが邦（くに）の詩に、
円光を被（かぶ）れるもの
白秋は讃（たた）ふべきかな。

身を焼きて亡ぶといへど
廃墟（あれあと）の灰の中より
よみがへり、羽搏（はばた）きあがり

翔けめぐり、歌ひ継ぐもの
美と真と叡智の在りか
あえかにも明かしつくして
とこしへに生命あるもの
不死の鳥、天を指さずや

灰濁みて荒らけき世に
蒼ざめて光なき日に
げにもここそ近代の詩の、
巨いなる匠の面影
今にして彌しのばるれ。

若き日の才のまだきに
邪宗門悲曲の扉
開け放つあけぼのにしも
焚きこむる没薬の香に

身も霊も燻りこがれて
探らしし極秘の奥に
象徴の夢を織りなし、
かの阿刺吉、珍酡の酒を
惜しみなくふり撒きませば
目眩めく彩の不思議さ、
まぼろしの螺鈿の奇しさ、

天馬の空をゆくなす
色赤き狂気と才の
青春は讃ふべきかな。

（一〇一行略）

あはれ、日の、月の寵児、
おのづから魂恍れにつつ
うつつなく歌ひたまへば
日の本のこころ照り出で、
夢見つつ歎きたまへば
蒼さびて光り沈みて
気も高く匂ひあふれし
いみじくも、いともめでたき
類なき師の人と詩は
繰り返し見つつたのしも。
仰ぎつつ見つつかなしも。

評伝『天馬のなげき』に比べれば、同じ年の同月に出版された大木惇夫編『白秋詩集』（北原白秋選集I　あかね書房）においての解説の文章は、「天馬空をゆくやうな大詩人」の本質をとらえて的確である。ゆうに千を超える純粋詩のうち、二百九十四篇を選ぶ選択眼も冴えざえとしている。限られた紙幅のなかに詩人白秋を語り尽した父特有の一文になっている。詩人大木惇夫のすぐれた北原白秋論であると思う。

こうして見て来ると、昭和二十六年も文芸誌や総合雑誌、新聞からの純粋詩の依頼はとだえてはいるものの、白秋に関する仕事に父はほとんどの時間を充てていたと推察できる。白秋の人生における蹉跌や栄光を振り返り、父が感ずるのは、ふたたび純粋詩の世界で頂上をきわめたいという欲求ではなかったろうか。

細い背中に重すぎる多数の扶養家族をかかえ、校歌や社歌を書きつつ白秋に向きあう一年であったのだ。ふらふらと家に立ち寄り、またふらふら帰って行く父の寂寥は、父を遠くに感じている私にも伝わってきた。紫色の手帳に記していた父についての文章もその時期の私の生々しい感情を表わしている。

白秋より十歳年下の父は、あと一年で白秋が歿した年齢に達しようとしていた。『天馬のなげき』を書く過程で父をとらえたのは、詩人の人生のありようについての感懐であったと思われる。あらためて、喘ぎ喘ぎ暗転をつづける自分の人生を見つめていたのではなかったろうか。その頃の父のノートにはエンピツで書きなぐられた詩の数々が苦しげな吐息をついているように見える。

変形の家族はそれぞれの日々に追われていた。父も母も惰性で生きているふうに子どもの目には映った。

父の細い身体は隠れ家にひそみ、それでも不規則ではあるが、私たちの住まいに現われた。相当量の仕事をこなしつづけ、今考えれば、心塞がれる行き場のない日もあったはずだ。沈黙のうちに耐え、ノートにただ悲憤を書きつけていた抑鬱の時だったのである。精神が弱いのか強靭なのか計りにくい父ではあった。デビュー前の若い詩人のごとくノートに詩を書きつけるだけの不満が積もり積もって、自分の詩を自由に発表する場所を作りたいと考え始めたとしても無理はない。しかし、そのためにはさらに労働を増やさなければならなかったろう。そのせめぎあいに苦悶していた時期ではなかったろうか。

父のノートからは父の低い呻き声が聞こえてくるような気がする。創作ノートは創作ノートであり、発表を意識させられる時、創作ノートの作品は推敲され、いちだんと光彩をおびるのである。

私たちを不安にさせた漂うように消えて行く父の姿は、父自身のなかに堆積された鬱積が揺れている形でもあった。

その年発表されたものに、『千夜一夜詩集』(上・中・下、酣燈社)もある。二十年前に春陽堂から豪華本の体裁で出版されて以来の刊行である。

家族関係、いや、それにもまして、詩人としての不燃焼に苦しみ、先の見えない迷路に入り込み、そこからの脱出を静かに待つ父がいた。

23 「詩の座」をめぐって

父の鬱屈した不燃焼の日々はさらに続き、そうした日々のなかで浮かんだのが、「エクリバン」以来の詩雑誌を自分の手で作り出すという無謀な考えであった。もともと膨れつつあった父の希望を応援し、すすめる人びともあった。何としても発表の場が欲しいと望むのは確かに物書きの心の自然な発露ではある。その思いが胸中にくすぶりはじめ、それは無理だと反対する内部の声と力ないたたかいを交わすのだったろう。

昭和二十七（一九五二）年はそうした自分の内面にある葛藤がどうやら詩雑誌を出すのだ、という難しい方向へ歩み出した年でもあったようだ。ただそれは気持の奥のもので、現実にはごく小さな雑誌（PR誌など）の原稿、校歌、翻訳にほとんどの時間を費すしかなかった。

四月には講談社より『即興詩人』（世界名作全集）が出版されている。アンデルセンのこの長篇小説を日本で初めて翻訳したのは文豪森鷗外であって、「詩のやうな文語体」で書かれた名訳を少年時代に父はくり返し読み、酔い痴れた。暗鬱な祖国デンマークにおいて、彼のロマンティシズムや抒情性を排斥されたアンデルセンにとって、イタリアの陽光の眩しさ、大らかな人間性は魅力以上のものであった。イタリアの文学・美術の源泉である旧跡や事蹟をアンデルセンは物語の隅々にたっぷり描いている。イタリアへの愛が溢れた作品である。この作品もアンデルセンの数多くの童話と同様に国外から評価が高まっていった。父は少年期の愛読書を翻訳する喜びを実感していたはずである。

私はこの年、受験勉強をすることなく、都立三田高校の一年生になっていた。姉は同校の三年、妹は小学五年生である。兄は工学部生で二十二歳になっていた。

馬込中学校が充実していたせいか、私の高校生活はやや暗転する。精神の領域にまで往き来して話をする友人が持てないまま、どこか中途半端な気持のうちに高校時代は過ぎてしまう。

その時期、私たちは父から強二叔父が広島に帰って行ったのを知らされた。家族を田沼に置いたまま東京に出て会社の復興を画策したが、戦後の新時代に迎えられず、一家で広島に戻って行ったという。私は田沼で強二叔父に別れて以来、一度も会う機会がなかった。

父の話を私は寂しく聞いた。強二叔父のあらゆる不幸が戦争と関わっているだけに、戦争を憎悪する気持を抑えられなかった。長男の豊は小学一年生、弟の立二はまだ四歳なのだ。

父も叔父の相談には乗ったろうが、何の力にもなれなかったのだろう。母がそのことにあまりとらわれていない様子が腑に落ちなかった。母は田沼では強二叔父と協力して仕事をしてきたし、父の問題を親身になって考えてくれたのは強二叔父だけだったのだから。母という人は身近にいる人間にはたいへん親切で思いっきり世話をやくのだが、少し離れると割に淡白なのに私は気づいていた。少女時代から親族を抱えて生きてきたから、身のまわりの人間への関心だけで精いっぱいだったのだろうが、父の身内を味方にできなかったのも、そんな母の性向によるものだったのだろうか。しかし、強二叔父は別で、田沼での生活を支えあったかけがえのない義弟でもあったのだから。

豊たちはどうしているだろうか、とふと思っても、父不在のわが家で強二叔父の消息をつかむのは不可能であった。私たちは自分の日常に追われ、強二叔父へ便りを出すことすらしなかった。叔父からもいっさい連絡はなかった。父の周囲は「カギ」がとり仕切っていたので、わが家を孤立させるために強二叔父との関係を断とうとしたとも考えられる。だが、そうだとしても、母が父に強二叔父の住所くらい聞けない理由はなかった。母にその気がありさえすれば。

その時期、母の関心は姉の大学受験にあった。三田高校の学年主任に「東大受験の最有力候補だから」と言われ、すっかりその気になったのだ。「大木さんにはぜひ東大にすすんで欲しいって、氷上先生がおっしゃるのよ」と、私にも得意そうに話していた。私は大学受験よりも姉の体調が心配だった。二年の終わり頃には姉の顔色が冴えず、動作も大儀そうなのに気づいていた。蒸し暑い夏の夕方でも、タオルケットを首まで掛けて寝ていたりする。神経過敏になった姉は、隣りの工場から伝わってくる機械音がうるさくて、いらいらすると訴えた。姉の著しい変化は身近にいる私には明らかに思えた。

思い余って姉の様子を母に告げると、「えっ？　大学受験の大事な時なのよ」と言いながらも、姉を近くの病院につれて行った。診察した医師は「微熱が気になるので、少し様子を見たい。神経も疲れているから、静かにのんびり過ごさせなさい」と母に説明したという。母は衝撃を受けていた。長女の受験は自分の人生に失望していた母にとっての、最大の目的と化していたからだ。

一方、家族の生活実態を知らずにいる父は、戦後つづいた詩壇での孤立に絶望し、詩を発表する場を持つべきかどうか自分で思い煩うだけでなく、身近な知人、友人に相談するようになっていた。あるものにとらわれ始めると、心は一気にそこに傾いていく性癖は父の人生にまつわりついている。久々に仕事で会った百田宗治氏にも詩雑誌の話をし、励まされたという。百田氏の賛意が父をひときわ動かしたらしいと母は言い、成り行きを心配していた。

秋には父を中心とした詩雑誌の構想は固まったようだった。

台東区にある長谷川書房という出版社から出してもよいという話が持ち上がり、計画はにわかに具体化して行く。翌年四月創刊の予定も立てられ、「現代の詩界に一脈の清流を注ぐ」という惹句付の刷物も出来ていた。父の悲願は達成されそうな段階にまで発展していたのだった。

不遇に浸る父の心に火が点ったというべきであるが、四十歳前の父が詩雑誌「エクリバン」を創刊した時期の心身の充実とはかなりの隔りがあったろう。それにもまして気がかりなのはだれの目にも不運な父の周辺にすぐれた人びとが集まるのかどうかであった。詩雑誌についての詳細を打ち明けられもしないで、ただ断片のみを耳にする母の不安はそこにあった。私たち子どもに母は溜息まじりにその話をしていた。

荏原町に住みはじめて三年目、生活的にはそこそこの安定を得ていたのだったが、家全体に暗い空気が浮遊している感じであった。生気のない姉と同じ三畳で机を並べているのも、私の気持を沈ませた。姉は大学では生物学を学びたいと私に話していた。そういえば、高校一年生の夏休みに生物クラブの教師に連れられ東京農大を訪れ、西瓜を使っての遺伝子実験を見学した日の姉は、いつになく饒舌になっていた。数学は好きでも自分は数学者に向いていないと思うし、物理の飛躍する思考にも向いていない。理系でもより人間的な営みに関係した遺伝学を専攻してみたいのだと私に言った。

その頃、私はステファン・ツヴァイクに凝っていて、『マリー・アントワネット』を読了し、つづいて『メリー・スチュアート』の世界に浸り切っていた。その私に、姉はぽつりぽつりと話しかけるのだった。高校の教師や母が言い出しただけで、姉はとくべつ東大に行きたがっていたのではなかった。出来れば授業料の安いどこかの国立大学で生物学を専攻したいと考えていたのである。「自分の好きな道をすすめばいいのよ。お姉ちゃまはきっと生物学者になれると思うよ」。自分勝手な私もさすがに思い悩んでいる姉を労わってそう言った。「お母様は何も分かってない。自分の見栄のために受験受験て言ってるのでしょ。無視したほうがいいよ」。そうもつけ加えたが、長女の姉は不幸せな母を喜ばせてやりたい気持を捨てられないでいた。

私の頭のなかでは、現実的な姉の受験と『メリー・スチュアート』が交錯していた。愛人ボスウェルから引き離されたメリー・スチュアートが、ロッチレヴェン城に監禁されようとしていた。手に汗を握る十六世紀スコットランドの歴史に魅せられては、すぐまた、進路に苦しむ姉の側に引き戻された。

暮近くになって、父の詩雑誌を出そうと言っていた長谷川書房の話が立ち消えになった。すでに広告を出している時期であったにもかかわらず、だ。当然考えられた事態でもあるのに、相変わらず考えの甘い父は打撃をうけていた。しかし、原稿依頼もすすんでいる段階では、もはや断念する訳にはいかなかった。父の内部でジリジリ焦げはじめていた詩を発表する場への渇望は、最も困難な方法で実現させるしかなくなったのだ。自己資金である。ようやく生活出来る経済状態になっていたとはいえ、それはペン一本によって紡ぎ出される性質のもので、預金すら無い脆弱な基盤の上に父は立っていた。月刊誌を刊行する資金を作り出すには、従来の何倍も働きつづけなければならなかったろう。いや、それでも難しい。恐ろしく無鉄砲な夢を父は実現しようとしていた。

母をもっと不安にさせたのは編輯人の名前が父から藪田義雄氏に変わっていることであった。白秋門下の詩人であるという藪田氏は父とは親しい間柄で、目白の家へも始終出入りしていたという。まめに子どもたちの世話をしたり、家の仕事を手伝ったが、母は何事にも甘い父を信じ込ませ、秘書的な動きをする彼を好ましいとは思わなかった。不器用な父は何をするにも事務的な仕事をしてくれる人間を必要としたのだった。それでも、「エクリバン」の時と同じく藪田編輯人では先行きどうなるのだろうか、と母は危惧していた。

父の行動を把握している藪田氏は今では父の隠れ家に入り浸り、「カギ」におもねっている姿が見えるようだと、母は言いもした。藪田氏が父を支える中心人物では雑誌はどうなるのだろうと案ずる母は、父にも注意して欲しいと頼んだけれど、父は「藪田君は何もかも心得て、よくやってくれている」と、まったく取り合わなかった。父は資金ぐりのために校歌でも何でも量産し、仕事につぐ仕事を重ねなければならなかった。そこでますます藪田氏の存在が必要になるのだった。そんな状態で戦後の詩の状況に一石を投ずる雑誌に果たしてなるのかどうか。父は感情の赴くままに、熟慮する前に走り出してしまったのだろうか。

気の重い年の暮であった。母の不安や不審感が家中を覆っていた。そんな空気をまともに受けたのは姉だった。医者に処方された神経安定剤を飲んでいる受験生を傍に見て、私にはこのままでは姉が大学受験に立ち向かえるとは思えなかった。母は医者がついているのだし、高校でも太鼓判を押してもらっているし、姉の受験は成功すると思い込んでいるようだった。姉が置かれている精神状態を理解し、平衡感覚を取り戻させてやる醒めたおとながいないのだ。二十二歳の兄には荷が重かったろう。一家の歯車が嚙み合わないのをよそに、時は次の年に変わっていった。

昭和二十八（一九五三）年、元旦のお雑煮を食べながら、今年はいつもと違う、正月らしい華やぎに欠けている、と感じた。例年、元日だけは着物を着せてもらう妹も厚手のセーター姿であったし、母の表情にも明るさは見られなかった。みんなが来月に迫ってきた姉の大学受験を意識しつつ、それに触れないように気をつけている。姉の状態を父にきちんと説明していたら、父は姉の症状を〝ノイローゼ〟と見立てたと思うのだ。父は自分が戦後社会に対応できずに神経症になった時に、杉靖三郎博士の著書で〝ノイローゼ〟という症状を教えられた。現在では聞きなれた医学用語〝ノイローゼ〟は、その時期にはまだ普及してはいなかった。神経衰弱よりもノイローゼのほうが何となくソフトな印象があるし、軽症にも思えるから変なものだ。

二月に入って、父の詩雑誌の創刊が四月には間に合わない見通しとなり、九月に延期される。誌名も当初長谷川書房の時点では「詩星座」として予告していたが、「星座」という雑誌がすでにあることが判明し、「詩の座」に変更されている。独力で出す雑誌は難航が予想された。

受験直前、医師により姉の微熱は肺結核によるものと診断された。ただし、非開放性結核なので感染の恐れはないという。精神の不安定も病気が要因ではないか、とされた。力を落としながらも、母は病院と学校の間を行き来して事態の収拾に務めた。

ぎりぎりになって姉が早稲田大学に行く決意を固めたのは、娘たちを早稲田の文学部に行かせたがっていた父の意向に歩み寄ったせいだろう。

荏原町に現われた父は、「ぼくは官学は嫌いだし、康栄は小さい時から身体が弱いのだから理科系には向いていないよ。お父さんは早稲田の文科に行きたくて果たせなかったのだから、お前はぜひ早稲田に行って欲しいと思う」と、熱心に姉を説得していた。姉の身体を案じて、父は父で懸命だったのだろう。涙ぐんでの父の説得を姉は受け入れた。家庭を破壊してはいるが、繊細な父は言葉によって私たちを傷つけたことはなかった。人生のある場所に思いがけなく父は姿を現わし、黙って娘を見つめた。それは姉だけではなく、私も幾度か経験している。ふだんは家族外の人に思える父の真剣さに姉は慰められ、また土壇場での父の存在を認識したのではなかったろうか。傍にいる母は損な役廻りなのだろうが、母は自分の感情に押され、つい人を傷つけてしまうところがあった。

四月に父は五十八歳になった。兄は三月に学部を卒業し、工学部大学院修士課程に入学する。姉は早稲田大学文学部東洋史科に入学した。高校二年の私は課外授業のフランス語を選択していた。妹は十二歳の六年生である。

私はすぐに火曜日午後のフランス語授業に夢中になった。教師は早稲田大学仏文科助手の品田一良先生。名前は「いちら」と呼ぶのだという。まだ二十代終わりの先生は千代子夫人と結婚したてだった。暁星出身の先生はフランス語及びフランス文学が最高と考えているらしく、課外授業なのに猛烈に熱心で、初日からびしびし文法を教えはじめた。そして教えられた内容はきまって次の授業でテストされた。フランス文学を原語で読んでみたいと考えて授業を選択した私には最適のレッスンに思えた。語学の授業なのだが、先生の語るフランスやフランス文学についての逸話に惹かれ、私はめずらしく熱心に勉強した。若くてどこか挑発的な品田先生に対抗するには勉強するしかなかったのだ。初め四十人くらいいたクラスは、夏休み前には二十四、五名に減っていた。テスト、テストについて行けなくなったせいでもあったろう。

しかし、品田先生は情熱をもって生徒に知識を与え、フランス文学の輝きを示そうと努力されていた。それくらいフランス文学を愛していたのだろう。授業のほかにも先生は生徒たちを新宿の紀伊國屋につれて行き、洋書の注文の仕方を教えたりもした。ちょっと皮肉屋で毒舌家の先生であったが、十代の少女たちをよく理解し、私たちにフランス語を通してフランス文化、ヨーロッパ文化を学ばせようとしていた。フランス語の文法を「あっ、解かった」と感じる瞬間があり、私はフランス語の授業が楽しくてならなくなっていた。

夏休みの異変といえば父がラジオの仕事をするために母の協力を求め、二人でラジオドラマの台本を書きはじめたことだ。母も子どもたちの教育費を何らかの方法で得たいと考えていたので、即座に合意した。二階の座敷に父は足しげく通ってきた。母が手伝うというより、ストーリーを打ち合わせ、母がどんどんセリフを言い、父が直しながら文章にしていくという形で台本は作られた。父は疾うに母のエンターテインメントの素質を知っていて、子どもの時間に放送するドラマの台本作りを母に頼ったのだと思う。ラジオの全盛期にあたり、注文は絶え間なくあった。事実上の合作はテレビ時代に突入する昭和三十年代初めまでつづいた。主にNHK、ラジオ東京、文化放送などの仕事で、タイトルで思い出すのは、「水の精」「オッチョコ大将」「朝の子夜の子」「月の物語」といった連続ドラマである。おとな向きの「秋風行」というのもあった。二人の合作は定期収入につながり、「詩の座」の資金の一部や私たちの学費に貢献した。

この時期ほど父の姿が家に見られた記憶は他にない。仕事の合間に父は日本酒を飲み、酔い心地にまかせて自分の初恋を語り、少年時代について語った。父への関心を封印していた私は同席しても冷やかに聞いていたのだが、自分の初恋の話を思春期の娘に熱っぽく話す父親ってやっぱり変だと思わずにはいられなかった。しかし、初恋の相手慶子の話は父にとっての詩の原点であるのは理解できた。

母は張り切って酒の肴を作ったり、ドラマの筋を父と話し合ったり、心弾んでいるようだった。子どもたちはとても不可解な両親だと思いつつも、二人の結びつきに安心するのである。机に向かい合って仕事をする二人の雰囲気は年季の入った夫婦のものであった。楽天的で働くのが好きな母は、家事をこなしつつ、年中ドラマの筋を考えていた。毎夕ラジオを聞いている家主の奥さんにせがまれ、そっと続きの展開を教えたりしていた。ぼうっとしてなすこともなく煙草を吸っている母を見慣れていた私たちは、母の変化に驚いたし、人間にとっての仕事が生み出す力を目の当たりに見せられる気がした。
父は午後にやって来て、夜になるとふらふら帰って行った。寂し気なその背中を私たちは見つめるしかなかった。

九月、父の詩雑誌「詩の座」が創刊される。

父は私たちの住まいに二、三十部抱えてやって来た。少し昂った様子をして、いかにも嬉しそうだった。当時は雑誌を渡されても、ふうん、と言って眺める程度であったが、今開いて見ると、さまざまな感慨が広がっていく。

父は待望の「詩の座」の巻頭に「風人抄」「暦日」「亡き人に」の新作詩三篇を掲げている。他に「唐詩選」から「李白抄」として訳詩二十五篇を載せている。他には次の詩人たち、上野壮夫、浅野晃、宗武志、中郡節二、西野孝雄、石井健吉、米田栄作、藪田義雄が詩を寄せている。気になるのは、みなが二、三篇の詩であるのに、藪田編輯人のみが十二篇の詩を載せていることだ。「詩の座」刊行に藪田氏が執着した理由が読めてくる。

父が発表を待ち焦れ、ついに自らの詩雑誌を出してしまうほど父を動かした詩作への衝動を見てみよう。

風なるか、風なるごとし、
わがこころ欲りするままに
きのふ過ぎ、けふもまた過ぐ、
スバル座の鎖を断ちて
悲しみは星の涙を
枝々にちらしゆくなり。

砂なるか、砂なるごとし、
わがいのち　ありか幽かに
荒磯の　岩蔭にして
芥子粒の一つに如かず、
寄る波のさらひゆくまで
永遠の海を聴くなり。

影なるか、影なるごとし、
わが像　柊にして
花めきも香りもあらず、
朧めきを雪に落しつ
静かなるあけぼのを待ち
寂光をただに望めり。

光かも、光のごとし、
わが思ひ　透きて明るく
翔けゆくや、無辺のかなた
あはれ　この夢や無量寿、
慕ひゆき　あこがれゆきて
蒼空に融けも入るなり。

（「風人抄」）

父はいつも悲しい詩人であった。第一詩集『風・光・木の葉』から第十四詩集『物言ふ蘆』を経てこの「風人抄」につながる悲しみの底深さを、私はしみじみと感じている。その悲しみの連鎖を。意識的に生きてきたはずの長い道筋において、悲しみを濾過する方法を詩人は探せなかったのだろうか。悲しみはついに大木惇夫という詩人の不変の属性になったのだろうか。

逆境にあって、人生に行き昏れている詩人の新しいこの詩には、感傷的に流れやすい数々の詩篇からは感じられない悲しみの極みに生まれた無心の光がある。

第六詩集『冬刻詩集』の寂寥とかそけき光をさらに篩にかけた純白の光を発見する。第七詩集『海原にありて歌へる』から十一年、戦場における精神の高まりと根源的悲しみを歌い上げた詩人は、使いなれた定型詩形のなかに自然の一部である生きものとしての濁りない悲しみを定着させたのである。「わが思ひ　透きて明るく／翔けゆくや、無辺のかなた」は、私の心にひたひたと押し入ってくる。

なお、「詩の座」の詩篇は昭和四十年に第十五詩集『失意の虹』に収録されるのだが、雑誌と詩集では字間のアキなど若干の変化が見られる。さらに、昭和四十四年の「大木惇夫詩全集」3においては、雑誌、詩集のなかでは同一であった末尾の「蒼空に融けも入るなり」の「入るなり」が「入らんず」に訂正されている。

私のかすかな不安は「風人抄」のしなやかな緊張を父はどこまで持続させられるだろうか、という問題であった。次の詩はどうだろう。

われ今は弱きにあるか、
さなり、ただ　弱きに住す、
柔ぎを心におきて
暦日を拈華（ねんげ）に刻む。

あげつらひ言ふほどもなし、
いきどほり　そしる間（ま）もなし、
かの雲のたたずまひ見て
かの空の涯（はて）の青見て。

ただ思ふ、花のほめきを、
露しづく草のそよぎを、
小鳥らに餌（あさ）をまきつつ
犬猫に糧（かて）をわけつつ。

われ今は弱きにあるか、
さなり、ただ　弱きに住す、
柔ぎを光にうけて
暦日を微笑（みしやう）に埋（う）めむ。

（「暦日」）

「詩の座」への登場のしかたは「風人抄」「暦日」「亡き人に」と並び、それはごく正統な順序に思えるのであるが、第十五詩集『失意の虹』、「大木惇夫詩全集」３では、全体の編集によって「暦日」が先に置かれ、「風人抄」が次に並んでいる。「暦日」も「風人抄」と重なる「透きて明るく」の気配がこもる詩なのだが、詩心の純粋性において、風格において、「風人抄」が遥かに優れていると思う。『失意の虹』及び「大木惇夫詩全集」３においては、「暦日」と「ねむの木かげ」に挟まれた「風人抄」は、「愛の頌」の章に他の詩篇と無造作に並べられ、輝き揺れる詩の力が埋没しているように感じられる。なお、「暦日」の末尾も「暦日を微笑に埋めむ」の「埋めむ」が「埋めん」になっている。

　三篇目の詩はどうだろう。

　きさらぎの雪をもよほすさむき夜に
　われは見けるよ、美しきなんぢの夢を。
　桃すもも花ざかりなる旅やどの
　水のほとりに立つすがた、げにも臈たく
　面輪さへうつつのそれと　けざやかに
　眼もかがやかに笑みまけてわれを迎へつ……
　目ざむれば、雪ふりしきる晨なり、
　夢のなごりを追ひつつぞ　うつらうつらに
　恋ひそめしかの春の日をかへりみて
　枕辺のともしび暗く幽けくも
　うららかや散らふ雪さへ花と見き、
　匂ふばかりか酔ふばかり憂さを解きにき。

　さこそや今日はみまかりし人の命日、
　浅からぬゑにしの夢に通ひけむ、
　かりそめならず思ふなり、いな、泣くまでに。
　ああ、み霊、やすけくあらば、この後は
　われに会ふとて来る夜を憂てくなしそ、
　かの夢の移り香つけて、とこしへに。
　　（「亡き人に──一九五三年二月二十一日黎明にしるす。」）

亡き慶子の夢を見た夜の密やかな想いをうたっている。前の二篇と異なり「亡き人に」は亡妻慶子をうたった詩のみをあつめた最後の詩集、第十六詩集『殉愛』にもゆいいつの新作として収められている。昭和四十年、『失意の虹』の後に刊行される『殉愛』は、『カミツレ之花』についで、慶子への第二のレクイエムとして編まれている。第一詩集『風・光・木の葉』以来の慶子を対象にした詩二百十数篇を並べた目次は圧巻であるが、「亡き人に」のほかはすべて旧作を選んでいるのだから、厳密な意味では第十六詩集とは言い難い。「亡き人に」には──一九五三年二月二十一日黎明にしるす──

と付記があり、三聯目に「さこそや今日はみまかりし人の命日」とある。しかし、慶子の命日は昭和七年一月二十一日であって、二月ではない。ここでも誤謬が見られる。月命日とはいえるのだけれど。

「詩の座」と『殉愛』「大木惇夫詩全集」3では字間のちがい、ルビの数のちがいがある以外は、二聯目の「匂ふばかりか酔ふばかり憂さを解きにき」の「匂ふばかりか」は後の『失意の虹』、『大木惇夫詩全集』3（全集ではむろん「亡き人に」は『失意の虹』ではなく『殉愛』のなかに収められている）においては同じだが、『殉愛』では「匂ふばかり」となっている。「亡き人に」は父が書き馴れたスタイルの端正で寂し気な抒情詩である。

「詩の座」創刊号で他に注目すべきなのは、新作三篇のほかに「李白抄」と題して、「唐詩選」からの翻訳詩二十五篇を載せていることだろう。李白は父が心酔する詩人であった。李白二十五篇の訳詩のうち単行本『唐詩選』には「つとに白帝城を発す」を除く二十四篇を収録している。そして、単行本に入れる段階でかなりの推敲が行われている。

「唐詩選」の翻訳は唐の詩人たちに少年時代から憧れを持ちつづけた父の夢の実現でもあった。「詩の座」での発表はその夢への第一歩である。漢詩の持つ質実な言葉の強さ、直截性、簡潔性、男性的な色調は、時に中国語を解さぬ人間にはどこか威圧的であり、超然とし過ぎているように感じられることがある。原詩がふくむ精妙なニュアンスを知らないためであるが、父は李白の詩の率直な歓びや寂寞のさまを、悠然たる諦観の調べを、繊細かつ優雅なやまと言葉に造り上げている。さまざまな「唐詩選」の訳詩が存在するけれど、私にとって、父の翻訳は解りやすく、初めて李白を読みたい気分にさせる詩作品なのである。

発表を切望する年月が発酵させたこれら父の仕事の成果は「詩の座」創刊号の意味を十分に示しているだろう。しかし、戦後詩の躍動する潮流に対して一矢報いる芸術運動になりえたかといえば、それは疑問である。父と共に新しい詩の波を作ろうと志す人たち、そのめざす人的条件でまず危うい。金子光晴、村松正俊、浅野晃、上野壮夫、宮津博など父の友人たちの協力はあったが、金子光晴の散文詩「日没」「淡水のうれひ」、エッセイ「毒婦論」も旧作であるのが淋しい。創刊号は満を持してのものであったろうから、これ以降の内容が気づかわれる。それにもまして、現実感覚の疎い父が資金ぐりをし、自費で出版していく厳しさを感じてしまう。編輯人が藪田義雄、発行兼印刷人が「カギ」の弟というのも心配材料であった。「カギ」の下の弟が発行人になっているからには、万事につけ「カギ」が「詩の座」に介在していただろう。編輯所は世田谷区祖師谷のもう一人の弟の自宅になっている。「お父様は彼らの意のままにされてしまう」と、母が顔をくもらせていた。

月刊誌のサイクルはごく短い。動き出せばもう歯車のように先へ先へと回転しなければならないのだった。創刊号を歓びいっぱいの表情で私たちに見せた父は、発表する作品を次々に書かなければならず、他の執筆者への原稿料の支払いを果たさなければならなかったのだ。ラジオドラマを書きすすめるために母のもとにやって来る父は、げっそりし、疲労を隠せないでいた。それでも「詩の座」を出すことへの高揚感を維持して、「第二号はもっと充実した内容になる」と、私たちに説明していた。

ある日曜日、父は何を思ったのか、ドラマの収録に立ち会うので私をつれて行きたいと言い出した。母は嬉しそうに、私にピンクの小さな花模様が散ったワンピースを着せ、送り出した。場所は赤坂のラジオ東京のスタジオで、声優たちが私の家で作られたセリフを上手に語るのがおもしろかった。その日収録したのは子ども向きのドラマではなく、村上冬樹や阿里道子が出演していたような気がする。

終わるともう外は夕暮れであった。タクシーで渋谷に出た父は、「まりちゃん、ぼくの行きつけの店に寄っていいかな」と、私に聞いた。初めて放送局の現場に連れて行かれた私は、物めずらしい体験を案外楽しめたから、「いいわよ」と、機嫌よく父の提案に応じた。店は渋谷駅に近いガード下の「とん平」という飲み屋である。カウンターに十人くらいの席がある小ぶりの店だ。常連らしい父は客たちに親しげに挨拶していた。そのたびに「ぼくの娘なんだ」と私を紹介するのだった。しばらく後、かなり酔った人が入ってくるなり、父を見つけて抱きついてきた。「娘のまりえだ」という父に、その人は「大木さんにこんな可愛いお嬢さんがいるのね」と驚いたふうに言って、私の顔を直視した。伊馬春部さんであった。「とん平」は料理も美味しく、父と疎遠になっていた私は、父といる楽しさを実感していた。酒場での父は無邪気で自由で明るい父なのだ。父は私との間に出来た溝を埋めようとして、その夜は父親の顔を周囲に見せていたのだろう。私は十数年ぶりに父の愛娘に戻ったような浮き立つ気持になっていた。

「詩の座」を発表することで、父は人びとに詩人である自分が健在であるのを見せたかったのかもしれない。酔い加減の父はタクシーのなかでも、「まりえはお父さんと外出して楽しかったかな?」を、くり返した。「ええ、楽しかった」。私の返事が嬉しかったらしく、父は私の手を両手で挟んで自分の膝にのせた。バス事件以来、頑に心を閉ざしている私に父はこの時も近づこうとしていたのだろうか。

そういえば、前年の盛夏にも父はやはり私ひとりをつれて、校歌を依頼された学校を訪ねたことがあった。正午、黒塗りのハイヤーが家の近くに横付けされ、なかに父が微笑んで私を待っていた。私は白地にグリーンやピンクや黄色の幾何学模様がとび、白い大きな衿がついたスリーブレスのワンピースを着て、髪をポニーテイルに結んでいた。父は白い麻のスーツにパナマ帽を被っていた。父の帽子は戦前からボルサリーノと決まっていた。きっと古いボルサリーノだったのだろう。私は父に対してなおよそよそしい態度をとっていたが、父は私のワンピース姿を「まりえにとても似合っているね」と、褒めた。私も気に入っている個性的な服だったので、悪い気はしなかった。

ハイヤーはやがて私が通う三田高校に近い赤羽橋を通過し、田町駅の裏道に入った。間もなく古めかしい校門が見え、車はある高校に滑り込んだ。

校長や教頭など学校関係者大勢に迎えられ、歓待をうけた後、父は学校の周辺、校庭、建物内部を隈無く見て歩いた。空を見上げ、樹々についての説明を求めた。その時、私はとつぜん、父が何百回もこうした風景を頭にたたき込む作業をしてきたのだ、という事実に突き当たった。原稿を書いている父しか知らなかった私は、この日、校歌を書くたびに父が行なっている実地見分の一つに立ち会ったのである。

真夏の太陽が照りつける午後の校庭には、男子校らしく、時折、野球をする少年たちの甲高い声とバットがボールをとらえる瞬間の鈍い音がまざり合っていた。

夕方、帰りの車内で沈黙する父に私は聞いてみた。「学校って、どこもだいたい同じようだから、校歌を作るのは難しいでしょうね。お父様、校歌を書くの楽しくないのでしょう?」父の憂鬱がふと伝わってきたのだった。父は驚いた表情で私を見返し、穏やかに答えた。「いいや、どれもみんな大事な仕事だからね」。不意に父との間にやさしい風が吹くのを私は感じていた。いっしょに暮らしていれば、さまざまな心のしこりは時間の連なりのなかに難なく吸収されてしまうだろうに。

残暑は行き、朝夕、秋の気配は深まっていた。私は高校のフランス語の他にも勉強したくて、高校から七、八分の場所にある慶応義塾大学の外国語学校に通いはじめていた。初級の講座であるのに、佐藤朔先生以下講師陣の豪華さには驚いてしまった。慶応の学生たちは単位を落とした場合、外国語学校で取得する方法もあるらしく、ほとんどが同校の学生であったが、外部のだれでも受講できる仕組みになっていた。高校生は私ともう一人、双葉女学園高校の生徒がいた。彼女は小野田美保子さんといって、おっとりした美しさの賢そうな少女だった。親しく話すうちに、母親が詩人の江間章子で、かなり前に離婚されたそうだが父親は産経新聞の記者だという。何だか少し私と似た環境であった。父親の小野田姓を名乗っているらしかった。戦後八年目の時期にしてはめずらしい外国製の封筒と便箋を使った楽しい手紙が時々小野田さんから届き、私はまずそのレターセットに見とれていた。父親の海外土産だという。彼女は三人姉妹の長女であったから、やはり複雑な心で父との関係を生きていたのだと思う。

小野田さんとの交流も楽しかったが、外国語学校の授業の充実感は私を満足させた。週二回、学校の授業が終わると、高校の売店で買ったパンと牛乳を夕食代りにして、私はいそいそと外国語学校に通っていた。佐藤朔先生はフロベールの短篇「三つの物語」を教材に、高校二年の私にも味わい深いと感じられる授業をされた。

家に帰るのは八時を過ぎた。そんな生活がつづいていたので、姉や妹と話をするのは寝床に横たわった時くらいであった。姉の大学生活がどうなのかも私は知らないでいた。ただ、大学のサークル、歴史学研究会に入ったと姉は言っていた。通称「歴研」といわれているところだ。家族のそれぞれが自分の日々を生きていた。父と母によるラジオドラマの協同作業も変わらなかった。子ども四人の学費、生活費はその仕事によって捻出しようと母は覚悟しているらしかった。

そうするうちに、「詩の座」第二号（十月号）が届いた。創刊号の時よりも父は興奮気味であった。

確かに十月号の誌面は華やかさがある。巻頭の詩が佐藤春夫「小影に題す」、つづいて川路柳虹「巣」、神保光太郎「きつね」と、並んでいる。大家が揃って「詩の座」の出現を祝しているようだ。以下、宗武志、石井健吉、浅野晃、藪田義雄……となっている。父の詩は二篇「夜の翼」「温室」である。その一篇を記してみる。

羽ばたくものが
何か脈うつものがある、
夕暮れのうすらあかりの
蒼一色のこのひと時
燃えきつた蠟燭の芯（しん）のやうに僕がゐる、
昨日（きのふ）の罪業（カルマ）の余燼はいぶつて
杏（あんず）の核（たね）がほのかに匂つて
けだるい飢ゑと渇きのこのひと時。

女の髪のそよぎではない、
ふるへる唇の息ざしでもない、
内心に羽ばたくものが
何か脈うつものがある。

——この先触（さきぶ）れにつづく Apparition（アパリシオン）
おぼろげな Pastel（パステル）、葡萄園
古風な石油ランプの灯（あか）りが揺れる、
僕は Angelus の幻聴にうつとりする、
せつない愛を言ふ人がゐる、
きれぎれの言葉……
花びらを落して　ばら撒いて
樹だちはうす蒼い遠景に消える……

哲理も　智慧も　ためいきもない
今は生きてゐるといふ感じもない
ただ、蒼一色の靄のとばりに
羽ばたくものが、脈うつものが……

（「夜の翼」）

父の口語体詩が瑞々しい抒情によって、また、時代に抗う切実な内面を晒して圧倒的な魅力を放ったのは、第三詩集『危険信号』であった。鮮烈な思想の表出には口語詩形が最もふさわしかったと思われる。口語詩形は第一詩集『風・光・木の葉』以来、文語詩形とまざり合って多く使われてきたが、内容と詩形が理想的な結合を見せていたのは主として『危険信号』の詩群であると言えるだろう。直截的な表現を求める時に、より多く口語体は使われている。

ところで、「夜の翼」はどうだろうか。創刊号の「風人抄」「暦日」などの端正な詩篇を意識し、第二号の十月号にはあえて口語体詩を載せたのだと思う。しかし、「夜の翼」はさらりと読むことで完了してしまう。心に突き刺さるものが少ない。詩のなかに誘い入れて離さない力が足りない気がする。きれいに作られた詩の世界には「何か脈うつものが」、生命の燃焼が感じられないのである。

十月号には他に矢野峰人「田山花袋とヹルレーヌ」、前号より連載の上野壯夫「黒の時代」があり、意欲的な編集であるのが読み取れる。そして、父の「唐詩選」その二は「王維・杜甫抄（翻訳四十六篇）」となっており、「唐詩選」への父の惑溺が感じられる。「唐詩選」への親近を父は同号エッセイ欄でこう書く。

「今月号にも杜甫や王維その他の詩人の訳を載せたが、わたしの唐詩選は、いはば道楽である。この翻訳にとりかかると、何もかもおっぽり出して、二日三日は夜を徹しつづけるほど面白くてたまらない。学究的見地からどんな批判をうけるか知らないが、そんなことはどうでもいい。わたしには、なるべく唐詩の原形を保留しながら、日本の詩形で唐詩を味はつてみたいといふ意欲に唆られることが烈しいばかりである。」（「私の唐詩譯について」）

王維抄では「酒を酌みて裴迪に與ふ」「終南山」「張五弟に答ふ」「香積寺を過ぐ」など十六篇。杜甫抄は「玉華宮」「蜀相」「旅夜書懐」「絶句」、そして「国は破れて山河あり、城　春にして草深し」で始まる「春望」など十二篇、それに諸家抄としての詩が十八篇ある。

父自身が「道楽である」とはにかんで記した「唐詩選」は、ここでも生き生きとした言葉が自然の雄大な情景と共に人間の孤独な境涯を見つめさせる。

終戦直後、だれからも求められず、何もすることのなかった無為の時間に、父はいろいろな外国語の詩を翻訳する仕事に没頭し、失意を忘れようとしたと述懐していた。「唐詩選」もその頃すでに訳していたものであった。生活面ではともかく、仕事に関しては勤勉であり、つねに努力を惜しまなかった父は、翻訳しながらも表現する歓びと同時に学ぶ歓びを得ていたのだと思う。

父が「時を忘れて」仕事に没入する姿は幼い日の私の記憶に刻みつけられている。表現する行為の魔力にとらわれつづけたのが父という人間なのであった。根っからの表現者であった父にとって、「詩の座」はその表現と発表を可能にする、いわば不遇の時間に胚胎した「約束の雑誌」にも思えたのだろう。

高校や外国語学校から遅く帰宅する日でも、私たちの家に父が居残っている日があった。父親なのだから居残るという言い方は変だけれど、夜食を採りながら寛いでいる父を見るのはめずらしかった。父は私たち子どもと話をしたくてたまらない様子なのだった。「詩の座」で気分が上昇しているので、仕事の話を聞いて欲しかったのだ。もっと関心を持ってあげればよかったと、五十年以上も過ぎてようやく私は思うのである。

その時期、父はペンを置き少しお酒が入ると、家族に新作の詩を誦じてみせた。父はきまって右手をひらひら泳がせ、左手の白い指に髪の毛を巻きつけたりするのだった。何かに夢中になっている時の父のクセなのだ。夜更けに帰って行くまで、父はみんなを傍に置きたがったから、私たちは宿題も出来ない始末だった。「お父様がいると困るわねえ」なんて言い合いながら、私たちは父のいる時間になんだか浮き浮きしていた。

姉は「歴研」に入ったのが大学生活の転機になったようであった。生きて動いている時代がどういうふうに形成されているかを考える歴史というものに覚醒したのだろうか。生物学が東洋史へ変わって行った姉の軌道にとまどいを感じていた私も、近現代史を対象にしつつある姉に安心感を持った。

寝床で姉は私にこう話した。「東洋史を専攻したけど、日本の歴史にしようと思ってる。国史にすすもうと思うの」。生物学だけが視野にあった姉は早稲田を受けるにあたって、あまり考えずに東洋史と書いて提出していたにちがいない。文学部のなかでも文学専攻じゃない歴史がいいかな、くらいの選択ではなかったろうか。入学時に「なぜ東洋史なの？」と私が姉に質せばよかったのだ。

「そのほうがいいのじゃない？」寝間の暗がりのなかで姉に答えたが、姉の反応はなかった。もう眠りに入っていたのだった。姉の意欲的な日常が私にはうれしかった。本来の姉が戻ってきた。田沼にいた頃、帰らぬ母を迎えに夜ごと二人で駅に通った記憶、自分たちの影に怯えて夜道を急いだ日々に固くつないだ手の感触が私のなかに生きていたからである。

「詩の座」十一月号、十二月号は順調に刊行された。詩雑誌が順調につづく陰には父の必死の努力があった。自らの悲願のために父は極限までの仕事をこなしていた。そして、長い悲願の達成が父のその後の人生をまたまた苦況に追い込んで行くのに、むろん父は気づいていなかった。

十一月号には深尾須磨子の「祖師谷組詩」を筆頭に浅野晃、宗武志、石井健吉、藪田義雄ら常連ともいえる詩人の詩が並び、父は「南方羈旅詩」（インドネシアにての作品三篇）として、この時点においては未発表であった詩三篇、「わが驢馬車」「山上吟」「水辺」を載せている。後に「大木惇夫詩全集」2

に収録される未刊詩集「新防人の歌、朱と金と青」（一九四二年作）に入れられている。なお「山上吟」については、本書の第18章「『大東亜戦争（アジア・太平洋戦争）』と詩人」ですでに引用している。さらに「水辺」は「大木惇夫詩全集」2では「月夜水辺の歌」と改題されている。

この号で最も印象的なのは、北原白秋の未発表随筆三篇が発表されたことだ。「山寺の春」「二老人」小笠原パパヤ物語の一話（未定稿）「助右衛門爺」（未定稿）である。「山寺の春」のほかは文章が途中で切れているという。菊子夫人から提供された原稿で、「白秋三十一歳から三十五歳にわたる期間」のものとの解説が付されている。

「山寺の春」の原稿には「大正八年三月六日」と白秋の筆で記されており、白秋三十四歳の時のものと判明する。二番目の妻章子（あやこ）と結婚して三年目にあたる時期だ。病弱な章子のために白秋は大正七年春、小田原に転地するが、この随筆はお花畑から天神山の上にある伝肇寺に部屋借りをした頃の作だろう。

閑静な山寺に三木露風が訪ねてくる。白秋と露風の会話はしみじみと、また、淡々と交わされ、余情があふれる。

「つくづくに慕はしいのは俳聖芭蕉である。かういふ感じは殊にこの二三年以来、自分には深い」という文章で随筆は始まっているが、末尾の詩人ふたりの会話がこれを受けている。

「『蒲原〔有明〕さんはどうしておいでかね。』『うむ、あの人も何だよ、この頃は横文字の本はすつかり片づけて了つて、経文ばかり読んでゐるよ、大きな四角な字を見てゐると、何よりのびのびするとさ。』『ふうむ、やはりおしまひはそこへゆくんだね。』『さうだ。さうなるのだと見える。』『おんなじ事だね。僕もこの頃は俳句ばかり見てゐる。』『ほう、芭蕉かい。』『芭蕉さ。』『さうだらうね。』二人が眼と眼で合点々々をした。」

父はまた、十一月号には「唐詩選」に代ってペルシャの詩人ハーフィズの詩篇「ハーフィズ古詩抄・その一（翻訳五篇）」を載せている。「詩の座」に寄せる父の熱意がこの号にも溢れている。「編輯後記」の言葉は父の心境をそのまま伝えるものだと思う。

「仕事に対する愛情といふものは妙なものだ。苦しみを楽しむ、この境地は、永年の体験からして、今やマニヤになつたかの感がある。どうにでもなれ、私はこれで生きる。」

十二月号では、「書斎の憂鬱――四行詩に托する連作十五章」を父は発表している。第十五詩集『失意の虹』の巻頭に置かれた詩篇である。「詩の座」には「――一九五三年十一月五日黎明に」と付記されている。

夜来香（イエライシャン）かをれる部屋に
頽（くづ）れゆくかなしみぞ満つ、

辞書の背の金文字うすれ
ペンの尖(さき)すでにちびたり。

☆

天体を視入る眼(まなこ)に
狂ふ蛾の翳(かげ)は落ちたり、
落ち花と蛾の亡きがらと
わびしらに通夜(つや)をせむのみ。

☆

何ゆゑに詩には痩せたる、
徒言葉(あだことば)あだにつらねて
わが経(へ)ぬる幾十(いくそ)の年は
ただ灰の堆高(うづたか)きのみ。

☆

何ゆゑにたつきに痩せし、
糧(かて)のため書きて漁(あさ)りて
ふる耗(ぼ)けし脳に残るは
幾千の紙魚(しみ)のあとのみ。

☆

むなし、わが過ぎ来(こ)しあとは、
行きずりの風のそよぎに
一茎(ひともと)の蘆のさゆれて
渦まきし水の沫(あわ)のみ。

☆

老いらくは言ふにたらねど
この生きの喘(あへ)ぎのゆゑに
肉躰(ししむら)の　はたや心の
歯車はなんぞ傷(いた)める。

☆

かりそめの安きにつけば
恥ぢ多し、頬ぞあからむ、
あしたには負債(おひめ)を恐れ
ゆふべには秘薬(くすし)を思ふ。

☆

世の常よ、常なきを知り
世に叛(そむ)くこころしげきに、
省(かへり)みて　星を仰げば
おほかたは世に敗(やぶ)れたる。

☆

行かむとし、とどまらむとし
生きむとし、罷(まか)らむとして
定まらぬこの人ごころ
焚(た)きすてて貘(ばく)にもやらな。

☆

孤独なるわがたましひよ、
過ぎ行けり、みな過ぎ行けり、
貘の巣に爾(な)をすて置きて
よき事はみな過ぎ行けり。

☆

われありや、なきかのごとし、
風のごとあるかのごとし、
名も富も　生きのいのちも
目覚めては空（くう）の空（くう）なり。

☆

孤独なるわがたましひよ、
怖れざれ、仮想の敵を、
さらでだに、爾（なんぢ）の敵は
あとさきに今もみちたり。

☆

愚かしく泣き笑ふとも
すべしなし、時の流れに
逐（やら）はれて生くべくはあり、
かにかくに生きむと思ふ。

☆

ペル・アスペラ、アド・アストラ
げに淵を通して星へ
いつの日か行かむと思ふ、
そのほかの思ひはあらじ。

☆

夜来香（イエライシャン）　花すでに落ち
すがしくも落ちて匂へり、
目覚めゐて、あかつき近く
秋の雨過ぐるを聴けり。

十四聯目にある「ペル・アスペラ、アド・アストラ／げに淵を通して星へ」は、ペルシャの詩人「オオマア・カイアム」の感化を受けていると思われる。「深淵より星へ」は私たちと食卓を囲む時にもしきりに父の口から発せられた言葉であった。父はその言葉に酔っているというよりは、「すがりつく」という感じであった。私の「十四歳の手帳」にもすでにその詩句が記してある。「深淵を通して星へ。聖者でもなく、大凡人にもなれず、俺は中間の申し子さ」。父の嘆きの言葉を聞きすてられず、中学生の私はそっと書きとめたのだったろう。私は子どもの頃から気になる言葉を書き記す癖があった。

「書斎の憂鬱」も六聯まではこの時点での父の悲しみや空しい心象を映すすぐれた詩であると思う。ところが、七聯からの詩は悲嘆の質が急激に落下する。あまりに世俗的な悲しみでありすぎる。父の属性であった濁りのない悲しみが生活的辛苦にまみれてしまっている。それくらいの辛い日々であったのだろう。苦しみの生々しい表白に陥る危険性は父を幾重にも取り巻いていた。父はこれまで、どんな苦況にあっても、「孤独なるわがたましひよ」とはうたわなかったのだ。

　詩を発表したいという切ない願望が実現されると、詩雑誌を維持するために父はもっと窮地に追い込まれる。しかし、父はまだ真の窮状に気づいてはいないのだった。実際には序の口の貧窮状態であったのに、すでに父の詩は世俗的な嘆きに引き込まれていた。ラジオドラマを書き、歌曲用の詩を書き、校歌を量産しても、働けど働けど……の状態がつづいた。もちろん、「詩の座」は定価百円の雑誌で、定期購読者も増えていたし、何冊もまとめて購入する人もいたというが、それは微々たるもので、月々の負債は増える一方であったろう。「詩の座」の経理を委ねられたのは「カギ」の弟であったから、金銭面の出し入れは「カギ」姉弟に握られていた。「先生どうぞお金のことなど心配なさらないで。私たちに万事お委せてください」といわれつつ、泥沼に落ちて行ったのだろう。七聯の「あしたには負債を恐れ」は、もうその気配が生まれ始めているのを物語っている。

疲労困憊のうちに昭和二十八年は暮れようとしていた。四号目の十二月号に父は「〔よくある〕三号雑誌にはならないですんだ。かうして第四号の編輯後記を書き、そのあとで第五号、つまり新年号の編輯準備をするところまで漕ぎつけた。」と書いている。その上、「月刊誌をやることの容易でないことが今更のやうにわかる。しかし、私も毎月のことに責任を感じて仕事をする気になるお蔭で詩が書ける。この一両日、多忙の中にも断続的に詩興が湧いて、短詩が二十一篇ほど書けた。」とも記している。

家族全体が物言わぬ父の疲労感をまともに受け、沈滞気味であった。それぞれに自分の果たす役割をこなして生きるしかなかった。ラジオドラマに協力していた母も、自分の働きが子どもたちの学費を補うものとは考えても、月刊雑誌を発行する資金をたすけられるとはもう思えず、気が気でなかったらしい。仕事を終えて帰って行く父の後ろ姿は、はっとするほど頼りないものに見えた。階段踊り場の通りに面した窓越しに、私はオーバーに首を埋めて歩く父の後ろ姿を眺めた。

それでも、新しい年は待たれた。お正月がくれば家族みんなに新たな風が吹くのではないかという漠然とした期待があった。

昭和二十九（一九五四）年はそのような空気が流れるなかに訪れた。間借り住まいのすきま風が忍び込む居間の食卓にも花が飾られ、お節料理が並び、お屠蘇で新年の祝いをすると、若い私たちにはほのかな希望が湧いてくるのだった。母は数少ない着物のうち、臙脂色に銀鼠の細い縞が走っているお召を着て、いつもより濃い目に口紅をつけていた。妹は姉の私のおさがりの着物を着せられ、嬉しそうだった。踊りのおさらい会で私が着たこともある、赤地に濃紫の杜若が染められた友禅である。兄、姉、私はふだんのセーター姿であったが、年の初めの清々しい気分につつまれていた。

父は三日の午後に姿を現わした。憔悴した様子なのに、お屠蘇で祝い、お酒を飲みはじめると、「かるたをしよう」と言い出した。律義に毎年の習慣をつづけてやろうという心境だったろう。母は「お疲れでしょうから、今年はやめておきましょう」と言うのだが、父は「かるたをしないと正月にならない」と主張し、一回きりのかるた会になった。家族だけのかるた会なので、闘争心も起きず、のどかなものだった。父は数枚目に読まれた「ひさかたのひかりのどけき春の日にしづ心なく花の散るらむ」を指ではじいた後は、ゆらゆら揺れていた身体をついに横たえて寝入ってしまった。父の身体にそっと毛布をかけ、母は札を読みついだ。途中で眠ってしまう父を見るのは初めてだった。かるた会は盛り上がらず終わったけれど、眠ったままそこにいる父は好もしく思えた。起きていられない状態であっても、父はやってきた。百人一首で家族の一年を始めさせようと努めていたのだ。

「詩の座」一月号の表紙は古代エジプト壁画から脇田和氏の絵に変わっていた。創刊号以来、カットを描いてきた脇田画伯の表紙は、清新さと懐かしさを同時に感じさせ、「詩の座」が立っている優しい孤高の表情をも示している。

　父の詩は新年号にふさわしく巻頭に華麗に並んでいる。「夜来香」「深夜記」「現身」はそれぞれ長い章から出来ている。引用するのはこの時期の父が直面していたものについて考えさせられる「深夜記」のみにとどめたい。「夜来香の花落ちし夜半よりの感懐を四行詩に托する連作十五章」の添え書きが付されている。

野の薊とりて食はむ、
額に汗しじに流さむ、
わが生はとてもかくても
労きとおもひきはめぬ。

☆

今日ひと日過ぎ行きたれば
明日の日もまた過ぎ行かむ、
銀杏と胡桃の殻の
堅き果をとりてまさぐる。

☆

生き行かむ、おのづからのみ、
さかしらの理さけて
早蕨の萌え出づるごと、
榧の木の葉の落つるごと。

☆

詩は書かむ、おのづからのみ、
さびしくもひとり黙して
わが生きの独楽を廻さむ、
書くをこそたのしみとせむ。

☆

詩は書かむ、譏らるるとも
あるはまた讃めらるるとも
動かざれ、黙して坐れ、
いつしかに忘られむのみ。

☆

もはやわれ歎かざらまし、

もはやわれ怒らざらまし、
大空の濶きに入りて
うつし世のおもひを絶ちて。

☆

人なみの思ひも遂げで
人なみの暮らしもならで
死なば死ね、安んぜむのみ、
土を出で　土に返ると。

☆

戦なか、半ば死せりき、
五十路来ていまだ生けりき、
今日しなほ糧をめぐまれ
この屋根に雨を凌げり。

☆

戦なか、半ば死せりき、
五十路来ていまだ生けりき、
かがよへり、この日の雫
うるほすや、また明日の雨。

☆

足りたるも　足らざるもなし、
割りきれし　割りきれぬなし、
人の世はとかくありとも
『計算』は合ひて空しき。

☆（以下四聯略）

この現つづく道なり、
いつの日か果つる道なり、
限りある生命を生きて
限りなきものに入らまし。

父の心の奥が表出されていて生々しい。深夜に独り想うのは、五十八歳まで生きてきた自分という人間についてである。現世の嘆きでもあり、どうにもならない身にぶつける密やかな愚痴に似た感情でもある。心を打つ聯もあり、また、むしろ沈黙を選んで欲しいと思う聯もある。苦しみ悲しみの深みにあるのは分かるつもりだが、自身の不幸を凝視しつくすにはなお甘さがあり、理解を欲する心が浮き出ていて、詩を純粋から遠去けていると思えてくる。

「もはやわれ歎かざらまし、／もはやわれ怒らざらまし、／大空の濶きに入りて／うつし世のおもひを絶ちて。」とうたいながらも、無に徹する詩人の思いは、次の聯において自らが裏切っている。

「人なみの思ひも遂げで／人なみの暮らしもならで／死なば死ね、安んぜむのみ、／土を出で　土に返ると。」それが生身の人間の迷妄なのだろう。透明無比な心と世俗に打ちのめされた凡俗な感覚が交錯する深夜の父が辛く感じられる。

「戦なか、半ば死せりき、／五十路来ていまだ生けりき、／かがよへり、この日の雫／うるほすや、また明日の雨。」この聯に心動かされると、次の「足りたるも　足らざるもなし、

／割りきれし　割りきれぬなし、／人の世はとかくありとも／『計算』は合ひて空しき。」で、またまた失望させられる。十五聯からなる詩篇をぐっと短くまとめてしまいたい欲求を覚えるのだ。

詩に表われる心の浮沈は父が置かれていた状況の切迫を示すものであった。父は心身共に倒れそうな日々にいたのである。

新年号には父の「約百記旧約詩抄・その一（翻訳三篇）」も掲載された。

「旧約の詩を日本の詩の形式で読めたら、どんなにいいだらうと思ふことしきりであった。（中略）非もかへりみず、これらの詩を日本詩の定形律に翻訳してみたい意欲に駆られ、日夜をわかたぬ熱中で『詩篇』その他に組みついた。」と編輯後記で記している。

詩雑誌を持つにしても、せめて季刊にするとか、年二回という形を選べなかったのだろうか。俳句などの多数の会員を擁する雑誌ならともかく、市販の雑誌を個人が出すには限界が見えている。先へ先へと回転していく雑誌を維持するのは至難のことだ。同人誌でなければ、出版社に依拠するしかないのは明らかで、出版社からの話が消えたところで、ふつうなら雑誌は断念するしかなかったのだ。

この号はともかく父の四行詩三十八聯が並んで壮観なのだが、創刊とその後につづく号に見られた大きな名前は影をひそめている。実力的には連載五回目になる上野壮夫氏の長篇叙事詩「黒の時代」が強力なメッセージを放っていた。

四月、父は五十九歳になっている。兄は大学院修士課程二年、二十四歳である。姉は望みどおりに文学部東洋史科から国史に編入されていた。私は三田高校三年生へ。妹は品川区立荏原第五中学校に入学し、旗の台へ電車通学を始めていた。母は高校三年生になった私に対して、受験のことはいっさい口にしなかった。結核に罹った姉のお蔭で私は大学受験について母の干渉を受けずに済んだのだった。それどころか、母は近所の薬局で懇意になった学芸大学の教授に紹介され、私にフランス語の個人教授を見つけてきたのである。佐藤毅夫先生は人事院総裁をつとめる佐藤達夫氏の弟にあたり、戦前のパリに長期遊学し、外務省の外郭団体の仕事をされたというディレッタント。それまでに私が知らなかった穏やかな教養人であった。佐藤先生は「私自身のレッスンと思ってお相手しましょう」と言われ、謝礼も受け取らなかった。

国学院大学裏、大映永田雅一社長の豪邸に近い佐藤先生のお宅は、パリ生活が長かった人の美意識で統一されていた。書斎での授業の教材にはギヨーム・アポリネールが恋人マリー・ローランサンに宛てた手紙とかヴァレリー・ラルボオの長篇小説『フェルミナ・マルケス』などが使われた。当時のフランス文学の傾向からはかなり逸脱していたが、佐藤先生好みの文学の魅力を堪能する時間であった。レッスンの後、瀟洒なサロンでいただいたエメラルド色のリキュールや透明なコアントローの甘い風味がとても懐かしい。

慶応の外国語学院は一年で卒業する。高校の授業では相変わらず品田先生に文法を仕込まれていた。テストが多いフランス語教室は二年目に入って生徒は固定していた。残ったのは当然、熱心な生徒たちで、フランス語、フランス文学及び品田先生のファンでもあった。授業の厳しさとはうらはらに、先生は生徒たちと友好関係をつくっていた。フランスしか眼中にないような態度に反発もあったが、先生の皮肉には都会っ子特有の羞恥心が隠されていた。

姉は東洋史科を離れ、国史に移ってから、本来の活気を取り戻していた。微熱も治まり、結核は姉の身体を通過して行ったようであった。病院での検査は続けていたが、心身共に元気そうに見えた。それと同時に姉は「歴研」の活動のなかで自分の研究課題を発見しつつあった。私に話す内容も現代史に関することばかりになっていた。

忙しく毎日を送っていた子どもたちは、帰宅も遅く、父の顔を見ないまま時は過ぎて行った。座敷の片隅に「詩の座」や専用の封筒が積み上げられていて、父がやって来たのだと知るのだった。手にした「詩の座」四月号には父の創作詩はなく、「詩篇（旧約詩抄）」の翻訳のみである。全体に生彩に欠ける、と気になったのを思い出す。今眺めてもその印象は変わらない。五月号にも創作詩は見られず、六月号にもないのが淋しい限りだ。この号で圧巻なのは米田榮作氏の「原爆慰霊碑」「らんまん」「泥濘」の三篇である。詩としての成果以前にうたわれる内容が読み手の胸を衝く。

そして、七月号になる。父の詩は一篇「郷愁宮島風物詩」が巻頭に置かれている。この詩は「大木惇夫詩全集」3において、「未刊詩集（一九四六年～六八年）」として、「一期の無明を歎きつつ（一九四九年～六八年）」中の第一部「日本の風物」に収められている。

明るしや、瀬戸の内海（うちうみ）、
鏡なす　雲母（きらら）なすもの
さざ波の揺れの穏（おだ）しく、
生涯の夢にも入りて
うち烟（けぶ）るわが郷愁は
瀬戸内（せとうち）の水を離れず。

に始まる四聯の詩である。父ならばごく短時間で書けそうな詩だろうか。読んで快いリズムがある。父の心は幼い日に馴染んだ場所に自ずと還って行くのだろう。訳詩は「古詩抄」（七篇）となっている。アラビアの詩が並ぶなか、旧作「千夜一夜」からの詩が目立つ。全体として気になるのは、雑誌そのものの衰微の様相である。目次を眺めても、褐色のイメージが被っている。見慣れた名前が目に入ってくるのみなのである。新年号くらいまでには見られた勢いが失われているのだった。父の詩もなぜ「郷愁宮島風物詩」でなければならなかったのだろうという思いがする。

ところで、「編集後記」にもいっさい触れられていないが、私が直感したとおり「詩の座」は本号で終わっている。昭和二十八（一九五三）年九月号から二十九年七月号までの生命であった。

「詩の座」を振り返って、十五年後、父は「大木惇夫詩全集」の「略歴」において、「……更に後になっては中野秀人と共同編輯で月刊『エクリバン』を出したり、月刊『日本詩』などにも参加したり、昭和二八年には藪田義雄に編輯させて、月刊『詩の座』を創刊したりしたが、いづれも二年か一年か数ケ月で休刊せざるを得なかった。……」と記すばかりで、何年何月、終刊に到ったかを明記していない。生活のみならず、自分の仕事についても輪郭をぼかしたい習性は「詩の座」についても同じである。

あれほど詩雑誌に執着していた父は、経済的逼迫によりいきなり刊行を断念せざるを得なくなったのだろう。休刊しただけではない。父のこの後の人生に貼りついて父を拘束して行く莫大な借金が残されたのである。借金の内容がどのようなものだったのかの詳細が判明するのは父の死後であった。「詩の座」の発行人は「カギ」の弟であったから、父の実印を自由にしていた「カギ」は率先して父の友人、知人に借金をしまくっていたのだが、遂には大胆にも高利の金に手を出していった。「先生のために」が大義名分であったが、それは雑誌運営に使うものばかりではなかった。実質はともかく、一向に家族と別れない父に「カギ」は内心では憎しみや怨みをつのらせていただろう。「カギ」は妻の座を獲得できない代償に自分の身内へ提供する資金を確保しようと躍起になっていたのだと思われる。それと同時に債権者に追われる一蓮托生の債務者として、切り離せない堅固な父との関係を作り上げたのだった。「先生は天才なのですから、仕事だけをしてください」と、煽てつづけ、世智に欠けた父を赤子のように操った「カギ」の悪の根を、父は生涯うたがいもせず、自分を守りたたかっていると信じ込んでいた。巫女もどきに、父の耳許で「先生は日本一です。天才です」を囁きとおした黒い心が父を囚われの人にしてしまう。

「詩の座」の休刊によって父が打撃をうけ、また、どれだけの負債を残したのか、何の説明もされない母は、ひとり気を揉んでいた。父はげっそり窶れた顔を見せたが、仕事に追われていて、としか言わなかった。

重苦しい家庭の雰囲気を避けたい気分の私たちは外での生活に熱中することになる。兄は多忙な大学院生であったし、姉の大学生活は「歴研」を中心に廻っていた。大学受験を控えた私は母が受験についていっさい触れないのを幸いに、およそ受験生らしくない毎日を送っていた。品田先生の教室には厳しさと同量の家族的な和やかさも生まれていた。佐藤毅夫先生のテキストはローランサンに宛てたアポリネールのラブレターというわけだから、私の予習にもいちだんと熱が入った。

　フランス文学を生業としていない人のフランス文学への愛情もまた、何かしら非常に純粋な心性を感じさせるのである。穏和で感情を露わにしないおとなを私はあまり知らなかった。父はあくまで優しいのだが、激するとすぐに涙、涙の人間であって、安定した強い父親像を私に与えなかった。悲しそうな父は私を不安な落ち着かない気分にさせた。

　佐藤先生はゆとりのあるおとなで、動作にも自然な品格があった。テストの際に採点といっしょについてくる注意書きの、少し震えた文字が私には好もしかった。ある時、先生は私をピアニストである夫人のリサイタルに誘ってくださった。久々に聞くクラシックは渇ききった私の心に滲み透るようであった。

　私は早稲田の仏文に行こうと思いつつあった。品田先生や佐藤先生の影響もあったろうが、姉に対してと同様に父がかねがね「まりえは早稲田の仏文に行って欲しいなあ」と酔っては私に言っていたせいでもある。父に反発してはいても、少年時代、早稲田の文科に憧れながら、銀行勤めをさせられた父の失意に無関心ではいられなかった。

　家族のみんなが気忙しく、くたくたになっていたその年の十二月、最も重度の疲労のなかにいる父は、民族教養新書18『ハイネ詩抄』（元々社）を出している。これらの訳詩は昭和二十四年に刊行されていた『ハイネ詩集』（世界社）に加筆訂正したものである。新書に入れるに際して、意に満たぬ個所が少なくなかったため、「ドイツ文学界に定評ある佐藤通次博士に旧訳稿の全部を原文と照合検校して戴き、懇篤なる指示を仰いで、修正加筆することを得た。」と「訳詩者序」に書いている。人としては弱虫なのに、仕事に関してはあくまでも勤勉で、終生努力を怠ることはなかった父である。

　熱に浮かされるごとく「詩の座」に熱情を注いで力尽きた寂しくやるせない年が終わろうとしていた。

　父の一生を振り返ってみると、「詩の座」の昭和二十八年から二十九年を経て、とうとう父は胸の灯を失くしてしまったような気がしてならない。父の晩年は六十歳を目前に始まったのではなかったろうか。あるいは、もっと正確にいうならば、この二年は残り火がチロチロ燃えたのであって、『海原にありて歌へる』において滾（たぎ）り返った父の熱情は、戦後と共に氷結し、虚しく晩年を迎えていたのではなかったろうか。

　残り火のかすかな炎であったとしても、「詩の座」は負の側面だけを残したわけではなかった。ノートに書きつける詩稿ではなく、発表に向けて創作した数々の詩を残している。そのなかの頂点が「詩の座」創刊号の巻頭に置かれた「風人抄」であると考えられる。晩年の傑作として「風人抄」はしなやかに凜然とある。悲しみに吸い込まれそうな危うさをどうにか持ちこたえている誇りが薫っているようだ。「風人抄」一篇を生み出しただけでも、「詩の座」は記憶されるべき詩雑誌であった。

昭和二十八、九年は父に過酷な夢を見させた。その夢を振り払って、迷い多い詩人は心寂しく追想の世界に旅立とうとしている。現実が厳しければ厳しいほど、苦しかった過去でさえもが、自分を包んでくれる甘やかな寝台に思えるのだろう。

しかし、それは作品のなかに限られ、実際にはなおも不幸・不運の二十年あまりを父は生きるしかないのである。

24 『緑地ありや』の周辺

「詩の座」という短い夢を見た後の父は、穏やかな老いのなかに入って行きたかったろう。無謀な夢を回避しなかった自分をどこかで嘲りながら。だが、現実は静かな老いの日を父に与えなかった。膨張した債務を背負った父は、荒れ果てた夢の跡を歩み続けなければならない。昭和三十（一九五五）年四月に六十歳を迎えていた父にとっては、重荷で足が竦むほどの前途であったろう。

弱いのに強くもある父の奇特さはそんな日々にも現われる。仕事への埋没であった。ペンを走らせる行為でしか夢の後始末は出来ないとでもいうように、途切れることなく仕事に向きあう父がいた。もっとも、債務の全貌を父はなお知らされていなかったのだし、怖ろしい悪夢であったにしても、それは自分が焦がれて見た夢の朽ちた果実には相違なかった。

ラジオドラマの仕事は継続していた。母は何も説明しないでいる父が心配でならないと言っていた。父としては、借金まみれになった現状だが、実態は明らかにされておらず、すべて自分の「道楽」雑誌ゆえに起きた出来事の顚末だと信じていた。数字をはじめとする実態の詳しい説明を求めないのも父の性質だったろう。父のそうした性格を「カギ」たちは熟知していた。借りられるだけ借りて自転車操業をつづけているうちはまだよかったのである。膨大な借金のやりくりに明け暮れる「カギ」を見ては、自分のために苦労をかけていると思い込み、ますますクモの糸に巻かれていくのが父のここ二、三年であったようだ。

子どもたちについてはとくべつの問題はなかった。二十五歳になった兄は大学院修士課程を終了し、博士課程に入学していた。姉は国史科の二年にすすんでいる。私はこの年、早稲田大学文学部仏文科に入学した。私の入学試験に関して母はいっさい干渉しなかった。私はとくべつな受験勉強をせずに、少しの圧力も感じずに大学生になった。お金がないのに父は私の早大仏文科行きを心から喜んでいた。少年時代に見た夢はいくつになっても色褪せないもののようである。

仏文科はアイウエオ順にAとBの二クラスに別けられていた。Aクラスは二十八名、Bクラスは三十七名であった。私は大木毬栄なのでAクラスだった。ただし、フランス語の授業には二年間初級と中級クラスが設けられ、すでにフランス語を学んでいる学生は中級に入れられた。都立高校でフランス語を選択した私や三増時子、菊池丘、黒田昌郎などと、小学校からフランス語を学んできた北村治、実相寺昭雄、庄司豪、師尾修などの暁星学園高校出身者たちからなるクラスであった。だから、Aクラスに所属しながら、毎日の行動は中級クラスの人たち、ことに都立高校組は年中いっしょだった。高校にくらべて大学の空気は私を大きく解き放った。時は過去に繋がっているのに、大学には別世界の風が吹いていた。敗戦後十年目、平穏には過ごせそうもない政治の季節が私たちを待ちうけていた。

大学構内には「〜に反対！」というプラカードが並んでいて、新入生を勧誘するサークルの学生たちの呼び声が絶えず聞こえてきた。授業が始まる前の教室にも自治会や各セクトの活動家がアジテートしにきていた。だが、いくつもの反対運動のなかで最も大きな運動が五月の砂川闘争である。立川市砂川町で起きていた「米軍基地拡張」への反対運動であった。米軍の航空機ジェット化にともなう滑走路延長を阻止するための闘いなのだった。地元農民、労働組合の人びと、学生が共闘する運動は、学内を揺るがす勢いを見せていた。高校時代、外国文学やツヴァイクなどの伝記文学に熱中していた私の心の奥底に、中学の頃胸を熱くさせた「朝鮮戦争」の記憶が甦った。砂川闘争を支援しよう、参加しようという声が五月の風に乗って流れていた。学生運動の熱気がキャンパスを被っている時期に私たちの大学生活はスタートしたのである。

大学の内外を激しい政治の風が吹く一方で、仏文の教室はのどかであった。教師陣は岩瀬孝、河合亨、川本茂雄、佐藤輝夫、新庄嘉章、松浪信三郎、村上菊一郎、室淳介などの諸氏である。語学の授業が終わったあとは、校庭で運動への参加を呼びかける声を意識しつつ、私たち都立高校組は学生会館で話をするのが決まりになっていた。菊池さんは例外的に年齢が三、四歳上だったせいもあるが、兄貴的な存在であった。彼はどこで習得したのか、フランス語をきれいに発音した。当時の仏文にはガストン・ジャンムージャンというフランス人の教師も在籍していたが、私たちはジャンムージャン先生に教わる機会を持たなかった。

私の家では食卓でよく会話する習慣があった。例えば、前年三月のマグロ漁船第五福竜丸事件も話題にのぼった。ビキニ環礁における水素爆弾実験により二十数名の漁師が死の灰を浴び、被爆した事件だ。そのうちの久保山愛吉さんが亡くなっている。「水素爆弾は原子爆弾よりずっと強力なんだ」と兄が言った。原爆よりも強力とは……。原爆の殺傷力の惨さは日本人が身をもって知っている。しかも、長崎より先に原爆を落とされた広島は父の故郷だったし、父の実家があった場所は爆心地に近接していたのだ。初めの予定どおり広島に疎開していたら、私たちはおそらく生き延びられなかっただろう。私たち家族には怖れよりも反射的に原爆への拒否反応が生まれるのである。

核の問題には敏感な家族の会話はさらに続いた。「新聞で読んだわ。久保山さんの奥さんの言葉が立派だった。悲しみのうちにも被爆させた者への怒りを冷静に話していた」。しみじみと母が言った。母は敗戦直後の田沼での総選挙では共産党に投票するような人なのだ。おそらく政治の上でも目ざましい変化を求めていたのだろう。小さな田舎町なので、だれが共産党に票を入れたかはじきに判明してしまうのに。母は子どもたちと接していたから、社会への関心を常に忘れなかった。父が生活を家族と共有していたならば、戦後社会の推移をもっと直接的に受けとめられたはずであった。

たまに家を訪れる父には、家族の日々の生活は見えなかったろう。私たちの周囲で起きていること、私たちの考えていることなど、まったく知らなかったと思う。父が家に来る時は、いつも父が話したい内容についてだけ語り、自分が理解されるのを求めていた。私たちは成長するにつれ、父のそういう姿をうとましい気分で眺めるようになっていた。気持の歯車がかみあわなくなっていたのだ。

父は父で会ってもどこか白々しい態度の子どもたちに不満を感じただろうし、同時に気後れを感じていたのではないかと思う。近い関係でありながら実体がかすんで見える家族。父がリアルに感じているのは、経済的な重みだけだったのではないだろうか。

本心をぶつけあう友人を持っていなかった父は、成長のさなかにいる子どもたちとの接点を探せず、自分だけがなぜ不遇なのか、という孤立感のみを深めていった気がする。増大した借金を仲立ちに「カギ」との運命共同体の絆は深くなりはしても、そこはもはや父がのぞむ愛の巣ではありえなかった。妻と子どもがいる本来の家も「カギ」が実権を握る仮の家も、父には自分が安息する場所とは思えない状態に陥っていたのだ。

そこで、青年期以来、いつも現実からの逃避所を求めてきた父が、最後の砦にしたのが初恋の人慶子との思い出である。その慶子でさえも、長い病床にある彼女の圧迫感に耐え得ず、父は私の母に逃げ込み、すがりついた。逃げおおせないと思い知らされても、なおも次の理想とする港を夢想してさまよった。そして、ついに還暦を迎え、現実の苦痛に浸りながら父が帰って行ったのが慶子との日々だったのである。

白秋を描いた『天馬のなげき』を連載してから四年半、「婦人画報」の新しい連載依頼に父は慶子との歳月を書くと約束している。連日、稼ぎ仕事にかかっていた父にとって、慶子との時間を思い返す作業は至福のものであったはずだ。それはすでに完了した過去であったし、慶子はもう圧迫者にはならない静かなる愛の対象であった。

親交のある婦人画報社の本吉社長じきじきの連載依頼は、父にとって、この上ない救いの手に思われたろう。TV時代に移行していく過程で、ラジオの仕事はやがて変質するのは目に見えていたし、何よりも現実を忘れ、慶子との世界に没入できる。父の過去への遡行の旅が始まろうとしていた。

大学生活はさまざまな変化を私にもたらした。授業のほかに友だちと過ごす時間の長さに気づいた。何ということのない会話を交わすうちに、それまでにない世界がひろがって行くのを発見する。親しい男友だちも現われた。彼はするすると明るく私の傍にやってきて、仏文のだれよりも親密な存在になったといえるだろう。入学して間もなく仏文のクラスに顔を出すようになった彼は、政経学部の一年生でNといった。早稲田の構内を知りつくしているように自由に行動するのは、彼が早稲田大学高等学院の出身だったからだろうか。

Nは実に行動的な人で、何についても計画を立て、自分のプログラムどおりに実行するのである。私はあるものに関心を持つと他を忘れて熱中する情緒派であるが、彼は平衡感覚にすぐれた、理性的な資質に恵まれていた。私たちは校内で多くの時を過ごした。ただ歩いたり話し込んだりする日々が楽しくてならなかった。

あまり自然にNは私の前に現われたので、親しい友だちの感じはしても、厳密にいってそれがどんな関係であるのか、私は摑めないでいた。その感覚は長い時間私のなかに留まった。それでも初めて積極的に近づいてきた素敵な男の子であったから、彼の存在は説明のつかないくらい私には誇らしく思えたのだ。実際、彼はすらりとした長身と生気あふれる端正な容貌が特徴的であった。快活で明敏そうな、しかも、どこか幼さを残す表情はくるくると変化し、笑顔の爽やかさが個性になっている。彼の知に対する欲求は激しく、あらゆるものを貪欲に摂取しようとしていた。これまでに知っている秀才たちとは異なるタイプで、時代の風をまといながら知識を身につけていく新しさがあった。初夏が近づく頃には、彼は私の最も信頼する親密な存在になっていた。

大学での生活にほとんどの時間を費していた日々であったから、父の存在は、私のなかですっぽり抜け落ちていた。多忙な毎日を送っていた私は父がどうしているかなどに少しの関心も抱かなかった。顔を合わせる機会のない父は、その時期、秋に連載がはじまる青春期の回想にあらゆる力を注いでいたのだろう。巨大な借金の全貌を知らぬまま、むしろその幻影に追いかけられるように仕事に逃亡するほかはなかったのかもしれない。

どうせ物入りなら、という破れかぶれの心境であったのか、六月中旬、父は私たちを荏原町から目黒区原町の借家に引越しさせた。間借りではない一軒家であった。家のすぐ脇を目黒川の支流が流れる陽当りのよい家は、今でいう４ＬＤＫの家である。大家の燃料店の裏につづく庭はかなり広く、高い木塀に囲まれている。目蒲線西小山駅より四、五分の便利な場所であった。左隣りは山本医院、裏隣りはドラマー、ジョージ川口の家だと後に知った。急な引越しで慌てたけれど、何よりも残念だったのは、居間の押入れ天袋にしまってあった父の大型トランク（そこには北原白秋ほかの父への手紙がぎっしり詰まっていた）や座敷の戸棚に入れてあった父の古い原稿や資料も、母がそっくり父の住居に送りつけたことだった。私にはそれが取り返しのつかない損失に思えた。母の行為は感情的すぎた。その心理は理解できなかったが、推測すれば、父との生活を母はそこで断念したのではなかったろうか。

原町の家の表札には父が特徴のある字で「大木」と墨書した。五年間暮らした荏原町には別段の執着を感じなかった。あの間断なく聞こえる町工場の機械音とようやく別れられたのだったから。新居の掃除をしながら開け放った窓越しに庭を眺めると、木々の新緑が視野いっぱいに広がった。いい知れぬ幸福感がその時私をつつみ込んだ。これから新しい生活がはじまる。変化はつねに人の心をさわがせた。

新居のダイニングキッチンは二方が窓の開放的な作りで、板の間の感触が心地よかった。母は小アジのマリネとかロールキャベツ、カボチャやキュウリの肉詰めなど、得意の料理を作り出した。庭にトマトの苗を植えたりもした。原町にきてやっと人並みの生活を営めるようになった母であった。貧しさには慣れっこの母は私たちに愚痴をこぼす訳ではなかったが、住まいの環境はそこに住む者の内面を左右するほどのもので、母は生来の楽天性を取り戻しているように感じられた。

父の死後判明したのは、さらに四年前の昭和二十六年三月、父は住居にしている千鳥町の家を購入していたことである。さらに「カギ」一族のために雑司ヶ谷にも家を購入していた。あるいは購入させられていた。「詩の座」の発行前にもう不動産の借金を重ねていたのだった。借家ながら原町に私たちを引越しさせた父の胸中には、幾分かの疾しさがあった、とも受け取れる。

さらに後の調べでは、私たちが原町へ移った後の九月、終戦後昭和二十九年までおそらく低収入だった「カギ」の弟名儀で世田谷区若林に五十坪の土地を購入している。少し前まで職業も定収入もない弟に公庫が土地代金を貸すはずもなく、これも「詩の座」をめぐる大借金に紛れて手に入れたものと考えられる。「カギ」一族にとって、父は無限に借金を続けられる打出の小槌だったのだろう。それを父本人は気づいてもいないのだから、「カギ」が生まれついての詐欺師だとしても、父の悲惨はとんだ悲喜劇でもあった。

早稲田に入って三か月が経っていた。転居のお知らせをした佐藤毅夫先生からの連絡をうけ、私は久し振りにお宅に招かれた。まだ陽の高い夕方だったが、先生は奥様手ずからのディナーを御馳走してくださり、「入学祝いが遅くなりましたが」といって、サン＝テグジュペリの原書“Le petit prince”とジェラール・フィリップがこの作品を朗読するレコードを贈ってくださった。少女時代に読みはじめた『南方郵便機』『夜間飛行』『人間の土地』『星の王子さま』などのサン＝テグジュペリ作品は、今なお私の身辺にある。

佐藤先生は私に「最近は何を読んでいますか」と質問された。「エリュアールやアラゴンを。カミュやサルトルも読みつつあります」。「サルトルねえ。出来れば十九世紀の作家をお読みなさい。時代の風潮に惑わされずにね」。穏やかな先生の言葉であったが、私はある微妙な違和感を覚えた。

レジスタンス文学や実存主義文学に先生が距離を置くのは知っていた。しかし、先生の好まれる十九世紀文学やＮＲＦの作家たちの文学よりも、エリュアールやカミュ、サルトルの文学が私をとらえつつあった。錯綜し昏迷する時代をどう生きるかを作品のなかで模索する文学者の姿に私は引きつけられる。長年の読書をとおして探していたもの、見つけられずに途方に暮れていた何かにめぐり逢えたような感触を得ていた。エリュアール、アラゴン、カミュよりも難解なサルトルを集中的に読んでみようと考えていた矢先であったので、先生の不変のフランス文学観に言い知れぬ反発が生まれた。一年前には先生の揺るぎない良識が成熟や知性に見えたのだが、静かに発信されるその保守性が、ひどく特権的な排他的なものに思えてきた。

新居の夏休みは解放感があった。間借り生活の気疲れはなく、家族みんながのびやかに生きはじめていた。玄関に近い八畳の座敷は兄の居室になっていたが、年中家を空けていたせいか、父が仕事にやって来るようになった。父には一家を間借り生活から解放してやった、という安心感があったのだろう。座敷につづく六畳の間には広い縁側があり、さっそく拾った牡の黒猫、黒糖（コクトオ）がお腹を見せて眠りこけていた。

荏原町で暮らした猫たちは二匹ともいなくなっていた。バルは前の年に行方不明になった。牡猫なので冒険のために遠出することはあったが、二、三日すればお腹をすかせて戻ってきたものだったが、ついに帰らなかった。私と妹は連日、「バル！　バル！」と名前を呼びながら探したが、バルに逢えなかった。神経質な牝猫のジャメはもともと腎臓が弱く、バルの家出前に亡くなってしまった。バルはジャメを探しに遠くに行ったまま帰れなかったのかもしれない。猫には悲しい思い出がつきまとう。

次の四畳半は居間で、みんなが集まっては、よく話をした。廊下を挟んだ北側に三畳の姉と私の勉強部屋があり、隣りに広い湯殿があった。そして、廊下の突き当たりが板の間の八畳ほどのダイニング・キッチンになっていた。隅のテーブルで私たちは食事をし、よく本を読んだものだ。裏口を出ると土が固められた空地があり、その空地のまわりに家々の勝手口があった。家の勝手口から近所の家々との交流が生まれていた。西小山の商店街に近いわりには静かな住宅地であった。

遅い午後、父は座敷の黒檀の机に原稿用紙をひろげるのだった。一、二か月姿を現わさなかった後でも、必要に応じて現われる。私たち家族に違和感や気後れを感じていたはずなのに、その現われ方が怖ろしく自然で、手のかかる仕事をやっと終わらせたよ、といった態度で帰宅する風情なのである。母は、父が仮住居の生活をたたんで自分のもとに帰ってくる日をもはや断念したかのようにさばさばしていた。子どもたちの父親であり、時々現われる人、というだけで上出来と考えているふしもあった。父がいる日は座敷で食事をするのが決まりになっていた。仕事の区切りのよいところでの食事は和やかで、他人の目には幸福な家庭の食卓に見えただろう。

父は書き出した自伝的な小説、つまり青春記の世界に埋没してしまった調子で、自分の少年期の恋、慶子とのなれそめを私たちに話して聞かせた。「お父様、それ、小さい時からもう何回も聞いています」と口を挟もうが無駄であった。父は今、自分がその恋を生きているかのように、涙ぐんで話したりした。初恋の慶子が結婚させられ、アメリカに行ってしまう件になると、父は眼鏡をはずして涙を拭った。私や姉はうんざりして「お父様、すごい悲恋なのねえ」とか「大恋愛でよかったですねえ」と言うしかなかった。兄は苦笑し、専門の雑誌を片手にほとんど聞いていない様子だった。母だけは「それから銀行に勤めるまではどうなさっていたのですか」などと聞き、父の記憶に寄り添う感じであった。局面局面では実に息の合ったところを見せる父母なのである。

しかし、すでに多くの作家の作品を読んでいた私にとって、父は不可解な物書きに思えた。作家が感傷に溺れ、涙を流しながら作品を書いてよいものだろうか。作家の内部には彼自身を解剖するもう一人の批評家がいるはずではなかったろうか。もちろん、ペンを持った父は食卓での父とは違ったろう。いくら社会性に欠けるとはいえ、そんなに軟弱な文学者が存在するはずはないのだったが、自分の不幸な恋を涙をためて子どもたちに語って飽きない父を前にすると、不安と疑念がよぎった。

父晩年の逃避地である慶子との歳月は「婦人画報」九月号より連載がはじめられた。タイトルは「緑地ありや」。小説の形をとりつつも、それは真実の記録であると父は書いている。

九月の新学期に私は学生サークル「民科」（民主主義科学者協会）に入部した。戦後十年を経た早稲田のキャンパスには若い反逆の気風がみなぎり、政治的な事柄を避けて通るには私の心は柔らかすぎた。それまでは「世界のあらゆることは芸術に奉仕する」といった言葉に傾きがちであったけれど、学内を吹く烈風に無関心ではいられなかった。戦争に遭遇すれば無批判にそれに巻き込まれ、純真に祖国愛をうたい上げる父のようにはなりたくなかった。戦争によりすべてを失いながらも、社会から目を逸らし、過去の記憶にすがっている父を見るのは苦しかった。だが、辛く苦しく思ってはいても、戦争中、父より遥かに戦意を煽る作品を書いていたにもかかわらず、戦後は一転、時代の風に素早く迎合し、進歩的文化人を装う物書きにくらべれば、敗戦直後、詩集『山の消息』において、ただ一度「戦争の狂気よ。知性を蝕んだ熱病よ」と書いた後、いっさい沈黙を守った父のほうが物書きの誠意を示していたと思いもする。父の場合は弁明せず、時代のせいにせず、闘わず、自分の内部に逃避してしまう、そういう形の自己表現しか出来ないのである。

『緑地ありや』の連載がスタートしてからは、執筆に追われるらしく、父が現われる日は少なくなっていた。自伝小説といっても、自分の真の歴史を書くという父は、資料に当たったり、調べたりする必要が生まれ、原稿用紙とペンさえあればどこででも創作できる詩とは違っていたからだ。それでも、会合などで都心に出る途中、家に寄って行くことはあったらしい。中学生の妹が学校から帰る頃、父が姿を見せ、しばらく母と話をした後、何処かへ出かけて行ったという。そんな時、父は『緑地ありや』が好評で、早くもある出版社から単行本の依頼がきている、などと母に伝えていた。

子どもたち全員が忙しく、帰宅も遅かった。母は料理を食卓に並べたまま、本を読んでいた。駅近くに貸本屋があり、家の本を読み尽した母はそこを利用していた。私は他の人がページをめくった本にどうも抵抗があったが、母は平気で五、六冊借りてきた。子どもたちが成長するにつれ、母の孤独は深まっていただろう。

母の話では、近所の奥さんに「『緑地ありや』を読みましたよ。作家の家族は大変ですわね。うちなんか平凡人の夫でよかった」と言われたそうだ。「皮肉のつもりなんでしょうね」と、母は苦笑していた。私もだれかに言われはしないかと気になったが、幸い私の周囲に「婦人画報」を読んでいる人はいないので、救われた。父の初恋、波瀾の恋物語は私たち家族の間ではお馴染みのラブ・ストーリーであったけれど、他人から見れば奇異の感じがしただろうから。

私が民科に入部した理由の一つは、中学・高校時代にかじったことのある社会科学関係の書物を系統的に読んでみたいと考えたからである。民科の部室に入って行くと、いかにも左翼といった感じの学生たちが屯していた。男の人ばかりがいた。中には相当年上らしい学生も混じっている。テーブルに置かれた灰皿は煙草の吸殻でいっぱいだった。煙を吐き出しながら議論しあう言葉は激しく、哲学用語、政治用語の応酬が耳新しく格好よく聞こえた。壁には会議や研究会の予定表が何枚か貼ってある。

新入りはぞんざいに迎えられ、仏文のせいか文学を読むセクションに入れられた。志望は文学の部門ではないのに、と思ったのだが、「科学的に文学作品を読む」と説明され、それはどんな読み方なのだろう、という興味が生まれた。「砂川闘争を支援しよう」というビラが部屋のドアに貼ってあり、アクチュアルな問題を受けとめている部の活気が伝わってくる。私はしばらく民科に席を置いてみようと考えた。

一方で、仏文の学生だから小説その他を原語で読む量は増えていた。一年生の初秋はポール・エリュアール（Paul Eluard）の“Poèmes Politiques”を読んでいた。ルイ・アラゴンの序文が付されたガリマール版である。五十頁ほどの詩集であるのに、喘ぎあえぎすすむのが苦しくて投げ出した日もある。それでも、ペーパーナイフで袋とじのページを切って行くのは密かな愉しみであった。エリュアールは翻訳でもむろん読んでいた。

同じ時期に原文で読んだのは、アルベール・カミュ（Albert Camus）の『シジフォスの神話』“Le Mythe de sisyphe”だった。この評論の論理を小説の形式で表現したのが『異邦人』であるといわれる。私は翻訳で『異邦人』を読んでいたので、シジフォスの不条理な反復の意味が不可解ではなかった。意識の内部に不条理をかかえる人間を「異邦人」ととらえるカミュの思想の新鮮さに浸った後では、シジフォス自身の幸福の意味さえ受容できる。難しいが、一行一行をたどる作業は苦痛ではなかった。短い評論を二か月かけて読んだだろうか。その傍ら、サルトルを翻訳で読んでいた。まず『嘔吐』である。初めから難解であるのに、思考のリズム、思考の明徹さに引き込まれ、理解したかどうかも確かではないのに、魅了されていくのを感じていた。ロジックと感覚的なものが微妙に配合されているのだった。これはちょっと危ない、囚われてしまいそうだ、と私は感じていた。

追われるように目まぐるしい毎日のなか、プログラムどおりに動かなければ、混乱が生じる。本に限っても、精読、乱読しなければならない作品が絶え間なくあったし、「民科」の読書会まで加わったのだ。宮本百合子の『風知草』、小林多喜二の『党生活者』なども読まなければならなかった。もっとも、多喜二は中学時代に亀山先生から贈られた伏字のある全集（全三巻、ナウカ）を私はすでに読んでいた。伏字の部分は×××の表記ではなく、……によるものだったと記憶している。

伏字のない活字が整然と並ぶ作品を読み返すのは新鮮に思えたし、懐かしさがこみ上げてくる。それにしても、伏字があろうと、党生活の日々の緊迫を描き、中学生にまで読ませてしまう小林多喜二の文章の力は驚くべきものだ。平明であるが、平板ではない。危険なレポに明け暮れる労働者の闘争を描く内容に最もふさわしい表現が選ばれているのだろう。民科の読書会はリーダーらしき人の作品解説はあったが、「科学的に文学を読む」視点は見つからなかった。宮本百合子も小林多喜二も自分ひとりで読めば十分に理解できるものだったから。ただ、多人数で同じ作品を読むおもしろさはあった。終わったあと、高田馬場駅までゾロゾロ歩くのがめずらしかったし、それがいかにもサークル活動をしているという弾みを与えた。

秋も深まっていたある夕方、民科の部屋に行くと、文学セクションの人たちは見当たらず、運動家っぽい雰囲気を持った学生が二人、椅子の背に身体を凭れかけて煙草を吸っていた。部屋は今思い返しても噎せるような煙草の匂いがいつも充満しているのだった。私の知らないその学生たちは社会科学セクションの学生だったろうか。年嵩らしい学生が部屋を出ようとしている私を呼びとめて言った。

「きみは仏文の大木さんでしょ？　詩人大木惇夫の娘なんだって？」。なぜ私の名前を、父のことを知っているのだろう？驚いて見返す私に、その男は重ねて言った。「きみはね、父親の戦争責任をどう考えているの？」

呆気にとられた私はそれでも答えていた。

「私自身の父への批判がない訳ではありませんけど、父の詩集をきちんと読んではいないので、文学的な批評はまだ出来ないのです」

「文学の評価じゃないよ。詩人大木惇夫が戦時中にした行為のことだ」「行為って言われても、徴用で戦地につれて行かれたので、父の意志ではありません。問題は戦争について書いた詩についてでしょ？」「いや、父親の戦争中の行為をきみがどう責任とるのか聞いてみたくてね」。怒りで全身が震えてきた。「戦争が終わった時だって、私は八歳ですよ。責任なんかあるわけないでしょ」。荒々しくドアを閉めて私は廊下に出た。

いくら自分の父親であっても、その作品をきちんと読むことなしに父の詩を語る資格はなかった。父の生き方に非があっても、それを子として憎んでいても、他人から軽薄に責められる筋合のものではなかった。しかし、いつの時代にも魔女狩りの精神は残っていて、弱点と見ればそこを突かずにはいられない者たちがいる。私自身は戦後民主主義教育の洗礼を受けた自覚的な人間であろうとしていても、「戦意昂揚の詩を書いた詩人の娘」という弾劾の目が光っていた時期でもあった。転向をせず沈黙をまもる父自身は社会のそうした視線に年中晒されていたのだともいえる。

父をどんなに嫌悪していようと、外からの攻撃に対して、私は毛を逆立てて反撃する猛々しい猫のように変身する自分を知った。そういえば、父はよく私を「サーバルキャット（山猫）みたいな子だ」と言った。手に負えない子どもを扱いかねて、父はむしろ御機嫌をとる調子で、「まりえは家のサーバルキャットだから」と言うのだった。その言葉は父を非難する人間に向きあう時、なぜか甘やかな記憶として私をつつむのである。

「厚顔にも戦後早々に転向し、民主主義の旗手になっている人間よりは、時が過ぎても茫然自失し、神経症になって沈黙するあなたの方がましだけれどね。」

内心の声が囁くような気がする。父への不満と愛情が入り乱れ、私は妙な気分に陥った。

仏文のクラスは居心地のよい温室だったろう。友人との交流も密になっていた。年上の落ち着きを見せる菊池丘さん、一歳上の大口昭子さんとはこのころ親しく行動していた。大口さんは卒業後、編集者生活をつづけたのちに、映像作家飯村隆彦氏と結婚。NYに渡り、OCS新聞の記者をする傍らで、後にジョナス・メカスの『メカスの映画日記』や『メカスの難民日記』を翻訳紹介している。鷹揚でしかも繊細な彼女は超俗の人で、心寂しい日には今も会いたくなる。彼女の小石川高校時代の英語教師は作家小島信夫だったというから羨しい。菊池さんは東西の美術にも詳しく、絵画の新しい傾向について教えられることが多かった。私たちは休講があると、新宿の武蔵野館に映画を観に行き、帰りに紀伊國屋の洋書の階をぶらついたりした。また、休日には国電、大塚駅に近い菊池さんの家にレコードを聴きに行ったりもした。町工場を経営する菊池さんの家は裕福らしく、たくさんのクラシック・レコードを持っていた。コレクションのドビュッシーやラフマニノフが好きで、とりわけ、ラフマニノフの「ピアノ協奏曲第2番ハ短調作品18」を聴くと「泣きたくなる」と言っていた。イヴ・モンタンやブラッサンスのシャンソンも充実していた。菊池さんがフランス語をきれいに発音するのは、日頃聴き馴れているシャンソンのせいでもあったろう。当時は遊びに行く場所も少なく、学生たちはよく互いの家を訪問し合っていた。

大勢いる友だちのなかで最も親しい友人といえば、やはり政経学部のNだった。夏休みに届いた彼からの手紙は分厚いもので、寓話形式の凝った手紙であった。少年らしい感覚があふれ、しかも寓話の主人公に自分を託した技巧的な作品でもあり、それは私の心を強くとらえた。けれども、私たちは相手をより深く知ろうとする努力を欠いていたかもしれない。彼に対すると、私は親しみを感じているのに、他の友人に対してよりは何か硬質の部分を心の奥に用意してしまう気がした。たとえてみれば、私の気持のなかにはのんびりした無防備な部分と妙に気取り屋のすました部分、無邪気な甘ったれの部分、全身の毛を逆立てるような獰猛な部分、とさまざまな性格が混ざり合っていて、自分でも苦しくなる時があるのだが、そうした分裂的な気質が、時として偏屈な形で表われることがあるのだった。なぜだかNにはその偏屈な部分が引き出された思いがする。もちろん、その当時の私には何も分かってはいなかった。何事にもポジティブでパンクチュアルな彼は次々に計画を立て、私たちは実行するのだが、時には茫洋とした目的のない時間を共有したい気分に襲われもした。

青春というものは、そのなかにいると、すべてが極端な振幅にみちていて息苦しい。私は十六歳で燃え上がる恋をした父が信じられなかった。恋をして傷つき、相手を呪いながらも運命にみちびかれるように初恋を成就させる父の恋物語を美しいと感じつつも、結局はその初恋を全うできなかった父を非難する気持を拭えないでいた。父の背信の結果として私たち子どもがいるのだった。自分自身の恋を知らないうちに、恋愛への不信感が生まれていたといえるだろう。

私の青春のさなかに、父は最終的な逃避地である初恋の記憶を描くのに夢中になっていた。回顧録の重厚な思念によって綴られるのではなく、ひたすら甘い初恋の日々に回帰して、その時代を生きていたのだ。

多忙な毎日が流れていた。姉は「歴研」での時間が楽しいらしい。勉強部屋の姉の机には宮本百合子の本が数冊置いてあり、しかも、原稿用紙に小説みたいな文章を書きはじめていた。姉と文学の話をしたのは高校の頃。二人ともマルタン・デュ・ガールの『チボー家の人びと』を読み耽っていた。私は断然ジャックに魅了されるのだが、姉は現実主義者の兄アントワーヌに惹かれると言っていた。ヒーローである弟ジャックでなく、医者になったアントワーヌに惹かれる少女がどこにいるだろうか、と姉の顔をまじまじと見たものだ。姉の内面にも父親の影響を見るべきだったろうか。

気づかぬうちに友だちが増え、私の青春は豊かなものになりつつあった。手紙が多く届くようになっていた。私は言葉に弱く、言葉に揺れる質の人間なので、自分の言葉で手紙を書ける、というのが私の密かな友だちの条件であった。大学に入ってからの私が男友だちに囲まれているのを母は知っていたが、言葉による関わりであるのを理解していたと思う。父の存在の形が娘たちに影を与え、無意識に自分をガードする姿勢を母は感じとっていたはずだ。あの時代にも同棲している学生はいたし、女子学生のなかにも男性との性的な関係を得意そうに話す人もいた。書物をとおしては早熟であったと思えるのに、私が性的なものを避ける下地は、恋愛病患者の父に対する嫌悪感によって作られたと言えると思う。

男友だちはたくさん持っているのに、私は彼らに見えない曖昧な壁を築いていた。私は私の周辺に寄ってくる男子たちにとって、扱いにくい、計りにくい女の子だったに違いない。それなのに、ほとんど毎日、家のポストにはだれかの手紙が届けられた。姉と妹は呆れてこう言うのだった。「何でまりえが関心持たれるの？　分かってないよね」「いばり屋で、身勝手なクソまりなのにね」

そう言いながら、二人は私への手紙が読みたくて仕方ないのだった。夏休みにはよく蚊帳のなかで三人、川の字に横たわり、私への手紙、たいていはラブレターを読んで笑い転げるのだった。罪深くはあったが、私たちは物語の恋には涙するくせに、まだ本当に人を恋したことがなかった。淡い想いはあっても、恋する人の歓びを、苦悩を、ひとりよがりの感情を、まるで理解してはいなかったのだ。

詩人の家には愛や恋の言葉が氾濫していたけれども、六十歳を越えた父が初恋物語に溺れている現実の前では、子どもたちに共通して恋とか愛を忌避する心情が醸成されていったとも考えられる。私たち姉妹が身近に見てきた兄の恋愛も何とはなしに座礁しかかっていた。親しみや愛はあっても、情熱には結びつかなかったのだろうか。

父はこの年、『世界名詩選集』（金園社）、『世界名詩選』（アルス）を出している。

新しい年昭和三十一（一九五六）年がやってきた。松の内に父は顔を見せたが、仕事に追われているらしく、かるたもせずに帰って行った。『緑地ありや』の連載はこの年いっぱい続く予定であり、青春期を生き直している父は、現実そのものである私たち家族の姿に戸惑いを覚えていたのではなかったろうか。私にはまたまた父が遠のいた感じがあった。

三学期になるとクラスのほとんどの顔が分かってくる。交友も広がっていた。そのなかで相変わらず最も多くの時間を共有したのはNであった。私たちは互いの授業の時間表を持っていたし、休日にはNの家を訪問することもあった。中央線荻窪にあるNの家は私の家同様に特殊な本の匂いがみちていた。Nの父親も物書きだったのだ。本で埋まった家は私を落ち着かせる。たいていは夕食を御馳走になり、夜の九時頃までお邪魔する。そして、駅への道を送られて帰るのである。

話しながら歩く夜道の静けさを記憶している。現在の荻窪の賑やかさとはちがい、五〇年代の東京郊外の町はそこここに影があり、夜の色が濃かった。どの町にもその町の陰翳を見せる情景があった。

Nは知力にすぐれた上に努力する人であるから、学びの方法も徹底的なのだった。やむなく私が勤勉になれたのも、Nのお蔭なのだろう。彼の向学心、向上心は他のだれにも見られない冷静な意志によって支えられていた。勉強の合間には美術館にも映画にも食事にも行った。彼の存在が私の大学生活を変えていったのは確かである。山内義雄先生のフランス語の授業に出られるように計らってくれたのもNであった。

三月、兄は二十六歳になり、四月、父は六十一歳になった。依然として『緑地ありや』に没頭していたのだが、依頼があれば数々の校歌の作詞も続けていた。校歌や社歌が大きな収

昭和30年9月頃、春に引越した目黒区原町の家で。康栄（21歳）、毬栄（18歳）と猫の黒糖。

入源であるのは変わらなかった。そして、たまに、外出の帰りなどにふらりと家に顔を見せた。原町の家でも父と接触を持ったのは母と中学三年生になっていた妹である。時には夜まで父が家にいる日もあり、隣りの山本医院の医師にビタミン注射をお願いしたりした。山本茂先生とはじきに親しくなって、夜の食卓に先生も同席し、父と酒を酌み交わすことがあった。酒が入れば父は天真に話をし、自作の歌をうたったりするのである。父に会う人はみんな「なんて純粋な方なのでしょう」と讃嘆し、だから普通の家庭人ではいられない、と父の生活を肯定するのだが、山本先生もその一人だった。父が現われるのを待ちかまえているとみえ、母に知らされると、珍しいお酒を抱えてすぐにやって来るのだ。先生の生まれてくる子どもの名付け親になって欲しいと請われた父は、しばらく考えた後、女の子なら「山本一乃」と命名し、半紙に筆でさらさらと書きつけたのを憶えている。その一乃さんも今は五十数歳になっているだろう。

四月に二年生になった私はますます多忙で、父がどうしているかにまで関心を向けられずにいた。大学の一年間のうちに、稀薄な関係にはいっそうの隔りが出来たように感じられた。

父と同席する機会があったとしても、父に何かを問うのは無理なのだった。父は何かを聞かれる前に警戒の目で私を見つめ、曖昧に微笑むだろう。気弱な態度でいる父に真剣な質問でもしようものなら、父はおそらく「分かってくれる日が来ると思うよ。お父さんの仕事をね」と、目をしょぼしょぼさせて話題を逸らせたろう。

父のああいう弱々しげな頑固さに私は寛容ではいられなかった。逆に、父が強気になるのは酒が入った時だったから、とうてい大事な話は出来なかった。いっしょに生活しているのではなかった私たちは、日常のなかに浮かび上がるふとした時間、それとなく生まれるちょうどよい時、というものを持てなかった。弱ってずたずたになっている父か、気負っていやに自己を肯定する酔っぱらいの父か、どちらかしかいなかったのである。

ところが、親子である関係はどきりとさせる妙な種を生み出す。六月になっていただろうか。夕方帰宅すると、ほろ酔い気味の父が座敷に座り、家族を相手に機嫌よく話をしている。私が入って行くなり、「まりえ、フランス文学はおもしろいかい?」と、いやに気さくに尋ねた。「ええ、おもしろいけど、ますます難しいと思う」。私の答えに頷いて、父は「いま、何を読んでいるのかな?」と聞くのだ。「ジイドの『法王庁の抜穴』とかアポリネールの『ミラボー橋』。『ミラボー橋』は読んだばかりだけれど」と答えた。すると、父は盃を手にしたまま、目をとろんとさせ、こう言ったのだ。

「ギヨーム・アポリネールね。ギヨームではお父さん、懐かしい思い出があるのだよ。アテネ・フランセでフランス語を習っていた時、フランス人の先生がこう聞いた。『ギヨーム Guillaume はドイツ語では何と言いますか』ってね。その瞬間、ぼくは反射的に手を挙げて答えていたんだ。ウイルヘルム Wilhelm です、って。ぼくは考えてもいなかったし、名前の由来を知ってなんかいないんだ。それなのに、そう答えていた。」

私はその時、ギクリどころか、ゾッとしたのだった。三田高校のフランス語の授業で、品田先生がなぜかゲーテの『ウイルヘルム・マイスター』についての話をし、「ヨーロッパ教養小説の元となる作品なので、読んだ方がいいですよ」と言いながら、「ところで、ウイルヘルムはフランス語で何というか知っている人は? いないだろうな?」とニヤリと笑った時、私の意志とは関わりなく私の手が動き、指されて私は「ギヨームです」と答えていたのだ。私は父の「ウイルヘルム」に戦慄を覚えた。反発しているのに、この一致は何なのだろう。

「私、高校時代にお父様と反対にウイルヘルムはフランス語で何というのか? と先生に聞かれ、知らないのに、どうしてかギヨームと答えていたの。どうしてなんだろう?」

私の言葉に父はひどく喜び、盃を私に差し出して飲むように促した。「これは親子の不思議な類似体験なのだなあ」。父は嬉しそうに、愉快そうに笑いつづけた。

七月、兄が博士課程を中退し、日立製作所に入社することになった。

兄の送別会が親戚などを呼んで開かれた。兄を中心にしたこの日の記念写真が残っているが、盛夏ではあり、窓を開け放った夜の座敷は相当暑かったのだろう。父は下着のシャツ姿、兄はユカタを着て黒猫黒糖を抱いている。兄の右には夏の簡単服を着た母がいるが、五十一歳だとは考えられない老け方をしている。この家に住んでも、積もりに積もる鬱屈がお洒落だった母をすっかり変貌させていた。それでも笑顔の一家団欒は大木家の幸福の瞬間を切り取ったかに見えるから妙なものだ。

数日後、兄は日立へ発って行った。それ以後、兄と同じ屋根の下で暮らす日はなく今日まで来ているのだから、あの夜は大木家にとっての特別な時間になっている。

兄がいなくなったわが家は女だけの四人家族だった。温厚な兄の不在によって、どちらかといえば激しい気性の姉妹たちのバランスは崩れ、いさかいが増えた。私たちはいなくなった兄の重要さをあらためて知ったのだと思う。

夏休みだというのに、姉と私はほとんど出歩いていた。家でぼんやりする時間は持てなかったのだ。姉は大正七年の「米騒動」について調査するために静岡県焼津に行っていた。私は読書会をいくつもかけ持ちし、友人たちと勉強もし、バイトに精を出した。

それに二年生のこの夏に読めるだけ本を読みたいと考えていた。サルトル全集第五巻（人文書院）の『壁』、第八巻の『恭しき娼婦』は机の上に並べられていた。小説集『壁』には表題作の他に「水いらず」「エロストラート」「部屋」「一指導者の幼年時代」が収められており、劇作集『恭しき娼婦』には表題作以外に「蠅」「出口なし」が含まれていた。この二冊は暑さも忘れて読み終えた。サルトルの哲学、存在論や想像力の問題を解さなくても、サルトルの小説や戯曲は心に滲み込んでくる気がした。あるいは、文学作品から入って行ったほうが、サルトルの存在論や実存主義哲学は理解しやすいのではないか、と思った。何よりその明晰そのものの感じがたまらなかった。読み取れたような気分を与えられる心地よさだ。錯覚によってぞくぞくさせられる。小説では「一指導者の幼年時代」、戯曲では「蠅」がだんぜん素晴しかった。

その他に挑戦したのがフランシス・ジャンソン FRANCIS JEANSON の "SARTRE par lui-même" だった。二百頁ほどの薄い本であるのに、力不足のうえ、内容が濃密なので遅々としてすすまず、ついに木枯しの吹く季節を過ぎ、次の年まで持ち越してしまった。

九月、二学期になると、私はもう大学生活に馴れた仏文の学生であった。クラスのみんなも同じく仏文の学生らしく見えた。時間は諸々の事象を変える力を持っている。二、三か月前の授業ではたどたどしくフランス語を読んでいた学生も何だか自信をおびてきれいな発音を習得していた。その陰にはそれ相応の努力が横たわっているはずであった。

私の毎日はめまぐるしく過ぎていた。クラスの友人との時間、Nとの時間、「民科」での時間、それにこのころになると、親友三増時子さんとのつながりで、東京大学仏文科の学生たちと本を読む集まりを持っていた。海老坂武、朝比奈誼、花輪莞爾、阿部伸夫。後にフランス文学者、サルトル研究家になる海老坂さんが自伝『〈戦後〉が若かった頃』（岩波書店）

において、当時を回想している。

「この学年に私はもう一つの友人グループを持っていた。一緒に本を読む仲間で、本郷の大学の近くとか、新宿や渋谷の喫茶店に集まり、一杯のコーヒーで二時間、三時間とフランス語の本を一緒に読むのだ。はじめはサルトルの『ボードレール論』を読んでいた。皆、似たりよったりの語学力だったから、分からない箇所にぶつかると議論になる。しかしその議論を通して、正解は分からないにしても、どの解釈が間違いであるかということだけは少し見えてくる。私には役に立つ読書会だった。(中略)

この仲間には朝比奈誼、花輪莞爾がいた。二人ともいまフランス語の教師をしている。もう一人、新聞記者になった阿部伸夫がいた。またある一時期、早稲田の仏文科の女子学生が二人加わった。そのうちの一人はやがて朝比奈と結婚することになる。

もう一人の女子学生大木毬栄の方に私は少なからぬ関心を持っていたのだが、彼女は二、三回で来なくなり、再会したときには宮田毬栄となっていて、中央公論社にいた。一九七〇年代前半、彼女は金芝河の釈放運動のために奔走していた。たまたまフランスにいた私は、彼女からの依頼で、アンドレ・ゴルツらのフランスの知識人を訪れ、釈放要求の文書に署名してもらったことがある。そしてまた十年以上たった頃、「海」の編集長時代、宮田は、フランツ・ファノンについての長い文章を書く機会を私に与えてくれた。(後略)」

海老坂さんは私が「二、三回で来なくなり」と記憶されているが、私は十回近くは参加していた。新宿の「風月堂」が最も多く使われた。稀にはその並びの「白十字」でも読書会は持たれた。本郷の「ルオー」に行く日もあった。

海老坂さんが現われると、あたりが明るさを増す感じがした。健康的な日焼けした顔は他の仏文科の学生とはかけ離れていた。それもそのはずで、彼は東大野球部のレギュラー選手でもあった。海老坂さんの笑顔には、何か懐かしい感情を呼びさますものがあった。

穏やかであたたかい朝比奈さん、寡黙で皮肉っぽいが心優しい花輪さん、福島出身のひ弱な秀才風の阿部さん。彼らとの読書会は話題も世界へ広がっていく自在さがあり、楽しい時間だった。私が行けなくなったのは、単に私が使える時間の容量が限界を越えたからに過ぎなかった。薄暗い「風月堂」の一隅で読んだサルトルの『ボードレール論』は、どうにか理解できる部分もあった、という程度のものだったけれど、サルトルを卒業論文に選ぶ要因にはなっているのだと思う。

入学以来、学内ではいわゆる砂川闘争を支援する動きが続いていた。米軍立川基地の拡張計画に反対するもので、具体的には測量を阻止する運動になっていた。私のなかで生々しい記憶となって残っているのは、砂川闘争に参加したこの年十月十三日の体験である。

早稲田では各学部の自治会、数々の研究会が砂川をめざし、私は「民科」から、姉は「歴研」からの参加であった。その時期になると政経学部自治会の副委員長になっていたNは、K委員長ともども学生たちと砂川に来ていた。それまでも、私はメーデーや学費値上げ反対デモに加わっていたが、砂川の現場に足を踏み入れる緊張感はまた別物であった。

反対住民が結成した「基地拡張反対同盟」支援に集まった労働者、学生が現地にあふれ、測量の強行に反対してデモをくり返した。その日は、警官隊の他に機動隊の先鋭が大規模に投入されていた。盾や警棒で身を固めた機動隊といざ対峙すると、後方にいてさえ、闘争心と恐怖感がせめぎあうのだった。もちろん最先端には労働組合や学生集団のリーダーたちが詰めていたが、後部にいる私たちが受ける圧迫感も同じだった。測量をすすめさせようとガードする機動隊と測量を阻む側との熾烈な揉み合いが午後を通して続いた。押し合い、睨み合いが延々と続行するうちに、膠着状態の静けさがやってきた。

姉が自分の場所を離れ、私を探しに現われたのは、そんな妙な静まりの時間だった。姉の表情にも不安と昂揚の色がまざりあっていた。「気をつけてよ」と言い合い、姉は心配そうに私を見て去って行った。また押し合いがはじまり、夜じゅう揉み合いをするのかどうか、周囲のだれにも予測不能だった。疲労と緊張で身体が強ばってはいたが、この時代を生きる学生として、砂川の現場で反対運動をしているのだという矜持に支えられていた。「民科」の仲間とのつながりを実感できたのも、同じ目的のために抗議行動をしている連帯感からなのだろう。文学作品を読み分析する行為よりも、スクラムを組み、シュプレヒコールをするほうがずっと彼らと連繋しているように感じた。

前線の学生たちの間にいきなり大きな怒声が起こり、揉み合いが激しくなったのは夕闇が迫るころではなかったろうか。機動隊が警棒を揮いはじめたらしかった。後方にいる私たちにも前線での動きが伝わってきた。学生たちにも怪我人が出たという。

だれも退却せずに立ちつくしていた。どのくらいの時が過ぎたろう。怒鳴り声がしずまり、どこからともなく童謡「赤とんぼ」をうたう声が広がっていた。「夕焼けこやけの赤とんぼ……」。歌は砂川の町中に響いたにちがいない。学生に敵愾心をたぎらせ、暴力を揮う機動隊員に対して、「赤とんぼ」が歌われた。気づくと、私もうたっていた。

その夜の光景は伝説となって語りつがれる。「赤とんぼ」の歌が争いの勢いを抑えたのかどうかは定かではないけれど、いつまでもピークが続くものではなく、張りつめた空気は弛みをみせはじめていた。疲れ切って私たちは地面にぺたんと座り込んでしまった。すでに夜の十時に近づいていた。押し合い、睨み合いの対峙は長時間続いていたのだ。仮設の洗面所に行った私は、帰りに出会った顔見知りの政経の学生によって、機動隊との対決の際にNが怪我をしたことを知ったのだった。その学生の後について彼らの場所に行くと、額の横に絆創膏を貼ったNがいた。薄明りのもとで私に気づいたNは「だいじょうぶ。かすり傷だから」と言って微笑んだ。神経の昂りが彼の目に力を与え、いつもより美しく見えた。

　現場にいた私たちにはその日の全貌はつかめなかったが、後の報道によって負傷者が千人以上にのぼり、「流血の砂川」と形容されているのを知った。測量は延期され、さらにその後、打ち切られた。測量反対に立ち上がった農民及びデモ隊が勝利するのである。昭和四十三（一九六八）年に米軍は基地拡張を撤回し、翌年、国も計画中止を決定している。

「流血の砂川」を体験した数日後、私はNの家を訪れた。まだ傷が癒えないNは、「いくら正しいことでも死んだら何にもならないって祖母に叱られたんだ」と苦笑した。N家のたった一人の男の子を祖母をはじめ、家族はこよなく愛していたのだ。その言葉は私にも切実に響いた。

　それからの私たちは熱心にサルトルを読み出した。夕方の学生会館でサルトルの最初の小説“La Nausée”（『嘔吐』）を読んだ。五〇年代のサルトルには本来の哲学的、思想的な作品に加えて、政治的な論文、発言が見られるようになり、現実の政治に触れはじめた私たちを惹きつけるのに十分だった。すでに翻訳を読んでいたとはいえ、原文は一行一行が明快である上に奥深く、感覚的であり、独特の旋律があり、それまでの文学作品とは異なる新奇さがあった。

秋の終わりに、父は一年四か月にわたって連載してきた『緑地ありや』を脱稿している。十二月号の掲載を待たずに単行本の準備は進行していた模様である。父は八方塞りの苦況をのがれるためにも自らの回想のなかに生きなければならなかった。父の心の裡と私の体験している刺激にみちた日常とは少しも交わらなかった。母は『緑地ありや』を書き上げた後の父の虚脱を憂えていた。私たちは知らなかったけれど、母は『緑地ありや』を読んでいたのだろうか。

　この年、父は『詩の作法と鑑賞の仕方』を金園社より出版している。戦後の逼迫した経済状態にあって、金園社とのつながりは有り難かったろう。前年から続く金園社との縁がのちの詩全集に結びつくのである。

　昭和三十二（一九五七）年がはじまり、一月末に『緑地ありや』は講談社より刊行される。実質、二か月余りで本は作られたわけである。装幀は田中岑氏。枯葉と木の実を配した控え目な表情が好ましい。初恋の慶子との出会いから彼女の死までの青春を描く作品には「愛と死の記録」の副題が付された。「あとがき」において、父は初めはフィクションを考えていたが、毎号、過去の詩を引用してほしいという依頼に、自伝小説を求められているのを知った、という意味のことを記している。それゆえ、

「『緑地ありや』一篇は、私の体験を生のままでぶっつけたものと言へる。（中略）善かれ悪しかれ自分の歴史を歪曲す

ることができないのだから、奇も変哲（へんてつ）もないストーリイのままで、一応、自伝的小説の形となった。」

と書いている。

年譜もなく、ごく簡単な略歴しか残していない父大木惇夫の足跡を辿るには、父自身が「自伝的小説」と言い切っている『緑地ありや』のみがゆいいつの手がかりとなっている。

しかし、自伝ではないこの「自伝的小説」には、事実と相違する記述や意図的な潤色も少なからず見出される。にもかかわらず、それに依拠せざるを得ないのが悩ましい。舐めるように父の足跡を見つける作業を経て、ようやく明らかになった事実がいくつもあった。

これまで世に出てきた大木惇夫に関する文章のほとんどは『緑地ありや』に依っているものと思われる。それ以外に方法がないためであるが、父の生涯をたどる作業を続けてきて、つくづくこの作品は「小説」であり、父の半生そのものではないことを痛感している。すべてを事実として受け取る危険を思うのである。

父大木惇夫の生涯にまつわる悲しみの色調は、初恋に遭遇する第一章より終章まで、本作品に通底している。

読むほどに、メランコリー、悲痛、悲嘆、失意、絶望といった感情なしに父の生涯は考えられないと納得する。わずかな歓喜の時でさえ、父の心はつぎに来るだろう悲運の予兆に戦いている。

『緑地ありや』は父の十六歳より三十六歳までを描いているのだが、冒頭の文章は「（前略）私の暗い生涯の遠景にいつも枇杷（びわ）の花の陰影が泛（う）かぶ」ではじまり、そのトーンは最後まで続く。この執拗なほどの悲しみについての記述は、〝悲しみの感情〟が父にとっての親愛の感情であるばかりか、むしろ父の性格にひそみ、そこに棲みついた気風でもあったのではないか、と思わせる。悲しみに包囲されてこそ父の変形した安らぎが生まれる、ともいえそうだ。また、六十歳を越えて書き出した自伝的小説にも若き日の感情がそのまま放出されているのが異質である。

作品は十三章から成るが、初恋と別れを回想する第一章、第二章、第三章が際立ってすぐれている。そして、ほとんどの章に数篇の詩が置かれてあり、それらの詩が文章を牽引している。詩が圧倒的な力を示している。そこに、父が詩人であることの特性が明らかにされる。父の自伝的小説は散文を凌駕する詩というものの象徴性を顕わにしている。

例えば、「憧れのこころ／みたすすべなし、／いたづらに枇杷の花咲き／みぞれ降り。」（「断章二」『風・光・木の葉』）の一節は第一章の運命的な初恋の予感に揺れる少年の期待と怖れをうたって圧巻である。どの章も詩のイメージにみちびかれてすすみ、詩の余韻に浸りつつ終わっている。詩の配置や選別の方法はさすがというべきだろう。

選んだ詩について作者自身が書いている「あとがき」の文章は重要と思われるので、少し長いが引用しておこう。

「終りに、この長篇に引用した自作の詩と本文との関係について一言する。『緑地ありや』は、私の恥ぢ知らずな青春と、稚気多き言動と、苦惨にみちた生活と、唾棄すべき体験を綴つた貧しい記録にすぎないが、これは私の詩がどういふ環境から、どういふ心境のもとに成つたかを知つていただくキイにはなり得たと思ふ。或はまた、この記録のゆゑに、私の詩が傷つけられるかも知れないと思ふ。そのいづれであつてもいい。所詮、責めは私が負ふのである。少年時代から、私が悲惨であつたから、平安と光を求めた。私が低いから、高いものを求めた。醜いから、美しいものを求めた。濁つてゐるから清さを求めた。――求めたそれらのものは、すべて詩であつた。詩は、私にとつてカタルシス（精神的排出――浄化作用）であり、畢竟、詩は私にとつてレミディ（救ひ）であつたといふのほかはない。」

パセティックなこの自伝的小説において格別に光るのは各章に置かれた詩であると私は書いた。詩のない『緑地ありや』を考えるのは、かなり苦しい。

ところが、父の自伝的小説は出版界の友人、知人に思ったより厚意的に、いや、むしろ思いがけなく愛情深く受け入れられた。

四月二十五日に東急文化会館ゴールデンホールで開催された『緑地ありや』出版記念会は盛会であったという。（私たち家族は呼ばれなかった。）発起人は八十三名。青江舜二郎、白秋夫人北原菊子、今日出海、佐藤春夫、巽聖歌、野間省一、水野成夫、大宅壮一、金子光晴、北原武夫、西條八十、下中弥三郎、富沢有為男、広津和郎、細田民樹、南喜一、阿部知二、石川達三、内山賢次、川路柳虹、羽生操、松尾邦之助、本吉信雄、保田與重郎、山田耕筰、若山為三、飯田信夫、伊藤幾平、伊馬春部、尾崎士郎、木俣修、サトウハチロー、林房雄、深尾須磨子、宮柊二、八木隆一郎、山内義雄などなどの諸氏である。

なお、当日出席できなかった保田與重郎氏の五月五日付の手紙が残っている。

「大へん失礼申してをりましてお許し下さい　以前に『緑地ありや』いたゝき御礼も申してないまゝでをりました　大へん面白く、感動してよみました、小説の構成もよし、その思想のふかさにうたれました、作中主人公をつゝむ人生の好意にも大いにうたれました、どちらかと申すと茫洋としたこの世の人情に感動しました、罪の意識や苦の意識よりその方を感じをりました。人間的なものの高さを久しぶりで味ひありがたくおもひました、なほ小生の稚い感傷ですが、花をもつてあらはれのちに芸者になりそれから友人と一緒に心中する少女　道ばたで花をくれた少女の姿がまぼろしの如く目にたち、泪が出ました、これは一番とりとめない一つの印象ですが、どの人物も印象あざやかに描かれてゐるといふ証に申したいのです　過日出版のお祝の会あつたこと存知てゐます、去年は小生上京一度もせず殆ど篭居しました、今年は東京でお眼にかゝれると楽しみをります」

自身の住所を「大和國桜井市桜井」と書くのがいかにも保田與重郎らしいと感心した。墨の濃淡が美しい風格の筆蹟である。

保田氏は最後まで父の理解者として一途に詩人大木惇夫を守ってくださった稀有な人であった。父が後に「大木惇夫詩全集」（全三巻）の全解題を保田與重郎氏にゆだねるのは当然の選択であったろう。それについてはこれからの章で触れていかなければならないが、手紙に「作中主人公をつゝむ人生の好意にも大いにうたれました、どちらかと申すと茫洋としたこの世の人情に感動しました、罪の意識や苦の意識よりその方を感じをりました」と書き送る保田氏のなかに浪漫的精神の純粋性をあらためて知らされる。

父と保田氏の深い関わりを考えるならば、父の人生や仕事にまつわる不遇や不運もいくらか薄められそうな気がする。

『緑地ありや』にかかりきる約二年がなかったとしたら、父は経済的な苦況に呑み込まれ、とうてい精神の均衡を保てたかどうか知れない。

『緑地ありや』が本になり、多くの友人、知人に祝福され、作者の手を離れた後も、借財は利息をのせて増えつづける。負債の黒い山を背負った父は、現実にがんじがらめにされてもなお、というより現実の重圧に拉がれていっそう、慶子との愛の追想に逃げ込んで行く。それは、父と私たちとの間に埋めようのない距離が生まれようとしていた日々と微妙に交錯している。

25 『和訳　六時礼讃』に到る数年

『緑地ありや』を出版した翌月、早春の光を受けてさえ、父の心に晴れ間はなかったろう。素人には考えられない負債の山をかかえ、昭和三十二（一九五七）年、六十二歳の父は憂鬱にとりかこまれていた。

父も兄もいない女四人の家庭はともするとが淋しく湿りがちに思われそうだが、実際にはガヤガヤとうるさく、笑いにみちてもいた。私は二十歳の大学三年生になり、妹は私立頌栄女子学院高校に入っていた。両親や家に影があろうと、私たちの日々は変化に富み、考えなければならない問題が山積していた。学校生活があったし、Nとの勉強の時間もあったし、中学・高校を通して続く親しい友人との交流もあった。今になって、それがどれほど重要な精神の交流であったかを痛感する。

六月十六日、父の母である祖母千代が亡くなる。八十三歳であった。末の息子佳雄宅でひっそり生きた祖母を私たちは桐ヶ谷葬儀所で弔うのだが、疎開先の田沼で会って以来、ほとんど接触する機会がなかったせいか、自然に湧き上がってくる悲しさはなかった。長男の父は孝行息子であったから、同居は出来なかったものの、経済的に母親を困らせることは決してなかった。母親を託すという意味で末弟一家の生活を背負ってもきたのである。

父はさすがに悲し気に沈んでみえたが、母親を無事に見送ったという安心感もどこかにあったろう。二十一歳で自分を産んだ若い母親をうたった詩が数篇あるけれど、父はこの母親に寂しい気持を抱きつづけてきたのではなかったろうか。婚家の没落や夫の遊蕩によって不幸にしおれていたという祖母は、長男の父にも心を見せる人ではなかったらしい。母親への並はずれた思慕は、次々に産まれる妹や弟の存在ゆえに抑えられ、母親の愛を自分のものと感じられずにいた父は、生涯この母に対して愛情の飢餓感を抱いていたと思われる。父は母親にはつねに優しい息子でありつづけたけれど、母の愛を全身に浴びる幸せな思いを知らずに母子関係の終焉を迎えてしまったのではなかったろうか。

幼い日より父をとらえた不安定な暗い感情、悲しみを父の心に育てていった大きな要因は、母親の愛情表現の拙さにあったのではないだろうか。息子への愛が薄かった訳ではないだろうが、豊かな心の持主ではなかった祖母は私たち孫に対しても愛情を示すことをしなかった。「広島のおばあちゃん」が放つ一種独特の冷やかさはおのずと子どもに伝わり、どの子も父方の祖母を敬遠したものだ。母親に与えられた積もりにつもった寂しさが父を抑制のきかない感情家、感傷過多の人間にしてしまった面もあると思う。
いずれにしても父は母親という存在の重荷からは解放されたのである。その日、父と私の母は夫婦として葬儀にのぞんでいたが、母は父の悲しみを共有できないでいた。父に生活のほとんどを頼っていた祖母や叔父夫妻は「カギ」の御機嫌をとるしかなく、母を疎外してきたのだから、母が姑の死に涙するはずはなかった。母は親戚の人たちに儀礼的に接していたが、母の心身の疲れが想像できるのだった。梅雨の明けきらぬ時期にしては真夏を想わせる陽射しのもとで、人びとに挨拶する父母の不調和な姿はだれの目にも明らかだったろう。私たちの家の内部でだけ仮の夫婦はどうにか成立していたのだ。親しみのないいとこたちやその子どもと談笑しながらも、祖母を悼む気持はみんなの心に宿っていないのを私は確認した気がする。

夏休みを迎え、現状での不満が溜ってくると伊藤誠君に手紙を書き、彼の手紙に挑発されてまた手紙を出す、という反復が私の精神の均衡を保っていたようだ。時には大森の彼の家に遊びに行ったり、いっしょに伊部先生の家を訪ねたりした。

読みすすめているサルトルについての私の手紙への彼の返事には、サルトルは魅力的な論理を展開するが、唯物論批判は感心しない、といった記述があり、微笑ましい。ちょうどマルクス経済学の原理論、ことに恐慌論をゼミで学んでいる伊藤君にとっては、受け入れ難いところだったろう。
サルトルという巨大な存在に向き合うのは初めから困難なことで、たどたどしく作品を読んでいく行為しかないのだった。人間の意識にのみ密着するサルトルの世界は、近づきかけてもなお未知の領域であるのをたえず感じさせる。それに向かう無謀さが魅力に思えるのだろうか。暑さにげんなりしつつも、評論、小説、劇作の間をさまようしかなかった。

八月も終わろうとするある日の午後、祖母の葬儀以来、顔を合わせていなかった父がやって来た。家には母と私、それに妹がいた。ベージュの麻のスーツに、白いパナマ帽を被った父は、いきなり私に「これから広津のところに行くので、まりえに時間があるなら連れて行こうかと思って」と言うのだ。唐突だったが、広津という名前に私は反応し、「広津って、お父様、広津和郎さんのことなの？」そう聞きながら私はもう乗り気になっていた。広津和郎なら「中央公論」に連載中の「松川裁判」を読んでいた。社会的事件に日本の作家が参加するのはきわめて稀であるし、その動機が松川事件の被告たちの書いた文章に真実を感じた、というのが私たち学生の心をも動かしていた。エミール・ゾラがドレフュス事件を援護したことを仏文の学生はみな知っていたし、「松川裁判」を読んでいる者はかなりいた。当時の学生は「中央公論」や「世界」を読むのがふつうだった。
ほとんど話をしない状態の父と二人で行動する気の重さよ

りも、広津さんに会うのならついて行きたいという好奇心がまさった。

父と私は目蒲線で目黒駅に出て、山手線で目白駅に向かった。冷房などなかった時代だったから、開け放した窓を通して強い熱風が吹きつけ、父はパナマ帽を膝の上に置かねばならなかった。私は不意にこう訊いた。「お父様は広津さんと親しいの？」「ああ、若い時分からよくしてくれる。めったに会わないがね」。父は微笑を浮かべてそう言った。確かに父は詩人よりも作家との付き合いのほうが多かったかもしれない。幼い日、目白の家に現われた横光利一、父の口からその名を聞いていた大佛次郎、井伏鱒二、尾崎士郎……。とりわけ井伏氏は福山の生まれで父とは同県人であるところから、長い交友があった。八〇年代にお会いした時、井伏氏は私にしみじみ言われた。「惇ちゃんは気の毒したね」。父の生涯を気の毒と井伏氏は感じていらしたのだろう。

目白駅一帯は父と私にとっては格別に懐かしい場所のはずであった。改札を出たとたん、私はそこに父といるという現実に平静でいられなかった。二十年ほど前の父と私は世界のだれよりも親密な親子だった。父は私を抱いて散歩するのを日課にしていたし、私はその日々を信じられないくらいはっきりと憶えていた。私の心が揺れるように父にもそうであって欲しかった。だが、父は何の感慨もない様子でタクシーを探していた。電車のなかでの会話も乏しく、父は疲れきって目を閉じていたりした。話しかけるのもためらわれたのだ。

待っても空のタクシーは来ず、仕方なく父は私に「歩いて行こうか」と言った。真夏の猛烈な陽射しのもと、私たちは無言でひたすら歩いた。音羽・護国寺裏にある広津氏の仕事場は遠く、歩いても歩いても近づけない気がした。身体中の水分が汗になって放出される感じである。ハンカチで顔の汗をふく私を見て、さすがに父は「もう少しだからね」と慰めてくれた。父は明治生まれの人間だけあって、脚力は強かった。それに、少年時代から移動の基本は歩くことだったのだ。

広津氏の家は坂道に沿った静かな一郭で、石段を数段のぼった記憶がある。狭い玄関を入ると、すぐ茶の間があり、写真で見知っている広津さんが卓袱台を前に座っていた。「やあ」「やあ」といった挨拶をしあい、父は「二番目の娘の毬栄で早稲田の仏文に行っている」と、私を紹介した。広津さんは挨拶する私を見ながら頷いている。しばらくして、お茶を淹れてくださった広津さんが、「細田とは会っているの？」と父に訊ねた。「いや、なかなか会えなくてね。彼の住まいが東京じゃないので。電話で話したのは半年前だったかな」と、父が答えた。その時、初めて私は父と広津さんとの交流を理解した。

話題の主、細田民樹は広島出身の作家で、父とは少年時代からの文学仲間である。少年の日、早稲田の文学部にすすんだ細田を父がどんなに羨しく感じていたかは、すでに書いているが、父より三歳年上の細田民樹と四歳年上の広津和郎は早稲田で知り合い、同郷の先輩細田を介して父は広津を知ったのだろう。

　プロレタリア作家として一代を画した細田民樹を信頼している様が、広津さんの口調に表われていた。ひとしきり細田民樹の話が交わされた後、ありきたりの談笑がつづいたが、会話はとぎれがちになっていた。「松川」の話になる気配もない。父はどんな用件で広津さんを訪ねたのだろう、と私は居心地の悪さを感じはじめた。「松川裁判」の状況について質問するどころではなかった。父が無言なので、私も沈黙していた。

　気まずい空気のなかで、広津さんが気遣って、「仕事のほうはどうなの？」と父に訊ねた。「いやあ、それが『詩の座』を出したせいで借金がふくれてしまってね。辛い状態なんだがね。創作の意欲は失せていないよ」。「それはいい。物書きは書く意欲だけが肝心だろうよ」。いたわるように優しく広津さんが合わせた。広津さんは深い思いやりの目で父を見つめた。父は気弱な微笑を浮かべ、「久し振りに会えたのに、昔みたいな元気は出ないね。もう一生の仕事をまとめる時期なんだけどね」と、返した。「そんなことはないさ。一生なんて、無我夢中で終わってしまうものなんだろうよ」。淡々と悠々と答える広津さんは実に素敵だった。

　それでも小一時間は広津さんの家にいただろうか。辞して外に出ると、五時をまわっていた。父はタクシーを止め、「どこか山手線の駅へ」と頼んだ。新宿駅で電車に乗り、父と娘は目黒駅で別れた。私は奇妙な訪問について、父には何も聞かなかった。気が滅入ってとても聞けなかった。細田さんがいっしょなら、話は弾んだだろうか。父の行為が悲しくて、気が重くて、私は母に詳しくは話せなかった。

　後に父の大借金が判明してくるのだが、あの日の不自然な父の素振りは、もしかしたら金策に窮し、父は広津さんに会いに行ったのではなかったろうか、とも思える。行きはしたが、お金の相談は切り出せずに終わったとも考えられる。父の思いつめたような、落ち着かない態度は、旧友に会う人のそれとは見えなかった。広津さんも電話で約束して現われた父が何の用件で訪れたのか、最後まで解せなかったのではないだろうか。

　私にとっても不消化な訪問であったが、この年の十一月、家庭教師に行った帰り、雑司ヶ谷から目白駅に向かう路上で、私はばったり広津さんにお逢いする。幸いに広津さんは私を憶えていてくださった。夕暮れ時、広津氏は焦げ茶色の着流し姿だった。疲労の色濃い広津さんを見て、私はこう言わずにはいられなかった。「夏には父とお邪魔をし、失礼いたしました。お身体はいかがでしょうか。裁判はまだまだ続きそうですが」。すると広津さんは穏やかな表情で言われた。「もう若くはないんで、疲れますね。でも、大丈夫ですよ。もう踏み出してしまったからね。結局、もの好きなのだね」。「もの好きなのだね」と、苦笑まじりに言われた広津さんのいたずらっぽい目の色を私は忘れないでいる。ほんの数分間の立ち話なのに、それは貴重で幸せな再会に思えた。尊敬の気持をこめて私は広津さんの後ろ姿を見送った。

時間は前後するが、たいした実りもなく、二学期になった。私には久々の大学が新鮮に思えた。級友との生活が戻ってくる。残暑はなかなか去ろうとはしなかった。

そんななか、九月二十二日、朝刊によって、砂川闘争を指導した全学連と労組の人びとの検挙を知った。いきなり冷水をかけられた気分にとらわれる。あの時、基地に〝不法侵入〟したのは、彼らのほかに大勢いたのだし、そのなかに私もいた。それなのに、どうして、彼らだけが、しかもこの時期に逮捕されたのだろうか。彼らへの弾圧は当日後方にいた私たちへのものでもあった。嫌な空気が感じられてならなかった。

父は八月以来、姿を見せなかった。父と娘が共有したあの日について話したかったが、次第に熱がさめてしまった。私たちが自然な父娘の関係にあったならば、あの日だって、「広津さんにどんな御用があったの?」と、帰りの電車内で聞けただろう。しかし、往きと同様に打ちひしがれた感じで目を閉じている父には声をかけられなかった。

早稲田での三年目の二学期も間もなく終わろうとしていた。時間は九月に入ると一気に年末に向かって疾走して行くようだった。私はNとサルトルの原書〝Les mains sales〟(『汚れた手』)を読んでいた。セリフの一つひとつに痺れる政治劇だ。サルトルの戯曲ではこの『汚れた手』と『悪魔と神』に最も惹きつけられた。仏文に入った頃は、卒業論文を書くならポール・エリュアールにしたいと思っていた。エリュアールの詩集〝La vie immédiate〟(『直接の生命』)以上に魅了された詩集があったろうか。超現実主義的でありながら、象徴主義的な端麗さと抒情にあふれている。彼のレジスタンス期の政治的な詩にさえ繊細な抒情を読むことができる。しかし、私たちのいる時代はエリュアールが生きた政治的時代よりもさらに複雑になり、激烈な変化に見舞われていた。一九五三年三月、スターリンが死去し、五六年二月、ソ連共産党大会でフルシチョフによるスターリン批判が行われた。それ以降、ソ連は平和共存路線を行くはずであったのだが、十一月、ハンガリー動乱が起こり、ソ連が軍事介入する事態が起きている。

サルトルは直ちに「レクスプレス」誌において、ソ連の軍事介入を批判している。サルトルの「ハンガリー事件」批判に私たちはひどく心を動かされていた。社会主義神話に呪縛され、疑問を抱きはしても重い沈黙をつづけるしかなかった世界の知識人に先駆け、事態を指弾した行為は衝撃的なものであった。サルトルは生きている哲学者、困難な時代の先頭に立つ文学者の姿を示していた。

社会的なものとサルトル的主体性の問題との関係を摑むのは難しく、また、自分自身の問題としてとらえきれはしない。

社会全体のなかでの自己の主体性や自由はどのような意味を持つのだろうか。あるいは、社会的歴史的な存在と自己の存在との関わりをどう考えればよいのだろうか。考えれば考えるほど解らなくなってくる。だが、手に負えないというところに却って惹かれるのだろうか。難解であるとしても、努力して読みつづければ、その哲学と文学世界に触れることくらいは可能かもしれない。私のなかをそのような思いが旋回し、新しい年を迎える時期には、卒論の目標はサルトルにしぼられていった。

昭和三十三（一九五八）年の正月も慌しい空気のなかで迎えた。大木家恒例のかるた会はここ数年忘れられていた。いや、ここ数年ではなく、今後、家でかるた会は持たれないだろうと、私は予想していた。父の心にどうにか家族の形を残したいという考えが消えたと感じられた。広津和郎氏を訪ねた日の不可解な父の様子、疲労によって余裕を失っている父の姿を忘れられないでいた。負うものが大きすぎて、私たちの生活に向ける関心を捨ててしまったかのようだった。

私が大学四年のこの年、父にとって最悪の事態が起きていたのを知るのは、父が亡くなってだいぶ経ってからだが、七月に五百万円を越える不渡りを出していたのだ。まず、事業をやっているのでもない物書きが、手形や小切手を切る行為そのものが信じられないけれど、「カギ」が父の実印を使って借りまくった借金は膨大なもので、借金の穴を埋めるためにまた他で借りる、というふうに、際限もなく増え続けた結果である。

「詩の座」によって相当の負債を背負ったのは想像していたが、父の経済的苦況がどんなものかを知らされていない家族は、父の疲弊した姿を見るたびに、不安で気持が萎れるのだった。私たちに打ち明けられないまま、父は「カギ」と二人三脚で金策に駆けずりまわっていたのだろう。詩人の生活とはまるで異なる無頼な日々を父は送っていたことになる。

大学院にすすみ勉強をつづけたかった姉も家の経済状態が逼迫しているのを知っていたので、その道を断念し、卒業後は就職口を探しながらアルバイトをしていた。父は姉が卒業したら働いて欲しいと母に伝えていたらしい。大学卒の女子にとっては就職先が極端に少なく、社会への入口は固く閉ざされている時代だった。姉に対してと同様、私にも働いて欲しいと父は考えているはずだ。大学院への希望は持っても意味がない。早い時期に大学院進学を決めているNや伊藤君の境遇が心底から羨しいと思った。

九月には卒論のテーマを選択しなければならない。サルトルに関心が集中しているのは確かであったが、サルトル自身が同時代を生きているのであれば、彼の思考がこの時代の試練に激突しつつより尖鋭に変化していくとも考えられる。サルトルの全体像を対象にするのは困難だろう。サルトルのいくつかの作品のなかに見出したテーマに沿って考えていくしかないのではないだろうか。
そんなことで悩んでいる私にある就職試験の情報がもたらされた。クラス中で話題となったのは、中央公論社が新入社員募集の新聞広告を出したというのである。私は気づかなかったが、新聞の切り抜きを持ってきた学生がいて、みんなで覗き込んだ。従来、出版社は新聞社とちがって規模が小さいので、公募という形はとらないようで、縁故の枠で入社試験をするのが通常らしい。募集記事を見て嬉しかったのは、「女子は不可」の記載がなかったことだ。ただでさえ就職が閉ざされた文学部であったため、クラスのほとんどの人にとって、中央公論社の社員募集は吉報なのだ。私が友人たちに倣って願書を提出したのは、九月半ばであった。

九月末に第一次試験があった。私たちクラスの数名が指定されたのは法政大学の講堂で、当日、会場には他にも顔を見知っている早稲田の学生が何人もいた。一次試験は一般的な学力テストと課題テストの二種類だった。語学は英語、フランス語のいずれかを選択すればよかった。おもしろかったのは課題テストで、「総合雑誌一冊分の目次を作りなさい」という問題なのである。「中央公論」「世界」「文藝春秋」をよく読んでいたし、要するに頭のなかで作る雑誌なのだ。机上の雑誌なのだから、どんなに豪勢な執筆者を並べたってよいはずだ。その時期のジャーナリズムが欲するビッグネームをちりばめ、ありえない目次を作る楽しさに、私は試験の緊張を忘れていた。楽しめたのだし、受験者のあまりの多さに結果はどうでもよいと思うしかなかった。
ところが、二週間ほど後に中央公論社からの封書が届き、開けると、第一次合格の文字が目に入った。その横には第二次試験の日時が記してあった。考えられない展開によって受かってしまった。友人たちに誘われて受験した私が残ってしまうとは。

数日後の第二次試験は京橋の中央公論社で行われた。面接試験を受けるために集まったのは三十名くらいだったろうか。廊下で待つ間に「民科」でいっしょだった二年先輩の水口義朗さんの顔を発見した。独文科を出て大学院にすすんだ水口さんは、いつもと変わらず落ち着かぬ態度で明るく「ようっ！」と言って笑った。私が不安になったのは、女子が二名しかいないことだった。「女子は不可」とは明記していなかったが、やはり男子だけを採用するのだろうか。不審に思っているところへ、私の名が呼ばれた。面接第一号が私だった。社長室には社長らしき人のほか幹部が五、六名いた。最初に神経質そうな社長と思われる人（後に嶋中鵬二社長とわかる）が、私の背後にある壁を指さしてこう言った。「あなたの後ろの壁に掛かっている絵はだれの作品かわかりますか？」まったく予想外の質問である。壁の絵を眺めた私は「あっ！」と叫びそうになったが、落ち着き払って「高橋忠弥の絵ではありませんか」と答えた。社長は細い目をさらに細めて「フフン」と言いながら笑った。「そうです。高橋忠弥の絵です。

最近、掛けたばかりですよ。よくわかりましたね」

私が高橋忠弥の絵にとくべつ詳しいのではなかった。仏文クラスの兄貴分である菊池丘さんが美術好きだとはすでに書いたけれど、その菊池さんが数か月前に画集を抱えてきて、強引に見せたのが高橋忠弥の絵だった。私の視覚に高橋忠弥作品の特徴が焼きつけられていたのだろう。反射的にあっ、これは忠弥だ！ という直感が働き、自然に答えていた。

その他は、中央公論社の雑誌、出版物についての質問があった。

終わって廊下に出ると、数人が私を取り巻いた。「何が出た？ 何を聞かれる？」水口さんがせかせかと聞いた。「あのね。部屋に掛けてある絵について聞かれた。高橋忠弥の絵」。まわりに聞こえるように私は答えた。

頭角をあらわしてきた画家に中央公論社が注目し、気に入った社長が部屋に飾った絵が高橋忠弥の一枚であった。忠弥を知っているかどうか聞いてみよう、という気持が生まれたのだったろう。

二次試験の結果は葉書で知らされた。簡潔に「採用します」と記してあった。十月になっていた。本当に思いがけない成り行きであった。私はおそらく、「高橋忠弥」で引っかかったのだと信じている。そのように、偶然、編集者の仕事を解さないまま、私は中央公論社に入社することになった。

その後はめまぐるしい速度で時間が過ぎて行った。卒論に集中するうち、新しい年、昭和三十四（一九五九）年に雪崩込んで行く。私は結局、「ジャン゠ポール・サルトル論―サルトルにおける自由の発展」というテーマで卒論を書いていた。論文の指導は河合亨教授。先生は「私はサルトルを専門にしているのではないが、サルトルは現代フランス文学を語るのに欠かせない存在ですから、私も勉強したい」といわれた。

卒論をどうやら書き終えようとしていた二月、大雨が降りしきり、家のすぐ前の川が氾濫した。川に面した家々が軒並み床上浸水する事態となった。私は迷わず卒業論文を二階のある山本医院に預かってもらった。

大水の一か月後、三月十五日、兄が日立出身の大窪伊都子と結婚する。式は目黒の雅叙苑で行われた。媒酌人は平凡社社長下中弥三郎氏夫妻だった。この件は兄が直接、父に頼んで決まったものである。父自身も兄に対してはせめて親らしい役目を果したしたかったのだろうか。

四月、私は中央公論社に入社する。結局、新入社員は十一名で、女子は私一人であった。私の場合は、およそ五か月、校閲部と「婦人公論」編集部での見習い期間が予定されていた。入社して間もなく、総務部から編集者には執筆者の保証人が必要なので早目に探すように、といわれた。母は速達でこの旨を父に伝えた。二、三日経って、近くの酒屋さんから電話がかかっていると知らせてきた。万一の時にそなえ、電話を取りついでもらうよう頼んであったのだ。父は「まりえの保証人は金子光晴にしてほしい」と母に伝えた。「近くまりえを金子君に引き合わせる」とも言ったという。

その言葉どおり、四月末、仕事中に父から電話があり、日本橋の南画廊で難波田龍起展をしているのだが、一時間後に来られないだろうか、というのだった。私は場所を確認したうえで、部長の許可を得てから画廊に向かった。そこにはすでに父と金子光晴氏がいた。二人とも難波田画伯と昵懇の間柄だし、では画廊で会おう、という話になったらしい。

青灰色の抽象画を前にして、父と金子さんの会話が弾んでいた。広津和郎さんの時とはまったくちがう気安い雰囲気があった。二人の詩人は作風も考えかたも、生きる方法も別々なのに、会えばすうっと昔の関係に戻って行けるのだろう。あの怜悧かつ独特の感覚が点滅する評論『絶望の精神史』を著す金子光晴がよく父大木惇夫を受け容れてくれたものだと思う。

「たとえば、今度の敗戦にしても、人心の裏返りの早さは、みごとといってもいいくらいだ。」（『絶望の精神史』「まえがき」）と書く人が抱いている、日本人の精神の動きかたへの懐疑のなかでは、父の愚行はともかく、「裏返り」しない不器用さはおそらく許容されたのだ。

また、画廊には二人の詩人が同じ時を共有するにふさわしい難波田龍起の絵が飾られていた。絵の具の使い方に特徴のあるゴツゴツとした質感と生命力。それでいて、どの絵もきりりとした洗練を伝えてくる。

金子光晴さんは飄々とした風情ながら目には濃い翳りを宿していた。保証人になってくださったお礼を述べたが、「いやいや、お父さんには借りがあるんでね」と、恥しそうに答えるのみで、父の後ろに隠れるようにしていた。『こがね蟲』や『鮫』の詩人に個人的な後ろ楯になっていただく誇らしさに浸って、私は目の前の詩人にほとんど何も言えなかった。父たちと近くの料理屋で遅い昼食を採ったあと、私は社に戻った。

五時を過ぎる頃、父から電話があった。あれから金子光晴さんと京橋、銀座とブラブラ歩き、今、新橋の天麩羅屋「橋善」で呑んでいる。「仕事が終わったら、こちらに来なさい」というのだ。校正の仕事に飽きあきしていた私はすぐに出かけたくなった。

さっきまで会っていた娘を再び呼び寄せたくなった父の心理は想像できない。その日の父は金子光晴さんの前でごく自然に父親らしく振舞っていた。憔悴しきった父の姿を目に残していた私は、楽しそうにしている父を見て、やはりうれしかった。

「橋善」の個室では二人の詩人がしたたかに酔っていた。午後の間、酒を呑みつづけていたのだろう。父は私を認めると、ここにおいで、というふうに手招きした。重苦しい債務を背負っていてさえ、酩酊は束の間の解放を父に与えるのだろう。まして、その日は弱みを見せられる金子光晴といっしょの席なのだ。
卓上にはお料理が並んでいるのに、手をつけた形跡がない。二人ともひたすら盃を口にはこぶだけのようだ。お銚子を盆にのせて仲居さんが現われ、向かい合って座る父と金子さんの脇に膝をつき、それぞれにお酌をした。父は仲居さんの対面に座っている私を「ぼくの娘だ」と言ってから、「うまい天麩羅を食べさせてやってくれ」とつけ加えた。「はい、かしこまりました」と返事をした仲居は、「先生方の色紙をおかみが大変喜んでおりました」と父たちに伝えた。日本橋の店でもそうだったけれど、ここでも父たちは色紙を書くように請われたのだろう。前の店で父は「風人抄」の一節「風なるか、風なるごとし、／わがこころ欲りするままに／きのふ過ぎ、けふもまた過ぐ」と書いていた。金子さんの色紙はよく見えなかったが、漢字四文字をさっと書き、素早く裏返してテーブルに置いていた。

運ばれてきた天麩羅を食べていた私は、ふと目を上げて驚いた。向き合って座る父と金子さんに挟まれる形で脇に座った仲居さんの白い手を片方ずつ二人が握っている光景があったからだ。仲居さんはにこやかに二人に両の手を預けている。小ぎれいなさっぱりした感じの仲居さんではあるのだが、共に六十四歳の詩人が嬉々として一人の女性の手を握っている図は妙なものであった。子どもっぽいというか、邪気がないというか、私はただ笑って見ているしかなかった。今でもあの光景はよい思い出となって生きている。

私と前後して姉も文藝春秋に入社していた。図らずも私たちは揃って編集者になってしまった。見習い期間を終えた私は、九月、「週刊コウロン」編集部に配属される。そして、初めて担当した作家が松本清張だった。十月に創刊する「週刊コウロン」に連載予定の推理小説『黒い福音』の担当者として、新入りの私が選ばれたのである。「中央公論」「婦人公論」などの月刊誌を発行してきた老舗出版社にとっても、週刊誌は未経験であったから、刊行直前になって当初の予想を上廻る人員が必要と判明し、やむなく新人の私が起用されたのだ。前年に『点と線』『眼の壁』が大ベストセラーとなり、すでに『或る「小倉日記」伝』によって芥川賞を受賞していた松本清張は異例の国民的作家への道を歩み出そうとしていた。作家にとっての岐路にさしかかる重要な時期でもあった。

まだ残暑が厳しかった九月のある日、東京・練馬区上石神井の清張邸で挨拶を交わすと、作家は眼鏡の奥の大きな目をまっすぐ私に向けて言った。「きみの大学での専攻は何かね？」「フランス文学ですけれど、エドガー・アラン・ポオも好きです」。推理小説に暗い私の苦しい答えだった。

ミステリー嫌いを隠そうと苦しまぎれにポオの名をあげた私を、清張さんは呆れたように見すえ、苦笑した。その苦笑が実に感じのよい、本当に困ったなあ、という気持を表わしていて、私はある親近感を清張さんに覚えた。

『黒い福音』の題材は同年三月に起きたスチュワーデス殺し事件である。単なる殺人事件ではなく、容疑者がキリスト教サレジオ会に属する教会の神父であったために、日本中の注目を集めていた。神父と殺人事件の取り合わせが人びとの好奇心をそそったのである。事件後半年を経て、松本清張は殺人事件の背後にあるカトリック教会の暗部に迫ろうと意欲的であった。重要参考人ベルメルシュ神父が三日間の取調べの後、まんまと羽田空港から出国してしまう謎だらけの事件は、清張さんを刺激するに十分だった。容疑者ベルメルシュ神父の逃亡によって、捜査活動は未解決のまま終了した形になっていた。

連載開始までの切迫した時間内に出来るかぎりの取材をしなければならなかった。多数の連載を抱えていた清張さんも、ここに来て、『黒い福音』に集中する必要に迫られていた。これまでに報道された新聞・雑誌の記事を私に集めさせ、担当刑事からは自ら情報を蒐集し、これらをもとに作家は小説の骨組みを作っていった。すると、積み上げたデータをもとにした独自の取材がさらに必要となる。経験のない私に取材させるもどかしさはあったろうが、他に手立てはなかった。仕方なく私に取材させてみようと思われたのではなかったろうか。

清張さんに同道して杉並区にある教会周辺やスチュワーデスの死体が発見された善福寺川の現場あたりを歩きまわった。事件直後は刑事や新聞記者が群がったにちがいないそれらの場所は、何事もなかったかのような静寂につつまれていた。写真を撮り、手帳にメモをする清張さんに倣って、私も教会の周囲や地図にない道や付近の家々を記憶に入れようと目を凝らした。

帰りの車のなかで、清張さんは「タイトルは『黒い福音』にするからね」と言われた。小説は作家の頭の内部で胎動しはじめていたのだ。それから二、三度清張さんの取材についで歩いた私に、清張さんは「明日からは一人で頼むよ」と言い渡した。緊張のあまり背中がすうっと冷たくなった。

警視庁を敗退させたほど結束の固いカトリック世界を、何の経験もない無力な私がどうやって取材できるのだろう。そうは思ったが、対象が度はずれて大きいために、その怖れには現実感が伴わなかった。それに、教会にとっては過ぎ去った忌わしい事件なのだ。だれが行こうが教会側が取材に応ずるはずがないだろう。それならば、新人の私にもハンディはないはずだ。

まずは事件記者になったつもりで、連日私は教会周辺を歩いた。出社し、他の受持ちページの原稿、イラストなどの依頼をすませると、教会近辺に直行する。だが、教会で働く人たちに話を聞いても、予想どおり、みんな沈黙で応えるだけなのだ。いくら歩いても少しの手応えもない。荻窪に出て遅い食事をとり、また、教会周辺に戻ってくる。

教会の門は万人に開かれていたものの、事件にまつわる話は完全にタブーになっていた。やむなく、教会の近所の家での聞き込みをはじめた。すると、ふつうの生活者にとっては、事件は風化していないとみえ、事件前の神父たちの目立った行動を話してくれる主婦もいた。

一つの事実が判明しかかると、次の展望も開かれる。私は珈琲店で取材内容をまとめ、上石神井の清張さんに届けた。するとと、もっと過度な宿題が出された。清張さんの要求は度を越していたが、執筆に喘いでいる作家を見れば、自分の仕事の辛さは取るに足りないものに思えてくる。

私の取材原稿が使いやすいと言われた時は、さすがに嬉しかった。そうなると、清張さんを喜ばせたくて、私はいっそう取材に熱中するのだった。取材のコツが摑めるにつけ、作家に何を求められているかが、飲み込めてくる。清張さんとの仕事の呼吸もどうやら合ってきたように思えた。

最初に松本清張を担当したお蔭で、私は編集者としての心構えを植えつけられたと思う。清張さんの原稿がどの作家のものよりも遅いために、受け取った原稿を持って大日本印刷に駆けつけても、出張校正室にはだれも残っていない。新人であっても誰に頼ることも甘えることも許されないのを知らされた。たった一人で現場に立つ孤独と向き合うのも入社一年目であった。長い編集者生活で幾度も遭遇した危機に対して、誰にも頼らず、という姿勢を保ちつづけられたのは、初期の体験が生きていたせいだろう。

夢中で仕事をするだけで精一杯の私は、姉がどんな編集者生活を送っているのかも知らなかった。姉も同じだったろう。自分の時間を自分のために使えた学生生活は終わったのである。深夜に帰宅し、数時間眠った後に出社する毎日がつづいていた。母だけが変則的な食事中に会社での仕事の話、交友関係を飽きずに聞いてくれた。父とのラジオドラマの仕事も絶えていた母は、子どもたちの行動にしか関心が持てない日々を生きるしかなかったのだ。

ハードな取材に明け暮れる日々では学生時代の親しい友人たちと会う余裕さえなかった。大学院で学ぶNや伊藤君や渡部君などを羨しく感じていた。私の毎日は人間らしい暮らしのさまざまな側面をみんな削ぎ落とした単調なものだった。もちろん、社会生活をしているという自負はあったが、これでいいのだろうか、といつも不満足を抱え込んでいた。友人と映画を観る約束も急務に阻まれ、結局は果たせなかった。デートすらできない寂しい青春時代になっていた。

清張さんは仕事をはじめて間もなく私の保証人に納まった。ある日、原稿を受け取りホッとしている私に「きみの会社での保証人はだれかね?」と聞かれた。出版社の慣例を作家は知っていた。「父の友人の金子光晴さんです」と答えると、軽くうなずきながら清張さんは「じゃあ、今日からぼくが保証人になってあげるから、社に帰ってそう伝えなさい」というではないか。清張さんの真意は聞かないままになったが、私の保証人は例外的に金子光晴さんと清張さんの二人になった。

年が変わって昭和三十五（一九六〇）年、『黒い福音』は順調に進行していた。作家の構想ノートに従い私が歩いて取材する。そして、取材原稿をもとに物語を創作していく松本清張の力量に励まされ、取材にもいっそう熱が入る。取材で得た事実の断片は巧みに抽出され、新しい生命を与えられ、小説のなかで秩序をもって動き出すのである。

社会派推理小説を生みだした松本清張は、さらにノンフィクションの形式で社会に根ざす構造的な悪を描く試みに着手していた。「文藝春秋」に連載している「日本の黒い霧」は、後の「深層海流」「現代官僚論」「昭和史発掘」につながる先駆的な作品であった。

仕事は努力すれば報われるが、家族の問題はそうはいかないものだ。四月に父は六十五歳になろうとしていた。莫大な負債をかかえ、生活は困窮する一方だった。詩壇、文壇からの疎外は相変わらずで、詩を発表する場は持てなかったけれど、仕事量は少しも減っていなかった。校歌は依頼に応じて数限りなく書き、また、謝礼の多い社歌をたくさん書いている。順不同で記せば、久保田鉄工、東洋曹達、丸善石油、東洋紡績、日産自動車、森永製菓、住友銀行、日本通運、東武鉄道、日立製作所、日本精工などなどの社歌である。

休む暇なく書いても、収入は利息の返済でたちまち消えてしまう。そのような状態のなか、父から母に手紙が届いた。原町の一戸建ての家賃が負担になってきたので、どこか安価な住居を探して欲しいという内容だった。滞りがちではあっても、父からの一定の送金を受けていた母は、この時、生活上の危機をあらためて悟った。

私たち女四人の家族は相談の結果、姉は原町近くに下宿し、母と私と妹が他に移り住むという案を選んだ。妹は三月に高校を卒業したのだが、受験をしないまま浪人の身でいた。忙しさに追われ、気づかないうちに、妹は暗い顔をし、大学進学の意欲をも失っていたのだ。学校嫌いの妹は家に引きこもって、黒猫（黒糖）と子犬（増水した川に流れてきたのを母が救った）相手にぼうっとしていたらしい。

妹をよくよく観察し始めて気づいたのは、彼女が小さな絵を描く楽しみを持っていることだった。そこで私が考え出したのは、絵描きと画商の遊びである。妹といっしょに観たフランス映画『モンパルナスの灯』の真似をし、私が悪辣な画商になり、妹をモジリアニに仕立てて遊ぶのだ。妹は興味を示し、絵の具とマッチ棒を使ってどんどん絵を描いた。それを画商の私が奪って行く。妹の絵は淡く清潔な幻想的な世界を創り出した。風景のなかの猫であったり、少女と猫であったり、小さな城であったりした。マッチ棒の先を水に浸し、絵の具を溶かして、さっと描く。その動作をくり返して飽きなかった。妹はジェラール・フィリップみたいにコーデュロイのジャケットの衿を立て、ベレー帽を被って画家に扮し、私は強欲な画商を演じているうちに、二人ともすっかり遊びに乗ってしまい、笑いころげた。おかしくて、その遊びを何日もつづけているうちに、妹は「絵を描くのが好き」と言うようになっていた。

家探しもしなければならなかった。たまの休日には紹介された新宿御苑の不動産屋に母と二人で出かけ、恵比寿や笹塚の家を見せてもらった。また間借り生活に戻るのだと思うと心が塞いだが、一万円弱のサラリーではどうすることも出来なかった。何日か探しまわり、十軒目に決めたのが杉並区久我山の家だった。駅六、七分という家は、これまで小児科医が借りて開業していたが、表通りに引越すので空いたそうで、久我山駅前の道を南にすすみ、玉川上水の少し手前を右に入った住宅地にあった。古めかしい門を通り玄関を入るとすぐに正面がガラス張りの部屋があり、プーンと消毒液の匂いがした。その八畳間が診察室に使われていたという。廊下を右に行くと四畳半の日本間とそれにつづく六畳の洋間があり、それら家の前半分を貸す形なのだ。間借りだけど玄関付きの前半部分という条件が私をとらえた理由だった。体裁がいいのが私には重要なのだ。上石神井の清張邸とも割に近いから、というのは自分への言い訳にすぎなかった。

引越しは四月初旬になった。およそ五年間を目黒区原町の家で過ごしたことになる。新生活はどこかしら希望が伴うものだけれど、久我山への引越しは侘しかった。使い慣れた家具をおおかた処分し、母と私と妹が猫と犬をつれて久我山に向かったのだが、兄と姉が独立し、残された三人がまたも間借り暮らしに戻って行く頼りなさにつつまれた。

それに門構えと玄関はまあまあでも、借りた三部屋はひどいものだった。診察室に使われた板敷の八畳間は棚が二方にあり、薬品がこびりついていて、拭いても拭いても汚れがとれなかった。しかも、廊下とのしきりは粗末なベニヤ板で、上部が十センチほど空いていた。それは三人の寝室に使う六畳の板の間にも共通している。つまり、安普請で無理に部屋を作ったとしか考えられない仕切りであった。四畳半だけが部屋といえば部屋で、あとの二部屋は物音もつつぬけ、風も入ってくる囲いの空間といった感じである。母と私が見て決めたのだから文句はいえなかったが、二人の目は何を見ていたのだろう。だいたい昼間でも薄暗く、廊下との仕切りがどうなっているかは気づかなかった。しかも、家の前半分にあたる私たちの居住部分には水道がなく、四畳半の横に付けられた二畳ほどの簡易台所にポンプ式の井戸があるのみだった。

家主は白髪の年配の女性で十五、六歳の男の子と家の後ろ半分に住んでいた。その孫が極度の吃音症なので、ガミガミと孫を叱る家主のしわがれ声と口答えする孫の大声が、しじゅう空いた板壁の上から部屋に侵入してきた。

母も私も何につけ実際的な目が乏しいために、肝心なところを見落とし、外見ばかりで住居を決めてしまった。姉は姉で大変な時であったろうが、私たち三人は何となない不安と不満をつのらせていた。私たちを間借り生活に戻したくらいだから、父の生活上の困窮は想像できた。だが、滞りがちではあったにしてもどうにか続いてきた父の送金がぷっつりとぎれてしまった時は、母と顔を見合わせて溜息をつくしかなかった。母は親戚や知人に借金を頼み、私のサラリーはみな生活費に吸い込まれた。ある日、通勤電車内でふと預金通帳を開き、どうしても二万円を越えられない残高をつくづく眺めた。ちょうどこの頃、四月十四日、日立の兄のところに長女結花里が生まれた。父の初孫である。

仕事で疲れきっている私のために、母は朝晩お湯を沸かし、洗顔させてくれた。お風呂はなく、駅前の銭湯を週二、三回利用した。今でもあの頃の母を想うと悔いでいっぱいになる。川から救い上げたスピッツ犬のポンをつれて、出社する私を久我山駅まで送ってくれる日もあった。

一方で母は甥の渡辺克巳を父が住む大田区千鳥町に行かせたりもした。手紙を出しても梨のつぶてだったからである。使いに出した甥によると、父の家には留守番の老人と若い男がいて、「自分たちは留守を頼まれているだけで何も知らない」と答えたそうだ。久我山での三人の暮らしには不安定な切なすぎる思い出ばかりが残っている。忘れてしまいたいが、時に疼く古傷にそっと触れたい思いも生きていて、二十年後、私は夫と二人の子と共に久我山に帰ってくるのである。

「黒い福音」の挿画は三好悌吉氏で、都合よく久我山稲荷神社近くに住んでいらした。上石神井の松本家からはタクシーで十五分くらいの距離だったので、原稿や絵組みを届けに通った。原稿の場合は待っている時間に読んでいただかなければならない。コピーもＦＡＸもない時代なので、自分で動きまわるしか方法がなかった。

その日は客間に置かれたテレビを見たり、新聞を読んだりしながら待ち時間を過ごしていた。ニュースがはじまったな、とテレビの画面に目を遣ったとたんに、荒々しいデモの情景が映し出された。学生たちのデモに放水し、殴りかかる警官の群れが映っている。それに抵抗する学生たち。その激しさに衝撃をうけ、画面に吸いつけられた。韓国ソウルからの映像だった。胸苦しさを覚える強烈なシーンである。大統領李（イ）承晩（スンマン）退陣と民主化を求める学生たちの抗議行動だと報じられた。少し前まで、学生としていろいろなデモに参加したし、危ない現場も経験したが、ソウルの学生のような生命をかけた闘争とは質がちがった。また、学生たちに呼応する市民の姿が心に焼きついた。思わず涙がこぼれた。この日、四月十九日の学生たちの運動は結果として李承晩政権を倒し、「4・19学生革命」は韓国民主化運動の歴史に輝かしく刻印される。

三好さん宅を出て家に帰りつく夜の道々、私は久々に熱い気持になっている自分を発見した。学生たちの闘争に揺さぶられる思いだった。私は編集者となって必死に働いていようと、心はまだまだ学生時代とたいして変わってはいなかった。夜じゅうテレビの映像が目の奥にフラッシュバックし、なかなか寝つけないでいた。

韓国のみか日本も政治の季節にあり、強風が吹き荒れていた。安保条約をめぐる攻防は緊張を増していたのだ。五月になると、「安保条約改正」に反対するデモンストレーションが目立った。

中央公論労働組合もむろん安保条約改定反対の姿勢をつらぬいていた。同期入社の数人とつれだって、安保闘争の国会周辺のデモに近づいたりして、あるいは、デモのシッポについて歩いたりした。

ある日のデモはかなり荒れ気味で、警官隊も殺気をまとっているように見えた。デモ隊への規制も厳しく、押されているうちに、同期の塙嘉彦さんや柳田邦夫さんと離ればなれになっていた。私もデモの列を抜けようと思ったが、辺りはまだ桜田門の警視庁近くで、危険な気がした。しばらくは隊列のなかにいて、ようやく日比谷図書館の傍にたどり着いたところで、列を離れた。

その時だった。歩道にいる私とすれすれの道路ぎわに一台の小型車が急停車したのだ。私は突然現われたその車に救われた形になった。座席に身を置いたとたんに全身の疲労を覚えた。運転していたのは福田章二さん。後の芥川賞作家庄司薫であった。同期の春名徹さんは福田さんとは日比谷高校での先輩・後輩の間柄であり、福田さんがたまたまデモ帰りの春名さんと出逢い、ほかにだれかいないか、と車を走らせているうちに私を発見したのだそうだ。デモの様子を見るのにも自家用車で現われるところが、シティー・ボーイの福田章二さんらしい。

七〇年代後半になって、私は作家庄司薫を担当することになるのだから、人との関わりは入り組んでいて予測がつかない(『ぼくの大好きな青髭』一九七七年七月)。

清張さんに至急の用件を頼まれても、「夜までには調べてお届けします。これからデモなので」と言えば、すぐに納得してくださった。「まりえちゃんはデモに行くのかね。気をつけなさいよ」といった調子である。その頃になると、清張さんは私を「大木さん」と呼ばずに「まりえちゃん」で通していた。デモと説明すれば急ぎの用件でも容認するところに、私は松本清張という人の資質を見る思いがした。

ところが、激化する抗議行動にもかかわらず、五月二十日、衆議院本会議において、自民党は新安保条約を強行採決するのである。反発した全学連のデモ隊は首相官邸に侵入している。

六月十五日が来た。午前十時に中公労組の一員になり、私たち三十四年入社組の有志もデモに参加した。私の他は塙嘉彦、春名徹、柳田邦夫などであった。

最初に日比谷公園に向かった。中公労組は六十名近くいただろうか。日比谷公園には都労連や市民団体やさまざまな企業の労組員たちが蝟集していた。そのなかを縫うようにすすみ、出版労協の旗の下に到着する。

先頭は国会議事堂に向けて出発した。私たちが動き出したのは十二時頃ではなかったろうか。国会周辺は人が溢れ、どんどん人が増え続けていった。シュプレヒコールがつづいた。抗議の行動といっても、デモ行進は国会にたどり着くまでで、もう身動きもできなかった。やっと確保した小さなスペースに犇きあい、シュプレヒコールをくり返した。

そうするうちに、国会南門付近で全学連デモ隊と警官隊が衝突したという情報がもたらされた。曇天であったが、次第に雨が落ちてきそうな雲行きであった。全学連の学生の群れに襲いかかる警官隊を想像した。もっと闘争の中心に近づきたかったが、デモ隊が密集していて、動きようがなかった。立ち尽しながら、それでもやはりこの場所にいることが重要なのだと感じていた。

日が暮れそうになっても、私たちは立ちつづけていた。国会周辺を取り巻いている行為が私たちの「日米安保条約」反対の意思表示なのだ。さすがに疲れていたが、気持は萎えていなかった。

すると、中公労組の執行委員が指示を出した。「中公労組としては夜通し座り込みをしますが、仕事のある人は社に戻っても結構だし、帰宅も自由です。各自の判断で行動してください」。列を離れる者たちがいた。私は仕事も気になったし、洗面所にも行きたかったが、それ以上に身体が固まりそうで、少し動いてみたかった。他の場所から抗議行動を見られないだろうか。ばらばらに歩く人たちの流れも出来ていて、私はその流れについてすすんだ。

ようやく桜田門に出たが、国会議事堂からのわずか百メートルくらいの距離が何キロにも思えた。警視庁周辺では全学連や労組のデモ隊と機動隊が対峙し、睨み合っていた。装甲車が道に横付けされ、無線で状況を連絡する機動隊員の姿もあった。全学連デモ隊と機動隊が小ぜりあいをしている場所を避け、私は新橋方面に出ようと思った。デモ隊にも機動隊にも殺気が漲っていた。「イヌは帰れ！　帰れ！」デモ隊の怒声が聞こえた。警視庁からようやく二百メートルほど離れ、日比谷公園付近に来ると、あたりにはスーツを着てカバンをさげた勤め人の姿が目に入った。彼らも「安保条約」をめぐる攻防が気になって、遠くから国会方面を眺めていたのだろう。そうした見物者にまぎれ、私も国会までの道を埋めつくした人の群れを見つめていた。それから、ゆっくり歩いて、社に帰った。

全学連のデモ隊にいた女子学生樺美智子さんが亡くなったというニュースを知ったのは、帰社後、しばらくしてからである。最前線では何が起きていたのだろうか。半世紀経っても、女子学生の死がもたらした重苦しい痛みは忘れられない。

父の消息は六月初旬より新聞各紙によって伝えられた。姿を消した父が何もせずに過ごすはずはなかったし、ペンを持ちつづけているとは信じていたのだ。しかし、新聞に書かれた内容はまったく想像の域を超えていた。

「浄土宗大本山の増上寺は、経文の読み方や意味は一般の信者にはわかりにくく、せっかくの仏の教えも十分に理解されずしだいに忘れられてゆくので、思い切って経文の改革を行うことにした。ちょうど四月十五日は開祖法然上人の七百五十年回忌に当たるので、その日までに阿弥陀如来を礼讃する『六時礼讃』を選んで、現代詩ふうに改め、これに宗教音楽に近い曲をつけ、七百五十回忌の法要で初めて発表する。

この六時礼讃は数万字を越える長編なので、叙情詩人の大木惇夫氏に依頼、大木氏は広島市三滝町にある友人の山荘にこもり六時礼讃と取り組んで見事詩文化された。詩は原則として七五調で、わかりやすく仏陀の精神を伝えるもの。

こうした経文の詩文化は浄土宗だけでなく、西本願寺の大谷光照門主も来年迎える親鸞上人大遠忌を契機に採用したいともらしており、今後全仏教界にこの傾向が波及するものとみられる。」(「歌うお経へ　現代詩訳」「毎日新聞」昭和三十五年六月四日)

つづいて七月一日付「朝日新聞」の「人」欄には、「六時礼讃偈（ろくじらいさんげ）の現代語訳にうちこむ」という見出し入りで、父が紹介されている。写真のキャプションは「広島市三滝山荘で」とあり、「毎日新聞」の記事にあったように友人の山荘に籠り、「六時礼讃」の現代語訳に取り組んでいたのだ。詳細な記事の内容によって父の現在がうかがわれた。

債鬼に追われる地獄の生活をのがれた父が、浄土宗の偈を現代語に訳しているとは。

しかもこの記事を書いたのが私の友人の阿部仲夫であるのも、彼の手紙でわかった。前述したが、学生時代に新宿の風月堂などで読書会をしていた友だち（通称ノンちゃん）で、朝日新聞広島支局にいた彼が、三滝山荘に父を訪ねて書いた記事なのだった。第一詩集『風・光・木の葉』の刊行年が誤っているほかは、すぐれたコラムであった。「生活のためいろんな仕事もしたし、世間からは『大木惇夫は落ちぶれた』ととりざたされたこともあった、という。しかし、これからは子どもも独立したので、本格的な仕事が出来そうだという。」の個所が胸にひびいた。父にとっては子どもたちが重荷だったのだ。

父には幼い日から仏教的なものへの親近、というか宗教的なものへの憧憬があったようだ。初期の詩にもその影は見られるし、生涯、遥かな神という存在への渇仰はあった。コラムで印象的なのは、「こんどの翻訳の仕事で大蔵経を通読したが『象徴性、叙情性、深い悟り、お経と詩は一如ですね』という記述であった。そういえば、一生を通じて父が無心に求めつづけたのも、詩であり、神への問いであったのだと思う。

コラムの最後には「いまの夫人との間に一男三女がある。」と書いてあったが、この一行が「カギ」の逆鱗にふれたようだ。ノンちゃんは私の家にも遊びに来ているし、母にも会っていたので、事実を書いたに過ぎなかったのだが、妻まがいに旅に付き添っている「カギ」にとっては困る事態になったのだろう。

父が広島市の三滝山観音山荘に落ち着くまでの径路は、のちに父の筆によって判明する。それによれば、父との連絡がつかなくなった前年（昭和三十四年）の秋、九月頃、積もりつもった借金を返済する方策もつきはて、私たち家族にも告げずに東京を離れたという。

都落ちを決意するそんな時期に、浄土宗大本山増上寺より「六時礼讃」の和訳を依頼される。開祖法然上人の七百五十年御忌大法要（一九六一年）に間に合わせて欲しいということで、約一年ばかりの時間があった。

「六時礼讃」は釈尊の御経に取り入れられた善導大師作ならびに編の偈（げ）、つまり詩であり、インドより中国を経て日本に伝えられたものである。

「サンスクリットで書かれた御経が、支那に入って訳され、漢語のままで日本に入り、千三百年来、漢語のままの読み下しで唱へられたもの。この中の経詩をわかりやすく日本語に訳すのであるから、容易ならぬ仕事だった。しかも、時も時、私は自分の人生の最悪の時期に、この依嘱を受けたので、感激しながらも、実は少なからず当惑した。その漢語の御経本をふところに入れて、憂鬱な旅に出た。京都、大阪から、徳山に行き、また返して越後路をめぐり、更にまた、日本海沿線を通って郷里広島に帰った。約半年、三滝山の観音山荘にこもって、どうやら、この経詩を和訳し得たのである。」（『失意の虹』「あとがき」）

各新聞が取り上げたのは「六時礼讃」の和訳がほぼ完成に近づいた時期であって、完成し出版されるのは翌昭和三十六年二月である。

父自身は和訳のいきさつを「産経新聞」（昭和三十五年十月十一日付）において、克明に語っている。

「増上寺が日本人の宗門のために日本語の経文をと思い切ったのは、実に意義深いことである。それゆえ私は依頼をうけた当初から、快諾はもちろん、この仕事のやりがいあることを身に泌みて感じた。同時に心のわななくような畏怖を覚えた。これは一大事である。この訳業はひっ生の努力を傾けようと覚悟はしても、私ごときにうまくやり終わせるかという一まつの不安もあったからだ。翻訳にとりかかってみて当惑した。ひとりで、とつおいつした。あらかじめ大本山の管長であり、文学博士である椎尾弁匡大僧正から、専門的な事がらについて何かと重要な指示をうけていただけに、いざとなって、これは不可能を可能にしなければならぬほどの難事業だとつくづく思い知った。

第一、尊厳な仏典のことである。冒瀆してはならない。それに、この「偈」の撰者であり作者でもある中国（唐）の善導大師の眼が光っている。うかつなことはできない。ほしいままな詩的きれいごとに堕してもならない。

（中略）未熟な漢学の知識で、あとは直感で訳し始めたが、直感は心もとない。そういう時に、三瀧寺の佐藤天俊和尚が私を見かねて『国訳大蔵経』の日本支那浄土門聖典一巻と仏教大辞典十何巻を尼さんに持って来させてくれた。それに力を得て、私は浄土門の聖典を全部読みつづけた。時には三十時間も寝ないで、丹念に読破した。お教（ママ）は詩であった。また詩はお経であることがわかった。用意はやっと出来た。自信を以て、私は勢いこんで礼讃偈の和訳に取り組んだ。日夜それこそ寝食を忘れて没頭した。仏教大辞典を引く、いや読む、読みほれる。このような日々を続けて、ついに訳了したのである。」（「仏典の現代語訳について」）

　この文章の一部は大本山増上寺蔵版「和譯六時禮讃刊行會」の内容見本にも使われている。

　それでは、ここに和訳の冒頭に置かれた「日没礼讃」のはじめの部分を少しだけ紹介しておこう。

1　ああ、釈迦牟尼をはじめとし
　仏　法　僧の三宝よ、
　帰依しまつれり、われ今ぞ
　伏し拝みて　回願して
　無量寿国に生き往かん。

2　ああ、十方の虚空に満ち
　地にもあまねき三宝よ、
　帰依しまつれり、われ今ぞ
　伏し拝みて　回願して
　無量寿国に生き往かん。

3　ああ、西の方　極楽の
　阿弥陀如来よ、願わくは
　衆生と共にことごとく
　帰依しまつらん、されば我
　拝み生きん、彼の国に。

父は「産経新聞」に書いた文章のなかでも、さすがに債鬼に追われた旅のことは明かしていないが、家族は父の無事と「六時礼讃」和訳の完成を知って胸を撫でおろした。私たちの寄る辺ない不安はそれとして、父は「六時礼讃」の和訳に精魂を傾けていたのだ。

　なお、居場所を求めて旅から旅をつづける過程で父は数々の詩を書いている。広島滞在中には中国新聞の依頼をうけ、一週間連載したのが、郷里の懐かしい場所を歩きうたった「広島風物詩抄」である。それらは後で触れる詩集『失意の虹』に収録されている。

　浄土宗大本山の英断と父の七五調の流麗な和訳が大きな讃辞を得た。流麗な訳詩はリズムを含んで心地よい。わかりやすくのびやかな日本語が静かに流れる。「尊厳な仏典だから冒瀆してはならない。ほしいままな詩的きれいごとに堕してもならない」と、父は自戒し、努力に努力を重ねたと語っているのだが、出来上がった和訳には苦心の跡すら探せない。苦しみ悩んで和訳の方法を考えぬいたあげく、「お経は詩であった。また詩はお経であることがわかった」と悟った時、詩の言葉が動き出す。技術をこえた父の遥かな希求が「六時礼讃」の心と一体化しえたのだろう。父の内部ではそれほど祈りは深かったのである。

私たち、私と母と妹はかたまって生きていた。不安定な貧しい家族だった。私は愛しい大切な二人を守ろうとする自分の強い気持を自覚する。暮らしにくい環境にいても、母は明るさを失わず、大家の主が起きて来ない早朝、裏庭で季節のものを採ってくるのだった。香り高い茗荷であったり、落ちた毬栗であったり、紫蘇の葉であったりした。茗荷の香りを感じるたびにその時期の母を想い胸が痛む。

仕事は順調にすすんでいたが、友人たちに会う余裕はなく、同じ出版界で働く姉にも会えなかった。姉は文藝春秋では最初に「文學界」で仕事をしていた。幸いなことに、妹はいくらか元気になり、絵の勉強をしたいと言うようになっていた。次の年には武蔵野美術大学を受験する予定であった。

母の楽しみは私や妹の交友関係や私の仕事の中身を詳しく聞くことだった。どんなに遅く帰宅しても、私に何か食べさせ、その日の話を聞いた。疲れてすぐ横になりたくても、母の楽しみを奪うわけにはいかず、一日の出来事を話して聞かせた。母は私の手や足や肩を揉みながら、幸せそうな表情を浮かべた。私が母を思い出すのは、決まってこの時期の母なのである。

十一月、十二月と年の終わりに近づくにつれ、家の寒さは尋常でないのを思い知らされた。吹きさらしの家だったから。母と妹は着ぶくれて、四畳半のこたつにしがみついていた。それでも、父の遁走が借金取りをかわすためであり、「六時礼讃」を和訳するためだと知り、母の不安もいくらか鎮められたろう。

会社が休みに入った年末、久我山商店街の電気屋で私は電気ストーブを買った。こたつだけの暖房では大寒を乗りきれないと思ったのだ。大晦日の午後の買い物には三人で行った。私と妹が両手で持つだけで足りるささやかな買い物なのだけれど、暮れの借金取りから逃げて映画館に駆け込んだ頃にくらべれば、ましなものだろう。その夜、三人で駅前の銭湯に行った帰り、坂道をたどりながら見た薄いオレンジ色の月を忘れずにいる。久我山はまだまだ暗さが残っている土地だった。とりあえず年を越せると思うと、仄かな月明りが新しい希望に感じられた。

昭和三十六（一九六一）年はそのような日々の延長上に始まった。仕事漬け状態の私は松本清張のほかに何人もの作家の担当になった。五味康祐や新田次郎、武者小路実篤といった作家もいた。「週刊コウロン」は「週刊公論」に表記をかえていた。清張さんの『黒い福音』は完成し、すでに新しい長篇推理『渇いた配色』を連載していた。

北杜夫の新連載『どくとるマンボウ昆虫記』が私の担当になったのは幸運であった。身動きがとれないくらいの忙しさだったが、前年三月刊行の『どくとるマンボウ航海記』を大ベストセラーにみちびいた先輩の名編集者宮脇俊三さんの推薦をうけたのだ。宮脇さんは「どくとるマンボウ」の二作目を企画していたのだが、長じても昆虫マニアの北杜夫にその昆虫愛、昆虫との歴史を書いてもらったら、間違いなく名作になると考えたのだろうと思う。北さんの話では、宮脇さんは担当は私がよいと熱心に推してくださったらしい。

宮脇さんとはこんなことがあった。入社時に私が着ていたグレーと黒のチェック柄の服が偶然、宮脇さんのネクタイと同一のウール生地で出来ていた。あっ、と私は気まずく思ったのだが、宮脇さんも気づいたらしく、そっと私に近づき、ボソボソした声で言ったのだ。「趣味の一致でしょうかね。ペアルックになっちゃいましたね」。それは、皮肉屋で知られる宮脇さん独特のユーモアなのだった。私は宮脇さんの言葉につられて、「重なっちゃいましたね。でも、私のほうが生地の量が多いですよね。だからおいやだったら、宮脇さんがそのネクタイを締めないでくださいね」と言ってしまった。宮脇さんは苦笑いして去って行ったが、その後もペアルック・ネクタイを身につけていた。私自身も数えるほどしか持っていない服のうちの気に入った一枚だったので、度たび着ていた。

もしかしたら、北さんの担当に私を推してくださったのは、ペアルックが取り持つ縁であったかもしれない。

北杜夫は『どくとるマンボウ航海記』で一躍人気者になったばかりか、同じ年に「夜と霧の隅で」により芥川賞を受賞し、名実ともに出版界の寵児となっていた。

北さんの父上斎藤茂吉を私の父はたいへん愛していたらしく、荏原町に住んでいた頃、座敷の本棚の下段には、茂吉の『赤光』『童馬漫語』『柿本人麿』（五巻）が並んでいた。いつも寝転ぶと目に入る斎藤茂吉の名前と本のタイトルは私にとって馴染み深いものになっていった。

当時、北さんは作家の仕事と並行して、慶応病院神経科医局と兄・斎藤茂太氏が院長をつとめる斎藤神経科の両方で働いていた。住まいも斎藤神経科の二階の一室で、打ち合わせには二階にある小応接室が使われた。

最初の原稿をいただきに行った日、ちょっと眠そうな目をした北さんは、「あのう、虫が嫌いじゃないといいなあ」と、独り言のように言った。その言いかたがあまりに自然であり、本心が表われていたので、「虫は好きではありません」とは言えなかった。「セミとコオロギが好きです」と慌てて答えた。にわか虫好きの顔をするしかなかったのだ。

三十三歳の北さんは色白の実に初々しい青年であった。そのベストセラー『どくとるマンボウ航海記』は苦い笑い、反射的な笑い、身をよじらずにはいられない笑い、ずしんと心臓にとどく笑いなどなど、笑いの意味についてしみじみと考えさせずにはおかない稀有の本である。だが、御本人は、真のユーモアを万人に知らしめた作家とは思えない、少年ぽい頼りなさを漂わせていた。暗さは微塵もないのに、その人は澄んだ憂鬱といったものを身につけていた。二十四歳の私がそれまでに出逢っていない人間、それからの私の人生に決して現われないだろうと感じられる不思議の人であった。私が中央公論社を辞めた後もつづく北さんとの交流は、その日から五十年に及んだ。

二月二十日、『和譯　六時禮讃』（和譯六時禮讃刊行會・四八〇円）は刊行される。私たち子ども一人ひとりに本は贈られた。典雅な装幀の本には失踪の時間を詫びる父の気持がこめられていたのだろうか。「お経は詩であった。また詩はお経であることがわかった」という大きな発見を胸に抱いた父は、清々しい心境に留まる日々を望んだろう。しかし、現実はそれを許さなかった。

前の年十月に和訳を完成させた父は、溜った深刻な用件やその他を片づけるために帰京し、さらに越後高田などへの旅路をかさね、この年の四月に再び広島市三滝山の観音山荘に戻っている。父は六十六歳を迎えていた。この時期、三滝山の風物をみつめた詩が多く書かれた。

『和譯　六時禮讃』は広い評価、高い批評を得られたけれど、父は尾崎士郎氏が新聞の読書欄に書いた書評の文章をたいそう喜んでいた。

「「六時礼讃」は浄土宗、信仰の基礎となるべきものであって、宗祖法然上人の往生礼讃といわれている。

私は先祖歴代、浄土宗を信仰する家に育ったので、西方浄土、極楽思想が骨髄に泌みこんで今日に及んでいるらしい。六時とは、日没（にちもつ）、初夜、中夜、後夜、晨朝（じんじょう）、日中の自然的変化に伴う時間をさす。

とにかく、この七百五十年の伝統につながる浄土宗の大唱和の、朗々誦すべき経典が、あらゆる困難を克服してみごとに和訳されたことは、特に今日のような時代において、むしろ奇跡というべきではあるまいか。本書、巻頭の凡例に増上寺の椎尾弁匡博士が切言されているように、過去五十年にわたって、幾たびとなく試みられた計画が、いずれも中頓挫折して放置されざるを得なかったのである。

それを、大木惇夫氏が偶然の機縁から和訳を依頼され、前後三年の歳月を費やして、文字どおり骨を削るような苦しみと悩みを体感しながら、ここに独自の詩境を浄土宗の古典の中に築きあげたことは特筆さるべきことであろう。これについては訳者も、感慨をこめて「今にして思えば、私が最悪のときに、この仕事をうけたということは、ありがたい機縁であり、これは目に見えない大きな力の動いていることの確証でなくて何でしょう」といっている言葉がすべてを物語っている。大木君は、家産を蕩尽し、生活に敗れ、流転放浪に心をまかして、人生の惨苦を味わいつくしたときにこの仕事にとりかかった。詩人として冥利につきる時期であったともいえよう。一例をあげれば、経典の中の「女人」という言葉を大胆に「迷い」と訳し、「無生」を「真生」と改めたごときも、訳者の情熱のあふるるにまかせて生じた、まったく予期せざる大効果というべきである。宗教的な立場からいえば、この訳書の価値は一層重大なものとなるであろうが、私は、しかし、万人の通読すべき詩編としてこの書を推奨したい。」(「浄土宗古典に詩境築く」「産経新聞」昭和三十六年八月十四日)

さらに同時期、私が所属している「週刊公論」(昭和三十六年八月十四日号)のグラビアページ「翼の詩(うた)」(9)に父の詩が載った。オンワード、樫山株式会社とのタイアップ企画である。風景写真に合わせて詩を書くページなのだが、ここでは、空中より俯瞰した清水港をうたっている。

脚下に巨大な龍がいる。
港の青を中心に
なんたるおもしろい構図であろう、
怪龍が首をのばして
えんえんと胴をくねらし、
細長い尻っぽのさきで
秀麗富士をささえている。
ぶきみな不安がないでもない、
世界をつらぬく緊迫感に
空中電気が発光する。
動乱をひそめているか、
都市を乗せ山岳を乗せ
静脈をうかべて喘(あえ)ぐ
怪龍よ、
翼を起こすことなかれ、
動くことなかれと祈る。
それにしても静かな富士だ、
長い裾をひき、雲表をついて
千古の雪が呼んでいる、
下界の夏を。

(「怪龍図」)

編集長の山本英吉さんはロマンスグレーのすっきりした紳士で、いかにも戦前からの中央公論編集者という雰囲気を持っていた。言葉少ない人なのだが、いつか、「お父様はお元気なのですか?」と、柔和な口調でたずねられた。聞くところによれば、山本さんは伊藤左千夫の研究家でもあり、伊藤左千夫についての著書もあるという。詩人大木惇夫に好意的な数少ない人だったかもしれない。グラビアページの話が出たとき、「父は旅に出ていますので、留守宅に御連絡ください」とお願いした。どうせ連絡がつかず、せっかくの機会を父は逸するのだろうと、私は期待していなかった。ところが、編集部宛に詩は送られてきた。仕事に関してはきちんとした姿勢を崩さない父であった。のちに、「中央公論社の雑誌に書いた」と言って父は微笑んだ。そのくらい、父の詩を発表する場は少なく、たまに書いているのはタウン誌であったり、企業のPR誌とかで、私は資料の紙片を整理しつつ憮然とした経験がたくさんあった。可哀そうに、という気持を抑えきれなかった。父への感情がねじれていても、肉親の情愛は消えないものらしい。「怪龍図」もなかなかの詩だ。若々しさがある。新しい感覚もある。何よりも自在な広がりがある。父は詩のなかでだけ自由に遊べるのだった。無邪気でさえある躍動感は発表する場を与えられた歓びでもあったろうか。「週刊公論」の八月十四日号には、松本清張（「渇いた配色」）、北杜夫（「どくとるマンボウ昆虫記」）、小田実（「ニッポン　何でも見てやろう」）と共に父大木惇夫も詩を書いていたのである。

昭和三十六年八月には父の「鎮魂歌　御霊よ、地下に哭くなかれ」の詩碑が広島市の原爆中心地・平和記念公園に建てられた。

それから四十数年後、平和公園の現場に立って詩を読んだ時、私は虚を衝かれる思いで動揺した。原爆をうたった父のいくつかの詩、とりわけ「ヒロシマの歌」に失望していた私は、詩碑に向かって立つ勇気をなかなか持てずにいた。だが、詩碑に向かい、詩を読みはじめると、本のページではつかめなかったしみじみとした悲しみが襲いかかり、私は狼狽した。石に刻まれた父の筆蹟は活字では伝えきれない傷みを、祈りの心をふくんでいた。私は詩碑の詩を読み上げては、父が流しただろう涙を感じていた。

清張さんが上石神井から浜田山へ引越すのも八月で、猛暑の十二日、新築成った浜田山の豪邸に転居された。上石神井の家が手狭になったために新しい土地を探していた前年三月頃、直子夫人に相談され、私は前述した三好悌吉画伯が長く久我山に住んでいるのを想い浮かべ、井の頭沿線によい土地を探せないかをたずねてみた。そして、三好さんに信頼できるという町の不動産屋を紹介されたのだった。中央線沿線、井の頭線に強い不動産屋といっしょに、直子夫人と私はいくつかの土地を見て廻った。吉祥寺や三鷹台、永福町などだが、どれも希望しているより土地が狭かった。そして、数日後に紹介されたのが、浜田山の土地であった。周辺の家々の環境、広さも申し分ないが、線路に近すぎるのが難点に思えた。夫人にそう言うと、「そうですね。だけど商店街なんかのうるささとは違うでしょ。でも、お父さんに見てもらいましょ」と言われた。二、三日して、今度は清張さん、夫人、私の三人が揃って不動産屋に案内され、浜田山の空地を見に行った。

清張さんはすぐ脇を通る電車の音を注意深く聞いていたが、「ここにしよう。私電は夜遅くまでは走らないだろうし、ここが気に入ったよ」と言い、不動産屋に「ここに決めたよ」

とあっさり答えた。
それから一年半ほどかけて新居は完成したのだった。結局は終の棲家となった浜田山の家である。

昭和30年代、旧友井伏氏との楽しい酒の席。左より井伏鱒二、大木惇夫、伊馬春部、三浦哲郎。

九月、私は急な人事異動により文芸雑誌「小説中央公論」編集部に配属されていた。週刊誌は「週刊コウロン」から「週刊公論」へと表記を変え、模索をつづけたのだが、ますます苦戦を強いられ、低迷を抜け出せず、ついに八月二十一日号をもって休刊となったのである。

入社以来、週刊誌の特殊なサイクルに従って回転するしかなかった私には、解放感と同時に夢中で走ってきた後の徒労感が残った。

「小説中央公論」は純文学作品とエンターテインメント作品の垣根を越えようとする文芸誌であって、上質な作品ならばいずれも掲載可能なのだと説明された。私にとっては、確かに文芸誌のほうが学生時代とつながる仕事が出来そうな気がする。それは週刊誌後遺症の疲労に漬っていた私にはかすかな慰めに感じられた。

もっとも、週刊誌の時期にも仕事を離れて好きな作家を訪問することはあった。開高健氏や埴谷雄高氏のところには時折うかがっていたのだ。その関わりは長年にわたって跡絶えなかった。

「小説中央公論」に移ってすぐに、清張さんは私小説的な短篇「流れ」を書いてくださった。（十月秋季号）

姉の結婚も十月になった。相手は早大歴研の先輩藤井忠俊である。長い交際がつづいていたので、いずれ結婚すると私は思っていたが、母は頑固に反対していた。相手に反対なのではなかった。兄の結婚は問題なく受け入れたものの、姉となると別だった。女性は仕事を持ってひとりで生きるべきだ、と母は頑固に思い込んでいた。自分の結婚生活を通して得た信念のようだった。娘たちを結婚させたくないと母は本気で考えていた。どんな人が現われようと、母を納得させるのは困難だった。

　私たちが久我山行きを決めた時、姉が原町近くの下宿に移ったのは、母を諦めさせる辛い選択でもあったろう。いつかは別れて暮らさなければならないことを母に知らせるために。久我山での暮らしのなかで、母は頼りにしていた長女の離反を寂しく感じていただろう。心配しているのに、ことさら姉を話題にしなかった。下の娘たちとちがい、母親と長女の関係は難しい何かを孕んでいるようなのだ。

　結婚して大塚上町で暮らす姉を母は一度も訪ねなかったが、雲隠れしている形の父が密かに舞い戻った折、姉の新居に現われたそうだ。「お父様が大塚の小さな住まいを訪ねて来てくれた。驚いちゃった。やっぱり父親なのだと思った」。姉がそう打ち明けてくれたのは、父が亡くなって数年経った頃であった。

　慌しい年だった。妹は四月、武蔵野美術大学油絵科に入学していた。いつまでも幼いと見ていた妹も二十歳になり、大学では多くの友人を得ていた。学校嫌いの妹をどうにか美大生にして、母も心からほっとしていた。貧しいなりに私たち三人の結束は強く、久我山への親しみも生まれつつあった。

『和訳　六時礼讃』によって人びとの関心をいくらか呼び覚した父は、どこに向かって次の歩みをつづけようとしていたのだろうか。

26　詩集『失意の虹』への道のり

『和訳　六時礼讃』により久々に注目を集めた父は、経済状態の逼迫は変わらないものの、注視される心地よさの余韻をまとって昭和三十七（一九六二）年を迎えたものと思っていた。しかし、実は途方もない事態が迫っていた。まだ正月気分が抜けきらない初旬に父から母へ速達が届いた。内容は次のような趣旨であった。

「仕事はどんな依頼にも応じてペンを執りつづけているのだが、家族三人の生活の足しに送る金には方途を失ってしまった。もう限界なのだ。この状況をよくよく理解し、行動してくれ。渡辺の家（母の妹の嫁ぎ先）に住まわせてもらい、生活は自分の手で賄ってほしい。こんなことを言える義理ではないが、現実にもうどうにもならないのだ。毬栄と章栄の暮らすアパートは探してある。どうか、至急、そのようにしてくれ。ぼくの不甲斐なさを許してほしい」

私たち姉妹のためにアパートの一室を探すなど、父には出来はしないのだから、「カギ」かその弟たちが動いたに相違ない。久我山には忘れた頃にある額のお金が送られてくるに過ぎなかったが、父はそれさえ負担に思っていたのだ。間借りの家を畳んで、私と妹をアパートの一室に入れるプランはまだ許せるが、自分の扶養義務から母を切り離そうという考えには怒りを抑えられなかった。母は働くことが嫌いではないし、これまでもさまざまな形で父の仕事をたすけ、戦後間もなく盛り場でＢＡＲを経営する勇気さえ持っていた。店を閉めたのも家の事情によるものだった。それなのに、六十歳に近づいている母に対して、親戚に居候して仕事を見つけろとは。父の考えは私の理解を越える。貧しくはあったが、母と私たち姉妹は結束して生き、久我山という土地に親しみつつあった。その三人の生活を解体させる目論見は、母ひとりを追い出し、母が生きていくかすかな基盤をも奪おうとする「カギ」の卑劣な計画に他ならなかった。

二、三日後の日曜日、父の電報で私は渋谷東急文化会館の「ユーハイム」に呼び出された。その時期になると父の連絡は電報がふえた。手元に二、三のウナ電（至急電報）の用紙が残っている。

久方振りに見る父はまぎれもない老いを感じさせた。無言で対する私に、父は「申し訳ないと思っているのだが、どうにも方法がなくてね」と、切り出した。「お父様たちが無計画に生きてきたせいでしょう？　私はいいけれど、お母様とまだ学生の章栄はどうなるの？」私は怒りを殺してそう言った。父は「仕方がないのだ。どうしようもない」をくり返し、敷金を払うのでアパートまで私に同行してほしいと言った。言い訳する積もりももはやないらしい。父は新住所をメモした紙切れを私に渡し、「東横線の自由ヶ丘駅から六、七分、大井町線の奥沢駅からは一、二分の閑静な場所なのだよ」と、言い添えた。

父と娘は黙りこくったまま東横線に乗り、自由ヶ丘駅で降りた。東光ストアの脇を入り、細い道を案外足早やに父は歩いて行く。やがて車道に出て右折し、二十メートルほど行った左側に二階建ての古アパートがあった。三田アパートというのだそうだ。アパートの筋向いに奥沢神社の樹木の群れが見えた。

管理人の四十代半ばの女性に父は敷金と二か月分の家賃を払い、談笑していた。その様子からは数回足を運んでいる感じが伝わってきた。一方的にアパートへの引越しは決められてしまった。「荷物を作る準備に十日は必要だろうから、引越しは二十日頃の見当で」とまで、父は言っていた。母へ手紙を送る前に、計画は着々とすすめられていたはずなのだ。

アパートを出て歩き出したところで、「悪いが、ここで章栄と暮らしてくれ」と、私の腕をつかんで念を押す父が厭わしく、私は父の手を引き剝がそうとして、力いっぱい腕を振り払った。すると、その勢いで父の細い身体はアパートの脇を通っている側溝にふわりと落ちてしまった。

人の目には老人を虐待している若い女に私は映ったかもしれない。私はあわてて父の手を取り、肩をつかんでだらんとしている父を引き上げた。コートの裾とズボン、靴のあたりがびしょ濡れになっていた。私はバッグからハンカチを取り出し、水を絞るようにコートの裾を拭った。父もコートのポケットから大判のハンカチを引き出し、かがんでズボンを拭いている。その姿は哀れで、また、憎くもあり、熱いものがこみ上げてきて、私の目は涙で霞んだ。通りがかったタクシーを止め、父は私に「済まない」をくり返しながら、濡れた衣服のまま帰って行った。

結局、父の側溝への落下が引越し話を完成させた形になったのを、私は誰にも話せず、いつまでもじくじくと自分を責めていた。あんなに弱った父を、老いはじめた父を暴力的に倒してしまった。その悔いで引越し騒ぎへの怒りが殺がれていくのを私は知った。

二十日の引越しまでに時間が足りなさすぎたのが、かえって幸いに思えた。十分に考える時間があったならば、母と別れて暮らすという劇的な変化を、私はとうてい受け入れられなかったろう。久我山での短い暮らしへの切ない思いが吹き出してきて、私は自分の気持を治めきれなかったろう。

六畳一間のアパート暮らしでは、三部屋に入っていた荷物をほとんど捨てなければならなかった。目白、田沼、大田区馬込、品川区荏原町、目黒区原町、杉並区久我山と、どうにか持ちこたえてきた黒檀の大机も処分した。母は衣類ひとかかえ、私と妹も身の廻りのわずかな品を運ぶしかなかった。

問題はスピッツ犬のポンだった。母が原町で川から救い上げたポンは、性格のよさはとびきりの犬だったが、外見はかなり貧相である。このみすぼらしいポンを誰がもらってくれるだろうか。

　思案しているちょうどその時、母の弟、雅文叔父の息子、武雄が顔を見せた。前年の夏、突然、母を訪ねてきた武雄は品川区の中華そば屋に住み込みで働いていると話した。私より七、八歳年下だったろうか。私たちの窮状を知った武雄は、中華そば屋の主人に頼んで飼ってもらうから大丈夫と言っていたが、翌日、軽トラックでやって来て、ポンをつれて行った。ポンは母に拾われたものの、貧困の生活を共にするだけで、また、中華そば屋の居候になる身だった。武雄自身が東京での最底辺の生活を生きていたのだ。私がいない間に、母は茫然としてポンを見送った。その時の情景が思い出されて嫌になる、と妹は涙ぐんでいた。

　原町からつれてきた黒猫の黒糖は、病院として使われていた家の薬臭さをきらい、姿を消しては帰ってくる生活をくり返していたのだけれど、だんだん戻らなくなっていた。

　数日後の夜半、仕事帰りの私は家に近い路地で黒糖に出逢った。「コクトオ!」と呼ぶと、足元に近寄ってきて、「ムグーン」と低く鳴いた。だが、「どうしてたの?」と、身をかがめたとたん、黒糖は大きな体を離し、また「ムグーン」と鳴いた。「おうちに帰ろう」と呼びかけても、尻尾を振りながら五十センチくらいの距離を保っている。その適度の距離が寂しかった。よく見ると、水色をした上等な革の首輪をつけている。堂々たる美猫だから、どこかの家で飼われているのだと思うしかなかった。飼っている猫がよその家の子になってしまうのは初めての経験だった。「黒糖、お引越ししてしまうのよ。それでいいの?」と聞いても、じっとしている。どうせ飼ってやれないのだ。もらってくれた家があって幸いだった。そう思うしかない。諦めて歩き出したが、黒糖は身動きもせずに私の方を見ていた。

　黒糖とはその夜が別れになった。


　アパートは世田谷玉川奥沢町の「三田アパート」と言った。小さなアパートの六畳一間で母のいない私と妹との生活が始まった。

　私たちを奥沢に引越しさせた後の父はどうしていたのだろうか。膝下をぐっしょり濡らしたままの姿でタクシーを止め、戻って行った父の悲しげな表情を頭から追い払おうと努力しても、それはなかなか消せない私の傷となっていた。


　しかし、三月十四日付「日本経済新聞」のコラム「交遊抄」を読むかぎり、あの日にまつわる暗い思いは私ひとりのものであったらしいと気づかされる。

　父は「酒友尾崎の深い心」と題し、尾崎士郎氏を語っている。友人について書くのはめずらしいので、紹介しておこう。「わたくしの交友はかなりひろい。それが酒を中心にとなると、多すぎてこまるくらいだ。

　たとえば、わが酒友というべくは、先輩北原白秋、吉井勇、吉植庄亮、辻潤、まだまだたくさんある。この人たちの酒豪ぶりを語ると際限もないほどだが、みんな死んでしまった。まだ生きていて、ぴんぴんしている人のことを話すとなれば、どうしても、親友尾崎士郎をあげざるをえない。

尾崎士郎といえば、彼が処女出版の「逃避行」以来の大ファンであるわたくしは、関東大震災後にある酒席で彼と初めて会って、肝胆相照らした。わたくしが文壇で最も古く最も親しい友であるが、尾崎は、文壇酒徒番付でみると、東の横綱である。そうして、わたくしはとみると、なんだ、前頭の四枚目だ。けしからん、尾崎はわたくしほども飲みはしないのにと、大いに不満であった。(中略)

大森駅に人力車があったころのことである。ある夜おそく、わたくしは電車(当時の省線)に乗っていた。隣のやつがツリかわに手をかけて、ゆられていやがる。こっちも同様。

「なァんだ、大木か、おめえ、こんなにおそく、どこへ行くんだ。道がちがいはしないのか」

と言ったやつは酔ってべろんべろんの尾崎士郎であった。こっちも同様。わたくしはそのころひとりの美しい魔女にほれて、その晩も約束で森ヶ崎の大金という料亭へ行く途中だった。わたくしがそのことを率直に告げると、尾崎はゆるさない。大森駅で、しゃにむにわたくしをおろし、人力車を二ちょうで自宅へ連れて行った。森ヶ崎へは夜が明けたら自動車で送ってやるから、とにかくうちで飲めという。

わたくしは、いっときも気のせく恋人を待たして、親友の志の厚きに順じたのだ。奥さんが長火鉢(ひばち)でお燗(かん)をつけてくれて、板わさで尾崎と飲みかつ談じた。何を話したやら、それは忘れたが、しばらく沈黙の続いたとき、尾崎はいきなり顔をあげて、感慨深く言った。

「いかん、いかん。大木。きさまと飲んで話してると、どうもいかん、わしまでがつられて真実になる。それではこまるんだ」

「どうして?」

「きさまは詩人だから、それでよかろうが、わしは小説家だ」

酔中、尾崎がいい放ったことをわたくしはいまも忘れない。

(中略)

しかし、思うのである。この友の深い心を。およそ、友の交わりは淡々たる空気のごとく、水の流れのごとくある。しかも、悠々(ゆうゆう)として酌(く)み交わす酒の中にある。

(詩人)」

前年夏の『和訳　六時礼讃』に対する尾崎士郎氏の書評は、父にとってよほど嬉しい批評であったのだろう。異色の仕事であったにせよ、『和訳　六時礼讃』は、単なる和訳というにとどまらず、魂を込めた創作でもあった。その深部にも及ぶ尾崎の読みに父は打たれたのだ。

父は久々に詩人大木惇夫の存在を認められる晴れがましさを味わったのではなかったろうか。

右のエッセイもおそらくは『和訳　六時礼讃』のつながりで依頼をうけ、感謝の念をこめて尾崎士郎との思い出を書いたのだと思う。そうは思うのだが、私にはどこか屈託のなさすぎる文章に思われ、妙な気分に陥ってしまう。私のいる現実との乖離が甚だしいためだ。

この三月頃から、また父の所在は不明になり、家族は連絡の方法を失っていた。同じ時期に残した次のような文章もある。

「うす日にも
　ニワトコの枝が　白う光るよ、
　残りの雪も解けるよ、
　ああ　明日(あす)の日の花を待たばや。

（…………）

それにつけても思うのは、春を待つ心のよさだ。切ないまでのいみじさだ。とりわけ北国の人たちが雪に閉ざされて、花らんまんの春を待ちながら長い冬を耐え忍ぶ、その心を思ってみよう。北欧の哲人キエルケゴールもそのことについてすばらしい論文を書いたが、わたくしが言うのは、必ずしも季節の冬と春のことのみではない。人間が不如意や苦難の「冬」を耐え、日々の努力と鋭意をつらぬいて明るい達成安楽の「春を待つ」心である。

冒頭に掲げた詩は「明日の花」と題する、わたくしの若い頃の作で、文字通り単純明快、自然描写に春を待望する心を托したまでのものだが、若い者の素朴な息吹きはひそんでいると思う。わたくしにも若い時代はあった。――文学で立つことを志して、一年半ばかり小田原にこもっていたが、海のものとも山のものとも明日のことはわからない、さき行きの暗澹とした青春であった。そういう一時期に北原白秋先生と相知るを得た。先生の家が小田原の天神山にあったからだ。二月のちょうど今頃、白秋先生のお伴をして、天神山の原っぱを散歩した。脚下には怒濤の音がいつもより激しくて、その日は大島も見えなかった。箱根連山は半ば白い雲に没していた。寒かった。しかし、窪地の枯草には薄い日ざしがたまって、小さな木の枝がふしぎに白く光っていた。

白秋先生はその枝を指さして言った。

「これ何だか知ってるかい。――ニワトコだよ、君」

ロシヤの文学、とりわけツルゲーネフの小説の自然描写によく出てくる、あの接骨木(トコナツ)がこれなのかと、わたくしは目を見はった。都会そだちのわたくしは、トコナツの木も花も知ろう筈がなかった。この時の新鮮な印象が、殆ど即興的に『明日の花』の一作となったのである。（後略）」（「春を待つ心」「東光」昭和三十七年三月、第三号）

『風・光・木の葉』のところで既に紹介ずみの詩「明日の花」であるが、白秋が父に教えたニワトコは接骨木(にわとこ)であるのに、ここでは何故かニワトコとトコナツが混同されてしまっている。原稿を送った先の間違いなのだろうが、父はその誤植に気づいたのだろうか。

掲載されたのは父の地元といえる雪ヶ谷にある東光ラジオコイル研究所の社報「東光」。父の文章以外は職場の人たちの声が集められている。そこの巻頭にある父の文章がひどく場違いに思えた。父が同研究所の嘱託であったことも「東光」によって知らされた。いくばくかの収入を得るためであったろう。白秋との貴重な挿話を記した文章に残された致命的な誤植が父のいる場所を示すようで侘しく感じられる。

四月で六十七歳になる父は金策につぐ金策の毎日をもうどれくらい続けてきたのだろうか。借金地獄のために創作に没頭しにくい時間が父の人生をますます負の方向へと歩ませたのは確かなところだ。父の遁走は初めてではなかったが、所在をつかめない私たちの不安が軽減される訳ではなかった。家族が債権者に父の所在を明かすはずはなかったのに、私たちは捨ておかれたのだ。少額の金が送られてくることがあったが、差出人の住所は大田区千鳥町の家になっていた。その現金書留は父の愛情というよりは、かすかすの義務感の形であるように私には思えた。

身一つで親戚の家を頼った母の生活は、これまでのどんな時期よりも心もとない索漠としたものになっていた。父より十歳年下の母であったが、幸運から見放された母には美しさの影も残っていない気がして、私は胸が塞がれる思いがした。

この時期父がどうしていたか、の全貌が判明するのは、十年あまり後、昭和四十七年十二月に『キリスト詩伝』（講談社）が刊行されてからである。父は「あとがき」において『キリスト詩伝』執筆のいきさつに触れている。

「（前略）私はキリスト詩伝に熱烈な意欲を燃やしながらも、これが断片的な形のままで捨て置いてあることが残念でたまらなかった。そこで、私は大阪と京都との接触する地点、枚方（ひらかた）の香里（こうり）団地の一室を借り、執筆のためのアジト——隠れ家（かくが）として、ここに籠り、キリストを詩で書く仕事に没頭した。そして、今までに書いた部分を随処に採りあげながら、延べ二年間近くも続けて書き、昭和三十八年十二月二十四日、クリスマス・イヴの日、つひに四百五十枚、約一万行になんなんとする『キリスト詩伝』を脱稿したのである。（後略）」

ところで、原稿は活字化されぬまま、十年以上もの間、空しく篋底にしまわれていた。しかし、ここでは昭和三十七年春以来、不明であった父の居所を知らされたという記述にとどめ、『キリスト詩伝』については、本の出版時に触れることにする。

文芸誌に所属した私は島尾敏雄氏に原稿を書いて欲しいと思った。『単独旅行者』『われ深きふちより』『夢の中での日常』『島の果て』などの作品を学生時代に読み耽った私にとって、島尾敏雄ほど気になる作家、強い求心力を持つ作家は見当たらなかった。

神経を病んだミホ夫人の退院後、昭和三十年十月に、島尾さん一家は奄美大島名瀬市に移住していた。ミホさんの療養のためでもあった。島尾さんは四年前に就任した鹿児島県立図書館奄美分館館長の仕事と執筆を両立させていた。

島尾さんと手紙を数回やりとりした後、翌三十八年二月に書かれたのが代表作『死の棘』の第五章にあたる「流棄（るき）」（「小説中央公論」四月号）である。島尾さんは連作小説をまとめて大作『死の棘』にする構想を初めからあたためていた。生涯の代表作の一部を私は最初に書いていただくことが出来たのだ。それは歓び以上の感情であった。畏れをもって私は島尾敏雄の原稿を受けとめた。

それ以降は島尾さんが上京されるたびにお会いするようになっていた。ミホ夫人の親類の家で、長女マヤちゃんが入院している東大附属病院分院で、あるいは中央公論社ビル七階のレストラン「プルニエ」で、話し合う機会がふえていった。

島尾さんにつづいて、私は安部公房氏、福永武彦氏に原稿を依頼したいという希望を編集会議で話したが、新しいデスクはこう言ったのだ。「純文学に偏っていちゃ困るよ。清張さん他のミステリー作家も頼むよ」。意欲的に仕事をしても、私の考えのいちいちが気に入らない様子のデスクに私は違和感を覚えた。編集長は編集者の自主性を重んじる優しい人だったが、編集会議では編集長としての考えを示してはくれなかった。もちろん、要求されたとおり、私は松本清張をはじめとするミステリー作品の掲載にも務めた。結城昌治、三好徹、笹沢佐保などの作家との仕事がそれである。

仕事は多彩になったが、一気に走ってきた週刊誌時代とくらべ、私の気持には何となく停滞の感覚が生まれていた。

私と妹は母のいない生活を二か月ばかり続けていたが、叔母の家に居候している母が心配でならなかった。思い余ってある日電話をすると、母は自分はどうでもいいけどあなたたちがどうしているか心配で仕方ない、と打ち明けた。そして、「だれにどう言われても、奥沢に行ってみる」と答えた。

二、三日経った朝方、二か月も離れていた母が訪ねてきた。私の出勤前、妹の登校前でなければ会えないと思ったらしかった。妹は母にすがって、「ここで暮らして」と訴えた。やつれが目立つ母を前にして私も心をきめた。父がどう考えようが、母を叔母の家に置いたままには出来ないのだ。「三人で暮らそう」と私は母を説得した。狭い六畳間でも、母がいてこそ私たちの家なのだった。

夜になって、母が身のまわりの物を抱えてやってきた。帰ってきたのだ。こたつに入り、みかんを食べながら、久我山時代のように私たちは話し合い、笑い合った。結局、話し疲れ、こたつに足を突っ込んだまま三人で眠ってしまった。

数日後、私は六本木の「フランスベッド」で二段ベッドを買い、妹を下段に寝せ、自分は上に寝るようにした。母はこたつを部屋の隅に寄せ、ふとんを敷いて寝ることになった。みんなが起きている間は横にもなれない母を見て、私は心に誓った。将来、かならず、母が安らげる場所を私が確保してあげる。

狭苦しくても、母がいれば日々が暮らしやすくなるのだった。ドアを入って横手に半間ほどの台所とはいえぬ空間があり、ガス台と流しがあった。母は小っちゃな流しに俎板を渡し、調理をした。むろん、流し台は洗面にも使わなければならなかった。ベッド脇の片隅に服を掛け、窓際に低い整理ダンスを置くだけの簡易な生活である。トイレは廊下に三つ並んでいた。

父からの送金が当てにならないのを知っている姉は、サラリーの一部を私に渡してくれるようになった。その父はもう何処へ行ってしまったのか、その頃は摑みようがなかった。後に知る枚方市に部屋を借りて籠り、「キリスト詩伝」を書き連ねていたなど、どうして私たちに測り得たろう。

六月二十七日、兄のところに次女眞実が誕生する。日立に定着してしまった兄と私たちの間にも次第に距離が生まれていた。いろいろな意味の距離であったと思う。

私たち、私と母と妹は精神的にも経済的にも追いつめられ、孤立し、それ故に結束を強めていた。母は二階に住むFさんという六十代の女性と仲良しになり、仕事を紹介してもらおうとしていた。

校了時の出張校正で真夜中になった日、私は姉が住む大塚上町の家に泊ったことがあった。姉たちの暮らしを間近に見て、私は安心もしたし、同時に姉妹でも一生涯共に暮らせるものではないと悟った。

みんなそれぞれが懸命に生きていた。妹は武蔵美の二年生。二十一歳になっていた。私も十一月には二十六歳になる。仕事場ではキリキリとして余裕なく、話し相手もいなかった。私は新人が編集部に入って来るのを心待ちにしていた。

消息を絶っている父だったが、この年、母校である広島県立商業学校校庭に鎮魂歌「祖国の柱」を刻んだ詩碑が建てられている。勤労奉仕中に原爆の犠牲になった二百人あまりの生徒を悼む詩で、同校の同窓会幹事の発起・依頼によるものだった。一人ひとりの名前を刻んだその詩碑の前に立ち、詩を読めば、悲しみが惻々として伝わってくる。

昭和三十八(一九六三)年も父は逼塞したままだった。今思えば、現実生活の重荷をすべて放り投げ、キリストの生涯を見つめ、詩に書きながら祈り、縋りついていたのだろう。

四月、「小説中央公論」編集部に待望の新人が入ってきた。村松友視さんだった。デスクとの違和感に悩まされていた私には、複雑な内面を持ちつつ誰とも表面上の調和を保てる村松さんが現われ、救われる気がした。デリケートでかつ頼もしい弟的存在を得て、気持が楽になった。いっしょに行動する日々が生まれた。

その時期、文藝春秋の編集者である姉が人事異動により「週刊文春」編集部に移り、松本清張の担当になった。そういえば、清張さんから私はこう聞かれたことがあった。「まりえちゃんの姉さんがぼくの担当になるのはどうかなあ」。

私はすぐに応じた。「いいと思いますよ。姉は物事を地道に積み上げて行く人で、実力があります。先生にとってはすごく有効です」。清張さんは「そうかね」と頷いていた。そんないきさつを姉はずっと後になって清張さんから聞いたという。「別冊黒い画集」の連載を先輩より引き継いだ姉と清張さんとの関わりは、翌昭和三十九年七月からスタートする「昭和史発掘」へと発展し、松本清張の作家生活の大きな流れを創り出すのである。

私の手帳を眺めると、遠い日々が甦る。二月二十五日、北杜夫さん宗谷で出発。六月二十五日、福永武彦氏と打ち合わせ、と記してあって懐かしい。私はデスクの言葉を無視し、『草の花』の作者に小説を書いて欲しいという夢を捨てていなかったのだ。手帳に残されたメモには遠藤周作、開高健、倉橋由美子、水上勉、佐野洋、三好徹、南條範夫、原田康子、三浦哲郎、結城昌治、福田善之、田宮虎彦……と記されている。八月五日、福永氏の原稿入る、との記録もある。倉橋さんからは昭和三十七年新年号に「蠍たち」九十枚、昭和三十八年九月号には「パッション」百枚を書いていただいた。二篇とも倉橋さんの才能が浮遊する新しい感覚の心理小説である。福永氏の作品「夢の通ひ路」は愛と死の記憶にとらわれ、現実を漂うしかない女の不条理な生を古典的な香気のなかに描いた名作である。福永さんは外見が堀田善衛さんに酷似しているといわれるが、お会いしてみると、かなりの違いを感じた。その目は自身の内部に向けられているようで、本物の作家という気がした。

仕事をはじめて四年目のこの頃、私は心の奥にオモリのような異物を抱えている、と感じる瞬間があった。少し前に気づいたあの停滞の感覚である。何もかもが中途半端で、達成感を得られぬままに漂っている自分に苛立つ日があった。

文芸誌に移ってからは男友だちと会う機会もふえ、その交流には当然青春の感情的な部分もふくまれていて、楽しさだけですまない圧迫感もあった。私の友人たちはたがいに友人同士でもあったから、誰と会っていても他の友人の顔がちらつくのだった。牽制しあいながら彼らはたがいの絆も深かったのである。それに、私と同様に、友人たちも仕事や学問を積み上げて行かねばならない現実にすっぽり嵌り込んでいたのだったろう。研究や仕事には情熱を惜しまないけれど、それ以外の交遊は総じて苦手な世代であったかもしれない。

半年くらい前から話は聞いていたのだが、九月にNがフランス政府給費留学生として、ドイツとの国境に近いストラスブール大学に留学することになった。文学・人文科学部で学ぶためであった。

出発の前に私はNを訪ねた。仕事の都合で出発当日は見送れないかもしれなかったのだ。学生時代とちがって度たび会うというのではなかったが、留学となれば二年は会えないだろう。親しい人が遠ざかって行くのは父で馴らされていても、やはり心寂しかった。

見送りはしないつもりだったが、出発の日、九月十一日に私は横浜埠頭にNを送りに行った。ソ連の船バイカル号でナホトカへ行き、そこからモスクワまでシベリア鉄道の旅になるという。当時の留学生のヨーロッパ行きには大方シベリア鉄道が使われた。Nの場合は、モスクワからプラハ、ウィーン、シュツットガルトをまわり、パリに行き、パリで数日過ごしたあとストラスブールに向かう予定であった。

埠頭にはNの両親の姿があった。軽い挨拶をすませ、私はひとりNを送った。船が航行をはじめるまでの時間、私はNと共有したそれまでの年月を思い返していた。学生会館での勉強時間、社会に対する考え方の根本を議論しあった時間、おたがいに愛情をもって誠実に生きたが、私たちの友情にはいつも理性の幕が張りめぐらされていて、平静な感情が揺れることはなかった。困難な時代を緊張して生きてきたので、二人とも相手に少しの甘えも許さないできた。その関係が崩れるとしたら、私たちの間は変質してしまったろう。相手を気遣いつつも、相手の感情を抱きしめる習性を持てないできてしまった。夜半、砂川の泥濘の道では二人は心から理解しあっていたのに。だれにも、私たち自身にも説明のつかない関係であった。しかも、そこには、長い長い日々が横たわっていた。私たちの青春のほとんどが。

船上と陸上をつなぐ白いテープ。脆くつながる白い線は途方もない距離に思えた。「あなたがいなくなると寂しくなるわ」と言えない関係とは何なのだろう? 無意識に抱えていたにちがいない疑問がむくむくと湧き上がるのを私は感じた。愛とは何なのだろう? 私が内側にもっている堅い何かが二人の関係を作り出したことを、誰のせいでもないことを私は知っていた。私たちは若過ぎたのだ。

Nからは次々にポストカードや手紙が送られてきた。Nはフランスで懸命に生きていたのだ。私も変わらなければならなかった。自分を解放しよう。私はフランスの切手の美しさにみとれ、Nの新しい体験を肉親の姉か妹のようにやさしい気持で受けとめた。

寂しさのつのる秋になっていた。母はNの留学を歓迎していた。原町時代にはよく家へ来ていたNに母はあまり好感をもっていなかった。姉の場合と同じく娘はひとりで仕事を続けるべきだと信じていたので、誰であれ、娘にとってのとくべつな存在には好意を感じなかったのだろう。体験を経た信念は堅固なものだ。奥沢に来てからの母は私と妹にあらゆる関心を注ぎ、いっそうの執着を見せた。

夜、三人が揃うと、食事をすませ、銭湯に行った。奥沢は久我山のように影の多い町ではなかったが、自由が丘に近い割には静寂を保った住宅街であった。アパートの前の通りだけは車の往来が多かったけれど。一年近く暮らしていれば、アパート一室での生活にも慣れてくる。部屋の狭さは私たち三人をこの上なく密にしていた。三人がこたつに集まれば、妹は学校での出来事を、私は社での仕事について、母に話した。編み物をしながら話を聞く母は幸せな表情をしていた。

そんな私たちの生活が予期せぬ不幸に襲われる。十二月初めの日曜日の夜、私と妹は友人Kにタクシーで送られ、アパートの前で降りたとたんに、反対車線の前方から疾走してきた車がタクシーに接触し、そのまま逃げ去った。タクシーの右ドアから出た妹が車に撥ねられ、重傷を負った。救急車で病院に運ばれる妹は虫の息のなかで私に言った。「私でよかった。お姉ちゃまじゃなくて」。私が連れ出した帰りに起こった事故で、すべては私の責任なのだ。

骨盤と脚を骨折し、顔にも傷を負った妹は、緊急手術をうけ、どうにか命を取り止めた。

母の心労は見ていられないほどだった。妹に付き添っている母は必要に応じて病院とアパートを行き来したが、病院に泊り込んで、仮眠をとりに帰ることもしなかった。

運悪く私は出張校正の段階に入っていた。しかも、編集中の号で「小説中央公論」は休刊になると発表された。他社の文芸誌より幅広い内容をめざした目次は大変躍動的で魅力があると思われた。二年数か月の間、私自身も惜しみなく努力をしたつもりだった。最後の出張校正くらい疲れる作業はない。みんな力を落とし、徒労と知っていてもよい雑誌を作ろうとしていた。深夜帰宅して私はアパートに入る前に病院に行き、窓から妹の病室に忍び込んだ。妹は首と足を牽引されて苦しそうだった。母はベッド脇の長椅子に身体をまるめて眠っていた。

不幸中の幸いは担当医が優秀な人で、出来うる限りの治療を施してくれた。顔の傷が後にはほとんど分からない状態になったのも、彼の技術によるものであったろう。二か月余りで退院する際に、医師は妹にプロポーズし、母には「床の間に飾るように大切にしますから」と、言ってくれたそうだ。娘の結婚には拒否反応を示す母もさすがに心を動かされたようだが、大学三年生の妹は「まだ何も考えられないので」と固辞したという。

父は妹の交通事故さえも知らないでいた。連絡しようがないまま、母は千鳥町の家に手紙を書く余裕も持てずに放っておくしかなかった。轢き逃げしたドライヴァーは逮捕され、交通刑務所に送られる。スピード違反のうえに飲酒運転でもあった。事故の慰謝料は妹の学費に使われた。だから妹は「私は自分のお金で大学を出た」と言っている。

妹が病院で苦しんでいる最中の十二月二十四日、六十八歳の父は枚方市のアジトで『キリスト詩伝』を脱稿するのである。

昭和三十九（一九六四）年の正月は母も妹もいない冷たい部屋ではじまった。私は出版部に移り、単行本を手がけようとしていた。

妹の事故の時にいっしょだったKとは、アクシデントを共に体験し、妹ひとりに怪我を負わせてしまったという罪悪感を共有していた。妹を反対ドアから降ろしてしまったことへの後悔を共に抱いていたために、急速に距離が縮まっていた。一歳年上の彼は才能に恵まれたアーティストで、無類の文学好きでもあった。距離は縮まっても、私はそれまでの友人たちとはまったく異質の彼に魅かれるのと同時にどことない不吉な影を感じもした。

彼は度たび妹を見舞ってくれた。その優しさに私は感謝したし、別世界の仕事を知るのも興味深かった。親しくなるにつれ、私は夢が多いはずの別世界で悩みもしているらしい彼をいたましく思った。私の場合、いたましく思う状態はかなり危険なのだった。しかし、心惹かれていても、感情の領域を夢中で泳ぐには、私の心身は疲れすぎていた。妹の交通事故、不意の異動、行方をくらました父……。絶対拒否の母をはじめ、私の周囲の誰もが認めない友人との交流は、結局、消滅していくほかはなかったのである。私の青春において、昭和三十九年は最悪の年になる。

出版部で初めて作った本は陳舜臣氏の『黒いヒマラヤ』で、前年に退社した京谷秀夫さんから引き継いだ仕事である。若くして大人(たいじん)の風格をそなえた陳氏との出会いであった。

二月半ばに退院した妹はアパートのベッドに横たわった。通学するのはまだ先のことである。三人いると自由に動けない狭い一室で妹の予後を見るのは厳しかった。お風呂もない生活は土台、無理なのがわかった。その状態を見兼ねた姉は、大塚中町の家から引越していた豊島区西巣鴨の家に母と妹を引き取ってくれた。国電大塚駅に近い場所だった。私ひとりがアパートに残されたのである。

早春の光がみちているのに心塞ぐ日々に私はいた。友人の伊藤誠君は東大経済学部の助手になった。Nも伊藤君も確実に自分の決めた道を歩んでいる。私だけが停滞して眠れぬ夜を過ごしていた。眠れないだけではなく、夜になると眠れぬ予感で動悸が激しく、胸苦しくてならなかった。

自分でも変だな、と気づくのに時間はかからなかった。心配した姉は母と妹ばかりか、私を自分の家に住まわせようと考えたのだ。久我山への引越しの際には行動を共にしない姉の気持を恨めしくも思った。自分の生活を優先させる姉を怪訝に思ったのだ。けれども、私の苦況に姉は手を差しのべてくれた。

姉の借家は大家さんの家の敷地に二軒建ったうちの一戸で、一階に六畳二間と台所、二階に八畳一間があった。もちろん広い風呂場もあった。姉の家に引き取られた私は六畳一間を、母と妹が隣りの六畳を使い、姉夫婦は二階だけを使うことになった。姉の家にはシャム猫のトムもいて、久しぶりに家庭の雰囲気を味わえた。

五月、松本清張氏が初の海外旅行より帰国し、『昭和史発掘』の「週刊文春」連載がはじまった。作家の旅行中もふくめ、姉の忙しさは尋常ではなかった。清張邸に姉の仕事部屋が設けられたくらいである。たまたま清張邸を訪れると、「まりえちゃん、いま一階に姉さんが来ているよ。会って帰りなさい」と清張さんがいう日もあった。

私は七月に「東京新聞」に連載された村上元三氏の長篇小説『戦国一切経』を本にしている。

ちょうどその時期と重なる七月十二日朝、父から私宛にウナ電が届いた。〝キヨウ一二ヒ一ジ　」シンバ　シヨリセンビ　キヤ二カイニテアイタシ」カナラヅ　キテクレ」アツオ〟。

妹の交通事故や私たちが姉夫婦の借家に居候している現状、私の衰弱の様子を母が父へ知らせていたのだろう。それにしては多くの日が流れているが、「カナラズ　キテクレ」の表現に私は父の気持を斟酌し、千疋屋に行った。およそ五十年前の電報用紙は薄茶色に変色しているが、グリーンの罫や「電報」の文字は鮮やかだ。電文のスミ文字も昨日届いたかのように黒々している。「池袋／39・7・12」という日本電信電話公社のスタンプが父の切迫感を生々しく伝えている。紙片を凝視すると、二年半ぶりに父と会った日の情景が思い出される。

千疋屋の二階で父は私に笑顔を向けた。奥沢のアパート前で溝に突き落としたあの日以来、私は父に会っていなかった。会っていないのは当然で、父は東京を離れ、枚方市に逼塞していたのだから。「何でも食べなさい。ここの洋食はうまいよ」と、父は言った。父は戦前からある銀座の店が好きなのだった。私が仔牛のカツレツを注文するのを待って、父はこう切り出した。「いろいろあってね、ようやく東京に戻ったよ」「どこに行っていたのですか？」私の問いにちょっと目を伏せて、それから思い直したように答えた。「関西方面に行ったりね。だが、もう大丈夫。これからはよくなるさ」。「私たちはよくないことばかりでね、大変でした」「ふみちゃんの怪我はどうだい？　心配したが、もう退院してから知ってね」。そう言って父はお見舞と書いた封筒を私に手渡した。

「どんどん仕事をしているので、見ていてくれ」。ビールを飲みながら父は「次の詩集を作りたいと言ってくれる編集者がいてね」と嬉しそうに微笑んだ。その編集者横川氏に会って欲しいとも言った。横川さんに紹介されるのは次の年になったが、出版してくれる会社が見つかって本当によかったと私も安心した。南北社という出版社で、集英社とも関わりがあると父は言っていた。

関西から東京へ戻れたのはいろいろな人の力によるのだ、と話していたのは何を意味するのだろうか。借財についての話し合いを仲に立ってすすめてくれた人物がいたという意味なのだろうか。すべて父の生前にはつかめなかったが、父は「本を出せるのだから、大丈夫だよ」と、さっぱりした表情で私を励ますふうであった。

放っているうちにますます疎遠になってしまった家族に会うためには、よい話のひとつも持って来なければ顔を合わせられなかったのかもしれない。本を出せるという喜びが父に勇気を与えたのだろう。痩せて元気のない私に父は「また連絡したら来てくれるね」と念を押した。私たち母子を引き離し、姿を消してしまう父。それからの私たちは災難に遭ったり、下降気味の毎日に落ちていたと言っていい。「もう関係なく生きましょう」と、私は父に言いたかったが、怒る気力さえ失せてしまった。電報まで打って私に会ったのも、結局は自分が元気であるのを知らせるためであったし、私たちの様子を知るためでもあったろう。父と別れて社に戻ったが、父がもっと大事な要件を話し出せなかったのではないか、と思いはじめると、心配が渦巻いて、なかなか仕事に入れなかった。

八月には結城昌治氏の短篇集『風変りな夜』を編集出版する。単行本を作る出版部にも馴れてきた十月、ふたたび極度の不眠に悩まされる日がつづいた。動悸が激しくて、うずくまっていたい気持に引き込まれる。その状態で仕事をするのは苦痛だった。

強いくせに極端に弱くもある私の神経は、私を取り巻いていた複数の不協和音にずたずたに乱れてしまった。それでも仕事はつづけなければならない。十月、私が手がけていたのは、石川達三氏の長篇小説『稚くて愛を知らず』であった。「婦人公論」に連載された作品で、純粋だが愛することも愛されることにも不馴れなヒロインを描いている。

低調から抜け出せない私をよそに、世は東京オリンピックに沸いていた。戦後二十年にも満たない年月のうちにオリンピック東京開催を実現できたのだから、戦後日本の経済力回復の速度はすさまじかった。

父は東京オリンピック開会式に寄せて「平和、平和、オリンピック」と題する詩を書いている。五聯からなる詩はたとえば、十月十日付「夕刊新聞」(「夕刊岡山」改題)に掲載された。

試みに一聯目と五聯目を引用しておこう。

1

菊薫る　秋　今日の昼
ファンファーレ鳴りひびきて
始まりぬ、世紀の祭、
粛々と楽の音おこり
国々の旗あがるや
九十四　とりどりの色
青空になびき　相呼び
燦たりや、東京五輪

5

若人よ、投げよ、倒せよ、
ひたすらに競技は清く
より強く　力つくせよ、
友愛のこの祭典は
結ぶなり、国境越えて、

競うとも、感謝のミサに
おんみらは価いするなり、
ああ、平和、世界は一つ。

『稚くて愛を知らず』の本文、装幀を校了にしたところで、私は倒れてしまった。またまた病的な不眠に陥り、心臓が締めつけられる。十一月末にはついに斎藤神経科に入院させていただいた。北杜夫氏の兄上、斎藤茂太氏が院長をつとめる新宿区大京町の神経科病院である。診断の結果、病名は心臓神経症で、鬱的な要素も見られるらしかった。担当医は斎藤宗吉先生、つまり北杜夫さんだった。

入院病棟は斎藤神経科の裏にあり、木造二階建てであった。斎藤神経科や斎藤家の母屋ともつながっていた。個室は畳敷の六畳間で、廊下の窓から障子越しに晩秋の陽が注ぐ静かな空間になっていた。重症患者は別院、小金井の病院に収容されるので、四谷（大京町）の入院病棟には疲れた新聞記者などが短期間静養に来ることがあるという。

私は隣室のTさんという三十代の女性とすぐに仲良くなった。天気のよい午後には連れ立って、信濃町駅近辺まで散歩に行った。

北杜夫さんは白皙の青年医で、治療の方法が特異であった。作家北杜夫しか知らなかった私は医者としての北さんの有能さに驚かされた。問診の繊細さ、そして真摯さは北さんだけに可能なもので、それは北さんの資質に根ざしていた。神経を病む者、傷みやすい神経の持主への共感であり、愛であったかもしれない。すぐれた神経科医の条件を十分すぎるほど持ち合せていたのである。静脈注射の腕前の確かさは茂太先生以上であったと経験的に断言できる。

北さんは出版社が開催するいくつかの文学賞のパーティーに私を連れ出してくださったし、診療が終わった午後、近くの新宿御苑まで散歩に誘ってくださった。枯葉が舞う御苑は訪れる人も少なく、歩きまわるのに最適であった。北さんは当時掛け持ちしていた慶応病院神経科医局の話をして私を笑わせるのだった。医局にたむろする奇人変人たちの奇妙な言動があまりにおかしいので、私は「医局の話をいつか書いてくださいね」と頼んでいた。北さんは真面目な表情で答えた。

「いつか書けると思う。X教授とY教授が亡くなったらね」

後年、北さんは重い躁鬱病になり、震える手でカタカタ音を立てながら缶ビールを飲んでいた。あの震える手が注射の名手のものとは誰が信じただろう。北さん自身が無念らしく、「ぼくが優秀な医者だったたって言えるのはまりちゃんしかいないのだから、いつか絶対に証言してね」と言っていた。真実を書いておかなければならない。

名医北さんのお蔭で、私は一か月余りで退院できた。しばらくは通院することになった。

昭和四十（一九六五）年がめぐってきた。私は健康を恢復しつつあった。前年の夏、私の前に姿を見せた父は「浄土真宗」正月号に巻頭詩「み仏にすがりまつれば」を書いている。

荒地にも光あり
すずしろと芹なづな
あるべきをあらしめたまふ

高所にも陰りあり
雨や風　雪みぞれ
あるべきをあらしめたまふ

与へまし　受くるより
与ふるは　幸ぞ
なるべきをならしめたまふ

〝過ぎにしを追ふなかれ
未だ来ぬを待つなかれ
今日の日になすべきをなせ〟

季刊「浄土真宗」には一年半ほど書く約束が交わされていたのを残された編集部からの手紙で知った。詩集『失意の虹』の「未刊詩集」に収められる右の詩以下「み仏の春」「薄羽かげろふ」「今の秋」「冬日寂心」「忘憂樹（ロータス）」「善哉生死」がそれである。

二月、父に悲しい報せがとどく。十一日に弟大木強二が亡くなったのだ。父の悲しみはどれほど深かったろう。すぐ下の弟は父にとってはとくべつの存在だった。若き日、病身の慶子を抱えた寄る辺ない父を何かと助けたのは強二である。実業の世界に入って兄を支えようとしたのも強二だった。成功した事業を戦争のために休業せざるを得なくなり、戦後も再起できぬまま故郷広島に帰って行った。

結局、郷里であがいてはみても確かな手応えを得られぬまま、強二は失意のうちに逝った。父より九歳年下の強二は、まだ六十歳の若さだった。しかし、父が私たち家族に強二叔父の死を伝えたのは数か月も後であった。父のもとに大学生の長男豊がお骨を抱えて来たのだという。

病み上がりの私は三月に父から電報をうけ、渋谷東急文化会館の「ユーハイム」で父と会っていたのに、父は強二叔父について一言も触れなかった。

母の手紙で私の入退院を知り、私に会おうと思い立ったのだろう。「恢復してよかった。疲れたのだね」父は労わるように言った。「もうじき詩集が出る。その前に南北社の横川さんにも会って欲しい」とも言っていた。私もベテランの編集者横川さんには会ってみたい気がした。

その日、父は私を慰めようと考えたのか「いまにお金が入ったら、まりえにミンクのコートだって買ってやれるよ」と、現実離れした言葉を口にした。別れる時、一階の花屋で父は迷わずアネモネの小さな花束を買ってくれた。その日以来、

「何の花が好きですか」の問いに、私はつい「アネモネ」と答えたりする。

父は幼い私を可愛がっていた強二叔父の死を、体調が十全でない私に告げるのをためらったのだろうか。そして、会いはしたが、父は娘の気持をはかりかねて、「ミンクのコート」などと見当ちがいの言葉を吐いたのだろうか。

仕事に復帰した私は時間に追われ、徐々に元気を取り戻した。角田房子氏、中里恒子氏の本をすすめていた。また、松本清張氏は書き上げていた長篇小説『渇いた配色』のトリックが不満であるとして、取材をし直そうということになった。東京の競馬用の馬を福島競馬場へ送る貨車に積んだトランクから死体が発見された。その謎を解くミステリーだ。清張さんと再度府中競馬場や中央競馬会にも行ったし、東北への貨物列車は田端駅から出ることから、田端駅構内や車両区を取材した。ある日曜日には田端駅長の自宅にまで詳しい話を伺いに出かけた。

父が南北社の横川亮一氏に私を引き合わせたのは四月の終わりだった。父は七十歳になっていた。夕方、神田の三省堂で待ち合わせ、父娘は南北社に向かった。横川さんは五十代の温厚な紳士で、日本浪漫派に心酔していて、「お父様の詩集を出版できて本当に嬉しい」と言われた。六月には出版の見込みだという。自分の詩の信奉者を前にして、父は上機嫌になっていた。近くの料理屋で二人は盃を重ねた。

それ以後、横川さんは電話をくださるようになった。神保町や神田駅近辺で会う日もあった。手帳には五月二日、五月二十九日、横川さん、の記録が残っている。

六月十五日、詩集『失意の虹』（南北社）が刊行される。順番としては第十五詩集に当たるのだが、戦後、詩集となった『山の消息』『風の使者』『物言ふ蘆』三集のうち、『物言ふ蘆』は第一詩集『風・光・木の葉』以来十何冊かの詩集より選んだ作品に少しばかりの新作を加えただけのものであるから、厳密な意味では単行詩集とは言えない旨を、父は『失意の虹』の「あとがき」で述べている。

しかし、問題作となる新作を十五篇加えているのだから、敢えて私は『物言ふ蘆』を第十四詩集と呼びたいと思う。反対に『失意の虹』につぐ詩集『殉愛』についてこそ、第十六詩集と認めるのは慎みたいと考える。『殉愛』は出版社（神無書房）の懇望により、およそ六種の既刊詩集から亡き妻慶子に関する詩のみを二百十数篇抜いたもので、新作は一篇しか書かれていない。そのたった一作「亡き人に」については、すでに第23章「『詩の座』をめぐって」において取り上げている。したがって、父の詩集は「未刊詩集」をのぞいて、第十五詩集『失意の虹』で終わるのである。

『失意の虹』は四部構成の形をとっている。第一部「『詩の座』にありてうたへる」、第二部「羈旅詩抄」、第三部「広島風物詩抄」、第四部「南方旅愁」である。

第一部はタイトルのごとく、焦がれて作った自分の雑誌「詩の座」に発表した作品を収めている。ということは、第23章「『詩の座』をめぐって」において、すでに取り上げるべき詩はいくつか紹介済みなので、残りの詩群のなかよりすぐれた詩を選び出してみよう。

——四行詩に托する連作六章

夜来香、夜咲く花に
あひ寄りて夜焚く想ひ
燻る香のなんぞや深き、
夢かとも、まして月夜は。

☆

夜来香、なんぞすがしき、
幾重なす白き葩びら、
被衣してしなめくひとか、
臈たさにつくづく惚れぬ。

☆

夜来香、卓にかをりて
花はまた一つ落ちたり、
ペンを措き、夜明けと知りて
秋雨の過ぐるを聴けり。

☆

落ち花の幾つかとりて
枕辺を香らせけるに、
夢はあり、白き蛾となり
天上の星にいたりぬ。

（「夜来香」1・2、5・6聯）

——四行詩に托する連作九章

もし絲の二すぢあらば
つなぐべし、一すぢならん、
髪と髪つなぐおもひの
かそけくも愛こそはあれ。

☆

もし水の二杯あらば
入れまぜよ、一杯ならん、
胸と胸かもすおもひの
酒かとも愛こそはあれ。

☆

かそけくも勁き愛なり、
疑はば、蘆の根に問へ、
あらけなき風にも耐へて
シリングス奏でたらずや。

☆

勁けれど弱き愛なり、
疑はば、蘆の葉に問へ、
ゆく水の渦輪にふれて
儚ごと描きけらずや。

（「愛の頌」1〜4聯）

さやうなら、暗い日の　雪みぞれ
枯れ枝の　葬列よ
北風よ　さやうなら。

香(か)ぐはしい　春が来た、
さみどりに　よみがへる　ヒヤシンス
アネモネの　つぼみから
息づいて　そよぐもの
そよ風は　やはらかく　あたたかい。

さいはひは　ないと言ふ　あると言ふ、
そはとまれ　さみどりの　春は来た、
さやうなら、暗い日よ
北風よ、さやうなら。

（「春」1・2、4聯）

最上の作と思える「風人抄」と「暦日」「夜の翼」「書斎の憂鬱」「深夜記」について「『詩の座』をめぐって」の章で記した後では、第一部「『詩の座』にありてうたへる」のなかで選べるのは右の三篇くらいだろうか。

「夜来香」は夜咲く花の香につつまれた、やるせない想いをうたっている。四畳半の真ん中に机を置き、座ったまま二つの本棚にも手が届きそうな狭い部屋にいる父の姿が目に浮かぶ。門を入って石畳を渡った奥の和室が父の書斎であり、応接間でもあった。父の晩年の時間のほとんどは千鳥町の家の四畳半で費やされた。夜中に執筆する日々にあって、侘しい書斎は父が追憶に浸り、老いてなおついえない空想に耽ける場所であったろう。追想は悔悟にみち、空想には寂然に被われた死への想いが滲んでいる。

しかし、この辺りの詩篇には隠しようのない父の思考のたゆたいが顕われてもいる。きれいな抒情詩ではあるのだが、たとえば「落ち花の幾つかとりて／枕辺を香らせけるに、／夢はあり、白き蛾となり／天上の星にいたりぬ。」に見られるどこか類型的な甘さ、上手に治めた感傷が目障りだし、気にかかる。死の影さえ父にとっての避難所であるかのように、夢見る逃げ場所のように映ってくる。詠嘆をいちど追い払って欲しいという気持を抑えきれない。

「愛の頌」は亡き妻、初恋の人慶子をうたっていると思われる。「詩の座」に発表されているのだから『失意の虹』の五か月後に出版された詩集『殉愛　慶子よ、おまえを歌った』に収録できたのだが、はずされている。未だ覚めない慶子への愛をうたってはいるけれど、それまでに残された愛の歌の密度、象徴性にとどいてはいないのを認識していたのだろう。書き馴れた愛の詩ならば無限に書けた父の静かな安定感をもつ一篇である。

口語詩「春」はどうだろうか。逃れられない現実に漬って思うのは、そよ風が吹き、花々が咲く春である。それは季節の春であるのみか、身動きのとれない人生の道のりで覚えるかすかな光への感懐であったろう。口語詩独特の軽やかさ、若々しさを感じることができる。

第二部「羈旅詩抄」は昭和三十四年から三十五年にかけて、債権者より身を隠すべく旅につぐ旅を続けたなかで生まれた詩群である。

ここで父のいう羈旅は目的をもたず心を無にして彷徨する旅ではなく、追われて身を隠すための、むしろ逃げ出すための、行方をくらますための旅であった。父が夢見ていた放浪とはかけ離れた逃避行である。老いの身の旅としてはあまりに現実的な旅でもあった。その現実を知った上で読む時、詩の一行一行が胸を刺す。

――大和路にて。

山峡（やまかひ）にひとりひそみて
みづからを省（かへり）みすれば、
日だまりの枯れ田の隈（くま）に
片脚を立てて眠れる
いろ蒼き鷺にも似たり、
わが旅の行くへを思ふ。

（「青鷺」）

――奈良の宿にて。

嫩草（わかくさ）も敷くによしなき
冬枯れの嫩草山に
影のごとなづさひゆきて
徘徊（もとほ）るは何のこころぞ。

（「冷雨行」）

――昭和三十五年、秋の末つころ都をたちてより羈旅四、五ケ月、やうように翌年四月、郷土広島三滝山なる観音山荘に旅装を解く。

みどりの砦（とりで）めぐらして
霧の帳（とばり）に隠されぬ、
われを苛（さいな）む現世（うつしよ）の
債鬼は遠し、雲の果て。

星を夜毎の灯（ともし）とし
花の衾（ふすま）につつまれて、
疲れはてたる躰（ししむら）も
ここを浄土と覚えたり。

口を漱（すす）ぐも山の水
心洗ふも山の水、
この天地（あめつち）を思ふ時
涙しづかに下るなり。

罪深ければ、うなだれて
懺悔のこころ頻りなり、
さあれ、大気を掬みとりて
朝夕べにすがすがし。

酒を飲んでは破るなく
人を恋ふとも傷むなく、
兎まれ観音山荘の
四階に歎きを捨てんとす。
（「山荘初吟」）

――広島・三滝・観音山荘にて。
遁れんとして遁れ得ぬ
人の子われよ、つくづくに。
憂き世のことを捨て置きて
風狂疎懶、愧ぢ多し。

朝に花の香を焚き
夕べ松風、山水に
茶を立つるとも安からじ、
長夜無明の夢醒めで。
月に嘯き、酒杯をうけ
山のみどりを酌みつつも
遁れんとして遁れ得ぬ
人の子われを歎くのみ。
（「山中独語」）

――山荘にて、「六時礼讃」の和訳やうやく終りに近し。
山のはざまの夜の明けは
ただ淙々と水の声、
やがて目覚めの小鳥らも
青葉がくれに啼き出でん。

色香もとめぬわが部屋は
彩めける蛾のなきがらの
五つ算へて残るのみ、
灯を消して寝まんか。

通夜もいささか憂くなりぬ、
ペンをおさめて、残り酒
つめたきままを飲み干しぬ、
寝巻きも替へでうち臥しぬ。
（「徹夜つづく」）

浅間山けむりなびけて
信濃路の春はさやけし、

山峡（やまかひ）を過ぎて明るし、
横川の駅近づくや
桜　桜　桜　らんまん。
川清し、花を映して
麗らかに静かにあれど、
ひとりして堤に遊ぶ
真白なる羊の脚に
草ぼけは火のごとく燃ゆ。
（「信濃路」）

秋はゆき　冬はゆき
すでにして春過ぎぬ。
憂愁はつね深く
わが胸を去りやらね、
そも昨日　何を思ひし、
また今日は何をか思ふ。
流光は待たざるに
茫々と端坐して
山を見て、水を見て
暦をも忘れ果てたり。
（「忘暦」）

第十五詩集『失意の虹』にあって、ほとんどが未発表の詩篇を収めた第二部「羈旅詩抄」が特異なのは、現実を映し出す切迫感ゆえだろう。進退きわまっての旅を行く詩人は、旅の先に死を思い描かなかったろうか。迷いさまよいながらも、死の影を退け、生の方向に戻れたのは、ひとえに「六時礼讃」和訳の依頼が同時期に舞い込んできたためではなかったろうか。仏典を胸にしのばせての旅は俗世と後世を往来する詩人を覚醒させたのだと思う。悔恨が父を「六時礼讃」和訳に没頭させることになる。その境地に到るまでの旅の詩（ここに引用する詩に関して）は、自らを追いつめ、自らをばらばらに毀すほどの精神の格闘を想像させる。「『詩の座』にありてうたへる」の詩篇よりも孤高の心が深まっている様がうかがわれる。

「青鷺」は旅立つ詩人の内面をうたい切っている。「冷雨行」ほか「猿沢池畔」「雪賦」「虹ヶ浜」「転落の石」（四篇の引用は略した）は、いずれも暗鬱に被われつつも、どこかに仄かな明るさが浮遊している。それは第一詩集『風・光・木の葉』より見られる詩人の特質でもある。例えば、第一詩集は悲嘆にくれる苦悩の詩集であるが、悲しみの向こうに青空を感じさせる明度がふくまれている。

北原白秋が『風・光・木の葉』の「序文」において、「君は暗愁に閉ざされた北国人の型ではない。南方の鮮麗な瀬戸内海の潮色に恵まれた熱と慧の都会人」と、指摘したように気質の根に明るい陽光に育まれた強さが残されているのだろう。

「山荘初吟」は逃れた地、故郷広島の三滝山にたどりつき、観音山荘に旅装を解いたあとの感慨をうたっている。深い覚悟と共に。

私は父の七回忌にあたる昭和五十八（一九八三）年七月に、兄、姉といっしょに法要に招かれ、三滝山観音山荘を訪れている。三滝山の中腹にある山荘は別世界を思わせる静穏の場所で、まさに「みどりの砦めぐらして／霧の帳に隠されぬ」の印象であった。

その日は激しい雨が降っていたが、山荘までの険しい山道を歩きつつ、左側に迫る岩肌が水に打たれて光り、雨水が足元を川のように流れて行くのを見た。厳かな山の姿があった。父にとっては「疲れはてたる躰も／ここを浄土と覚えたり」という樹々と岩々にかこまれた頼もしい城塞とも思えたのではなかったろうか。むろん、三滝山や観音山荘を知らずとも、詩の言葉は三滝山がもつ静謐を、そこに佇む詩人の孤影を想像させる。

そして、「山中独語」はどうだろうか。ここでは、父の詩に散見される感傷は姿を消し、孤独の呟きはいよいよ深みに達したかのように思われる。人生の苦況が詩にとっての奈落とはならないことを教える。風狂もまたこの詩人の特性なのである。怯懦と共に、いつも感情の発火を内部に抱えるのは、『海原にありて歌へる』にも見られた詩人の特質にほかならなかった。醒めた風狂が人生を誤らせもしたし、詩を書かせたのではないだろうか。悲しみと苦々しさと少量の滑稽さのまざった詩である。「『詩の座』にありてうたへる」の「風人抄」と並ぶ、詩集『失意の虹』中の名詩といえる。

次の「徹夜つづく」は「六時礼讃」和訳に明け暮れ、ようやく完訳に近づいていたある夜明けにとらわれた思いをうたっている。夜型の典型であった父は、昼間もペンを執ったが、興がのり、集中してペンを走らせるのは夜半だった。幼い日、徹夜明けの父が着物をはだけ、ほどけた帯を引きずって廊下を歩くのを目撃したことがある。「お父様は朝までお仕事だったのよ」と、母が囁いた。徹夜の習性は一生つづくのである。この詩に表われる爽やかな疲労感は、徹夜の中身の濃さによるものだったろう。朝までペンを執ろうが、実りなく徒労で終わる夜もあった。むしろ、うなだれて朝を迎える日が多かったはずだ。疲労困憊しながらも、この朝の清けさには充足感が見られるのである。

つづく「信濃路」「忘暦」は少し趣を異にする。「羇旅詩抄」は昭和三十四年から翌年にかけて西へ行き、南をめざし、また北へ赴く逃避の旅において書かれた詩が並んでいる。「山中独語」の広島三滝山より東京へ短期間戻り、また長野の信濃路をたどる背景のなかで生まれている。即興的な詩に思えるが、花の季節にある旅は悲しみを抑えて薄明りが広がる。「真白なる羊の脚に／草ぼけは火のごとく燃ゆ。」は美しい叙景として心にとどまる。

その後にあげた「忘暦」はいくつかの季節を旅にすごし、「流光」の速度を嘆きつつも虚心に佇む自身をうたっている。失意の旅がもたらした波立たぬ境地と言えるだろう。

第三部「広島風物詩抄」は昭和三十五年の作である。広島三滝山に籠って「六時礼讃」和訳に専念する時期に「中国新聞の依頼を受けて、なつかしい、何十年ぶりのなつかしいところを廻りまわって書き、同紙上に一週間連載した」（『失意の虹』「あとがき」）ものである。

故郷広島への熱き想いが七篇にうたわれている。広島は父を生み出した地であるばかりか、父の詩作の母胎となった土地であれば、心鬱する日にあっても、揺籃の地の風物は父を蘇生させる力を有していた。そして、「この風物詩抄の中では、原爆に対する憤りと悲しみに深入りしなかった。それは、別の機会に言ひたい、吐き出したい、詩で書きたい意欲があったからで、これは単なる風物詩をといふ依頼にこたへて書いたまでである。」（同書「あとがき」）とあり、原爆についてはかなりナーバスな面を見せている。

郷愁あふれる七篇「ヒロシマ夜景」「太田川上流」「三滝寺」「己斐」「雨の宇品港」「白市の岩つつじ」「呉街道を」（全集では「を」を除いている）は、いずれも非常に長い詩なので、厳選の上、二作を引用しておきたい。

雨ぞ降る、雨ぞ降る、
桟橋に人気（ひとけ）なし、
水暗し、澪標（ブイ）むなし、
浮き沈むくらげさへ
うらがなし、宇品の港。

雨ぞ降る、雨ぞ降る、
鉄片に、材木に
税関の建物に、
剝げかすれ荒れ錆びて
入り船も出船も乏し。

雨ぞ降る、雨ぞ降る、
泊（は）つる船つらなりて
営みの影もなし、
漂泊の疲れ濃し、
をさな児の泣き声も憂し。

雨ぞ降る、雨ぞ降る、
軍（いくさ）ごと壊（つい）えては
そのかみのにぎはひも
波ゆれて虚あるのみ、
たまさかの銅羅の音（ね）かなし。

雨ぞ降る、雨ぞ降る、
凱旋の将ありて
日の丸の旗ふりし
いとけなきわが姿

思ひ出てむなし、かひなし。

雨ぞ降る、雨ぞ降る、
向宇品けぶらへり、
初恋の人住みき、
病（わづら）ひき、今は亡し、
山かげの見えてせつなし。

雨ぞ降る、雨ぞ降る、
ちぎれたる旗さきに
傾ける軒なみに
雑草（しこぐさ）の空地にも、
うらがなし、宇品の港。

（「雨の宇品港」）

ふるさとの　山なみのなんぞ穏（おだ）しき、
濃みどりに　うすみどり　青に刷（は）かれて
五重（いつへ）なすたたずまひ、
呉娑々宇（ごさそう）はいづれのかたぞ。

ふるさとの内海の　なんぞ明るき、
紺碧に　群青に彩なす果ては
雲母（きらら）めく薄光り、
さざ波は寄せてたゆたふ。

われは行く、われは行く、呉街道を
海の幸（さち）山の幸（さち）夢に欲（ほ）りつつ、
勢野川や　堀越や
向灘　水を隔てぬ。

牡蠣（かき）いかだ　海苔（のり）ひびは閑かに浮かび
かもめ飛び、小舟ゆき、澪もしづけし、
渚には　漁（いさ）り人
網干すと営めるあり。

松しげる　岩山は、青藻すそ引き
潮みつる　白沙に　光る貝殻、
くれなゐの浜ゑんどうも
磯の香も咽せるがにあり。

かたへには　なだら丘　段々畑、
さみどりの麦の穂は　伸びもさかれり、
雪霜に　よく耐へて
桃　すもも　花うらうらし。

行き行けば　またうれし、狩留賀（かるが）の里は、
江田島と能美島　目交（まなか）ひにあり、
魚見山　やぐら守（も）り

群れ魚の寄るを告ぐとや。
クレインの　鉄ばしら、呉の港を
見て過ぎて　ゑんどうの花さく見れば
悲しみのいくさ跡、
さくらさへ蒼ざめたるよ。

漁師町　はや過ぎて、音戸の瀬戸は
そのかみに　あくがれし潮鳴りの秘所（ひそ）、
名にし負ふ通ひ路を
うつつ今　船の行く見ゆ。

逆まきて　流れゆく渦潮はやし。
松老いて　波をかむ清盛塚の
石白し、水清し、
岩かげに　牡蠣（かき）ぞ生きたる。

海峡を渡らんと
言問へば、雨の降り来ぬ。

（「呉街道を」）

父らしい悲しい詩を選んでしまっているのかもしれない。父の広島への愛は幼い日々への郷愁であり、自分の運命をかき乱した初恋の記憶への執着であったろう。これらに関してならば、父は数かぎりなくうたえるに違いないのだ。父は生涯、海を波を潮風を浜の砂を愛した。「雨の宇品港」には港がもつ別離のイメージ、別世界との境界のイメージ、打つ波の永遠を思わせる反復の寂しさがうたわれている。

「呉街道を」は父の耳に親しい「呉」の響きを、呉街道から見る数々の情景をしみじみと感じさせる。呉を知らない私でも父の意識の奥で消えずにいる呉を、呉街道を切なくイメージ出来るのである。

第四部「南方旅愁」の「インドネシア風物詩抄」の詩篇は、戦時下の昭和十八（一九四三）年に書かれた。後に未刊詩集「新防人の歌、朱と金と青」に収められる作品の一部である。『海原にありて歌へる』と同時期のものだ。未刊詩集『新防人の歌』『朱と金と青』二詩集が校了にまでなりながら、ついに未完に終わった経緯についてはすでに述べている。「大木惇夫詩全集」2において、初めて「新防人の歌、朱と金と青」の形をとっている。

『失意の虹』の時点では未発表であったから、第四部「南方旅愁」として「インドネシア風物詩抄」のみを収めているのだが、昭和四十四年刊行の「大木惇夫詩全集」2において総括的に収録されることになる未刊詩集「新防人の歌、朱と金と青」には、「剣を買ふ夜」「灼熱」「雲のふるさと」「いねがてに」「日本の酒」など、「インドネシア風物詩抄」には括れない詩が入っている。

さらに複雑なのは「インドネシア風物詩抄」の冒頭に「赭き崖、青き海」が置かれていることだ。この一篇のみは「順序づけのために、前の詩集からとって入れた。」（「大木惇夫詩全集」３『失意の虹』「あとがき」）とある。補足すれば、「前の詩集」とは『雲と椰子』を指している。しかも、『失意の虹』の第四部「南方旅愁」中の全詩篇は当然のこととして「大木惇夫詩全集」２に収められた未刊詩集「新防人の歌、朱と金と青」に属するものであるから、「大木惇夫詩全集」３の『失意の虹』では除外されている。

この入り組んだ詩集の作りは父の詩集の特徴でもあって、初期のものから一冊の詩集編集のために重複やカットが行われた。これまでの全詩集を通して読んで、ようやく理解可能な錯綜した実態がある。

最初の詩「赭き崖、青き海」は第18章「大東亜戦争（アジア・太平洋戦争）と詩人」において、引用詩が多すぎたために取り上げきれなかったので、記しておきたい。なお、他の詩篇「火焔木」「緑野」「白熱秘唱　その一」「白熱秘唱　その二」「白米の飯」「マデロンの花咲く家」「相思樹」「月夜水辺の歌」「ぢゃがたら文」「オランダ酒場にて」「わが驢馬車」「山上吟」のうち、「火焔木」「マデロンの花咲く家」「相思樹」「山上吟」の四篇は第18章で引用したので省く。また、「白米の飯」「ぢゃがたら文」も選択の上、割愛する。

赭かりき、崖は、あまりに
青かりき、海は、あまりに
眼に泌みて涙流れき、
風熱く面を払ひき。

帆檣のかげにひそみて
眼を閉ぢて、しじに思へり、
故国はみ雪や降らん
さむざむと山はあらんと。

何かさは、冬の恋ほしき、
影と影むつむ囲爐裏は
南をひた征くものの
鋭心に触れてかなしき。

眼はあけて空しかりにき、
常夏の日照りあるのみ、
波白く寄する渚に
松ならぬ椰子は茂りき。

（「赭き崖、青き海」『雲と椰子』）

——炎熱やくるジャワの緑野に立ちて、はるかなる
わが国土の四季のかたじけなさをつくづく思ふ。

あまりにも青し、明るし、
南のうなばら島は、

その空と、その木と草と
たへがてにわれを哭かしむ。

あまりにも熱し、明るし、
しろがねの光の鞭は、
ひた打ちて灼きつくすまで
罪ふかきわれを死なしむ。

（「緑野」）

――戦線ジャワの土をふみしめ、炎天の下に歌へる。

明日の日の命は知らね
けふまではかくて生きたり、
幾月を陽にさらされて
たたかひのただなかにしも
あやふさの極みを越えて
はげしさによくぞ耐へ来し、
あぶらかと汗するわれを
かへりみてわれといとしみ、
いたきまで焦げただれたる
うつそみの肌をいとしみ
燃ゆる陽にい向きまむかひ
憂きおもひとどめがたなし、
いくさ跡あれたるままに
しづかなる緑野十里

たまゆらにそを越えんとし
青空に飛びつかんとし
おろかさの果てしもなくて、
さて、さめてわれに返りて
何事か叫び出でんと
サラックの山に向へば
うらがなし、言ふこともなし、
けふまでは、かくて生きたり。

（「白熱秘唱　その一」）

けふまではかくて生きけど
明日の日のいのちは知らじ、
得も知らじ、敢てねがはじ。
うつそ身のかくある今の
たまゆらぞいのちの極み、
うつろなる眼あぐれば
青空はいよよ明るく
仏桑華いよよ燃えたり。

（「白熱秘唱　その二」）

（即興）

水をうち　水をわたりて
掻き鳴らす　月の夜の　アンコロン。

いづこより　ひびかふ楽ぞ、
旅人に何思へとや。

カンポンの　ざわめき絶えて
椰子の木に　栗鼠はひそみぬ。

明るさや、真昼にも似て
カンピルの紅　冴えぬ。

しづけさや、さざ波よせて
白砂は　藍にそまりぬ。

しろがねの飛沫にぬれて
ピンタンの彼方しのびぬ。

かかる時　かかるひと時
おぎろなし、わが立つところ。

ああ、水をうち　水をわたりて
胸をうつ　月の夜の　アンコロン。

註　アンコロンは竹楽器　カンポンは村落
カンピルは花の名　ピンタンは星

（「月夜水辺の歌」）

――戦ひやみて、憩ひの或る夜ひとり歌へる。
酒によりて国を思ふの歌。

藍いろに暮れて、灯して
酒みづき、飲みて溺れて
飲み痴れてわれはあるとも、
ここはしもジャワのバタビヤ
オランダの酒場と思へば
醒めぎはの何ぞはかなき。

碧き眼の　赤き髪毛の
女らは寄りて纏り
童めく吾をあやなして
媚び笑ひ果つるともなし、
そのひまも胸にひびくは
はるかなる瀬戸の内海
思ふだにかげらふたちて
松脂の匂ふ白沙。

異国の言葉みだれて
渦をまくさなかにあれば
ひとしほに恋ほしきものは
京言葉みやびやかなる
あはれなる、消ぬがにあるを
胸に問ひ、胸に答へつ

醒めぎはのうつつごころに
まぼろしはつぎつぎに見ゆ、
みすずかる信濃の山や
青丹(あをに)よし奈良や、大和路、
愛(かな)しさは、馬酔木(あしび)の花も。

寂しさを消(け)たんと思(も)ひて
更に乾(ほ)す一杯(ひとつき)の酒、
その酒もくろきにあらぬ
機械(からくり)の、理(ことわり)の酒、
彌(いや)飲みて、飲みて果つとも
いかにせん、こころの底ゆ
吾(あ)は酔はなくに。

（「オランダ酒場にて」）

はや過ぎぬ、スカブミの駅場をあとに
朱と金(きん)の扉もしるき
支那街(まち)の物売る店を
はや過ぎぬ、わが驢馬車(デルマン)は
銀(しろがね)の　金具(かなぐ)をかざり
ま愛(がな)しき鈴をふりつつ
戞々(かつかつ)と蹄(ひづめ)をならし
のぼりゆく　みどりの山路(やまぢ)、
風はあり、白く光りて

椰子の葉のさやにそよぎぬ、
かしこにはミモザ花咲き
パパイヤはたをに実(みの)りぬ、
ゆくゆくに蜜柑(ゼロ)の果(み)吸へば
南国の味はゆたけく
咽(むせ)ぶなり、かなしきまでに。

はや過ぎぬ、見て過ぎぬ、幾重の坂を、
かなたより来寄る童子(わらべ)の
緋(ひ)の腰布(サロン)ゆるくさばきて
天鵞絨(びろうど)の黒き帽(トピ)せる、
日本のあでびとかとも
顔かたち気高くひいで
われを視(み)て　礼(いや)も正しく
凛々(りり)しくも立ちて迎へぬ。

はや過ぎぬ、見て過ぎぬ、幾重の坂を、
たまゆらにはげしく揺れて
馭者の鞭あらく響くに
山岨(やまそば)は嶮(けは)しくなりぬ、
まばらなり、人の住む家
みやびなる露台はあれど
カンピルの花のくぐり戸
むなしくもくれなゐ留(と)めて

しじまなすこの午（ひる）さがり、
桐かとも　見て過ぎがての
マデロンの紫を賞（め）で
山梔子（コモゼ）の香（か）　いよようれしみ、
夢ごこち　揺られゆられて
あこがれて　わが指（さ）す方（かた）や
みすずかる信濃高原
それならぬ、それにかはある
美しきスラビンタナの
山荘は真近になりぬ、
雲湧くや、空の瑠璃（るり）、日はかがやきぬ。
（「わが驢馬車」）

「赭き崖、青き海」は戦場に赴く船上の詩人をとらえる心情をうたって切ない。海はあくまで青く、常夏の限りない明るさだけが目に入る。日照りを避け、帆檣の蔭にひそみ、眼を閉じて思うのは、故国の雪降る光景である。寒々とした冬に、影にみちた日本の風土に、ひたすら焦がれる内心が映し出されている。戦場に引き立てられて行く兵士の心は、ただ祖国への想いでみたされるのだろう。

「緑野」もジャワの緑野に立ち、故国の四季をめぐる陰翳の深さを想う詩である。この地は海ばかりか空も野もみな明るい。明るくあまりにも熱いのだ。その激しい明るさが罪を負っていると感じる詩人を灼きつくす。

「白熱秘唱　その一」「白熱秘唱　その二」についても、それは共通している。炎天下のあいまいさの見られない陽射しが憂き想いを誘い出す。果てのない明るさもまた、心の奥に隠されていた憂鬱を誘い出すのである。

「月夜水辺の歌」は爽やかで冴えざえとした抒情詩である。さらりとうたいながらも、リズムのよさ、際立ったイメージが心に残る。戦時にあっても、ジャワの人びとは音楽を捨てはしないのだ。土地の言葉、マレー語の響きが魅惑的である。

「オランダ酒場にて」には異国の酒場で酔いしれても、想うのは故里の内海や白砂。異郷の言葉にとりかこまれ、京言葉の雅びなニュアンスを忘れぬように胸に問う孤独な頼りなさが漂う。郷愁にまみれた詩人は何につけても祖国の美を想わずにいられない。

「わが驢馬車」はこの詩人の詩にたえず表われる音楽性を強く感じさせずにはおかない。スラビンタナの山荘に戻り行く驢馬車の動きがリズミカルに伝わってくる。馬車に揺られて眺める景色、果物や花々、また人たちの点景が目にやきつく。想いは入り乱れようとも、夢心地に揺られていようとも、詩人の心は愛する故国を遠望している。

『失意の虹』は昭和二十四年に刊行された第十四詩集『物言ふ蘆』より十六年目に出版された詩集である。戦後四番目に当たる詩集はようやく出版された。終戦からちょうど二十年目、父は七十歳になっていた。

詩集について父は次のように記している。

「私の新作の詩篇は何かの状勢に阻まれてかどうか、詩集にはならなかった。それで新聞や雑誌に発表した詩作品の切抜きや、折りにふれて書いた新作品もすべて、長いこと筐底に蔵したままで捨て置いた。詩はなんといっても私の第一義のものだから、書かないのではない。書いてゐても、ただそれを発表する機がなくて、捨て置いたといふまでのことである。この度び南北社から詩集をまとめるようにとの依嘱を受けて、私は生きかへるやうな思ひをしたのである。」(『失意の虹』「あとがき」)

「戦後、私は現代日本詩壇の奔流の目まぐるしさにあきれてしまって、土の中にひそむもぐらもちとなった。この詩集を出すことによってどうやら、もぐらが穴から這ひ出して、ちらりと陽の目を見るやうな気がする。今年、七十歳になったもぐらもちの歌とでも思って読んでいただきたい。詮ずるところ、私は本来の敗北者であり、孤独であるといふほかはないのであらう。」(同書「あとがき」)

「土の中にひそむもぐらもち」の詩人は穴から這い出して来て、十六年ぶりに念願の詩集を出版した。「本来の敗北者であり、孤独であるといふほかはない」と自身をつくづく認識する詩人は、それでも、最後の詩集に『失意の虹』というタイトルを付している。

失意に懸かる虹はあるのだろうか。詩集に刻まれたのは、心萎える長い日々にも書かずにいられなかった詩人の蒼ざめた希求であろう。

梅雨の季節に出版された『失意の虹』は初めて父から贈られた詩集であった。A5判、函入りの本の見返しに「毬栄に大木惇夫」と記されている。しみじみ懐かしい父の筆蹟なのだ。

私は仕事に没頭する毎日を過ごしていた。六月に角田房子氏の『風の鳴る国境』、七月に中里恒子氏の短篇集『鎖』を編集出版した。「婦人公論」に連載された『風の鳴る国境』は冷戦時代のポーランドを舞台にした、角田氏初の長篇小説であり、『鎖』は中里氏の戦後初の単行本であった。それぞれの希望により、角田氏の推薦文は大佛次郎氏にお願いし、中里氏の題字「鎖」は川端康成氏に書いていただいた。前後して鎌倉にお住まいの文豪の邸宅をお訪ねした日のことを思い出す。

七月十六日、『失意の虹』の出版記念会が新橋の第一ホテル新館大宴会場で開かれた。編集者となって出版界で生きているからなのか、私も姉も初めて招かれた。久々の主役になった父と私たちが並んで撮された写真が出版界のPR誌に紹介された。単重の羽織袴姿の父が中央で晴れやかな表情をしている。そんな華やいだ場所で父といっしょの経験は最初で最後になる。その日印象的だったのは、奈良から来られ、スピーチをされた保田與重郎氏の渋い和服姿、麻の羽織袴姿の格好よさであった。父に紹介され、私は氏の立ち姿の端麗さに見とれてしまった。

たくさんの友人、知人に囲まれ、「もぐら」のように暗い地をさまよっていた父は、注目を浴びていた昔日を想っていたかもしれない。父は詩人が詩集を出す歓びに浸っていたのではなかったろうか。写真を見るかぎり、私たちは「詩人大木惇夫と愛娘たち」といった感じである。

16年ぶりの詩集『失意の虹』の出版記念会が開かれる。左より毬栄(次女)、大木惇夫、一人おいて康栄(長女)。昭和40年7月16日新橋・第一ホテルにて

七月三十日、谷崎潤一郎氏が七十九歳で亡くなる。中央公論社にとっては格別の関わりがある文豪のために、八月二日、虎の門福田家で通夜が、三日に青山葬儀所にて葬儀が執り行なわれ、社員総出でお手伝いをした。父にとっても、谷崎潤一郎は若き日多くの刺激と焦燥を与えられた作家であった。

同じ七月三十日の「読売新聞」(夕刊)のコラム「東風西風」において、林房雄氏が『失意の虹』に触れている。「晩年の詩魂」というテーマで文章は作られ、最初は小高根二郎著『詩人、その生涯と運命』を取り上げ、対象となった詩人伊東静雄について書いたあと、父の作品に及んでいる。

「(前略)老境に至っていよいよ光を増した詩人は、古今東西を問わずその数は多く、いちいち名前をあげきれないほどだ。ただ、詩は多作できない。小説のように飯の種にはなりがたい。そのゆえに詩人はしばしば沈黙するかのように見えるが、透明な清澄詩境は晩年において完成する。

このようなことを私に書かせたのは、七十歳の詩人大木惇夫氏の最近詩集『失意の虹』(南北社)だ。この一巻の底を流れる悲しみの深さ、高い格調、若さを失わぬエスプリ(機知)の微笑である。

(中略)

愛恋の詩もあるが、生臭くない。大半は流離の旅の詩であるが、その悲傷は正にして直だ。(後略)」

また、「中国新聞」(九月十日)の詩壇時評において、黒田三郎氏が『失意の虹』について書いている。だが、ここでも、梅崎春生氏の死について、金子光晴氏の詩集『IL』について、高橋新吉氏の自伝について記すなかで、『失意の虹』を

語っている。主に戦後二十年という歳月をひしひしと胸に受けつつの時評であって、「この二十年間というのは果たしてなんであったのか」を軸にして展開される。

「（前略）今ひとつ、久しく作品を世に示さなかった大木惇夫の詩集『失意の虹』が刊行された。それに対して林房雄は「晩年の詩魂はたたうべきかな」と読売新聞に書いた。「本の手帖」八月号にその大木氏は「自作戦争詩二篇」として「遠征前夜」と「戦友別盃の歌」について書いている。

〔ここで「戦友別盃の歌」を引用〕

それから二十数年がすぎ去り、いま『失意の虹』が出たことに僕は心の乱れるのをいかんともしがたい。

新聞雑誌の特集にもまして、これらのことは、矛盾しあい、錯雑しながらも、この二十年の意味を感じさせるものであった。（後略）」

時評の見出しは「『失意の虹』に心乱れる／再登場した戦争詩人　大木」となっている。戦後二十年の節目にあって、日本はどこに行こうとしているのか、を意識的な人間であれば、危機感と共に考えずにはいられなかっただろう。それはよく理解できる。父より後の世代にとっての戦争は、青春とそれからの人生を破砕する国家的な暴力であったのだから。まして、戦争を否定するところから出発した詩誌「荒地」（第二次）のエース、黒田三郎氏にとって、「戦争詩人」が亡霊のように浮上するのは堪え難かったのではなかったろうか。

確かに地中にもぐっていた「もぐらもち」の詩人は忘れられて久しいのだった。

「久しく作品を世に示さなかった大木惇夫」とあるのだが、これは「示さなかった」のではなく、示す場所も方法も得られずにいたからである。

小さなコラムであっても、好意ある批評を書いた林房雄の「晩年の詩魂はたたうべきかな」に黒田氏は反射的な不安と反発を覚えたのだろうか。戦争詩、しかも圧巻といわれる戦争詩を書いた詩人が二十年後に『失意の虹』を出版したことに「心の乱れるのをいかんともしがたい」という反応には、父も心乱れたのではなかったろうか。

編集側の「再登場した戦争詩人」の見出しにも引っかかる。父は戦時下で戦争詩を書いたが、「戦争詩人」といわれる理由はない。それならば、たとえば、高村光太郎も「戦争詩人」、斎藤茂吉も「戦争歌人」と規定されなければならないのだろうか。

時評者が消え去ったと思われた詩人が甦る世の風潮を怖れる心理は想像できる。しかし、書かれているのが詩集『失意の虹』出版への危惧だけで、作品についての批評がいっさいないのは奇妙に思える。

『失意の虹』について書かれたのは、林房雄氏のコラムと黒田三郎氏のこの時評程度で、他は見当たらない。私的な書簡による読後感は多く寄せられたのだったが。出版記念会の賑わいとは裏腹に、父の心は少しずつ沈んで行ったのではなかったろうか。

収められる作品はなるべく収めたい。それが永らく詩集を出せないでいた詩人の本心であったろう。それ故に、なかには力弱い作もある。省いたほうがよかったのではないか、という作品も見受けられる。しかし、父の代表作といえる「風人抄」「山中独語」をはじめとして、父が五十四歳から十六年の間に書き継いできた詩篇のほとんどは、家族にも告げられずに姿を隠し、流浪の日々に生まれた父の生の像であった。詩を書く行為がなかったなら、おそらく父は生きて来られなかっただろう。表現することにしか熱中できない人間でもあった。

今、私の前に父の家で見つけた一冊の大学ノートがある。汚れきった劣化しきったノート。触れれば崩れ、粉々になってしまいそうな大学ノートの表紙には、横書きの「草稿」という文字の下に「〇羇旅詩集〇郷土風物詩集〇内海詩集」の文字が並び、下方には「大木惇夫」と書いてある。まるで大学生のノートのようだ。そこにびっしり書き込まれた「法隆寺」「冷雨行」「くろもじゅ」「山中独語」「現身山水」「ヒロシマ夜景」「比良」「青鷺」「猿沢池畔」などの詩篇は、元の文字が見えないくらいの赤字で訂正され、消され、書き加えられている。父の詩はどれも一気に、流れる如くに書かれた印象なのだが、苦しみを重ねて完成させるその跡に目が吸いつけられる。生命を削り、生命を燃やす、という循環を知らされた気がする。筆蹟は父の息遣いでもあるだろう。

ところで、『失意の虹』出版記念会当日の署名簿二冊が数年前に長野にある姉の山荘で見つかった。湿り気をふくんだ五十数年前の署名簿を乾かそうということになった。姉と二人で庭にひろげ、日干しにしていて気づいた。二冊とも一か所だけまっ黒に塗り潰した名前があるではないか。「なに、これ？」と言い合ったが、ふと私が陽に透かして見て驚いた。はっきりと「大木毬栄」の名前が読めたのだ。まぎれもない私の字だった。もう一冊の黒塗りページを陽に透かして見ると、やはり「藤井康栄」の名前が浮き出た。大勢の出席者名のなか、私たち姉妹の名前だけが墨で塗り潰されているのは何故なのか。二人で推理して結論に達した。これほど異常で陰湿な行為をする人間は世界にひとりしかいないだろう。

あの日、出版記念会に私たちが出席したのを署名簿を見て知った「カギ」が怒りに燃え、父に内緒で二人の名前を消したとしか考えられない。折角の記念の名簿を台無しにしてまでも、娘たちの名前を抹殺したかったのだろう。異様な憎しみの根が怖ろしく思える。私と姉は何度も陽にかざしては、消された名前を眺めた。『失意の虹』の番外篇である。

生涯の詩集が十五冊（『殉愛』を除く）というのは詩人にとって多いとみるべきか、少ないと考えるべきか、はどちらとも言い難い。七十歳の父はなお生きるのだから、もう一冊の詩集を、と思わないでもないのだ。『失意の虹』の後も父は詩を書きつづけるのであるから。

しかし、実際には、いくらか甘さのある『失意の虹』のタイトルを詩集に付けた父は、日本の詩壇からの疎外をあらためて感じ、暗い土中に帰って行くのだろう。終焉までの年月をなおも追わなければならない。

27 集大成「詩全集」発行へ

正確には最後の詩集となった『失意の虹』(南北社)が出版された後も昭和四十(一九六五)年は続いていた。久々に与えられた華やぎの余韻をまとって、父は孤独な生活に戻っていた。

そういえば、渋谷の東急文化会館で会った時、話をしていて、父がひどく悲しい表情を見せた瞬間があった。病み上がりの私を元気づけようと、景気のよさそうな、父には似合わない調子のよい話をするなかで、ふと本来の顔をのぞかせたのかもしれない。私は虚を衝かれ、「お父様には詩があるのだからだいじょうぶでしょう?」と訊ねていた。父は「何のことだい?」とは言わず、「心配ないさ。お父様はペンと紙があれば、やっていけるのだよ」と答えた。二人とも何を言おうとしているのか、ちぐはぐな反応のようであったが、おたがいの気持は通じたのだと思う。

何があろうと、父はペンを動かしているだろう。それが父なのだと思うしかなかった。

時間を少し戻すならば、九月下旬、私は西條八十氏を担当することになった。著名な詩人として、また、数多の歌謡曲の作詞家としての西條氏はよく知られているが、フランス文学研究者西條八十を知る人はそう多くなかったろう。西條氏は大正末期のフランス留学をはさむ前後数年間、早稲田大学仏文科の教授をしていた経歴もある。私は仏文の授業中に新庄嘉章先生や村上菊一郎先生から西條八十の型破りな教師ぶりを聞いていたので、早大の名物教授時代の西條八十については知っていた。また、詩雑誌などでフランス象徴詩の翻訳やアルチュール・ランボオについて書いた評伝的な文章を読んだこともあった。四十余年にわたる研究対象であったアルチュール・ランボオの原稿を本にまとめて欲しいという希望が中央公論社に寄せられたのは、昭和三十三年より約二年間、総合雑誌「中央公論」に豊麗なエッセイ『女妖記』を連載していた関係によるのだろう。

昭和三十七年には芸術院会員に選ばれている詩壇の大御所は小田急線の成城学園前駅近くの大邸宅に住んでいた。華美とはいえない木造の重厚感ある洋館は、戦前の建物の渋い洗練を感じさせた。

英国風の趣味のよいジャケットを着たジェントルな詩人は、恥かしそうな微笑をうかべて言った。「大木君のお嬢さんがぼくの担当をしてくださるとは。本当に驚きました」。『女妖記』の担当者から私のことを説明されていたらしい。父の若い時代を書いた章において、すでに私は父と三歳年上の西條八十氏との関わりを書いているが、二人は青年期以来の詩人仲間であった。

早速、仕事の打ち合わせに入り、原稿を見せられた。二階の書斎とその隣室の書庫には長期間にわたって書きためられたランボオについての原稿が積み上げられていた。原稿といっても、手書きの原稿、活字になったもの、草稿、ノートに記されたもの、といったいろいろな形が錯綜していて、収拾のつかない有様だった。これは大がかりな仕事になるだろうという予感がした。まず、原稿内容の整理からはじめなければならないだろう。

私の困惑を見透かして、西條さんは「書きたいだけ書いてしまって、そのままになっているので、あなたには御苦労をおかけしますねえ」と、申し訳なさそうに言った。

仕事は原稿を読み直すことからスタートした。私はほかの仕事との調整をはかって、西條邸へ通う日がふえた。未整理に放置された大量の原稿はなかなか読み通せなかった。量的にはランボオの生涯を調べて書いた原稿が大多数を占め、次に初期詩篇、「酔いどれ船」についての考察、「地獄の一季節」の記述が続いていた。最も苦慮していたらしいのは「イリュミナシオン」の周辺で、そこはまだまだ未完成というか、書き上げていない状態に見えた。本にまとめるには、原稿の重複する部分を大幅に削り、論述の強弱を見極め、全体の構成を整え直す必要があった。西條さんはこの仕事に没頭すると約束された。私はいつでも読めるように原稿の一部を社に持ち帰った。

世紀を超えて人びとを魅了してやまない早熟の天才詩人ランボオに関する研究書は世界各国で出版され、なおも出版され続けていた。新資料に目を通し、全篇を補完する作業は七十三歳の西條さんには苦痛をともなう仕事であったろう。だが、西條さんは宿題に対する学生のように作業に取り組んでいた。西條邸での仕事はたいてい午後一時からで、三時のお茶の時間以外は西條さんも私も原書や原稿に向き合っていた。

　夜の七時には一応の仕事を切り上げ、食堂で夕食をいただく。昭和三十五年六月に晴子夫人を亡くされた西條さんには、常時、お手伝いさんが二人はかしずいていた。年若い彼女たちは手際よく立ち働いていたが、ひとりで食事をするのは侘しすぎるからといって、私を引きとめるのだった。洋食も和食もさっぱりした味つけで、西條さんの好みが知れた。

　食後のコーヒー・タイムは雑談で過ぎた。西條さんは無類の話好きで、話術もまた絶妙であった。記憶の量も凄いもので、次から次へと話は淀みなく流れた。時々、声が掠れ、苦し気なのに、西條さんは話し続けるのだった。夜が更けるまで、私は帰るきっかけを作れなかった。というより、話に魅了されて、楽しい時間を途切らせたくはなかったのかもしれない。

　時には私の父を話題にされるのだった。

「あなたのパパをね、ぼくは芸術院会員に推したいのだけれど、賛成を得られなくてね。側にいるあの人でパパは損をしていますね。文壇でもあちこちに大木の家内だと言って、借金を申し入れているようなんです。実はぼくのところにも見えたことがありましたけれどね。ちょっと莫連ふうで、崩れた感じでね。ぼくはヤクザ者みたいな兄を持っていたので、別に驚きませんでしたが、みなさん迷惑したと言っていた。お嬢さんのあなたに言うのは辛いのですがね。このこと、パパは知っているのかしら」

　私は恥かしさで身体中の血が逆流しそうになった。「カギ」は文壇の人びとへも借金を頼みまわっていたのだ。おそらく父は関知していないだろう。「大木惇夫のために」という名目で、「カギ」は自分の身内の生活や事業のために借金を重ねたのが後に判明しているが、西條さんのところにも借金、つまり、金の無心に来ていたとは。玄関先で「カギ」は「詩人大木惇夫のために、芸術のために、お金を拝借させていただきたい」と、立て板に水のごとく喋りつづけ、西條さんは不意の珍客に面喰ったという。そんな「カギ」を疑いもしない父のバカさ加減に私は気力を失っていた。「もちろん、父は何も知らないでしょう。それが父の悲劇なのです」と答えるのが精いっぱいであった。

　西條さんは悲しい目で私を見つめ、沈黙した。その夜、あらためて、私は父を疎ましく、また悲しく思った。「カギ」に取りつかれたせいで、父は生活のみか文学上の成果までを自分で摘み取ってしまったのだ。

　私が西條八十を担当しなければ、芸術院会員の話も、「カギ」の行為も知らずにいただろう。繊細な神経の持主である西條さんが私に打ち明けずにいられなかった心情を推し測ると、西條さん一流のモラリティに行き着く。恋しても溺れず、家族を守る、という不変の意思が西條さんにはあった。

西條さんとの仕事と雑談の日々は好調に経過していた。しかし、根をつめすぎたのか、一か月あまりで西條さんは体調を崩され、虎の門病院に入院された。詩人であるお嬢さんの三井ふたばこさんは顔をくもらせ、私にこう囁いた。

「実はね、ちょうど一年前の十一月に、パパは喉頭ガンになったの。ランボオをどうしても本にしたいと言い出したのは、発病してからなのよ」。一年後の入院は再発の疑いもあり、それゆえ、周囲には重苦しい空気が渦巻いていた。西條さんの流暢な話のなかで気になったのは、声の掠れだった。あれは喉頭ガンの後遺症であったのか。

程なく西條さんは退院されたが、しばらくは静養しなければならなかった。西條さんの衰弱や焦りをまえにして、私に出来る仕事は極力私が負担しようと努めた。読み直した原稿の削除する部分を示し、資料を整理し、完成原稿にしやすいように準備をした。

西條邸に通いはじめて間もなく、私は西條さんとの会話を楽しむ時間を知ったのだ。それは久しく求めていた心しずまる時間である。微風が湖面に小波を立てる、あの情景を思い浮かべた。安らぎがあり、知的な刺激にもみちていた。父とは作り出せない時があった。

十一月三日、父が第十六詩集としている『殉愛』（神無書房）が出版される。前章で触れたが、第一詩集『風・光・木の葉』以下「六種の既刊詩集から」亡き慶子に関する詩のみを二百十数篇選んで編んだ詩集であって、新作は「亡き人に」一篇しかない。

なお、この頃、郷里広島市三滝山に父の詩碑が建てられた。詩碑には「流離抄」（『冬刻詩集』）が刻まれている。

ところで、十一月初旬、私に生まれて初めての海外旅行の話がもたらされた。

社会党内に「日ソ青年友情委員会」（会長　芥川也寸志）という組織があり、日本とソビエトとの文化交流をつづけてきたようだ。そこから、年末より翌昭和四十一年一月下旬までの「ロシアの冬視察団」に参加しないか、という誘いがあったのだ。モスクワ、レニングラードに滞在するという。学生時代の友人を通しての話だった。両国の文化を知る目的で毎年交互に持たれるプロジェクトらしかった。視察団といっても、行動の自由はあり、それぞれの分野で希望を出し、それにソ連側が対応する仕組みになっていた。

北国ロシアでは真冬に芸術祭が開催され、モスクワ芸術座、サブレメニク（現代人劇場）、タガンカ・モスクワ・ドラマ・コメディ劇場、ワフタンゴフ劇場、レニングラード・ボリショイ・ドラマ劇場、ボリショイ劇場などで、演劇やバレエが連日上演される。それらの鑑賞が目的だった。

ロシアという響きだけで私の胸は躍った。フランス文学や演劇同様に馴染んでいたロシア文学や演劇の現場が観られるのだ。当時、海外への旅はかなり制限されていた。まだ、憧れの範疇に留まっていた。持ち出してよいのは五百ドルと決められていたし、一ドル三百六十円の現実があった。まして、ロシアは雪解け前のソ連である。招待枠の代表団でなければ入国できなかった。冬の演劇祭に招かれた文化人代表団の一員として行けるならば、そんな幸運は滅多にないはずであった。

詳しく聞いてみると、演劇、映画、文学についての取材も可能性がありそうだった。病気は治ったものの、どこか鬱屈を引きずっていた私は、初めての海外への旅に心を奪われてしまった。局長の高梨茂氏に説明すると、「ロシア文学は近代の日本文学に大きな影響を与えたものだし、絶好の機会だから行けるように考えたいが、さしあたっての仕事はどうなの？」と、いわれた。退院後静養している西條さんには、全篇にわたる構成を作り、ここに何十枚、この部分には何十枚、と書き加える各所を判りやすく指定し、届けていた。各章に書きあらためたり、書き加えたりする部分が相当あるので、その作業だけでも数か月から半年は要するだろう。局長にはその旨を伝え、西條さんにも報告にうかがった。

「日本の外を見るべきですよ。ぼくは家庭を持ち、父親になってからフランスに行きましたけれど、若い日に行ってみたかったなあ。ぜひ行かれたほうがいい。体調を整え、ぼくはあなたにいただいた宿題を一枚でも多く書いておきますよ」と、旅をすすめてくださった。他の仕事、なかでも円地文子氏の作品集『樹のあはれ』は出発前に本にできるだろう。

思いがけなく降ってきた旅は現実になろうとしていた。加山又造氏の豪華な装幀による『樹のあはれ』は出発の二日前に見本ができ、夕方、お届けした。本の出来栄えに御満悦の円地さんは、「ロシアに行くなら、民族人形を買ってきてほしいわ」と、無邪気にいわれた。

十二月二十七日正午、横浜港から私のロシアへの旅がはじまった。ソ連の客船〝バイカル号〟でナホトカまで行き、ナホトカよりハバロフスクまでをシベリア鉄道で、ハバロフスクから航空機でモスクワへ向かう行程であった。

「〝ロシアの冬〟視察団」一行の団長はフランス文学者の鈴木力衛氏で、仏文でもモリエールの専門家である氏は、演劇・バレエ鑑賞を主とする代表団にふさわしい人選に思われた。演劇界の人びとを中心にジャーナリスト数名、舞踊家数名、保育の状況を視察する保育関係者が数名の総勢四十名ほどのグループになった。

船中で二泊した後、私たちは二十九日の夕刻、ナホトカ港に降り立った。そこからはシベリア鉄道でハバロフスクに向かい、ソ連の旅客機アエロフロートで空路モスクワに飛んだ。

モスクワでのおよそ二週間は過密スケジュールをこなすことに忙殺される。マチネーと夜の公演をふくめ、演劇漬けの日々であった。なかでも圧巻だったのは、タガンカ劇場で観た鬼才リュビーモフ演出のブレヒト作『セチュアンの善人』、ジョン・リードのロシア革命体験記を劇化した『世界を揺るがした十日間』であった。

モスクワに比べ五泊の短い滞在だったレニングラードの演劇は、トストノゴフ劇場でのチェーホフ『三人姉妹』、シェークスピア『ハムレット』が好ましい印象を残した。

しかし、この旅のなかで私を最も強くとらえたのは、シベリア鉄道をひた走る列車の窓から目にした雪原の光景だった。大地も森も何もかもが青白い雪に覆われ、雪煙があがる曠野に点在する家々の仄かな明かり。すべてが凍結するような苛烈な原野にさえ暮らしている人たちがいる。どんなところにも人間は生きられるのだという驚きの感情が私を襲った。私も私の家を作ろう、と不意に思った。地面から浮き上がってふわふわ生きているような自分を否定したかった。母と妹と共に姉の家に仮寓する自分を情けなく感じた。母からも独立しなければならない時なのだった。シベリアの曠野で私はある人を思い浮かべた。雪原に見た人家の灯は私の行く道をてらす新しい光に思えてならなかった。

私たちは昭和四十一年一月二十一日、横浜に帰り着いた。みんなシベリア産の毛皮の帽子や襟巻を身につけて。

帰国後の日常がはじまり、慌しい時間の流れに戻って行った。ロシアの旅は少しずつ霞んでいく。だが、鮮明に思い返すのは、シベリア鉄道で眺めた雪原に点在した遠い人家の灯りだった。私もあの灯りのついた小さな家、家庭を持とうという思いは生きていた。唐突すぎる、と感じているのに、その方向へすすんで行く自分を私は知っていた。

旧い手帳の記述によれば、三月三十日、私は銀座「資生堂」で父に会っている。春と呼ぶには肌寒い日だった。父は黒いオーバー・コートを着、マスクをかけて現われた。「お父様、風邪なの？」私は心配して訊ねたが、父は柔和な笑いをうかべて言った。「たいした風邪ではないのだが、まりえにうつしてはいけないと思ってね」。「零下二十度の国でも風邪を引かなかったのだから、私はへいきです」。父はうなずいていた。

私はモスクワで買ったキューバの葉巻「ロミオとジュリエット」を父に渡した。父は「おう」というような声をあげ、袋から取り出した函を開けた。「ありがとう。さすがによい香りだ。それに函が美しい。葉巻の函はどれも凝ったものなのだけどね」。父の白い指に葉巻はよく似合った。「ゆっくり味わわせてもらうよ。映画『望郷』では、ジャン・ギャバンが粋に葉巻をくわえていた」。それから、こう訊ねるのだった。「モスクワまで何日くらいかかるのかな？」「船とシベリア鉄道と飛行機で約四日かかるの。遠いような、近いような」「そうか、四日ね」。遠くを見る父の眼差しだった。私は父に

「お父様、行きたいでしょうね」とは言えなかった。あれほど欧米やロシアに憧れながら、父は徴用で送られたインドネシアにしか行けなかった。

話題をかえようと、私は父に言った。「私ね、半年前から西條八十を担当しているの。大作『アルチュール・ランボオ研究』を編集中なんです」。とたんに、父の表情が険しくなった。初めて見る父の表情だったろう。「何でまりえが西條の本を作らなければならないのだ。どうしてなのだ?」。父は不快そうに言い放った。大量の流行歌をヒットさせ、財をなし、文壇にも重要な地位を獲得している先輩詩人が、フランス文学研究の成果までをまとめようとしている。それを知った父の狼狽が感じられた。「まりえが西條の本を作ることが企画した訳ではないし、出版局の上の人たちが決めたことだから、仕方ないのです」。詩を発表する場所さえ持てないはないのだ」。父の感情的な言葉に私の方がうろたえた。「私父の鬱積が、西條八十への嫉妬となって現われたのだったろうか。

父の意外な反応を前に、私は西條さんが父を芸術院会員に推薦しようとされたけれど、「カギ」の行為によって打ち消されてしまった話を封印するしかなかった。かつての論争もそうなのだが、西條さんの方が冷静に父のことを考え、父に手を差しのべようとされたのだった。

父の孤立が思われた。それが父自身によって生み出された境涯であったにしても。

モスクワの話、レニングラードの話、トルストイやドストエフスキーの話、たくさんあった土産話をする余地もないくらいの気まずい父娘の時間になっていた。私は結婚を決意した気持も父に言えずに不自然な別れをした。重い気分は双方に残ったろう。

ちょうどその頃、父は地元大田区の企業が出している雑誌「美世」(三月号)に「生きる」というタイトルで随筆を書いている。父の家から持ち帰った紙の山に残っていたミニコミ誌であるが、父は赤エンピツで「生きる　大木惇夫」の個所に二重マルを付している。

「顧みれば茫々として夢のような、虚妄の七十年である。」にはじまる一文だが、ブルーのペンで線を引いている個所のみを引用しよう。

「私は、大東亜戦争に徴用されてジャワ作戦に参加させられたが、バンダム湾敵前上陸の際、敵の連合艦隊に乗船を撃沈され、海中に飛びこんだ。そして、漂流中、殆んどは死ぬべかりし私が、身方の救命艇に救われた。椰子樹下に寝ころんだ時、つくづく、生きることの尊さを知ったのである。これはまさしく私の余命である。私を地上に生まれさせたのも天であり、あの激戦のまっただ中で私を生かしたのも天である。という霊感のようなものが私に来た。一たん死んで、私はまた生きたのである。」

場違いのミニコミ誌にこんな文章を書かなければならない

父の鬱屈が想像される。

その頃の手帳には仕事で関わった方たちの名前が記されている。中里恒子、松本清張、北杜夫、瀬戸内晴美、三岸黄太、源氏鶏太、佐野繁次郎、遠藤周作、三井ふたばこ、島尾敏雄、結城昌治、野坂昭如、佐藤輝夫、鈴木力衛……などなどの各氏である。

西條さんの原稿は私の旅行中にかなりすすんではいたが、それでも完成にはほど遠かった。最も難解な「イリュミナシオン」の部分は、まだ手つかずのままになっていた。私は出来上がった原稿を会社や家に持ち帰って読んだ。久々の西條邸での夕食時、西條さんはソビエト旅行についていろいろと訊かれた。この世代の人たちは例外なくロシア文学の洗礼を受けているのだろう。「ぼくはね、ロシアには行っていないけれど、冬のモスクワを思い浮かべますよ。何といっても、チェーホフが好きだなあ、ぼくは」。仏文系の人はチェーホフやツルゲーネフを好む傾向があるようだ。

私は琥珀製のパイプを西條さんのお土産にした。「これをくわえて、煙草を吸っていると思ってくださいね」。私の言葉どおり、西條さんはパイプをくわえ、煙草を吸う仕草をしてみせた。喉頭ガンを患う西條さんには葉巻をお土産にはできなかった。

五月二十九日、私は中井勝(まさる)と結婚した。ロシアの旅から半年も経っていなかった。あまりに唐突だという感覚は私自身にもあった。母は沈んだ顔をしたが、反対はしなかった。それまでの男友だちにはいちいち反対したのだが、沈黙で応えるだけだった。娘たちには結婚せずに仕事を続けて欲しいと考えていた母だけれど、姉が結婚した時から少しずつ諦めようとしていたのだろうか。むしろ何の仕度もしてやれない自分を責めている様子だった。相手は同業者、文藝春秋の編集者で、一年ほど前、姉を文藝春秋に訪ねた時、姉について、サロンに現われた青年だった。無口なのに人懐っこさがあって、おっとりした感じが望ましかった。知り合って日も浅いのに、私より五歳年下の二十四歳の青年が求婚する勇気に心を揺すられたのかもしれなかった。その時期私をとらえていたのは、生活の形態を変えなくてはならないという思いだった。それまでに現われた男性たちはほとんど少年時代から知っていたし、いつも意見をたたかわせ理解しあっていた分、友人としての存在になりきっていた。ささやかな心安まる家庭を作っていく相手には考えにくかった。横のつながりがなければ、だれも傷つきはしないだろう。

ヒルトンホテルでの結婚式には北杜夫氏、西條八十氏をはじめとする大勢の人たちが出席してくださった。父は終始、浮かない顔をしていた。西條さんとも短い言葉しか交わさなかったらしい。式を挙げるのを主張したのは相手の両親で、費用も負担したためか、最後の挨拶も彼の父が行ない、私の父の出番はなかった。それは、ある違和感を私に残した。

式に出席した仏文の友人、小松範任さんから一通のはがきが届いた。「結婚式でのあなたは、ぼくが見たなかで最も美しくないあなたでした。」

怒りんぼの私だったが、このはがきは何か核心をついているように感じた。

私たちは地下鉄丸の内線の東高円寺駅に近い1DKのアパートに住んだ。モルタル造りの二階建てで、六部屋があったが、偶然、二階に文藝春秋のカメラマン、飯窪敏彦さん夫妻が住んでいるのには驚いた。

相変わらず多忙な仕事優先の毎日だった。ある夜帰宅すると、お総菜の包みと紙片がキッチンのテーブルに置いてあった。母が大塚から来てくれたのだ。薔薇の花が散っている高島屋の包装紙うらにエンピツの走り書きがあった。見慣れた母の字であった。

「貴女のねまきのよごれたのがわからないから　箱の中のものだけもってゆきます

猫が行方不明で仲々帰って来ないので　来るのが　おそくなってしまって　座敷の方はそうじが出来ませんでした

急ぎそうな物は洗って外にかけてありますから　入れて下さい

こんど逢ふときは　いいお顔をして下さいね　あんまりいらいらすると　こんなになります

もう体もいいし　なるべく早く来ます

では　がんばって

いつも置きみやげに　心のなかに「ナマリ」をいれないで下さい

まりえさま　　マブ　」

手でちぎったギザギザの包装紙に書かれた母の走り書きは、四十数年経った今も私を泣かせる。心配のあまりやって来て、隣家の家主に鍵を借りたのだろう。もういるはずはないのに、私は夜道に飛び出し、母を探した。

数日前にふと大塚の家に立ち寄った時、母があまり私の新しい生活を心配するので、私は「あなたの力なんか必要ないのよ」といって、母を振り切ったのだ。顔を見たくて社の帰りに行ったのだったが。その夜のことを母の手紙は書いている。「マブ」というのはその頃の母の愛称になっていた。アメリカのテレビドラマに主婦代りをするおじいさんがいて「バブ」と呼ばれていた。そのもじりであった。結婚はしたものの娘は家事などいっさい出来ないと、母は思い込んでいた。心配でならなかったのだろう。

母の前で私はいつも不機嫌な娘だった。母に威張るのが私の甘えのスタイルになっていた。それでずっとやって来たじゃない、となお私は母に甘えていた。

父の不在は常態だったけれど、母と離れるのは初めての体験であった。望んで家庭を持ったはずだったが、なかなか母離れは難しかった。母には優しく出来ないのに、別れるとたちまち母が恋しく、優しい気持が流れでる。

これでは私の家づくりは失敗してしまう。失敗だけはしたくないと私は焦りを覚えた。

しかし、季節は盛夏になっていた。辺りは光にみちていた。東高円寺の周辺にも詳しくなると、古い個性的な商店が立ち並び、暮らしにしっかり生きて母を安心させたいと思った。便利な場所に思えてくる。通りを挟んで蚕糸試験所があり、鬱蒼とした樹木の下を歩く日もあった。

その時期、作家和田芳恵氏は文学的回想「続 ひとつの文壇史」を「東京新聞」(夕刊)に連載しており、八月二十四日付の二十四回目に大木惇夫にも触れている。和田氏は近代日本文学の研究者でもあり、編集者の経験もあった。

「大木惇夫さんのところへ、最初に詩の依頼に行ったとき「先生は、ただいま、詩をつくっていらっしゃるのよ。お静かに」と、取り次ぎに出た女の人が、口に二本の指を押しつけながら、力のなくような小さな声で私をたしなめた。家のなかは、死んだように、しずまり返っていた。

原稿をふところにして、社にあらわれた大木さんは、にぎやかで、明るい感じの人であった。私たちは、北原白秋の仕事について賞賛しあった。大木さんは白秋の門下であった。

社に顔をだしたのは、引きかえに原稿料を持ち帰るためであった。

「どうです。これから、いっぱいやりながら、先生のことを語りあいませんか」大木さんはピノキオのような鼻をして、酒やけのせいか、鼻先が赤く染っていた。

「残念ですが、私は飲めないんです」下戸の私がわびると、ふっと、不きげんになった大木さんは、返事もせずに引きあげて行った。それは、夕暮れ時であったから、大木さんは、酒場の費用をねん出するために、詩をつくったのだろう。」

酒好きの父の一面をとらえてはいるが、「酒場の費用をねん出するために、詩をつくったのだろう」はどうだろうか。まともな詩人は「酒場の費用」のために詩を書かない。街に出たい気持につられて出版社に出向き、お金を手にしようものなら、酒場に寄りたくなるのが、父の習性であった。父だけでなく、かつての文士は原稿と引きかえに原稿料を受けとり、夜の街に消えてゆくことが多くあった。結果は原稿料が酒場で消えたとしても、書く動機はもっと無心のものだろう。

仕事は充実していた。たくさんの作家を抱え、打ち合わせや原稿受け取りに動きまわっていた。なかでも西條さんの『アルチュール・ランボオ研究』には力を注いだ。原稿の疑問個所を調べに国会図書館に通い、「イリュミナシオン」については、旧友の仏文学者花輪完爾さんに度たび会う必要があった。十月には早めに西條さんと註釈、写真、前書き、後書き、索引の打ち合わせをしていることが手帳に記されている。その他に作品集『愛にはじまる』の件で瀬戸内晴美氏との打ち合わせがあった。また、長篇推理小説『砂漠の塩』ほかのためにしばしば松本清張氏とも会っていた。

父は雑誌「経済往来」（十月号）にめずらしく日常について書いている。それは私たち家族が知らない父親の生活の一端であった。

「庭とも言えぬ僅かばかりの空地に、所狭しと種々雑多な草が茂り、あばら屋の夏にふさわしい野趣を添えてくれている。」朝顔が一輪咲いているのを見て、「三時間そこそこの花の生命をさっそくパチリとカメラにおさめる。ついでに開きかけの水蓮も撮しておく。」父がカメラを持ち、花々を撮す、という行為に私は驚きを覚える。父とカメラの取り合わせは私の想像のほかであった。そういう日々の何気ない暮らしのなかにいる父の姿を、目白時代にしか私は知らなかった。七十一歳の父に穏やかな時があるのを嬉しくも思った。そのカメラ、オリンパス・ペンを秋葉原で買った日の逸話も書いている。北原白秋の墓参に行っての帰途である。

「代金を払ったら、店員がクジを一本くれた。私が引いて見ると、その店員がすっとんきょうな声をあげて、『ほ、金賞ですよ、一日一本しか出ない金賞です』と、まるで自分が当たったような喜びかたである。（中略）差し出されたカメラの保証書に住所姓名を書きこんだ。それを見た二十七、八歳の店員が、これまたニコニコ顔で、『先生』といきなり言った。『今日のお買物はまるでタダになりましたね。おめでとうございます。私は、むかし先生のお作り下さった校歌をうたった者です。ご縁ですね、どうか、今後よろしく……』『ほう、どこの？』『宇都宮中学校です。十三年前です』私はびっくりした。まったく縁である。『先生、このカメラで少し練習なさいましたら、こんどは高校生用、その次には専門家用のものを是非また当店で。』

買った私も、売った店の人たちも、笑いがとまらぬ春宵の一ときであった。クジ運に弱い私がかりにも金的を射止めたなどは、生まれて初めてのことだ。こうしたうれしい曰くつきのカメラだから、それ以来、私はこれを愛用して、美しいものばかりを写して歩く。（中略）それにつけても、私はなんというだらしなさであろう。自分のみじめさが省（かえ）りみられる。いや、私とても現在までの長い文筆生活に、何度かはましな時もないではなかった。それなのに、どうも世間知にうといのか、経済面に弱いというのか、やり方が不手際で、十年一日のごとく冬でも夏でも、生活のためには営々として、徹夜仕事と縁が切れない。『詩を作るより田を作れ。』——昔の人はうまいことを言った。明治も大正もはるかに過ぎて、昭和もすでに四十一年の現在、生活の知恵は目まぐるしく変化しつつある。それがよく解っていながら、バカの一つ覚えの『詩』が捨てきれない、決して捨てられない、いくら苦しくても、たとえ明日がどうなろうとも、生命のある限り、書かずにはいられない。」（「バカの一つ覚え」）

次の年に出版する『ハイネ詩集（新訳追加）』（世界名詩人選集　金園社）のために根をつめて仕事をしていたのもこの頃だった。

仕事に疲れ果てて、父は新しい年、昭和四十二（一九六七）年を迎えた。七十二歳になる年も書くことだけで過ぎて行く。

私は母たちと別れて初めての正月を経験した。狭い部屋で新年早々、ゲラ読みに追われていると、新しい家庭を作ろうとする努力が乏しい自分をつくづく反省する気持が生まれてきた。それでも、二人で巣づくりをしている安心感はあった。

この正月五日に私は新年の言葉を添えて、父に手紙を送っている。父の死後、父の家で見つけた手紙が目の前にある。どうして、この手紙を書いたのだろうか。ロシアへの旅をし、結婚もして、いくらか心にゆとりが出来たのだろうか。私は兄妹のなかでいちばん多く父に手紙を書いていると思う。だが、なぜ他の手紙はなくて、この手紙が残されたのだろうか。

「新年おめでとうございます
お父様、ごぶさたしていますけれど、お元気ですか。

いつも気になっております。私はたいへん元気になり、疲れなくなりました。神経もいらだったりしません。

いろいろご心配をおかけしましたけれど、もう大丈夫ですから。

（中略）

今、詩人全集のブームで、新潮社でも、うちでも出しますけれど、気になさることはありません。

歴史がやがてわずかの透明なものだけを選び出すでしょう。

私はお父様の全人生、全作品を肯定はしませんけれど、それでも知ってはいます。ほんとうにすぐれたものを。そして、それだけが、貧しかった親を持つ私の誇りだったでしょう。

いろんな生き方があります。

輝かしき老年を得て死ぬ者も、栄光を遠く忘れて生きる者も。でも、それはどれも空しいものですし、ただただ無垢な作品だけが残るのですから。

お父様も、ずいぶんお疲れになったでしょうね。

私は、私がしあわせになっただけ、あなたのことをわかるようになりました。

お母様も、ほんとうに年をとりました。今日も家に帰って来てそう思いました。これからの日々を大切にしていただきたいと思います。健康に心がけてください。きっと、よくなるでしょう。私たちは一生懸命に生きてきたのだから。

一月五日夜　毬栄　」

私は両親みたいに家庭を壊したりはしないと思い込んでいた。人並みの家庭を持ったというだけの安堵感が職場での私を勢いづけた。

西條さんは体調を維持して原稿を書きためていた。初夏までに「イリュミナシオン」以外の原稿は出来上がる見通しが立った。いつものように夕食のテーブルを囲んだある日、西條さんは父のことをこう聞かれた。「あなたの結婚式でのパパは面変わりしているようで、心配になりましたよ。二言、三言声をかけ合っただけでしてね。もっとも、ぼくも途中で失礼しましたからね。この年になると立っているのも辛い有様でね。パパはお身体は何ともないのですか」「父は不摂生をしていますから」。私も久しく父に会っていなかった。成城の西條邸と三十メートルも離れていない家に娘夫婦を住まわせ、ほとんど毎日のように父の傍で過ごすふたばこさんは異例だとしても、父と私の関係は父が私に会いたいと思う時だけに実現する親子関係であった。「私が父と会うのは年に数回かもしれませんよ」。西條さんは驚きを隠さなかった。「パパはきっと寂しいと思いますよ。父親にとって娘はいつも傍に置いておきたい、とくべつな存在なのですよ」。西條さんとふたばこさんの関係のほうが世の中では稀ではないだろうか。私の目にもふたばこさんの関心は夫の三井氏よりも父親に注がれていると映った。

父はこの頃、『アラビアン・ナイト名詩選（改訳・新訳）』にかかり始めていたことが、後に明らかになる。父の仕事のやり方は規則正しく一日何枚、というのではなく、興がのれば朝までつづける熱中型なのだった。だから、いくつになろうと徹夜漬けの日を送っていた。昭和六年の『千夜一夜詩集（豪華版）』（春陽堂）、昭和二十六年の『千夜一夜詩集（上・中・下巻）』（酣燈社）をさらに改訳し、新訳の形にする作業がすすめられていた。それは約一年間を要する仕事になったのである。

七月、私たちは東高円寺から石神井に引越しすることになった。姉の同僚の松成貴美さんは菊池寛のお孫さんなのだが、彼女の実家がある石神井に分譲団地が出来、松成さんと姉が応募するのでいっしょに申し込もうと誘われたのだ。私も彼女と仲良しだったので、二人について行き、申し込んだ。すると、私だけが当選してしまった。クジ運の決してよくない私が倍率の高い抽選に当たったのも妙な成り行きである。

狭すぎた東高円寺のアパートは本があふれ、どうにもならない状態だったから、３ＬＤＫの石神井公園団地は広々と見えた。ただ通勤距離は東高円寺に比べてぐっと遠くなった。バスで荻窪まで行き、地下鉄で京橋へのコースになった。

私の住まいは五階建ての三階だったが、最上階の住人になったのが、仏文の同級生、小畠睦明さんだった。

広大な敷地にゆったり建っている分譲団地は陽当りが良好で、木々の緑が多く、快適であった。ここでようやく私たちの生活がはじまる気がした。休日には十四、五分歩いて石神井公園の三宝寺池やボート池に行ったりした。交通の便を除けば、住みやすい土地だったろう。

石神井での夏を過ごしていた私に妹が朗報を伝えてきた。母と二人で生活するために、石神井に建設中の都営住宅、南田中団地に応募したところ、秋の入居が決まったのだという。南田中ならば西武池袋線石神井公園駅行きのバスで私たちのバス停、石神井農協前から三つ目の場所である。妹の職場西荻窪へもぐっと近くなるはずだ。忙しいなかでも、私は仕事で大塚近辺に行く時は、母の顔が見たくて、ほんの四、五分でも家に立ち寄ったりしていた。母と妹が近くに越して来るのは心強かった。

父については、この時期に保田與重郎氏がおもしろい逸話を書き残している(「河童の鳴声」、月刊「騒友」昭和四十二年九月号)。

吉井勇の歌「寂しければ酒ほがひせむこよひかも彦山天狗あらはれて来よ」の紹介ではじまる文章は、保田氏の文学観、死生観、美意識が横溢するものだ。発表する媒体がどこであっても、まっすぐ、情熱をかたむけて書く姿勢が爽やかだ。日本人の心に懐かしい伝承や伝え聞く生きものへの親しみが書かれ、ふと引きずり込まれそうな心地になる。

「吉井勇さんの歌の中でも、私の好きな歌であつた。こんな歌を自然に歌へるやうな心持に生きてゐる詩人は、もうゐなくなるのではなからうかと思ふことが多い。今では天狗を信じてゐるやうな人は、国民全体の割合からいふと少くなつてゐると思ふ。

一昔まへの時代だと、日本の大多数の庶民は、天狗や河童と一緒に暮してゐた。その時代では、最高な国民的詩人といへど、神仏を尊び魔力のものの実在を信ずる点で、一般庶民と同じ世界観をもつてゐた。芭蕉、近松、西鶴は勿論、あの変屈な秋成でも、気のきいた蕪村でも、その一点では庶民の信と何の差異もなかつた。それが健全な国民詩人の基礎をなしたものだ。

『彦山天狗あらはれて来よ』などとあたりまへにいへるやうな詩人は、もうこれから現はれないやうな気がして、真実私にはそのことの方がさらに寂しい。

この歌を棟方志功画伯が板画に彫つた。その板画を私は好いた。その寂しいしかも一途な天狗の表情がうれしいのだ。わが詩人に呼びよせられて疾駆してゆく天狗の表情だ。この上もない一途さが寂しいほどだ。」

それから、保田氏が親しい友人、小山寛二氏(「騒友」編集人でもある)、房内幸成氏と三人で語り合った天狗の話や河童の話がえんえんと続くのだが、天狗や河童に関する話の豊富さは昔話のなかに見られるユーモアと闇を同時に思い出させる。河童の鳴声は「ヒーヒョ、ヒーヒョ」であったり、「ヒーヒョー、ヒーヒョー」であったりするそうだ。河童談義の最後に父が登場している。

「私はこの河童の鳴き声を、大木惇夫さんと棟方志功さんに吹聴した。大木さんの『海原にありて歌へる』は、わが国の歴史に残ること間違ひないが、私は今なほ折ある度にとり出してはよみ、よめば必ず泣くのである。

先年示されたハーフィズの訳では、晩年のゲーテを有頂天にしたハーフィズの真価が私に始めてわかつたほどだつた。そしてゲーテの偉大ささへ合せて了解したほどで、それは創作とか翻訳といふ以上のものだが、その大木さんと志功画伯といふ、当代に於て、私の尊敬する二人の天才に、私にはまねられないからやつてみて下さいと、幸成さんの口からきゝおぼえた河童の鳴き声をまねさせたことは、実に私の本懐とするところだつた。（評論家）」

保田氏同様に父も棟方志功の大才と破格の性向を愛していたから、共に河童の鳴き声を真似したエピソードは楽しく感じられたはずだ。後に刊行される『キリスト詩伝』の口絵には棟方画伯の傑作板画「耶蘇像と耶蘇十二使徒像」が使われている。

十月、母と妹が練馬区南田中の都営住宅に入居した。団地入口よりそうとう奥まった棟で、バス停から徒歩十分もかかること、エレベーターのない五階建ての五階の部屋であることが、母には辛いのではないかと思った。六畳二間とダイニングのこぢんまりした作りであったけれど、独立した母と妹、二人の城であった。新居なのに今までさまざまな場所で使ってきた古いくたびれた道具ばかりが集まった観があり、哀しさがともなった。だが、ともあれ、ディスプレーの会社ノバ・マネキンに就職して二年、二十六歳になった妹は戸主になったのだ。

西條八十の『アルチュール・ランボオ研究』はおよそ二年をかけて、十一月に出版された。春から追い込みのスケジュールに入っていたのだった。本を手にした西條さんは、「ありがとう。いっしょに歩いてくださって」と、ゆっくり言われた。全力を尽した人の穏やかな表情であったが、その目に涙が光っていた。

『アルチュール・ランボオ研究』には三島由紀夫氏の推薦文をいただいている。十月のあるよく晴れた日、私は大田区南馬込にある白亜の三島邸で、三島さんから原稿を手渡された。「西條さんのランボオに対する探究心、情熱には感服するね」と、三島さんは笑いかけた。推薦の言葉は三島由紀夫らしい感覚の冴えが漲っている。透視するような鋭さである。

「才能や理智や感情なら、早熟ということもあろうけれど、魂自体には早熟も晩熟もない。アルチュール・ランボオは、早熟な天才以上のもの、すなわち人の世にあらわれた最も純粋な『魂』そのものだった……」

同じ十一月、「多年作詩に精進し多くのすぐれた詩ならびに歌謡を創作してよく文芸の向上に寄与し事蹟まことに著明である」として、父は紫綬褒章を受章する。新聞で知った私は、よいことのない父だから、これでいくらかでも元気になれますように、と願い、初めて父に電話をしている。それも何故か一階の出入口近くにある公衆電話からかけている。「カギ」が電話に出た時の対応を夫に聞かれたくなかったのかもしれない。

幸いにも、すぐ父が出た。「新聞で知りました。いいニュースね」と私がいうと、父は至極平静に「ああ、ありがとう」と答えたが、すぐに、「まりえもふみえも引越したのだね。生活は落着いたかい？」と返してきた。「私もふみえたちも元気で過ごしていますから」という私に、父は「このところ胃の調子がよくないのだが、忙しすぎたせいなので、心配はいらない。時間の余裕ができたら、いちど訪ねるから」とつけ加えた。父の毎日はつねに仕事に漬って暮れていたのだ。

十二月、『詩の作り方と鑑賞』（金園社）が刊行される。タイトルを見て、一般的な詩の入門書と考えたら、それは大きな誤りだろう。詩に関する入門書の形をとりつつ、詩について論理的に情熱をこめて書いている。実作者である詩人が詩の本質を説くのはそう易しい仕事ではないだろう。その困難をあえて引き受けるほど父は詩の未来を見つめていたと思われる。私自身はこの書から多くを学んだ。詩について持たれている概念を分かりやすく多角的に論じている。具体的な詩作品を例にあげての分析は示唆に富んでいる。

昭和四十三（一九六八）年に入っても、父は前年からの胃痛を持ち越していたようだ。過労による神経性胃炎であったらしい。

この年の父の日記帳が手もとにある。クロス張りのエレガントな日記帳には日々の記載はほとんど見当たらず、打った電報の下書きとか詩の数々を記述している。曲った力ない文字で書きつけた詩は、下書きとして後に生きてくる。「大木惇夫詩全集」3の末尾「未刊詩集」にある数篇「病床にて」「病床だより」などと合致する。それらは耐えがたい胃痛に苦しむなかで生まれた作品だ。

一年以上つづく胃痛については、「メジカルビュー」（七月号）の「言はでものこと」や、半年以上遅れてこの年の六月に出された、友人、知人たちへの「紫綬褒章受章に際しての礼状」の文章から読みとれる。

「昨年の3月から今年の2月まで、私は1年間も昼夜兼行の仕事（『千夜一夜』12巻中の詩の改訳、それのみとは限らないが）に追いまくられた。その間、時おり胃が痛み、医師の治療をうけて今日に至っている。医師の診断では、仕事の過労と睡眠不足、運動不足が祟って、神経性の胃炎だとのこと。それはそれとして、私自身は若い時からの大酒のため、この年になって罰があたったのだと反省しながら、小心翼々、永いこと酒を断っている。絶つと言えば、絶食も1と月あまり続けざるを得なかった。右の仕事がやっと完了して、ほっとした気のゆるみが、猛烈な胃痛に堪えがたくなり、毎晩のように痛み止めの静脈注射と睡眠剤の皮下注射をしてもらった。それがあまり長く続くので、副作用はないかしらと訊いてみると、先生はにっこりして、今はモルヒネを使わないから大丈夫、睡眠剤も無害だから、心配しないでよいとのことなので、私は安心してぐっすり眠った。この病気に処するには、緊張してもいけない、緩怠でもよくない、躰なんてデリケートで厄介なものだな、とつくづく思う。

（中略）日本医学が世界的の進歩を遂げているとはかねがね聞き及んでいたが、自分の躰を賭けてみてよくわかった。医師の診断も治療処置も敏活適性で、薬も実によく効く。それに非常なまでに無口でありながら、施す手に物を言わせてさりげない医師、これこそ親切以上の親切であると知った。（中略）その意味で、もう先生と呼ぶ人もいなくなった73歳の私が、今、心から「先生」と呼ぶのは医師だけである。医は仁なりという古語を永遠のものたらしめ得る医師のみである。」
（「メジカルビュー」昭和四十三年七月号）

また、六月吉日付の受章の礼状では、次のように記している。

「昨年中は昼夜兼行の仕事による過労と睡眠不足、運動不足が祟って、神経性の胃炎に罹り、とりわけ受章の後は猛烈な胃痛堪えがたく、それ以来、医師の治療を受けて病臥することが多く今日に到り、この五月末頃からどうやら快方に向かってゐるやうな次第で、心ならずも永く御無沙汰にうち過ぎました。しかし、御厚情は忘れることなく、否、日が経つにつれて一しほ胸に沁み、感謝の念を深くしております。
ここに遅ればせながら、真心を籠めて御礼申し上げます。」

日記帳にも酒を禁じられた憂さを書きつけている。「飲み飲みて　飲みて死なんと　思ひしが／飲まず　飲まずて　生きんと思ふ。」

七十三歳になり病いに苦しんだ父の日記帳の字は、私がそれまでに見たことのない崩れかたをしていた。私は驚きよりも悲しみがつきあげてくるのを感じた。歪んだ字をどうにか判読しようとした。しかし、病気が快方へ向かうにつれ、父の筆蹟は元通りになるのである。

父より三歳上の西條八十氏も『アルチュール・ランボオ研究』が刊行されてからは疲れが出て寝込む日もあり、出版記念会は半年経ったこの年五月、東京会館で開かれた。病癒えた父も出席している。父は私を探していたらしく、嬉しそうに近寄ってきた。そして、私の肩を抱くようにして、「まりえは今日、顔色がよくないね」と言ったのだ。何て敏感なのだろうと、私は父を見返した。ドレスの形で分からなかったけれど、その時私は妊娠五か月の身重なのだった。九月までは休めなかったし、仕事も詰っていた。パーティー会場で父に打ち明ける気にもならず、「ちょっと疲れているだけ。お父様も無理をしないでください」といった会話を交わした。父は会の半ばで帰って行った。友の晴れの日をどう受けとめていたのだろう。

十月四日、長女奈々が生まれる。私は三十一歳であった。ちょうど母と私の年の差である。一か月は休めたが、なるべく早く仕事に復帰したかった。そのために、練馬区の福祉事務所に通いつめ、上石神井駅前の保育園に入園が決まった。

石神井公園の家から上石神井までは徒歩十五、六分。乳母車を押してどれだけの時間を要するのだろうか。奈々を乗せ、二回ほど試してみる。ゆっくり押すので、やはり二十分以上はかかる。出社第一日目の朝、子どもを乳母車に横たえ、保育園へ向かう私のあとを夫がついてきた。園に預ける私を門前で待っていた夫が言った。「可哀そうじゃないか。零歳児を」「仕方ないでしょ。他に方法がないのよ」。子どもが生まれると分かった時、夫が思いあまったように言ったのは、「仕事をやめられないのだろうか」だった。「だれが？」と、私は言ったはずだ。仕事は私の一部になっていた。というより、最も重要な部分であった。気まずい空気が私たちの間に流れていた。

私はそのまま出社したが、重苦しい気分が残った。夕方子どもを迎えに行った私は、乳母車を保育園に残し、そのままタクシーで南田中の母のところに直行した。夫の感傷だけが原因ではなく、困り果てて母に助けを求めようと考えたのである。

母は孫可愛さから預かるのを了承してくれた。毎朝、出社前に母に娘を預けに行き、帰りに迎えに行く、という日々になった。夫は週刊誌担当で不規則な勤務だったから、手助けを求めても無理なのだった。私ひとりが奮闘する毎日がつづいた。私は自分のなかに強い母性があるのを、子どもを得て知らされたのだと思う。娘を寝かしつけて、やっと食事をすませると、あまりの疲労感に思考能力も失われて、椅子にすわりこんだ。

暮れも近づく頃、南田中に娘を預けに行く生活はもう無理だと思うようになった。その結果、母が月曜日から土曜日の夕方まで私の家に住み、月曜の朝、南田中から帰ってくる、という逆の生活に変わった。六十三歳の母は気づまりのない妹との暮らしを楽しみ、俳句に向かおうとしていた時なので、孫に束縛されるのは不運だったかもしれない。みんなが我慢するなか、子どもだけが元気なのが希望につながった。シベリア鉄道で心を奪われた雪原の家々の灯も単一の明かりではなく、いろいろの物語を秘めていたのだろう。家庭の重みを感じながら、私は遠くの雪の光景を思い浮かべた。

そういえば、亡き父の家から持ち帰った大量の資料や紙片の間に、A4大の茶封筒があるのに気づいた。それには父の字で次のように宛名書きされていた。

「東京都京橋郵便局区内（中央区京橋二丁目一番地）
中央公論社　出版部
中井毬栄殿　　　　　　　　」

封筒には三篇の詩「風の言葉」「花のランプ」「秋の歌」が入っていた。私への手紙は見当たらなかった。名前が大木姓ではなく中井姓となっているのだから、昭和四十一年六月以降、全集編集中の四十三年後半までに限定される。

父はなぜ未発表の詩を私に送ろうとしたのだろうか。中央公論社の雑誌「中央公論」「婦人公論」に発表できないだろうか、という打診だったのだろうか。

戦後、出版社の雑誌に詩を依頼される機会は久しく失われていた父にとって、娘が働いている出版社の雑誌「婦人公論」にしばしば執筆した昭和初期の思い出が甦ったのだろうか。グラビアページには詩を書いていたし、慶子の死に際しての手記も発表している。

いや、それだけだろうか。ふと思いついたのは、私の手紙である。昭和四十二年の正月に私が書いたあの手紙に、父の気持が動いたのだろうか。それは父の詩について私が初めて触れた手紙であったから。さまざまな思いが浮かんでは消えた。

しかし、父は投函せずに終わった。ゴミや湿気で変色した茶封筒、劣化した原稿用紙をじっと眺めていると、父の逡巡が伝わってくる。原稿用紙をとめているクリップが錆びついて、茶褐色の粉が私の手を汚した。送りもせず、捨てもしなかった父の迷いが、四十数年を経て、私を悲しませる。

結局、三篇の詩は「大木惇夫詩全集」3の「未刊詩集」に収められている。「花のランプ」は「幼童に寄する歌」、「風の言葉」「秋の歌」は「少年・少女に寄する歌」の括りに入れられた。

病い癒えた父は次の年に刊行される「大木惇夫詩全集」(全三巻)の編集や執筆に追われる年末を過ごしていたようだ。

昭和四十四(一九六九)年は父にとって特筆すべき年になった。不遇なうちにも何かと深い縁ができた金園社より詩全集が出版されるのだから。前記したように、昭和十二年に刊行が予定されていた巧藝社版の「大木惇夫詩全集」はついに幻の全集となって実現しなかった。以来、三十二年目にして、ようやく待望の「詩全集」が刊行されるのである。

昭和四十三~四十四年の日記帳には、「詩全集」全三巻を通して「解題」を寄せられた保田與重郎氏へのお礼の電文が記されている。

「保田與重郎氏への電報

オゲンコウハイジュ、」ハイドク」ミニアマルゴショウサンヲウケ」カンルイニムセビオリ」コウビンニテ」フミイタシタキモ」カンシャノコトバモナシ」コノココロ、テンノミゾシリタマワン」コノココロ、キミモマタシリタマワン」カミノゴトクフカク、オオイナル」キミノゴリカイヲエテ」モッテメイス」アリガタシ」アリガタシ」トノミシンニイダイナルヤスダノキミヨ」オオキアツオ」

ペン字の横にはエンピツで、「191字　四月十一日七時三十四分打電」と認められている。

「解題」は大木惇夫の全詩作品の評論にとどまらず、さすらう詩人の生涯そのものへの明察に達している。曇りない目は日本の詩の独自性、大いなる魂より生まれる言葉に密着し、その天真が湧出する源をとらえようとする。のびやかな思索の展開は、保田與重郎の「日本浪漫主義」というものが、戦時においては、安易な「日本主義」「大和の魂」としていかに曲解されたかをも理解させる。

不遇な詩人への哀憐が過褒となって表われているところがあるにしても、全巻の「解題」が保田氏によって書かれた父の幸福を思わずにはいられない。熱情をこめた堂々たる評論というべきで、「解題」や「解説」の域を遥かに超えている。

電報を打った四月十一日にはすでに七十四歳を目前にしていた父にとって、保田氏の心地より発せられる言葉はどれほどの慰めであったろう。日記帳に記されているインクの百九十一字が歓びの涙で光っているように私には感じられた。

六月には『唐詩選』（世界名詩人選集　金園社）が出版され、充実した一年を彩った。「詩の座」の章においても紹介しているが、「唐詩選」は戦後の冬の時代に、仕事のない父が生きていくよすがに訳していた詩が元になっている。李白をこよなく愛した父は、少年時代から唐詩への憧れを抱いていた。ただ、簡潔ななかに余韻をふくませる唐詩の特性が、いかに日本語で表わしにくいかを、語ってもいた。漢文をたたき込まれた年代であるから、すぐに解せても、日本語の冗漫さが唐詩の端正なリズム、気韻を損わないか、と考えていたという。

「私は若い頃から唐の詩が大好きだった。簡潔で厳しく、整然として格調の高い詩型の中に、作者ぎりぎりの思想や感懐を凝結させたその表現は、世界詩のうちでも指を屈するほどのものだ。このことは何かの機会に書いたと思うが、しかし、それほど優れた作品群でも、日本語に訳してみると、なかなか所期の効果は挙がらぬことを痛感せざるを得ない。私どもは子供の時から日本文の中で漢文を覚え、日常語にも多くの漢語を知らず用いており、漢文調に慣れ親しんでいるのだから、訳詩の場合ももっとうまくゆきそうなものだが、なかなかそうもゆかない。簡潔豪宕な原詩も、優雅冗長な日本語調に訳すと、どうしても言葉数が多くならざるを得ない。どうかすると倍にもなる。よほど短くうまくいっても、まだ、とかく冗漫の嫌いがあるのである。」（『唐詩選』「あとがき」）

「大木惇夫詩全集」全三巻は順次、八月、十月、十二月にわたって刊行される。

1は『風・光・木の葉』『秋に見る夢』『危険信号』『大木篤夫抒情詩集』『カミツレ之花』『冬刻詩集』を収録。

2は『海原にありて歌へる』『雲と椰子』「未刊詩集　新防人の歌 朱と金と青」『日本の花』『豊旗雲』『神々のあけぼの』『山の消息』を収録。

3は『風の使者』『物言ふ蘆』『失意の虹』『殉愛』、さらに「未刊詩集」を収録。

という内容で、これまでに書いてきた詩の多くは収められていることになる。ゆいいつの例外が3に「未刊詩集」の形で入れられている詩篇である。これらは3のなかの実質的には最後の詩集『失意の虹』以後の作品か、詩集としてはまとめられていなかった作品である。

従って、ここでは3の「未刊詩集」について述べなければならないだろう。「大木惇夫詩全集」を編むにあたって、これまでの詩集に未収録の詩を厳選するよりは、なるべく新作の多くを入れたいと父が考えても不自然ではない。それだから、ここで私が取り上げるにあたっては厳選を心がけるつもりである。
「未刊詩集」には九十八篇が入っているが、「幼童に寄する歌」中の「花のランプ」と「少年・少女に寄する歌」の中の「風の言葉」「秋の歌」の三篇中「花のランプ」を引用しておく。順番としては、「未刊詩集」の冒頭近くに並んでいるせいもあるが、父が編集者の私に送ろうとして断念した例の詩篇がどんなものかを示しておきたかった。

　海越えて
　四月が村にやって来た、
　花のランプの火をつけに。
　村があかるくなってきた。

　知らぬまに
　ひよこが七羽生まれたよ、
　おたまじゃくしも現われた。
　桃が咲いたよ、ひわが来た。

　草ぶえが
　牧場（まきば）に　丘に　鳴ってるよ、
　花のランプはまだ消えぬ。
　春はいつまで　ゐるのだろ。

　そよ風が
　四月の耳にささやいた、
　夏がそこまで来てゐます。
　村に永居（ながゐ）は　なりませぬ。
（「花のランプ」）

なぜこの詩を父は選んだのだろう。「花のランプ」と共に同封されていた他の二篇「風の言葉」「秋の歌」も「詩全集」においては、ルビをはじめとする若干の訂正を加えている。どれも清々しい床しい詩である。父はたとえば花を見ても、想が浮かべばノートや紙片に言葉を走り書きした。そして、そこから詩が生まれる。幼児や少年少女に寄せる詩には、心のどこかに生きているノスタルジーが息づいている。
　しかし、私に送るのは、そのいくつか後に置かれている詩であってもよかったのではないか。

　少年の頬（ほほ）は林檎だ、
　北風にみがかれるのだ。

　少年の胸は爐の火だ、
　雪の日もあたたかいのだ。

　（橇（そり）もない　雪靴（ゆきぐつ）もない

家もない児をいたわろう。）

少年の夢はランプだ、
みぞれ降る夜も日向だ。

少年は明日の望みだ、
果樹園の春だ、光だ。
（「少年」）

「未刊詩集」に収めた未収録詩や最晩年の詩の大半は、人間の世界を超えた大いなるものへの憧憬と祈りにみちて穏やかである。穏やかなうちに心に残るのは、明るさに反射する寂寥といえるだろうか。それは引用詩「ひまわり」だけでなく、他の「砂丘に思ふ」「海浜」にも共通している。

向日葵は、黄金ゆたかに咲きながら
炎天を仰ぎてひとりうら悲し。
その花のあまりに高く咲きたれば
そよぎ合う仲間の群の花もなし、
雄々しくも暑き日ざしに堪えたれば
いとしみて摘みとる子らの影もなし。
こぼれ種子、土に埋もれてありし日は
ささやかに憩いも夢も甘かりき、
鳳仙花、松虫草や、昼顔は
うちとけて、われにやさしき姉なりき、
つつましく日毎やすけく団欒して
蛍草、石竹なども友なりき。

さるに今、あまりに高く咲きたれば
そよぎ合う仲間の群の花はなし、
夏雲の下に烈しき日をひと日
小歇みなく高処に面をあげてのみ、
運命とも、静かにひとり向日葵は
あえぎつつ、ただ憧れて陽を追いぬ。
（「ひまわり」）

このあとは甘い恋のうたが並び、また紫式部やシラノ、キュリィ夫人、ナイチンゲール、そしてイエス・キリストについての物語詩がつづいている。
というわけで、「未刊詩集」において注視すべきなのは、「一期の無明を歎きつつ」（一九四九～六八年）で括られた詩篇だろう。第一部の詩を見るならば、次の一篇になるだろうか。

乳はしたたる天の露、
母のかひなにいだかれて
わがめぐし児よ生ひ立てよ、
ましろなる鵠のごとくにきよらけく。

雨はうるほす地のいのち
母の息吹(いぶ)きの香(か)にふれて
わがめぐし児よ花さけよ、
くれなゐの芥子(けし)のごとくにうつくしく。

愛はしみ入る日の雫(しづく)、
母の祈りにまもられて
わがめぐし児よ伸びゆけよ、
さみどりの嫩草(わかくさ)のごとすこやけく。

（「母の祈り」）

第二部は次の二篇を記しておかないわけにはいかないだろう。

水清し、太田川
緑濃し、二葉山(ふたばやま)
その文色(あいろ)変らぬに、
影空(むな)し、ああ鯉城(りじょう)、
原爆の襲ひし日
たまゆらに崩れ落ち
飛び散らひ焼け失せて
そがあとに残るもの。

——幾百の年経(へ)にし
灰濁(はいだ)める礎(いしずゑ)に
黒き蟻　這(は)へるのみ、
苜蓿(うまごやし)　咲けるのみ。
城あとはうつろにて
樹の梢(うれ)は禿(は)げ爛(ただ)れ
斜(はすか)ひに生(は)えし枝
新芽ふくきざしのみ。
砕かれし甍(いらか)みな
高みより地に委(ゐ)して
紋どころほの見えて
夏草や、砕片(かけら)のみ。

広島は　わがふるさと、
朝まだき素足にて
露を踏(ふ)み辿(たど)り来て
この濠に聴き入りし
蓮花(はちすばな)ひらく音(をと)。
そのかみは天守閣
あけぼのの色添へて
美しく聳(そそ)りしを、
ああ空(むな)し、今は空(むな)し。

（「広島城趾」）

1

山河に歎きはみちて
叫ぶ声あり、〝戦ひは
げに人類の恥辱ぞ〟と、
ああ、奮ひ起ち挙り立て、
心つなぎてつつましく
世界の平和祈らばや。
　やすらぎの日をもたらして
　国に殉ぜし諸人の
　御霊をこそは鎮めまし、
　御霊よ、地下に哭くなかれ。

2

青空の光をうけて
闇を絶たずや、〝戦ひは
げに人類の愚劣なり〟
ああ、奮ひ起ち挙り立て、
呼べば応へてたくましく
世界の平和祈らばや。
　やすらぎの日をもたらして
　国に殉ぜし諸人の
　御霊をこそは鎮めまし、
　御霊よ、地下に哭くなかれ。

3

夕星の啓しはありて
こだま地に満つ、〝戦ひは
げに人類の自滅ぞ〟と、
ああ、奮ひ起ち挙り立て、
まこと尽して美はしく
世界の平和祈らばや。
　やすらぎの日をもたらして
　国に殉ぜし諸人の
　御霊をこそは鎮めまし、
　御霊よ、地下に哭くなかれ。

（「みたまよ、地下に哭くなかれ――広島原爆中心地なる平和公園の詩碑に書す。」）

第三部は「仏教讃歌」の括り方多くの詩がつづいている。いずれも「浄土真宗」などの仏教関係の冊子に発表したものである。

形としてはそのつながりのように置かれているのが、父の日記帳（昭和四十二～四十三年）に書きつけられていた詩四篇である。

そして、「他力念仏詩抄」のあとに「曙をまたも迎へて」「新春白鷺」があり、次の一篇がある。

白鷺は　片脚あげて
青麦の　端に眠れり、
何ゆゑに　立ちて眠るぞ、

危しや　見るに危し。
白鷺は　片脚立てて
眠るとも　眠るにあらじ、
生くるとも　死ぬともよしと
眠りつつ　眠るにあらじ。

白鷺は　白き幻（まぼろし）
青麦の　色添ひ蒼（あを）み
夕栄（ゆふばえ）の　落ちもきたれば
その時ぞ　ほのに赤きを。
（「白鷺抄」）

――この一年間、とかく胃痛に悩むこと断続し、特にこの十日あまりは苦しみ甚しく病臥しけるに、痛み止めの静脈注射ならびに睡眠剤の皮下注射よく利きし所為か、熟睡するを得て目覚め、しかも痛みなく、近来はじめて快し。折りからの雨を聴き、拙けれども現在の心境を詠みたれば、わが木俣修君に贈りて約を果たす。――一九六八年四月二十九日朝、即興――

濁世（じよくせ）なり、末世、終末
来らんとするかに似たり。
ただ思ふ、日の射すところ
草木（くさき）生（お）ひ　花さくところ
稀に見る人の真（まこと）を
うれしみて　しみみ敬ひ
愚身（おろかみ）は自然法爾（じねんほうに）に
委（ゆだ）ねつつ、ひたすら行かん、
行き行きて飢ゑて死すとも
やむなしと心定めぬ。
さは言へど、さすが凡夫の
意を得ずて成すことなきに、
眼にあまる百鬼夜行を
つくづくに怒り歎ける、
われながら呆（あき）れ果（は）てたり。
七十路（ななそぢ）の世迷言（よまひごと）とも
わが友よ、聞き捨てたまへ。

☆

病み臥して、朝の目覚めに
春雨（はるさめ）をのどかに聴けり、
遠太鼓鳴るかのごとき
静けさと和らぎみちて
消えも入り、またうち続く
幽かなる雨の調（しら）べは
今（や）げにも心の糧（かて）ぞ。
病み耗（ほ）けしわが現身（うつしみ）に
そのほかのこれと覚しき
何ものの慰めやある、

酒なくて、煩ひ繁く
食を断つ既にし十日、
ああ、地籟、人籟を避け
ひた待つは天籟をのみ。
（「日常感二篇」）

薔薇が咲く、五月、明るい青葉風
薫るといふに、何たることだ、
胃が痛む、狂ふばかりに痛むのを
注射で止めて注射で眠る、
そのあとは意識朦朧、滅入りがち
腰はふらふら足もよろよろ。
一と月も既に続ける絶食は
やりきれないが、どうにか堪えて、
朝夕におも湯と葛湯、メロンだけ
鏡は見ぬがげっそり痩せた、
ヒヤシンス、ヘリオトロープ、パスコラド
忘れな草も散ってしまった。
つくづくと思ふ、病気に苦しんで
健康な頃のあの仕合はせを、
また思ふ、世界のあらゆる患者らは
どんなに苦しむことであらうと。
健康でその日を過ごす、さうだとも
そのことだけで仕合はせなのだ、
病んでみてつくづく知った、そのことを、
なんと愚かな俺だったらう、
鳥籠を寝間の近くに引き寄せて
九官鳥と話して遊ぶ。
（「病床にて――一九六八年五月二十四日、即興」）

過労ゆゑ痛める胃なり、すでにして
ひと月あまり食を絶ちつつ、
今日ひと日、人には会はで病まざりき、
名所の菖蒲　花ひらくとよ、
印税のとどくはいつぞ　事なげに
医師は言ふなり、入院せよと。
枕べの九官鳥がほがらかに
「イヤダヨ」といふ片言愛し。
（「病床だより」）

「日常感二篇」は神経性胃炎に苦しむ病床の父が、束の間得た快さのなかで日記帳に書きつけた感懐である。同門の歌人木俣修氏に詩を約していたこともうかがわれる。
　それは病いと老いのさなかにいる自分をつくづく見つめる時間であったろう。濁世（冒頭のこの文字は端麗な筆致で書かれている）という言葉の強さとうらはらに、詩は終末をうたいつつも案外、暗さは見出せない。ページと共に字は震え、曲り、思いばかりが溢れ出ていて、息苦しさを覚える。しかし、諦観にささえられてうたった「日常感二篇」にはうっすらとした希望が見える。

つづいての「病床にて」は約一か月後の作である。一か月もの絶食のために身体はふらふら覚束ないが、不摂生な生活によって苦しんだ病いを顧みるゆとりはある。九官鳥と遊ぶ父の姿がかいま見られる。九官鳥は最晩年の父にとっての子どもでもあったのだろうか。

「病床だより」はさらにユーモアも交えて病床の詩人自身を伝えている。九官鳥の『「イヤダヨ」といふ片言愛し』は、父の言葉を真似る九官鳥との緊密な情愛を感じさせる。

なお、「大木惇夫詩全集」（全三巻）の発行は八月、十月、十二月なのだが、編集に間に合わなかったらしい詩の下書きも日記帳に記されている。八月六日の作とした「仲秋名月」という詩は、力なく乱れた文字やかすれて判読できぬ個所が目立ち、推敲されぬままにおかれている。完成はしていないが、父の思いが伝わってくる断片が多い。

月を見て、そのかみの宴を思ひ
月を背に今日のわが孤影を見つめ
さまよひぬ、霧の湧く林の中を、
　（十四行不明）
行きつきぬ、
山寺のその裏木戸に
なづさひぬ
萩、桔梗しづれてゆれて
目に沁みぬ
いとほしき白き花々
月はあり
李太白そこに踊れり、
月はあり
西行もそこに歎けり、
あなあはれ
幻聴か、雁の一声。

ところが、この詩「仲秋名月」が昭和四十四年、上野のれん会発行のミニコミ誌「うえの」（九月号）に発表されているのを私はずっと後に発見する。他の資料を探していて、汚れた薄い冊子を開き、パラパラとページをめくっていた時、「仲秋名月」のタイトルが目についた。判読できなかった十四行は十二行となって再現され、次のように並んでいたのだ。

月を見て
そのかみの宴（うたげ）を思ひ
月を背に
今日のわが孤影を見つめ
さまよひぬ、
霧の湧く林の中を。

踏みゆきぬ、
明るみて白き石段。
鐘つきぬ、
人気なき鐘楼の下。
また行きぬ、
石仏つらなる道を。
せせらぎぬ、
滝川はいともさやかに
落ちゆきぬ、
月光を浮けて流して。
われ濡れぬ、
滝川の流れに沿ひて
行き着きぬ、
山寺のその裏木戸に
なづさひぬ、
萩、桔梗しづれて揺れて
目に泌みぬ、
いとほしき白き花々。
月はあり、
李太白そこに踊れり。
月はあり、
西行もそこに歎けり。
あな　あはれ
幻聴か、雁の一声。

詩全集三巻の編集にも間に合わなかった日記帳の詩が完成されて小冊子「うえの」に載ったことを素直に喜ぶべきだろう。

八月五日の深夜から六日の朝にかけて、老詩人は幻想のなかに遊んでいたのだろうか。病む日も父は書くことしか知らなかった。

しかし、「未刊詩集」にあって、名詩は生まれ難かったろう。いくつかの条件において。

と、するならば、大木惇夫の抒情詩は第十五詩集『失意の虹』のなかで最後の実りを見せたといってよいのではないか。「大木惇夫詩全集」に収録された詩作品は、大木惇夫の生涯の詩業と考えられる。詩の世界ではほとんど顧みられない時代に、父の集大成としての「詩全集」は静かに刊行された。

さらには、これ以降にも詩作品は残されたし、長篇叙事詩『釈尊詩伝』も生まれ、父の仕事はつづくのであるが、後期の詩人大木惇夫を解読する中心は、「大木惇夫詩全集」３の作品にあるといえる。

それでは、「詩全集」全巻を通して「解題」を書いた保田與重郎氏の大木惇夫論を辿ってみよう。

第一巻は『風・光・木の葉』を愛読した中学時代の記憶から記される。

「それは詩といふものが、この上も無い歓喜であることを教へてくれたから」の一行こそが、詩というものの本質を剔出しているだろう。また、「だからこの詩集は、文学作品の名作といふものとしてよりも、すでに一つの風景を私の心の中につくつてゐる」という叙述以上の詩集に対するオマージュがあるだろうか。「それは、はるかな、暖い、うれしい感情の世界でもある」については、文人、保田與重郎の稟性を教えられる。少年時代に感受した心の中の風景を語ることが詩論として成立しているのだ。

保田氏によって書かれる詩全集の「解題」、つまり評論自体が〝詩という心の風景〟を反映させているのが眩しい。

「詩全集」の「解題」、つまり詩論の原稿を読んだ父が、「ミニアマルゴショウサンヲウケ」カンルイニムセビオリ」と保田與重郎氏に打電した心情がそのまま理解できる。病いに臥せる日々にあって、保田氏の原稿が父に与える感涙こそが恩寵であったろう。戦後社会の冷遇に打ちのめされてきた詩人を支えたのは、折にふれ、保田氏が父の詩作品に示した共感であった。

たがいの信頼の深さは、保田氏の自在にのびのびと詩論を展開させる文章に示されている。

「大木惇夫詩全集」第一巻には、『風・光・木の葉』以下六冊が収録されているのはすでに述べてきたが、保田氏は『風・光・木の葉』を初期詩集の象徴として取り上げているのみで、他の詩集に触れはしない。しかも、その方法でみごとに第一巻の詩作品の意味を描ききってしまう。それこそが保田流評論の極意なのだろう。創造的な評論である。

初期詩集を論ずる保田氏の文章は静かなる激情を秘めた青春についての物語のようだ。詩には絶唱という表現があるけれど、評論に絶唱にあたる言葉はないのだろうか。

父の「全青春をかけた十数年の間のくらし」について書かれた部分で、「さういふくらしからその詩歌は純化され悠久化され」という指摘は他の人間にも可能だとして、それにつづく「永劫の寂寥の世界にまで高つてゐる」とは、保田與重郎にしか書けない。この人は評論によって陶酔を与える稀な才を持っている。少なくとも、第一巻に関してはそういえる。

第二巻に収められた詩集は『海原にありて歌へる』『雲と椰子』『日本の花』『豊旗雲』『神々のあけぼの』『山の消息』六冊と「未刊詩集　新防人の歌 朱と金と青」である。第二巻における保田氏の詩論はどのように展開されるのだろうか。まず、その清らかな熱情の調べにとらわれる。そして、次第に高いボルテージが充塡された文章に魅入られていく。『海原にありて歌へる』に始まる第二巻に対しては、憑かれたような保田與重郎氏の歌が流れるのだ。それは保田氏の思想の歌であり、理想の歌である。保田氏の心に流れているだろうこの歌の圧力は読む者を屈服させ、酔わせる。あるいは一瞬、酔いのなかに落とされたと感じさせる。だが、よくよく読むならば、その酩酊する歌の言葉は戦後社会への極度の失望ゆえに、ファナティックにより一元化されているようにも思われてくる。少年時代の心の風景を語る優美な純粋性との落差に気づかされるのだ。

「詩といふものが、どんな教へや戒律より力あるものであるか、といふことを我々はまざ〳〵と見たのである」については、そのまま受容できる。詩が喚起する力は無限である。その詩に生と死を生きる者の魂が刻まれ、慟哭が美しい旋律で歌われる時には。父は戦場に向かう輸送船上において、生と死の極みに追われ、魂の発火を経験する。戦場に赴く者の悲しみの果ての昇華であった。

保田氏の文章の多くが詩人大木惇夫の詩の特質を掬い上げ、讃美するという父にとっての恩寵であるのは疑いもない。父の詩業の頂点とも評される『海原にありて歌へる』が、あの時期にもちえた文学としての力についての評言も的確である。だが、「民族の永劫のいのちといふものは、かかるものであつて、わが大東亜戦争の真実は、かゝるものであつた。わが民族の祖先の神々は、大東亜戦争の真実を今日の民、明日の国の子らに知らすべく、こゝに一人の詩人を現世におくられたのだ。」には動揺してしまう。ここを通りすぎるのを躊躇せざるを得ない。

父の詩集『海原にありて歌へる』は、「大東亜戦争の真実」を知らせるためのものではない。自らが投げ込まれた「戦場での真実」をうたってはいるが、大東亜共栄圏を理想とする「大東亜戦争の真実」をうたったものではなかった。まして、「民族の祖先の神々は、大東亜戦争の真実を今日の民、明日の国の子らに知らすべく、こゝに一人の詩人を現世におくられたのだ」に、父は羞恥を感じたのではなかったろうか。それは「日本主義」を「皇祖皇宗の神霊」を尊ぶ保田氏の理想や希望を充たすべく書かれた安直な文章のように映るのだ。

保田氏のすぐれた恩寵の歌でありながら、「一元的である」と私が書いた意味はそこにある。大評論家保田氏ですら批評の客観性を忘れることはあるのだろう。矜恃の人保田氏にとって、日本古来の美意識の喪失、戦後日本社会の変質、そして、「公職追放」がそれほど大きな鬱屈であったのだろうか。父について言えば、詩人は追放にはならなかったものの、「無視」「除外」といった扱いのうちに長い戦後を生きなければならなかった。だがそれは、詩人にふさわしい孤独、あるいは孤立の姿でもあった。反論する機会にも恵まれず、戦時については語ること少なく、寂しく生きた。

保田氏が高貴な心で美しく叙述した第一巻の時代も、「徴用」された第二巻の時代も、父生来の孤独はあったのだが、父の詩を生みだす心は変わっていない。戦争をうたう詩も本然の心がとらえた風景であって、神々の使者として戦場をうたったのではなかった。「人為の業を超える営み」をも人は時に為すのである。

『海原にありて歌へる』は半分死を体験した生身の人間がうたう戦場の悲劇である。それゆえに、いつも傍らに死を実感する兵士たちは心を動かされたのだろう。自分たちと同等の兵士が銃の代りにペンをもって戦争の悲しみをうたったから、彼らは例えば「赤道報」に発表された「戦友別盃の歌」の切り抜きを軍服の胸ポケットにしまい、戦いに赴いたのだ。

「わが国の神話では、神々は、人の世にあると同じ苦悩を、哀恋を、悲劇をすべて身ながらに味つてをられるのである」にしても、それはわが国の神話にかぎらないのではないだろうか。例えば、父が親しんできたかのギリシア神話がまさにそれである。広く世界を知りながら、ことさらに「わが国の神話」に固定しようとする保田氏の意図には、「日本主義」にとらわれた人の不自由な心を感じる。

『海原にありて歌へる』につづく詩集『日本の花』への言及は、私がすでに見て来たものと重なっている。父が「自序」に記した「戦争のさなかにも花はあった。破壊された建物や、撃墜された飛行機の残骸の傍にも、花は無心に咲いてゐた」という感覚が大木惇夫の特性である。保田氏の「その詩のしらべが、歴史の深層情緒から発し、それに即し、又それ自身でもある」との指摘には素直に諾える。

どうやら、保田氏のペンがある呪縛につつまれてしまうのは、「大東亜戦争」に対した時のようだ。激越な文章のようでいて、結論を探してはずむ躍動感が見られない。第一巻の詩論との差異は歴然としている。

『海原にありて歌へる』にふくまれる詩「雨（ウヂャン）の歌」を保田氏は「もの狂しい位に感動した」と書いている。私自身が『海原にありて歌へる』中で最も愛する詩なのだが、それだけに、「現地人の土語」の表現には違和を感じる。父の感性には見られない側面だろう。

第18章「大東亜戦争（アジア・太平洋戦争）と詩人」においてすでに書いているが、外国語の音（オン）に興味のある父は、南下して行く輸送船上でマレー（マライ）語の勉強に余念がなかった。現地で使用していた古ぼけたノートにもマレー語の記載が残っている。「花クンバン」「猫クチーン」「無花果アムコ」「雲アワン」「街路ジャラン」「市場ペカン」「森ウタン」などなど。「ン」で終わる言葉の多さに気づく。

「それは美しいだけでなく、何といふ不思議に、遠いところを思慕させる詩だらうか」には、保田氏特有のイメージが飛翔する。ところが、「それこそ我が太古の御祖たちが、そこにいましたと慕はしく思ふやうな」のところで気持が削がれる。作られた筋道を読んでいるような気がするせいだ。

「雨（ウヂャン）の歌」の世界は遥かに遠く、また広い。この詩が書かれたバンタム州の首都セランには、バタビヤ同様に土地本来の文化、風俗が残り、さらにオランダの植民地だった歳月の名残り、西欧の文化が色濃く息づいていた、と父は語っている。大和の子である父の関心は早くから西欧へも向けられていた。『海原にありて歌へる』の背後にもオランダの気配はゆらめいている。

オランダから解放されても、なお日本の支配をうけるジャワ島の憂愁の深さ。「滅びゆく国の音楽」の一行は、東洋と西欧の文化が錯綜する南国独特のけだるい憂愁をうたっている。いろいろのものをまとったこの土地への愛惜をうたっている。

この詩にうたわれる南国の「雨（ウヂャン）」の量感には圧倒される。まるで降りしきる「雨（ウヂャン）」を体感するような詩の心地よさがある。リズミカルな「ウヂャン」はこの詩に触れる者の心にたえず水滴を落とす。

セランの町に降る雨（ウヂャン）、雨（ウヂャン）、雨（ウヂャン）。この詩はいつまでも、記憶の奥にとどまるだろう。雨は降りつづき、止まない。「雨（ウヂャン）、雨（ウヂャン）、雨（ウヂャン）、／雨季（ムシム・ウヂャン）のつれなさ、／ものうさ、／明るくて、暗いこの南（スラタン）」の四行に詩集『海原にありて歌へる』の精粋がこめられている。「明るくて、暗いこの南（スラタン）」の戦場の悲しみは、『海原にありて歌へる』を象徴している。

第三巻に収められた詩集は『風の使者』『物言ふ蘆』『失意の虹』『殉愛』「未刊詩集」というふうになるが、「解題」は枚数も少なく、文章も至極平穏である。それは後期作品のもつ本質と関わっているだろう。

戦後の孤独な歩みのなかで、保田氏の熱い支持と高い評価をうけ、詩人はいくたび涙しただろうか。世の中から超然と生きてはいても、黙殺の痛みに耐えてきた父は、よく涙を見せた。悲しいにつけ、嬉しいにつけ泣く父であったから、私にとって馴染み深い父の像は涙と切り離せないのである。父が保田氏の文章すべてに得心したかどうかは別にして、日本浪曼派の重鎮による讃辞には涙にくれたのだった。しかし、父の詩業の意味づけもまた、そこで決定されたともいえる。

従って、父がうけた保田與重郎氏の共感は、大きな恩寵にはちがいないが、その恩寵の影にかすかな不幸が潜んでいたようにも思える。保田氏の純粋一徹な気質や張りつめた美意識、さらには、美を描いてさえ滲み出るあの殺気もまた「悲劇」を想像させる。

七十四歳にして初めて実現した「詩全集」に父は歓びを抑えられない様子だった。子どもたち全員に父は「詩全集」を贈っている。年譜とはいえない略歴に私たち子どもの名前すらないのを、父は気にもとめていない様子でもあった。

「詩全集」第二巻が刊行された後の十月半ば、とつぜん、父が石神井公園の私の家に現われた。清々しい表情の父は私の娘奈々を抱いて微笑みかけた。日曜日の夕方で、家には私と娘しかいなかった。父は「いつまでも子どもみたいなまりえが赤ちゃんを産むとはね」と、からかうような顔をした。「私ね、初めて母性があるのを自覚したのよ。自分でもびっくり。だから、お父様、安心してくださいね」。私が親になれるのかどうか、父は心配でならなかったのだろう。父自身が親になれないできてしまったと感じていたからかもしれない。私は子どもを得て初めて強い母性愛が自分に根ざしているのに気がついていた。どんな種類の愛情よりも。ちょうど一歳になった孫娘を父は案外上手に抱いていた。その図はなかなか祖父らしく見えた。

父に娘を預けたまま、私は焼茄子を作り、日本酒を添えて父に出した。「酒は薄めたワインのほかは禁じられているのだが、赤ちゃんのお祝いだから、飲もうね」。父は嬉しそうに盃をかたむけた。そして、「焼茄子はぼくの大好物だったね」と、酒の肴まで食べてくれた。「緑が多くて、よいところだね」。窓からの景色にも満足したように言った。

二時間ほどで父は帰って行った。娘を抱いて下まで父を見送ると、父がタクシーを待たせていたのがわかった。時に父親らしさを示されると、娘の胸は波立つのだった。タクシーが走り去るまで、私は立ちつくしていた。


第一巻は八月一日に刊行されたのだが、一か月後、白秋門下の歌人、木俣修氏が「日本の抒情のきわみ」のタイトルで、「大木惇夫詩全集」を取り上げている（「東京新聞」昭和四十四年九月四日付）。

「大木惇夫は大正十四年刊の『風・光・木の葉』によって光耀に満ちた詩人としての出発を遂げた。その詩集に北原白秋の与えた長い序文の一節に「『風・光・木の葉』こそ近来の名詩集である。君は既にこの第一集によつて、当然に、現代詩壇に於ける優越した星座の一つに位置し得るであらう」とある。その才質を時代の詩王がいかに推賞したかが知られる。その香気あふれた柔軟繊細な日本的抒情は、まさに藤村・白秋の抒情の系譜の水脈を継いで、さらに耀きを増したものであったといってよかった。当時すでに詩壇においては民衆詩派の跳梁と前衛詩運動の萌芽が見られたが、そうした中でなおかつこの詩人の詩業はあたりを払う光芒を放ったのであった。相ついで出た第二詩集『秋に見る夢』（大正十五年）は処女詩集に近代味を加え、同時に幽韻を深めたもので、この詩人の風体の本質を定めた。

昭和にはいって時代が大きく変貌し、混沌を示呈しはじめると、この詩人にもようやく懐疑的な自己否定の精神萌しはじめて詩風に一種の動揺をもたらすことになるのであるが、しかしその本質的なものまで揺るぐということはなかった。

大東亜戦争にはいると彼は文化部隊に加わって、ジャワ作戦に参じた。そしてバンタム湾の敵前上陸に際し、砲弾をうけて沈没していく船から海中に飛びこみ、死の一歩手前で救われた。『海原にありて歌へる』はその参戦詩集である。万葉集の長歌体をとった、新しい防人としての自覚に立つ美しくも悲壮な詩魂の高揚は、安価な戦争賛歌などと軌を一にして論ずることのできないものである。世はこの詩集によって、この詩人の文学的態度を否定しようとするかのごとくであるが、迷蒙もはなはだしい。純粋無雑な日本的抒情は、そして苛烈な戦争のなかに生きようとする人間的な精神というものはむしろこの一集に凝集していて、その文学質は特異な場を持っているといってよいのである。彼はこの詩集によって万葉の蒼古のしらべを近代に生かすという業を遂げたのである。さらにその後の詩作において新古今の幽玄味をその内質に摂取し、それをさきの万葉風とコンデンスして、新しい絶妙の新風体を樹てている。戦後になした諸詩編のごときは五十年に近い風雪をしのいできた老来のこの詩人の毅然とした風格をあますなく示している。」

政治において激しく揺れ動いた昭和四十四（一九六九）年にひっそりと出版されはじめた「大木惇夫詩全集」は、第一巻刊行後間もなく、木俣修氏より右のような最上の評価を得ている。この批評は第一巻のみならず、詩人の全詩業を対象になされているのが特徴である。それは木俣氏の厚意であると共に、『海原にありて歌へる』（第二巻）なしに大木惇夫の道程を語れないという事実を示しているだろう。

「藤村、白秋の抒情系譜の水脈を継いで、さらに耀きを増したものであったといってよかった」の指摘は、生まれながらの抒情詩人にとっての、この上ない栄誉であったろう。民衆詩派が詩壇に力を得、前衛詩が台頭する時代にあってさえ、「この詩人の詩業はあたりを払う光芒を放った」と言いきり、第二詩集『秋に見る夢』については、「処女詩集に近代味を加え、同時に幽韻を深めたもので、この詩人の風体の本質を定めた」と位置づけている。そのあと書評は「昭和にはいって時代が大きく変貌し、混沌を示呈しはじめると、この詩人にもようやく懐疑的な自己否定の精神萠しはじめて詩風に一種の動揺をもたらすことになるのであるが、しかしその本質的なものまで揺るぐということはなかった」と本筋において、肯定している。

これは具体的には第三詩集『危険信号』を指しているだろう。確かに『危険信号』は父の詩業にあって異色である。詩風の変化は異彩を放っている。だが、それは内面の著しい変化というべきで、「懐疑的な自己否定」からは遠いものであった。もともと懐疑とは無縁ではなかったし、それは、世界史的な時代の大波の影響をうけ、自己の内奥で起きた変化、父の内的な革命ともいえる変動であり、詩人としてのめざましい跳躍であった。『危険信号』に見られる自己革命がさらなる飛躍につながらなかったのは、父の身に起きた不幸の連鎖ゆえである。詩人は打ちのめされて逼塞する。自己のなかの革命から撤退し、沈静と虚脱のうちに潜むのだ。どうにか立ち直れそうな気配になったところで、「大東亜戦争」に引き込まれる。

大きな理解に感謝しつつも、肝要な細部へ目が届いていないのを、父はもどかしくも思ったろう。これが最良の評価であると知ってはいても。

「大東亜戦争にはいると彼は文化部隊に加わって、ジャワ作戦に参じた。そしてバンタム湾の敵前上陸に際し、砲弾をうけて沈没していく船から海中に飛びこみ、死の一歩手前で救われた」という記述は間違いではないのだが、微妙なニュアンスでの差違がある。何度も書いてきたが、父は文化部隊に自分の意思によって加わったのではなかったし、「ジャワ作戦に参じた」といっても、戦争の現場を見定め、文章にする仕事を求められたのであって、武器をもって参じた印象には違和感がある。徴用されてジャワ島に送られ、戦場の悲惨にまきこまれ、生と死の薄い境目を体験してうたったのが『海原にありて歌へる』であった。

しかし、「安価な戦争賛歌などと軌を一にして論ずることのできないものである」とする弁護は父に安らぎをもたらしたろう。

さらに、「彼はこの詩集によって万葉の蒼古のしらべを近代に生かすという業を遂げたのである」「さらにその後の詩作において新古今の幽玄味をその内質に摂取し、それをさきの万葉風とコンデンスして、新しい絶妙の新風体を樹てている」という評価に到って、「大木惇夫詩全集」発行の意味は果たされたことになるだろう。

父の戦後の孤立も虚しさもすべては詩作品に埋めこまれている。父はゆいいつの特技である詩を書く行為によって生きのび、苦しみの痕跡を残し得たのだった。戦後の仕事に佳什が少ないと言えるにしても、それは父の生の反映であった。

父がますます自己の内側へ向かって行くなかで、時代はどのように動いていただろうか。詩集『失意の虹』が出版される四年前の昭和四十（一九六五）年に遡るならば、二月、アメリカが北ベトナム爆撃を開始し、四月には「ベ平連」が市民によるデモ行進を実施する。翌四十一年六月にはザ・ビートルズが来日し、初めての日本公演が行われた。また、日本の人口が一億人を突破するのもこの頃である。中国では文化大革命が激化していた。九月にはサルトル、ボーヴォワールが来日、歓迎レセプションでは、私もサルトル氏と短い言葉を交わす経験をもった。もしかしたら、と作文をして頭に入れていった甲斐があった。昭和四十二年二月、川端康成、石川淳、安部公房、三島由紀夫の四氏が中国の文化大革命に抗議し、「学問芸術の自律性」をアピールする声明文を発表する。ヨーロッパでも「永久革命」「造反有理」の理念が駆けめぐり、異議申し立ての運動が激しく展開された。日本では「新左翼」の運動が盛んになり、闘争は過激さを増していた。昭和四十三年には、日大紛争、東大紛争が先鋭化する。昭和四十四年も激しい政治の嵐が吹き荒れた。「10・21国際反戦デー」には全国的な規模で集会、デモが行われる。中央公論社内にも外部の激風が吹きつけていた。

そのような時代の風を避け、昭和四十四年十二月に「詩全集」第三巻は刊行された。そして、いよいよ父の真の晩年が訪れようとしていた。

28　終わりに向かう日々

昭和四十五（一九七〇）年はそれでも平穏に明けた。前年に詩全集を刊行したことが父にとって大きな区切りとなったものと思われる。世に吹き荒れる嵐をよけて、父はますます静謐な時間に入って行く。小鳥を手にのせて微笑む写真が残っているが、病んでいるような疲労が窺える。体調不全の日がつづいた。

「大法輪」（一月号）には「親鸞のことば」を書いている。法然の七百五十回忌に合わせ『六時礼讃』を和訳してより、いっそう仏教界との結びつきは深まっていた。宗祖法然は偉大であるが、法然の浄土宗より発している浄土真宗の親鸞に父はもっと近しい気持を持っていた。父の家の宗旨も浄土真宗であった。親鸞の他力本願は心の奥底で救済を求めている父には広やかな優しい思想であったろう。

「他力念仏詩抄」（「大木惇夫詩全集」３の「未刊詩集」第三部「仏教讃歌」のなかに収録されている）のような詩も書かれた。

　現し世の　この現し身は
いと小さく　いともろきもの、
荒磯の浪に揉まるる
砂つぶの一つに如かじ。
されぱこそ　かの無量寿を
慕ひつつ生きて往くなれ。
　一すぢにみ教に依り
み仏のみ名をとなへん。

現し世の　この現し身は
弱きもの　力なきもの、
落つる日を　茜の雲を
留むるにも留むるよしなし。
さればこそ　無量光をば
夢見つつ生きて往くなれ。
　一すぢにみ教に聴き
み仏のみ名をとなへん。
（後略）
　　　　――親鸞聖人に思ひをこめて

その父は、一月十五日、悲報に接する。富沢有為男氏の死であった。徴用された文化部隊報道班員のひとりであった富沢氏とは戦地ではほとんど行動を共にし、親密な間柄になっていた。昭和十一年、「普賢」の石川淳と同時に「地中海」により第四回芥川賞を受賞している富沢氏は、小説の世界で飛翔する才に恵まれながら、父と同様に戦後の不遇によって作家人生を狂わされたといえる。小説の才能ばかりか絵画においても異才を発揮した富沢氏は、高潔、高尚な精神の持主で、その容貌容姿は男から見ても惚れぼれしたそうだ。戦後の往来は少なくなっていたけれど、父が最も信頼する友人であった。父より七歳年下の富沢氏は明治三十五年生まれの六十八歳だった。五月、父は川内康範氏が編集する雑誌「ぶらい」（第33号）の「富沢有為男・追悼号」に次の文章を書いている。

「富沢氏の死去を新聞紙上で知った時、私の胸は悲しみ以上のものに襲はれた。しかも私自身が病気のため、お通夜にもお葬式にも参られなかっただけに、追悼の心は日が経つにつれて一入に深い。——何彼につけ、富沢氏は私のそばに来て、あの深い眼で微笑みかけたり、あの荘重な声で忠告したり、慰めてくれたりする。彼は私にとって真の友であるのみならず恩人でもあったが、このさきもさうであることを信じる。

　そもそも彼との出遭ひは、昭和十六年勃発の大東亜戦争が縁であった。われわれは徴用されて文化部隊に入れられ、ジャワ作戦に参加することになったからである。そして当初から彼は浅野晃氏と共に、年長弱小の私をいたはってよく面倒をみてくれた。ジャワ、バンタム湾敵前上陸の際は、敵の魚雷に乗船佐倉丸を撃沈されたが、その直前、みんなは海の激流に飛びこみ、漂流の後に救助された仲である。また、バタビヤ陥落後は、富沢氏が同市の豪邸を接収してくれて、戦地ながらも一応快適に三人（ママ）（浅野晃をふくむ）で暮らした、といふ仲である。また、戦線から帰還後私の感激に堪へなかったのは、富沢氏が『文藝日本』に「人間發掘——大木惇夫」といふ文章を数回に渉って連載したことである。私が真の友としての彼を恩人でもあるとしたのは、凡そ右のやうな次第に依るのだが、書けば他にも多々ある。

　ひるがへって、富沢氏のすばらしい人格、思想、日常生活をしみじみ思ひ出すにつけ、御恩返しをしたいと思ひながら、つひに果たし得なかったことは痛惜に堪へない。（後略）」（「不死の富沢有為男氏」）

　体調が思わしくない上に、父は「大法輪」に連載予定の『釈尊詩伝』の準備に追われていた。『キリスト詩伝』をすでに書き上げていた父は、次に釈尊についての詩伝を書くことを望んでいた。父のなかに渦巻きはじめた言葉によって釈尊の生涯を表現しようと考えていた。釈尊の生きた道への畏敬が父に力を与えたのだったろう。この年に入ると、父は私に会いに来たり、外で会いたい、という連絡をしてくることもなくなっていた。「詩全集」刊行を境に父は自らの老いを実感していたのではなかったろうか。だが、元気な日には電話があるかもしれないと、私は楽観していた。石神井公園に私が移って以来、父はつねに私が電話口に出るものと思ったのか、電話をかけてくる日があった。もう電報を打つ必要はなくなっていた。電話がないのは父の生活の変化を伝えるものでもあったろう。

仕事に追われていた私は、六月のある時、疲れたので少し休もうと、編集室用の「週刊朝日」（六月二十六日号）を開き、何気なくページを繰っていた。すると、あるところでぴたりと手が止まった。韓国の反体制詩人金芝河の諷刺詩「五賊」が紹介されていたのだ。

初めて読む金芝河の詩が持つ言葉の強さに驚きを感じた。言葉の跳躍力といえばよいだろうか。それぞれが跳びはね、作用しあっている。驚異的なおかしさが弾けていた。

それまでに知っていた韓国の詩の多くは、負の歴史の悲しみをうたう美しい抒情詩だった。ところが、「五賊」は朝鮮の伝統のひとつでもある諷刺文学の流れをくむ長篇譚詩であり、その怒りと皮肉と哄笑の矢が不正腐敗にまみれた支配層に放たれる。詩人は「五賊」一篇によって政財界を震撼させたのだった。「五賊」を載せた雑誌「思想界」（五月号）は即座に発禁（発売禁止）処分となり、金芝河は「反共法」違反で逮捕連行されたという。未知の詩人の詩篇に心を奪われた私は、金芝河作品を出版できないか、と思いはじめた。金芝河がソウル大学在学中の一九六〇年、「4・19学生革命」において指導的な働きをしたことも、私には重要だった。たまたま原稿待ちの時間にテレビで「4・19」の学生デモの光景を見た日の記憶も薄れてはいなかった。詩人としての資質が耀いているといわれる第一詩集『黄土』も発禁処分になったと知った。韓国が詩人金芝河の作品を次々に発禁処分するならば、私の手で編集出版しなければ、詩人の才能は圧殺されてしまうだろう。猶予はなかった。

私は人を介して金芝河氏と接触をはかり、詩人とは手紙による交流が生まれた。翻訳はすぐれた訳者渋谷仙太郎氏の手ですすめられ、本は一年半後の刊行となるのである。

昭和37年夏、枚方市の香里団地の一室を借り、『キリスト詩伝』に没頭していた頃の大木惇夫。

七月、父は歌人山川京子氏が主宰する「桃の会」機関紙「桃」（七月号）の巻頭に「詩も歌も句も」と題して短い詩文を書いている。

「一河の流れあるかぎり
一樹の蔭のなからでや

春雨は　話の端に　降りかかる。

杉並木いともゆかしき吉野路に
むらがる雲を思はざらめや

——私は日本詩が長い伝統につながることを思ってゐます。その意味で、短歌も俳句も、また私どもの書いてゐる詩も表現形式が異ふばかりで、結局同じだと言ひたいのです。それで、こんな遊びをしてみました。どなたかのお叱りを受けても甘んじます。」

ちなみに、山川京子氏は、折口信夫の愛弟子である国文学者、山川弘至氏の妻であり、弘至氏を通して保田與重郎とも昵懇の間柄であった。さらに、京子氏は松本清張の従妹でもある。つまり、清張の父峯太郎氏の次弟嘉三郎氏が京子氏の父、という間柄なのである。

さて、父の念願であった『釈尊詩伝』は「大法輪」（八月号）より新連載のスタートをきった。年初から臥りがちであった父だが、毎月原稿を発表できる弾みで新たな力を得たかのように執筆に打ち込むのである。長くなるけれど、父の最後の大きな仕事だから、第一回目冒頭の「生誕」を引用しよう。

北インド果つるあたりに都あり、
雪を被(かず)けるヒマラヤの山を背にして
聖なるよ、厳(おご)そかなるよ、カピラ城、
浄飯王(スッドーダナ)はこの城の輝ける王
優しくて、心は寛(ひろ)く、虔(つつま)しく
また正しくて、勇ましき人なりければ
双(ふた)つなき明君(めいくん)なりと仰がれぬ。
妃(きさき)のマヤは美しさ言ふばかりなく
その髪や烏羽玉(うばたま)の夜(よ)の黒き色、
さるに額(ひたい)の清けさは黎明(あかつき)の雪、
円(つぶ)ら眼(め)は蓮葉(はちすは)のごと青くして
やさしき眉は未だ尚(なお)ひそむるなくて
物言へば、春告げ鳥の歌に似る、
しかも操(みさお)の清くして、徳高ければ
マヤこそは女(おみな)の鑑(かがみ)と慕はれぬ。
時の流れも弥更(いやさら)に雲もはるけき
二千六百有余年　前のことなり。

妃(きさき)マヤ　尊き王ともろともに
カピラ城にて　恙(つつが)なく暮らしたりしが、
かねてより　二人(ふたり)の仲に　子宝(こだから)を
めぐまれざるが　何よりの憾(うら)みなりしよ。
或る夜(よ)なり、花の寝床(ねどこ)にやすらけく
眠れるマヤは、不思議なる夢を見にけり、——
こは如何(いか)に、六(む)つの牙(きば)ある白象(びゃくぞう)の
神々(こうごう)しくも天降(あまくだ)り、胎(はら)に入るよと
驚(おどろ)きて、醒(さ)めにし時は孕(みごも)りぬ、
更にも言はん、白象の胎に入る時

幾千の神は忽ち現れて
不滅の歌を唱へつつマヤを讃めたり、
さればマヤ　胸は躍りき、よろこびき、
かつて覚えぬこの幸を
起き出でて、心もそぞろ湯浴みして
総身に香を焚きしめて、やをら纏ふは
色彩に　しなめき垂るる薄衣、
また双腕に飾りしは数の宝石
黄金なる　踝飾り足につけ、
いと晴れやかに侍女たちを　後に従へ
宮殿の門を過ぎ行き、園を行き
林に入りて、木蔭なる亭に来て
現なく　笑ひさざめき　興じたり。

かくて月日は過ぎ去りぬ、安らに過ぎて
産み月の近きを知りしマヤなりき、
さて古の慣ひとて世の妊婦は
臨月の来たりしからは里帰り、
マヤの里コーリの城はダイバダハ
カピラの東なりけるが、行く途すがら
ルンビニの花園はあり、さらでだに
時しも五月、春闌けて美しからん。
或る日なり、そぞろそぞろに、それとなく
妃は王に訴へぬ、心のたけを。——

「あはれ、主よ、われは行かまし、
幸多きかの花園へ、
樹の枝に小鳥は歌ひ
もろもろの花さく園を
さまよはん、心ゆくまで。」
そを聞きて、王は驚き答へたり、
「——されど汝は疲れんに、
身をいとはぬか、ああ、妃。」
「否、われはとてもかくても
かの園に行かずば措かじ、
胎にある浄けき者は
花蕾むただ中にこそ
清けくも産まんと思へ。」
つひに王　マヤの願ひを拒み兼ね
疾く僕らを呼び寄せて言ひ渡したり。
「なんぢらは花園に行け、
行きてかの花園の辺を
白銀と黄金に飾り
物なべて麗しくせよ、
妃の過ぐる路なれば。」
しかる後、王は妃にまた言ひぬ。
「おお、マヤよ、なんぢも今日は
いとあでやかに着飾りて
豪奢なる駕に乗り行け、

美しき侍女どもをして
ゆるやかにそを担がしめ、
稀にある香くゆらしめ、
さても、また凡ての侍女に
珍なる真珠の腕環
惜しみなく纏はしめよや、
更にまた太鼓・笛など
奏でしめ、唱へしめよや、
神々のよろこびたまふ
　楽しき歌を。――」
妃マヤ　王居の門に到りしに
衛兵たちは喜びの叫びを挙げぬ、
鐘は鳴り、孔雀は翼うちひろげ
白鳥の歌めぐりなる気を震はしぬ。

ルンビニの園は今しも花盛り、
駕より降りて妃マヤさまよひ行けば
うれしさは胸に満ちたり、しかも見ぬ、
いと珍しき一本の樹の立ちたるを。
花重ね、枝もたわわにしなだるる
これぞ無憂華、花白く清らけくして
その香りしみらに流れ漂へり。
マヤはいそいそ近づきてこれを愛でつつ
一枝を手折らんとして右手を伸べ
引き寄せたるに、不思議なる事ぞ起れる。――
たちまちに　脇の下より御子生れぬ、
しかも母者はやすらかに立ちて笑まひぬ。
この時し梵天・帝釈現れて
うやうやしくも嬰児を捧げ持ちます、
されば八大竜王も　産湯に代へて
甘露の雨をそそぎます、この嬰児に。
虚空より　蓮華はしげく降りしきり
楽の音色は奇しくも自然に鳴りて
反響して　天も動きぬ、地も揺れぬ、
生きとし生ける者皆は、あはれ、その時
現し世に喜びを得て顫へたり。
清く静けき御光は空に現れ
病める者　その悩みより免かれぬ、
飢ゑたる者は　食すを得て満ちも足らひぬ、
酒ゆゑに酔ひ痴れし者はや醒めぬ、
気の狂ひたる者とても正気づきたり、
弱き者　強き力を贏ち得たり、
貧しき者も富を得て　ひた喜びぬ、
牢獄は　みなその門をひらきたり、
悪人づれも一切を潔められたり。
しかも見よ、奇瑞はこれにとどまらず
産まれ落ちたるばかりなるこの嬰児は
四方に向け進み行くこと七歩にて

天を、また地を指さして叫びたり、——
「天の上　天の下にて
唯だ我ぞ独り尊し。」
ああ、これぞ、げに釈尊の産声ぞ。

仏陀・釈尊の生涯を描く長篇詩は、このようになめらかな美しい言葉、妙なる旋律、醇乎とした品格を湛えてうたわれる。ヒマラヤの山を背にしたカピラ城の威容やスッドーダナ王、マヤ王妃の姿を想像しながら釈迦如来のライフ・ヒストリー序章に魅入られていく。

読みやすく、物語のように楽しく、いつしか長詩の律動に心身を委ねているのに気づかされる。詩の言葉はとめどなく湧出するのだろう。釈尊の生涯をうたう歓びが父に異様な集中力を与えているのだと思う。

連載開始以来およそ七年九か月にわたって『釈尊詩伝』はつづいている。それは父の歿後十か月もの間、最終回「最後の御教（続）」にいたるまで連載されたことになる。

『釈尊詩伝』の第一回が発表されたちょうどそのような時期、八月十二日、大正・昭和を代表する歌びと西條八十が亡くなった。七十八歳であった。ふたばこさんに呼ばれ、私は西條邸へ駆けつけた。

前年の六月に喉頭ガンの後遺症なのか声帯に麻痺が生じ、西條さんの声はほとんど失われてしまう。電話でお話する機会もなくなってしまった。それからは手紙による交流になっていた。外出も来客もない西條さんの生活は孤独の影に被われていたという。ある手紙には「声が出るようになったら、バリバリ話しませう」と書いてあり、胸が締めつけられた。

応接室に安置された西條さんのそばに私を引っぱって行ったふたばこさんは、私にそっと耳打ちしたのだ。「パパの唇にキスしてあげて。喜ぶと思うわ」。私は驚き、うろたえたが、西條さんの冷たく硬直した手を撫でるしかなかった。父親を愛しきっているふたばこさんだから、父の死の現実にいくらか正気を失っていたのだと思う。父親を愛するあまりに思いがけない言葉を囁いたふたばこさんを私は不快に思わなかった。むしろ、ふたばこさんの常人とは異なるこの世ばなれしたところを私は好んでいた。

何かと関わりの深かった先輩詩人の死を、父は複雑な感情で受けとめていたはずだ。それと同時に、父にとっても死はすぐ近くに感じられるようになっていたのではないだろうか。富沢有為男の死、西條八十の死。死はいよいよ現実的なものになりつつあった。宗教を考えることが自分の心を大きく占めるのを自覚しつつ『釈尊詩伝』に向かう毎日だったろう。

八月二十九日付「毎日新聞」（夕刊）のコラムに、父は心中の思いをこう記すのである。

「ペンは執ったものの、宗教の道について、また現代の人間の生き方について、まっとうな答のできない自分を悲しく思う。

七十五年も生きて人なみの体験も積んだ。若いころには将来への大きな希望をかけたものだった。それが今はこの時代に絶望しがちの私なのだ。新聞やテレビその他の情報を見たり聞いたりしても、ろくなことがない。公害の問題もさることながら、私の郷里広島市や、長崎市が原爆を投下され、続いて日本の敗戦となった二十五年前の惨状の記憶はさらでも胸を傷めるのに、今やどこかの大国の核兵器が完備して、ボタン一押しで世界は滅亡するやの報道に至っては。

それかあらぬか、私はよく世界滅亡の夢を見るのだ。平和を願いながらも、地上楽園の夢が見られない。月の世界まで行って、月の上を踏んづけた人たちのことは、現にテレビでこの眼で見た。月への宇宙飛行がいいとか、わるいとか言うのではない。総じて科学の進歩は驚異に価するが、現代世界の諸象を見ると、むしろそれは文明の思想的退化ではないかと、逆に考えられるようなふしが多い。

しかし、私には何も言う資格がない。徴用令をうけて戦争に行き、戦地で心をこめて詩を書いた。そのために戦後さんざんな目に遭っている私だ。愚かで、無頼で、欠点だらけで、過ちの多い私は、だからこそ黙って自分の信ずる宗教にはいって行くほかに生きる道がないのだ。昔、西行の歩いて行った道を尊敬した芭蕉が、そのあとを慕って歩いて行った。私はいたらぬながらも、素直にその後に続きたいと思う。古いと言われようが何と言われようが、そういう道をたどりながら、自分の信ずる宗教に帰依するほかはないのだ。人の生きる道については何とも言えないが、私自身の生きる道はそれしかない。

私には少しもおもしろいことが言えない。しかし、おもしろいことが言えないからこそ、宗教に受けとめられるのだと思う。そこに救いを求めている。（後略）」（「私の生き行く道」）

宗教というだけで、どんな宗教であるのかは書いていないが、『釈尊詩伝』執筆に打ち込んでいる毎日だから、仏教が重要な場所を占めるのはごく自然だろう。父は『キリスト詩伝』を書いている時期にはあまりにも原稿に熱中して体調を狂わせた。若い日クリスチャンでもあった父は、そこを離れた後も神の存在をたえず心に描き、祈りを欠かさないできたのではなかったろうか。キリストを尊崇し、釈迦を熱愛する父は、宗教的なものへ惹きつけられる性向を多分に持っていた。欲望に悩まされる凡夫として神に畏怖と憧れを抱いたのだと思う。最晩年に『釈尊詩伝』に向き合うことができ、静穏な気分を保てたのではなかったろうか。

十一月二十五日、私たち日本人ばかりか世界の人びとに衝撃を与えたのが三島由紀夫の死だった。三島は市ヶ谷の自衛隊総監部内で割腹自殺を遂げた。私はちょうど三年前の秋、南馬込の邸宅で原稿を手渡された時の作家の翳りのない表情を思い浮かべた。あれは、すでに最期を設定していただろう作家の晩年の時間であった。

父にとっては静かな新年、昭和四十六（一九七一）年がはじまった。

一月十五日発行の詩誌「沙羅」（55号）に父は「羇旅詩抄」として詩九篇を載せている。「沙羅」は藪田義雄氏が編集する同人誌で、この号をもって創刊十周年になるそうだ。父の詩はいずれも昭和三十四～三十六年の作と明記している。

秋は行き、冬も行き
すでにして春過ぎぬ、
ああ、されど憂愁は
いまだなほ去りやらず、
昨日（きのふ）われ何思ひ
今日（けふ）もまた何思ふ。
流光は待たざるに、
茫として　端座して
山を見て水を聴き
暦をも忘れはて……
（「忘暦──観音山荘にて」）

冒頭の詩「忘暦」は、詩集『失意の虹』第二部「羇旅詩抄」の一篇で、当然、「大木惇夫詩全集」3にも収録されている。名詩であるから、第26章「詩集『失意の虹』への道のり」において引用済みである（三八二頁）。しかし、「詩全集」刊行後も自作の詩にかかわりつづけ一年半も経たぬうちに、いくつか目につく訂正が行われている。それは何のためだったろうか。

それでは、「沙羅」の二番目に置かれた詩以下いくつかを紹介して行こう。

若葉の中に　日をうけて
何を思ふぞ、閑古鳥。

ただ松風と　橘花（たちばな）と
渓（たに）を流るる水の音。

山は香りとひびきのみ
無為のうつろを満たしたり。
（「閑古鳥──観音山荘にて」）

心鬱（ふさ）ぎて、酒に行き
酔ひて心はまた鬱（ふさ）ぐ、

更（ふ）けし夜空に星を観て
悔いに己れを鞭うてば、

不吉の鳥よ、梟（ふくろう）は

「死ね、死ね、虚仮(こけ)」と鳴きゐたり。
（「泥酒の夜」）

沈痛の思ひを消すに
また酌(く)みし酒なりけれど、
相州の海が見ゆるぞ、
はや近し、恋ほし東京。
根府川(ねぶかは)ゆ小田原かけて
白波の線ぞ眼に沁む
（「相模灘」）

『失意の虹』「詩全集」第三巻に収められたのは「忘暦」のみ、という形で他の八篇（「閑古鳥」「泥酒の夜」「奈良の客」「菜の花」「琵琶湖遠望」「浜名湖」「相模灘」「酒匂川旅愁」）は「沙羅」に発表されたわけだ。昭和三十四年から三十六年の作であるから、「詩全集」３に収録可能であったはずである。「詩全集」３に入っているすべての詩が名作、佳作とはいえないし、実際に選択の意味が量り難い詩もなくはない。それならば、「閑古鳥」「泥酒の夜」「相模灘」などを収めたほうがよかったのではないだろうか。

しかし、「忘暦」をのぞく八作は「詩全集」３には入らなかった。下書き原稿やノートの類も見つかっていない。もしかしたら、「詩全集」３のおよそ一年半後に創刊十周年を迎える「沙羅」のために、何篇か未収録の詩を残しておいて欲しいと、藪田氏に説得された可能性もある。事情は判らないが、もう少し考えて選択すべきと思える数篇を思うと、疑問が消えない。

四月に入って父がまた体調を崩しているのを知人の話で知り、ある日の夕方、私は姉といっしょに千鳥町の父の家を訪れた。私たちが勝手に父を訪ねたのはこれが初めてだった。いきなりのことで「カギ」は驚いたふうであったが、細い庭の先にある四畳半に招じ入れた。父の書斎兼応接室である。着物の上に丹前を重ねて、父がそろそろと寝室から現われた。七十六歳を迎えた父は、痩せてげっそりし、頼りなく見えた。「カギ」は早速、電話で珈琲を注文し、近くの店から珈琲が届けられた。珈琲まで配達させる人を私は他に知らなかった。「カギ」が部屋にいなくても、父は始終気にしているようで落ち着かなかった。しばらく父の身体の具合などを聞いているうちに、意外にも父が「外に出よう。静かな喫茶店があるのだ」と言い出した。「大丈夫なの?」という私に、「少しは歩かないといけないのだよ」と答え、大儀そうに立ち上がった。五、六十メートルほどの距離の喫茶室は、さっき珈琲を出前してくれた店らしかった。珈琲の出前をしてくれるほど懇意にしている店なのだろう。

部屋着の上に羽織をまとった父は、低く咳込んでばかりいて、相当つらそうなのだ。それなのに父は、「おばちゃんがいろいろしてくれるから、心配しないでよいのだよ」と、いうのである。「おばちゃん」はその頃父が「カギ」を指していう呼び名になっていた。「あの人はね、『カギ』というのよ」と、私は父に教えてやりたかった。

「どこがいちばん悪いの？」と私が父の病状をたずねると、父は「肝臓だね。さんざん無茶をしてきたからね」といって、苦笑していた。「ただね、仕事はしているからね。『釈尊詩伝』はどんどん先まで書いている」

少し話すと力ない咳が出た。姉が「私たちからのお見舞いです」といって、封筒に入れたお金を父に渡した。二、三万円だったと思う。父は恥かしそうに「ありがとう」と言いながら懐にしまった。

せっかくの親子水いらずの時間なのに、父は始終咳込んでいて辛そうにしている。大切な話をする雰囲気ではなかった。父の平穏を私たちが壊すようにも感じられた。

家まで父を送って行くと、「カギ」が出てきて、私たちを咎めるように「先生がお疲れになりますよ」と言ったのだ。父は困惑した表情をうかべて、「ありがとう」と、手を振ってくれた。

私たちは池上線で五反田に向かいながら、「かえってお父様に気を遣わせちゃうみたい。もう来るのはやめたほうがいいようね」と話し合った。二人とも疲れて気が重く、新宿で別れるまで黙り込んでいた。

父の病状を気遣いつつ、仕事や家庭の雑事に追われ二か月が経った六月、姉のもとに「カギ」から電話があった。「先生の具合が思わしくなく、治療に金がかかるので、二十万円拝借させてください。おうちのどなたにも仰らないでくださいましね。きっとお返ししますから」と、まくし立てたという。日立の兄にも別口の頼みをしていたのだろう。仕方なく、姉と私は父の家にお金を持って行った。私はやっと十万円作ったが、姉は二十万円用意してきた。姉はいつの場合にも要求される金額以上のものを持って行った。

父は玄関を入って二部屋目の六畳に寝ていた。弱々しい笑みを私たちに向けた。「やあ」といって起き上がろうとするが、上体を起こしかけて、崩折れてしまう。「お父様、どんな状態なのですか？」。私たちはそれぞれに同じことを訊ねるが、父は頷くだけだった。しばらく沈黙したあと、父は「肝臓がはれてしまったようだ」と、呟いた。だるくて、辛いのだそうだ。「足がふらふらで歩けなくてね」。病気は脚にまできていたのだ。

執筆はやめないけれど、父はもうひとりで外出していたかつての父ではないのだろう。石神井公園にひょっこり現われた二年前には、父はまだ健康を保っていた。あれは父にとって自由に外出できる最後の日々だった。

父は往診してくださる鈴木医師を信頼し、すべてを委ねていた。それは私たちの慰めにもなったが、父が動けなくなったということは、もう「カギ」を介在してしか父に会えないのだった。不快な気分をどうすることも出来なかった。

行き場のない私の気持を蘇生させたのは、編集が進行していた金芝河の『長い暗闇の彼方に』であった。なかでも彼の第一詩集『黄土』に流れる抒情の清冽さは弛緩した心に生気を注いでくれる。『長い暗闇の彼方に』は初期作品のすべてを収録する編集になっていた。

母は週のほとんどを孫の養育のために過ごしていた。南田中に引越し、俳句をするようになっていたのだが、老後のささやかな趣味も孫の世話のために奪われがちだった。気のよい母も疲れるとよく溜息をつき、機嫌のわるい日もあった。私があまりに仕事に追われ、というより仕事を追い求めて、子育てを母に頼りすぎていたのだ。

ところが、週末のある夕方、私が約束の時間より遅れて帰宅すると、娘を寝かしつけた母が帰り仕度をしながら私に言ったのだ。「午前中、お掃除をしていてね、あなたの机の上にひろげてあった校正刷を読んでしまったの。読み出したらもう止まらなくなってね。奈々ちゃんを傍で遊ばせておいて、ぜんぶ読んじゃった。感動して涙が出てしまって。あなたが夢中になって本にしようとしていたわけがよく分かった。あんな作品のためなら、いくら忙しくてもお母さんは大丈夫よ。奈々は私がしっかり見るから。あなたは満足のいくように仕事をすればいいのよ」。母は金芝河作品のゲラを読んだのだ。私はたまたま家に持ち帰っていたゲラを読み通した母の感受性をさすがだと思った。母は私の少女時代にも、本さえ読んでいれば決して家事を手伝わせなかった。そういえば、二人で映画を観に行くたびに感じたのは、外国映画の字幕のちょっとしたせりふに館内のだれより早く反応するのは私の母だった。母が笑ったあと、館内に笑い声が広がった。

私は母に金芝河が韓国の独裁政権のもとで危険な状況に置かれていること、出版されたとたんにすべての作品が発禁になること、だから日本で出版し、彼の作品を広く世界に知らせたいと思っていることなどを詳しく話した。そうしながら、母に仕事の内容について話したのは久我山時代以来、久々なのに気づいた。

母の自由時間は週一日だけなのに、その日曜日は句会に出席しているようだった。俳句結社「河」の城西支部である。妹が度たび母を迎えに行っていたらしい。そのうち、「迎えに来て待っているのなら、あなたも俳句をおやりなさい」と、「河」の主宰者角川源義氏に誘われるようになり、妹は「河」に入会するのである。それを機に妹は絵を描く仕事ではなく、俳人（大木あまり）になるのだから、人生には意外性が待ちうけている。私の娘が生まれた日、母はその喜びを句にしている。「孫の名は奈々とつけられ柿日和」

その年の十一月、またまた「カギ」から呼び出しがかかった。その時は私の家にも電話があった。「先生の治療費をお願いいたしますね。十万円を持っていらしてください」と、高飛車に言った。「お金を工面できません」とか「無理な話です」などと言葉を返す猶予もない一方的な通告である。その時点で父は「人質」と考えるほうがよさそうだった。父は完全に「カギ」の掌握下におかれたのだ。姉にも無論電話があり、金額以外に横浜の警察病院と指定してきたという。姉が警察病院の場所や道順を訊ねても「カギ」はまったく分からない様子だったし、降車する駅名すら知らなかったという。「カギ」はいつでもハイヤーを常用していたからなのだろう。

会社の帰り、姉と待ち合わせて、横浜の警察病院へ行った。受付で面会を申し込むと、「カギ」が迎えにきて、「先生は大分お悪いですよ」と告げた。感情のない、人事みたいな言い方なのだ。ベッドの傍らで代る代る父の手を執り、顔をのぞいて、「お父様」「お父様」と声をかけた。父は「すまないねえ」と力なく言い、「具合が悪いのに根をつめてしまった」とつづけた。

「カギ」が病室にいるので私たちは話も出来ずにいたのだが、看護婦に呼ばれて「カギ」が廊下に消えて行ったチャンスに、私は「お父様、何か私たちに話すことはありませんか?」と訊いてみた。姉も「大事なことがあったら、ちゃんと言ってください」と父を促すのだが、父は目を閉じて何も答えなかった。せめてもの思いで、私たちはお金を父の枕の下に入れた。姉が父に言った。「お父様、言われたとおり、お金を持ってきましたよ」。父は悲しそうな目で二人を見つめた。父を見舞った帰り道はいつでも足取り重く、気持は沈みきった。

十二月、金芝河の『長い暗闇の彼方に』が刊行された。出来たての本と印税を私は人に託して詩人にとどけた。金芝河氏からはある新聞社の特派員を通して、社への受領書、手紙、それにペンで描いた自画像が送られてきた。

『長い暗闇の彼方に』の他にこの一、二年の間に私が手がけた本は数々あった。清水邦夫『狂人なおもて往生をとぐ』、野坂昭如『エロスの妖精たち』『骨餓身峠死人葛』『日本土人の思想』『卑怯者の思想』『風狂の思想』、唐十郎『煉夢術』『吸血姫』などである。

昭和四十七(一九七二)年に入っても、父の病状は似たり寄ったりの様子だった。肝臓の病気なので痛みがひどい訳ではなかったが、全身のだるさ、気分のわるさが父を苦しめていた。ペンを握って『釈尊詩伝』を書いては横になり、また書いては床につく、というくり返しだったようだ。私も姉も「人質」と化した父のために、いつ呼び出されても困らないお金の用意をするしかなかった。横浜の警察病院で「何か私たちに話すことはありませんか」と、父に訊いたのは、私たちへの頼み事や母への言葉を期待したのであるが、父は悲しげに沈黙で応えるだけなのだ。父について母に説明するのもためらわれ、ただ、「大酒を飲みすぎたので、肝臓をいためているそうよ」とだけ話した。母は頷くだけで、それ以上知りたい、というふうではなかった。諦めもあったろうし、毎日の労働で疲れ果てていたのだろう。父の病状は相当わるく、外出も無理になっているのを伝えたほうがよかったのかも知れないが、自分の力ではどうにもならないと母に悟らせるだけのような気がした。

三月のある日、中央公論社の受付に見知らぬ来客があった。初めて会うその人は金大中（キムデジュン）と名乗った。金大中氏がなぜ？　私はあらためて来客の顔を凝視した。前年四月の韓国大統領選で現職の朴正熙（パクチョンヒ）を追い上げ、九十六万票差に迫ったあの金大中氏なのだ。金大中氏は金芝河氏から手紙を託され、来社されたという。

午前零時以降の夜間外出禁止令のもと、金芝河氏は危険を犯して金大中氏に逢いに来たそうだ。

「金芝河氏は地下で生き延びられるでしょうか」。心配のあまりそう呟いた私を見据え、金大中氏が言った。「韓国の人びとは詩人を飢えさせはしません。夜の闇にまぎれて、どこかの庭に米袋が投げ込まれますよ」

とっさの問いに返ってきた言葉だった。独裁政権を敵にまわした政治家のセンシティヴな言葉、深い心を私は静かに受けとめた。すぐれた政治家はすぐれた知識人でもあった。

金大中氏とはその日以来、親しい交流がつづいた。その流れで、社の同僚岡田雄次氏に紹介し、彼の手で雑誌「中央公論」に政治論文「祖国韓国の悲痛な現実―独裁政治のドミノ的波及―」が掲載されることになる（一九七三年一月号）。

四月、金芝河は長篇諷刺詩『蜚語』をカトリック系総合雑誌「創造」（四月号）に発表、再び逮捕される事態となった。詩人金芝河の名前を世界に広める出版活動だけでは不十分なのだ。彼を助けるための運動が必要であると私は痛感した。そこで日本の文学者十数名に『長い暗闇の彼方に』を送り、危機にある韓国の詩人を助けるために協力して欲しいと呼びかけた。その結果、呼びかけに応じたのは小田実氏ひとりだった。小田さんと草案を作り、六月、「金芝河救援委員会」を発足させた。初めはほんの数名での出発であった。

その頃、七十七歳になっていた父はミニコミ誌「談話室」（六月号）に「病中吟」と題する俳句風の詩を寄稿している。

躑躅花（さつきばな）　岩かどに見て　嘯（うそぶ）けり
嘯（うそぶ）けど　土筆（つくし）のわれを　虚仮（こけ）と知る
月の夜を　石につまづく　哀れさよ
陽（ひ）を跳（は）ねし　青桐　雨に　うなだるる
かずのこを　数々かみて　空しさよ
月見草　朝まで花の　残るとは

――昨今の環境わづらはしく、つとめて心境淡々と、俳句めきたるものを連ねて敢へて詩となす。笑止ならんか。

老いの身への省察は滑稽さをまとって悲しみをやりすごそうとしているかのようだ。「病中吟」のメモは残されていないけれど、その筆蹟は揺れ、「石につまづく」頼りなさを見せていただろう。

父は病中にあった七月にも懸案だった『キリスト詩伝』の原稿手入れに精魂をこめ、体調を崩し、十一月末よりまた横浜の警察病院に入院してしまう。父はこの病院に都合三、四回入退院をくり返している。その辺のいきさつを父は「文芸家協会ニュース」（昭和四十七年十二月）に「近況報告（身辺雑記）」のタイトルで書いている。

「私は昨年六月中旬から肝臓肥大症にかかり、一年半も治療中であった。大好きな酒を断たれ、集会などで外出することも医師に厳禁されて、親しい人に義理を欠かすことが多い。それが今度は更に黄疸を併発したので、この十一月二十一日から横浜のさる病院に入院し、二（ママ）週間目にかかってゐる。

子供みたいな私は二十五、六歳の時と三十五、六歳の時に、子供しか罹らないやうな病気ジフテリヤを二度もやったが、入院するやうなことはなくて済んだ。それが何と七十七歳の今になって入院せねばならなかったとは、よくよく業（カルマ）の尽きぬ私なのか。私は入院生活を嫌がった、恐れたが、どうでもなれと観念した。徹夜で原稿を書くこと五十年間も変りない私など夜なかの三時頃に夕食をかきこみ、また書き続けて、朝から眠るやうな習慣のついてゐる奴が、病院では食事も朝の八時、昼飯が十二時、夕食が五時、看護婦が白い蝶のやうに廊下を飛び廻って、食膳を手早く運んで来る、すると間もなく他の看護婦が、食前の薬、食後の薬を置いて行く。寡黙で機械的な動作は目まぐるしいほどで、ただ呆れかへるばかり、私自身の日常生活とあまりの違ひに面喰った。

それに、採血、採血、血液検査、レントゲンで胃と胆嚢の検査、点滴注射等々と何れも経験したことのない妙なことばかり強行されて、初めはおっかなびっくりで、へとへとになったが、さすがに誠意ある人、肝臓専門の主治医の診断は効果覿面、一週間目から私は元気を回復して食慾も出て来るし、顔や肌の黄色みも大分とれて来て、今や入院生活が楽しいものとなった。近くの横浜港から聞えて来る汽笛のひびき。鷗が朝も夜もわが家に飼ってゐる九官鳥九ちゃんそっくりの可愛い声で鳴きながら窓辺に近く飛んで来る。鷗があれほど大きいものとは知らなかった。私は外遊してホテル暮らしをしてゐるやうな錯覚にとらはれ、詩的幻想にひたったりした。」

（昭和四十七年十一月二十八日、病床にはらばひて書く）

この時の警察病院へも私は姉と妹の三人で治療費を届けに行っている。そして、前の警察病院入院と右の警察病院入院の間に、世田谷の国立第二病院へも父を見舞っている。

横浜に駆けつけた私たちに父はいつになく、熱心に仕事の話をした。一週間前に刊行された『キリスト詩伝』のことを話したくて仕方なかった様子だった。形にならず眠ったままになっていた『キリスト詩伝』の原稿が、長い間父を悩ませていた。不運なその原稿については私たちもよく知っていた。その『キリスト詩伝』が本になった歓びが父を饒舌にしていた。たまたま訪れた講談社の編集者に、放ったままになっている『キリスト詩伝』のことを打ち明けたところ、信じられない速さで話は具体化したのだという。御難つづきの原稿も奇跡のように出版される日もあるのだ。

『キリスト詩伝』（昭和四十七年十二月　講談社）の出版がどのような経緯を辿ったのかを、父は本の「あとがき」に詳しく記している。非常に長いので、要約を加えた上で、主要な個所を選んでみたい。

ジョバンニ・パピニの『基督の生涯』（上・下巻　大正十三年二月、十月　アルス）を翻訳した時からずっと、父はキリストの生涯を詩によって表現したいと切望していた。昭和二十九年頃、村岡花子氏が主宰する教文館の雑誌「ニュー・エージ」に『キリスト詩伝』の連載を依頼され、喜んで引き受けたのだが、連載七回で雑誌が休刊となり、中止せざるを得なかった。その後、尾崎士郎、富沢有為男、浅野晃、牧野吉晴氏らが同人である「文藝日本」に引き続き連載したが、この雑誌もなくなってしまう。断片のまま放置している状態が無念でならなかった父は、前にも触れたように、債権者から姿を隠し彷徨った時期、昭和三十六年春よりおよそ二年間、枚方の香里団地の一室を借りて執筆に没頭し、四百五十枚、約一万行の『キリスト詩伝』を脱稿したのだった。

「（前略）しかし、これを掲載する雑誌がなく、空しく篋底に蔵するままとなつた。そのアジトを引きあげて帰京することとなつた時、清書した原稿を携帯用の鞄に詰め込み、下書きの方を大阪の住友銀行本店のロッカーに託して置いた。

結局、前後十八年間この原稿は日の目を見ることなく、篋底に忘れられてゐたのである。

ところが、昭和四十七年七月になつて、講談社・第一出版センター編集部長であり詩人である菊地康雄氏が拙宅に見えた時、何かの話のきつかけで、私の『キリスト詩伝』の不運ななりゆきを伝へた。（後略）」

十八年もの間、日の目を見なかった『キリスト詩伝』第一部「新しき星」の「序章　ベツレヘム・不思議の予兆」のみを記してみよう。

そは古、二千載をもさかのぼる
十二月二十五日のことなりき、
ユダヤなるベツレヘムてふ邑ざとに
いとどしき不思議の兆あらはれぬ。
ベツレヘム、こは大昔　かのルツが
麦畑に落ち穂ひろひし田舎なり、
また後に　羊飼ひより身を起こし
若うして歌と剣の王たりし
美しきダビデの生まれ故郷にて、
この故に〈ダビデの邑〉と呼ばれたり。
邑外れ、橄欖・葡萄の木は茂り
無花果もゆたかに生りし古き里、
星の夜に　羊飼ひらは野宿して

群をなす羊を守りありけるが
たちまちに射しそふ光かがやかに
牧草はとみに明かりぬ、そぞろぎぬ。
をののきて御空を瞻れば、こはいかに、
浄らなる栄光のうち、しづしづと
天使は降りきたりて告げましぬ。
　「懼れざれ、なんぢらがため
喜びの音信はあり、
視よや、かのダビデの邑に
〈救主〉生まれたまへり、
そは主なるキリストぞかし。
嬰児の布につつまれ
馬槽に臥したるを見ば
　何よりの証しぞと知れ。」

つぎつぎに天人群れて加はりて
星くづをちりばめ織りしかと見ゆる
裾長き衣をひきて　みやびかに
金色の光のごとき翼うち、
ひざまづき、その嬰児を伏し拝み
つくづくと神を崇めつ　讃へつつ
天使のことを人らに語りしが
聞く者はこれを怪しみ　いぶかりぬ、
ただ〈母〉のマリヤは深くうなづきて
過ぎし日の不思議を思ひめぐらしぬ。――

序章を読むだけでも、キリストの生涯をうたう叙事詩のリズムに誘われ、一行一行の言葉に促され、行を追う愉しさにとらわれる。知識としては知っているキリスト降誕の兆が、いちいち心のうちに流れ入る感覚を味わった。

約一万行を描くことで、父は逃避行の数年を生きながらえたのだとしみじみ感じられた。くり返すが、どのような状況であれ、父がペンを執れば言葉は無尽蔵に流れ出てくる。そしてさらに、『キリスト詩伝』を書くことによって、『釈尊詩伝』が生まれる、という相互の関わりの必然性を思うのである。

しかし、『キリスト詩伝』執筆においては、全幅の信頼を寄せた『新約聖書』『基督の生涯』があったが、これに当たる書が『釈尊詩伝』にはあったのだろうか。もはやそれを知る手がかりは残されていない。

『キリスト詩伝』を上梓した後の父は、ますます『釈尊詩伝』に打ち込み、日を送る。昭和四十八（一九七三）年はそのような一年になった。入院には至らなかったものの、原稿執筆以外、父は寝室に臥す日が多かった。それは後の小さな記事からも知れるのだった。

そんななかでも、四月十日の「東京本願寺報」に「親鸞聖人御誕生八百年立教開宗七百五十年」の慶讃法要のために「誕生八百年迎えて」として「親鸞聖人讃頌」の詩を寄せている。

親鸞に没頭した日々、父は心の平安ばかりかある高揚を得ただろうか。「大法輪」に毎月掲載する『釈尊詩伝』が父の情熱の残り火を燃やしたように。

父にはいつ会えるだろうか、と不安な気持でいたところ、「カギ」から無心する電話がかかってきた。「先生は寝たり起きたりで、なかなか快方には向かいません。治療費がかさんでしまいましたので、十万円お願いしませんとね」。姉には「妹さんとお二人で三十万は用意していただかないと」と、強気だったらしい。私たちはお金を持って千鳥町に向かった。私はどうにか十万円を用意したのだったが、姉はこの時も私の倍のお金を持ってきた。「いつお金が必要になるかわからないから、自分のものは何も買えない」と姉は言った。姉はいつも質素を心がけていた。それは「私は破壊された大木家の長女だから」なのだそうだ。姉はよく私に言ったものだ。「まりえさんは次女でよかったね」。そういわれると反論できなかった。私は何でも欲しがる子のまま大きくなってしまった。田沼時代以来、ずっとお金に不自由な少女期を過ごしたためか、お金の重要性も知っていたが、それと同時に私にはお金を軽蔑する気持が強くあって、どこかに「こんなもの浪費してやれ！」という衝動があった。姉がいつでも「カギ」の要求以上のお金を用意するのを見て、私は内心では感心しながらも、「この親孝行娘！」とか「孝女白菊う！」とか言って、姉をからかっていた。

梅雨の季節で、雨がしとしと降りつづき、空気が生温かった。父はめずらしく四畳半の仕事部屋に坐っていた。ふだんは寝床で仰臥して原稿を書いているのだという。「カギ」がこの日も喫茶店に珈琲を出前させた。父に会っても、私たちは「お身体の具合はどうなのですか」「『釈尊詩伝』はすすんでいますか」くらいしか話せなかった。いつもと同じように父娘水いらずの状態は持てなかったから。父にそっとお金を渡すと、横にいた「カギ」が素早く、「先生のために頂戴いたします」と言って受け取るのだった。

父は「いつも済まないねえ」と礼を言い、「『釈尊詩伝』は書けるだけ先を書いている」と説明して、私たちを安心させた。お金を受け取れば、「カギ」は私たちを追い払おうと「先生、少し横にならないといけません」などと言いはじめた。「お父様、私たちいつでも来ますから、呼んでください」とそれぞれ言い残して、二人は父のもとを離れた。七十八歳の父は私たちに白い細い右手を振っていた。

父が座っている姿を見たのは、その日が最後だったと知るのは、もっと後のことである。

淋しい気持で池上線に乗った私に、日頃は父の話題を避けていた姉が話してくれた。「お父様はね、借金だらけで広島に隠れ住む前には、何度か夕方になると会社に現われた。仕事が終わるのをじっと隣りの喫茶店で待っていてね。ふたりでお酒を飲んだ。格別の話はしなかったけれど、何か言いたかったのでしょうね」。姉の会社文藝春秋は昭和三十年代は新橋の日航ホテル前にあった。父が中央公論社に私を訪ねては来なかったのを私は思い出した。長女に対しては、私に対するのとは別の思いがあったのだろう。

八月八日、金大中氏が東京飯田橋のホテル・グランドパレスから拉致されるという衝撃的な事件が発生する。一九七一年の大統領選において、金大中氏への民衆の熱い支持を知って以来、朴大統領は金大中氏への憎しみを増殖させ、抹殺する機会を狙っていた結果の事件だった。アメリカの介入により、金大中氏は一命を取り止める。

金芝河氏は十月、学生の農村運動のための実験的戯曲『チノギ』を執筆、年末には金が朴に打ち勝つという長篇諷刺詩『五行』を脱稿する。

静かに『釈尊詩伝』に打ち込む老詩人の父と韓国民主化運動の尖兵としての若き詩人との差異に目が眩む思いを私は体験した。

ともあれ、病いがちではあっても、父はなおペンを執る日々にいたのである。

昭和四十九（一九七四）年は何か起こりそうな禍々しさを孕んでやってきた。床に臥せる日が多い父だったが、一月、隣家の料亭旅館「観月」が火事に見舞われる。その時の様子を父は日本詩人クラブ発行の「詩界」（No.124）に書いている。

「すでに一年以上も病床に臥したままで暮してゐる私は、何の楽しみもない、つくづく健康が欲しい。人生行路にどんな苦しみがあらうとも、常に健康でゐられたら、それ以上の幸福はないと思ふ。そんな私に更にも厄が襲って来た。——先月二十一日に隣の料理屋旅館「観月」が火事を出し、炎は私の家の二階の窓に迫ってゐるとのことで、近所の若い人が十三人も飛び込んで来て、布団ごと私をかかへ出して、お向ひの家へ避難させてくれた。近所の藤浦洸君が飛んで避難先へ見舞ひに来て下さった。嬉しかった。午後四時頃から始まった火事は幸に消し止められ、消防車が引きとったのは夜の八時頃だった。やれやれ、私はやっと厄落しをした。どっこい、そうでもなかった。今朝（二月五日）新聞を見ると、詩人・尾崎喜八君が死んだといふ悲報。私は哀悼感に胸を刺されながら、早速、長文の弔電と香料を郵送させ、しみじみ尾崎君を思った。君は同時代に於ける私の畏友であった。山が好き音楽が好きで、ヒューマニズムに徹した真剣な生活も敬するに足りた。今、次の部屋のテレビがたまたま流して来るのはショパンの別れの曲である。私は泣いた。泣きながら、尾崎……尾崎と心の中で呼び続けた。」（「侘びに生きる」）

父はここで書いているように臥している時間がますます多くなっていた。寝床に腹ばいになって書く体力も失くなると、前にも少しだけ触れてきたが、仰臥したまま書ける特注の板に原稿用紙を挟み、ペンを動かすのである。前年訪ねた時には、両方の眼が白内障のせいで見えにくくなっているとも言っていたのだが、さらに進行していただろう。

他方、詩人金芝河にとって最大の危機がやって来る。四月三日、「民青学連」事件が起き、韓国の治安当局は「民青学連」関係者三十四名の逮捕を発表する。指名手配された金芝河は「反共法」違反容疑により二十五日、逃亡中の全羅南道黒山島で逮捕される。そして、七月九日、非常軍法会議において死刑を求刑され、十三日に死刑の判決を受ける。私たちは死刑求刑の翌十日に「金芝河救援（国際）委員会」を発展させた「金芝河らを助ける会」を発足させ、世界に救援を呼びかけた。「金芝河を殺すな！　釈放せよ！」という韓国大統領に送る署名の訴えは世界数か国に届き、日本では大江健三郎、柴田翔、遠藤周作、谷川俊太郎、松本清張、中野好夫、金達寿、金石範ほか多くの人びとが、海外では、サルトル、ボーヴォワール、マルクーゼ、ハワード・ジン、ノーム・チョムスキー、エドウィン・ライシャワーほかの多数の著名人が署名している。数々の集会、署名活動、韓国での裁判傍聴、ハンガー・ストライキなどの運動により、金芝河救援運動は確実に韓国民主化闘争に連動して行くのである。小さな運動は世界的規模の救援運動に拡がって行った。国際的な抗議に屈し、七月二十日、死刑は無期懲役に減刑されるが、金芝河が「刑執行停止処分」により釈放されるのは、一九八〇年十二月、六年八か月後であった。様子のわからない父への心配を頭の片隅に置き、緊張に耐え、夢中で生きていた私にとって、一九七四年七月は背筋の凍る冷たい夏であった。

七十九歳の父が『釈尊詩伝』を書いているのは毎月の新聞広告で知れたが、父の身を案じながらも、私は雑誌「大法輪」を手に取って見てはいなかった。私が守ろうと闘っている詩人がいる場所とあまりにも内容の隔りがあったせいだろうか。どちらが良いとか悪いではなく、それだけ詩人金芝河のいる場所が危険に晒されているためであった。あの時代の圧迫感を説明するのは難しい。難しいけれど、あのいやな恐怖の感覚は消えないのである。私の家にも会社にも脅迫電話がかかってきた日があった。「あんたの家には子どもがいるね。気をつけたほうがいい」

十二月、雑誌「詩界」（No.129）に父は久々に詩を寄せている。

美しき　山茶花（さざんか）よ、
白と朱（あけ）　薄紅（うすくれなゐ）の
花びらは散りそめぬ、
束（つか）の間（ま）に散りそめぬ、
散るものを　散らしめよ、
病み臥してただ空（うつろ）なり、
空（うつろ）なり、われはただ

天上を指（さ）せるのみ。
（「散華」）

視力の弱まった目で見る花の儚さは自らの生命の翳りを見つめるのにふさわしかったろう。最後の情熱を釈尊の生涯をうたう仕事に注いでいる父の心の静穏を私は思い、また願わずにいられなかったのだが、偉大なる釈迦如来の生涯を追い求め、その世界に浸りきる大いなる和みのなかでさえ、父がつねに平安を保てたのではなかったのが、その頃の落書きなどに散見される。ことさらに醜く描いた自分の似顔絵、自嘲の言葉、悔いの思い、自分の名前に付した×印、××印など苦い苦い呻きが記されている。人の心が平静を保つのは困難なものなのだ。まして複雑怪奇な心を持つ物書きにおいては。

昭和五十（一九七五）年は希望もなく訪れた。娘の奈々がこの年小学生になることを除いては。どうにもならない大きすぎる重荷を背に私はうなだれるしかなかった。家庭生活はとうに暗礁に乗り上げていた。仕事や運動にほとんどの関心や努力を傾けていたのだから、当然の結果だったろう。それでいて、私は家庭を維持しなければならないという、自分で作り出した枷に苦しんでいた。破壊家庭の子はどうあっても家庭を崩壊させてはいけないのである。崩壊は内部から生まれていたというのに。毎日の生活を豊かに安穏に恙無く暮らそう、この家庭を守ろうといくど決意しても、そのようなものを私が本心求めているかどうかは疑問だった。シベリアの雪原で焦がれた小さな家の灯は、現実では途方もなく遠いのである。

四月には八十歳になろうという父は、新年にうたった詩を「談話室」（一月号）に寄稿している。

初日の出　迎へまつりて
福寿草　かほれる朝に
古風なるならはしを賞（め）で、
めでたしと言ふがうれしき、
われつひに八十路（やそぢ）を迎ふ。
老ひに老ひ、老ひたりけれど
二年（ふたとせ）の病（やまひ）も癒えぬ、
荘子をし仰ぎ　つらぬき
ひたすらに歌はんと思ふ、
わが易は乾為天（けんゐてん）なり。
（「新春の歌」）

さらには、編集同人渋沢秀雄、尾崎一雄、丹羽文雄、永井龍男、有竹悠二、三井虎雄、今井正剛、新延修三らによる雑誌「いさり火」（一月号）に、父は因縁の友、昭和四十五年十一月二十二日に亡くなった大宅壮一氏への追想の長い文章

「大宅壮一讃」を書いている。

「私は肝硬変という病気で三回も入院生活を繰り返した揚句、退院後すでに二年以上も自宅で病み臥したままであり、未だに足が立たない始末、この原稿も寝たままで書いている。勝手気儘な書き方になっても、お許しを願いたい。

一九六八年六月、集英社発行の全訳千夜一夜十三巻、その第三巻が私の訳詩『アラビアンナイト名詩選』であるが、その表カバーの袖から裏カバーの袖につづけて、大宅君は『大木さんのこと』という一文を載せている。

「大木さんは生まれながらの詩人である。大木さんの人柄、生活には詩情があふれている。大木さんの詩生活はすでに半世紀をこえているが、私が知ってからでもかれこれ四十年になる。とくに親しくなったのは、中央公論社版『千夜一夜』の翻訳の仕事を共にしてからである。こんど同書の集英社版を出すにあたっても、大木さんはその改訳に青年のような情熱を傾けてくれた。

それよりも、私と大木さんのつながりを強めたのは、〈大東亜戦争〉中である。昭和十七年三月一日、バンタム湾の海戦で、私たちの乗船は、敵の魚雷をうけてまっ二つに裂け、大木さんも私も、海蛇がうようよする熱帯の海にとびこんだ。すみきった空には、満月とともに、敵の飛行機がおとしていった照明灯がひと魂のように浮んでいた。それから私たちは、何時間か泳いでいるうちに救助されたのであるが、このように私たちは、文字どおり生死を共にした間柄である。

かくして大木さんの代表作というべき詩集『海原にありて歌へる』が生れた。そのなかでも「戦友別盃の歌」は、この戦争に参加した人々はもちろん、そうでない人々にも愛唱されている。この戦争を記念する文芸作品は少くないが、そのなかにあって大木さんのこの詩集は、至高至純の金文字ともいうべきものだ。あの小さな大木さんのからだには、もっとも純度の高い詩情と人間愛と祖国愛がみなぎっているのだ。」

最後の方になると、私としてまことに面映ゆい次第だが、大宅君のこの一文は、私たちの親交のことも、仕事のことも、一切合切よく語ってくれていて、もう私には何も言うことはないと思う。だからまず初めにこれを載せる気にもなったのだ。大宅壮一は、毒舌で一世を圧倒したが毒舌のようでも、案外に罪がなかった。私などはさんざんやられた。正直まにうけていると、あとで大宅は逆をさらけ出した。酒の飲めない大宅は酒飲みでよく脱線する私をあれこれとからかったから、恐縮していると、酒は多量に用意されていて、大盃がそなえてあったりした。東京駅前の丸ビル七階に中央公論社があったと思う。その七階の一室が、中央公論社のために大宅が『千夜一夜』全巻の翻訳を担当した仕事場で、毎日そこで大宅たちと一しょに仕事をしていたが、当時、「中央公論」編集長だった服部之聡君は私たちの仕事場の担当なので、いきおい、私とも親しくなり、とりわけお互いに酒好きときているから、飲み友達にもなり、よく連れだって向い側のビルにあるバーへ飲みに行った。大宅はそっぽを向いて何も言わなかったが、之聡に対抗して私を誘い、名店街で昼飯をおごってくれた。毒舌家でも、マスコミにかけて「口コミ」などと、自虐的な、しかし可愛い片言を流行させたりもした。

大宅壮一讃
その心、憎しみに似たる愛なり、
その眠り、遍歴の若き夢なり、
その生の潑溂(はつらつ)はよき鏡なり、
その論は千夜に燃え一夜に凝りぬ。

なお文中のある頁には、詩「花時」を書いた色紙の写真が飾られている。

花時
病み臥して既に二年(ふたとせ)
花時に花も見ずして
迎へたる四月の八日
まぼろしにゐがくは何ぞ
大木惇夫」

没後四年余りが経っても、父の大宅壮一氏への思いは生きつづけていた。

また、三月には、「沙羅」（80号）の巻頭に詩を二篇載せている。一篇を引用しよう。

ありがたき
医師(くすし)なるかな、
わが病(やまひ)
胃痛の時も
肝臓肥大(かんぞうひだい)も
黄疸(おうだん)も
肝硬変さへ
みな癒(いや)し、
げに快(こころよ)く
健(すこや)かに
なしたまはりし
善き医師(くすし)、
二十年(はたとせ)の
前よりなじみ
話すにも
心置きなく、
黙(もだ)しゐて
いと懇(ねもご)ろに
聞かで聞き
見ずてよく見る
この医師(くすし)
この医師(くすし)よと
後影(うしろかげ)
拝(おろが)みまつる。

（「善き醫師――鈴木慎二博士に呈す――」）

この時期の作は詩としてすぐれているものではないが、終わりに向かう日々の貴重な記録ではあるだろう。この後、詩が何篇書けるかが当面の問題になってきていた。

六月三十日、父と同年生まれの詩人金子光晴氏が亡くなられた。八十歳であった。作風や世界観は違っていても、金子氏はどんな時期にも父に優しかった。戦後、社会から冷遇された時にも変わらなかった。詩人金子光晴の本物の自由な精神を父はどんなに愛していたろう。失明に近い状態で、歩けない父は弔問すら出来なかったが、私は入社後、保証人になってくださった破格の詩人を悼み、七月五日、信濃町の千日谷会堂における告別式に参列させていただいた。

ところで、病床にある父だが、雑誌「歴史と人物」（八月号）の「特集・八月十五日への道」の〈回想・従軍報道班員の日々〉に一文を寄せている。タイトルは「海原にありて歌へる」。

「それは昭和十六年十二月のことであった。私はすでに四十六歳にもなっていたし、そのうえ痩っぽちで、徴兵検査でも落を貰ったほどであった。その、我々文化人に白紙の徴用令がやってきたのであった。

南に往くこと三千海里、文化部隊の一員としてジャワ作戦に参加せざるをえなくなったのである。そして、バンタム湾敵前上陸に際しては、壮烈無比の海戦中、敵の魚雷と砲弾をうけて沈没してゆく船の舷側から海の中にとび入って、重油をあびながら漂流することもあった。何時間か分らないが、幸いにして死線を越えることができた。

とある港でのこと。この先、どの方面に向けて出港するのか皆目分らずじまいで、我々に待機命令が出されていた。その中に、すでに故人となった武田麟太郎がいた。酒を酌みかわし、待機しているあいだに、私は次の詩を詠んで、武田に送った。

言ふなかれ、君よ、わかれを、
世の常を、また生き死にを、
海ばらのはるけき果てに
今や、はた何をか言はん
熱き血を捧ぐる者の
大いなる胸を叩けよ、
満月を盃にくだきて
暫し、ただ酔ひて勢(きほ)へよ、
わが征くはバタビヤの街、
君はよくバンドンを突け、
この夕べ相離(さか)るとも
かがやかし南十字を
いつの夜(よ)か、また共に見ん、
言ふなかれ、君よ、わかれを、
見よ、空と水うつところ
黙々と雲は行き雲はゆけるを。

私は、この詩を「戦友別盃の歌」と題した。詠みおえ、思いあまって、ついに言葉にならなかったことが思い出される。

南海にきて、初めて仰ぎ見た南十字星、その新しい面貌をにらみながら、生死はつねに問題の尖端にあったが、また放下して、その生死を超えるのが、当時、我々の心境であった。

戦場にのぞむ者の、一種、言いようのない特殊な心境は、自分の胸にも、兵営生活によって、いつの間にか卒伍の心が脈々と打っていたものだ。労苦のなかに、わずかの楽しみを分ちあい、慰めいたわりあう戦友愛は、しばしば自分を泣かしめたが、分遣に際しても、その慟哭を自ら叱咤するのが戦場のならいであった。私は、戦地にあるお互いに生還を期しない者同志としての別盃に添えるのに、この詩の言葉を、必ずしも他に向って言ったのではなかった。自らの心に刻んだのである。」

ここでの「とある港でのこと」「待機命令が出されていた」とあるのは、輸送船佐倉丸船上でシンガポール陥落まで待機させられていた、インドシナ半島カムラン湾を指しているものと思われる。武田麟太郎の名前は、この詩について説明している家族への手紙には見られなかった。

ところが、十年前の昭和四十年に書いた「本の手帖」(八月号)「特集　戦争と文学」での「自作戦争詩二篇―についての覚え書」においては、武田麟太郎に書き与えたのは、別の詩、「遠征前夜」になっている。長くなるが重要なので、記してみる。

「　遠征前夜
　　　――台湾、高雄の宿営にて
　　　　(これまでは「――○○の宿営にて。」となっていた―筆者)
参宿(オリオン)は肩にかかりて
香(かう)を焚く南国の夜(よる)
茫として、こは夢ならじ
パパイヤの白き花ぶさ
はた剣のうつつの冴えや、
郷愁は烟のごとく
こほろぎに思ひを堪へて
はるかなり、わが指す空は。

(…………)
南海の星空は美しかつた。どの星も明るく、大きく、近く輝いて手がとどきそうだつた。とりわけ、オリオン星座なども、東京の夜空に見るそれとはちがつて、あの端麗な三つ星が、更に星雲の霧のような烟りのような、燐のような光芒を放つている。しかも、この身は南国特有の香気と暑気に咽せているのである。「参宿は肩にかかりて」と発想したのも、「香を焚く南国の夜」と、第二句で主客一体に受けたのも、右の情景に依つたのだ。

それに、こほろぎは夜ごと鳴きしきつて、いやが上にも郷愁をそそつた。われわれはすでにはるばると来た気がするのであるが、前途は更に更にはるかなのである。この土地で長い長い待機の日を送りながら、私は退屈した、うんざりした。一日も早く、目的の敵地に近づいて、ぶつつかるべきものに、ぶつつかる方がよかつた。

いよいよわがジャワ作戦軍の大船団が、渺茫漠々たる大海原に向けて高雄港を出港するという前々日のこと。私が校庭を歩いていると、廊下から手招きする者がある。校長室か、事務室か、とにかくその室に行つてみると、北原武夫、阿部知二、横山隆一、南政善そのほか二、三の人がいて、それぞれすでに画帖に書いていた。——感懐を、絵を。

諸君が口々にそう言うので、私はちよつと待つてくれと答えて、手帖を出した。エンピツで手帖にごしごし想いを書きつけ、それから毛筆をとつて画帖にしるした即興が、この詩「遠征前夜」である。

ここで一つのエピソードを附け加えよう。その夜のこと多勢の仲間は宿舎の中でうたつていた。私が宿舎の開けつぱなしになつた戸口でぼやぼやしていると、「大木さん」と呼ぶ者があつた。見ると、片手で一升罎をふりまわし、片手でおいで、おいでをしている男、それが誰あろう、武田麟太郎だつた。「しかし、一人で、……一人でね、飯盒のフタを持つておいでよ。」

それから武田は、人目につかぬあたりまで私を引つぱつて行つた。そこは、白い花をつけているパパイヤの木蔭だつた。武田は飯盒のフタへ、一升罎から、なみなみと酒をついでくれた。私はぐいぐい飲んで、飲みほすと、すぐ武田に返盃した。

武田は、校庭の柵のこわれたところから抜け出し、村落の飲み屋でしたたか飲んで、そこから持つて来た一升だと言う。愉快に差しつ差されつして、けつきよく、二人ですつかり平らげてしまつたのだが、——とつぜん、「大木さん、あれいいなあ、オリオンの詩。」と武田が言つた。昼間に私たちの書いた画帖を見たのであろう。「あれを、僕にも書いてくれよ。」そう言つて、武田がひろげて差し出したのは、日の丸の扇子だつた。

言うまでもなく、武田は左翼の作家であるが、私はかねがね武田の人も作品も敬愛していた。なんでも、内地では憲兵隊につきまとわれていたのが、この外地徴用にかかつて助かつているのだと、誰かから聞いていた。それほどの武田が、日の丸の扇子に書けと、芸術派（?）の私にあのような詩を所望するとは。——私は羞かしくもあり、ちよつと面喰らつたが、何しろ酒の方に気をとられている最中のことで、書くことは有耶無耶になつてしまつた。

ところが朝になつて、武田麟太郎たちは先遣隊として、私たちとは別の方面へ出航することを知らされた。さてはと思つた。昨夜のパパイヤ樹下の酒は別盃だつたのか。ここで別れれば、お互いに生き死にはわからない。それで私は、武田の所望したこの詩を手帖に書いて、その紙片をちぎり、ポケットに用意したものだ。そして私たちが校門に整列して先遣隊を見送る時、機を見てその紙片を武田のポケットへ捻じこんだ。われながらうまくやつてのけた。武田は瞬間、私をふり向き、暗黙のうちにそれを諒解して、粛々と歩調をとりながら行つてしまつた。」

この文章には「自作戦争詩二篇」とタイトルが付されているように、もう一篇の詩「戦友別盃の歌」についても詳しい逸話が紹介されている。

「この詩は、前項に書いた月夜パパイヤ樹下の別盃（それとも知らぬ）から深い感銘を得て、こんどはそれと意識した別盃の詩を書きたいという想念が燃えて書いたものである。むしろ、先遣した一戦友としての武田に送りたい気持ちだつたのだが、けつきよく、後から出航した私たちが南支那海上にあつた時、輸送船の甲板上で戦友たちと酒杯を交わして歌つたあとで、この想がよみがえり、明るい月光に対して突如マストの下に表現を得たのである。」

「歴史と人物」と「本の手帖」。二誌上での叙述の違いには驚くばかりだ。しかし、どう考えても、「本の手帖」の「自作戦争詩二篇」について書かれた文章のほうが数等、明晰である。「遠征前夜」と「戦友別盃の歌」との関わり、「遠征前夜」があって「戦友別盃の歌」が生まれる、パパイヤ樹下の別盃から別盃の詩をイメージする、という作者のみが知る真実が詳細に語られているからだ。また、細部にわたる描写の厚みが文章にリアリティを与えている。しかも詩集『海原にありて歌へる』において、「戦友別盃の歌」には「――南支那海の船上にて。」と父が書いているではないか。

それならば、「戦友別盃の歌」を武田麟太郎に送ったとする「歴史と人物」の文章はどういうことになるのだろうか。「歴史と人物」の「海原にありて歌へる」と題した一文を書いた父は、病身の八十歳であった。父の並はずれた記憶力にもいささか靄がかってきた、というべきだろうか。他の叙述は正確であるのに、武田麟太郎と先遣隊と待機の日々がフラッシュバックするなか、それらを結ぶ情景が少しずつずれてしまったと考えられる。待機の時間は高雄だけでなく、カムラン湾でもあった。

それにほとんど視力を失っていた父には、これまで書いてきた活字資料に目を通すことは不可能であったろう。かすかな視力は『釈尊詩伝』執筆のために使わなければならなかったのだ。

新しい文章のうえで少なからぬ混乱を生じさせたのは事実であるが、「歴史と人物」の一文のなかでも明らかなのは、「戦友別盃の歌」についての次の言葉ではないだろうか。

「私は、戦地にあるお互いに生還を期しない者同志としての別盃に添えるのに、この詩の言葉を、必ずしも他に向って言ったのではなかった。自らの心に刻んだのである。」

八月、私の一家は中野へ引越しをした。知人に紹介され、コープ・ブロードウェイに移ったのである。小学一年生になった娘を転校させるのは可哀そうだったが、私はあまりの多忙さに疲れ、少しでも通勤に都合のよい場所に住みたかった。中野区中野五丁目だった。母が週末に帰って行く練馬区南田中からは遠去かってしまったが、母は町好きの人なので、ブロードウェイの生活が気に入ったようだった。夏休みなので、屋上にあるプールで、毎日、孫娘に水泳を教えた。七十歳の母はもちろんプールに入らなかったけれど、奈々の胴体をヒモで結び、プールサイドでヒモを引きながら教え、気がつくと、娘はスイスイ泳いでいたという。

その頃になると、私は仕事と救援運動に追われ、夜中に帰宅する毎日だった。退社後は高田馬場にあった「金芝河らを助ける会」の事務所に行って、さまざまな実務をこなすのである。母は深夜に戻っても、起き出してきて、金芝河氏の身を案じてくれた。

父の病状を心配して電話をしても、「カギ」は「同じ状態ですよ。よくなるわけではありませんが、落着いていますから」と答えるだけだった。訪ねるのは気が重かった。歩けなくなった父は私たちを外に連れ出すことも出来ず、父は寝床で気を揉むにちがいなかった。「人質」を確保している「カギ」は何を考えているのか、お金を要求して来なくなっていた。どんな企みをしているのだろうかと、不安がふくらむばかりだった。母は黙っていたが、会えない病気の父が気がかりで、その絶望は深かったろう。

十二月、金芝河の作品集『不帰』が刊行された。作家李恢成氏に日本語訳をお願いした。新しいテキストはさまざまな人を介して、ひそかに運ばれてきた。この本も危険な役割を遂行した人びとの勇気と献身によって生まれた一冊である。ざら紙に書かれた未発表の自筆原稿を開いた時、私の手はかすかに震え、なかなか止まらなかった。詩人の情熱と闘いの重みが私にのしかかっていた。追い込みの作業は山の上ホテルの一室で行われた。タイトルの『不帰』は民主化闘争に生命をかけた詩人を象徴する一篇の詩から採っている。「不帰」の一節を記してみよう。

「帰れまい／ひとたび足踏みいれ　ここに眠れば／肉体深くくいこんだ眠り／あの眠りの　あの白い部屋　あの底知れぬ目まい」

白い部屋は当時の、悪名高い韓国中央情報部（ＫＣＩＡ）の取調べ室、つまり拷問部屋を指している。

『不帰』に収録した抒情詩にはこの詩人の天分を知らせる名作が揃っている。父が金芝河の詩を読んだならば、生きている世界は異なってはいても、その抒情のしなやかな誘引力に目を見張っただろう。第一詩集『黄土』を収めた『長い暗闇の彼方に』を父に贈らなかったことが悔まれた。

大荒れの年の後にはどんな年がめぐって来るだろうか。昭和五十一（一九七六）年は訪れたが、父の様子は一向につかめなかった。「大法輪」の新聞広告に『釈尊詩伝』の文字を眺めては、いくらか安堵するのだった。父は四月に八十一歳になった。この時期になると、父のペンは『釈尊詩伝』を書くことにのみ限定されるようになっていた。いや、『釈尊詩伝』執筆にのみ、というのは正確な表現ではないだろう。書く歓びのほかに、長編詩伝を何としても完成させなければいけないという責任感や「大法輪」を通して社会につながっている充足感がおそらく父に生きる力を与えていたのだろう。

　その父が六月発行の「能古島通信」（第三集）の「檀一雄追悼号」に詩を書いている。

檀　一雄
交りもなく過ぎけれど
何かの時に
思はしめけり

×

檀　一雄
君は逝きけり　病み臥して
いかにこの世を
歎きたりけん

×

博多より
贈り来りし『涅槃』なる
印鑑のよさ
彫（ほ）りの爽けさ

×

博多より
六百田幸夫来りけり
「檀の葬儀に
参りたり」とよ

×

思ひ出（づ）る
佐藤春夫の通夜（つや）の時
肩をならべて
静かにありき

×

たくみなる
庖丁さばき　次々に
料理するさま
テレビに見しよ

×

その顔も
立ち居ふるまひ　凡（なべ）て皆
爽（さはや）かにして
雅（みや）びなりしよ

×

その初期の
短篇を読み　家人（いへびと）に

「偉（えら）くなるぞ」と
讃（ほ）めしわれなり

　（註）その当時の「群像」誌上にて
　檀一雄、大岡昇平、三島由紀夫、三氏
　の短篇を読み、共に感動して言ひき。

×

逝くとても
世に残りたる君が名は
永遠（とは）に光りて
生きてありなん

×

みづからを
『火宅の人』になぞらへて
悩みし君も
今は安らか

×

あはれ　今
死すといへども　檀　一雄
涅槃（ねはん）にありて
楽しかるらん

（「涅槃」）

心よりの追悼詩ではあるが、詩の形で表わした短い哀悼記とも言えそうだ。散文ではなく、書き慣れた韻文でなら、するすると言葉が生まれてくる気配はここにもうかがわれる。それが光を帯びた詩の言葉ではないにしても。想念が四方にとんで、乱れているにしても。

　檀氏どころか、「火宅の人」そのものであった父が、「みづからを／『火宅の人』になぞらへて／悩みし君も／今は安らか」と書く時、ある種の滑稽味と悲哀がこの詩から零れ落ちる。

　父は長い長い時間を生きた。ペンだけを手に生きてきた。険しい道々でたくさんの詩篇を残してきたのだった。父にとっては、数々の詩そのものが現実であり、家庭や妻や子はどこか遠く霞む夢のようなもの、だが、ある時、俄に恋しく思う仮構のものなのではなかったろうか。私は自分に無理やりそう思い込ませもした。

　少女時代に抱いた父への不満や怒りが私のなかで霧散したのではなかったけれど、時と共にそれはいくつもの要素によって化学反応を起こし、曖昧に変質していった。その変質を無意識にかかえて生きていたのだろう。長い歳月、私の父に対する感情は鬱屈し、それが苦しくて無関心を装うしかなかった。父への反発の気持が鎮まってからも、無関心は使い慣れた楽な姿勢であった。

　しかし、父が老いて病み衰え、会えなくなった時、言葉を交わせなくなった時、ようやく見えてくる父の心の気色（けしき）があった。

もう取り返しがつかないと思いはじめた日々に、私が手にしたのは父の「詩全集」である。五、六年の間に読んでいた痕跡がそこにはあった。いくつかエンピツの書き込みが見られた。気持を落ち着かせようと読みすすめていたある日、あれっという感じがして、一篇の詩に戻っていた。『冬刻詩集』の何回か読んでいた詩だった。何気なく通りすぎていたその詩が急に拡大されて私の目に映った気がした。なぜだかそれは視力を失い、連絡を絶たれている父からの遺書に思えた。

住み難き世に
人と成る子等をおもへば
うららかの春と言はぬに
ほほゑめるその顔みれば
しかすがに涙しながる

「生まれざりせば」
いつの日か　かくは歎かむ
あはれ　子よ　さはな見つめそ
汝(な)が父も　その父母(ちちはは)に
言ふらくは「生まれざりせば」
（「日常の顔」その三）

子どもなど持ってはいけない人が父親になってしまったようだ。子を持った父親の怯え、悲しみ、それにもまして、生まれたての、産毛が濡れて光っているような、初々しい愛が、十行の詩にみちている。

私が生まれて二年目に刊行された『冬刻詩集』にこんな詩を収めていたとは。こんな詩を残すなんて、ずるすぎない？と感じるのは瞬時で、私の心は無の状態に戻っていた。言訳とか謝罪の次元を超えた父の愛と怖れの心情が刻まれている。この世に送り出してしまった子らを案ずる父の嘆息は長いのだ。父の不安はそれほどに大きかったのだろう。父が生涯を通して子どもに見せたあの怖れの表情、あの困惑の顔の意味は、右の詩の奥にしまわれていた。父の心はこの詩を書いた四十代初めから不変だったということだ。人は怖れつつも年月に流されていくものだろうが、父の蒼い繊柔な感情はそれを許さなかったとみえる。

青春期に私も「生まれざりせば」と思う日もあった。それは私の「子ら」のものでもあったろう。この世に子を送り出した親の怖れや負い目は連綿と絶えることはないのだろう。親から子へ、また、その子へとつづく永遠の連鎖である。父の四十代の遺書はそれを私に教えていた。

十二月のある文学賞のパーティーで久しぶりに顔を合わせた水上勉氏が、前髪をかきあげながら、こう言われた。「『大法輪』に連載しているお父様の『釈尊詩伝』はすばらしいね。本当にすばらしいものだ。他のだれにも書けない叙事詩だ。本にしなければね。私が長い解説を書かせてもらいます。約束するよ」。さすがに、『雁の寺』の作者は「大法輪」をお読みなのだった。「父は、今、病床で書きつづけているのです」。勉さんは笑顔で何度も頷いていた。

昭和五十二（一九七七）年。新しい年を迎えた。四月に父は八十二歳になるのだが、父の正確な病状は一向につかめぬまま、時が過ぎていた。怖るおそる電話で尋ねても、「カギ」は「退院して寝たきりだけど、元気ですから」と、そっけなく答えるのだった。高い塀をはりめぐらしている様子が窺えた。

六月、妹章栄が吉本信一郎と結婚する。母は南田中の都営住宅にたったひとり残されてしまった。妹も三十六歳になったのだから、母ももう手離さなければならなかったのだろう。妹たちの新居は中野の私の住居のすぐ近くにあった。

久しく途絶えていた「カギ」からの連絡が兄妹全員に入ったのは、七月初旬であった。「先生が大変お悪いので、お会いになりたければ、どうぞ」と、告げるだけで電話は切れた。「変わりありませんよ」「大丈夫ですから」と答えるのみで、私たち家族を寄せつけなかった挙句の果てに、「先生が大変お悪い」なのだ。父が選んでしまった生活だったとはいえ、父自身もいつの間にか堆積した負債の山に埋もれ、そこから脱出できなかったのだろう。「カギ」が作った莫大な借金、その災厄が家族に及ばないためにも、父はじっと身動きせずにいたのだろう。「カギ」姉弟がめぐらした包囲網に閉じこめられた父は、実質的最晩年を『釈尊詩伝』の世界に生き、現実の世界から逃避したのである。

いよいよ終わりの時が来るというのだろうか。私は姉と千鳥町に急いだ。いつもの六畳間に父は寝かされていた。目を閉じたまま、父は弱々しい呼吸をどうにかつないでいるように感じられた。細い顔が険しく尖って見えた。「お父様、まりえです」「やすえですよ」。私たちが呼びかけると、布団から出ている白い手がかすかに動いた気がした。「肝硬変ですが、老衰なんでね、入院はさせずに、鈴木先生に診ていただいてます」。「カギ」は一通りの説明をし、部屋を出て行った。鈴木先生というのは、父が「善き医師」と詩に書いた主治医を指している。

父は視力を失い、話も出来ず、無反応だった。明らかに危篤状態に陥っていた。今にも止まりそうな呼吸をし、意識が朦朧とするまで、「カギ」は私たちを父に会わせなかった。

私と姉は枕辺で父の手をさするしかなかった。時々、代るがわる割箸に巻きつけた脱脂綿に水をふくませ、父の口のなかを湿らせた。父はすでに水を飲めない有様だった。水を飲めないのは生きているものにとっての最期だと私は知っていた。点滴はうけていたけれど、父の唇は乾ききってカサカサしていた。時折、苦しそうに喘いだ。

夏の夕刻なのに、じめじめした部屋は薄暗かった。暑い空気が部屋中に沈澱しているようで、息苦しかった。庭に面した窓側に「カギ」の鏡台が置かれ、そのすぐ脇の衣紋掛けには「カギ」の着物がだらりと掛けてあった。細長い部屋なので、横たわる父の上に着物の裾がとどきそうで気になった。私は思いきって、衣紋掛けを部屋の隅に寄せ、窓を広く開けた。生ぬるい風が部屋に流れ込んだ。それでも、窒息しそうな淀んだ部屋よりはましであった。

私と姉は数時間、父の傍らに座っていたが、別室からは結構明るい声が聞こえてきた。洗面所に行ってきた姉の話では、どうやら「カギ」の弟や母親までもが詰めかけているらしかった。父の死後の対策を練ってでもいたのだろうか。

九時過ぎに、日立から兄が到着した。兄も重篤な父の姿に言葉を失っていた。恢復の見込みはもうないと悟ったようだった。

夜中に、私たち大木家の者は引き揚げた。帰途、今後はだれかが父のもとに行っているようにしようと話し合った。兄は一泊し、早朝、日立に戻るのだという。

それ以後、何回、父の家を訪れただろうか。妹とも行ったし、姉とも行った。だが、私は母を何としても、危篤の父に会わせなければと思った。都合をつけ、私が母と妹と共に千鳥町に行ったのは、七月半ば近くであった。私の娘もいっしょである。

タクシーで中野から父の家に向かう途中、私は母に父の容態について説明した。頷きながらも、母はぼうっと物思いに耽けるように見えた。私たちの慌しい様子からおおよそを察していただろうが、母は七、八年父に会っていないままに、また、父とのことを何一つ納得していない状態で、父との別れに立ち会おうとしていた。気がふさぐ訪問だった。

私と妹と孫娘にかこまれ、母は「カギ」と対面した。私たちの願いどおり、母はしごく自然に、無言で接していた。ふてぶてしい「カギ」がたじろぐ姿を私は初めて目にした。

母が父の口のなかを脱脂綿でぬぐう仕草は、目白時代に見た父の喉をルゴール液で消毒する動作に似ていた。「お父様、お母様がきましたよ」。父の耳もとで私は囁いた。その声は父にとどいたかどうか。妹は父と母の「邂逅」の姿を部屋の隅で見つめていた。孫娘は祖母の身体にぴったりくっついて、瀕死の祖父を眺めていた。帰りのタクシーでは、全員ぐったりして、無口だった。

それからも、危篤状態はくり返され、それぞれが駆けつける日がつづいた。

七月の酷い暑さは数日去らないでいた。湿気をふくんだ濁った空気が、身体中にまとわりつくようなのだ。何年ぶりかのその猛暑のなか、父は確実に死にかけていた。死の側にほとんど傾いていた。兄妹たちは交代で父に付き添い、父を見つめた。

もう諦めるしかないだろう。七月十八日の夜、父に別れを告げ、私は仮眠をとりに家へ帰った。眠りについて間もなくの早朝、兄が慌てて電話をしてきた。いよいよ危ないという。私は母と九歳の娘をつれ、中野から千鳥町へ向かった。急がなければならないのに、私はタクシーが渋滞に巻き込まれるのを願う気持になっていた。

　四十年あまりを私の父であった人と、私は何程の言葉を交わし得ただろうか。「住み難き世に／人と成る子等をおもへば／うららかの春と言はぬに／ほほゑめるその顔みれば／しかすがに涙しながる」の詩にたどりついた日、父はもう言葉を失っていた。たっぷりとした時間を持てなかった父娘は、いつも重要な言葉を飲み込み、あるいは、言いすぎをただす余地もなく、たがいに形にならない悔恨を心にぶらさげてきたのではなかったろうか。

　環状八号線には車が溢れ、タクシーは遅々として進まなかった。すでに真夏の太陽が輝きはじめていた。

　私たちは、結局、父の死に目に会えなかった。

　死せる父を家族みなが囲んで悲しみに沈み、半ば放心している時、窓の外に吊してあった鳥籠がガサガサ動き、突如、九官鳥が叫んだ。

「オトーサン」「オトーサン」「オトーサン」……「ナニチャー」。

　異変を知覚した生きものの哀切な声だった。

　昭和五十二（一九七七）年七月十九日午前六時、父大木惇夫は永眠する。八十二歳と三か月であった。

　父が望んでいた桜の季節ではなく、蒸し暑い夏の朝、詩人の長い人生は終わったのである。

大木惇夫年譜

1895　明治二十八年（0歳）

四月十八日、父徳八、母千代（戸籍名チカ）の長男として広島県広島市天満町に生まれる。本名は軍一。日清戦争勝利に国中が沸くなかでの命名である。

1898　明治三十一年（3歳）

家業は代々手広く呉服店を営んでいたが、戦勝後の好景気に煽られ、祖父と父が相場に手を出して失敗、全財産を失くすばかりか借金を負い、天満川対岸の小網町に移り住む。二月十四日、妹艶が生まれる。

1901　明治三十四年（6歳）

三月、早上がりで広島市立天満尋常小学校に入学する。二月二十二日に妹園が生まれ、また明治三十七年八月二十八日、弟強二が生まれる。

1905　明治三十八年（10歳）

三月、広島市立第三高等小学校に入学する。

1908　明治四十一年（13歳）

三月、広島県立広島商業学校に入学する。不本意なままに入れられた学校の経済、商法、簿記、珠算などの科目に興味をもてず、英語を熱心に学ぶほかは、読書に明け暮れる。北原白秋の詩集『思ひ出』に眩惑されたのも広商時代である。翌四十二年二月十九日、弟隆三が生まれる。

1911　明治四十四年（16歳）

冬、初恋の人、二歳年上の川島慶子（戸籍名ケイ）を知る。

1912　明治四十五年（17歳）

五月、慶子との恋は半年で終わる。慶子が親の決めた相手と結婚し、アメリカに渡ったためである。大正元年十月七日、末弟佳雄が生まれる。

1913　大正二年（18歳）

三月、県立広島商業学校を卒業と同時に三十四銀行広島支店に就職する。

1915　大正四年（20歳）

年の暮れ、不動貯金銀行広島支店長伊藤幾平の推挙により、東京本店の機関雑誌「ニコニコ」編集部に勤務するために上京する。

1916　大正五年（21歳）

秋、「ニコニコ」の社長松永敏太郎の推輓によって、当時雑誌界に君臨していた出版社、博文館の記者に採用される。博文館は仕事をしながら学ぶ大学に等しかった。さらに、仕事が退けた後、正則英語学校、アテネ・フランセに通い、英語、仏語を学ぶ。

1917　大正六年（22歳）

十月末、慶子がアメリカから広島に帰ってくる。

1918　大正七年（23歳）

秋、慶子が上京し、二人は六年ぶりに再会を果たす。だが、慶子は重度の結核に冒されていた。

1919　大正八年（24歳）

春、慶子の離婚が成立し、秋に広島の実家で結婚式を挙げる。
（届出は大正十年十二月十九日）

1920　大正九年（25歳）

冬、大阪朝日新聞社が懸賞募集した芸術小説部門に火野灼の筆名で応募していた「弱者」が入選する。選者は正宗白鳥、有島武郎、厨川白村の三氏だった。

1921　大正十年（26歳）

夏、幼なじみの画家若山為三のすすめもあり、創作に専念するために、また、慶子の療養のために、博文館を辞め、陽光降り注ぐ小田原に移住する。入谷津にある若山の友人、彫刻家牧雅雄宅の離れが新居となる。

1922　大正十一年（27歳）

四月、弱い心を奮い立たせて訪ねた天神山伝肇寺奥の白秋山房で、北原白秋との運命的な出会いに恵まれる。持参した詩稿の一篇、「小曲」が白秋に認められたのである。

九月、白秋と山田耕筰の編集による雑誌「詩と音楽」創刊号に「小曲」が掲載される。

十二月、白秋との親密な交流を疎外と感じ嫉妬する慶子を持てあまし、東京に戻ることを決意。本郷根津に移転する。

1923　大正十二年（28歳）

九月一日、根津から早々と引越した東中野の家で関東大震災に遭遇する。ジョヴァンニ・パピニの『キリスト伝』を翻訳している最中であった。

被災後、物騒で暮らしにくい東京を一時的に離れ、慶子と共に郷里広島に引っ込む。『キリスト伝』の翻訳を急ぐためでもあった。十一月中旬には帰京し、上落合の素人下宿に落着くことになる。

1924　大正十三年（29歳）

二月、十月に『キリスト伝』（上・下巻）が『基督の生涯』のタイトルでアルスから刊行され、それぞれ十版を重ねるベストセラーになった。ペンネームは大木篤夫（あつお）。

1925　大正十四年（30歳）

一月、待望の第一詩集『風・光・木の葉』がアルスより刊行される。北原白秋による序文は高雅で明敏な考察であった。なお、本詩集は恩師白秋に捧げられている。

三月、手狭な上落合の住まいから阿佐ケ谷の借家に引越す。そして、阿佐ケ谷での生活にようやく馴れた夏頃、前々から希望していた江古田のサナトリウム、ガーデン・ホームに慶子を預けることにする。

1926　大正十五年（31歳）

九月、第二詩集『秋に見る夢』（アルス）が刊行される。一年半の間に書き溜めた詩篇に、若き日の詩帳から「秋に」「赤き手の蟹」「酒匂川」「冬日独居」「薄暮の丘にうたへる」「白金流涕」の六篇を加えたものである。

1928　昭和三年（33歳）

六月、アルスより『近代仏蘭西詩集』が刊行される。およそ七年をかけた苦心の翻訳作品である。

夏、十歳年下の遠山幸子（さちこ）（戸籍名は幸）と出会い、急速に惹かれていく。愛する人に梨英子（りえこ）の通称を与え、詩のなかでは「米迦子（みかこ）」とうたっている。そして、蛇窪に隠れ家をつくる。

1929　昭和四年（34歳）

二月、当時吉祥寺に住んでいた大宅壮一の世話で阿佐ケ谷から吉祥寺に引越す。

十二月、『千夜一夜（アラビアンナイト）』（全12巻　中央公論社）の刊行が始まる。物語中の二千余に及ぶ詩篇の翻訳を担当する。

１９３０　昭和五年（35歳）

三月一日、長男新彦（あらひこ）が生まれる。法律的に入籍することはできず、やむなく父徳八の戸籍に入れる。

九月、第三詩集『危険信号』（アルス）が刊行される。大正十五年九月以降の、抒情詩数十篇を除くすべての作品を収める四年間の収穫といえる。新しい詩を求めての苦悶と試みにみちた画期的な詩集である。

１９３１　昭和六年（36歳）

夏、吉祥寺の家を引き払い、身ひとつで神田区連雀の連雀ハウスに移る。直腸癌を併発した慶子が恢復する見込みはなかった。

九月、第四詩集『大木篤夫抒情詩集』（博文館）が刊行される。これまでに発表した抒情詩に新作四十三篇を加えたものである。澄みきった抒情の世界は洗練され、苦悩も優雅なベールに覆われて内面にとどまっている。

同じく九月、『千夜一夜詩集』（春陽堂）が刊行される。超速度で翻訳にかかった『千夜一夜（アラビアンナイト）』全12巻の二千を超える詩篇から、七百余を選んで編んでいる。

十二月二十日、次男光彦（みつひこ）（光比古とも書く）が生まれる。新彦の例があり、父親には再度入籍を頼めずにそのままにおかれる。

１９３２　昭和七年（37歳）

一月二十一日、慶子が息を引きとる。三十九歳であった。

慶子の死後「婦人公論」（昭和七年三月号）に書いた手記「病床十年の妻は逝く」において、初めて筆名に大木惇夫（あつお）を使う。

九月、連雀ハウスと蛇窪の家を引き払い、大井町に引越す。一家（梨英子、新彦、光彦）と揃って暮らす第一歩である。

１９３３　昭和八年（38歳）

五月二十八日、消化不良を起こし、次男光彦が急死する。戸籍を持たないままの一年半の短い生涯であった。戒名「心月慧（恵）光童子」のみがこの世にあった痕跡となる。男の子につけた彦の名が悪いのだと思いつめ、新彦も通称を尭夫（たかお）とする。

十一月、光彦の死んだ家に住んではいられないと、一家は大井町から豊島区目白町の家に移転する。

１９３４　昭和九年（39歳）

三月、第五詩集『カミツレ之花』（鬼工社）が刊行される。抒情詩六十二篇に訳詩八篇、散文七篇を収める自費出版の豪華本である。なお、単行本の著者名に初めて大木惇夫が用いられた。

七月二十日、長女康栄（やすえ）が生まれる。光彦を失った後であり、何よりも健康を願って命名された。

九月、流行歌「国境の町」の作詞をする。阿部武雄が作曲、東海林太郎が歌う「国境の町」（ポリドール）は、初めての大ヒット曲になる。

１９３５　昭和十年（40歳）

一月、『詩の作法講義』（萬昇堂）が刊行される。実作者の立場から、韻律について、また何が詩であるかについて論じている。

九月、幸子（梨英子）を入籍する。一年二か月前に誕生した長女康栄も籍に入れられる。同時に新彦（長男）との養子縁組みの手続きを終えている。

十月、中野秀人との共同編集による詩雑誌「エクリバン」を創刊する。

秋の終わり、広島に残っていた両親を東京・蒲田の次弟強二邸に呼び寄せる。セロハン製造で事業を成功させた強二の家には末弟佳雄も暮らしていた。

1936　昭和十一年（41歳）

二月、「二・二六」事件が起き、その後、大陸・南方進出を決定する「国策の基準」が定められ、世は徐々に不穏な時代に移行して行く。

四月、新彦は豊島区立高田第五小学校に入学。

六月二十五日、父徳八が死去する。享年六十五。上京させて半年あまりの死だった。

十一月五日、次女毬栄（まりえ）が生まれる。ジョヴァンニ・パピニ『基督の生涯』におけるマリアから発想しての命名である。

1937　昭和十二年（42歳）

ますます不穏な年となっていた。七月、日中戦争が始まり、十二月、日本軍が南京を占領する。文化面でも軍国色が強調されるようになる。そのなかで次に予定している詩集の編集作業に没頭する日々を過ごす。

1938　昭和十三年（43歳）

一月、第六詩集『冬刻詩集』（草木屋出版部）が刊行される。百部限定の豪華本であった。冬刻む思いに浸りながらようやく辿り着いた自身の詩世界を静かに受容し、そこからの新たな出発を告げている。

1939　昭和十四年（44歳）

七月、「国民徴用令」が公布され、九月、ドイツがポーランドに侵攻、第二次世界大戦に突入する。

詩人、文化人としての多忙な生活は続くが、中心は詩作することにあった。

1940　昭和十五年（45歳）

五月、文藝家協会主催の文芸銃後運動の講演会が始まる。十一月には岸田國士が大政翼賛会文化部長に就任する。

1941　昭和十六年（46歳）

三月、「国民学校令」が公布され、小学校は国民学校に変更される。政治的な予防拘禁も始まっていた。四月、康栄は豊島区立高田第五国民学校に入学。

同じ四月、日ソ中立条約が調印され、六月、独ソ戦争始まる。

六月一日、三女章栄（ふみえ）が生まれる。容易ならない空気が国中を包み込んでいる時期の誕生である。

十月、東条英機内閣が成立。

十二月八日、ついに対米英への宣戦布告の詔勅が発布され、大東亜戦争（アジア・太平洋戦争）が勃発する。

数日後、白紙の出頭命令書、「徴用令状」を受ける。宣伝班員としての「徴用」であった。配属されたのは、第十六軍（ジャワ）の部隊である。

1942　昭和十七年（47歳）

一月、ジャワ行き陸軍文化部隊宣伝班員は大阪に向かい、大阪港よりマニラ丸に乗船し、まずは台湾・基隆港へ。そこから列車で南端の前線基地高雄へ行く。高雄での駐屯は主として輸送船団の集結と作戦開始時期の待機のためであった。

二月初旬、輸送船佐倉丸に乗り込み、陸兵輸送の六十余隻の船団と共に南シナ海をめざす。

二月十五日のシンガポール陥落を合図に、十八日、碇泊中のインドシナ半島カムラン湾より大輸送船団はジャワ島に向かって出発する。

三月一日、午前零時半、スンダ海峡に面したバンタム湾入口付近で護衛艦隊が上陸開始前の一斉射撃を行ったが、それに対し、遁走中の米ヒューストン、豪パースの二大巡洋艦と小砲艦が猛然と大輸送船団に襲いかかる。乗船佐倉丸も砲撃と魚雷をうけ、撃沈される。重油が流れ浮く海中に飛び込み、数時間漂流した後、救い上げられ、万死に一生を得る。

それ以後の戦場における詩の働きは、ジャワ方面軍首脳部が予想していたものを遥かに超えていた。それは詩の力にほかならなかった。

九月下旬、「任務は十二分に果たされた」という首脳部の判断により、現地除隊の形で極秘の帰国をする。

十一月二日、北原白秋逝去。疲弊した身に恩師白秋の死は、この上ない傷手となってのしかかる。

同十一月、第七詩集『海原にありて歌へる』（ジャワ・バタビアの現地版 アジア・ラヤ出版部）が刊行される。戦場で書きつけた十三篇の詩からなる詩集である。現地新聞「赤道報」（一か月後に「うなばら」に改名）に順次発表されたそれらの詩は、兵士らの涙を誘い、また心を揺さぶったと伝えられる。

帰還後は詩の依頼が殺到し、ひたすらペンを執る生活に入るが、バンタム湾での撃沈の際に受けた打撲傷の痛みと溜った疲労に苦しめられる。

1943 昭和十八年（48歳）

四月、国内版『海原にありて歌へる』（北原出版創立事務所）が刊行される。現地版にはなかった詩二篇が加えられた。

詩集は「日本出版会推選図書、文部省推選図書」となり、大東亜文学賞を受賞する。この事実が戦後における評価の大きな要因ともなっていく。

同じ四月、新彦は獨協中学校に入学する。毬栄は康栄と同じ高田第五国民学校に入学。

六月、学徒の「戦時動員体制確立要綱」が決定され、戦争は日々の生活に暗い影を落していた。

十一月、第八詩集『日本の花』（大和書店）が刊行される。第一詩集『風・光・木の葉』が白秋に献じられているように、本書も恩師北原白秋のみたまに捧げられている。

帰還後、戦争をうたうのと同様に、日本独自の花のこころを歌うべきと痛感し、二夜にして新作四十一篇をなす。それに、自著詩集中の花にちなんだ旧詩七十一篇を合わせ、『日本の花』としている（旧詩のいくつかは題名を花の名前に変更している）。

十二月中旬、家族を栃木県安蘇郡田沼町に疎開させる。予定していた疎開地広島は遠すぎるということで、急遽、浮上した土地であった。後に妻梨英子の母も合流。新彦は旧制佐野中学校へ、康栄、毬栄は共に町立田沼国民学校の三年、一年に転校する。次弟強二と春子夫妻も後を追って田沼に疎開し、同じ借家の二階に住む。

1944 昭和十九年（49歳）

一月、「防空法による疎開命令」が発令され、また五月には中学生の「勤労動員大綱」が決定される。

四月、第九詩集『神々のあけぼの』（時代社 日本放送出版協会委託）が刊行され、五月には第十詩集『豊旗雲』（鮎書房）が刊行される。

四月十五日、強二の妻春子がつるべ井戸に落ちて死去する。

六月末、母千代と末弟佳雄夫妻が田沼に疎開したが、自身は渋谷の隠れ家に籠り、仕事に専念する。

七月、サイパン島で日本軍が全滅。東条内閣が総辞職し、小磯内閣が成立する。

九月、新版『風・光・木の葉』（明治美術研究所）が刊行されている。戦況厳しいなかでの出版は、人気の高さを示すものでもあった。

十月、暗い戦況が続くなか、神風特別攻撃隊（特攻隊）が編成された。

十一月、東京にB29による初の空襲があった。

十二月中旬、体調ふるわぬ身に空襲は堪え難く、妻子のいる田沼ではなく、知人の親類に当たる福島県双葉郡浪江町の白木屋旅館を頼って疎開する。静かに仕事をするためであったが、身辺の世話をする者との逃避行でもあった。

1945　昭和二十年（50歳）

二月、浪江の宿で脳貧血を起こし倒れる。数日徹夜を重ねた後だった。医師に執筆を禁じられる。

同じ二月、第十一詩集『雲と椰子』（北原出版社）が刊行される。さらに、編者となっている『ガダルカナル戦詩集――前線にて一勇士の詠へる――』（吉田嘉七作　毎日新聞社）が刊行されている。

三月中旬、浪江より一里半奥の大堀村へ移る。阿武隈山脈を遥かにのぞみ、近くに大高倉山を仰ぎ、高瀬川が間近を流れていた。

戦争は末期的様相を帯びていた。二月の米英ソ連首脳によるヤルタ会談。米軍の硫黄島上陸。四月にムッソリーニが銃殺され、ヒットラーはベルリンの地下壕で自殺。五月、ドイツは連合国に無条件降伏する。

八月六日広島に、九日長崎に原子爆弾が投下される。十五日正午の天皇による玉音放送、敗戦へ。

1946　昭和二十一年（51歳）

六月、一年半ぶりに東京渋谷の仕事場（隠れ家）に帰り着く。戦争末期より戦後もつづく神経性心悸昂進症に悩まされながら詩作する日々を送る。

九月、第十二詩集『山の消息』（健文社）が刊行される。浪江に身を寄せて以来の詩篇を収めている。

1947　昭和二十二年（52歳）

七月、梨英子が生活のため東京渋谷にBAR「ガス燈」を開く。

十二月、第十三詩集『風の使者』（酣燈社）が刊行される。戦後に書かれた未発表の詩篇と「エクリバン」（創刊号）に発表された「恋愛詩百篇」中の三十九篇、既刊の『冬刻詩集』（豪華本）に収録されなかった「冬刻集」中の三十四篇などを収めている。さらに、戦後の新作をまとめる意味で『山の消息』に収められた「言葉」「廃墟のほとりにて」「ほだ火」「弘明寺の夜の即興」四篇を再度加えるという複雑な作りになっている。

1948　昭和二十三年（53歳）

三月、新版『冬刻詩集』（靖文社）が刊行される。十年前に出版された豪華本『冬刻詩集』が百部限定であったために、戦前から普及版の刊行を求める読者の声が高かった。

四月、新彦が慶応義塾大学予科に入学。家族のなかで逸早く上京する。

1949　昭和二十四年（54歳）

一月、康栄、毬栄を上京させる。渋谷から移っていた大岡山に近い大田区馬込の六畳一間に梨英子、康栄、毬栄が暮らす。康栄は大田区立大森第五中学校二年、毬栄は大田区立馬込第三小学校六年に転校する。

四月、毬栄は大森第五中学校に入学。康栄は同校の三年（二学期になる前に校名は馬込中学校に変更される）。

八月、第十四詩集『物言ふ蘆』（立花書房）が刊行される。「あとがき」において、戦争直後にアルスから『大木惇夫詩集』、国民図書から『愛と祈り』、巧藝社から『風・光・木の葉』、『危険信号』が刊行されることになっていたが、何かの出版情勢に阻まれて、刊行に到らなかったことを記している。それだけに『物言ふ蘆』が刊行される喜びは大きいとしている。なお、前詩集『風の使者』の新作「物言ふ蘆」が再録され、タイトルに使われている。

この後、『物言ふ蘆』から十六年、詩集はふっつり途絶える。

1950　昭和二十五年（55歳）

六月初旬、梨英子、新彦、康栄、毬栄が大田区馬込から品川区荏原町に引越す。栃木県田沼町に置き去りにされていた末子章栄もようやく合流し、品川区立延山小学校三年に転校する。

九月、福島県大堀村に近い神鳴の高瀬川河畔に詩碑が建てられる。未見の松本哲夫氏の発起依頼によるもので、「高瀬川哀吟」（『山の消息』）が刻まれた。

1951　昭和二十六年（56歳）

三月、大岡山から同じ大田区の千鳥町に住居を移す。

十一月、『天馬のなげき』（婦人画報社）が刊行される。「婦人画報」（新年号より八月号）に連載した恩師北原白秋についての評伝的作品である。

同じ十一月に刊行された大木惇夫編『白秋詩集』（北原白秋選集1　あかね書房）では、出色の北原白秋論といえる解説を書いている。

この一年は白秋に関する執筆にほとんどの時間を充てていた。

1952　昭和二十七年（57歳）

四月、アンデルセンの名作『即興詩人』（翻訳　講談社）が刊行される。その時期、弟強二が会社を復興させられぬまま広島に戻っている。長男豊は小学一年生、次男立二（りゅうじ）は四歳だった。

弟一家を案じながらも、長らく詩を発表する場を持てずにいる孤立感から、自らの詩雑誌を創ろうという無謀な夢に取りつかれて日々を過ごしていた。

1953　昭和二十八年（58歳）

四月、学部を卒業した新彦は工学部大学院修士課程に入学。康栄は早稲田大学文学部東洋史科に入学、毬栄は都立三田高校二年生。章栄は十二歳の小学六年生になった。

夏からは全盛期のラジオの仕事で定期収入を確保するべく、妻梨英子との協同作業を始める。NHK、ラジオ東京、文化放送などの連続ラジオドラマの台本には、「水の精」「オッチョコ大将」「朝の子夜の子」など多くがある。

九月、詩雑誌「詩の座」が創刊される。巻頭には「風人抄」「暦日」「亡き人に」の新作詩を掲げている。

しかし、月刊誌「詩の座」を一詩人が発行することがどれほど現実的でないかを、懸命に走りつづけた後、つくづく実感する。

1954 昭和二十九年（59歳）

「詩の座」新年号までは見られた勢いが号を追うごとに失われて行く。資金ぐりに窮して、友人、知人からの借金では済まず、ついには高利に頼らねばならなくなり、雑誌刊行は危うくなってくる。

「詩の座」は七月号をもって、夢は虚しく終わる。

十二月、民族教養新書18『ハイネ詩抄』（元々社）が刊行される。これらの訳詩は昭和二十四年の『ハイネ詩集』（世界社）に加筆訂正したもので、ドイツ文学者佐藤通次氏に原文との照合検校を請い、指示を仰ぎ、修正を行なっている。

1955 昭和三十年（60歳）

四月、新彦は大学院修士課程を修了、博士課程に入学する。毬栄は早稲田大学文学部仏文科に入学。

その頃、『天馬のなげき』を連載・刊行した婦人画報社から新しい連載依頼があり、慶子との歳月を書く約束を交わしている。

六月、梨英子と子どもたちは品川区荏原町から目黒区原町の借家に引越す。

八月、「婦人画報」（九月号）より慶子との愛の歴史を描く自伝的小説『緑地ありや』の連載が始まる。

1956 昭和三十一年（61歳）

『緑地ありや』の連載はこの年いっぱい続く。生活のために多くの校歌、社歌、歌曲の作詞が続けられた。

七月、新彦が博士課程を中退し、日立製作所に入社する。学者への道を断念し、家の経済状態を見据えて企業の誘いに応じている。

秋の終わりに一年四か月にわたって「婦人画報」に連載してきた『緑地ありや』を脱稿するが、単行本の準備も進行していた。

1957 昭和三十二年（62歳）

一月、『緑地ありや』（講談社）が刊行される。慶子との出会いから彼女の死までの二十年を描く作品には副題「愛と死の記録」が付されている。

四月、章栄が私立頌栄女子学院に入学する。

六月十六日、母千代が亡くなる。享年八十三であった。

1958 昭和三十三年（63歳）

七月、五百万円の不渡りを出す。

負うものがあまりに大きすぎて、ペンを持ちながらも低迷する一年であった。その日々はとぎれずに書いた詩作品によって後に明らかになる。

1959 昭和三十四年（64歳）

三月十五日、新彦が茨城県日立出身の大窪伊都子と結婚する。

四月、毬栄が中央公論社に入社。康栄は文藝春秋に入社する。

九月頃、積った借金を返済する方策もつきはて、家族にも告げず東京を離れる。そうした人生最悪の日に浄土宗大本山増上寺より依頼されたのが、経典「六時礼讃」の和訳であった。一年半の時間があった。そこで、故郷広島市三滝山の観音山荘に閉じこもり、ひたすら和訳に取り組む。

1960 昭和三十五年（65歳）

四月初旬、梨英子、毬栄、章栄が目黒区原町から杉並区久我山に引越す。康栄は原町に下宿する。

1961　昭和三十六年（66歳）

二月、『和譯　六時禮讃』（和譯六時禮讃刊行會）が刊行される。

四月、章栄が武蔵野美術大学油絵科に入学する。

八月、広島の原爆中心地に近い平和公園に「鎮魂歌　御霊（みたま）よ地下に哭くなかれ」の詩碑が建てられる。

十月、康栄が早大歴研の先輩藤井忠俊と結婚する。

1962　昭和三十七年（67歳）

一月下旬、梨英子は妹の嫁ぎ先を頼り、毬栄と章栄は世田谷区奥沢の三田アパートに移る。変形の最後の家族も解体する。

三月頃、断片的な文章にとどまっていた『キリスト詩伝』を完成させるために、枚方市の香里団地の一室を借り、籠って二年ほどキリストの生涯を詩で書くことに没頭する。（約一万行に及ぶ『キリスト詩伝』が完成したのは昭和三十八年十二月二十四日、クリスマス・イヴであった。）

1963　昭和三十八年（68歳）

この一年も前年からつづく『キリスト詩伝』執筆に心血を注ぐ。

十二月、章栄が交通事故に遭い、重傷を負う。

1964　昭和三十九年（69歳）

二月半ば、章栄退院する。

狭いアパートでは療養が無理なので、豊島区西巣鴨に越していた康栄夫妻の家に梨英子と章栄が引き取られる。ついで毬栄も合流することになる。

初夏頃、南北社の編集者から次の詩集を出版したいという話がもたらされた。

十一月末、毬栄が心臓神経症のため斎藤神経科に入院する。担当医は斎藤宗吉先生、北杜夫氏であった。

1965　昭和四十年（70歳）

二月十一日、弟強二が亡くなる。大学生の長男豊が遺骨を抱えて上京する。

六月、第十五詩集『失意の虹』（南北社）が刊行される。『物言ふ蘆』より実に十六年目の出版である。厳密には最後の詩集というべきだろう。

七月十六日、『失意の虹』の出版記念会が新橋の第一ホテルで開かれる。康栄、毬栄も初めて招待される。

十一月、詩集『殉愛』（神無書房）が刊行される。順番としては第十六詩集に当たるのだが、およそ六種の既刊詩集から亡き妻慶子に関する詩のみ二百十数篇を収めたもので、新作は「亡き人に」一作しかない。新作一篇では、独立した詩集とは言えないだろう。

同じ頃、郷里広島市三滝山に詩碑が建てられ、「流離抄」（『冬刻詩集』）が刻まれる。

年末から、毬栄が「ロシアの冬視察団」に参加し、初めてソビエトへの海外旅行を経験する。

1966　昭和四十一年（71歳）

五月二十九日、毬栄が同業である文藝春秋の編集者中井勝と結婚する。

夏、北原白秋の墓参に行った帰り、秋葉原で買ったカメラ、オリンパス・ペンで写真を撮る楽しみを知る。

１９６７　昭和四十二年（72歳）

十一月、「多年作詩に精進し多くの詩ならびに歌謡を創作してよく文芸の向上に寄与し事蹟まことに著明である」として、紫綬褒章を受章する。

十二月、『詩の作り方と鑑賞』（金園社）が刊行される。詩についての入門書の形をとりつつ、詩について論理的に情熱をこめて書いている。

１９６８　昭和四十三年（73歳）

前年からの神経性胃炎を持ち越し、胃痛に苦しみながら日記帳に詩を書く。そして、胃痛がいくらか治まると、翌年刊行予定の詩全集についての編集や執筆に専念している。

１９６９　昭和四十四年（74歳）

六月、『唐詩選』（世界名詩人選集　金園社）が刊行される。古来の唐詩選の全訳ではなく、真に感動を受けた詩篇のみを訳している。

「大木惇夫詩全集」（全三巻　金園社）が、それぞれ八月、十月、十二月に刊行される。五十余年に及ぶ詩業の集大成である。昭和十二年六月に刊行が予定され、内容見本まで作られながら幻の詩全集に終わった「大木惇夫詩全集」（巧藝社）以来、三十二年目にして実現するのである。

全集を出版する安堵のなかで体調不良にも悩まされるが、連載が予定されている『釈尊詩伝』の執筆に意欲を燃やす。

１９７０　昭和四十五年（75歳）

『釈尊詩伝』が「大法輪」（八月号）より新連載のスタートを切る。

年初から臥りがちであったが、毎月原稿を発表できる歓びが力を与えている。ただ黙々と『釈尊詩伝』を執筆する日々を送る。

１９７１　昭和四十六年（76歳）

四月頃から胃病ばかりか、肝臓を病み、寝たり起きたりしながら『釈尊詩伝』を書きすすめる。六月に入ると、肝臓がはれ、ふらついて歩くのが難しくなってくる。

十一月、横浜の警察病院に入院する。

１９７２　昭和四十七年（77歳）

年が明けても、病状は似たり寄ったりの様子であったが、『キリスト詩伝』の原稿手入れに精魂をこめ、急激に体調を悪化させ、十一月末より再び警察病院に入院する。同病院には都合三、四回入退院をくり返す。

十二月、『キリスト詩伝』（講談社）が刊行される。都合十八年間も日の目を見なかった原稿が、講談社の編集者菊地康雄氏の力によって本になる幸運を得た。

１９７３　昭和四十八年（78歳）

この年は入院には至らなかったが、原稿執筆以外は寝室に臥す日が多かった。

１９７４　昭和四十九年（79歳）

一月、隣家の料亭旅館「観月」が火事を出し、炎が迫ってくる。近所の若者十数人が布団ごと向いの家に避難させてくれる。（池上線千鳥町駅に近い「観月」は画家横山大観が好んで逗留した町なかの料理屋旅館で、火事の後も建て直して営業したが、二〇一一年頃に店を閉めたという。現在はモダンなマンションが建っている。）

この頃になると、仰臥したまま特製の板に原稿用紙を挟み、ペンを動かすしか執筆の方法がなくなっている。白内障のせいで見えにくくなっていた眼はほとんど視力を失いつつあった。

1975　昭和五十年（80歳）

ミニコミ誌やPR誌の依頼に詩を書いたり、たまに頼まれるエッセイを書くほかは、勤勉に『釈尊詩伝』の世界に没入して創作した。

1976　昭和五十一年（81歳）

この年も病状は進行していたが、『釈尊詩伝』を完成させなければいけないという責任感と「大法輪」を通して社会につながる充足感が生きる糧になっていた。

（『釈尊詩伝』は完成するまで書きつがれ、最終94回「最後の御教（みおしえ）（続）」は、死後「大法輪」昭和五十三年五月号に掲載された。）

1977　昭和五十二年（82歳）

六月、章栄が吉本信一郎と結婚する。

七月に入り、病状は刻々と悪化していく。

七月十九日午前六時、肝臓ガンのため永眠する。八十二歳と三か月であった。戒名は「惇徳院大誉佛心巣林慈道居士」。

（年齢の表記は満年齢としました。）

参考文献

『大木惇夫詩全集』（全三巻　金園社　一九六九年）
『北原白秋』（日本の詩歌9　中公文庫　一九七四年）
大木惇夫編『白秋詩集』（北原白秋選集第1　あかね書房　一九五一年）
井上康文編『回想の白秋』（鳳文書林　一九四八年）
『現代詩集』（現代日本文学全集89　筑摩書房　一九五八年）
『現代詩人全集』（第七巻　新潮社　一九三〇年）
三木卓『北原白秋』（筑摩書房　二〇〇五年）
『金子光晴全集』（第十二巻　評論Ⅲ　中央公論社　一九七五年）
大木惇夫『緑地ありや』（講談社　一九五七年）
川本三郎『大正幻影』（新潮社　一九九〇年）
山本夏彦・久世光彦『昭和恋々　あのころ、こんな暮らしがあった』（清流出版　一九九八年）
菊地康雄『青い階段をのぼる詩人たち　現代詩の胎動期』（青銅社　一九六五年）
保田與重郎『わが萬葉集』（新潮社　一九八二年）
金素雲『天の涯に生くるとも』（新潮社　一九八三年）
金素雲『近く遙かな国から』（新潮社　一九七九年）
旺文社編『若き日の思い出』（旺文社　一九五五年）
『太平洋開戦　12月8日』（昭和戦争文学全集4　集英社　一九六四年）
町田敬二『戦う文化部隊』（原書房　一九六七年）
伊藤整『太平洋戦争日記』（全三冊　新潮社　一九八三年）
ドナルド・キーン「日本人の戦争　作家の日記を読む」（「文學界」二〇〇九年二月号）
小倉豊文『絶後の記録　広島原子爆弾の手記』（中公文庫　一九八二年）
水田九八二郎『ヒロシマ・ナガサキへの旅　原爆の碑と遺跡が語る』（中公文庫　一九九三年）
木村一信『昭和作家の〈南洋行〉』（世界思想社　二〇〇四年）
村井吉敬『ぼくが歩いた東南アジア　島と海と森と』（コモンズ　二〇〇九年）
内海愛子・村井吉敬『シネアスト許泳の「昭和」』（凱風社　一九八七年）
掛下慶吉『昭和楽壇の黎明　楽壇生活四十年の回想』（音楽之友社　一九七三年）
『社団法人　日本文学報国会役職員名簿（附諸規程）』（一九四三年一月）

あとがき

私が初めて父について書いたのは、「かぼそい心の詩人」のタイトルを付した次のコラムである。

「（前略）父の不遇は私たちには幸いだったかもしれない。私は七光りどころか、父の存在はマイナスでしかなかった。私は学生時代も編集者時代にも、父の名を伏せることに腐心した。父への気持が動いたのは、昭和五十二年に亡くなった父の家を整理してからだろうか。原稿用紙や創作ノートにぎっしり書きこまれた詩作のおびただしい草稿。その量には圧倒された。かぼそい心の奥に隠されたタフネス。ほこりにまみれた父の詩業の痕跡を前に、姉と私は立ちつくしていた。

私たちは幸福な家族ではなかった。けれども、はるかに振り返れば、風変わりな面白い家族だったと思う。父の名は大木惇夫（あつお）という。」（読売新聞「よむサラダ」一九九八年六月十四日）

家庭欄の四回シリーズもので、テーマが家族なので、一回分を父に当てた。

コラムが掲載された日曜日の朝、井上ひさし氏から電話をいただいた。

「まりえさん、今、読売の文章を読みました。とてもよかった。詩人の家はたいへんなのですね。お父様のことを書かなければいけないと思う。詩をたくさん引用して。ぼくが出版社を見つけますから」

ひさしさんは私が退職した一九九七年の五月にも忘れられない手紙をくださった。

「（前略）それにしても嶋中さんの急逝、毬栄さんの退社と、衝撃的なことがつづけておこります。どどどッと「人生」が押し寄せてきたように感じています。

ほんとうに永い間ありがとうございました。わたしは中学生のころ、下手な詩を量産していました。手本は亡父の本棚にあった三冊の詩集、『風・光・木の葉』（たしか作者名は篤夫だったと思いますが）『秋に見る夢』『危険信號』がそれで、もちろんいずれも、大木惇夫のものでした。父が大好きだったようです。「一すじの草にも／われはすがらむ、／風のごとく。」などは今でも暗誦できます。もちろん「言ふなかれ、君よ、わかれを……」も始終、頭の中で聞えています、いまでも。その尊敬する詩人のお嬢さんと仕事が出来たのですから、ありがたく思います。（後略）」

青春期に抒情詩人をめざした北杜夫氏も、ゆいいつの詩集『うすあおい岩かげ』の「あとがき」にこう記された。

「（前略）『寂光』と同様にこの本も、中央公論社の宮田毬栄さんがこしらえてくれた本である。このたび恥を忍んで、若い頃の稚拙な詩集を出すことにしたのは、中学五年の学徒動員の末期、理科少年であった私が、ようやく白秋や藤村の甘美な詩を手帳に書き記した頃、彼女の父上である大木惇夫氏の詩集『海原にありて歌へる』の一篇「戦友別盃の歌」を愛唱し、空襲ですべてが焼けたあと新しく書きだした日記帳の裏にその詩を書き記した追憶にもよる。これも何かの因縁と言うべきであろう。」

北さんは顔を合わせるたびに、「まりちゃん、お父様の話を書いて欲しいなあ。はやく読みたいなあ」と言われるのだった。

二人の敬愛する作家から父大木惇夫について書くように促され、私がようやく作業に取り組んだのは、新しい世紀に変わる頃であった。しかし、予想どおり、父の足跡をつかむのは難しかった。

肝要な部分を除いた短い略歴しか残さず、自身の道のりに砂をかけて歩くような父の習性につまずき、詳しい足取りを求めるたびに、多くの時間が過ぎていった。

原稿を書き出してからも、まだまだ調べる作業はつづいた。調べが完了した時点で書き始めるのが理想なのだが、謎多い父はそれを許してはくれなかった。書きつつ見出した新資料に当たり、それを読むうちにまた新事実にぶつかる。謎を解いていく過程で父が少しずつ裸にされていくのを痛ましく思ったこともあった。

書いていて、時々、先の見えない長い時間の鬱屈にとらわれもした。父の人生があまりにも不運に取りつかれ、私たち家族がそれに巻きこまれ、理不尽な生活を強いられる。それを息苦しく感じていた。その不運も突きつめれば、父自身が生みだしているともいえるのだ。原稿を書く行為が心底空しく思えてきて、仕事を放擲した時期もあった。半年くらいの間である。

放り投げていた仕事に戻り、再度原稿を書こうと私に決意させたのは、ある詩人との会話だったろう。

その人は、私が父親である詩人の伝記を書いているのを知っていて、仕事が捗っているかどうかを、いつも心配してくださった。

その日、話がかなり弾んだところで、なぜだか彼はこう言った。「お父上は大木實さんですよね」。「いいえ」と言いかけて、私は言葉につまったが、「大木實さんもすぐれた詩人ですけれど、私の父は大木惇夫です」と答えた。相手の狼狽を考慮する余裕すらなかった。その人が悪いのではないのは十分わかっていたが、これまでずっと大木實をイメージして私と話していたのだと思うと愕然とした。

井上ひさしさんや北杜夫さんは例外中の例外で、ほとんどの人が父を知らないのには慣れていたけれど、父は日本の詩人からも忘れられているのだった。その衝撃は大きかった。

夜半、家に帰っても、詩人との会話が頭に焼きついていて、なかなか眠れなかった。父のためというよりは、ひとりの忘れられた詩人のために私は少しだけ涙をこぼした。私が書いておかなければ、忘れられた詩人のかすかな痕跡さえ残らないかもしれなかった。

それからの私は、二〇一一年にほぼ完成するまで、父の伝記を勤勉に書きつづけた。

年代順に作品を並べる客観的な記述だけでは、父という人間はとらえにくいし、まして、娘が書く意味は失われてしまうだろう。

全詩作品を通して、父が生きた時間の詳細な流れを通して、詩人大木惇夫の像を描くという方法に到ったのも、試行錯誤の末であった。

長い時間の曲折のあと、父の伝記が形を与えられようとしている現在、本になるのをずっと待っていてくださった井上ひさし氏、北杜夫氏はもうこの世に存在していない。そう考えるのは本当に悲しい。もっと早く書き上げていたならば、と後悔は果てしないのである。

「ぼくが映像にするよ」と言ってくださった久世光彦氏、「親を書くのは辛いけど、書くべきです」と励ましてくださった辻井喬氏、中央公論社に在籍していた遠い日に、「いつか大木惇夫を書かれるといいですよ」と、伝記を暗示された上司の高梨茂氏、いずれも別世界に旅立たれてしまった。

寂寥は日々深まっている。

また、純粋詩を中心にした伝記が長くなりすぎたために、父の歌曲や合唱曲の部分を省略せざるを得なかったのが心残りとなっている。忘れられた詩人はここではなおも生き延びているというのに。

父が作詞したたくさんの歌曲や合唱曲のうち、今も変わらずに歌いつがれているのが、混声合唱のためのカンタータ『土の歌』だろう。佐藤眞氏による作曲は、思わず涙ぐんでしまうほどの傑作である。第一楽章から第七楽章までをふくむ名曲のうち、小学校や中学校の卒業式などの行事で歌われるのが、第七楽章「大地讃頌」である。私の子どもたちも祖父の詩とは知らずに家でも歌っていた。

だれの詩かも知らずに歌いつがれること、詩人は内心それを願っていたのではないだろうか。詩が詩として生きつづけるのは、そういう形がのぞましい、と思っていたのではないだろうか。美しく澄んだ、しかも力強い『土の歌』のCDを私も聴く日がある。

第四楽章「もぐらもち」は詩集『失意の虹』の「あとがき」に自身を「戦後、私は現代日本詩壇の奔流の目まぐるしさにあきれてしまって、土の中にひそむもぐらもちとなった」と書いた「老もぐらもち」の父と重なって私には見える。

書き終えて残る悔いはまだある。福島県浪江に行かなかった私のためらいを後悔している。父が疎開した土地浪江に行かなければならないと思いながら、この地ばかりは気がすすまず、後まわしにしていた。原稿を書いたうえで確認しに行けばよいとか、何とか後まわしにする口実を探していた。父が私たち家族を栃木県田沼に疎開させ、自分は浪江に行ってしまった記憶が私を頑にさせていたのだろう。父の便りの封筒に書いてあった浪江の文字がくっきりと私の脳裏に生きていて、浪江行きを遅らせていた。ところが、東日本大震災にともなう原発事故の報道で、浪江はすぐには行けない警戒区、立ち入り禁止の場所になっているのを知った。その時のずっしり重い気持を思い出す。

大震災後四年目の今、規制は緩和されつつあると聞くから、いずれ訪れて、父が暮らした浪江町の白木屋旅館周辺や次に住んだ大堀村、そして神鳴の高瀬川河畔にある父の詩碑を見てきたいと思っている。「高瀬川哀吟」を刻んだこの詩碑を未見のまま父は亡くなった。

大堀村で敗戦の日を迎えた父は神経性の病気に苦しみつつも、自分が取りこまれ、後半生を狂わされることになる戦争について、「戦争の狂気よ、知性を蝕んだ熱病よ」（詩集『山の消息』）と書くのみで、その後は沈黙のまま長い年月を寂しく生きた。

戦争の悲惨、愚劣を身をもって経験した父は、いかなる戦争をも受け容れようとしなかった。『土の歌』は父の苦悩と悔悟が育てた大いなる愛の歌である。

戦後七十年の昨今、戦争の影をうすら寒く感じる人は多いだろう。私の幼時期の記憶でも、戦争は前々から恐ろしい顔を見せるのではなく、のどかな変わらぬ日常に突如、巨大な姿を現わした。不安にみちたこの時代だからこそ、『土の歌』の愛の響きが静かに広く浸透するように祈りたい。

本にまとめられる父の評伝を想像する時、私がすぐに思い浮かべるのは、菊地信義氏の装幀の数々であった。どの本も文学の深い読み手である菊地氏の装幀の力で、見事に完結しているように感じられる。

私が書きつらねた言葉の群れも、菊地氏の表現によって、より鮮明な作品の貌を与えられたと思う。それはやはりうれしい驚きである。

最後になってしまいましたけれど、父の伝記が本になる幸運は、元同僚の編集者であり校正者であった小林久子氏にすべてを負っています。感謝という言葉では表わしきれない思いが私にはあります。ありがとうございました。

中央公論新社学芸局局長郡司典夫氏をはじめ、学芸編集部の宇和川準一氏、登張正史氏、松本佳代子氏には大変お世話になり、また御迷惑をおかけしました。申し訳なく思っています。

出版状況の苦しい時代に、長すぎる面倒な原稿はだれにも歓迎されないでしょう。それでも、何年もの時間をかけて、この伝記に光をあててくださった皆さまに、心よりの謝意を捧げます。

二〇一五年三月二十八日

宮田毬栄

装幀　菊地信義

忘れられた詩人の伝記
　――父・大木惇夫の軌跡

2015年4月25日　初版発行
2023年3月10日　5版発行

著　者　宮田毬栄

発行者　安部順一

発行所　中央公論新社
　　〒100-8152　東京都千代田区大手町1-7-1
　　電話　販売 03-5299-1730　編集 03-5299-1740
　　URL https://www.chuko.co.jp/

ＤＴＰ　嵐下英治
印　刷　三晃印刷
製　本　大口製本印刷

Published by CHUOKORON-SHINSHA, INC.
Printed in Japan　ISBN978-4-12-004704-6 C1023